教育部人文社会科学重点研究基地"山东大学文艺美学研究中心"重大项目"马克思主义与20世纪中国文学理论发展研究"最终成果。

王杰 段吉方 ○著

文化与社会:
马克思主义与20世纪中国文学理论发展研究

中国社会科学出版社

图书在版编目(CIP)数据

文化与社会:马克思主义与20世纪中国文学理论发展研究/王杰,段吉方著. —北京:中国社会科学出版社,2016.8
ISBN 978-7-5161-8598-8

Ⅰ.①文… Ⅱ.①王…②段… Ⅲ.①中国文学—文学理论—理论研究—20世纪 Ⅳ.①I206.6

中国版本图书馆 CIP 数据核字(2016)第 170176 号

出 版 人	赵剑英
责任编辑	郭晓鸿
特约编辑	席建海
责任校对	李 莉
责任印制	戴 宽

出　　版	中国社会科学出版社
社　　址	北京鼓楼西大街甲 158 号
邮　　编	100720
网　　址	http://www.csspw.cn
发 行 部	010-84083685
门 市 部	010-84029450
经　　销	新华书店及其他书店

印　　刷	北京君升印刷有限公司
装　　订	廊坊市广阳区广增装订厂
版　　次	2016 年 8 月第 1 版
印　　次	2016 年 8 月第 1 次印刷

开　　本	710×1000　1/16
印　　张	27.75
插　　页	2
字　　数	415 千字
定　　价	99.00 元

凡购买中国社会科学出版社图书,如有质量问题请与本社营销中心联系调换
电话:010-84083683
版权所有　侵权必究

目　录

导论　中国马克思主义文艺理论的基本问题与理论模式 …………… 1

上　篇
文学与意识形态

第一章　文学与政治：20 世纪中国文学观念谱系 ………… 17
　第一节　从启蒙到革命：文学的任务和难题 ……………… 18
　第二节　审美与实践：主体的动力美学 …………………… 27
　第三节　文学：自我与世界 ………………………………… 40

第二章　革命文学及其反动：两种激进文学观念的比较分析 …… 51
　第一节　关于文学属性的论争 ……………………………… 53
　第二节　关于文学主体的论争 ……………………………… 63
　第三节　革命文学与时代的关系 …………………………… 71

第三章　民族主义与世界主义：两种文学观念的冲突及其影响 … 81
　第一节　民族主义、世界主义之变奏与马克思主义
　　　　　文学理论的关系 …………………………………… 82

第二节　民族主义、世界主义与20世纪中国马克思
　　　　主义文学理论 ………………………………………… 93
第三节　当代中国民族文化共同体建构与马克思
　　　　主义文学理论建设 …………………………………… 102

第四章　审美现代性与形式问题：马克思主义与形式主义 ……… 112
第一节　形式与历史：形式主义与巴赫金 ………………………… 114
第二节　审美变形：马克思主义对形式主义的超越 ……………… 119
第三节　20世纪中国文学理论的崎岖路：形式与意识形态 …… 126

第五章　历史悲剧与革命寓言：马克思主义与悲剧观念 ………… 145
第一节　悲剧与革命：马克思主义悲剧理论的发展与贡献 …… 146
第二节　中国马克思主义悲剧理论的接受和发展 ……………… 166
第三节　从象征到寓言：20世纪中国悲剧经验和文学表达 …… 192

下　篇
文学形式的多重意义

第六章　从文学反映论到文学生产论：文学典型及其典型化理论 … 209
第一节　文学反映论的内涵及其发展历程 ……………………… 210
第二节　典型及典型化理论的内涵及其发展过程 ……………… 231
第三节　文学生产论的内涵及其发展历程 ……………………… 243

第七章　中国经验与文艺美学 ……………………………………… 260
第一节　中国经验与中国文学理论的特殊性 …………………… 261

第二节　宗白华的民族美学与中国美学 …………………… 265

第三节　周来祥的和谐论美学 ……………………………… 296

第八章　审美经验的本质与文学形式的多重意义 …………… 304

第一节　审美经验与美学实践 ……………………………… 305

第二节　朱光潜：审美经验的多重阐释与人生

　　　　审美化的追求 ……………………………………… 312

第三节　蒋孔阳：美的创造与文学形式的多重意义 ……… 325

第九章　审美意识形态及其理论论争 …………………………… 340

第一节　从审美转向看文学审美意识形态论 ……………… 341

第二节　审美意识形态论争 ………………………………… 352

第三节　审美意识形态的范式转型与马克思主义

　　　　文艺理论的推进 …………………………………… 367

第十章　从文学研究到文化研究 ………………………………… 383

第一节　文化研究的本土接受与本土化反思 ……………… 384

第二节　文化研究语境下中国当代文学理论的基本问题 … 394

第三节　文化研究与中国马克思主义文学理论的

　　　　学术定位及其历史责任 …………………………… 419

后　记 …………………………………………………………… 436

导论

中国马克思主义文艺理论的基本问题与理论模式

在中国的现代化进程中，马克思主义文艺理论一直扮演着十分重要的角色，这主要是由中国独特的现代化社会演进历程及现实关系所决定的。在中国以农耕自然经济为主体的社会结构向现代化发展的过程中，现代化的诉求既是社会的理想，又作为侵略和压迫的"他者"而呈现出残酷的一面。马克思主义是既作为改造半殖民地半封建社会的强大力量，又作为对现代性和资本主义制度和资产阶级文化的抵抗和批判力量被引进和介绍到中国来的。在政治上，马克思主义与中国革命实践相结合，在实践中走出了一条中国模式的社会主义革命和建设的道路。在美学上，由于马克思主义文艺理论的特殊性，也由于马克思主义文艺理论与社会革命的复杂关系，特别是由于中国文化问题的复杂矛盾性，马克思主义文艺理论的中国化进程呈现出更多的矛盾和困难。上层建筑与经济基础的关系在中国社会的现代化进程中也呈现出多层次叠合性的复杂现象。因此，中国的马克思主义文艺理论一方面呈现出种种"早熟的"征象，跨越了"审美的"和"形式的"自律性美学阶段，从一开始就强调表征和阐释人民大众审美经验的"文化研究";另一方面,中国马克思主义文艺理论在理论的系统化和学理化阐释方面,又表现出某种不成熟的一面,甚至在文化和社会的关系中还呈现出矛盾的一面。文学艺术作为现实的某种乌托邦形象或者说对"未来"的某种表征,使它往往成为不同类型社会激情的试验场。这迫切需要我们对马克思主义文艺理论的中国化进程中做适当的分析和论证,只有当这种研究达到严谨而系统的时候,我们关于中国马克思主义文艺理论正确性和创造性成就的评价才是可能的和有效的。

在中国 20 世纪文学理论的发展历程中,我们可以发现,不同的社会运动和社会变革往往会在文学艺术上最先表达并且在理论上转化为不同美学原则的论争,在这个过程中,马克思主义文艺理论的现代性诉求日益明显,这个诉求就是不同国家的马克思主义文艺理论呈现出不同的理论模式和理论形态,我们不应该简单地用一种理论去评价另一种理论,而应该实事求是地研究在不同的现实条件、不同的文化传统、不同的语境中形成的不同形态的马克思主义文艺理论,在充分尊重"差异"的情况下,坚持并且发展马克思主义文艺理论的传统。

一 中国马克思主义文艺理论的理论模式及其基本问题

英国学者特里·伊格尔顿和德雷·米尔恩 1996 年出版了《马克思主义文学理论读本》,在该书的导论中,伊格尔顿根据马克思主义文艺理论和文学理论在欧洲和美国的发展情况,将马克思主义文艺理论和文学理论划分为人类学模式、政治学模式、意识形态论模式及经济学模式。人类学模式的马克思主义文论以普列汉诺夫为代表,政治学模式的马克思主义文论以乔治·卢卡契为代表,意识形态论模式的马克思主义文论以路易·阿尔都塞为代表,经济学模式的马克思主义文论以雷蒙德·威廉斯及英国的文化研究为代表。[1] 伊格尔顿在这里对马克思主义文论模式的划分不同于他

---

[1] Terry Eagleton, Drew Milne (eds.): *Marxist Literary Theory: A Reader*, Blackwell Publishers Ltd., 1996.

在 20 世纪 70 年代的小册子《马克思主义文学批评》中的划分。伊格尔顿认为,不同模式的马克思主义文学理论是马克思主义在不同的历史条件下回答不同的现实问题所形成的。令人遗憾的是,中国马克思主义文学理论和美学的理论模式没有进入伊格尔顿和米尔恩的视野。其中的原因也许是,在伊格尔顿看来,中国的马克思主义文学理论和美学理论只是借鉴或重复不同模式的马克思主义文艺理论,还没有形成自己的理论模式,我认为这是一种较为狭隘和偏颇的看法。

事实上,中国马克思主义美学、文学理论在近一个世纪的理论发展中,在将马克思主义美学原则与中国的文学艺术实践相结合的过程中,在实践中发展出了不同于欧洲马克思主义美学的美学思想和美学理论,这种理论在不同的历史条件下呈现出不同的形态,但它们都有某种共同的理论基础,这就是怎样将中国的民间文化模式、中国人的审美经验模式与马克思主义美学的理论原则结合起来,从而真实地表征出中国现代化进程中与社会主义目标相联系的情感和审美经验这一相对困难的理论要求。因此,中国的马克思主义美学并不是马克思主义美学理论的中国化,而是马克思主义基本理论与中国的审美经验和艺术实践相结合的产物,这种状况一开始就决定了中国马克思主义美学走了一条不同于西方马克思主义美学的发展道路,也决定了这条道路的艰难曲折。我们认为,毛泽东《在延安文艺座谈会上的讲话》以理论的形式提出了中国马克思主义美学与文学理论的基本问题,这就是:半殖民地半封建的中国要成功地实现社会主义的革命,走跨越"卡夫丁峡谷"的另一条现代化过程的道路,文艺领域的领导权是非常重要的,这种领导权的实现不是通过技术的进步导致审美模式的变化来实现的,而是通过对艺术家情感和内心世界的改造与进步来实现的,也就是说,主要是通过价值观和意志的转变来实现的。在历史进步要求的整体格局中,这种要求和转变有其合理性和必然性,但是从文学艺术自身的规律来说,这种要求和转变又明显地具有某种简单化的倾向,例如:把主体的复杂性这个现代性的核心问题简单化为与工农大众相结合的问题。从学理上分析和归纳,毛泽东《在延安文艺座谈会上的讲话》主要提出了以下四个方面的问题:第一,在社会主义革命事业中,文学艺术是十分重要的一部分，只有确保党在文学艺术领域的领导权，新民主主义和社会主义现代化事业才能取得胜利。领导权主要通过转变艺术家的情感立场和文学艺术的生产方式来实现。在这里，前提是党的文艺政策和社会发展的"历史必然要求"是吻合的。第二，文艺作品的社会作用主要是激励和鼓舞现实的革命斗争和革命队伍，"团结人民，打击敌人"是其直接的效果。第三，对艺术作品的评价，审美的标准要服从于社会的标准和政治的标准，实践的要求和社会进步的要求是评价文学艺术的最终标准。第四，民族形式和大众化形式是文学艺术作品的主要形式，艺术作品的形式与人民大众的"情感结构"相吻合是艺术作品成功的基础。这显然是一种不同于法兰克福学派、英国文化研究、阿尔都塞学派的理论，也不同于斯大林模式、社会主义现实主义的马克思主义文学理论模式，这里面所包含的文化基因是十分复杂的。

毛泽东在《在延安文艺座谈会上的讲话》中提出了一种中国模式的审美意识形态理论，把文学艺术由社会的对立面和批评性力量转变为为社会变迁和社会变革服务的上层建筑力量。相比较而言，同样是对人民大众的审美要求和愿望的理论阐释，英国的文化研究主要是在市场经济充分发育的条件下，对由技术所带来的新的审美和情感空间的理论辩护，而中国的马克思主义美学则在激烈的民族解放斗争中为人民大众的情感和愿望作出理论上的论证和说明。在学理上，如果说卢卡契的意识形态理论是建立在哲学人类学和反映论的基础上，法兰克福学派的马克思主义美学建立在伦理学和社会学的基础上，阿尔都塞学派的美学理论建立在哲学本体论的基础上，而英国的马克思主义美学和文化研究学派建立在传媒研究和经济学基础上，那么，中国的马克思主义美学则更多地应该以人类学和社会学的研究成果和理论方法为基础。对于中国马克思主义美学而言，其中必然涉及一个十分重要而复杂的问题，这就是在全球化条件下，后发展中国家和地区怎样走向社会主义的问题。对此，马克思本人在晚年曾有所思考，这就是著名的跨越"卡夫丁峡谷"的可能性问题，在当代学术视野中，也就是在全球化条件下，发展中国家和弱小国家的发展道路问题。马克思晚年在回答俄国《祖国纪事》编辑部的问题时曾经设想过，对于生产方式没有充分资本主义化的民族而言，如果条件具备，有可能跨越资本主义生产方式所带来的巨大痛苦和合理性。马克思认为，在现代资本主义所带来的生产力的基础上，将现代管理制度与某种前资本主义文明的文化模式相结合，有可能在现代化的意义上跨越资本主义制度的"卡夫丁峡谷"而建设和发展起社会主义社会。马克思的设想在某种意义上为中国的新民主主义革命所实践，毛泽东的《在延安文艺座谈会上的讲话》（以下简称《讲话》）就是例证。

从美学理论的角度讲，从"左联"时期的理论工作到毛泽东的《讲话》，跨越了审美现代性将审美价值与社会生活其他诸种价值割裂开来的康德美学范式。在中国的语境和社会生活中，审美意识形态是新民主主义革命和社会主义建设事业的积极力量。因此，在中国马克思主义美学的理论范式中，美学问题具有十分重要的地位和意义。值得注意的是，马克思晚年在对人类学和俄国问题深入研究的基础上，对能否跨越"卡夫丁峡谷"持十分慎重的态度。比较而言，毛泽东在《讲话》中对审美意识形态的理论转型和实践改造都持更为积极主动的态度。从历史的角度看，《讲话》在学理上有某种不够周密的地方，但所提出的问题却是深刻而正确的，这就是说，在中国的现代化进程中，审美经验的伦理基础不是个体性的自由情感，而是社会性和大众性的阶级情感、共同的生活经验和日常生活中共享的文化形式，最广大人民群众的情感成为区分艺术作品好坏的标准。对于中国马克思主义美学而言，理论的任务不是论证现代社会中异化的个体情感的正确性与自由境界的曲折联系，美学的中心概念不是异化及陌生化，而是认同和典型化。情感化的、个别性的艺术形象为什么能表征和体现千千万万人民大众的内在情感和伦理要求？社会底层人民的情感为什么能传达出"历史的必然要求"？美学理论若不能在学理上最终论证这些问题，也就不可能说明和论证人民群众文化领导权的合法性及其基础。

正是为了解答和论证这些基本美学问题，中国马克思主义美学与文学理论发展出了蔡仪的"典型论"，李泽厚的"积淀论"，朱光潜和蒋孔阳关于"共同美"的理论，周来祥的"和谐论"，刘纲纪的"实践论"，钱中文、童庆炳、王元骧等人的"审美意识形态论"等不同的理论形态。中国马克思主义美学、文学理论至今已经走过了将近一个世纪的历史，形成了自己的基本问题和模式，但是，在这个基本问题和模式上，在发展过程中有没有形成某种相对稳定的理论结构及自己的理论传统，这是需要我们作出认真的理论说明的地方。从马克思主义美学、文学理论发展的整个历史过程看，其基本问题可以表述为审美意识形态问题，它的哲学基础是历史唯物主义理论，核心问题是艺术和审美领域的文化领导权问题，文化领导权的基础在于审美启蒙，启蒙的动力来源于人民大众现实生活中的审美经验。由于生活的复杂性和文化的复杂性，事实上人民大众的审美经验及其表达模式都具有十分不同的形式。对于马克思主义美学而言，基础与上层建筑的关系及意识形态与审美的关系是其理论基础。正是因为中国马克思主义美学、文学理论的现实基础、提出的理论问题都与西方马克思主义美学、文学理论和欧洲马克思主义美学、文学理论存在某种差异，也因为在中国的具体语境中，审美意识形态概念在内涵上不同于欧洲对马克思主义美学、文学的理解，因此中国马克思主义美学、文学理论具有与欧洲马克思主义美学、文学理论所不同的理论形态。

二 中国马克思主义文艺理论的当代形态

中国马克思主义文论是在中国现代社会思想文化发生重大变革的时代开始被"引入"中国的。20世纪20年代，李大钊、陈独秀、瞿秋白等人在中国特殊文化现实中开始初步译介马克思主义思想。在这期间，高尔基的《文学与现在的俄罗斯》（郑振铎译）、卢那察尔斯基的《俄国文学与革命》（沈雁冰译）和《托尔斯泰和当代工人运动》（郑超麟译）、托洛茨基的《论无产阶级的文化与艺术》（仲云译）、列宁的《论党的出版物与文学》（一声译）、马克思的《共产党宣言》（陈望道译）等一批理论著作最先被引介到中国，马克思主义基本观念得到了初步的介绍，马克思主义文艺思想也开始逐步传播。但是，由于独特的社会文化情势，自从马克思主义思想在中国开始传播那一天起，它就充满了新潮、先锋与激进的色彩，中国知识界对于马克思主义文论也并未获得完整系统的认识，而更多地将之视为一种直接介入社会的理论，这一点我们可以从当时翻译介绍的马克思主义著作的基本内容见出。当时翻译介绍的马克思主义的论著，从内容上看，多是与苏联无产阶级革命理论、文艺状况密切相关的作品；从导向上看，更多的是直接呼应中国当时的社会现实与实际问题的理论著作。虽然这些作品在当时具有明显的思想趋前色彩，但这种趋前性并非完全体现在文艺观念与审美观念上，而更多地表现为一种历史担当意识，这正体现了"中国化马克思主义文艺理论的依附性，也是它滞后的特殊性"[①]，也说明马克思主义文论在中国早期的理论萌发更多地展现了社会时代诉求的外在性特征。

  在20世纪20年代以后的发展中，马克思主义及马克思主义文艺理论在中国的传播与接收更多地局限在文艺界的思想论争之中，因此也并没有形成系统性的理论理解。就马克思主义文论的中国发展而言，是否形成完整系统的理论形态及体系性的认识具有重要的意义，这是检视我们是否能够深入全面理解马克思主义思想精髓的一个重要方面。在20世纪的早期，马克思主义文论固有的"域外来源"的特征及中国的独特现实决定了它在中国的接受困境，所以在当时虽然有五四时代的思想启蒙及"革命文学"的呼唤与抗争，虽然有"五卅惨案"这样重要的"劳工事件"发生，但由于中国工人阶级文化经验的滞后性与工人阶级革命理论的天然缺陷，马克思主义在中国的接受程度仍然停留在"主义"的层面上。就文艺领域的现实而言，马克思主义文艺观念在当时"民主"和"科学"的视野中也显得单薄，更难以真正发挥独特的作用。虽然在五四时期，中国现代文学在反封建的文学革命视野中已经开始强调来自社会底层民众的革命意识，但这种革命意识更多地具有民主主义色彩，在文学观念上仍然强调社会外因的推动，文艺观念与文学理念内部的变革还很微弱，真正意义上的马克思主义理论范式转换尚难发生。在这种情形下，马克思主义文艺理论完整的理论形态与体系性的完善过程就显得更加重要，它成了中国是否真正拥有马

[①] 张宝贵：《马克思主义文艺理论中国化的早期历程》，《中国社会科学》2008年第2期。

克思主义理论范式的标尺，这种理论范式的创构毫无疑问也是从 20 世纪 40 年代毛泽东《在延安文艺座谈会上的讲话》开始的。

在中国马克思主义文论发展中，毛泽东的《在延安文艺座谈会上的讲话》是一个标志性的理论进展。从它开始，马克思主义文论在中国的发展具有了不同于五四时期、"左联"时期的理论特征，开始拥有了自己的理论形态和美学形式。在《讲话》中，毛泽东从当时的社会现实与文艺实践出发提出了当时文艺工作的根本问题，这个根本问题用毛泽东的话说就是"一个为群众的问题和如何为群众的问题"①，而要解决这个问题进而"把革命工作向前推进"，就需要"革命的文学艺术运动"和当时的革命战争相互结合起来，毛泽东据此提出了"文艺的大众化"问题。从理论层面上看，在中国文学发展历程中，"文学"与"大众"的问题并非是从《讲话》才开始提出的。从 1928 年鲁迅和郭沫若关于"普罗文学"的论争，到 1930 年瞿秋白、周扬等人提出"大众文学"口号，以及次年上海文艺界开展关于"大众文学"的讨论，中国文学在现代化历程中始终寻求"文学"与"大众"知识话语的连接。但在当时，这种连接的努力都集中在语法、文风、文体等文学的"表现形式"上，即文学如何表现大众的语言。② 在《讲话》中，毛泽东提出的"文艺大众化"则表达了全新的理论观念和具有原创性的理论追求，即在根本上，"文艺大众化"是文学体验的大众化，也就是革命的文学要做到"大众化"，首先要做的是"感情起了变化"③，"文艺工作者的思想感情和工农兵大众的思想感情打成一片"④。这展现出毛泽东在理解文学"大众化"问题时与以往截然不同的一种角度和方式。从中国 20 世纪 40 年代的文艺现实来看，毛泽东对当时中国文学现实情形的判断及对"文艺大众化"问题的理论说明，不仅在文学的"表达形式"与"书写内容"上提出了不同的要求，而且整体地表达了中国新民主主义革命之于中国文学经验的学理诉求，这也正是毛泽东"文艺大众化"理论

---

① 毛泽东：《毛泽东选集》，人民出版社 1991 年版，第 853 页。
② 陈建华：《"革命"的现代性——中国革命话语考论》，上海古籍出版社 2000 年版，第 268 页。
③ 毛泽东：《毛泽东选集》，人民出版社 1991 年版，第 851 页。
④ 同上。

不同于以往的地方。

毛泽东的《讲话》的发表，使马克思主义文论在中国的理论发展得到深刻的提升，在理论形态上表现出了一种从"形式→内容"到"内容→形式"的超越性变革，马克思主义在中国文学与理论界的实践影响不再仅仅停留在"文学革命"的"形式表达"意义上，也不再单单着眼于"文学革命"的"内容书写"上，而是马克思主义理论原则开始在文学精神的层面上与中国当时的文学实践相结合，并最终以"文艺大众化"的理论形式将中国文学普遍的知识经验融入中国新民主主义革命的进程中，从而完成了马克思主义文论在中国的理论创构。在这种理论创构中，马克思主义开始与中国特殊的"政治"相呼应，从而为中国无产阶级的"文化领导权"缔造了深刻的理论武器和斗争武器，而来自底层经验的"文艺大众化"方向则使中国马克思主义文论拥有了"人民性"甚至是"人民美学"[①] 的表达方式。这一方面显示了马克思主义文论"中国化"的伟大意义，另一方面则衍生了中国马克思主义文论另一个重要的起源语境和特征，那就是更多地在文艺界的思想论争与政治意识形态的联系中孕育它的理论形态，文艺界的思想争辩和观念论争，以及由此展开的艺术实践构成了中国马克思主义文论的知识经验；政治意识形态则不但影响着文艺界的知识经验，而且影响了知识力量的分化组合。[②] 也正是从那个时候起，中国马克思主义文论在中国文学经验中发展出了一种不同于欧洲马克思主义的美学思想和理论形态，这种理论形态虽然在不同的历史条件下呈现出一定的变化，但它们具有某种共同的理论基础和思想内涵，那就是怎样将中国的民间文化模式与中国人的审美经验模式结合起来，从而真实地表征出中国现代化进程中与社会主义目标相联系的情感和审美经验这一相对困难的理论要求，而这正是马克思主义文论在中国创构的理论表征。

---

① 冯宪光则直接称中国马克思主义美学是一种"人民美学"，参见冯宪光《马克思主义文艺学的当代问题》，中国社会科学出版社 2005 年版。

② 当时很多城市出身的作家开始投入"文艺大众化"的创作中，并发生了生活方式与文学理念的重要变化，并相信毛泽东说的"最干净的还是农民，尽管他们手是黑的，脚上有牛屎，还是比资产阶级和小资产阶级知识分子都干净"。

三 马克思主义文论在中国的范式转换及其理论意义

如果说以毛泽东《在延安文艺座谈会上的讲话》所确立的"文艺大众化"理论形态为标志，马克思主义文论在中国完成了理论范式的创构，那么从20世纪50年代到今天，60多年，马克思主义文论在中国的发展早已摆脱了理论创构的初期特征，开始显出实际有效的理论影响，理论范式转换的特征也更加明显。这同样是一个复杂、矛盾并充满各种思想交锋的过程，在某种程度上，它比马克思主义文论在中国的理论创构历程更加艰难。因为马克思主义文艺理论范式的转换不仅仅意味着理论学说在选择与接收中的单向传播，也不仅仅意味着理论形态的初期创构，而意味着理论观念与思想精神的纵深发展，是一个关于马克思主义文学理念的综合变革的过程。具体而言，马克思主义文论在中国的范式转换，是从那种单一的"文化领导权"意义上的"文艺大众化"的理论范式走向深入发展、综合创新的过程，同时也是作为一种思想指南与批判精神的马克思主义文学观念深刻贯穿于中国文学知识经验与理论研究过程的标志，因此，它必将引起接受方式与接受策略的自觉调整及思想观念与思维模式的深层变革，同时更是理论建构的逻辑起点。

20世纪40年代毛泽东的《讲话》发表后，"文艺大众化"的理论形式曾经在很长时期成为中国马克思主义文论的理论形态，而20世纪40年代中国文学的知识经验也更多地与"文艺大众化"的理论形式相呼应。比如，《讲话》之后解放区的许多文学作品，如歌剧《白毛女》、赵树理的小说《李有才板话》《李家庄的变迁》等，不但成为"文艺大众化"理论的成功范例，而且构成了中国马克思主义文艺理论对象化现实审美经验的有力方式。而那时，来自中国社会底层人民群众的情感和愿望，以及与此相联系的生活经验也表明，中国马克思主义文论要想获得理论范式上的合理表达，必须更切实地面对来自人民的情感体验与知识经验，这是马克思主义文论之所以在中国发生范式转换的内在理论规约，同时也是中国马克思主义文论的基本问题。20世纪40年代，中国文学中的"文艺大众化"实践曾经表达了受压迫最深重的底层人民的情感和愿望，并且在现代中国文化发展与社会演进中发挥了重要的作用，甚至影响了现实社会的政治与意识形态的格局。60多年，马克思主义文论在中国的基本问题并没有改变，马克思主义文论仍然需要面对社会大众的生活经验与情感诉求，仍然需要在根本上呼应中国社会与中国文学的现实，并需要将之转化成内在的理论建构的内涵。这正是马克思主义理论范式转换的起点。正是在这个起点上，60多年来，中国马克思主义立足于中国经验与中国现实，在整体、全面、系统地消化吸收马克思主义的经典文本的基础上开始了理论转换的过程。

我们曾经认为，20世纪20年代开始的马克思主义文论中国化的早期历程展现的是一种"文学革命"的"形式化"过程，到了20世纪40年代，马克思主义文论在中国开始从"文学革命"的"形式化"阶段转向"文艺大众化"的理论创构阶段。无论是在20年代还是40年代，马克思主义文论在中国的发展都具有单一的特征，知识谱系、话语方式与理论影响都不同程度地具有狭窄的一面。即使是在40年代，中国马克思主义文论在"文艺大众化"的理论观念中有效地熔铸了"文化领导权"观念而成为意识形态话语的有利表达形式，它仍然没有摆脱"外来"与"送来"的理论接受上的尴尬。如何摆脱这种"外来"与"送来"的尴尬正是马克思主义理论范式深入中国文学实践的首要任务。这首先还是一个"接受"的问题，也就是说在"接受"的层面上我们如何真正摆脱"他论"思维，真正把马克思主义的思想与精神融入我们自己的文学理解与文学研究之中。60多年来，中国马克思主义文论首先在接受方式与接受策略的基点上展现出了理论范式转换的重要成绩。马克思主义文论在中国的接受不再满足于"理论""主义""学说"的平面介绍，不再是对马克思主义的文本做有选择性的介绍和有实际针对性的评述，从20世纪50年代出版的周扬主编的《马恩列斯论文艺》到各种版本的马克思、恩格斯的全集、选集和文艺论著合集；从最开始列宁的《论党的出版物和文学》，到马克思、恩格斯、列宁、斯大林、毛泽东、周恩来、邓小平等诸多马克思主义经典作家的理论著作，理论引介和研究展现出了更加多元和变化的趋势。其次，60多年来，马克思主义文论具体的研究过程呈现出了一种综合研究的局面。马克思主义不再是平面地介入社会与政治问题的理论手段，而成为真正深入文学领域的精神力量与思想力量。马克思主义作为一种整体观念开始与中国当代文艺问题、文学实践相融合，马克思主义文论的理论建构、体系建设与观念影响、思想指导也已经落实到了文学研究的具体过程。特别是从20世纪80年代以来，在具体的文艺研究与审美研究领域，不再将马克思主义的理论学说和观念简单机械地套用到文学阐释过程，而是开始注意在文学与审美领域中真正践行马克思主义的思想精神与理论精神；不再将马克思主义的文艺思想孤立化、片面化、机械化和程式化，而注重在整体上将马克思主义理论观念融入中国语境与中国问题，走向马克思主义文论研究的问题领域。这意味着马克思主义文论在中国已经开始走出理论创构的初期阶段，理论范式已经显示出实际效力，马克思主义理论观念已经作为一种整体精神锲入中国审美文化现实并展现出明显的思想启发。最后，60多年来，马克思主义思想观念在与中国当代文艺问题、文学实践相融合的过程中，中国马克思主义文论在理论研究与体系建设上也取得了重要的成绩。在文学与政治的关系、文学的人学观念与人性立场、典型化原则的梳理与接受、现实主义文学原则的理论探索、文学生产与文学消费研究等方面，马克思主义文学理论观念既发挥了重要的作用，同时也展现出鲜明的理论建设成绩。在文学主体性精神的探究、文艺学研究方法的开拓、人文精神的大讨论，以及审美意识形态研究、新理性文论、古代文论的现代转换、全球化问题、中国美学与文化多样性等重大学术问题的探索与辨析中，马克思主义文论所占的比重也是巨大的。这说明，马克思主义文论正在中国文学理论的知识生产与理论建构中发挥实质性的理论影响，马克思主义文论在中国的范式转换正展现出它重要的思想启发性。这种启发就在于提示我们注意，作为一种理论范式的马克思主义文论不是一种独断性、排斥性、唯一性的理论观念与思想形式，因此我们不能再将马克思主义文艺观念绝对化和独白化，更应该强调在马克思主义与当代西方其他文艺观念的比较对话中找到马克思主义文论的更合理有效的应用形式，同时也要在马克思主义和人类思想的多种资源的比较对话中以更加积极的方式从事马克思主义文学理论研究的系统工程，这既是中国马克思主义文论走向深入发展综合创新的过程，也是马克思主义文论开始在真正意义上展现出中国化、大众化与时代化的实绩的表现。

马克思主义文艺理论是马克思、恩格斯等马克思主义经典作家在深刻地总结人类社会历史的发展规律，深入地关注现实的过程中创立的科学的理论体系，具有重要的理论意义和学术价值。在马克思主义文艺理论诞生以来的一个多世纪中，马克思主义文艺理论的理论内容不断得到完善、思想内涵不断得到深化、研究格局不断得到拓展，同时，在现代文化发展的视野中，马克思主义文艺理论的重要性和关键地位日益突出，其理论影响和思想启发越来越重要。经过一个多世纪的发展，马克思主义文艺理论已经深入世界文学与文化现实发展的具体过程，在文学与文化研究的发展中起到了不容忽视的理论导向与思想指引的作用。世界文化格局的不断变化及文学与文化理论研究观念的不断变革，为马克思主义文艺理论的丰富和发展提供了不可或缺的历史机缘与现实条件，同时，也对马克思主义文艺理论的建设提出了许多挑战，在新的历史时期，我们只有了解马克思主义文艺理论的新趋势、新情境，把握当代马克思主义文艺理论的当代格局，才能更深入地理解马克思主义文艺理论的时代意义和理论责任。经过一个多世纪的发展，马克思主义文艺理论的历史走向更加复杂，关于马克思主义文艺理论的各种争论也更加热烈，这是需要我们认真分辨的问题。特别是在全球化的今天，不同的社会运动和社会变革也都在文学艺术上最先表达并且在理论上转化为不同美学原则的论争，马克思主义文艺理论也不例外，不同国家、不同地区甚至不同时代的社会变革会产生它的特殊问题，作为一种与现实发展密切相关的理论形式，马克思主义文艺理论也需要在不断注视现实审美文化发展的过程中呼应它的基本问题，这也正是马克思主义文艺理论的时代性特征。为了进一步把握马克思主义文艺理论的时代性命题，我们需要把握马克思主义文艺理论在不同时代出现的理论模式和理论形态，特别是要对中国马克思主义文艺理论的基本模式有一个深入的了解和把握，这样，我们才能更深刻地理解马克思主义文艺理论在现代性演进中提出的基本问题。

上　篇

文学与意识形态

第一章

文学与政治：20 世纪中国文学观念谱系

20 世纪中国文学的观念谱系在很大程度上无法回避文学与政治的冲突与结合。在历史层面上，晚清的失败影响波及社会各种领域，并在思想、观念、文化和语言表达等各种意识层面表现出来，延续千年的中国文学传统也在这个时期孕育出新的现代性变化，这种变化与政治性的"启蒙"命定地交融在一起，从这个时候开始，"文学"与"审美"也逐渐与改造世界的"社会实践"结合在一起，以后逐渐成为文学审美观念的核心主题。

从 20 世纪 80 年代开始，文学理论热点话题转向对文学审美本质问题的认识和探索，文学的审美本质以一种理论化的形式在审美本体论的意义上得到突出的强调。以"诗到语言为止"和"形式革命"为旗号的"先锋小说"和"第三代诗"的创作为表征，纯文学的创作同样表现出"去政治化"的美学追求，其美学基础建立在文学自律论上。在这种文学自律论的强调中，关于文学"自足"的想象事实上将文学"悬置"在一个无法落实其现实性的"空位"上。人们发现，文学已经丧失了介入社会现实的能力，文学的写作与阅读已经告别了社会公共领域而进入个人化的生活领域。伴随着这种情况，文学理论的研究也开始不得不在"危机"与"无效"的论战中一再试图论证文学存在的合法性。

第一节 从启蒙到革命：文学的任务和难题

一 经验的聚集

深入晚清失败历史的深处寻求现代中国启蒙的动力美学，为现代中国的启蒙先声寻求历史的政治理解，对于当下思考现代中国美学的诸多问题来说，既不失为一种切实的思路，也可以说是各种不同现代问题的理论前提。然而，就 20 世纪中国文学理论来说，这样一种理论思路指向的却不再是一个普遍的问题，而是一个具体的问题。作出这种判断不仅是因为在 20 世纪中国文学理论的历史叙述中同样凝聚着失败历史中的感知和经验，更是由于在这种理论的经验中聚集着失败历史中理智的痛苦和政治的想象，因而，它既是一种凝聚着感性经验的美学，也是一种试图从感性经验中超离而获得普遍理解的现代性理论的探求。"对于晚清时代的士大夫而言，1894—1895 年甲午战争的失败是一个象征性的事件。它意味着以洋务运动为标志的改革的失败，也意味着即使有所改良，传统的制度和知识谱系也不足以应对严峻的现实。在士大夫心理严重受挫的背景下，重构新的世界观和知识系统，进而为制度的改革创造理论的前提，成为迫切的任务。"[①] 在失败经验中重构民族国家新的认识观念并非易事，而对晚清一代文学家来说，他们一方面承接了集体的失败经验，另一方面又在个人经验中寻找个人与民族国家得以重合的认知路径。

这种聚集于个人经验中的双重努力一直可以追溯到晚清的黄遵宪。作为晚清一代知识分子的黄遵宪在个人经验的意义上还具有另外一重特征：

---

① 汪晖：《现代中国思想的兴起》，生活·读书·新知三联书店 2004 年版，第 833 页。

在异质文化的交接碰撞中所强化的启蒙自觉。黄遵宪曾任日本、美国、英国、新加坡等国的外交使节十余年,其海外见闻和感受入诗比之一般的现象罗列更易于产生审美共鸣。于是,以诗歌形式来表达不断被强化的个人经验和认识,不仅是个人经验外化的自然选择,而且,比之空洞刻板的理论解说,这些富于个人感受的文学表达也更容易召唤读者产生共鸣。这些诗歌不仅能"洞明世界大势",而且"性情笃挚",与传统诗坛的艰涩和陈腐恰成对照,堪为民族性现代启蒙的心声。黄遵宪少年时代即在诗歌创作方面有独创的新变气象,而海外诸国的见闻和体验也增加了他文学经验中对现代世界的认知,从诗歌中出现的新名词、新景观和新事物到提倡"诗界革命",文学不再满足于传统诗坛的艰涩和陈腐,新的世界要进入文学和文学容纳新的世界才能进入读者内心,这种逻辑的相关性使文学在自身内部寻求变革的要求越来越具有现实性。新事物进入文学并非仅仅是现象铺陈,还有从经验现象和感受体验出发而获得的对新事物的个人化表达,在这种经验的符号形式中人们甚至发现,崭新世界的开端并非出自新展开的历史一页,而是在个体深处新异经验的传递和启蒙想象的触发,这种符号传播的形式从一开始是个人化的、文学性的形式,但正是这种形式为普遍的现代文化启蒙打开了可能的政治维度。

除了个人新异经验的激发以外,积贫积弱的社会政治现实也为西方现代观念的输入和接受提供了广泛的思想土壤。以"进化"观为先导的现代观念引导中国民众开始展望一种完全不同于"现实"的未来的"现实",在这种展望中,"现代"在一种观念先导中展开了一种富于审美气质的想象性展望,正是这种展望构成了真正的富于政治启蒙性的开场,并带动了进一步的文化选择。

正如不少论者指出的那样,在启蒙的意义上,中西方文化的选择在路径和方法上存在明显差异。在西方,耶稣基督成为道德与精神的象征。虽然在《圣经》中并不缺乏对人间苦难的描述,然而耶稣缺少对社会和政治问题的关注。在启蒙运动之后,人们对人性和人类的悲惨生活给予了更大程度的关注,要求在内在精神价值与外在制度价值之间作出划分,两种价值的划分所带动的社会分化进一步将内在与外在的价值尺度并列起来,这一过程也被看作西方现代启蒙运动的具体进程,而与这一进程相伴随的是人的内在价值与外在社会诉求之间的不平衡,甚至是内在紧张:以往对永恒之物的神学信仰也开始容纳以"恶"为表现形态的现代历史的进步性力量,宗教的制约性力量在这一过程中逐渐遭到瓦解,以"现代"为表现形态的"现实需要"日益成为社会的共同主题。

与西方在价值的分化与瓦解中奠定现代性原则的历史不同,中国的近现代启蒙是用西方的现代性观念来强化现实政治的信念。在强化中包含着政治的"进化"与"转化"的信念。在现代的"进化"观念中又含有"物竞天择""适者生存"的现实关系和历史准则的现代普适理念,虽然后者在逻辑上构成了对前者的否定,但是,在改造社会现实的内在冲动的意义上,后者的绝对性却强化了生命个体的豪情和绝对的生命内在动力。这在很大程度上决定了中国的现代启蒙在审美与现实之间是一种同构的关系。从晚清一代知识分子开始,在现有的各种价值观念中加以重新选择成为时代性的价值风向,然而,各种不同的选择都没有忽视文学在启发"民智"方面的工具价值。由此促使文学审美与现实政治发生新的动力协同关系。

二　启蒙:在文学世界中开启

有论者指出:中国现代启蒙与西方现代启蒙存在一个明显的区别:后者在西方的产生是自由资本主义经济竞争充分发展的结果,而在中国,由于尚不存在相应的社会经济基础,启蒙作为一种价值选择和观念先导的作用就因此越发明显,作为社会运动的启蒙需要深入人心的感召力量的发动,因此需要作为一种社会动员形式的公共文化形式作为载体或媒介。[1]

从中国现代启蒙的发生根源来看,西方现代启蒙思潮的引进和传播是学术界共同认可的一种来源。此外,学术界也有一种意见,认为传统中国文化中的非主流观念构成了中国现代启蒙的传统文化动力。中国现代启蒙观念的孕育来源于现代西方文化的激发与内在传统文化土壤的培育,用这

---

[1] 张光芒:《启蒙论》,上海三联书店2002年版,第37页。

种内外因结合的形式来分析中国现代启蒙的文化动力问题是符合哲学逻辑的基础结构要求的。

与上述判断形成对照的问题是：中国现代启蒙的过程在不凭借相应经济基础的条件下如何在外来观念的启发中获取实践性的启蒙力量；或者也可以说，作为"题中应有之义"的"启蒙"如何在现实的启蒙需要中获得实践性的展开，并实现启蒙观念从外在向自发的转向。找到这些问题的答案成为启蒙者的用力所在。所以，问题的重要性并不首先表现在文学如何担负现代使命，而在于现代使命的完成为何首先在文学世界中开启。

恰逢过渡时代，革命便应运而生。启蒙的现代性虽然作为历史准则承担了中国政治革命的现代使命，但是，无论是作为展开的方式还是落实为体现政治合理性的制度设计，启蒙在理想和现实之间的距离都显得相当遥远。晚清以来的社会现实及东西方文化在异质差异中带给中国人的价值比较为在客观上将各种不同的社会力量凝聚成为一种改造现实的推动力量创造了条件。作为处在中外古今文化相互碰撞阶段的中国近现代启蒙主义，本身也是近现代阶段不同观念相互碰撞的结果，其中现代思想与古代传统之间的碰撞乃至冲突最为激烈，在相互碰撞中观念之间又相互汲取，加之外来文化在推广过程中的曲解和误读，使启蒙主义呈现出内在的多元性和矛盾性的特点。这也是在启蒙之初诸多社会不同力量在不同程度上都能参与或支持社会变革的价值前提。

正是由于近现代启蒙主义的多元性、复杂性和矛盾性，通过文学来实践社会革新的探索意义也就成为启蒙主义时代赋予文学的政治使命。正是在这个意义上，梁启超明确地将诗歌创作活动上升到理论层面，并进而提出"诗界革命"的主张："今日不作诗则已，若作诗，必为诗界之哥伦布玛赛郎然后可。"[1] 在梁启超热烈召唤诗界哥伦布的诞生时，诗界革命已经具有了具体的形式和发生的条件。诗歌在表现内容上的变革与表达形式间的关联显而易见。就表现内容而言，以现代欧洲的精神思想为来源改造传统诗歌的旧有形式，借此开启中国民智，启发现代变革，是梁启超"诗界

---

[1] 梁启超：《夏威夷游记》，参见《梁启超全集》，北京出版社1999年版，第1219页。

革命"的中心用意所在。

　　作为中国社会现代性发展的主要组成部分，启蒙一开始就选择从三个层面来展开：一是启发个体精神发展的历程意识。此一阶段表征着个体精神发展独立性的开始，使之初步具备现代个体的精神特质。二是确立现代社会运行的公认原则。现代社会是人们对社会合理性加以追求的产物，也是人按照自身的理性来建造的融合于自己的世界。三是给予不同知识模式以相对独立性，以便于保证个人主体性和社会合理性在知识逻辑的意义上可以得到辩护和伸张。在上述三个不同层面中包含着个人与社会之间的一种既紧张又相成的张力结构。从个人与社会的相互关系来看，现代启蒙在强调个人主体性的同时也在对社会合理性的程度做充分的允诺，这既为审美批评的扎根创造了发育的土壤，也为审美批评的独立与批判提供了可能。从 1861 年至 1919 年，现代启蒙在中国大体经历了器物层面上以"自强""求富"为目标的经济现代化，到制度层面上以"宪政"为目标的制度维新、改良和革命的政治现代化，再到思想文化层面上以"民主""自由"和"科学"为目标的思想现代化的过程，在不长的时间中迅速转换。中国人在追求现代化的过程中，是以思想文化的启蒙为引导，以物质富裕、经济繁荣、科技发达、国力强盛为目标，以体制变更为保证来展开的。

　　然而，与这种热切的期待相对照的现实是，辛亥革命后，皇权虽已崩溃，但旧的观念、风习和信仰依然牢固，政治上的保守势力还在不断推动着读经和复辟的活动，思想文化上的滞后和压抑阻碍了国人对现代的进一步追求。1915 年，陈独秀在《敬告青年》一文中指出，倡导和追求一种新鲜活泼的思想文化氛围乃是现代启蒙的首要选择。这种看法与此时期的梁启超形成了呼应。梁启超"以旧风格含新意境"的诗界革命理论与其"革命者，当革其精神，而非革其形式"的策略定向，开始了从形式到内容的过渡。

　　如果说文学革命是一场通过文学的感性召唤力而深入人的意识与观念层面的变革，那么，从诗界革命而来的革命动力也将推动观念表达的新形式的诞生，这为 20 世纪初一场名为"小说界革命"的文学运动的产生创造了条件。从表面上看,"小说界革命"固然与维新派为配合其改良群治的政治运动而提出,但社会理想与现实的反差和距离又进一步强化了文学形式向小说体裁的转向,而在客观效果上,承载更多社会现实能量和包含更大矛盾张力的小说很快突破政治上党派的局限,得到文学界有识之士的广泛欢迎。与这种逐渐展开的文学形式相应的是,"革命"观念逐渐突破了固有"文学"介质的约束,而进入更为无形的观念与意识领域,以至成为一种普遍的时代风尚。

三 启蒙精神与审美危机

文学从诗歌向小说的转向,不仅是一种体裁形式的转移,而且是文学政治获得进一步展开的标志。1902年梁启超的《论小说与群治的关系》可以作为这一文学转向和自我实现的最初理论表达,在对"新小说"的呼唤中,文学承担启蒙的政治使命成为文学革命性的历史"标记",之后不断涌现的新小说刊物已经证明了这一点。

在通常情况下,当我们注目于"文学的政治性"或"革命性"时,由文学所承担的"政治性"或"革命性"本身的巨大与炫目会遮蔽文学自身的存在,使置身于某个政治时代和革命激情中的人忽略承载这一"政治性"或"革命性"的具体存在,这种被忽略的存在我们可以将之命名为"审美的危机"。审美的危机之所以有可能发生是由于存在着审美形式被有意或无意地加以忽视的条件和可能,一旦这些条件足够充分,或者在某种情况下被某种认知机制加以放大,审美的危机就有可能发生。

然而,启蒙主义文学却以另一种形式来表征审美的活力,或者也可以说,在启蒙的任务和文学的表达之间还存在着一种特别的文学表达形式。从启蒙时代以来,传统文学的文体形式被启蒙主义以来的新文体所取代,文体形式的变化为启蒙时代的开启争取到了一个具象化感知和呈现的机会。由此人们可以进一步认定,文体总是某个时代的文化表达欲求加以变化的体现,它成为作家对现实、历史、文化进行综合选择的结果。一个时代的作家总是有一种特别的文化依托,他们会仔细塑造自己的"言说"方式，并进而形成与之相对应的文体形态。所以，文体的革新也就不仅仅是文学形式的单纯演进，它隐秘地潜藏着一个时代的美学精神、社会文化心理、哲学观念及新的审美机制的生成。

就启蒙主义时代而言，由于现代启蒙的呼唤和社会主题的明确引导，文学家们也逐渐形成了现代的时空观念，这种时空观念有效地参与现代作家新型文体观的孕育。马克思、恩格斯在150年前对现代性社会状态的描述是：在持续不断的生产革命、社会环境的变动中，一切牢固的传统关系都被瓦解了。所以新的形式还没有固定下来就过时了；一切固定的东西都融化在空气中，一切神圣的东西都被亵渎。而我们当下的世界的变化其速度更快，程度更大。现代社会以无限的未来发展为目标，带动社会各种不同的文化形式加速运转，技术、商业、传媒等一切活动都加入迅速变化的社会运动中。就在整个社会都在共同的现代轴心旋转的时候，文学在自身的内部却产生出两种不同的力量，一方面，文学继续承担着引导、启发和感召社会力量加入现代启蒙的社会革命的任务；另一方面，加速运动的现代社会的同心力量又促使文学生成一种"离心运动"的文化主题，在启蒙主义时代，后者不仅总是较前者微弱，而且总是因前者的巨大"同心引力"的存在而存在。从文学这微弱的"离心运动"的视角看出去，社会现实以零散的事件原子的形式存在，而自我作为无意义的原子迷失在空洞的社会呐喊的喧嚣中。这种"同心"与"离心"运动的反差性存在不仅容纳了启蒙主义的多元价值，而且延续了不同价值间的碰撞。这种内部存在的张力结构其强度一旦跃出文学的固有边界，其内在的主题演变将推动启蒙主义时代的主题演变。

当现代启蒙通过文学来完成其价值选择与观念先导的任务时，作为感性文化形式的文学与作为公共文化载体要求的文学之间形成了一种新的矛盾，人们需要在文学理想和现实利益两者兼顾的意义上来回答这个问题：作为承担政治使命的现代文学是否需要重新安排审美的位置或者重新定义审美。在20世纪中国小说的历史缝隙间不仅存在着文学与政治的正向契合，而且有学者敏锐地发现：在革命的社会历史"大叙事"与文学的审美"小叙事"间存在不对等和不和谐，后者恰恰是在理论上以"小说界革命"

和"新小说"的差异而展开,在他看来,"用'小说界革命'的理论主张来阐释新小说的创作,也是完全可以理解的。可这两者之间并不能画等号,除了理想与现实、理论与实践必不可免的距离外,更因为'小说界'革命的口号是维新派为配合其改良群治的政治运动而提出的,虽然其政治主张适逢其时,很快打破了政治主张上党派的局限,得到文学界有识之士的广泛欢迎,但这一时期有成就的新小说家,并非都毫无保留地站在'小说界革命'的旗帜下"①。这种区分暗含了文学在历史和理论的层面上围绕着文学与政治关系的矛盾性。

特里·伊格尔顿在描述前启蒙时代的美学状况时,特别描述了哲学在理性的旺盛与感性的苍白之间的反差,这种反差有益于我们理解美学在前启蒙时代的出现如同"飞地"一般令人震惊的现象,伊格尔顿认为这种震惊源于对理性的如下判断:"没有什么比占统治地位的理性更无能的了,因为它除自身概念之外便一无所知,还被禁止去探索情感和知觉的本质。"②美学在现代以学科的形式出现,意味着感性在文化形式的表达领域开始有了更为强烈和直接的欲求。与伊格尔顿对前启蒙时代美学状况的判断不同:理性旺盛却并非一无所知,感性形式的文学虽不苍白,却难掩其内在的矛盾,正是后者构成了启蒙主义文学的内在张力,并由此形成了中国文学理论的特殊难题,即下述两个方面。

1. 在自由的文学表达和先行设定的启蒙任务之间的矛盾

启蒙的首要任务是摧毁传统专制。现代理性价值的阐释和发挥必然成为启蒙时代的文学表达。如果说,传统社会是一个现有存在连续的、多方面的整体结构,那么,存在于这一结构中的各个不同部分之间已经形成了一种整体性的联系,彼此之间在价值判断和观念构成上都存在互补与趋同的联系。到了启蒙时代,以"科学"与"民主"为标志的现代启蒙观念虽然是各种不同现代观念阐发的概括性表达,但现代理性价值尚未在主体上

---

① 陈平原:《中国现代小说的诞生》,北京大学出版社2011年版,第1页。
② [英]特里·伊格尔顿:《审美意识形态》,王杰等译,广西师范大学出版社2001年版,第2页。

得到落实，如何在一个如马克斯·韦伯所说的既成"目的论"宇宙秩序中分解已有的连接链条，建立完整的现代理性价值的结构，是摆在启蒙者面前的巨大考验。

现代理性不在先行设定的意义上使用理性，而是以个体及其价值实现作为理性整体价值的发源，所以，相比较而言，现代理性结构就是一种"个体小宇宙"的理性结构，它以"原子"的形式生成自我，并逐渐发展出个体与世界的联系。然而，理性的认知建立在充分的论证和可靠的证据基础上，如果一种认知和观念是值得接受的，那么它必须是理性的，而一个合乎理性的信念则是一个得到证据支持的信念。启蒙思想家们在理性认知的基础和准则方面有着大体一致的方向，这决定了现代文学的选择虽然包含了个体小宇宙的自我生成，但就现代理性价值的整体构成而言，早已被限定在一个主题有所确定、文体有所选择的范围内。

2. 文学的理性困难

虽然现代启蒙理性以个体及其价值实现作为理性整体价值的发源，但是，文学家的个体意识具有更为具体的内涵。对于一个文学家来说，他对世界的认识方式是一种不确定的描述，一个假定的"终极"认识，一旦客观内容发生变动，潜在的矛盾将促使文学家改变固有的认识，并影响到以往的生活方式。通常，文学家以否定和批判的方式来表达他与历史和现实的关系，从这个意义上说，真正的文学家总是一个孤独的探索者，他向意识领域所做的每一步迈进，都使他距离原来的出发点——那个可以用现实和历史的尺度加以测量的地点就更远。以启蒙主义时代的作家鲁迅为例，鲁迅通常以否定性的方式来表达他与历史和现实的关系，其"立人"思想的前提是"个性张"，而"个性张"的价值直接指向民众自我觉悟的启发，由此带动对传统专制的怀疑甚至批判。体现着对历史的深恶痛绝和对民族未来的深刻忧患，这些批判构成了启蒙主义时代文学能够与政治结盟的理性基础。然而，在鲁迅的"立人"思想中也包含着对现代启蒙政治的一种怀疑。所以，"审美是如此一种存在领域，这个领域既带有几分理性的完美，又显出'混乱'的状态"①。伊格尔顿特别说明，这种审美的混乱不是分裂带来的杂乱无章，而是它既是理性的，同时又跃出理性的范围，从某种意义上说，美学的出现恰恰来源于对审美加以定位的困难，显示的既是理性的困难也是感性的丰富。

第二节 审美与实践：主体的动力美学

一 劳动的界分

许多人会惊讶于《巴黎手稿》不断被延续的接受史。长盛不衰的阐释与接受热情与作为文本存在的"笔记"性质恰成对照。马克思早年读书时养成了读书摘录并记录随感的习惯，这一习惯保持了终身。马克思不仅精心保存他的笔记，而且习惯于不断重新加以阅读。当他的观点发生变化时，他会用笔记进行之后的写作。通过对马克思研究与写作习惯的研究，德国学者尤根·罗扬认为："1844 年手稿并不是对某种世界观的系统阐释，毋宁说，它展现了运动中的马克思的思想。"② 这一看法捕捉到了马克思学术研究的思想踪迹。笔记为持续的思考提供了由以提升的基础。它虽然缺乏系统而完整的阐释，却原初地保留了思考的行进轨迹，这种"笔记特质"所保留的思想原生性，虽然泛化了概念的固有边界，却也为"劳动"美学的历史价值提供了原生性的思想能量。

从《巴黎手稿》开始，马克思在物质生产劳动的意义上对实践概念作出新的解释。其中，两种劳动的划分意在将劳动的某种形式（异化劳动）

---

① [英]特里·伊格尔顿：《审美意识形态》，王杰等译，广西师范大学出版社 2001 年版，第 3 页。
② [德]尤根·罗扬：《理论的诞生——以 1844 年笔记为例》，赵玉兰译，《马克思主义与现实》2012 年第 2 期。

从人类的历史实践形式中分化出来，经过这种分化，保留下来的劳动形式得到了"纯化"，这种"纯化"了的劳动形式通过哲学的表述走向了美学，在哲学领域中它获得了一个广义表述概念——"实践"，而与之对应的异化劳动则走向了美学的对立面。在比较的意义上，实践性的劳动（或曰"实践"）不仅是生产的真正灵魂，而且是人的生命活动的展开形式，并因其展开而获得了历史内容。对实践性的劳动而言，劳动不仅是满足肉体生存发展的手段，而且是体现人的类特性的"自由的有意识的活动"。美学进入劳动，不仅完成了劳动的划分，也推动了劳动表意的实践化。

从资本家动机的分析来探索资本对劳动的统治秘密成为马克思写作《巴黎手稿》的动力之源。这一探索的出发点是"人是类的存在物"[1]。异化劳动把人从自身异化出去，"从而也就把'类'从人那里异化出去"[2]。在这里，"类"作为本质的人的属性是现代社会生产可以被还原的根据，这个"根据"的获得，既可以将整个社会生产的现代性从人类整体的劳动形式中加以分离，也可以对自古以来已经被确定下来的人的本质属性重新加以规定。这是政治经济学的社会生产分析通向本质的人类学认同的逻辑通道。"正是通过对对象世界的改造，人才实际上确证自己是类的存在物。"[3] 对对象世界的改造是人类劳动实践的形式，在这种劳动形式的描述中，人的类本质得到了肯定，劳动从人类社会实践中分离出来并以美学的形式对劳动进行了肯定。与此同时，对象世界的不合理性也同时得到了认定，认识的逻辑形式沿着这一反一正的双向作用力向前提意义索取新的认识判断，人们可以认为：不合理的现实在劳动的美学化形式中是可以被改造的。所以，"人的类特性恰恰就是自由的有意识的活动"，作为活动对象世界的一个组成，动物世界显然有着与人的世界完全不同的特点。在人与动物相互区分的意义上，马克思强调了人类劳动的美学价值。因为人与动物的差异就集中体现在：人可以使自己的生命活动变成自己的意志和意志的对象。

---

[1] 马克思：《1844年经济学—哲学手稿》，刘丕坤译，人民出版社1979年版，第48页。
[2] 同上书，第49页。
[3] 同上书，第51页。

对马克思来说，通过对劳动加以考察和分析，哲学就有可能把人的创造性活动从抽象领域扩展到人的生活世界的多个方面，甚至扩展到文化实践的创造领域中去。

马克思显然不满足于在划定的概念领域中立足，他热衷于通过哲学去探索现代社会的问题，并以此将不同的问题汇聚在富于展望性的政治视野中。这种政治期待可以在他的类似话语中得到确证："无产阶级只有解放全人类才能解放自身。"这种展望把一种文化的哲学带入实践的历史性中去，并以"改变世界"作为重新界定历史性的尺度，其内涵的批判性指向决定了这种实践的文化哲学将在对现代生产的意识形态分析与批判中继续得到展开，而《巴黎手稿》则实践着意识形态分析与现实批判的使命，当《巴黎手稿》试图完成这样一个哲学任务的时候，它的现实批判不再会满足于对经济社会进行现代性的分析，而是通过经济分析和文化批判拓展到美学领域中去，作为这一拓展的结果，实践的人类活动被赋予了充分的美学色彩，焕发出超越性的美学精神，其美学辐射力可以从后来的影响中得到证明。

于是，所有价值判断乃至美学的期待都集中在"劳动"这一概念上。马克思继而发现，在人的社会生产与自我生产的活动进程中，是劳动本身对人做了区分："在福利正在增长的社会里，只有最富有的人才能靠货币的利息过活，其余的人都不得不用自己的资本经营某种企业。"[1] 这是一个资本竞争日益激烈的现代社会，被劳动所区分的人群不免沦为机器和资本的奴隶，资本对劳动的剥削成为马克思分析劳动价值的起点。在《巴黎手稿》中，福利增长的社会与资本的积累与运作是现代社会的巨幅景观。马克思对人性的考察与对人的现代境遇的观察是一同进行的。更准确地说，只有通过把对人的现代境遇的观察落实到人的社会生产与自我生产的活动领域中，对人的本质的考察才可以被确定为可靠的。马克思实现这两个方向上的转化的核心命题是：现代生产在本质上"对人的漠

---

[1] 马克思：《1844年经济学—哲学手稿》，刘丕坤译，人民出版社1979年版，第8页。

不关心"①。因为现代生产把"劳动者降低为商品,而且是最无足轻重的商品。劳动者的贫困同他的产品的力量和数量成反比"②。"劳动所产生的对象,即劳动产品,作为异己的东西,作为不依赖于生产者的独立的力量,是同劳动对立的。"③ 到这里,劳动的美学问题可以得以清晰地显示:作为"独立的力量"而存在的劳动和被剥夺的劳动之间存在巨大差异,后者完全是"异化的劳动",或者说是"劳动的现实化"④,作为异化劳动所产生的劳动产品表现为对象的丧失和为对象所奴役,作为对劳动产品的占有则在本质上将劳动者的劳动异化了。这一后果已经包含了这样一种规定:劳动者同自己劳动产品的关系就像同一个异己的对象一样。

从物质性的生产劳动到人类改造世界的劳动实践活动,人类在将自己的认识和意志对象化为世界图像的过程中获得了日益抽象的理性认识,世界的对象化也就一步步远离了感性的审美世界,这一过程被人们描述为不断的社会现代化的过程。一个日益实现技术现代化的社会也同时成为一个在人性发展和价值建构方面日益片面化的社会。拯救现代世界的道路或许正在于劳动的美学化,劳动的美学化意味着对正在被异化的劳动的改造及其过程,当马克思强调存在一种人类的类本质的时候,这种类本质与人类实践性的改造世界的活动在逻辑上被要求统一起来,在这种理论设想中,劳动美学化的方案初见端倪。马克思说:"工业的历史和工业已经产生出来的对象性存在,是人的本质力量的打开了的书本,是感性地摆在我们面前的人的心理学。"⑤ 人作为有其"类本质"的存在,在《巴黎手稿》中同时以两种方式得到表述:其一,人的"类本质"是人的整体的"自由自觉的劳动",以"自由自觉的劳动"为前提的实践活动是现代生产在逻辑上可以展望的人类实践前景。其二,与人的"类本质"相分离的人的现实存在是扭曲的、异化的人的存在。此时,作为人的存在的客观世界并非外在

---

① 马克思:《1844年经济学—哲学手稿》,刘丕坤译,人民出版社1979年版,第29页。
② 同上书,第43页。
③ 同上书,第44页。
④ 同上。
⑤ 同上书,第48页。

于人而独立存在，在人的活动的历史里与人的存在相互制约，就人的存在而言，他所面对的世界并非一个外在于他的本然的客体世界，人类实践的社会历史的展开其实也就在这一过程中得到历史的逻辑形式。从主体方面来看，人作为有意识、有目的的活动主体已经不同于自然状态的人，人只有在客体世界中才能踏实地获得对自己的规定，当然，他也会，或将会在另一种社会实践的过程中展开对自我主体的追问。这种在主客体之间相互渗透的关系推动着人类劳动的美学化过程及其展开。如果我们把后者看作马克思"实践逻辑"展开的结果，那么，基于"类本质"的自由自觉的劳动而形成的人类实践与异化的人的劳动形式的紧张就逻辑地把"类本质"的自由美学推到了两种活动形式（实践）的中间环节，而作为后者，又不断地推动着实践的革命化进程。此后，马克思在《神圣家族》中力图用历史唯物主义观点来解释人类实践性社会活动对历史的改写，在让人们看到"粗糙的物质生产是历史的发源地"的残酷真实之后，又试图从人自己的物质生产活动来解读被人类创造出来的历史的逻辑可能性在人类革命化实践的意义上是可以证明的。

二 "实践"的美学

马克思对劳动的区分一方面为人类社会中的普遍劳动形式奠定了物质性基础，另一方面（也是《巴黎手稿》中引人关注的一方面）也从人类各种不同的劳动形式中抽象出类的普遍形式，使之与历史发展的总体性在逻辑上相互加以关联，在这种不断展开的普遍性中蕴含了超越历史的主体性价值。在人的主体性和历史的普遍性发展形势之间原本隐含着一种逻辑上的因果关系，这种关系马克思在《巴黎手稿》中不仅尝试着从逻辑上加以证明，并做了价值性的美学展望。而李泽厚的"美感的二重属性""自然的人化"和"人的本质力量的对象化"等美学命题，则是将这种因果关系在逻辑方向上向前提求证，以求在美学价值的分析中进一步过程化而获得的命题。不仅如此，在1962年的《美学三题议——与朱光潜同志继续论辩》中，李泽厚还沿着这种思路继续发挥，得出了"人类也按照美的规律来造型"的命题，从而为人自身的主体性的证明找到历史哲学的理论根据。事实上，对人的主体价值的揭示不仅是一种美学人道主义的表达，同时也是美学的实践力量的求证。李泽厚强调，人类可以按照客观世界的规律来改造客观世界，这是具有内在目的尺度的人类主体的活动目标，为此目标所进行的人类活动既是充分理性化的活动，也是实践性的人类整体活动。艺术作为人类"实践掌握世界"的一种方式，劳动在激发与引领人类感知领域的革命性变化的意义上具有实践性的前导意义。以后，蒋孔阳以《巴黎手稿》为根据，从人的劳动实践活动入手来探讨人的社会本质问题，并以此作为美的本质的思考起点，由此认定："人的本质不是先天的，而是在劳动实践中制造出来的。"[1] 在这一认识判断中，人是多元的、多层次的本质力量的复合结构，这种"本质力量"既包含他的自然力和生命力，也包含他的禀赋、情欲和更为内在的需求，这种力量通过对象完整地呈现出自身。

以"人的本质力量的对象化"这一总括性命题为标志的实践美学在20世纪80年代以后逐渐上升为美学的主流，与此同时，与实践美学的论争也在不断展开。80年代后期，实践美学的"积淀说"成为论争的焦点。"积淀说"为主体的类存在寻求哲学与历史的根据。人类的实践活动成为历史解释与美学解释的根据。

然而，当"实践"概念从劳动中提取，人类的劳动形式和过程就不再被个体的身体劳作所支配，不仅"实践"本身跨越"劳动"身体的边界，进入概念和逻辑推演的序列，而且"劳动"也不再如人们想象的那样只在人的肉眼中存在。"实践"能否担当如此重要的理念重任？从20世纪90年代末，学术界对此问题逐渐开始敏感，围绕着"实践"所展开的美学争鸣与对话颇引人关注。交锋所向意在将"实践"与"美学"的"先验关联"在内涵、方式与价值等方面展开检讨。2004年，杨春时在一篇文章中质疑了从劳动的界分中演化而来的美学命题，认为"实践从诞生之日起就是异化劳动"，"实践活动对世界的'人化'也是一种异化"，因此，"对于历史性的实践活动，有两种评价的立场；历史主义的立场肯定其推动社会进步

---

[1] 蒋孔阳：《美学新论》，载《蒋孔阳全集》第3卷，安徽教育出版社1999年版，第183页。

的正面性,哲学的立场批判其异化的负面性"。①杨春时将马克思在《巴黎手稿》中的劳动界分加以否定并统一将其归属到"异化劳动"的名下,继而明确将自己的理论定名为"后实践美学",言下之意颇有取消实践在美学中核心地位的意思。在"后实践美学"的视角中,"实践"在本质上是一种"劳动",而任何"劳动"都是一种异化劳动。为什么一定要将"实践"排除在"后实践美学"理论的整体构架中呢?在"后实践美学"中,与实践形成对照的是超越性的美学设计,当超越性作为个体生命存在的美学原则时,在日常生活中运行并提炼而成的美学命题显然无法达到生存体验而上升的高度,"超越性作为生存的基本规定,只能经由生存体验和哲学反思而不证自明,而不能被历史经验证实或证伪"②,这就难怪作者要将"实践美学"与"新实践美学"一并置入批判的范围中了。由于"后实践美学"把"审美"看作一种"超越性的活动","即超越现实的生存方式和超越理性的解释方式",这样,"审美"就"具有超越现实、超越实践、超越感性和理性的品格。正是这种超越性才使人获得了精神的解放和自由"。③ 由于"超越性肯定"不可能绝对来自"实践活动",因而,实践在美学中的核心基础地位就理应遭到质疑,而与此相关的支持性论证也表明,超越性活动的方向也并非指向"实践",而是指向"自由"。

在这里,"后实践美学"在如下两个方面令人怀疑:首先,后实践美学把"实践"活动等价地看作"物质生产",这既忽略了劳动的各种不同形式的差异,也忽视了马克思在《巴黎手稿》中对物质生产劳动的现代生产问题的发现与分析的意义。马克思是在批判国民经济学异化理论的基础上,是在针对现代工人与劳动产品的直接关系的意义上提出新的"异化劳动"批判的,与这种批判形成对照的是"实践"这一概念。"后实践美学"显然简化了"实践"的内涵,弱化了实践的批判性指向。其次,"后实践美学"在事实与价值之间设置了认知与判断的禁区。由于将"超越性"的

---

① 杨春时:《实践乌托邦批判——兼与邓晓芒先生商榷》,《学术月刊》2004年第3期。
② 杨春时:《新实践美学不能走出实践美学的困境——答易中天先生》,《学术月刊》2002年第1期。
③ 同上。

"自由"作为最高美学指向,作为绝对的"自由"理念成为横亘于"事实"与"价值"间的阻隔,这种理念性的阻隔要求讨论者在"经验"与"自由","审美"与"自由"之间不断切换,而种种切换又需要不断与"实践"形成交流,这种种烦琐的论证对讨论的双方都是耐心与智力的考验。马克思对劳动的界分至少可以在事实与价值的不同层面作出区分,而对于事实层面的劳动而言,"异化劳动"是劳动者与劳动产品间直接关系的一种描述,它既不能概括事实层面上的全部劳动,也不能指向劳动意义的分析和劳动价值的生成。相比较而言,"后实践美学"撇开"实践"而谈"超越"似乎远离了现代生产的场景,它无助于在经验的层面累积起足够的理论能量。

然而,"后实践美学"对"美学"与"实践"关系的质疑颇为有效地将"实践"的美学命题"问题化"了。"后实践美学"以"生存"作为美学的逻辑起点,"审美"作为"生存"的超越方式,内在于生存的超越性之中。"生存的超越本质并不直接体现于现实活动中,它只是发生于现实生存的缺陷中"[1],"美学"的"后实践"意图将"生存"置换为"审美"发生机制的"实践",从而找到一条从现实通向审美的通道,在这种美学设计中包含了对这一通道在历史性与逻辑性上相互同一的期待。由此看来,"后实践美学"与"新实践美学"存在大致相似的认识基础,表现为都试图克服实践的"物性"特质,摆脱儒家实用理性的桎梏,保留对个人主观独创性和自由的尊重等方面。而两者的分歧则集中在"实践能否作为艺术和审美的一般原理的逻辑起点"这一问题上。如果现代美学是以人的实践作为艺术和审美的一般原理的逻辑起点,那么,"新实践美学"则试图证明:人的实践性的劳动不仅有可能产生审美意识及其艺术形式,而且这一过程也将以必然性的形式来证明劳动的价值,所以,"它所要探讨的不仅仅是人类生产劳动如何产生出艺术和审美,而且是人类生产劳动为什么必然产生出艺术和美"[2]。在人的社会物质生产劳动中,人的主观自觉

---

[1] 杨春时:《新实践美学不能走出实践美学的困境——答易中天先生》,《学术月刊》2002年第1期。

[2] 邓晓芒、易中天:《黄与蓝的交响》,人民文学出版社1999年版,第401页。

性、目的性和相伴而生的"自由感"都得到了实现,这种实践活动成为人的现实本质和整个社会的存在基础。在劳动中,人的"内在的固有的尺度"得以形成和完善化,"感受音乐美的耳朵"和"感受形式美的眼睛"才可以产生出来。实践性的人类整体活动需要在日常性的个体活动中寻求经验的基础,只有后者的感性化才能为前者提供理论描述的前提。

当美学以"实践"自命或与"实践"相关时,人类的诸多活动形式都被纳入价值的衡量坐标系中,各种不同的人类活动形式如何在"审美价值"的框架结构中找到自己的位置,这是"实践"与"劳动"相区分所产生的美学"新问题"。从"实践美学"到"新实践美学"再到"后实践美学","美学如何实践"或"实践如何获取美学价值"之类的问题也就无法绕开,"新实践美学"与"后实践美学"之间的争鸣放大了"实践"如何"审美"之类的难题。对于马克思主义实践美学来说则有必要回答这样一个问题:人类生产劳动为什么必然产生艺术和美?"新实践美学"认为马克思的思路是"从发生学的角度去打开人的感性的心理学和整个人的本质力量的巨大书卷,并从哲学的高度去揭示人类审美这一精神能力的必然发生和合规律的发展的历程"[1],在这种解读中是否遮蔽了审美价值的社会性的历史维度,而当人们用美学的方式对人做"类"的整体判断时,是不是也意味着对这样一个整体构成的"类的存在"做了历史的"总体性"的判断呢?在这种追问中,一种更为基础的疑问逐渐显露出来:作为"劳动"或"实践"活动的展开所凭借的主体,既是解读审美发生的内在根据,也是解释类的历史总体性的承担者,现在的问题是,无论是审美的发生,还是历史总体性的设计和展开,主体是被安排在一种逻辑的叙述中,还是有着自身的逻辑。

三 从"审美人"到"实践者"

从《巴黎手稿》开始,各种当代"实践论"美学对"实践"的阐释也是一个不断地将"实践"本身"哲学本体化"的过程,"实践"的

---

[1] 邓晓芒、易中天:《黄与蓝的交响》,人民文学出版社 1999 年版,第 401 页。

内涵与价值也在不断得到扩展和放大,"实践"不仅包含了人类活动中的诸多内容,甚至成为人类历史价值的总体原则。作为不断得到运用的本体化实践主题的结果,"实践的主体"也真正站立起来了。历史的主体化与活动的主体化是各种不同的实践论美学逐渐明确的理论焦点所在。

2008年,朱立元出版《走向实践存在论美学》,此书的出版引发了一场新的美学论争。《走向实践存在论美学》以明确的主题显示实践美学的新的描述思路:实践存在论美学。实践存在论美学不是一种新的美学,而是对实践美学的一种新的解释乃至构想,为了完成这一任务,在书的绪论部分,朱立元将以李泽厚为代表的实践美学命名为"主流派实践美学",在相互区分的意义上,"实践存在论美学"与"主流派实践美学"在逻辑上存在承接关联。但是,在"实践存在论美学"看来,李泽厚"主流派实践美学"的主要问题表现在两个方面:"第一,基本上没有超越西方近代以来主客二分的认识论思维模式;第二,对实践的看法失之狭隘。"① 从"实践存在论美学"的视角来看,"主流派实践美学"将物质生产劳动看作实践的唯一内涵,这就将实践的美学价值大大地缩小和贬低了。

值得关注的问题在于,实践存在论美学将"主流派实践美学"在哲学上的问题看作"主客二分"的认识论形式的结果。"主客二分的要害是把人与世界截然分成两块,认为人是主体,世界是客体,人与世界的关系是主体与客体的认识关系。"② 哲学上的"主客二分"源于哲学认识论上的主观与客观的对立,这种对立把人从世界、宇宙的完整统一的混沌意识中解放出来,使人告别了原初的日常意识而获得了感性与理性相互区分的内在世界,这既是一种历史的进步,也是人的意识得以确立的必然性过程。基于主客二分之上的主流派实践美学何以能够在20世纪中国美学中发挥巨大的影响力呢?朱立元认为:"这一美学理论致力于突破机械的反映论原则

---

① 朱立元:《走向实践存在论美学》,苏州大学出版社2008年版,第5页。
② 同上书,第8页。

和非社会性的主客体统一观念,而到人类的社会实践中,到人向人生成、自然向人诞生的历史进程中审查美和美感的发生、建构和流变,从而在人类学本体论层面对美和美感作了相当深刻的阐释和概括。"① "马克思在《1844年经济学哲学手稿》中提出劳动概念,把劳动理解为对象化活动和感性活动……马克思理解的感性活动是人向人的历史生成。和自然界向人的历史生成。"在这一分析中,李泽厚主流派实践美学基本把握了马克思在《1844年经济学哲学手稿》中的美学判断,沿着这种逻辑,实践"不仅是人直接改造自然的物质生产活动,而且成为人们改造整个世界的全部活动(主要是现存的社会制度和社会关系)"②。在这种概括中,朱立元一方面将李泽厚实践美学与哲学上的主客二分做了相互联系,另一方面又将这种联系牢固地封存在认识论本体的概括中。从分析中可以看出,对李泽厚实践美学"把实践概念仅仅局限于物质生产劳动,而把人类其他的实践形态排除在外"的批评似乎并不容易落实,但李泽厚美学"偏重于美与美感在人类总体实践中的历史生成,而较为忽略它们在感性个体生存实践中的当下生成"的问题,的确有理由被美学纳入新的实践性美学命题的思考范围。

从人的整体的类本质出发,到个体内在的美的生成,既意味着对实践美学在过去三十多年中的起伏变化所做的一种整体性回顾和反思,也意味着美学在实践意义上的一种内在向度的持续追问。"实践存在论"美学同时在这两个方向上对实践美学进行了呼应。从表面上看,李泽厚实践美学与朱立元实践存在论美学似乎泾渭分明,但是,在这种相互区分的结构中一个美学问题被进一步强调出来了:实践如何才可能是审美的?当审美成为人类活动的主体时,它是如何被转化为一种人的力量的?这个问题对李泽厚实践美学来说,则意味着人类的感性实践活动在被历史地积淀为人的社会性实践力量的过程中,从感性活动中"积淀"的人的力量如何可能是社会的。进一步地说,它是如何统一(用李泽厚的概念则是"积淀")为

---

① 朱立元:《走向实践存在论美学》,苏州大学出版社2008年版,第45页。
② 同上书,第119页。

社会理性的实践力量的。而对朱立元的实践存在论美学来说，这个问题则可以被理解为一种人的实践力量如何产生并外化，从人的实践活动的社会行为中是否可以寻求扎根于个体内在感性的原初动力。如果说在我们设想的这两组不同的问题之间存在某种内在的，也可以说是不可忽视的联系，那么这种联系的逻辑根据在哪里呢？

　　让我们重新回到《巴黎手稿》来寻求对问题的解答。实践性的理性活动不仅确证人的类本质的存在，而且发展人的感性的延伸能力，这种认识强化了人的主体的自我认识意识。在现代生产对人发生无所不在的影响的现代社会，人固然受制于现代生产与社会管理，这使人自身的主体自由受到了限制。在这种变化的意义上，《巴黎手稿》将哲学的注意力从浑然整体的外在世界拉到现代世界的范围中来，在现代世界的观念中，世界不再仅仅是人们的认识对象，而是在更本质的意义上成为人们意志的对象，在不断地将世界"对象化"的过程中，人类发展了自己的理性认识能力，也不断地对人的自我主体意识加以巩固，不断强化的自我主体意识推动着现代文化的生产，在这一过程中，人的自我意识的分化与重新整合伴随着世界的现代过程，在这种重新构造主体的过程中，美学重新整合了这两者间的关系。或者可以说，美学主动承担了重新整合主体的任务，作为这一过程的附加成果，美学提供了一种独特的视角帮助人们发现两者间的必然关联，从而为现代的发生寻求坚实的内在根据。这场美学运动贯穿了20世纪的整个过程，也在人们争取现代化的过程中取得内在不竭的动力。

　　这里有一个问题值得关注：如何通过社会历史的人来界定完整的人？

　　当现代生产作为新的历史维度与人的本质加以关联的时候，马克思在哲学主客二分的前提意义上对人的认识进行了批判性的分析。实践的活动形式总是指向实践活动的主体，即实践者。所以，有关实践形式的特征描述总是在逻辑上赋予实践主体以某种特有的内涵，后者可以更明确地表述为"历史价值"。为什么人有美感，而动物没有呢？因为"人类有悠久的生产劳动和社会实践活动作为中介……生产劳动作为运用规律的主体活动,日渐具有合规律的性能和形式"①。"实践主体"的概念之所以可以提出,是因为在实践活动的形式中具有了人类一般劳动形式所不具备的东西,这种不同的"独特性"也就为实践活动中的主体划定了一个特有的历史空间。

在《巴黎手稿》中,马克思区分了两种不同的主体:"劳动的主体"和"实践的主体"。虽然他们都指向人类活动的承担者,在许多条件下还可以实现相互同一,但"主体的二分"意在显示对作为文化主体的人类自身在现代生产条件下的忧虑:一方面,作为人类文明形式的主体意识在现代具有了充分实现自身意义与价值的可能性;另一方面,在人类活动的不同展开形式中,劳动—实践能否赋予自身以更高的感性与审美的价值始终悬而未定。对马克思来说,一个在产品分配和社会公正的政治学意义上的问题应该是:"人怎样成为生产资金的拥有者?他如何成为借助于这些生产资金而生产出来的产品的所有者?"②可见,历史价值的实现有赖于实践主体的审美感的实现。所以,李泽厚说:"美作为自由的形式,首先是指这种合目的性(善)与合规律性(真)相统一的实践活动和过程本身……真正的自由必须是具有客观有效性的伟大行动力量。"③人类宏阔的整体价值的实现总是从细微而动荡的内在宇宙中生发而来,进而实现的一种社会历史价值。从这个意义上讲,如何从产品分配和社会公正的政治学问题过渡到对人的属性与本质意义上的美学问题,才是主体二分可以成立的前提,于是,"主体的二分"成为使《巴黎手稿》从一本政治经济学专著"演化"为哲学美学著作的秘密通道,也是现代美学问题得以转化为社会性命题的原始出发点。在这个出发点上,实践的美学不仅可以被赋予革命化的理解,而且,在革命的历史形式中可以将革命的实践活动理解为普遍的历史性,而革命动力的来源则被落实在审美的主体性中。

---

① 李泽厚:《美学四讲》,生活·读书·新知三联书店 1989 年版,第 67 页。
② 马克思:《1844 年经济学—哲学手稿》,刘丕坤译,人民出版社 1979 年版,第 18 页。
③ 李泽厚:《美学四讲》,生活·读书·新知三联书店 1989 年版,第 70 页。

第三节　文学：自我与世界

一　"让文学回到文学自身"

1979年《上海文学》发表编辑部文章《为文艺正名——驳"文艺是阶级斗争的工具"说》，将长期以来文学创作中的公式化与概念化的主因归结为"作者忽略了文学艺术自身的特征"，才信奉文艺是阶级斗争的工具。这是新时期文论中第一次明确强调文学艺术要有"自身特征"，反映了潜在的文学自律的意识。这种意识要求尊重文学艺术自身的特点，呼唤文学用具有审美意义的艺术现象来反映社会生活。《正名》认为文艺要追求三种价值："解决文艺与生活的关系，主要是为了求得真的价值；解决政治的关系，主要是求得善的价值。在真和善的基础上，还要解决内容和形式的关系，这是为了求得美的价值。"既然认为真、善、美各司其职，那么，文学与政治的关联只是文学的一种价值，当然也就没有必要将其放大为文艺的基本属性加以确认了。《正名》提出"用具有审美意义的艺术形象去反映社会生活"，在"艺术形象"之前再突出"审美"的制约作用，已经在不自觉中将文学的性质与审美直接相关联，这对于过去只从政治的角度来观察文学是一次开拓。文学是政治的与文学是审美的，尽管不是两个无法关联的话题，但是以谁为主，仍然体现了对于文学本质的不同认识。

此后，对文学审美本质问题的认识和探讨成为20世纪80年代以来文学理论的热点话题。文学主体论、文艺心理学和文学的审美反映论等都在文学审美本质的问题上提出了建设性意见。各派间观点虽然不同，但是在强调"美的规律"、摆脱"从属论"等方面为文学的"去政治化"提供了文学之所以能够独立的充足理由。与此相关，文论界所使用的关键词汇，已经从反对工具说时的"形象""艺术的特征""特殊的意识形态"等转向

"文学主体论""审美""情感""审美反映"等。文学的审美本质开始以一种近乎清晰的面貌呈现出来。从1982年起出现的"审美反映"与"审美意识形态"概念具有特殊的审美意义。它已经明确了"审美反映"不是一般的"反映",并指出这一反映的审美特色到底是什么,因此,可以说,"审美反映"与"审美意识形态"是"美学的规律"的具体化与深化,也是新时期以来有关文学与审美关系思考的新的理论结晶。"审美反映"与"审美意识形态"论实现了两个突破:其一,文学的审美特性不仅指文学的形象特性,前者远比后者深刻与全面。用形象来规定文学,只是从一种较为外在的层面来规定文学;而从审美的角度规定文学,则是从本质的角度规定文学。其二,"审美反映"作为一种独特的反映形式,不同于逻辑的反映,前者是非认识的,是情感的,但可包含认识;后者是认识的,可以包含情感,却是理性的。"审美反映"与"审美意识形态"论的提出,彻底结束了由工具说、从属论、反映论、认识论所构成的文学本质观,代之以由审美、情感、价值构成的新的文学本质观。

从20世纪80年代,"当代文学"开始通过"伤痕文学""反思文学""寻根文学"和"朦胧诗"的创作和"文学主体论""文学是人学"等理论命题来建构文学的独立内涵,但是,这种建构还是在"文学/政治"的二元结构中进行的,文学理论"去政治化"的工作是在80年代中期以后才开始的,以"诗到语言为止"和"形式革命"为旗号的"先锋小说"和"第三代诗"的创作,标志着纯文学的创作开始表现出"去政治化"的美学追求,其美学基础建立在审美理论的转向上,即从文学他律论向文学自律论的转向。主张从文学自身的规律与本质出发来探索文学创作的内在机制,在文学自身的意义上来寻求对文学发展的历史性规律的理解。这种文学自律论强调文学审美价值的实现需凭借对政治、经济等他者化力量的远离或脱离来获得,"让文学回到文学本身"。文学的"自律"也就是文学的"自足",设想存在一种纯粹的"文学性"和由此形成的一整套"审美"的普遍规律。

在20世纪80年代的语境中,"让文学回到文学自身"作为一种同义反复的语言表述,表达着非常明确的审美意图:证明存在一个非他律化的纯粹审美的世界，审美自律或文学自足是通向这个世界的唯一道路。审美自律的获得只有通过反对他律来获得。因而，在这种表述中呈现的不是一种客观性的陈述，而是基于某种痛苦经验的拒绝。

所以，"让文学回到文学自身"也同时承担了强烈的政治批判职能。它所反抗的是"阶级斗争工具论"的文学他律论，具有明确的现实性，因而得到了强烈的时代响应。然而，由于缺乏对"文学自身"的内涵描述和概念界定，同时也缺乏对"文学自身"的历史反思和有效的知识表述，所以新时期以来的文学自律诉求在当代中国语境中也不可避免地面临新的难题。关于文学"自足"的想象，事实上将文学"悬置"在一个无法落实其现实性的"空位"上。伴随着对文学自律的强调，人们发现，文学已经丧失了介入社会现实的能力，文学的写作与阅读已经告别了社会公共领域而进入个人化的生活和领域，文学失去了广大社会公众的热切参与。从20世纪90年代，开始文学不仅"失效"而且"失势"了。伴随着这种境况，文学研究也进入一个相对学科化的领域，不得不在与文学研究"危机"与"无效"论的论战中争取自身存在的合法性。

二 文学与政治

阿多诺在谈到文艺自律性的时候说过一句很有哲理的话："艺术是自律性的，同时又不是。如果里面没有异质的东西，艺术的自律性也就无从产生。"[①] 意思是说，文艺的自律性本身就包含着异质的社会性。在文学与政治的关系问题上，他律论固然束缚了文学自主性的发挥，自律论也同样不能体现文学与政治关系的本然状态。不论是政治还是文学，只要考察两者间的关系，就必然会关注政治与文学的对话关系。在文学与政治之间存在一种审美交往与对话的关系。它们中的每一方都在向另一方发出召唤，并有意无意地要求对方作答，由此形成一种对话关系。从政治对文学的角度来看，一方面，政治作为统治关系是社会最重要、最广泛、最有影响、

---

① Theodor W. Adorno: *Aesthetic Theory*, Routledge & Kegan Paul, 1984, 6.

第一章
文学与政治：20世纪中国文学观念谱系

最具有覆盖性和渗透性的因素，总是要对包括文学在内的一切社会意识形态发出认同性召唤，将它们纳入自己的世界；另一方面，文学总要自觉不自觉地对政治的召唤以自己的方式作答。文学与政治的这种对话关系，可以在实现对话性的公共空间或公共领域中来完成。

哈贝马斯曾经对这样一个对话性的"公共领域"作出这样的定义："所谓'公共领域'，我们首先意指我们的社会生活的一个领域，在这个领域中，像公共意见这样的事物能够形成。公共领域原则上向所有公民开放。公共领域的一部分由各种对话构成，在这些对话中，作为私人的人们来到一起，形成了公众。那时，他们既不是作为商业或专业人士来处理私人行为，也不是作为合法团体接受国家官僚机构的法律规章的规约。当他们在非强制的情况下处理普遍利益问题时，公民们作为一个群体来行动，因此，这种行动具有这样的保障，即他们可以自由地集合和组合，可以自由地表达和公开他们的意见。当这个公众达到较大规模时，这种交往需要一定的传播和影响手段；今天，报纸和期刊、广播和电视就是这种公共领域的媒介。"[1] 公共领域作为社会民主活动的公共空间，既体现着普遍的社会生活的构成，也蕴藏着个体对社会和国家关系的认识和感受。在普遍社会生活的意义上，公共领域兼具了个体与社会、社会与国家的多重交互功能，同时也担负着自身建构的内在需要。公共领域一方面划定一片不受社会公共权力管辖的独特区域，另一方面又在社会生活中跨越了个体家庭的消极局限，积极地关注公共事务，既区别于社会组织的建构形式又具有建构与批判的双重职能。从现代社会的视角来看，公共领域在现代社会中承担着批判性与监督性的社会使命。

从文学的意义来看，文学对个体、经验较为偏重，文学语言的表述、意象的创造、结构的安排乃至作品意图的传达都与社会领域的一般形式存在差异，甚至文学的个体创造越是显示出充分的差异性，文学的优异品质越能得到体现。所有这些文学性的特质都决定了文学在社会公共领

---

[1] ［德］尤根·哈贝马斯：《公共领域》，汪晖译，载《文化与公共性》，生活·读书·新知三联书店1998年版，第125页。

域中既占据着基础性的地位，也成为公共领域中沟通个体与社会、感性和普遍的特殊区域或空间。这决定了文学的政治性，具体体现在如下三个方面。

第一，文学通过在公共领域中与政治的交往对话而生成文学的政治性。

文学政治性意味着文学担当起了社会的批判性使命，通过文学的审美形式来传递人性价值，体现人性美好向善、积极进取的追求，为社会民主原则的建构提供了精神动力。

文学政治性区别于其他文化政治性的优势在于，文学可以从个体经验出发，通过形象来传递丰富而完整的情感，使一切抽象的思想获得感性的形式。俄国批评家杜勃罗留波夫说得好：我们的感情总是被生动的对象所引起，而不是被一般的概念所引起。如果在我们阅读什么议论时对其中所叙述的思想产生了一种愉快或不愉快的感觉，那也无非是因为我们在这时候生动地想象到了这里所谈到的对象的缘故。在这种想象中，一般的思想已经悄悄获得了一种明确的形象。① 虽然我们很容易把文学表达理解成一种主体的自我表现，但是这种理解显然偏离了文学的本质，因为"自我"从来不是一种真正的"实体"，而只是我们面向世界的窗口。自我本身只意味着"空无"。所以耶稣提醒我们：只有失掉了自己，才能找得着自己。一旦将自我作为表现目的，那便会无比的空洞乏味。对于优秀的艺术家，自我表现只是其通往客观存在、同人类生命共命运的途径。文学的政治价值基于共同的人性本身。它的实现与个体经验的传递密切相关。在各种社会言语的表述中，文学是唯一来源于人的个体私人经验，并从这种经验出发来对应社会的普遍经验的话语形式。每一位艺术受众只能从自己的私人经验里，寻找到进入作品与艺术家相遇的阅读代码；艺术家同样也只能"根据自己生活的接触而建立起一种普遍的经验，并使其接触面与我们每个人储存的普遍经验相对应"②。所以，围绕着"纯艺术"的话题所形成的

---

① [苏联] 杜勃罗留波夫：《杜勃罗留波夫选集》第1卷，辛未艾译，上海文艺出版社1962年版，第7—9页。

② [美] 约翰·马丁：《生命的律动》，欧建平译，文化艺术出版社1994年版，第18页。

关于艺术价值的思考,最终必然定格于"诗人何为"的问题上,所以,柯林伍德才有充足的理由表示:"艺术家作为一个艺术家的真正工作,正是他作为小圈子的成员所要否定的,象牙塔文学没有丝毫的艺术价值。"① 美国学者房龙在其《人类的艺术》中同样明确表示:"为艺术而艺术的艺术是没有前途的,适应某种需要而产生的艺术,为达到一定目的而创造的艺术,是永久有生命力的。"②

尤其耐人寻味的是,对"纯文学"的唯美主义的否定不仅来自学者与批评家群体,也来自艺术家阵营中那些被认为是偏向于"纯文学"的诗人或作家,比如俄国杰出的意象派诗人叶赛宁就说过:我的同行们觉得,艺术只是作为艺术而存在的。我的同行们醉心于语言形式的视觉形象性,他们觉得词和形象就是一切。但是,我要请我的同行们原谅,因为我要对他们说,对待艺术的这种态度太不严肃了,这样谈论表面印象的艺术,谈论装饰艺术是可以的,但谈论真正的艺术、严肃的艺术就绝对不行了。因为艺术是人控制的东西。所有出自人的东西,产生了人的需要,从需要中产生了生活,从生活中产生了生活的艺术,这种艺术发生在我们的观念中。总之,"艺术是生活的旅伴,生活和艺术密不可分"。

文学他律论的最大问题在于从文学出发取消了文学的存在,当文学将自身看作政治的附庸或某种精神的单纯的传声筒时,它已经否定了文学与政治间的对话关系,从而在事实上将自身从公共领域中取消了。与他律论不同,文学自律论通过强调对政治的远离来扯断与政治的联系,虽然避免了从自身出发的自我否定,却导向唯美主义或形式主义。当艺术除了表现它自身之外不表现任何东西时,艺术必须远离现实走向形式的抽象。这种形式的抽象将抛弃人类精神的重担,从一种新媒介或新物质而不是从任何艺术的热情或人类高尚的热情与意识的伟大觉醒中得到更多的东西。不难判断,这种超越功利性的纯形式化的目标很难实现艺术的真正价值。进一步来看,艺术自律论的提出其实常常出于艺术家们自我保护的需要,是他

---

① [英] 柯林伍德:《艺术原理》,王至元、陈华中译,中国社会科学出版社1985年版,第124页。
② 房龙:《人类的艺术》,中国和平出版社1996年版,第796页。

们为摆脱政治上的专制恐怖主义和经济上的利益市侩主义而试图努力构筑的一道文化屏障。在这一点上马尔库塞说得很好：艺术自律的产生不仅是艺术文化在理论上的一个价值论目的，而且首先是其在实践中的一种防御手段。它成为艺术的一个避难所和立足点。由此我们不难看出，20世纪80年代后以"诗到语言为止"和"形式革命"为旗号的"先锋小说"和"第三代诗"的创作所表现出的形式化的美学追求，是为了从此前的政治化工具论的阴影下获得解放，但是，这种解放还无法帮助文学在自身美学合法性的意义上得到建立，它还必须艰难地克服文学在公共领域中的"空位"难题，把文学从自我悬置的高度放回地面。

第二，在不同的社会政治语境中的审美活动塑造了不同的文学本质。

人们习惯于依据理性原则对文学本质加以概括，这些经过概括的文学表达往往成为文学普遍性的本质认同。但是，对文学本质的认同与理解总是发生在具体的语境之中，这一点决定了对文学的概括总是在具体语境中的人的理性行为的结果。反之，从文学本质的意义上讲，文学本质的获得总是特定历史语境中的历史馈赠。也就是说，不同的社会历史语境塑造不同历史语境中的人，也给予文学各种不同的本质。先秦时期文学、历史、哲学之间还不存在明显的分界，诸子百家的言论中同时包含了个体经验和公共事务。两者往往混杂交错在一起，难以区分（如"修身齐家治国平天下"等）。这一时期并不存在如今"独立"意义上的"文学"，也没有专门的文体来负责私人生活领域或者负责论述整个社会公共事务。到了封建王朝确立以后，决定公共事务的最高机构是朝廷。往来于朝廷的重要文字通常是圣旨、奏折或者策论，这个阶段，"文以载道"就成为这些文字的根本宗旨。与此同时，文学的书写开始分化，我们今天被看作"文学"的文字，仅仅是知识分子"独善其身"之际的心灵书写，在当时，流行的观念把文学定位于雕虫小技或玩物丧志上，知识分子如果"兼善天下"，就必须加入政治体制以获得一个官员的身份。科举制度诞生之后，"学而优则仕"几乎成了知识分子介入社会的唯一途径。知识分子除了徘徊在"兼善"与"独善"两个体系之间，并无其他的途径。前者是以朝廷为核心的政治结构，后者则保留在各种私人生活领域之中。这时，文学对于私人生活领域的开拓隐含了对于朝廷权力体系的态度——而且常常是一种失意之情。于是文学作品中出现了怀才不遇、报国无门的慨叹。而当个体被抛出朝廷的权力体系之后,则窥破荣华富贵,感叹世态炎凉,在人生无常的叹息中寻求新的精神依托。所谓"一念清净""无心于物",不过是传统时代知识分子用来淡化政治环境中仕途困厄的"心法"①,于是寄情山水,文学对意境神韵的追求也就成为中国古典文学持续不断的主题。"兼善"与"独善"的二元关系深刻而隐蔽地影响了中国古典文学的发展轨迹。

到了现代,大众传媒尚未出现之前,社会公众还找不到一个可以交流各种观点的"公共广场"。由于报纸杂志的出现,梁启超等人才可能想象文学对于民众精神的改造,陈独秀、胡适、鲁迅、周作人才可能在《新青年》发表种种激进的变革言论。这时的文学迅速地摆脱了怀才不遇的主题原型,开始全面接受西方的启蒙思想。如果说陈独秀的《文学革命论》在于痛击古典文学的迂腐虚伪,那么,周作人的《人的文学》则在于提倡现代文学必须重视真实的人生经验。由此看来,中国现代文学的意义主要体现在积极参与建构现代民族国家意识形态方面;它力图表现的是各种私人生活领域对于建构民族国家的意义。所以,对文学的本质的追问在现代语境中已经离不开社会公共语境对文学的塑造,所谓的文学性总是具体的文学普遍性的表达。

第三,文学通过审美交往为政治实践注入积极的建构性价值,同时也内在地培育其应然品格。

人的实践活动形式多种多样,如果按照实践活动的实现方式来划分,大致可以分为个体的社会实践、个体的理论实践和群体的政治实践等不同方式。

个体的社会实践,是指从观察和体验里直接获得对世界的经验,从而获得在精神上对世界的把握的实践方式,这种实践的精神方式带有日常思维的自发性质,并且始终停留在日常经验的水平上。正如恩格斯所说:"单凭观察所得的经验,是绝不能充分证明必然性的。"② 作为对实践的心

---

① 张晶:《禅与唐宋诗学》,新星出版社2010年版,第33页。
② 恩格斯:《自然辩证法》,载《马克思恩格斯文集》第九卷,人民出版社2009年版,第485页。

理映象的超越，个体的社会实践中的语言活动虽然可以成为个体精神超越的途径之一，也就是说，个体可以通过语言的陈述来把握个体经验的反思活动，从而体现这些进入意识的经验形式和空间。但是，由于这一过程中，主体仅仅以直接的对象作为经验的形式，难以避免思维的片面，所以，卡西尔说："只要人把自己局限在他的直接经验——观察事实的狭隘圈子里，真理就不可能被获得。"① 理论实践对个体社会实践具有认知意义上的优越性。与前述直接经验不同，理论认知的优势在于它可以在人对现实的精神关系中从低层次的认知活动中获得超越，从而在一种高层次的精神活动中获取具有高度概括性的概念和范畴。理论思维的目的是"摆脱世界去构造'纯粹的'理论"，所以其思维的轨迹是，以反映事物的简单的概念和范畴为出发点，通过抽象的逻辑演绎，对已有的概念范畴不断加以推演和综合，从而在抽象的规定性中得到对具体性的掌握。所以，科学的理论思维兴趣并不在具体事物上面，而是要形成一种综合的观念，以此获取新的秩序原则或阐释路径。

相比较而言，政治实践是人类诸多社会实践方式中更具有综合性和行动性特征的实践活动。在政治实践的展开过程中，人的社会交往与对话活动与人的精神自我构建并置于一个具体的个体身上。这就意味着群体性的政治实践的行动意义是在每一个个体的意义上首先建立的。反过来说，整体政治实践的意义完全取决于政治实践的主体，而这一主体首先是可以完成政治行动并具有人的主体意志和综合情志的个体。政治实践的积极意义要求对人之存在历史的介入和参与，打破自发性的社会历史观，赋予个体以政治担当的意识和应然的品格，而不是对权力的消极限制和防范。马克思主义的政治概念强调了政治活动的意义与交往主体的实践性关联，并且揭示这种关联所产生的意义。

文学对政治的意义不仅表现在建构具有积极政治实践价值的主体上，而且塑造了积极政治实践的想象性品格。政治总是立足于一定的价值立场，在古代尤其是古代的希腊，政治与道德伦理密切联系。到了现代，政

---

① [德]恩斯特·卡西尔：《人论》，甘阳译，上海译文出版社1985年版，第265页。

治不但从宗教、伦理，而且从物质性的经济活动中分化出来，成为一个相对独立的领域，在世俗化的过程中变成了社会实务管理、一种技术性操作，而且表现为专家治国和严密的科层化体系，接受着技术理性和工具理性的统治，从而益发务实并逐渐解除了价值诉求，成为价值中立的职业。面对当代人类的存在困境，文学的积极价值就在于通过审美经验的传递和审美想象的建构重新赋予政治以庄严的价值担当，文学的优越之处在于将实践中的个体从经验的感受提升出来，将人的自由全面发展作为基本的价值取向，并领会其基本的存在论意义。正是在这个意义上，伊格尔顿把审美看作政治无意识的代名词，而马尔库塞则热切地期待通过审美的"新感性"来解放被体制压抑的主体，通过审美不仅为政治注入生动的感性潜能，而且潜在地塑造出政治的应然品格。政治乃是关乎人类存在和发展的事业，它必须以强烈的历史担当和过程意识超越实用主义和实证主义的狭隘视野，通过积极的对象化实践活动，联结起个体与社会、现在与未来。

三　文学的审美前提

在《尼各马可伦理学》中，亚里士多德描述了人类德行的三种最高形式：宽宏、正义和沉思。这种描述恰好证明了人类政治活动的目的性价值，可以认为，在人类诸多的活动形式中，政治是最为重要的一种。因为人的存在除了作为个体的存在以外，还有着群体性的生活，后者构成了人类社会活动的基本形式。从马克思的唯物史观看来，观念形态的政治依赖于人类的物质实践，是人类物质活动的产物，"人们首先必须吃、喝、住、穿，然后才能从事政治、科学、艺术、宗教等等"[1]，"思想、观念、意识的生产最初是直接与人们的物质活动，与人们的物质交往，与现实生活的语言交织在一起的。人们的想象、思维、精神交往在这里还是人们物质行动的直接产物。表现在某一民族的政治、法律、道德、宗教、形而上学等

---

[1]　恩格斯：《在马克思墓前的讲话》，载《马克思恩格斯文集》第3卷，人民出版社2009年版，第601页。

的语言中的精神生产也是这样"①。观念一旦形成便具有自身的独立性,便具有意识形态的力量。观念形态的政治也是这样,它从政治或者社会实践中产生,与作为制度的上层建筑的政治彼此适应且共同适应于经济基础。这些政治观念或者观念体系,要么作为物质生活过程的反射、反响和"必然升华物",要么作为对物质生活过程的"倒立成像"②(虚假意识)而存在。

政治观念或者观念系统同时还具有动态性和变化性的特点,整体上它随社会及其经济结构的发展变化而不断发展变化。就观念自身而言,它也时时处于自我更替和延展之中。因为"人们是自己的观念、思想的生产者",在改变现实世界的同时,"也改变自己的思维和自己的思维的产物"。③所以,作为观念的上层建筑的政治又具有明显的意识形态特质。

从主体与外在世界的关系来看,文学是人呈现给自身的一个独特视域和空间,是人给予自己的一个观察和判断自我与他者的视角,通过这个视角,审美主体就建立了与世界和他者的交往对话关系。因此,人类政治实践的目标以人类社会为基础,使每一个人的发展都成为其他人发展的前提,实现每一个人全面而自由的发展。既然现代抽象的、形式的平等和自由是一大进步,那么,未来的解放就必然不是对现代解放的抽象否定和排斥,而应该是以现代解放为基础的全面解放。这是文学与政治关系得以建立的社会基础和审美前提,正是这种积极的关系才有可能产生和导向一种解放的、救赎的、积极的、具有明确价值担当的建构性政治实践。文学作品中所蕴含的时代、民族、阶级、政治、宗教、伦理、道德、文化心理等内容,是文学作品社会政治属性的具体体现,这种政治性并不是以牺牲作品独立性为前提,而是强调审美主体的独特性,因为只有独特性才能保证交往对话的形成和持续。

---

① 马克思、恩格斯:《德意志意识形态》,载《马克思恩格斯文集》第1卷,人民出版社2009年版,第524页。
② 同上。
③ 同上书,第525页。

第二章

革命文学及其反动：两种激进文学观念的比较分析

　　1927年大革命失败后，一批多为共产党员的文化青年不满于国民党专制统治，试图以文学作为向专制政权抗争的工具，成立了文学社团太阳社，创造社也放弃了"为艺术而艺术"的口号，转而与太阳社不约而同地提出"无产阶级革命文学"的口号。革命文学口号的提出，引发了革命文学阵营内部及其与新月派代表人物梁实秋和"自由人"胡秋原、"第三种人"苏汶之间的论争。论争主要分为三个方面。一是对文学属性的认识，主要包括文学的人性与阶级性、文学的真实性与倾向性两个方面。在文学的人性与阶级性问题上，创造社、太阳社成员与梁实秋各执一端。鲁迅从中国社会实际情况出发，结合自己的创作实践，比较全面而准确地阐释了马克思主义文学理论的基本观点：在阶级社会里，文学既有人性又有阶级性，否定任何一方都是不科学的。人性是人的自然属性与社会属性的统一，它不是抽象的和静止的，而是存在于具体的社会生活中，并且一直在变化和发展着，所以，不存在纯粹的超阶级作家。文学的阶级性是复杂的，对不同的作家作品要做具体分析。在文学的真实性与倾向性关系问题上，苏汶认为，真实性是倾向性的基础，但不存在纯客观的真实，能够反映历史发展规律的作品才最具有真实性，倾向性自然流露才最能保证文学的真实性得以体现。这一观点得到茅盾、何丹仁等少数"左"翼作家的认同。二是革命文学主体问题，包括革命文学主体观与文学自由两个方面。鲁迅通过对中国社会的深刻分析，在与创造社、太阳社成员和"自由人"胡秋原、"第三种人"苏汶的论争中认识到：要从事革命文学，首先要做"革命人"；要做"革命人"，必须参加社会实践，对中国社会和中国革命有深切感受，还要敢于正视黑暗，才能够运用马克思主义理论科学地分析中国社会和中国革命。文艺的自由本性与文艺家不自由的现实在当时有着不可调和的矛盾：文艺的本性是独立的，文艺家却是不自由的；文艺应该通过竞争获得发展，但在险恶的政治环境下，自由竞争又是不可能的；"自由人"和"第三种人"主张文艺自由具有合理性，但在当时却是不现实的。鲁迅还认为，"左"翼作家要团结"同路人"，不应以非此即彼的方式排斥他们。三是革命文学与时代的关系问题。革命文学作为时代的产物，是革命文学阵营的共识，但在对时代的判断以及革命文学如何反映时代的问题上，其内部产生了严重分歧。创造社和太阳社成员从意识决定存在出发，对一系列问题作出错误的判断。事实证明，阿Q时代没有过时，鲁迅不愧是那个时代的代表作家。鲁迅、茅盾等关于"革命文学必须与时代同步""创作要遵循自身规律""文学是时代的人生记录"等观点经受住了时代的考验。革命文学论争促进了马克思主义文学理论在中国的传播与发展，但由于国内政治环境的特殊性、创造社与太阳社成员受国外庸俗马克思主义文学理论影响及其对中国社会和中国革命缺乏正确认识等原因，极"左"思潮在革命文学阵营一直占据上风并对之后几十年的中国文学发展产生了很大的负面影响。

第一节 关于文学属性的论争

20世纪20年代末,太阳社与创造社成员倡导无产阶级革命文学,把文学作为阶级斗争的武器,希望通过文学来反抗国民党的独裁统治。然而,他们的文学理念、非此即彼的思维方式和片面独断的话语特征与新月社绅士派作家所主张的自由主义精神格格不入。新月社批评家梁实秋标榜文学的人性,反对文学的阶级性,这就等于否定了革命文学存在的合理性,自然为革命文学阵营所不容。这样,二者之间的论争就不可避免了。1932年,"左"翼文坛与"自由人"胡秋原和"第三种人"苏汶之间就文学的阶级性等问题继续展开论争,自然可视为此次论争的延续和深化。

一 文学的阶级性与人性的论争

文学是否具有阶级性和人性,这个在今天看来十分清楚的问题当时怎么会引起激烈的论争呢?除了上述时代背景因素,主要存在以下原因。

第一,创造社、太阳社成员主张文学的阶级性,反对梁实秋抽象的人性观。

首先,他们指出梁实秋否认文学的阶级性是错误的。人生活在阶级社会里,就必然带有一定的阶级性,人的阶级性在文学作品中必然得到不同程度的反映,这是梁实秋所承认的。但他认为,文学作品中有阶级因素存在,这只是文学的外在因素,与文学本身没有关系。这与俄国形式主义学派坚持文学的"文学性",否认文学作品思想内容的价值有些相似。俄国"形式主义者们认为,要研究文学之所以成为文学的内部规律,那就要深入文学系统内部去研究文学的形式和结构,即研究文学的构成规律和秩序化原则"①。所不同的是，梁实秋重视的是人性，而俄国形式主义者重视的是文学作品内部的"文学性"，但二者都把文学作品与社会生活割裂开来。事实上，在社会结构中，文学作为一种社会意识的表现形式，必然带有意识形态的特征，而在当时，阶级性正是意识形态的集中表现。革命文学阵营试图以唯物史观批判梁实秋的观点。彭康说："思想和文艺的发生，必须有一定的社会的根据，因为思想和文艺本是客观的反映。"② 冯乃超说："我们要研究历史上的文学的意义，不能不从社会环境、社会心理、世界观及人生观上出发。"③ 但彭康和冯乃超的文章充满"左"倾话语，缺少理性的阐述，显然说服力不足。鲁迅就此写下这段名言："文学不借人，也无以表示'性'，一用人，而且还在阶级社会里，即断不能免掉所属的阶级性，无须加以'束缚'，实乃出于必然。自然，'喜怒哀乐，人之情也'，然而穷人决无开交易所折本的懊恼，煤油大王哪会知道北京捡煤渣老婆子的酸辛，饥区的灾民，大约总不去种兰花，像阔人的老太爷一样，贾府上的焦大，也不爱林妹妹的。"④ 所以，文学作品中不仅有人性，还有阶级性以及时代性、地域性、民族性和作家个性等多种因素，正是这些因素使人性得以具体呈现——在作品中成为现实。

其次，他们否认梁实秋关于人性是"固定的普遍的"，即抽象的、静止的和超越时空的观点。梁实秋声辩："人生的苦痛也有多少种多少样，受军阀压迫是痛苦，受帝国主义者的侵略是痛苦，难道生老病死的折磨不是痛苦，难道命运的捉弄不是痛苦，难道自己心里犹豫冲突不是痛苦？"他还以恋爱、歌咏山水花草为例说明："描写帝国主义者'铁蹄'下之一个整个的被压迫的弱小民族，这样的作品是伟大的，因为这是全民族的精神的反映；但是你若深刻地描写失恋的痛苦，春花秋月的感慨，这样的作

---

① 朱立元主编：《现代西方美学史》，上海文艺出版社1995年版，第351页。
② 彭康：《什么是"健康"与"尊严"——〈新月的态度〉底批评》，《创造月刊》1928年7月，第1卷第12期。
③ 冯乃超：《冷静的头脑——评驳梁实秋的〈文学与革命〉》，《创造月刊》1928年8月，第2卷第1期。
④ 鲁迅："硬译"与文学的阶级性》，载《鲁迅全集》第4卷，人民文学出版社2005年版，第208页。

品也是伟大的，因为这是全人类的共同的人性的反映。"① 但人是生活在现实社会中的，每一次恋爱和歌咏山水花草都必然在社会生活中具体表现出来，也就必然不是抽象的。冯乃超对此反驳道："他要将种种社会关系下面产生出来的所谓'恋爱方式'和'恋爱本身'分开，说明恋爱本身是共通于万人的（当然，我们可以说是共通于禽兽的），然而问题却不在乎'恋爱的本身'（这就是性欲），却在乎这种种变化的恋爱的形式。同是恋爱，为什么工人们是这样，小资产阶级却是那样。……离开社会生活而谈性欲的时候，这是生物学者或医学者的课题。……更从他所提出来的'歌咏山水花草的美丽'去说。他以为对于这些东西是万人相同的，然而事实上，人类之美的感觉也不是单纯的东西。"他举陶渊明爱菊、长安富人爱牡丹，还有人爱莲花为例，说明必须从社会生活中寻找原因。他还举普列汉诺夫《艺术论》中的观点：人类有爱美的本能，但种种社会条件使他的本能成为现实，人类爱美的感情也必须从其周围条件中理解。② 同理，生老病死的折磨、命运的捉弄、心理犹豫冲突的痛苦这些抽象的人性在具体的社会条件下才是存在的，否则就无从谈起。至于梁实秋所言："伟大的文学者，必先不为群众的胃口所囿，超出时代的喧豗，然后才能产生冷静的审慎的严重的作品。"③ 虽然有其合理因素，即主张作家不要随波逐流，但脱离社会现实、闭门造车毕竟是无法产生优秀作品的。实际上，历史上许多伟大作家都站在时代前列，揭示该时代的根本矛盾，反映民众情绪，而非描写抽象人性，才写出不朽之作。如梁实秋所举的希腊史诗《伊里亚特》和莎士比亚戏剧，不仅包含普遍的人性，而且表现了古希腊奴隶制初建时国家之间的战争以及英国文艺复兴时期资产阶级人文主义思想的觉醒与社会罪恶。所以，人性不是抽象的、静止的、固定的或永恒的，而是在不断变化和发展着的。鲁迅从生物进化的角度论述道："类人猿、类猿人、原人、古人、今人、未来的人……如果生物真会进化，人性就不能永久不

---

① 梁实秋：《文学与革命》，《新月月刊》1928 年第 1 卷第 4 期。
② 冯乃超：《文艺理论讲座》，《拓荒者》1930 年创刊号，1930 年第 1 卷第 2 期。
③ 梁实秋：《文学的纪律》，《新月月刊》1928 年创刊号。

变。"① 人性自身在发展变化，文学作品中自然也就没有永恒的人性。

第二，创造社、太阳社成员否认梁实秋文学的人性观合理的一面，过度强调政治宣传作用使文学失去其独立性。梁实秋受美国新人文主义思想家白璧德影响甚深。新人文主义提倡理性与节制，反对情感和欲望的无限扩张；提倡人性，反对科学对人的压抑；这些都在梁实秋《文学的纪律》等文中得到发挥。在梁实秋看来，其一，文学是为了人才产生的，所以，文学的内在属性就是人性。"文学发于人性，基于人性，亦止于人性。"② "文学就是表现这最基本的人性的艺术。"③ "人性是测量文学的唯一的标准。"④ 其二，文学的人性永远大于阶级性。原始社会没有阶级，文学当然就没有阶级性，以后人类进入无阶级社会，文学当然也没有阶级性。就是在阶级社会里，"人生现象有许多方面是超阶级的"⑤。无论是资本家还是无产者，"他们的人性并没有两样，他们都感到生老病死的无常，他们都有爱的要求，他们都有怜悯以及恐怖的情绪，他们都有伦常的观念，他们都企求身心的愉快"⑥。生老病死、爱、恐怖、身心愉快，这些多属于自然属性；怜悯、伦常以及理性和节制，这些属于社会属性，它们都统一在人性中。其实，鲁迅也承认有共同人性，只不过他在驳斥梁实秋抽象的人性论时重点强调的是阶级性而已。譬如他在答复恺良来信时说："竟会将个性、共同的人性（林氏之所谓个人性）、个人主义即利己主义混为一谈，来加以自以为唯物史观的痛斥。"⑦ 其三，为了使人性得以展现，就要"打倒外在的权威"，因为它阻碍了文学的健康发展。梁实秋认为，当前，这种外在的权威就是文学的阶级性理念对文学创作的干扰。"文学家的创造并不受着什么外在的拘束，文学家的心目当中并不含有固定的阶级观念，

---

① 鲁迅：《文学和出汗》，载《鲁迅选集》第 2 卷，人民文学出版社 1983 年版，第 423 页。
② 梁实秋：《文学的纪律》，《新月月刊》1928 年创刊号。
③ 梁实秋：《文学是有阶级性的吗？》，《新月》月刊第 2 卷第 6、7 期合刊。
④ 梁实秋：《文学与革命》，《新月月刊》1928 年第 1 卷第 4 期。
⑤ 梁实秋：《文学是有阶级性的吗？》，《新月》月刊第 2 卷第 6、7 期合刊。
⑥ 同上。
⑦ 鲁迅：《文学的阶级性》，载《鲁迅全集》第 4 卷，人民文学出版社 2005 年版，第 127—128 页。

第二章
革命文学及其反动：两种激进文学观念的比较分析

更不含有为某一阶级谋利益的成见。文学家永远不失掉他的独立。"① 所以，"文学根本没有阶级的区别"②。其四，以文学作为宣传工具是为了达到某种政治目的，是把文学作为武器使用，使文学失去其独立性。"以文学的形式来做宣传的工具当然是再妙没有，但是，我们能承认这是文学吗？即使宣传文字里果有文学意味，我们能说宣传作用是文学的主要任务吗？"③ 梁实秋的上述观点具有一定的合理性，他指出当前革命文学存在的弊端：不承认有共同的人性，把阶级性视为文学的本质，把文学作为阶级斗争的武器或留声机，极端夸大文学的宣传作用，以致使得文学失去其独立性。比较革命文学阵营中有代表性的言论："文学，有它的组织机能——一个阶级的武器。"④ "革命文学是以被压迫的群众做出发点的文学！革命文学的第一个条件，是具有反抗一切旧势力的精神！革命文学是反个人主义的文学！"⑤ 可知梁实秋的观点确实切中肯綮。

由此来看，问题的症结在于，创造社、太阳社成员和梁实秋都以二元对立的思维方式看问题，都把人性与阶级性完全对立起来，只承认一方，而否认另一方的存在。事实上，在阶级社会里，人性大多是通过阶级性表现出来的。鲁迅曾以出汗、吃饭、睡觉为例，说明人性包含了阶级性，即"在我自己，是以为若据性格感情等，都受'支配于经济'（也可以说根据于经济组织或依存于经济组织）之说，则这些就一定都带着阶级性。但是'都带'，而非'只有'"⑥。当然，无论是在现实生活中还是在文学作品中，人性都远远大于阶级性，不可把阶级性绝对化和无限夸大，即如鲁迅所说，出汗、吃饭、睡觉这些生理现象也不是在任何情况下都带有阶级性，自然，在文艺领域，也不是每一篇作品都有阶级性。作家艺术家的即兴之作，譬如画家看到一只美丽的小鸟，把它画下来；诗人看到眼前的山水很美，写下一首诗赞美它，这只能是共同的人性而非阶级性。否则，就会在

---

① 梁实秋：《文学与革命》，《新月月刊》1928年第1卷第4期。
② 梁实秋：《文学是有阶级性的吗？》，《新月》月刊第2卷第6、7期合刊。
③ 同上。
④ 李初梨：《怎样地建设革命文学》，《文化批判》1928年第2号。
⑤ 蒋光慈：《关于革命文学》，《太阳月刊》1928年2月号。
⑥ 鲁迅：《文学的阶级性》，载《鲁迅全集》第4卷，人民文学出版社2005年版，第127—128页。

解读时十分牵强，令人难以信服，也不符合实际情况。但若回到历史语境中，两相比较，"就其实质而言，'革命文学'的阶级论主要服务于无产阶级的利益；人性论掩盖了客观存在的阶级及阶级对立，其实质是为了维护资产阶级的利益，并起到了维护现存统治的作用"[1]。

第三，文艺的阶级性是十分复杂的，需要具体情况具体分析，但不存在纯粹的超阶级作家。1932年，胡秋原以"自由人"身份发表《阿狗文艺论》和《勿侵略文艺》，批判国民党政府支持的民族文学，主张文学自由，却引起"左"翼文坛不满。胡秋原进而发表《钱杏邨理论之清算》，批判其"左"倾文艺理论，"左"翼作家认为这不是攻击钱杏邨个人，而是攻击整个"左"翼文坛。他们认为一个作家不是站在无产阶级一边，就是站在资产阶级一边，不存在所谓的"自由人"。苏汶以"第三种人"的身份撰文，质疑"左"翼文坛："然而这些'不敢冒充'为无产阶级的作品，却未必是拥护资产阶级的作品。反之，他们纵然在意识上还有许多旧时代的特征，但多少总是倾向于无产阶级的；即使这一点倾向都看不出，那么至少可说是中立的。然而在'左'翼文坛看来，中立却并不存在，他们差不多是把所有非无产阶级文学都认为是拥护资产阶级的文学了。……'左'翼拒绝中立。单单拒绝中立倒还不要紧，他们实际上是把一切并非中立的作品都认为中立，并且从而拒绝之。"[2] 不管是胡秋原还是苏汶，虽然他们本意是主张中立，甚至在"左"翼文学与民族文学之间还倾向于前者，但在那个政治、思想斗争十分尖锐的年代，事实上是不可能完全做到中立的。就像梁实秋主张抽象的人性论，表面上看来没有政治色彩，但实际上会起到消解阶级斗争、巩固国民党统治的作用。对此，鲁迅委婉地批评道："生在有阶级的社会里而要做超阶级的作家，生在战斗的时代而要离开战斗而独立，生在现在而要做给予将来的作品，这样的人，实在也是一个心造的幻影，在现实世界上是没有的。"[3] "文艺上的'第三种人'也一样，即使好像不偏不倚罢，其实是总有些偏向的，平时有意地或无意地遮掩起

---

[1] 参见李心峰主编《20世纪中国艺术理论主题史》，辽海出版社2005年版，第115页。
[2] 苏汶：《"第三种人"的出路》，《现代》第1卷第6号。
[3] 鲁迅：《论"第三种人"》，载《鲁迅全集》第4卷，人民文学出版社2005年版，第452页。

第二章
革命文学及其反动：两种激进文学观念的比较分析

来，而一遇切要的事故，它便要分明地显现。"[1] 而苏汶自己在《关于〈文新〉与胡秋原的文艺论辩》中所举的笑话（商人、秀才、富翁和乞丐四人咏雪）也说明，哪怕对一个自然现象的评价也大多有着阶级差异：商人和富翁称颂雪花之美是因为自身富有，秀才由于追逐功名而想到雪是皇上的恩赐，而乞丐则为饥寒所迫无心赏雪，与前三者有着截然不同的感受。

但苏汶的观点不是没有可取之处，他提出的"同路人"问题得到何丹仁和鲁迅的认同，同时，他还把文艺阶级性的讨论引向深入。在他看来，不光是有的作家背叛了自己所出身的阶级，如苏汶所列举的拜伦、雪莱、乔治·桑、屠格涅夫、左拉等，对资本主义制度进行无情的批判，同时，一部作品也不仅仅含有一种阶级的意识形态，它也可能是不同阶级争夺话语权的战场。"意识形态是多方面的，有些方面是离阶级利益很远的，顾了这面会顾不了那面；因此，即使是一部攻击资产阶级的作品，都很可能在自身上就泄露了资产阶级或小资产阶级的特征与偏见（在19世纪以后的文学上可以找到很多的例子），但是我们却不能因此就说这一定是一部为资产阶级服务的作品。"[2] 苏汶的观点其实暗合了恩格斯和列宁的理论。恩格斯和列宁都曾指出，伟大作品内部有时充满矛盾：巴尔扎克同情封建贵族，憎恨资产阶级，然而其作品却描写了封建贵族必然灭亡、资产阶级必然胜利的历史趋势；列夫·托尔斯泰无情地揭露俄国社会的腐朽与没落，却鼓吹世界上最腐朽的东西——宗教。对于文艺阶级性的复杂性，茅盾显然也清醒地意识到："文艺是多方面的，正像社会生活是多方面的一样。革命文艺因之也是多方面的。我们不能说，唯有描写第四阶级生活的文学才是革命文学，犹之我们不能说只有农工群众的生活才是现代社会生活。"[3] 苏汶和茅盾作为作家，比创造社、太阳社成员高明之处在于，他们看到了文本自身复杂性的一面。这是因为现实生活中作家自身就受到各种阶级的影响，这些阶级的思想会不知不觉地影响作家的创作。苏汶另外还指出文艺的阶级特征存在隐与显的区别，为此，他提出三个问题："(A) 所谓阶级

---

[1] 鲁迅：《又论"第三种人"》，载《鲁迅全集》第4卷，人民文学出版社2005年版，第549页。
[2] 苏汶：《"第三种人"的出路》，《现代》第1卷第6号。
[3] 茅盾：《欢迎〈太阳〉!》，载《茅盾全集》第19卷，人民文学出版社1991年版，第165页。

性是否单指那种有目的意识的斗争作用？（B）反映某一阶级的生活的文学是否必然是赞助某一阶级的斗争？（C）是否一切非无产阶级的文学即是拥护资产阶级的文学？"① "左"翼文学阵营显然缺少这么具体的分析。

二 真实是倾向性的基础

苏汶还对文学的真实性与倾向性的关系有着独到的见解。由于在论争时期，狭义的倾向性主要指阶级性或政治性，因此，对真实性与倾向性关系的讨论可视为文学阶级性论争的另一种形式。苏汶认为，创作要从真实出发而非从倾向性出发。在真实性与倾向性之间，前者是基础，而后者只是其附属物，没有真实性，倾向性就无从谈起。他由此推定，"这样以纯政治的立场来指导文学，是会损坏文学对真实的把握的"②。即使政治很重要，即使文学需要被赋予一定的政治使命，但创作却不能从倾向性出发："我当然不反对文学作品有政治目的，但我反对因这政治目的而牺牲真实。更重要的是，这政治目的要出于作者自身的对生活的认识和体验，而不是出于指导大纲。"③ 创作之所以要从真实出发，主要有以下原因。

第一，能够揭示现实生活中的矛盾。苏汶认为，作家"即使绝对不认为自己的写作有某种目的意识，也同样无害于他对人生的服务"④。因为他把社会真相揭露出来，读者自会作出判断。反之，从倾向性出发，就会无视创作规律，人为地控制情节和人物性格的发展，造成人物形象脸谱化，使作品沦为宣传品或政治工具，从而掩盖社会真相。所以，"要把握真实……不能有太多的政治上的功利观念，尤其是那种短见的功利观念"⑤。茅盾对此也深有同感："文学是人生的反映，须要忠实地描写人

---

① 苏汶：《"第三种人"的出路》，《现代》第1卷第6号。
② 同上书，第187页。
③ 同上书，第189页。
④ 同上书，第180页。
⑤ 同上书，第188页。

第二章
革命文学及其反动：两种激进文学观念的比较分析

生，乃有价值。"① 在苏汶看来，真实不但是文学创作的出发点，也是作品的生命。

第二，能够揭示社会生活的某些本质。苏汶说："愈是在阶级斗争紧张的时候，愈是在社会上的一切以空前的速率在变化着的时候，我们便应当愈需要真能帮助我们认识社会的文学作品。"② 文学作品怎么能够帮助人们认识社会呢？这是因为文学能够给"时代提供一面镜子"。如果一部作品能够描绘社会生活的整体画面，读者就可以透过这些画面认识社会生活的某些本质，苏汶一再强调文学"对人生的永久的任务"就在于此。此时，列宁的文学理论已经传入中国。苏汶上述文学能够给"时代提供一面镜子"，可能受到列宁的影响："如果我们看到的是一位真正伟大的艺术家，那么他就一定会在自己的作品中至少反映出革命的某些本质的方面。"③ 同苏汶一样，何丹仁也认为作品描写的生活越真实就越接近真理："'江湖十八诀'的标语口号式的宣传鼓动的作品，绝负不起伟大的斗争武器的任务。而非狭义的宣传鼓动文学，它越能真实地全面地反映现实，越能把握住客观的真理，则它越是伟大的斗争的武器。"④

苏汶认为，相反，从某种倾向性出发进行创作，常常主题单一，其政治话语时过境迁。这是因为，"这种代表某一阶级的利益的政治势力，当它还是在对旧势力抗争的情势下出现的时候，它固然是在完成着推动历史的任务；然而一朝它自身处于支配者的地位，它是做了历史的障碍了。在文化上，它会用和打破过去的偏见同样的勇气来制造一些自己的偏见"⑤。每一种意识形态为了使人们相信自己的正确性，都会尽力排斥其他意识形

---

① 茅盾：《中国文学不能健全发展之原因》，载《茅盾全集》第19卷，人民文学出版社1991年版，第108页。
② 苏汶：《论文学上的干涉主义》，载苏汶编《文艺自由论辩集》，上海书店印行1933年版，第187页。
③ 列宁：《列甫·托尔斯泰是俄国革命的一面镜子》，载《列宁选集》第2卷，人民出版社1960年版，第264、266页。
④ 何丹仁：《关于"第三种人"的倾向于理论》，载苏汶编《文艺自由论辩集》，上海书店印行1933年版，第278页。
⑤ 苏汶：《论文学上的干涉主义》，载苏汶编《文艺自由论辩集》，上海书店印行1933年版，第184页。

态。照理说，无产阶级既然负有远大的历史使命，即消灭一切阶级，建成无阶级社会，应该不会像以前的阶级那样，一旦夺取政权就走向故步自封。但苏汶看到，"俄国的无产阶级已经在那里建立着一种绝对从阶级立场出发的新文化的系统了。他们有了阶级的道德观、艺术观，甚至在把阶级的理想宗教化。他们纵然没有预言这种阶级文化的永久性，或者说些什么'二世三世，以至无穷'的傻话，然而他们的这些举动却始终是和过去的各阶级如出一辙的"①。苏汶的观点似乎危言耸听，但事实正是如此："从前文艺家的话，政治革命家原是赞同过；直到革命成功，政治家把从前所反对的那些人用过的老法子重新采用起来……"②

众所周知，文学创作的最高目的并非纯粹社会现象的记录，而在于达到艺术真实。如何实现这一目标呢？苏汶认为有以下两种方法。

一是通过感受和体验。分析社会现象，揭示其本质意义，社会科学家就能够做到，何以还要文艺家去感受和体验社会生活呢？因为运用每一种思想体系分析事物，是从意识而非从存在出发，得出的结论往往会歪曲事实。而文艺家亲身感受和体验的真实能够纠正社会科学家的某些偏见，如别林斯基所言："在处理人类感情问题的时候，没有感情的理智总会引来偏见，造成怪癖之论。理智这东西十分自傲，固执地信赖自己；它创造一套体系，宁肯牺牲常识，也不愿抛弃体系；它把一切强纳在这个体系里面，凡是容纳不进去的，它就干脆毁掉。……在美文学方面，只有当理智和感情完全融洽一致的时候，判断才可能是正确的。"③苏汶显然意识到这一点，他说："供给时代以一面镜子的任务，固然由社会思想家们用他们的锐利的解剖和批判来担任了，但我们知道，单单有这种根据纯理智的批判和解剖是不够的，我们还得感觉地来体验这些矛盾。在这里，作为时代的里程碑的文学，便可以来完成从切身的感觉方面指示出社会的矛盾，以期间接或直接帮助其改善的那种任务。……文学的永久的、绝对的、绝不

---

① 苏汶：《论文学上的干涉主义》，载苏汶编《文艺自由论辩集》，上海书店印行1933年版，第185页。
② 鲁迅：《文艺与政治的歧途》，载《鲁迅全集》第7卷，人民文学出版社2005年版，第120页。
③ ［俄］别林斯基：《别林斯基选集》第1卷，上海译文出版社1979年版，第224页。

能用旁的东西来替代的任务，盖在于此。"① 显然，只有深通文艺审美特征的人才能提出这种观点。

二是让倾向性自然流露。苏汶说："只要作者是表现了社会的真实，没有粉饰的真实，那便即使毫无煽动的意义也都绝不会是对于新兴阶级的发展有害的，它必然地呈现了旧社会的矛盾的状态，而且必然地暗示了解决这矛盾的出路在于旧社会的毁灭，因为这才是唯一的真实。"② 这就是说，对新兴阶级有利、揭示旧社会矛盾的作品不一定要作者站出来宣传自己的政治观点，这样往往会适得其反；如果通过艺术描绘不露声色地表现出来，让读者在对作品的欣赏中不知不觉地接受作者的观点，艺术效果更佳。苏汶显然继承了马克思、恩格斯的观点。马克思希望拉萨尔的剧本"更加莎士比亚化"，不要"席勒式地把个人变成时代精神的传声筒"。恩格斯认为，"倾向应当从场面和情节中自然而然地流露出来，而不应当特别把它指点出来；同时，我认为作家不必要把他所描写的社会冲突的历史的、未来的解决办法硬塞给读者"③。在"左"翼文坛的武器文学、标语口号文学盛行一时时，苏汶敢于申述自己的观点，是需要很大勇气的。

第二节　关于文学主体的论争

革命文学阵营内部还就革命文学主体问题展开激烈的论争。论争的焦点是：具备什么条件才能称得上革命作家。后来的"左"翼作家与"自由人"和"第三种人"在文艺自由问题上的争论，可视为这一论争的延续和深化。

---

① 苏汶：《论文学上的干涉主义》，载苏汶编《文艺自由论辩集》，上海书店印行1933年版，第181页。
② 苏汶：《"第三种人"的出路》，《现代》第1卷第6号。
③ 恩格斯：《致敏·考茨基》，载《马克思恩格斯选集》第4卷，人民出版社1972年版，第454页。

一 革命作家必须是"革命人"

创造社、太阳社成员倡导革命文学时,对革命文学主体问题并未进行深入的探讨。他们认为,只要有无产阶级意识或立场,就可从事革命文学,而无产阶级意识或立场似乎是轻易就能够获得的。至于革命立场如何获得,则没有进行论述。

鲁迅则反复强调:"为革命起见,要有'革命人','革命文学'倒无须急急,革命人做出东西来,才是革命文学。"[①] "我以为根本问题是在作者可是一个'革命人',倘是的,则无论写的是什么事件,用的是什么材料,即都是'革命文学'。从喷泉里出来的都是水,从血管里出来的都是血。"[②] 而要做一个"革命人",绝非创造社、太阳社成员想象的那么简单,而且革命意识或革命立场也不是轻易就能够获得的。在鲁迅看来,"革命人"至少要具备以下条件。

第一,对中国社会和中国革命有正确的认识。而要获得这种正确认识,就要做到以下几点。

一是参加社会实践。只有这样,作家才能正确认识自己所处的时代,也才能够创作出表现那个时代的作品。现实主义作家要立足于现实,才能塑造出反映那个时代的人物形象,浪漫主义诗人也必须以丰富的社会生活为基础,否则就不可能抒发具有时代特征的情感。在鲁迅、茅盾看来,社会实践的方式多种多样。作家不一定要拿起枪杆参加武装斗争,他只要能够深入社会,亲身感受底层民众的命运,对耳闻目睹的各种社会现象进行深入思考,从而为自己的创作奠定坚实的生活基础,就是参加了社会实践。当然,每个作家都不可能对于各个阶层、各个职业、各个地域的人十分熟悉,但他可以通过对于自己所生活的社会环境的分析来认识中国社会和中国革命。鲁迅选择农民题材,茅盾选择城市小资产阶级题材进行创

---

① 鲁迅:《革命时代的文学》,载《鲁迅选集》第 2 卷,人民文学出版社 1983 年版,第 335 页。
② 鲁迅:《革命文学》,载《鲁迅选集》第 2 卷,人民文学出版社 1983 年版,第 420 页。

作，均取得巨大成功，就在于社会实践给他们提供了丰富的创作源泉。然而，社会实践正是创造社和太阳社大多数成员所不具备的，正因如此，其作品缺少生活基础，只能以标语口号相标榜，自然也缺少感人的力量。

二是能够运用马克思主义理论分析中国社会和中国革命。也就是说，只有实现马克思主义与中国社会实践相结合，他才能对中国社会和中国革命产生科学的认识。然而创造社、太阳社大多数成员仅有马克思主义的书本知识，并且这些知识大多是从日文翻译过来的。现在看来，他们根据日文翻译的马克思主义文本，实际上是一种机械的而非科学的马克思主义理论。由于缺少社会实践，当他们把这种理论用于分析中国社会时，其认识必然流于空想。鲁迅指出，不是看了几本马克思主义著作就能够成为真正的"革命人"，"革命人"的思想转变具有长期性和艰巨性，不可能一蹴而就。这些所谓的革命文学家在做革命文学时，仍以小资产阶级思想去理解革命，当然只会歪曲革命。

三是对于中国革命有深切感受。作为"革命人"，作家还要对于中国社会和中国革命有深切的感受，因为他先被自己作品中人物的命运所打动，他的作品才能产生激动人心的力量。所以鲁迅说："革命文学家，至少是必须和革命共同着生命，或深切地感受着革命的脉搏的。"[①] 有着丰富创作经验的茅盾也持同样的见解。遗憾的是，创造社、太阳社大多成员既缺少丰富的生活阅历又缺少文学创作的基本经验，认为只要有革命理论就会有革命立场，有了革命立场就可以从事革命文学。在这些作家中，郭沫若有所不同，他有比较丰富的创作经验，但作为浪漫主义诗人，他更强调的是意识对于创作的决定作用，没有把自身的创作提升到理论的高度进行总结，反而首先提出作家要做政治的"留声机"这种荒唐的口号。在革命文学论争期间，该口号在创造社、太阳社成员中大行其道，可见郭沫若与他们一样，根本就没有认识到作家感受中国革命的重要性。

第二，敢于正视现实和黑暗。鲁迅认为，一个真正的作家，要敢于直

---

① 鲁迅：《对于左翼作家联盟的意见》，载《鲁迅全集》第4卷，人民文学出版社2005年版，第241页。

面鲜血淋漓的人生,敢于在作品中揭露残酷的现实。从《狂人日记》开始,他在《祝福》《故乡》《孔乙己》《阿Q正传》和《伤逝》等小说中,始终把暴露社会黑暗、揭示国民劣根性作为创作的首要任务。在革命文学论争期间,他发现"近来的革命文学家往往特别畏惧黑暗,掩藏黑暗……革命文学家不敢正视社会现象"[①]。

在鲁迅看来,这些作家之所以不敢正视现实和黑暗,其原因大致有二:一是他们最初把革命视为轻而易举的事。他们认为当时已经是资产阶级和无产阶级决战的时代,而决战的结果必定是无产阶级胜利,且这种胜利指日可待。他们把五卅运动视为群众已经觉悟、革命浪潮已经汹涌澎湃的标志,根本不了解中国绝大多数民众仍处于麻木、愚昧的状态。当他们的理论与现实产生绝大反差时,他们不敢相信眼前的现实,也就是不敢承认自己的理论经不起实践检验。鲁迅多次举俄国十月革命后叶赛宁自杀和辛亥革命后南社沉寂的例子,希望革命文学家引以为戒,对革命有清醒的认识。二是过于看重文学的武器作用。文学诚然有政治功能,在特殊时期还能够起到很大的政治作用。但在群众还处于麻木、愚昧的状态时,文学的政治作用却是有限的,不可能像李初梨所说"实践地在变革'社会生活'",更不可能像钱杏邨所说具有"超越时代,创造时代,永远地站在时代前面"改天换地的功能。鲁迅认为,在过于看重文学功能的背后,是创造社、太阳社成员高高在上的精神贵族心态,而革命的目的恰恰相反,是为了实现真正的人人平等,而非再造出一个精神贵族阶层来。他以法捷耶夫《毁灭》中的知识分子美蒂克在革命队伍中不但没有受到额外尊重,反而处处被人嘲笑为例,说明"以为诗人或文学家高于一切人,他的工作比一切工作都高贵,也是不正确的观念"[②]。这种精神贵族心态在中外都有着深厚的历史渊源,鲁迅多次以海涅相信诗人死后上帝会请他吃糖果为例,说明这是绝不可能的。

敢于正视现实和黑暗,是敢于和黑暗势力作不妥协的斗争的前提。描

---

① 鲁迅:《太平歌诀》,载《鲁迅全集》第4卷,人民文学出版社2005年版,第104—105页。
② 鲁迅:《对于左翼作家联盟的意见》,载《鲁迅全集》第4卷,人民文学出版社2005年版,第240页。

写社会黑暗，暴露旧势力的罪恶与腐朽，这是鲁迅与创造社、太阳社许多成员的根本区别之一。不仅如此，鲁迅还意识到与黑暗势力斗争的长期性与复杂性，提倡"韧"的战斗精神。早在大革命失败前夕，鲁迅就意识到："最后的胜利，不在高兴的人们的多少，而在永远进击的人们的多少……"①左联成立时，他再次强调："对于旧社会和旧势力的斗争，必须坚决，持久不断，而且注重实力。旧社会的根底原是非常坚固的，新运动非有更大的力不能动摇它什么。"②为了持续不断地和黑暗势力斗争，鲁迅还主张"造出大群的新的战士"，注重培养年轻作家，胡风、冯雪峰、萧军、萧红以及未名社作家等都是在鲁迅的培养和教育下成长起来的。

二 文艺的自由本性与现实生活中作家的不自由

革命作家不但是"革命人"，还应该是作家，这是无须求证的。但文艺有没有自由？1932年，"左"翼作家与"自由人"胡秋原和"第三种人"苏汶之间就文学的阶级性展开论争的同时，也就文艺的自由展开论争。总括起来，论争内容有以下三个方面。

第一，文艺是政治的留声机，还是独立的存在。论争是从胡秋原批判国民党政府倡导的民族文艺开始的，胡秋原阐述道："文学与艺术，至死也是自由的、民主的。因此，所谓民族文艺，是应该使一切真正爱护文艺的人贱视的。艺术虽然不是'至上'，然而也绝不是'至下'的东西。将艺术堕落到一种政治的留声机，那是艺术的叛徒。艺术家虽然不是神圣，然而也绝不是趴儿狗。以不三不四的理论，来强奸文学，是对于艺术尊严不可恕的冒渎。"③他同时谴责钱杏邨所谓"标语口号文学对于革命的前途是比任何种种的文艺更具有力量"的极"左"论调。胡秋原对钱杏邨的批

---

① 鲁迅：《庆祝沪宁克复的那一边》，载《鲁迅全集》第8卷，人民文学出版社2005年版，第196—197页。
② 鲁迅：《对于左翼作家联盟的意见》，载《鲁迅全集》第4卷，人民文学出版社2005年版，第240页。
③ 胡秋原：《阿狗文艺论》，《文化评论》1931年创刊号。

判引起"左"翼文坛的不满,冯雪峰把它上升到对整个普罗革命文学的批判,瞿秋白、周扬也纷纷进行反驳。苏汶与胡秋原由于观点相近,便为后者鸣不平。

胡秋原、苏汶与众多"左"翼作家不存在个人恩怨,而是整个文艺观的分歧。后者取消文艺的独立性,把文艺视为政治的留声机,而无论是胡秋原还是苏汶都没有否认文艺与政治有着千丝万缕的联系,他们所否定的是文艺不要因为当前的功利目的而失去自己的独立性。他们认为,作家不要主题先行,不要仅仅为达到某种政治目的而创作,因为文艺要忠实地表现社会人生,而政治仅仅是社会人生的一部分。他们还认为,作家在创作时不为政治所左右,但由于每个作家都有自己的世界观,其作品自然会有一定的政治性。革命文艺也是文艺,当然也是一种虽与政治有关但又不从属于政治的独立存在。胡秋原、苏汶与鲁迅的观点不谋而合,鲁迅一贯认为,"革命之所以于口号、标语、布告、电报、教科书……之外,要用文艺者,就因为它是文艺"①。但是,鲁迅没有支持,而是反对胡秋原、苏汶的观点。这是因为,"'左'翼作家还在受封建的资本主义的社会的法律的压迫、禁锢、杀戮。所以'左'翼刊物,全被摧残,现在非常寥寥,即偶有发表,批评作品的也绝少"②。"左"翼文艺正需要以抗争来争取自己的创作自由,这个时候提出政治"勿侵略文艺",无疑等于要求"左"翼作家不要抗争。所以,不应抽象地评价某种文艺观,而应把它置于特定的历史语境中进行分析,才能得出科学的结论。当然,"左"翼作家上述观点是中国古代"文以载道"的翻版,在根本上是错误的。

"左"翼作家的上述观点无疑直接受到列宁"党的文学"的影响。列宁那篇被视为马克思主义文艺理论经典之作的文章《党的组织和党的文学》自1926年以来多次被翻译成中文,直到20世纪80年代才改译为《党的组织和党的出版物》。其中有些词本是多义词,仔细考察文章的写作背景和列宁的真实意图,最终把其中的"文学"改译为"出版物","党性"

---

① 鲁迅:《文艺与革命》,载《鲁迅全集》第4卷,人民文学出版社2005年版,第85页。
② 鲁迅:《论"第三种人"》,载《鲁迅全集》第4卷,人民文学出版社2005年版,第451页。

第二章
革命文学及其反动：两种激进文学观念的比较分析

"阶级性"改译为"倾向性"，"创作自由"改译为"出版自由"，等等。这篇文章旧的译文曾经支配了许多"左"翼作家的思维方式并对党的文艺政策产生重大却负面的影响。"苏联对列宁本文所做的不符合列宁原意的阐释误导了我国的译者，而我国译者的不确切的译文又误导了我国广大的读者。"①

第二，文艺能否通过自由竞争获得发展。在主张文学自由的同时，胡秋原进一步认为文学应该自由竞争，而不应以政治的手段扼制它。他多次强调："'文艺至死也是自由的民主的'云者，不过是说文艺要自由竞争，非强制或独占所能产生繁荣之意……"②苏汶也认为，"文学家可以拿他的所作当作商品到市场上去自由竞争，而无须乎像封建社会下似的定要被收买、被豢养才能生活"③。笼统地看，胡秋原、苏汶的观点确实很有道理，因为谁都知道，历史上文学繁荣的时代，无不是政治上相对宽松、文学在自由竞争中获得发展的时代。当时，民族文艺依靠政权的力量操控文坛，而一些"左"翼作家也动辄以粗暴的手法排斥异己，搞宗派主义，确实严重制约了文艺的发展。但若回到当时的历史语境中，他们的提法实在不合时宜。首先，在政治极度黑暗，文艺领域充满尖锐的斗争时，提倡自由竞争，根本上是行不通的。1926年年初，鲁迅曾就林语堂提倡"费厄泼赖"发表《论"费厄泼赖"应该缓行》一文，认为"费厄泼赖"自然是好事，然而在当时不可能行得通。胡秋原、苏汶此时提倡文学自由竞争与林语堂当年提倡"费厄泼赖"一样，都不过是一厢情愿而已。其次，文学作品作为商品在市场上自由竞争，受资本主义市场规律支配。既然为资本主义社会所容许，那种自由竞争在根本上还是为这个社会服务的，是不自由的。

第三，是否存在"同路人"，革命作家应该如何对待"同路人"。胡秋原、苏汶之所以分别称自己为"自由人"或"第三种人"，其本意在于他

---

① 丁世俊：《记一篇列宁著作旧译文〈党的组织和党的文学〉的修订——兼记胡乔木与修订工作》，《马克思恩格斯列宁斯大林研究》2001年第2期。
② 胡秋原：《阿狗文艺论》，《文化评论》1931年创刊号。
③ 苏汶：《"第三种人"的出路》，《现代》第1卷第6号。

们不属于任何一个党派，也不属于任何一个阶级，他们只是"左"翼作家的"同路人"或中立者。他们认为，苏联都承认并团结"同路人"作家，可"左"翼作家却不允许有"同路人"存在，用非此即彼的方式对待这些人，这是他们不能接受的。"'左'翼拒绝中立。单单拒绝中立倒还不要紧，他们实际上是把一切并非中立的作品都认为中立，并且从而拒绝之。这种拒人于千里之外的态度，我觉得是认友为敌，是在文艺的战线上使无产阶级成为孤立。……我们认为文学的阶级性不是这样单纯的，不要以为不能做十足的无产阶级的作家，便一定是资产阶级作家了。"①苏汶在这里把两个问题混同为一，即没有认清"同路人"与中立者是两个完全不同的概念。

但苏汶提出的问题，其实正是许多"左"翼作家的症结所在。他们认为无论是谁，不属于资产阶级作家就一定属于无产阶级作家，反之亦然；既然文学具有阶级性，那么，每个作家也必然从属于一定的阶级，所以在资产阶级和无产阶级之外，是没有中间道路可走的，也就不存在"同路人"。瞿秋白、谭四海、周扬、冯雪峰、舒月等纷纷撰文，批评苏汶表面上中立，实际上是企图掩盖自己的资产阶级倾向，因为无产阶级敢于公开表明自己的态度，而资产阶级已经衰落，将要进入坟墓，才拼命掩饰自己的阶级观点。无疑，他们同样把"同路人"与中立者混为一谈。最后，何丹仁科学地指出，"真的中立实际上是不能有的"，但客观上确实存在"同路人"，他们既不属于资产阶级又不属于无产阶级，而是小资产阶级文学以及革命的小资产阶级文学，苏汶关于"所有非无产阶级的文学，未必就是资产阶级的文学"的观点是对的。之所以出现这种错误，根源在于"左"翼作家的"机械论（理论上）和策略上的'左'倾宗派主义的错误"②。鲁迅更是明确地主张要团结"同路人"："'左'翼作家并不是从天上掉下来的神兵，或国外杀进来的仇敌，他不但要那同走几步的'同路

---

① 苏汶：《"第三种人"的出路》，《现代》第1卷第6号。
② 丹仁：《关于"第三种文学"的倾向与理论》，载苏汶编《文艺自由论辩集》，现代书局1933年版，第280页。

人',还要招致那些站在路旁看看的看客也一同前进。"① 这样,从1928年春成仿吾提出"谁也不许站在中间。你到这边来,或者到那边去"②,到1932年秋冬之交鲁迅、何丹仁相继承认并团结"同路人","左"翼作家内部在这个问题上基本取得共识。当然,这种"狭窄的排斥异己的观念"还远远没有肃清。

第三节 革命文学与时代的关系

在1928—1929年革命文学论争之前,革命文学阵营内部对于文学与时代或社会生活关系的认识是比较一致的。早在1926年5月,郭沫若就在《革命与文学》一文中通过大量史实阐述过革命与文学的关系,即每当革命将临,作家预先感受到革命的气氛,就会在作品中书写人们的革命心理,文学总是成为革命的先兆。成仿吾则进一步肯定:"文学在社会的全部的组织上为上部建筑之一;离开全体我们不能理解一个个的部分,我们必须就社会的全构造研究文学这一部分,才能得到真确的理解。"③ 他把文学置于社会结构中考察,无疑受到马克思社会结构理论的影响。而鲁迅则以其开阔的视野阐述了中国文学史上各种文学现象与时代的血肉联系。"据我的意思,即使是从前的人,那诗文完全超于政治的所谓'田园诗人''山林诗人',是没有的。完全超出于人世间的,也是没有的。"④ 归根结底,大家都认为文学是社会生活的产物。1916年,列宁出版《帝国主义是资本主义的最高阶段》这一著名文献,它在国际上引起的反响是不言而喻的,并直接影响到中国共产党人对于当时中国所处时代的认识。党内一度

---

① 鲁迅:《论"第三种人"》,载《鲁迅全集》第4卷,人民文学出版社2005年版,第451页。
② 成仿吾:《从文学革命到革命文学》,《创造月刊》1928年第1卷第9期。
③ 同上。
④ 鲁迅:《魏晋风度及文章与药及酒的关系》,载《鲁迅选集》第2卷,人民文学出版社1983年版,第392页。

形成的主流观点认为,既然中国革命是世界革命的一部分,那么中国也已经进入了无产阶级革命阶段,以后国内的主要矛盾就是无产阶级与资产阶级的矛盾。现在看来,这无疑是把列宁的观点生搬硬套在中国革命中,并在革命文学阵营产生了极大的负面影响。在这样的时代背景下,后期创造社与太阳社成员与鲁迅、茅盾等人之间就革命文学与时代的关系问题产生了严重的分歧。

一 对时代特征和文坛状况的判断

大凡一种文学运动兴起时,当事人都要先就当前时代的性质作出判断。那么,这是一个什么时代呢?蒋光慈认为:"中国社会革命的潮流已经到了极高涨的时代。"① 成仿吾也认为:"资本主义已经发展到了最后的阶段(帝国主义),全人类社会的改革已经来到目前。"② 所以,不论是太阳社还是创造社都认为,当前与五四时期虽然仅仅相差十年,但已属于两个完全不同的时代:五四时期的任务是反帝反封建,而现在已经进入无产阶级与资产阶级决斗的时代了。对时代的判断使钱杏邨断言:"阿Q是不能放在五四时代的,也不能放在五卅时代的,更不能放到现在的大革命的时代的。……它没有代表现代的可能,阿Q是早已死去了!阿Q时代是死得很遥远了!"③ 然而,还在大革命处于高潮时,身处革命中心广州的鲁迅就清醒地指出:"中国革命对于社会没有多大的改变,对于守旧的人没有多大的影响。"④ 1928年4月10日,针对太阳社和创造社对于当前时代的错误估计,鲁迅一连写了两篇文章《太平歌诀》和《铲共大观》,指出群众处于普遍的精神麻木状态,他们"不很管什么党,只要看'头'和'女尸'"⑤。青见、冰禅也都相继撰文,认为阿Q时代没有过时。显然,时代

---

① 蒋光慈:《关于革命文学》,《太阳月刊》1928年2月号。
② 成仿吾:《从文学革命到革命文学》,《创造月刊》1928年第1卷第9期。
③ 钱杏邨:《死去了的阿Q时代》,《太阳月刊》1928年3月号。
④ 鲁迅:《革命时代的文学》,载《鲁迅全集》第3卷,人民文学出版社2005年版,第440页。
⑤ 鲁迅:《铲共大观》,载《鲁迅全集》第4卷,人民文学出版社2005年版,第107页。

第二章
革命文学及其反动：两种激进文学观念的比较分析

变迁是需要很长时间的，因为民众思想觉悟的转变是一个十分漫长的过程。鲁迅早在小说《药》中就认识到辛亥革命失败的原因在于革命者严重脱离群众、脱离实际，创造社和太阳社成员同样重复了这个错误。

对时代基本特征的判断必然延伸到对当前文坛的评价。早在 1927 年年初，成仿吾就在《完成我们的文学革命》一文中对徐志摩、刘半农、周作人、鲁迅和陈西滢冷嘲热讽，但这时还是把鲁迅等人作为"以趣味为中心"、生活闲暇、格调不高的作家看待。一年后，蒋光慈认为，革命浪潮飞涨，可是文学没有跟上这个时代，作家们对于这个时代太落后了，他们简直"是瞎子，是聋子，心灵的丧失者"①。紧接着，冯乃超在《艺术与社会生活》一文中分析了叶圣陶、鲁迅、郁达夫、张资平和郭沫若五位作家，其中前四位被认为是没落的、封建的，甚至是反动的作家，唯有郭沫若是值得推崇的具有反抗精神的作家。不久，李初梨又在其《怎样地建设革命文学》一文中对周作人、刘半农、鲁迅和陈西滢进行了批判。综观上述几人的文章，其批判矛头都主要指向鲁迅。由于鲁迅是那个时代最有影响、成就最高的作家，所以，对当时文坛的评价引向对鲁迅的评价是必然的。鲁迅究竟是时代的落伍者，还是这个时代的代表作家，要看鲁迅作品有没有过时。鲁迅小说的代表作是《阿 Q 正传》，而农民是中国民众的大多数，所以，关键要看当前的农民和阿 Q 相比有没有发生根本性的变化。钱杏邨对此分析道："关于鲁迅的创作的时代地位问题，根据《呐喊》《彷徨》和《野草》说，我们觉得他的思想是走到清末就停滞了；因此，他的创作既能代表时代，他只能代表庚子暴动的前后一直到清末；再换句话说，就是除开他的创作的技巧，以及少数的几篇能代表五四时代的精神外，大部分是没有代表现代的！"② 其理由是：现在的农民已不像阿 Q 时代的农民那么愚昧落后，他们的知识已不像阿 Q 时代的农民那么贫弱，他们正在从事有目的、有意义的政治斗争，其革命精神已经得到充分的体现。然而，无论创造社还是太阳社作家都没有人对此作出有说服力的论述，他

---

① 蒋光慈：《现代中国文学与社会生活》，《太阳月刊》1928 年创刊号。
② 钱杏邨：《死去了的阿 Q 时代》，《太阳月刊》1928 年 3 月号。

们受当时中共党内"左"倾思想的影响，加上主观臆测，对中国文坛和鲁迅的文学地位作出上述错误的判断。甘人对鲁迅作品有着深刻的理解，他把创造社作家与鲁迅做对比后指出："鲁迅从来不说他要革命，也不要写无产阶级的文学，也不劝人家写，然而他曾诚实地发表过我们人民的苦痛，为他们呼冤，他有的是泪里面有着血的文学，所以是我们时代的作者。"① 然而，他的观点犹如空谷足音。

二 革命文学是不是时代的产物，又如何反作用于时代

在全盘否定当前文坛和鲁迅的文学地位时，创造社和太阳社成员倡导革命文学就是十分自然的了。那么，什么是革命文学呢？李初梨说："无产阶级文学是：为完成他主体阶级的历史使命，不是以观照的——表现的态度，而以无产阶级的阶级意识，产生出来的一种斗争的文学。"② 如上所述，蒋光慈也特别强调革命文学的斗争性。③ 而鲁迅则认为："无产者文学是为了以自己之力，来解放本阶级及一切阶级而斗争的一翼，所要的是全般，不是一角的地位。"④ 从表面上看，他们对革命文学的理解似乎没有根本差异，但只要认真思考就会发现，创造社和太阳社强调的是意识在革命文学中的决定性作用，只要有革命意识就可以从事革命文学创作，而革命意识又好像是探囊取物一般容易得到，与时代似乎没有必然联系："不怕他昨天还是资产阶级，只要他今天受了无产者精神的洗礼，那他所做的作品也就是普罗列塔利亚的文艺。"⑤ 而鲁迅强调的则是革命文学与无产阶级解放斗争的同步性："无产文学，是无产阶级解放斗争的一翼，它跟着无产阶级的社会的势力的成长而成长，在无产阶级的社会地位很低的时候，无产文学的文坛地位反而很高，这只是证明无产文学者离开了无产阶级，

---

① 甘人：《中国新文艺的将来与其自己的认识》，《北新》半月刊1927年第2卷第1期。
② 李初梨：《怎样地建设革命文学》，《文化批判》1928年第2号。
③ 同上。
④ 鲁迅：《"硬译"与文学的阶级性》，载《鲁迅全集》第4卷，人民文学出版社2005年版，第212页。
⑤ 麦克昂：《桌子的跳舞》，《创造月刊》1928年第1卷第11期。

第二章
革命文学及其反动：两种激进文学观念的比较分析

回到旧社会罢了。"① 前者把文学视为意识的产物，后者则把文学视为时代或社会生活的产物，其根本差异就在于此。

　　文学既然是时代的产物，它一经产生，就必然与时代有着紧密的内在联系。然而，创造社、太阳社许多成员却认为文学可以超越时代。"超越时代的这一点精神就是时代作家的唯一生命！"② 鲁迅批评道："现在所号称革命文学家者，是斗争和所谓超时代。超时代其实就是逃避，倘自己没有正视现实的勇气，又要挂革命的招牌，便自觉地或不自觉地必然地要走入那一条路的。……社会停滞着，文艺绝不能独自飞跃，若在这停滞的社会里居然滋长了，那倒是为这社会所容，已经离开革命。"③ 蒋光慈虽不赞成"超时代"的提法，但他却过高地估计了中国革命形势。联系成仿吾的系列文章，不难看出，创造社和太阳社成员不论提倡文学超越时代还是反映时代，他们心目中的革命文学都是脱离它所产生的那个特定时代的，因为他们不了解中国社会：明明革命进入低潮，他们却认为是高潮；明明中国属于半封建半殖民地社会，他们硬说已经进入无产阶级革命时代，这样他们所提倡的革命文学就只能是空中楼阁。事实上，20 世纪 20 年代中国文学根本没有诞生成熟的无产阶级人物形象，不能简单地认为是作家不了解无产阶级的生活状况，根本问题在于，无产阶级还没有形成自觉的革命意识。就世界文学史来说，一些国家在革命未发生之前，就已经有了革命的先兆，而敏锐的作家能够及时捕捉这种先兆并把它表现出来，譬如高尔基的散文诗《海燕》，讴歌将要发生的 1905 年革命，斯托夫人的《汤姆叔叔的小屋》直接引发了一场解放黑奴的革命。这是不是说文学有超越时代的功能呢？非也。高尔基写作《海燕》前，俄国革命的先兆已经出现，斯托夫人写作《汤姆叔叔的小屋》前，解放黑奴的呼声已经很高，高尔基和斯托夫人只是把一般人还没有觉察到的革命先兆及时地表达出来而已，假若还没有革命先兆，高尔基和斯托夫人再聪明也不会把不可能出现的人和

---

　　① 鲁迅：《对于左翼作家联盟的意见》，载《鲁迅选集》第 3 卷，人民文学出版社 1983 年版，第 241 页。
　　② 钱杏邨：《死去了的阿 Q 时代》，《太阳月刊》1928 年 3 月号。
　　③ 鲁迅：《文艺与革命》，载《鲁迅全集》第 4 卷，人民文学出版社 2005 年版，第 84 页。

事杜撰出来,郭沫若在《革命与文学》一文中列举的那些证明"文学是革命的前驱"的例子也是如此。所以,创造社、太阳社许多成员所倡导的革命文学,其实是回避现实、凭空臆造的。

文学作为意识形态,受制于经济基础并与其他上层建筑相互影响,这是论争双方都很清楚的。但当一个社会的经济基础比较稳固,社会变革的条件还不成熟时,创造社、太阳社许多成员却过分强调文学的宣传功能,沿着这条思路走下去,自然就会把文学对时代的能动作用推向极致,走向主观唯心主义。李初梨说:"文学,有它的组织机能——一个阶级的武器。"① 接着,他又把"艺术的武器"视为"武器的艺术"。此论一出,丁东、祝铭、克兴等纷纷撰文附和,"武器论"遂风靡一时。冰禅反驳道:"文学之所以不是'阶级的武器',根本因为它不是如政治法律一样;世界上也绝没有那样的资产阶级拿文学当机关枪使用。……总而言之:文艺是社会生活真切、深刻的表现;能如此的便是永远不朽的伟作。文艺的目的,并不在于教人'革命',然而在一个不平黑暗的时代中,伟大的作品,也就无不有革命的精神了。"② 当然,文艺既然有宣传的功能,也就有武器的作用,问题在于要把武器的作用置于特定的历史条件下给予适度的评价,而不能将其无限夸大。鲁迅也曾说过他的杂文是匕首、是投枪之类的话,是指其杂文在特定环境中的作用,而杂文只是文学的一个品种。鲁迅认为,文艺"不过是一种社会现象,是时代的人生记录。……我是不相信文艺的旋转乾坤的力量的"③。"时代的人生记录"就是真实地反映一个时代的精神风貌,文学对时代的能动作用必须建立在其记录社会人生的基础上,是通过读者对作品的接受逐渐体现出来的。鲁迅明确地肯定文学首先是一种艺术,否定了文学作品的艺术性,其宣传和武器作用都将无从谈起。这是创造社、太阳社许多成员始终不愿承认的,也是问题的症结所在。

---

① 钱杏邨:《中国新兴文学中的几个具体的问题》,《拓荒者》1930 年创刊号。
② 冰禅:《革命文学问题——对于革命文学的一点商榷》,《北新》半月刊 1928 年第 2 卷第 12 期。
③ 鲁迅:《文艺与革命》,载《鲁迅全集》第 4 卷,人民文学出版社 2005 年版,第 83 页。

三 革命文学如何反映时代

在革命文学如何反映时代这个问题上,创造社、太阳社成员与鲁迅、茅盾的观点几乎是对立的。论争的关键在于,文学创作是否要遵循创作规律。文学是一种意识形态,这自然是创造社、太阳社成员都承认的,但他们忽略了文学还是一种艺术,作家遵循创作规律创作出优秀的文学作品才能真正反映时代的某些本质。当然,他们并非完全无视文学的艺术性,成仿吾就曾强调文学要有审美的形式,蒋光慈也曾强调作家要观察事物,要有实感。但前者是泛泛而谈,没有涉及创作问题,而后者所说的观察与实感与文学创作规律相去甚远。而创造社、太阳社其他成员则认为只要有了革命理论就能够进行创作,至于创作方法和艺术形式,那根本就没有必要讨论。钱杏邨说:"普罗列塔利亚文艺批评家的态度,是不注重于形式的批评的。……普罗列塔利亚文艺批评家在初期所注意的,是作品的内容,而不是形式,是要从作品里面去观察'社会意识的特殊的表现形式'。"[1]这段话很能代表创造社、太阳社成员较为普遍的看法。鲁迅、茅盾则强调,文学要真正能够反映时代,就要遵循创作规律。其要点在以下方面。

第一,创作前,作家要对社会生活有深切的感受与体验。要反映时代,作家就必须先有一定的生活基础,积累一定的素材。钱杏邨说:"普罗列塔利亚作家所要描写的'现实',是这样的'现实','我握着进行中的这社会,把它必然地向普罗列塔利亚的胜利方向前进的这事,用艺术的,就是形象的话描写出来'。"[2] 原来他所谓的现实是臆想中的现实,其实还是意识;他认为有了革命意识,用形象的语言表达出来就是革命文学作品了。蒋光慈作为作家,他自然知道仅有意识是无法进行创作的:"一个作家应当静心地观察他周遭的事物,因为不观察,他将不了解事物的内

---

[1] 李初梨:《怎样地建设革命文学》,《文化批判》1928年第2号。
[2] 钱杏邨:《中国新兴文学中的几个具体的问题》,《拓荒者》1930年创刊号。

容。但同时我们应当知道,就是这种观察只是相对的'客观的',而没有'纯客观'的可能。"①蒋光慈强调了观察生活的作用,但作家如果不能设身处地感受和体验生活,其作品就产生不了较强的艺术效果。无疑,蒋光慈没有认识到这一点,所以,他的作品被茅盾戏称为"标语口号式或广告式的无产文艺",其人物描写是"脸谱主义",缺少感人的力量。茅盾则强调,作者与时代的创造者要建立极亲密的关系。这就不仅是理性的认同而且是感同身受了。他还认为:"作者所贵乎'实感',不在'实感'本身,而在他能在这里头得了新的发现,新的启示,因而有了新的作品。"②他还多次强调"体验"的重要性:题材到处都是,但不是所有的题材都能够写进作品中,只有经过深刻体验的题材才能够进入作品。这与鲁迅的观点不谋而合:"我以为文艺大概由于现在生活的感受,亲身所感到的,便影印到文艺中去。"③鲁迅、茅盾之所以强调感受和体验对于创作的重要性,自然是因为他们作为那个时代最优秀的作家,对于创作有着深刻的体会。遗憾的是,创造社、太阳社成员大多由于缺少创作经验,忽视了这关乎创作成败的关键问题。

第二,创作中,作家要有余裕的时间和余裕的心情。除了感受和体验,作家还必须在闲暇时才能写出佳作。鲁迅曾以大革命为例:革命期间,大家忙于革命,无暇进行创作;革命之后,有了余裕的时间,方有文学。所以,"文学总是一种余裕的产物"④。余裕的心情指良好的创作心态,即创作时不要太急功近利,要拉开一定的心理距离,以审美的眼光去观照所要描写的人和事,才能使作品摆脱功利性的干扰,写出高水平的文学作品。鲁迅谈创作体会时就曾说过,心情激动时不要动笔,要过一段时间,待头脑冷静下来才好写作,就是指此。中外很多大作家都有类似的体会。这种情况在文艺心理学那里得到科学的解释:"艺术家之所以为艺术家,

---

① 华希理:《论新旧作家与革命文学——读了〈文学周报〉的〈欢迎太阳〉以后》,《太阳月刊》1928年4月号。
② 朱光潜:《文艺心理学》,载《朱光潜全集》第1卷,安徽教育出版社1987年版,第224、313页。
③ 成仿吾:《完成我们的文学革命》,《洪水》半月刊1927年第3卷第25期。
④ 鲁迅:《革命时代的文学》,载《鲁迅全集》第3卷,人民文学出版社2005年版,第442页。

不仅在能感受情绪，而尤在能把所感受的情绪表现出来；他能够表现情绪，就由于能把切身的情绪摆在某种'距离'以外去观照。"① 当文艺家对当前所发生的事情激动不已时，他的情感还属于自然情感，因而无法进行审美活动——文艺创作。当时过境迁，他和对象当初的功利关系已经演变为审美关系，他的自然情感已经发展为审美情感，这时再进行创作艺术效果就会很好。所以，闲暇就是指创作时的时间距离和心理距离，这是包括文学创作在内的一切审美活动的必备条件。然而，创造社、太阳社许多成员却把闲暇与作者的政治立场无端地联系起来，认为有闲就是有钱，有钱就属于反动作家，如成仿吾在批评鲁迅、周作人等作家时一再说："这种以趣味为中心的生活基调，它所暗示的是一种在小天地中自己骗自己的自足，它所矜持着的是闲暇，闲暇，第三个闲暇。"② 对于一个创作经验丰富的作家来说，这种逻辑推论简直令人啼笑皆非。

第三，内容与形式是一个有机的整体，创作时没有先后主次之分。创造社、太阳社大多成员由于缺少创作经验，总是从主题先行出发，只强调作品思想内容的重要性，而轻视其艺术形式，或者把思想内容与艺术形式对立起来，这就必然导致上述片面的武器论和留声机论。针对上述观点，鲁迅多次在谈自己的创作经验时强调，作家在创作时不可能先有主题，再在主题规定的框架下进行创作，而是要遵从创作规律：观察社会，感受和体验生活，选材，塑造人物形象，在创作中挖掘新的内涵，等等。一篇作品，是思想内容与艺术形式水乳交融的结晶，思想内容和艺术形式是作品形成后分析、研究的结果，而在创作中并没有明显的分界，不存在思想内容决定艺术形式这种情况。鲁迅同时也强调作家世界观对于创作的重要性，强调作家首先是一个"革命人"，这二者之间是否矛盾呢？非也。联系鲁迅谈自己创作实践的体会可知，鲁迅强调的是在创作前要提高思想认识，包括用先进理论武装自己、分析社会，投身社会实践，获得对于时代和社会生活的科学认识。但是他一旦进入创作过程，也就进入了一个艺术

---

① 茅盾：《欢迎〈太阳〉!》，载《茅盾全集》第19卷，人民文学出版社1991年版卷，第164页。
② 鲁迅：《文艺与政治的歧途》，载《鲁迅全集》第7卷，人民文学出版社2005年版，第117页。

世界，他必须感受和体验生活，从而创造出真正的艺术作品。在鲁迅看来，作家在创作时，他的思想观念不是直接地、理性地驾驭其创作过程，因为拉开了一定的时间距离和心理距离，其外在的功利因素已经不知不觉地在其创作中发挥作用，内化为作品中不可分割的一部分。那么，文学既有宣传功能，又不是宣传某种意识形态的工具；既有政治作用，又有自己的独立性，如何厘清文学与政治和宣传之间的关系呢？鲁迅说："但我以为当先求内容的充实和技巧的上达，不必忙于挂招牌。"[1] 这就是说，文学作品要通过其艺术性才能发挥政治和宣传作用，反之则无。所以，作家遵循创作规律写出的作品，能够反映社会生活的各个方面，其思想内容自然是十分丰富的；而无视创作规律，仅仅以政治或宣传为主要目的，其作品主题必然是单一的。过度强调文学的政治和宣传作用，等于把文学作品的艺术形式虚无化，从而失去其自身存在的根据。值得一提的是，苏汶强调倾向性以真实性为基础，而鲁迅则主张倾向性建立在遵循创作规律的基础上，二者均切中文学创作的真谛，可谓殊途同归。

注：本章第一节"关于文学属性的论争"以"真理在驳难中明朗——革命文学论争语境中的文学属性论"为题发表于《全国马列文艺论著研究会第 30 届年会暨纪念马克思逝世 130 周年学术研讨会会议论文集》，海天出版社 2014 年版；第二节"关于文学主体的论争"以"'革命人'与文学自由——革命文学论争视野下的文学主体论"为题发表于《韶关学报》2015 年第 3 期；第三节"革命文学与时代的关系"，以"革命文学与时代关系的历史性探索"为题发表于《南方职业教育学刊》2015 年第 5 期。收入本书时均有改动。

---

[1] 鲁迅：《文艺与革命》，载《鲁迅全集》第 4 卷，人民文学出版社 2005 年版，第 84—85 页。

第三章

民族主义与世界主义：两种文学观念的冲突及其影响

民族主义、世界主义的研究是一个富有深厚历史传统的学术领域，也是一个横跨哲学、政治学、历史学、社会学、人类学、美学与文艺学等多种学科门类的学术命题。前人的研究可谓汗牛充栋，但为何当今时代关于此一命题的讨论依然方兴未艾？这一方面表明民族主义、世界主义的思想学术命题深刻地感应了社会时代脉搏，并能为社会现实问题提供相当的阐释与参照空间；另一方面也表明这一思想学术命题的内涵是随时代的变化而处在不断的变化、更新与拓展之中。近年国际学界提出的"共同体"这一概念，就可视为这一传统命题的新拓展与新趋势。

从历史的维度看，现代民族主义不仅包括文化内涵，也包含政治内涵。民族国家公民的个人认同构成民族主义集体认同的基本单位。世界主义是一种普遍的乌托邦价值理念。20世纪中国文学理论在文化与政治双重方向上思考民族主义、世界主义与马克思主义的关系问题，给我们提供了丰富的思想资源。特别是"左"翼文学理论在民族性与阶级性、化大众与大众化、民族形式与民间形式等相关问题上的思考，为马克思主义文学理论中国化提供了深刻的启示与教训。而且,将宏大的民族主义、世界主义与马克思主义等思想史命题与政治文化共同体相联系来考虑,有利于为当代中国核心价值观提供一定的参照。从美学与文艺学的角度切入,将此宏大命题与微观文学问题特别是文学公共价值的问题相联系,也有利于当代中国核心价值观在文学公共价值论域有一个扎实的落脚点,丰富并创造当代中国核心价值观的内涵。

第一节 民族主义、世界主义之变奏与马克思主义文学理论的关系

一 民族主义与世界主义之冲突及变奏

从世界范围看,综观民族主义的概念史,有多种区分标准,较具代表性的一种是将它划分为客观与主观两项标准。客观标准如语言、族群特性、共享的历史经验及文化传统等,主观标准如集体认同与个人认同。以客观标准来界定,如许多传统民族主义理论的代表赫尔德、泰纳、斯塔尔夫人、歌德等,认为民族是永恒实体,是由血缘、种族、语言、宗教、国民生活状态、民族心理与习俗等其他传统因素统合形成的一种民族的认同感、归属感和忠诚。但单纯用客观标准来界定民族主义,易于将之与跟血缘相联系的种族主义相等同,而两者在内涵上是不能等同的。正如西方马克思主义理论家本尼迪克特·安德森指出:"民族主义乃是从历史宿命的角度思考的,而种族主义所梦想的却是从时间开始经由一系列永无止境而令人作呕的交配传递下来的永恒的污染——这是发生在历史之外的。"种族主义的梦想根源存在于阶级的意识形态,而不是民族的意识形态之中。种族主义或反犹主义并未跨越民族界限,它针对的与其说是对外战争,不

第三章
民族主义与世界主义：两种文学观念的冲突及其影响

如说是对内的压迫与统治。[①] 如以主观标准来界定，当代许多民族主义论者比如安东尼·史密斯等都将民族主义看作一种意识形态，认为是民族主义创造了民族而不是相反，本尼迪克特·安德森也认为民族只是人为构建的符号，民族是一个"想象的共同体"。但正如另一西方马克思主义理论家埃里克·霍布斯鲍姆所认为的，如果仅将主观意识视为判断标准，"不啻是将人类界定自身集体认同的多元想象力，狭窄化到单一选项中——选择自己属不属于这个'民族'——不消说，这是极其不智的做法"[②]。他采用盖尔纳的定义：其一，"政治单位与民族单位是全等的"。其二，民族主义早于民族的建立。并不是民族创造了国家和民族主义，而是国家和民族主义创造了民族。其三，马克思主义者口中的"民族问题"，实则是一牵涉到政治、科技与社会转型的大问题。民族并不仅是领土国家或民族情操的产物，同时也深受科技与经济发展的影响，如印刷术的发明、公立教育的普及等。因此，"民族"及相应的民族活动，都应该纳入国家体制、行政官僚、科技发展、经济状况、历史情境与社会背景下综合进行讨论。其四，"民族"是具有双元性的，它在由上位者创建的同时，也由下位者即平民百姓的认同与支撑而奠立基石。[③] 这就要求将民族与民族主义的主观与客观标准整合在一起来考虑。

从民族主义的概念史的横向来看，主观与客观标准的区分也可看作论者对民族主义的不同表现形态的理解，即原生型与建构型。原生型理论大致上对应于客观地界定的传统民族主义的核心要素，如血缘、种族、语言、宗教、国民生活状态、民族心理与习俗等，认为民族是继承沿袭得来的原生的自然形成的东西，是一个永恒实体；建构型理论则偏向于主观地认定民族主义是现代的想象的产物，是意识形态的有意塑造与建构，前述如霍布斯鲍姆、本尼迪克特·安德森、安东尼·D. 史密斯等基本上都是持

---

① [美] 本尼迪克特·安德森：《想象的共同体》，吴叡人译，上海人民出版社 2005 年版，第 145 页。
② [英] 埃里克·霍布斯鲍姆：《民族与民族主义》，李金梅译，上海人民出版社 2006 年版，第 9 页。
③ 同上。

建构论者。克雷格·卡尔霍恩也认为关于民族主义原生性承袭的观念是广泛存在的幻觉的基础之一,主张民族性并非是原生型的而是被建构出来的。从国际学界看,无论左翼还是右翼,这几乎已成为当代民族主义论者的一个共识。

从民族主义的概念史的纵向来看,民族主义至少经历了几个阶段,不同理论家从不同的角度给出了不同的划分标准,但如以时段来区分,则大致上以传统与现代为界,其脉络还是清晰可见的。法国大革命是一个民族主义理论形态从传统向现代转变的契机。英国学者埃里·凯杜里认为法国大革命创造了行使政治权力的新的可能性,并转变了统治者工作目标的合法性。大革命意味着如果一个国家的公民不再满意于他们的社会的政治安排,他们有权利和权力用更加满意的安排来取代它。"整个主权的本原主要是寄托于国民(the Nation)。任何团体、任何个人都不得行使主权所未明白授予的权力。"① 霍布斯鲍姆也认为,考察民族概念的现代含义,应从"革命的年代"(1789—1848)开始。法国大革命时期发表的《人权宣言》宣称无论其民族大小与人种为何,疆域何在,人民的主权是不能擅加剥夺的。现代民族国家的理念、民族自决意识就肇始于这一时期。可以说,民族主义与自由主义两大学说都离不开法国大革命的背景。埃里·凯杜里认为正是在法国大革命之后,民族主义被视为一种意识形态。安东尼·D. 史密斯则进一步强调:民族主义作为一种意识形态和运动,至少从法国革命和美国革命以来,就一直是世界政治中的一支强大力量。不仅如此,正如马克思所言的:"一个持续扩张的市场对产品的需求把资产阶级赶到了地球表面的每个角落。"国家的功能以一种与资本主义发展并驾齐驱的步伐急速地倍增。因此可见,除了法国大革命的政治因素之外,现代民族主义的发生也伴随着工业化的发展以及现代性的发生而发生,与资本主义的发展以及现代印刷技术、现代文化传播和现代公共生活有着密不可分的联系。这就为现代民族主义与共同体文化发生关联提供了可能的历史基础。埃里克·霍布斯鲍姆指出:"法国大革命既不是一个现代意义的政党或运

---

① [英]埃里·凯杜里:《民族主义》,张明明译,中央编译出版社 2002 年版,第 104—105 页。

动,也不是由想要实践一个有系统的纲领的人所创造或领导的。""然而一旦它发生了,它就进入了印刷品那具有累积性的记忆中。那被它的创造者与受害者所经历的、席卷一切的魅惑的事件,连锁变成一个有它自己名字的'东西':法国大革命。如同一块庞大而无形状的巨石被无数水滴磨蚀成圆形的大岩块一般,法国大革命的经历被数以百万计印刷出来的字塑造成一个印在纸页上的'概念',而且,当时机一到,再变成一个模式。为什么'它'爆发,'它'的目标是什么,为什么'它'会成功或失败——这些都变成了朋友和敌人之间无休止地争论的主题;然而,此后就再没有人对所谓'它的实存性'有过什么怀疑。"① 民族主义的力量就来自这样的历史记忆的积淀。本尼迪克特·安德森同样认为,进入现代社会以来,资本主义、印刷科技与人类语言宿命的多样性这三者的重合,是构成现代民族共同体原型的重要条件。以此出发,他论证民族主义如何从第一波的美洲(不以语言为要素的民族主义)向第二波的欧洲(群众性的语言民族主义)、亚非(官方民族主义)等地扩散。官方民族主义是对第二波的欧洲(群众性的语言民族主义)的反动,因无力阻挡高涨的民族主义浪潮的旧统治阶级为避免被群众力量颠覆,于是干脆收编民族主义原则,通过与旧王朝原则结合来控制群众,以达到为其效忠的目的。民族主义的最后一波即"殖民地民族主义",它是对官方民族主义的另一面——帝国主义——的反映,以及对前三波民族主义经验的模仿。② 其特征较为复杂,不仅继承了多元的思想与行动可能,也同时继承了前人的进步与反动。因此也需要谨慎地加以考察。这一对民族主义历史特征的概括,对今天中国的民族主义而言,是个极其精确的参照系。

从民族主义概念的演变历史看,客观因素诚然构成了民族主义的一些基本因素,但主观因素如想象与认同实为更具关键性的核心要素。自上而下地说,是意识形态的想象建构了民族主义;那么自下而上地

---

① [英]埃里克·霍布斯鲍姆:《民族与民族主义》,李金梅译,上海人民出版社2006年版,第77—78页。
② [美]本尼迪克特·安德森:《想象的共同体》,吴叡人译,上海人民出版社2005年版,第131页。

考察，民族国家里的个人认同则构成了民族主义集体认同的基本单位。认同是依靠社会契约的形式行使的。国家的凝聚力和国民对它的忠诚，取决于国家保障个人福祉的能力。民族集体认同背后最具决定意义的观念是关于个人的现代概念。民族是由个人组成的，但民族并不一定推进或鼓励个人的独特个性，反而往往要求个人牺牲自己的利益来服从民族国家的集体诉求。但在民族主义形成的初级阶段，个人英雄是占据主导地位的，个人价值与民族独立的目标是一致的，这也是民族主义与自由主义、世界主义在法国大革命这一现代民族主义发生的初期目标一致的根源所在。但是民族一经铸成，集体意志则往往会取代个人权利与价值。民族主义经常随着占支配地位的意识形态的转变而转换自己的诉求。自法国大革命始，民族主义的最初目标与个人人权的追求相一致，而在不侵犯他人权益的前提下保障个人自由与独立是自由主义的基本要素之一，因此在现代民族主义发生的源头，其与自由主义的诉求也是相一致的。但民族主义又含有与个人主义和自由主义相排斥的一面。埃里·凯杜里指出，意识形态的政治与宪政政治不同，在宪政政治中被期待的目标是关注某一社会的公共事务，通过公正的立法和管理调节各种集团之间的分歧和冲突，并将法律置于一切重要和强大的局部利益之上。而意识形态的政治则截然不同，"这样一种政治关注在社会和国家中建立一种局面，以至每一个人，正如他们在旧式小说中所云，从此将永远幸福地生活。为达此目的，意识形态……把国家和社会视为一块被抹干净了的画布，以便将他关于公正、美德和幸福的幻象绘于其上。……这种抹净画布的尝试必然以惊人的速度引起专断、非法和暴力，以致永久和平和幸福的意识形态幻象必然越来越回落到地平线上。这样意识形态政治将导致永久灾难性和自我破坏性的紧张状态中……在政府和被统治者之间存在着分裂状态，对于被统治者来说，政府是一种来自外部的强制力量，对其国民行使着一种专断的力量，国民只是官僚主义者制定政策时所依据的抽象数字。基于这种原则运作的国家，其个体成员也是分裂的，缺乏团体感和相互间的一致。他们的个人灵魂也是分裂的。这种民族自决权是国际生活中的无序状态而不是有序状态的主要制造者"①。这种对民族主义的看法不在少数，也显示了当代民族主义思潮与传统民族主义思潮截然不同的思路。

事实上，霍布斯鲍姆等论者从"革命的年代"（1789—1848）着手来理解民族与民族主义的含义，即是为了彰显它在政治上的意义。他以美国为例，指出早年政治理论喜谈人民、联盟、联邦、我们的国土、人民大众、公共福祉或共同体等概念，主要原因都是基于避免使用民族一词，因为它容易给人中央集权、一元论和反对联邦各州权利的恶感。在民众眼中，民族—人民最重要的特质在于：它是公益公利的代表，可以对抗私利与特权。就此而言，公民对民族国家的信任与个人认同，是民族国家确立合法性的基石。

在历史上，民族主义与世界主义经常是被并举的一对概念，它们又与个人主义、自由主义构成一个有趣的三角形或四边形。个人主义、自由主义可谓世界主义理念得以发生的基石。个人主义对个人权利的强调、自由主义对群己权利边界的强调，都为世界主义理论关于普世价值的确立奠定了基础。概括来说，当代世界主义论者托马斯·博格认为世界主义的核心理念包含三要素：一是道德关怀的最终单位是个体；二是平等的价值地位应得到每个人的承认；三是地位平等和相互认可需要个人权利得到公平对待。如果说第一条侧重于世界主义与自由主义的内涵关联，第二条侧重于世界主义与马克思主义的价值共识，第三条则将三者关系交融在一起，民族主义与世界主义在以个体权利和平等理念这些普世价值为基点的平台上获得了共同的可能的伦理与政治空间。可见，对个人权利的尊重是世界主义理念之认同发生的前提。而民族国家则是基于个人认同基础上的共同体价值乃至更广泛的世界主义价值理念得以落实的基本单位。而从历史上看，赫尔德与歌德在强调文学民族性时，即建立了"世界公民"和"世界文学"的开放理念；斯塔尔夫人也认为"世界主义最后战胜了民族主义理论"；康德在《永久和平论》中更是提倡"世界主义价值"，提倡要建立一

---

① ［英］埃里·凯杜里：《民族主义》，张明明译，中央编译出版社2002年版，第6—8页。

个"世界主义秩序"以保证主权国家间的和平关系。当代哲学家乌尔利希·贝克也从词源学角度出发深入阐释并发展了世界主义（cosmopolitanism）的内涵，指出cosmos即宇宙，polis即不同的政治单元，两者不是互相排斥而是互相包含的。他进而提出"世界主义国家"的概念，寻求世界主义与民族国家在当代风险社会"二次现代性"过程中的新的整合，指出要建设对世界开放的国家，通过民族国家内在的转型，"内在的全球化"来开发民族的法律、政治和经济潜力。[①]通过对内的宽容的立宪原则和对外的世界公民权利，而使得不同民族认同和种族认同的共存成为可能。可见，从个人认同到共同体共识、到民族主义乃至世界主义认同，消除各种壁垒与区隔，在尊重个体自由、权利与差异的基础上寻求马克思主义的核心价值即社会的平等、公正等价值共识是当代思潮的普遍趋势。

但是也正因为存在民族主义假设的集体意愿和集体文化认同的原则与自由主义、世界主义个体本位原则的冲突，导致许多论者否定民族主义的观点，克雷格·卡尔霍恩认为民族主义是政治上的需要；民族认同具有社会功能；民族植根于历史之中。在民族主义的建构中，国家仍然是民主赖以推进的核心组织力量。但如何在保持个体认同的多重基础上形成并发展一种开放的世界主义文化和政治话语，同时又能有限制地维护多元化的国家秩序呢？克雷格·卡尔霍恩认为，要达此目的，民族和民族主义不可能被过早地取代。所谓民族主义与世界主义的冲突，关键在于能否视民族概念为开放性的，能否在具有充分思想交流的社会公共论域里承认各种个体差异并形成共同体认同，对各类问题展开丰富的公众讨论。当民族与民族主义被置于实现个体价值基础上的民主宪政、自由主义与世界主义的范畴内来考虑时，它的开放性将延续其生命力，这也是民族主义与世界主义不但不相冲突反而可能相反相成的策略。如此，那些与世界主义理想相联系的多样性、社会交往、容忍的美德等更多价值是有可能与城邦国家自我管理的政治共同体结合在一起的。

[①]［德］乌尔利希·贝克：《世界主义社会学的意义及其可能性》，《社会科学报》2007年9月13日。

二 民族主义、世界主义与马克思主义的关系

作为一种被本尼迪克特·安德森描述为"特殊的文化的人造物"[①],民族主义在18世纪末被创造出来,他认为"是从种种各自独立的历史力量复杂的'交汇'过程中自发地萃取提炼出来的一个结果;然而,一旦被创造出来,它们就会变得'模式化',在深浅不一的自觉状态下,它们可以被移植到许多形形色色的社会领域,可以吸纳同样多形形色色的各种政治和意识形态组合,也可以被这些力量吸收"[②]。在本尼迪克特·安德森眼中,"民族与民族主义"的问题构成了支配20世纪的两个重要思潮——马克思主义和自由主义——理论的共同缺陷。所谓"共同缺陷"的另一侧面,也就意味着两者与民族主义的某些共存价值。正因"民族主义"是如此复杂的一个词,所以任何对它的简单化判断都会造成误读。将民族主义概念置入马克思主义及马克思主义文学理论的框架里探讨,离不开历史的语境。埃里克·霍布斯鲍姆曾说:"马克思主义运动和尊奉马克思主义的国家,不论在形式上还是实质上都有变成民族运动和民族政权——也就是转化成民族主义——的倾向。"[③] 因此,对民族主义的解读要在历时态中理解其复杂性,对在历史上与之相对并举的世界主义概念也当如此。特别是当它们与马克思主义发生关系时,其复杂性就由双向冲突或对话转为多向的或网状的形态。

在民族主义、世界主义与马克思主义的关系上,中国本土学界曾流行"越是民族的越是世界的"这一说法,且将之与"马克思主义中国化"的命题相联系。实际上,这一说法与马恩的主张一度是相悖的。马恩认为,"地域性的个人为世界历史性的、经验上普遍的个人所代替",因为"只有这样,单个人才能摆脱种种民族局限和地域局限而同整个世界的生

---

① [美] 本尼迪克特·安德森:《想象的共同体》,吴叡人译,上海人民出版社2005年版,导论第2—3页。
② 同上。
③ 同上。

产（也同精神的生产）发生实际联系"，因此"每一个单个人的解放程度是与历史转变为世界历史的程度相一致的"①。所以，与其说马恩秉承的是民族主义的理念，毋宁说他们怀抱的是基于个人解放立场上的世界主义理想。但历史地看，民族主义和世界主义在马克思主义的理论史上到底是怎样一种关系，是一个值得探究的复杂问题。在《共产党宣言》里马恩声称，"整个社会日益分裂为两大敌对的阵营，分裂为两大相互直接对立的阶级，资产阶级和无产阶级"，"现代大工业代替了工场手工业，大工业建立了由美洲的发现所准备好的世界市场。世界市场使商业、航海业和陆路交通得到了巨大的发展。这种发展又反过来促进了工业的扩展，同时，随着工业、商业、航海业和铁路的扩展，资产阶级也在同一程度上得到发展，增加自己的资本，把中世纪遗留下来的一切阶级排挤到后面去"。"资产阶级，由于开拓了世界市场，使一切国家的生产和消费都成为世界性的了。不管反动派怎样惋惜，资产阶级还是挖掉了工业脚下的民族基础"，"新的工业的建立已经成为一切文明民族的生命攸关的问题"，"过去那种地方和民族的自给自足和闭关自守状态，被各民族的各方面的互相往来和各方面的互相依赖所代替了。物质的生产是如此，精神的生产也是如此。各民族的精神产品成了公共的财产。民族的片面性和局限性日益成为不可能，于是由许多民族的和地方的文学形成了一种世界的文学"。② 马克思、恩格斯认为，阶级问题比民族问题更为根本，更具世界性的普遍价值。他将至今一切社会的历史都看作阶级斗争的历史，是始终处于对立地位的压迫者和被压迫者不断斗争的历史。"资产阶级把一切民族甚至最野蛮的民族都卷到文明中来了。它迫使一切民族——如果它们不想灭亡的话——采用资产阶级的生产方式，它迫使它们在自己那里推行所谓的文明，即变成资产者。……它使农民的民族从属于资产阶级的民族，使东方从属于西方。……由此导致政治的集中：统一的政府，统一的法律，统一的民族阶级利益和统一的关税的统一的

---

① 中共中央马克思恩格斯列宁斯大林著作编译局编：《马克思恩格斯选集》第1卷，人民出版社1995年版，第89页。

② 马克思、恩格斯：《共产党宣言》，人民出版社1992年版，第28页。

民族。无产阶级也随着资本的发展而得到发展。现代工业越发达，对工人阶级来说，性别、年龄的差别再没有什么社会意义了，他们都只是劳动工具。无产阶级是大工业本身的产物。""现代的工业劳动，现代的资本压迫，无论在英国或法国，无论在美国或德国，都是一样的，都使无产者失去了任何民族性"，认为"工人没有祖国。绝不能剥夺他们所没有的东西"。[1] 这是一方面。另一方面，在强调阶级问题是首要的前提下，马恩也看到民族问题的次等重要性，"如果不就内容而就形式来说，无产阶级反对资产阶级的斗争首先是一国范围内的斗争。每一个国家的无产阶级当然首先应该打倒本国的资产阶级"。故民族国家成为阶级斗争的载体，无产阶级首先必须取得政治统治，上升为"民族的阶级"[2]。由此可见，马恩首先是将阶级斗争置于民族问题之上的，其次，如果说民族和民族主义具有重要价值，马恩将之看作资产阶级的思想意识形态，这表明马恩的民族主义理念区别于传统文化民族主义，具有鲜明的现代性色彩；但马恩又认为民族主义的作用是有限的，民族独立运动是有条件的，民族主义与民族独立运动必须以无产阶级的世界革命为最终目标，因此这又可能含有一种悖论：由于过于强调阶级的区隔，导致在由民族性走向世界性、形成具有共识性和同质化特征的共同体文化时面临障碍与矛盾。

的确，民族主义、世界主义与马克思主义是否具有内在冲突性，答案应该是显然的。前已述及它们之间的内在关联。实际上，这一内在关联是以它们的内在分歧、冲突与矛盾为前提的。世界主义理论将个人看作利益最大化的基本单位，而民族主义追求民族国家的集体利益优先原则；马克思主义对民族主义的批判则将民族主义看作具有阶级性的现代现象，是资本主义社会的产物，由于他认为民族主义对人类历史发展的作用有限甚至具有破坏性，所以他更倾向于在阶级论的前提下认同世界主义的价值理念而不是民族主义的价值理念。

---

[1] 马克思、恩格斯：《共产党宣言》，人民出版社1992年版，第38—39页。
[2] 同上书，第46页。

对中国的许多马克思主义者而言，马恩对民族主义的看法往往是以列宁的民族主义观点为中介，或至少认为以列宁为代表的苏俄民族主义理论是马恩理论不可分割的组成部分。实际上，西方马克思主义理论家 K. B. 安德森指出，列宁的民族主义观点大致以 1916 年为界是有一个变化的，早期他认为"马克思主义同民族主义是不能调和的，即使它是最'公正的''纯洁的'、精致的和文明的民族主义"[1]；而 1916 年后，他开始把对民族自决权的支持与社会革命的可能性联系起来，认为"压迫民族的无产阶级不能只限于发表一些泛泛的、千篇一律的、任何一个和平主义的资产者都会加以重复的反对兼并、赞成一般民族平等的言辞……无产阶级应当要求受'它的'民族压迫的殖民地和民族有政治分离的自由。否则无产阶级的国际主义就会始终是一句空话"[2]。因此民族自决权的问题不能回避政治问题，甚至进一步认为，阶级压迫问题解决之后，就有"完全铲除民族压迫的可能"[3]。

对马克思的民族主义与世界主义的看法，后来的论者提出了许多的争议。汤姆·奈伦认为"民族主义的理论代表了马克思主义历史性的大失败"[4]；本尼迪克特·安德森认为："对马克思主义理论而言，民族主义已经证明是一个令人不快的异常现象；并且，正因如此，马克思主义理论常常略过民族主义不提，不愿正视。"[5] 艾里克·霍布斯鲍姆认为包含马克思在内的对民族主义的看法基本承认民族国家的历史作用与存在价值，但是为了人类更大范围或者全人类的利益，都试图通过把民族变成一个剥离了所有政治意义的、单纯的文化或民俗现象，削弱它的政治色彩。他认为不能用这种"非政治化"的手段试图超越民族、取代民族主义的方针。

---

[1] [美] K. B. 安德森：《列宁、黑格尔和西方马克思主义：一种批判性研究》，张传平译，南京大学出版社 2012 年版，第 139 页。
[2] 同上书，第 141 页。
[3] 同上书，第 142 页。
[4] [美] 本尼迪克特·安德森：《想象的共同体·导论》，吴叡人译，上海人民出版社 2005 年版，第 2—3 页。
[5] 同上。

第二节　民族主义、世界主义与 20 世纪中国马克思主义文学理论

一　20 世纪中国的民族主义、世界主义之变奏

19 世纪末,民族危机加深,中国人的民族观从具有种族色彩的"夷夏之辨"向现代民族主义转变。"南社"诸君集中体现了这种从"排满"的浓厚种族主义主张向现代民族主义转型的过渡特征。柳亚子解释民族主义说:"人种的起源,各各不同,就有种族的分别。凡是血裔风俗言语同的是同民族。血裔风俗言语不同的就不是同民族。"相比民权、民生,柳亚子认为南社最主要的使命还是推翻清政府,建立新的民族国家的"狭义的民族主义"。这一种族革命的目标,其实又潜藏着民族主义的现代政治诉求,即对清朝种族专制政治与独占权力资源的不满,可谓辛亥革命前南社诸成员民族主义话语的独特性之所在。但其过渡特征不仅表现为种族主义与民族主义的纠缠,也表现为"南社"成员有的已经超越种族主义与民族主义的视野,具有了更为开放的世界主义情怀,如南社女诗人吕碧城,曾自陈心迹曰:"予持世界主义,同情于政体改革,而无满汉之见。"① 体现了南社在民族主义问题上由传统向现代转变的复杂形态。除"南社"外,革命派与改良派在民族问题上,无论是主张排满建立单一汉民族国家还是主张"合满"建立多民族国家,也都包含了民族主义的政治内涵。如孙中山认为,"推倒满洲政府,从驱除满人那一面说,是民族革命;从颠覆君主政体那一面说,是政治革命,并不是把来分作两次去做"。章太炎宣称:"夫民族主义炽盛于 20 世纪,逆胡膻虏,非我族类,不能变法当革,能变

---

① 桑农:《深闺有愿作新民》,《书屋》2005 年第 12 期。

法亦当革；不能救民当革，能救民亦当革。"① 梁启超认为："吾国言民族者，当于小民族主义之外，更提倡大民族主义。小民族主义者何？汉族对于国内他族是也。大民族主义者何？合国内本部属部之诸族以对于国外之诸族是也。"② 革命党人陈天华《绝命书》称："革命之中，有置重于民族主义者，有置重于政治问题者。鄙人所主张，固重政治而轻民族。"③ 种族概念凸显的是人群的生物属性；民族概念凸显的是人群的社会属性。但在20世纪初，由于民族主义情绪与社会达尔文主义相结合，不少人将种族主义与民族主义视为同一概念，将种族优劣视为民族竞争。如沈雁冰直到1922年，还说"文学与人种很有关系"，"东方民族多含神秘性，因此，他们的文学也是超现实的。民族的性质和文学也有关系"。④ 并未区分"人种"与"民族"。但大体上，以1912年为界，革命派孙中山与立宪派梁启超已达成共识，即建立独立、民主、统一的多民族国家，确立了独立、民主、统一即是这一现代民族主义形成时期的政治内涵所在。五四时期民族主义问题开始与马克思主义理论相结合，借助"民族自决"的话语理论呈现出某种新的形态，"反帝反封建"或可概括其目标。"反封建"包含民族主义在其现代开端的个体解放与民主人权的诉求，"反帝"则体现"民族自决"的新诉求。这一新形态同样含有政治的现代意义。陈独秀在《我们究竟应当不应当爱国》中讲道，"我们爱的是人们拿出爱国心抵抗被人压迫的国家，不是政府利用人民爱国心压迫别人的国家。我们爱的是为人民谋幸福的国家，不是人民为国家作牺牲的国家"⑤，基本延续的是民族主义个体解放与民主人权的现代因素。在此意义上，其民族主义理念与世界主义理念庶几无异，即所谓"国家也，为国人共谋安宁幸福之团体"，这样的共同体认同与世界主义的目标是一致的；李大钊则在五四时期将列宁的民族自决、民族解放注入其民族主义思想中，将民族主义与马克思主义结

---

① 高瑞泉主编：《民族主义及其他》，上海古籍出版社2011年版，第11页。
② 同上书，第12页。
③ 同上书，第13页。
④ 沈雁冰：《文学与人生》，载《文学运动史料选》，上海教育出版社1979年版，第187页。
⑤ 高瑞泉主编：《民族主义及其他》，上海古籍出版社2011年版，第13页。

第三章
民族主义与世界主义：两种文学观念的冲突及其影响

合在一起，指出"民主主义战胜，就是庶民的胜利""社会的结果，是资本主义失败，劳工主义战胜""劳工主义的战胜，也是庶民的胜利"①，体现了民族主义师法苏联的"民族自决"的新意图，这是由列宁对民族解放运动在世界革命中的作用的强调促成的，马克思主义与民族主义的趋向从此结合起来。但"反帝反封建"在涵括民族主义复杂的目标诉求时也暴露了其背后的矛盾，梁启超一语道破"反帝反封建"背后隐含的民族主义与民主主义的内在矛盾：官方所谓五四运动"反帝反封建"，似乎外交问题与内政问题都网罗了，但实则两者比重不均等。他认为对外问题易发动，对内问题难发动。外交问题简单，内政问题复杂。外交问题运动对国内专权的人没有直接触犯，危险程度少，且可转移国民内政问题的关注视线，而内政问题由于会直接触犯国内专权之人，危险程度大，碰的人也就少。可谓都是自觉不自觉地从政治角度介入对民族主义的理解。蒋介石则为"保国保种"的政治目标，开出"尊孔读经"的文化药方，将爱国主义、国家主义与儒家大一统思想相融合，但其并未厘清民族主义的政治功能与文化内涵。因此可以说，在五四时期，民族主义的建立日益增添了复杂的内涵尤其是政治内涵，但政治内涵还是大量以潜意识的方式存在于民族主义的个人认同中，呈现出或隐或显的面貌。从世界主义的角度看，中国古代"大同世界"的理念，包含朴素的"世界大同"的因子，又带有浓厚的农业宗法文化的烙印；近代康有为的"世界大同"理想，又带有空想社会主义的特征；20世纪初中国马克思主义者的共产主义理想，倒是颇为接近世界主义的现代面貌，但如瞿秋白的从"劳动者的联邦国家"进于"无国界、无阶级的共产主义"，或陈独秀"工人无祖国"的理念②，还是打上了明显的阶级烙印，与平等的世界联邦论、世界政府的主张还是有相当的距离，将工人当作世界主义的全部主体，也有相当的狭隘性。比较而言，中国20世纪二三十年代自由主义知识分子如新月社成员胡适、罗隆基等从普遍人权与民主宪政的理念出发，倒是较为清晰地以现代世界主义理念，梳

---

① 张治江：《李大钊民族主义思想研究——兼论民族主义对于中国知识分子接受马克思主义的作用》，《中共中央党校学报》2010年第2期。

② 安希孟：《世界主义思潮：自西徂东》，《哲学堂》2004年第1期。

理了国家与政府、人权与法治、言论自由与思想统一等民族国家内部诸多复杂的政治问题与文化问题。如胡适等在20世纪20年代末发起的"人权运动",发表《人权与约法》,站在新文化运动的启蒙文化立场与自由主义的政治立场上,既在文化领域反对民族主义思潮中国民党的文化保守主义主张,又在政治上与国民党的思想统制抗争,要求政府制定约法、实行专家政治、容纳异己力量、"劳工立法"等,从而组成联邦统一国家。罗志田即指出过胡适的民族主义与世界主义观念的内在关系。这一在文化与政治双重方向上的努力不妨成为今天我们思考民族主义与世界主义问题的思想资源之一。从九一八事变到抗战结束,受民族危机刺激,民族主义达至高潮并与阶级政治紧密结合,呈现出左中右翼等不同脉络。右翼文人于1930年发起"民族主义文学"运动,提出《民族主义文艺运动宣言》,认为中国文艺的复兴一定要依靠民族主义,发起了"以民族意识为中心的文艺运动",此一民族主义文艺运动延续到20世纪40年代,以陈铨、林同济、雷海宗和贺麟等为代表的战国策派崛起,1940年《战国策》半月刊创办,秉承"民族至上,国家至上"的理念,宣扬"战国时代""英雄崇拜"和"力的哲学",力求在回眸民族文化传统中挽救民族政治危机。右翼文人的民族主义主张,既遭到中间派别如"自由人""第三种人"的批判,也遭到左翼阵营的激烈批判。中间派别如"自由人""第三种人"提出"文艺自由论",通过貌似疏离现实权力政治的方式间接批评民族主义文学背后的权力意志,审美性追求背后是对自由的政治诉求,所以他们批评民族主义文学是"法西斯蒂文学";左翼阵营则对右翼阵营展开积极与直接的攻击,其政治目标与文化策略可谓更为明确。

二 左翼文论内部对民族主义、世界主义与马克思主义文学关系的认识

与右翼及中间路线相比,在民族主义、世界主义问题上,与马克思主义文学理论关系更为密切的是左翼力量。左翼虽然不如右翼强调民族主义价值,也不像"第三种人"关注世界主义价值,但它强调阶级性在反帝反封建中的作用,并将之与文学政治性与社会性的功利价值相联系来考虑。

第三章
民族主义与世界主义：两种文学观念的冲突及其影响

左翼文学将民族性与阶级性相联系的考量，既有马克思主义思潮的历史渊源，又具体集中地在社会性审美性实践中通过一些重大事件体现出来。当代美学家阿列西·艾尔雅维奇认为，"事件"包括了"行动及其结果两者的范围，因而包含了'做'和'创造'某种新的东西"；阿兰·巴迪欧意义上的"事件"通常在三个阶段上发生：准备、发展及同化。"所有这三个阶段都同时构成了原初规划的成功与'失败'，以及观念堕落为意识形态，或者可以互换地或者变化地被阐释和责难，或者被认可为艺术的体制化、自律化。"[①]"事件"是包含了"激情"作为推动力量的，与普通的事情不同。从"事件"的角度看，中国左翼思潮发端于辛亥革命到五四运动这段时期，这一种延续近百年的思潮足以具备"准备、发展及同化"的全部因素，可谓一个大的"事件"。支持这一"事件"的是怎样的"激情"，此一思潮、观念或激情又是如何转化为意识形态的呢？左翼思潮与马克思主义和社会主义思潮的传播是密不可分的。早期阶段，如南社成员中，"京津同盟会"的创设者、民初宪法起草委员会秘书长、诗人林庚白是较早将马克思主义当作学问而非革命武器来研究的一个人，柳亚子曾笑其为"客厅社会主义者"。再如梁启超，最早于1902年在《进化论革命者颉德之学说》一文中也提到马克思和社会主义，"麦喀士（马克思）谓今日社会之弊，在多数之弱者为少数之强者所压服"，后又在《中国之社会主义》中认为，"社会主义者，近百年来世界之特产物也，概括其最要主义，不过曰：土地归公，资本归公，专以劳力为百物价值之源泉"，虽"为将来世界最高尚美妙之主义"，但"圆满之社会革命，虽以欧美现在之程度，更历百年犹未必能行之"，"中国宜酌采社会改良主义"。[②] 故早期中国思想界对马克思主义的认识，既有将之看作某种客观的学说与思想的一面，也有希望将之当作思想革命与社会运动的武器来考察的一面。如果说梁启超看到马克思和社会主义源于一种建立乌托邦的理想与激情，与中国现实社

---

① ［斯洛文尼亚］阿列西·艾尔雅维奇：《美学的革命》，载《马克思主义美学研究》2010年第1期。
② 李洪华：《中国左翼文化思潮与现代主义文学嬗变》，中国社会科学出版社2012年版，第17页。

会并不十分匹配，胡适、陈独秀、李大钊、鲁迅等现代知识分子则更为理性地遵循从"立人"到"立国"的思想原则，进行文学改良或文学革命，将审美的现代性与政治变革或社会的现代性结合起来。马克思主义文学的概念一般在文学理论的范围内使用。作为文学理论，马克思主义在20世纪二三十年代的左翼文学运动中即得到广泛的传播。与之相联系的还有无产阶级文化与文学概念，都是以苏联为中心，影响国际文坛的文学运动，是社会主义运动的一部分，20世纪初至二三十年代两次苏俄文学论战都是社会主义运动在文化与文学上的必然的历史发展与政治实践。中国的革命文学论战即是由苏俄文学论战激发的反响。这样一些事件如果没有某种"激情"推动，是很难想象的。据学者杨奎松考证，俄国十月革命以后，特别是在1918—1922年间，发表同情社会主义主张的中国知识分子，据不完全统计，由十月革命前的50余人发展到240人左右，同类报刊由30种发展到220余种。[1] 可见这一时期马克思主义和社会主义的思潮发展极为迅速，且有力地影响了社会思潮的演进与社会运动的发展。正是在这样的背景下，自20世纪20年代后期，具有革命政治色彩的创造社和太阳社成员积极倡导无产阶级文学与"革命文学"，郭沫若、成仿吾、冯乃超、李初梨等出版《创造月刊》，创办《文化批判》。钱杏邨、蒋光慈等继之成立太阳社，出版《太阳月刊》，标志着"文学革命"转向"革命文学"，也标志着左翼思潮向政治意识形态的深入发展。其中，如蒋光慈在《现代中国社会与革命文学》中对苏联无产阶级文学与中国革命文学的关系的认识，即可见这一时期中国的马克思主义文学思潮与理论关注文学的阶级性远胜于文学的民族性。除李大钊、陈独秀、蒋光慈等人之外，瞿秋白是较早在20世纪二三十年代介绍俄国革命与文学并译介马克思主义经典作家文艺思想的一员干将，他翻译过从俄文转译的《恩格斯论巴尔扎克》《恩格斯论易卜生的信》《社会主义的早期"同路人"——女作家哈克奈斯》，列宁的《列甫·托尔斯泰像一面俄国革命的镜子》《党的组织与党的出版物》，以及高尔基、普列汉诺夫、卢那察尔斯基等人的文章。俄国马克思主义文学理

---

[1] 杨奎松：《社会主义思想在中国的早期传播》，《党史研究与教学》1994年第1期。

第三章
民族主义与世界主义：两种文学观念的冲突及其影响

论、庸俗社会学、无产阶级文化派、拉普文学理论等，瞿秋白都有所关注。他对俄国马克思主义文学理论的引进、传播和运用，特别注重于马克思主义文艺理论中政治性和阶级性的方面，有意识地强化文艺的意识形态属性。他不但将革命与文学相结合来考虑，而且受列宁"民族自决"主张的影响，提出一整套系统完整的民族主义理论。早在 1922 年，他就写了《共产主义之人间化》，梳理民族问题发展的历史阶段，论述列宁民族平等、民族自决的主张；1926 年，又完成《现代民族问题讲案》，进一步论述列宁所谓的"被压迫民族之民族自决权"的民族殖民地问题。[①] 瞿秋白的民族主义理论是列宁关于民族主义理论的中国化，因此也同时打上了鲜明的阶级政治的烙印。可以说，其民族主义理论是其马克思主义文艺理论的一部分。特别是 20 世纪 30 年代以后，瞿秋白一方面受制于当时的政治时势，另一方面也源于敏锐的洞察力，将重心放到马克思主义文学理论上，看到其中对革命而言的巨大发展空间，在与"自由人"胡秋原、"第三种人"苏汶激烈论战之际写作《"现实"——马克思主义文艺论文集》，提出马克思主义文艺理论是指导"文艺运动和斗争的方法"，阶级政治指向更为明确。

20 世纪 30 年代左联成立并提出"文学的大众化"与"文艺大众化运动"，可谓无产阶级革命文学的另一个重大事件。"文艺大众化"运动是对五四新文化启蒙思潮的反拨。不仅如此，左联还与"民族主义文学""第三种人"等派别展开论争。30 年代中后期，为建立广泛的抗日文艺统一战线，以周扬为代表的左翼领导人决定倡导"国防文学"，解散"左联"。周扬在《关于国防文学》中说："国防文学运动，就是要号召各种阶层、各种派别的作家，都站在民族的统一战线上，为制作与民族革命有关的艺术作品而共同努力。"鲁迅则提出"民族革命战争的大众文学"口号反对之，认为"民族革命战争的大众文学"是"为了推动一向囿于普罗革命文学的左翼作家们跑到抗日的民族革命战争的前线上去，它是为了补救'国防文学'这名词本身的在文学思想的意义上的不明了性，以及纠正一些注进

[①] 参见瞿秋白《瞿秋白文集》（政治理论编），人民出版社 1987 年版。

'国防文学'这名词里去的不正确的意见"①。这就是著名的"两个口号"的论争。鲁迅、胡风与周扬的分歧在一定程度上体现了左联内部在反帝反封建与对内对外的不同革命方向上的分歧,也是在坚持对大众进行思想启蒙还是强化大众的民族救亡意识上的分歧,是化大众与大众化的分歧。"国防文学"和"民族革命战争的大众文学"两个口号之争的事件区分出了两个阶段,此前一阶段显示了左翼理论界在文学民族性与阶级性关系上的分歧,而此后一阶段则显示了左翼理论界在文学民族性与阶级性关系上的融合。高建平指出,在马克思主义文学理论领域,左翼文学内部20世纪40年代的不同理论立场,是由于所处的位置不同而产生的,由此形成了以周扬为代表的作为毛泽东延安文艺思想代言人的力量、以茅盾为代表的试图维护五四现实主义文学传统的力量、以胡风为代表的试图坚守鲁迅文学精神的力量。但到40年代后期,后两种力量开始被第一种力量所改造。② 标志性事件就是以毛泽东为代表的延安"整风"运动和《在延安文艺座谈会上的讲话》的发表,提出"民族形式"问题。这第二阶段明显区别于第一阶段是在于,左翼文艺思潮试图在文艺的民族性和阶级性之间重新寻找结合的可能。

事实上,从文艺的民族性和阶级性相结合以及文艺大众化的角度看,《在延安文艺座谈会上的讲话》发表之前,早在1938年中共六届六中全会的政治报告中,毛泽东即提出文艺的"工农兵方向",为将马克思主义与中国革命具体实践相结合,"洋八股必须废除,空洞抽象的调头必须少唱,教条主义必须休息,而代之以新鲜活泼的、为老百姓所喜闻乐见的中国作风和中国气派"③,掀起了一场关于"民族形式"的大讨论。向林冰等否定五四新兴文艺形式,提倡大众习见常闻的民间文艺形式。胡风则坚持捍卫五四文学传统。郭沫若、茅盾、何其芳、周扬等则试图调和在"民族形

---

① 李洪华:《中国左翼文化思潮与现代主义文学嬗变》,中国社会科学出版社2012年版,第38页。
② 高建平:《当代中国文艺理论研究(1949—2009)》,中国社会科学出版社2011年版,第18页。
③ 毛泽东:《中国共产党在民族战争中的地位》,载《毛泽东选集》第2卷,人民出版社1991年版,第500页。

式"问题上的这两种争论。1940年,毛泽东在《新民主主义论》中进一步阐释了"民族形式"的意义和内涵:"民族的科学的大众的文化,就是人民大众反帝反封建的文化,就是新民主主义的文化,就是中华民族的新文化。"指出新民主主义文化"是我们民族的,带有我们民族的特性","民族的形式,新民主主义的内容——这就是我们今天的新文化"。① 1942年延安文艺座谈会的召开和《在延安文艺座谈会上的讲话》的发表,标志着左翼文艺整体转向工农兵方向。毛泽东指出,革命文艺要站在"人民大众的立场","为革命的工农兵群众服务"。② 从文艺"为什么人服务"和"如何服务"两个基本方针问题看,《在延安文艺座谈会上的讲话》是对五四新文艺思想启蒙的反拨,民族救亡与阶级翻身的政治诉求取代了文学革命的目标,把五四以来的"化大众"文学转变为"大众化"文学。对民族形式的强调,是为"马克思主义中国化"这一文化政治目标服务的,背后的意识形态诉求可谓呼之欲出。抗日战争的民族利益诉求从而与无产阶级革命的目标取得了方向上的一致,而民族主义的认同此时又离不开作为全世界无产者的共同体认同。在此前提下,为实现民族解放,"无产阶级的文学艺术是无产阶级整个革命事业的一部分",是整个革命机器中的"齿轮和螺丝钉"。可见从20世纪30年代中期"共产国际"时期到40年代"马克思主义中国化"时期,世界主义或民族主义的变奏实则只具表面的形式,阶级分析同化了也模糊了民族主义与世界主义的双重认同。因为真正的世界主义既不等同于帝国主义,也不完全是包含无产阶级革命色彩的"国际主义",它只能在平等基础上而不是霸权基础上产生。故有着浓重阶级政治诉求的"世界主义"(实则所谓"国际主义")是不足以概括世界主义的全部价值的,但左翼理论发展史从政治角度对文艺民族性与文艺大众化的关系的探求又内含着某些现代民族主义与共同体建设的合理性与建设性价值。

---

① 毛泽东:《新民主主义论》,载《毛泽东选集》第2卷,人民出版社1991年版,第669页。
② 毛泽东:《在延安文艺座谈会上的讲话》,载《毛泽东选集》第3卷,人民出版社1991年版,第820页。

第三节　当代中国民族文化共同体建构与马克思主义文学理论建设

一　民族情感认同与当代中国马克思主义文学理论建设

由上述对历史事件的简单追溯，特别是对这一系列事件中包含的政治要素的挖掘可见，马克思主义文学理论建设的问题，从文学民族性角度考虑，很大程度上是马克思主义文学理论中国化的问题，而马克思主义文学理论中国化，虽是民族主义诉求在20世纪中国特定历史时期的特定文论与思想产物，且随着时代变迁而不断变化其政治文化内涵，但与之联系更为紧密的则是"马克思主义中国化"这一融合了民族主义与阶级革命双重色彩的富有浓厚意识形态政治内涵的目标，与它的美学特质相比，其意识形态政治的本原性特征是远远超过其美学诉求的，因此，如果在孤立的美学与文学理论层面来考察其来源，会遮蔽了它的政治与意识形态属性，必须把它放在宏观的"马克思主义中国化"的历史语境与政治语境中来解读。而客观地看，思索当代中国文学理论的命运，离不开当代中国文学理论建设的历史起点，即以毛泽东文艺思想为指导的中国化马克思主义文学理论。而正如高建平、艾晓明等学者指出的，中国化马克思主义文论的建构离不开"苏联"背景，苏联文论在左翼文学内部是作为具有权威性的学术话语资源被使用的。20世纪40年代文艺大众化、民族化问题，中国学者的讨论及观点都来自苏联文论。K. B. 安德森即指出，列宁的理论是中国马克思主义理论建设的重要根据与来源。这些理论命题的确立，是中国马克思主义文学理论研究借以展开的理论基础。与其说《在延安文艺座谈会上的讲话》是一个关于文艺理论的理论文本，不如说是一个关于文艺问题的政治文本乃至政策文件。它所关注的既是文艺问题，更是一种政治实践，是对文化思想领域的一种

第三章
民族主义与世界主义：两种文学观念的冲突及其影响

规训或治理。^① 这种规训集中的表现就是对知识分子的思想改造，促使他们转变阶级立场，为工农兵服务。《在延安文艺座谈会上的讲话》主张文艺大众化与文艺民族化，而在文艺大众化与文艺民族化的天平上，侧重大众化。即便谈民族化，也突出强调民族化的主体是农民，因农民是中国革命的主力，故文艺也宜采用富有传统及地方色彩的民间艺术形式。故有汉学家称之为农民民族主义。^②《在延安文艺座谈会上的讲话》发表之后的"反对洋八股""文章下乡、文章入伍"、新秧歌运动等，都可看作这种农民民族主义的实践。1949年，中共在北平召开的"中华全国文学艺术工作者代表大会"（第一次文代会），确立了当代中国30年的文艺学话语，周扬肯定了《在延安文艺座谈会上的讲话》的方向。可以说，当代文学体制的建立就是在这一政治话语及政策主导下完成的。对《武训传》《红楼梦》研究的批判，对以胡适为代表的"资产阶级思想"的批判，对胡风、丁玲的批判，社会主义现实主义的创作方法的确立，配合"大跃进"的新民歌运动，从社会主义现实主义到第三次文代会"两结合"（"革命的现实主义和革命的浪漫主义相结合的创作方法"）方法的确立等，《在延安文艺座谈会上的讲话》都是直接理论基础与根据。随着马克思主义的阶级分析方法确立为占主流地位的话语，文化与文艺领域中的民族化问题（包括传统与现代、中国与西方、知识分子与大众的关系等相关问题）基本上被纳入阶级论的框架。

因此，当代中国马克思主义文学理论建设离不开这一历史与现实的政治背景，在民族主义问题上，同样不能局限于文化民族主义来谈问题，而要涉及文化权力乃至政治权力。这是由其历史起点决定的，放在全球范围来看，也是现代民族主义的基本特点。因此，在未来建构民族文化共同体并将之运用于文艺理论与思潮领域时，左翼理论与思潮史的第一个启示是，应从政治制度与政策治理的角度充分考虑如何保持文化多元性与多样

---

① 高建平：《当代中国文艺理论研究（1949—2009）》，中国社会科学出版社2011年版，第35页。

② 参见［美］M. 赛尔登《革命中的中国：延安道路》，魏晓明、冯崇义译，社会科学文献出版社2002年版。

性，在民主协商基础上形成民族文化认同，而不是滥用文化权力乃至政治权力压制与主流话语不同的声音。是否容忍文化多元性与多样性，可以说是判断共同体价值的标杆。这既可以说是对自由主义者胡适"容忍比自由更重要"的思想资源的认同，更可看作对左翼理论家瞿秋白"同路人"理念的继承与发展，因此容忍文化多元性与多样性可谓左右翼共识有望达成的可能基础。如从左翼理论的合理性与建设性角度考虑，则"同路人"理念在民族主义、世界主义与共同体关系问题上是一个值得追溯的思想资源。

"同路人"的概念同样源于苏俄。"同路人"作家群体是20世纪20年代俄国文学向苏联无产阶级文学转型进程中的过渡形态，由托洛茨基在《文学与革命》一书中提出，列宁、高尔基等都赞同"同路人"的说法。"同路人"作家虽带着旧时代的文学传统，但在十月革命后因同情无产阶级，被认为可以同无产者作家同走一段路。他们不是共产党人或马克思主义者，他们是接近于旧知识阶层或资产阶级的，但由于他们的思想感情同情于新型的无产阶级大众的思想感情，与革命有着或多或少的有机联系，因而托洛茨基认为他们不是无产阶级革命的艺术家，但可称为无产阶级革命的艺术同路人。"同路人"看似是一个如何看待文学的新与旧、资产阶级属性还是无产阶级属性的问题，实则涉及无产阶级革命的同盟军的政治问题，是无产阶级如何策略地争取最大限度的文化领导权的问题，也在文学阶级性的显性问题下间接地暗含着文学民族性的问题，或者说文学民族性的问题在此以缺席的方式提示着自己的存在。在中国左翼文艺运动中，鲁迅、冯雪峰、瞿秋白等人就积极地吸收了苏俄革命"同路人"作家作品及其理论，将革命的"同路人"作家看作无产阶级文学的同盟军和后备军。[1] 瞿秋白是首先全面地在理论上阐述"同路人"理念的中国马克思主义文论家。在批评理论上，他借恩格斯评价女作家哈克纳斯为英国工人运动的同路人，指出无产阶级文学如何继承过去的文学遗产、如何团

---

[1] 参见赵歌东《横站的"同路人"——鲁迅与左翼文艺运动的内在关系及其姿态》，《文史哲》2012年第1期。

第三章
民族主义与世界主义：两种文学观念的冲突及其影响

结同路人作家的问题，在遵循辩证唯物论的方法和现实主义的创作方法基础上，"同路人"作家的阶级身份是可淡化的。在批评实践上，他通过《鲁迅杂感选集序言》等文总结鲁迅创作和思想的转变历程及立场，说明新兴阶级的文艺思想，是经过革命的小资产阶级作家的转变而形成的，在克服过去因袭的重担的同时，扩大集中新的力量，包括"同路人"的革命阵线。因而，"同路人"理念可视为左翼理论为扩大文化领导权与话语权而首次尝试消弭阶级性、民族性等区隔，包容多元价值取向的一种文化策略。

"同路人"理念同时涉及民族情感认同。它关系到未来建构民族文化共同体并将之运用于文艺理论与思潮领域时的第二个方面，即关于主体民族情感认同问题。由于历史原因，导致中国的马克思主义文学理论在处理民族主义议题时，面临多种力量的牵制与角逐，特别是形成了知识分子精英与农民、工人等大众群体的近乎对峙的局面。无论侧重哪一面都会导致某种不良结果，侧重大众化有导致民粹主义的危险，历史的教训已然非常深刻；侧重精英立场又意味着启蒙的某种傲慢与偏见，所以如何让民族主义包容更多的主体情感认同，使之发挥有效的正面价值并艺术地呈现在文学中，主体认同问题就不得不重新加以考虑。左翼马克思主义文论"同路人"理念可作为历史的思想资源引入主体认同概念中。而主体认同概念可在一定程度上消弭上述这种二元对立，建立起有效的民族认同。除瞿秋白最早在理论上发现"同路人"理念对无产阶级文学与马克思主义文艺理论的重要意义从而填补了左翼文艺运动理论的一个空白之外，鲁迅、冯雪峰、茅盾等都指出过"同路人"的意义。其实，胡风也早就指出这种包容更广泛的阶级群体的文学与革命运动的重要意义。从"同路人"到"市民社会"是否可视为左翼马克思主义文论一个自然的理论延伸呢？"以市民为盟主的中国人民大众的五四文学革命运动，正是市民社会突起了以后的、累积了几百年的、世界进步文艺传统的一个新拓的支流。那不是笼统的'西欧文艺'，而是在民主要求的观点上，和封建传统反抗的各种倾向的现实主义（以及浪漫主义）文艺；在民族解放的观点上，争求独立解放的弱小民族文艺；在肯定劳动人民的观点上，想挣脱工钱奴隶的运命的、自然生长的新兴文艺。"①

与此认同相对应，民族形式问题作为民族主义的文学美学表达，也需要厘清与"民间形式"的差异，这同样来自左翼马克思主义文论的历史启示。其一，"文艺民族性的大众化、民间化指向使得中国的马克思主义文艺在其阶级性与民族性上取得了一致，或者说民族性的大众化、民间化内涵是由马克思主义文艺的阶级属性所决定的；其二，与争夺文化领导权的功利性目的相关，因为文化领导权的获取需大众的自愿认同，适应大众的理解力与趣味是获得大众支持的关键性环节。中国社会特定的构成状况决定了中国化马克思主义文艺民族性建构中更多地吸收民间文化资源"②。的确，这一方面表明民族性的大众化、民间化包含一定的历史合理性与政治正当性，另一方面也客观地总结了其历史上与马克思主义文艺的虽然曲折但是持续存在的复杂关系。从历史的维度看，民族形式问题与文艺大众化问题的确关系密切。早在五四新文化运动时期，文艺大众化由于与传统士大夫精致典雅的贵族文化价值相背离，已初露其反传统的革命性与进步性的端倪，如胡适白话文写作的主张、陈独秀倡导建设"平易的抒情的国民文学"、周作人的"平民文学"等主张，都带有朴素的人道主义价值内涵、平等的劳工神圣思想观念与大众化的文学形式因子，从而开创了一种全新的现代知识分子与平民大众惺惺相惜的关系，但知识分子思想启蒙的使命又使得在启蒙话语中处于被启蒙地位的"乌合之众"，并未能真正参与这场文化运动，从而使这场新文化运动成为知识精英的独角戏。自 20 世纪 20 年代末 30 年代初，各种政治力量的作用导致阶级话语以显性方式介入左翼文艺大众化与大众语言运动的三次重大讨论中（分别为 1930 年、1932 年、1934 年），大众概念在此往往窄化或演化为"工农大众"或"革命群众"，体现在文学形式上，除传统的旧体裁等旧形式与口头语言的提倡之外，从文学民族性角度而言，民间形式成为文艺乃至动员群众的政治运动的突出要求。至延安文

---

① 陶东风等：《当代中国文艺学研究（1949—2009）》，中国社会科学出版社 2011 年版，第 87 页。
② 王杰主编：《马克思主义文艺理论》，高等教育出版社 2011 年版，第 233 页。

艺座谈会始，文艺为工农兵服务的目标的确立，标志着大众文艺的基本原则与大众文艺民间形式的全面落实。或者说，这一落实是以五四启蒙主义的精英文化为延安阶级话语与民族话语的合流所取代为代价的。可以说，胡风就是敏锐地洞察到了完全放弃五四启蒙立场与精英文学的某种危险。他曾针对毛提出的"中国作风与中国气派"和"民族形式"等问题，指出，"'民族形式'，不能是独立发展的形式，而是反映了民族现实的新民主主义的内容所要求的、所包含的形式""民间形式"等说法，是"文化上文艺上的农民主义"和"民粹主义的死尸"，"非彻底地得到肃清不可"。①胡风延续了五四启蒙语境中的文化民族性建构方案，即通过全面引入西方现代文明重建中国的民族性。但这场左翼马克思主义文论的内部争论，由于过于倚重政治诉求、政治利益与价值立场，未能建立起理性有效的共识。故此，在涉及文艺理论问题的民族风格与大众化问题上，也要廓清历史的迷雾，重建文学与政治的关系，才能往前走。前已述及，从20世纪30年代初期"大众化"讨论就已开始，到《在延安文艺座谈会上的讲话》发表以来及至《讲话》的后续影响中，左翼文论倾向于把大众化与民族化联系甚至等同起来，直接原因还在于动员群众的政治需要。这种文化民族性建构因为并不诉诸前现代的民族性基本要素——血缘、种族或语言，所以虽是以现代形态出现，即诉诸政治与意识形态目标，但是由于它是排除了广泛的主体认同的民族性，所以又是有缺陷的。直到1962年"百花齐放，百家争鸣"的"双百"方针等文艺政策出台，指出"文学艺术为无产阶级的政治服务，就是为工农兵的利益服务，为社会主义事业的利益服务，为全国和全世界绝大多数人的利益服务，就是从多方面来满足广大人民正当的精神需要，不应该把文学艺术为无产阶级政治服务理解得太狭隘"，"要批判地继承民族遗产和吸收外国文化"②，才略微改变了只认同阶级性的狭隘的民族主义的状况。1978年后，中国的文学理论研究呈现出前所未有的活跃局面，文学

---

① 陶东风等：《当代中国文艺学研究（1949—2009）》，中国社会科学出版社2011年版，第87页。

② 同上书，第172页。

理论中文化研究的转向、新历史主义、后殖民理论的介绍与运用等，显示出当代中国马克思主义文艺理论在民族主义与世界主义议题下的开放性特征。但当代中国文学理论如何审慎对待文化民族主义与文化保守主义的倾向，理性看待文学民族性与世界性之间的种种复杂关系，准确把握后殖民理论关于东西方文化、自我与他者批判和解构之间权力关系，可谓长路漫漫。

二 共同体文化、文学的公共价值与当代中国马克思主义文艺理论建设

由对上述中西方关于民族主义与世界主义的回顾，特别是对民族主义的文化与政治内涵的厘清，与和世界主义目标一致的政治化内涵（如宪政、民主、自由、平等、公正等价值内涵）的挖掘，我们看到政治共同体对消除民族主义与世界主义对立的壁垒、重建哈贝马斯所说的"宪法爱国主义"的重要性与必要性。一是由于政治共同体的概念是个富有更大弹性空间的概念，有望消除过去在民族主义与世界主义之间的冲突的鸿沟，所以在民族主义在当今世界还有相当的存在必要的前提下，政治共同体可成为连接民族主义与世界主义的桥梁；二是由于政治共同体凸显的是政治概念，有助于补偿或修正传统民族主义与世界主义概念中过于强调文化的因素，同时凸显政治概念也有助于增强有效共同体建构中的可操作性和治理性，从而富有更强大的马克思主义所看重的实践与现实品格，所以应该也具有相当的可行性。至于政治共同体中包含的文化方面的内容，结合上述第一条原因，是否也可将共同体文化视为一种有意义的"中间层文化"？这种"中间层文化"或政治共同体的主体，即如徐贲在《文化批评往何处去》中指出的，是包含现代国民意识的主体：现代国民意识要求每个人把自己从自然的人或抽象的主体转化为现代社会中的一员，更要求他把自己从附属于他人的臣民转变为人格独立的公民。公民的主体意识必然包含民族国家意识。作为主体对现代民族国家的认同和忠诚是以特定的政治体制和价值为先决条件的。主体的认同和忠诚的先决条件即是社会成员的地位

第三章
民族主义与世界主义：两种文学观念的冲突及其影响

平等和政治自由，这两个条件也是民主制度的基本伦理原则。公民对民族国家的认同不仅是国籍或实在群体的认同，更是一种道德价值的认同。[①]因而，当政治共同体观念强调人类的个体价值植根于社会，强调共同方式思考和感受的必要性时，其核心内涵是建构积极的相互责任观念。故有效共同体的特征：一是一种包容多样性的复杂的组织形态；二是体现一种在充分民主化基础上不断扩展、创造与探索的精神；三是积极鼓励所有个体参与，协助推进公众所普遍需要的意识的发展，是共识与歧见在其中能达到契合与平衡的组织形态。如同雷蒙·威廉斯所言，共同体文化其实是"专门化产物的一个非常复杂的体系"，如果它是一种共同文化，那么它就不会是一种集体文化。[②]要实现共同体的存在价值，共同体成员的身份认同必然需要上升为一种包含了积极的政治参与意识的文化集体认同。怎样才能达到如孟德斯鸠所言的，"在共和制度下，美德是一件极为简单的事：它就是对共和的热爱""热爱共和在民主制度下就是热爱民主"的状态，让主体的认同情感导向积极的政治实践与行动？雷蒙·威廉斯认为，只有通过在政治上的"共同体的手段"，如设定社会主义的公共机构，通过一种完全参与的民主，才能够达到这种看似悖论实则包含协同一致的社会主义行动的真正的文化多样性。

由于共同性主要体现于政治形式，因而世界主义的某种乌托邦理想要想在未来得以付诸现实，当代中国的民族主义文学与文化理论同样不能仅仅局限于借助"血缘""种族""语言""文化"和"历史"等"自然因素"，也必须以积极的主体政治实践为根基。哈贝马斯早在《公域的结构性变化》一文中即指出，只有现代公域出现后，公众才可通过对哲学、文学和艺术的批判性吸取获得启蒙，实现自己的"理性沟通"。政治行动的主体要实施在公共领域的理性沟通与理想言说，它对作为言语活动或话语行动的文学的需要就呼之欲出了。如何由政治的公共领域与行动主体转化为文学创作中的公共空间与创作主体，这里存在许多中介要素。社会情感

[①] 徐贲：《文化批评往何处去》，吉林出版集团2011年版，第13页。
[②] ［英］特里·伊格尔顿：《文化的观念》，方杰译，南京大学出版社2006年版，第122页。

与心理到创作情感与心理的转移是一大要素。杰弗里·C. 亚历山大研究现代社会的同伴情感（fellow feeling）对社会凝聚性的构建、毁灭和解构问题，对此很有启发意义，他认为："为民主所驱动的人——那些积极主动、自主、理性、合乎情理、冷静和现实的人——将能够形成开放的而不是秘密的社会关系；他们将信任他人而不是多疑，将直截了当而不是处处算计，将坦诚而不是欺骗。他们的决定将基于开放性的深思熟虑而不是阴谋策划，他们对待权威的态度将是批判性的而不是遵从。他们对待其他共同体成员的行为将受到良知和廉耻的制约而不是受贪婪和自利的制约，他们将会把同伴作为朋友而不是作为敌人来对待。"① 而非民主的准则体系形成的关系是秘密、多疑、遵从秘密社团的权威、自利、贪婪、欺骗、算计，爱搞阴谋，将他们群体之外的人视为敌人。文学在此的作用，就是要辨析、认识"自由话语"与代表了"一种强有力的污染源"的"压迫话语"两种话语的复杂性，因为"压迫话语固在于自由话语之中"。② 如何清醒认识之，让自由话语以有意义的方式成为现代社会的内在民主品质与共同体文化的精髓，文学承担着艰巨的符号呈现、分类、界定和鉴别的任务，并需要在相互冲突、多元的理想和价值中寻求普遍性与可通约性。如果说情感表达是文学所必需的审美要素，那么对进行话语实践（也可理解为以文学来进行政治实践）的文学创作者或研究者来说，洞察、分析、理解这些纷纭复杂的深层社会心理、情绪与情感，或揭示、命名、表达这些集体与个人的潜意识与无意识，就是文学实践的题内之义，文学言语即可视为政治行动主体众声喧哗后的忠实记录者，在一定程度上，也可成为建构有效共同体文化的引领者。从个人身份认同与情感认同的文学层面考虑，在公民与国民关系、全球性与民族性或地方性等关系上淡化国族本位，淡化民族主义与全球化的矛盾，才能凸显个人的全球共同体意识，从而将责任看作个人对共同善的服从，而文学也可从这种个体经验出发思考回应这一富有张力的关系。在此方面，美国学者亚当·赛里格曼的思考有助于扩展我

---

① ［美］杰弗里·C. 亚历山大：《作为符号性分类的公民与敌人：论市民社会的极化话语》，参见邓正来等《国家与市民社会》，中央编译出版社2002年版，第217页。
② 同上书，第229页。

们建构当代文学理论的维度：信任是个体间交往、团体活动、共同体以至现代社会的基础。现代社会是变化的，越是变化，越需要信任。而没有一个充满希望、经历、记忆或感情承诺的公共领域，任何信任的基础都不会存在。文学的情感内涵由此与公共伦理诉求发生内在关联。[①] 在此意义上，文学实践即可视为承载了这样一些希望、经历、记忆或感情承诺的公共领域之一，它以理性清醒地审视、洞察现代社会建设中的制度与秩序问题为精神起点，以细节真实作为写实方法，以情感真实作为审美追求，并在文学与政治相交接的平台上让文学成为社会政治变革的忠实观察者和记录者，在向着博爱、公平、自由与信仰之路进发的同时，文学自身作为话语实践也会在与社会政治实践的交互活动中生长出新的变革社会的精神力量与激情。这可谓在共同体文化领域里文学的公共价值所在。故此，以有效的政治共同体与文化共同体的构建为轴心，整合传统民族主义与世界主义的命题，并在对这一命题下的中西马克思主义思潮、美学与文学理论史的追溯中总结当代中国马克思主义文艺理论建设的经验，有望达到建设多种形态的民族文化共同体或全球文化共同体的目标。这种共同体兼具民族性与世界性、先锋与传统、政治与文化、差异与同一、精英与大众亲善的特征，非常接近雷蒙·威廉斯所期待的"走向共同文化"的目标。

[①] 参见［美］亚当·赛里格曼《信任与公民社会》，载李惠斌主编《全球化与公民社会》，广西师范大学出版社 2003 年版，第 362—370 页。

第四章

审美现代性与形式问题：马克思主义与形式主义

　　正如伊格尔顿所揭示的，美学因其感性的特性，其作为感性和理性、认识论和伦理学、特殊性和普遍性的中介作用，成为现代性的最佳话语。"美学的范畴在现代欧洲起过重要作用，因为在论及艺术史时，它总会涉及其他东西，而这些东西恰恰处于中产阶级夺取政治领导权的核心位置。因此，审美的现代概念的形成与现代阶级社会的主流社会意识形态的形成密不可分，实际上与适应于这种社会秩序的人的主体性的整个新形式也无法分离。"[①] 美学的概念系统引进中国是在1915年，而自晚清以来，从梁启超、王国维、蔡元培到鲁迅和早期中国马克思主义者，几乎一致强调了美学和文化革命的重要性，在他们看来，美学和文化问题已经成为中国复兴并进入现代性之路的重要途径。毛泽东"民族形式"的观念及《在延安文艺座谈会上的讲话》展示了文化（美学）在中国革命和社会主义现代化

[①] ［英］特里·伊格尔顿：《审美意识形态》，王杰等译，广西师范大学出版社2001年版，第4页。

第四章
审美现代性与形式问题：马克思主义与形式主义

建设中的特殊地位。20世纪90年代进入"后革命"时代后，知识界陷入对文化的反思与改造，体现了文化与政治之间的新关系。正如马克思主义把现代性看成一种经济和文化的问题，在20世纪中国思考并实践现代性的过程中，美学或美学话语在理论和实践中无可争辩地成为其现代性的中心问题。那么，什么是作为现代性核心问题的美学话语自身的现代性？或者说，审美现代性是如何显现自身的？

马克思在《导言》中说："进步这个概念决不能在通常的抽象意义上去理解。"这句话已经明确地提出了现代性问题——历史的进步与它所付出的代价的关系问题。《1844年经济学—哲学手稿》中，揭示了其探讨社会和文化理论的基本思路，审美的现代性被描述为不可避免的矛盾性、非整体性、非同质性，一种悖论的分裂的联合体：劳动创造了美，但是劳动者只有实现与现实的异化的自身相区分才能获得真正的自由。马克思对于审美现代性的提问，是以思考希腊艺术的永恒魅力来表述的。古希腊神话时代一去不复返，古希腊神话也失去了原有的意识形态力量。希腊艺术的永恒魅力并不在于它自身表现出来的古典性，而在于它在现代社会生活中的意义，也即它的现代性。这意味着，已经不是一种意识形态而是作为一种凝固了的意识形式，古希腊神话只有与现实生活经验建立某种联系的时候，才呈现出具体的意义，并且这个意义的根源在于现实经验与现实的关系。① 如此理解马克思关于审美现代性的思考，意味着承认：对马克思而言，艺术作品作为特殊的意识形态，与其如何创作、如何起源相比，对理论来说，更为重要的是在艺术作品的审美接受中，现实个体怎样与现实关系交流从而改变主体自身。因此，马克思的审美现代性问题也就是审美意识形态的现代作用问题。

以上思考很可能陷入这样一种诘难：如此思考的马克思审美现代性问题是否没有走出形式主义的理论视野——因为"形式主义者以复杂和矛盾的方式，给美学操办了丧礼……他们削弱了成为许多传统批评和马克思主义批评的共同基础的'文本的形而上学'，即假定文本具有一种由其来源

---

① 王杰：《广西当代理论家丛书·王杰卷》，广西人民出版社2012年版，第77页。

时的环境所标志和所决定的一劳永逸的存在,和与其他文本的一劳永逸的关系。相反,形式主义者将文本作为随着历史变化而变化的实体来进行研究,文本与在其历史中遇到的不同限定相应而产生了不同'效果'"[1]。如果对这一诘难的回应是否定的,那么我们需要解答的问题是:马克思理论视野中的审美意识形态理论是否可以超越形式主义? 如果肯定这一种超越,那么什么是其基础理论? 我们将从马克思主义与形式主义理论的差异出发,探讨马克思关于审美现代性的思考。

第一节　形式与历史:形式主义与巴赫金

一　形式主义:文学的本性在于形式

俄国的形式主义的出现建基于一种试图反叛俄国传统文学批评的努力:"直到最近,艺术史尤其是文学史一直更多地与随笔性而不是学术性相一致。它遵循随笔的所有规则,随意地从一个话题跳到另一个话题,从形式优美的抒情跳到艺术家私生活的奇闻逸事,从心理的陈词滥调跳到哲学意义和社会环境……就学术性术语来说,艺术史一直是粗糙草率的。它运用了流行的词汇,却没有严格地筛选词语,没有精确地限定它们,没有考虑它们的意义多重性。"形式主义显然意图把文学研究建成一种系统的严格的科学。而这门科学的研究对象就是文学话语的文学性,以此区别于历史文献、哲学论著、科学著作等,也只有文学性才是诗之为诗、小说之为小说的唯一根据。

什克洛夫斯基以著名的纱厂隐喻阐释了文学的内部规律:如以工厂生产业类比,则我关心的不是世界棉布市场的形势,不是各托拉斯的政策,

---

[1] [英]托尼·本尼特:《文化与社会》,王杰等译,广西师范大学出版社2007年版,第4页。

而是棉纱的标号与其纺织方法。换言之,文学的本性只在文本自身,而不在文本之外。而文本是由语言构成的,因此形式主义的所有实践建立在一个先验前提之上,即诗歌语言与实用语言的区分。他们把实用语言定义为:指向自身之外非语言的行动。相反,诗则是向语言施暴,以便将注意力引向言谈自身。诗歌语言的特点在于通过减慢常规的直觉过程,使读者重新面对语词。语言除了具有意志功能之外,还具有其他诸如歧义、双关、隐喻等功能,人们在日常生活中因为语言的这些习以为常的功能的运用和制约,而对与之相关的许多事件熟视无睹时,诗歌语言的特点和功能就在于使读者重新面对语词。诗歌的语言将节奏和音律的潜能提到了突出的程度,它通过减慢常规的直觉过程,使直觉指向传达意义的媒介而不仅仅是意义。当这种匆忙掠过语词的习惯冲动被抑制之后,读者便开始面对语词本身。文学的语言通过对日常语言功能的集中、提炼、强化和重新组合等方式,使艺术语言成了非自动化的,即陌生化的。这便是什克洛夫斯基争辩的,文学的目的就是语词的复活。

俄国形式主义倾向于坚持文学的自主性,认为真正的批评事业是对文学文本的形式特征进行独立分析,坚持非政治的批判立场,考察文学作品作为本体性结构而产生的陌生化审美效果,认为这种审美效果源于纯文本的实践,这就把审美从政治、经济和文化等社会因素中分离出来,淡化了文艺的意识形态属性。对此,威廉斯认为,在为艺术的自主而努力方面,形式主义拒绝了资产阶级社会秩序对艺术的简化(以及既定的资产阶级文化的各种形式和机构),但同时也拒绝了那些思考艺术的形式,他们把艺术与其他社会秩序联系在一起。形式主义最大的收获是在特性方面:它对艺术作品实际上是如何形成的,以及如何达到其效果进行详细分析和展示。[①] 在詹姆逊看来,作为一个纯粹的形式概念,"陌生化"有三个长处:首先,陌生化把其他一切语言使用形式同文学系统区别开来,这是文学理论得以建立的先决条件。其次,它使文学作品内部得以建立起一种等级,以一种新的眼光去观察世界,所以作品的各个成分和技巧或手法都凭此目标划分等级。最后,陌生化

[①] 杨向荣:《陌生化重读》,《当代外国文学》2009年第3期。

体现了一种新的文学史观,这是将历史视为一系列突变,每一种新的文学现实都被看成与上一代占主导地位的艺术准则的决裂。①

俄国形式主义者认为文学的本质在于形式,而形式的关键在于语言,文学性就体现在单纯的语言文字的滑动而产生的陌生化效果之中。但从什克洛夫斯基对陌生化的阐述可以看到,陌生化通过变形、反常、扭曲、阻塞等技巧来改造所谓的视像,使接受者恢复感受的鲜活性,这样一来,文学所关注的不再是它所表现的对象,而是如何表现对象;艺术的意义也不在于现实主义式的模仿和再现生活世界,而是对生活的变形。如此理解的陌生化表明文本的文学性不单纯依赖它的内在特性,而且依赖它的价值与作用,同样依赖它所构建的与不同"文学体系"甚至是非文学体系之间的关系。由此,使文学成为文学的主导性元素,即其陌生化功能本质上是一种关系特性,因此任何既定人本的功能本身随着历史存在在不同时刻的变化而变化。形式主义理论化的不是作品(不是一套固定不变的文本),而是文本之间的变化的功能和关系。在这个意义上,托尼·本尼特说,形式主义以复杂和矛盾的方式,给美学操办了丧礼。②

在当时的苏俄学界,对形式主义的批评大约可以分为右翼和左翼。右翼最有力的论点主要来自古斯塔夫·什彼特等哲学家,对形式主义最典型的责难是:形式主义者对个别作品的精致解读缺乏一种成熟的美学理论基础。来自"左"翼的批评主要是由著名的马克思主义者托洛茨基和社会学批评萨库林提出的,认为形式主义在研究中忽视了社会政治因素。但对于巴赫金来说,无论是形式主义还是马克思主义都未能真正倾听对方,没有真正了解彼此。为了成功驳倒形式主义者,需要一种像形式主义理论一样有效的理论,能够面对具体文本和文学分析的具体问题,但大多数马克思主义文学理论家只是简单地重复经典马克思主义教义:文学不过是反映经济基础的意识形态。由此,巴赫金不仅批评形式主义者,也批评马克思主义者对形式主义者的批评。

---

① 参见杨向荣《陌生化与语言的牢笼》,《探索》2009年第3期。
② 参见 [英] 托尼·本尼特《文化与社会》,王杰等译,广西师范大学出版社2007年版,第4页。

二 巴赫金对形式主义的批评：社会学—历史诗学

巴赫金尝试解答的问题是：如何将艺术置于书本之外的历史及社会经济生活中，同时又不丧失艺术的审美特性。巴赫金激烈地批评了诗歌语言和实用语言的区分。尽管形式主义鼓吹对文本自身的全部关注，但他们对文学的全部界定最终导向的却是文本之外的解释，因为其基础是关于直觉、关于人的心理的假定。在他看来，形式主义批评只是把对作家创作的关注转向了对读者心理的关注，由此，形式主义实质上最终陷入传统文学史问题中。在《生活话语和艺术话语》中，巴赫金试图建立一种可行的社会学诗学。他区分了生活话语和艺术话语，试图发现文学的特性。这一策略貌似与形式主义者一样，把诗歌语言同实用语言对立起来，但他们的方向是截然相反的。巴赫金认为，不存在专属于文学或日常生活的固定语句，两个领域拥有相同的语词和手法，不同的只是功能。在具体言说中，语言学符号的结构、意义、使用是内在的对话式的。我们不仅应该沿着语词与其他语词的关系轴来理解语词，而且应该在演说者与倾听者之间的对话关系之中，在它发挥作用的语境中来理解语词。日常生活的陈述意义依赖于言谈本身的词句，还依赖于词句之外的言谈情境。无论是生活还是艺术，话语并不仅仅是简单的镜子式的，相反，话语是创造性的，它应付一个情境，对此进行评价或是促发未来的行动。话语就是一个情境。日常话语的特点在于对当下语境的依赖，审美意义的形成则对其环境的依赖轻微，这使作品可以适应于更大范围的语境。巴赫金在作者—作品—读者的总体关系中寻求审美性，将审美视为一种特殊的交流活动，作品可以持续地同多种新的历史环境及文化环境相互作用，文本越是不受制于表达的具体环境，越具有审美性。因此，审美也就构成了一种自由。

在巴赫金看来，形式主义者提出的真正问题涉及同其他语言相对立的文学语言的本性，它最终指向的是这样一个问题：文学史上的变化是怎样产生的。巴赫金提出了审美客体这样一个重要的概念。审美客体不完全等同于外在的物质形式,却与之不可分离。它表现为由物质形式所传达的价值整体,同时又与其他的诸如政治或宗教等的价值相结合,这些价值在具体的审美活动中发生作用。审美客体大致相当于言谈的意义,而任何一个言谈,在巴赫金看来必然永远是"未完成的",甚至在对一个言谈进行了最透明的分析之后,仍然有意义的剩余。任何将艺术局限于物质形式的企图,都是把艺术看作已经完成了的,好像它是一个物件而非一个行为。艺术因此使世界获得新意。① 巴赫金以交流、对话为特性的社会学—历史诗学理论回答了形式主义不能解答的文学动力问题。

托尼·本尼特对形式主义学说的重要潜力做了高度的评价,但同时从语言学的角度指出形式主义从索绪尔那里继承的遗产本质上是一把双刃剑。正像没有对语言从一种共时性状态转向另一种状态的手段进行说明一样,尽管我们知道,"文学系统"(和在这些系统之中的特定文本功能)在变化,但形式主义不能解释这些如何发生或为什么发生。在他看来,在巴赫金的研究中,我们有一条接近文学的道路,那是历史的而不是美学的。② 巴赫金彻底地研究了形式主义,并着手超越形式主义,为马克思主义批评勾勒了一个领域,那是不间断的、历史的领域。在他的著作中,形式主义的事业和马克思主义的事业之间产生了一种对话,尽管如塞德指出的,这种对话"没有结论",但仍然特别富有成效。③

如果说巴赫金的研究让形式主义和马克思主义之间产生了一种对话,那么马克思主义是否可以建立这样一种理论,这种理论一方面可以从形式的角度进入对文学艺术问题的研究,另一方面又可以超越形式主义和各种后康德主义美学,社会地和历史地研究文学艺术与社会关系?对于巴赫金来说,答案是:当文学被它所反映和折射现实的特殊形式和手段所决定时,它与其他符号系统相区别,但在论证这种独特方式的确切特性时,他却将此归结为艺术家对于诞生和发生过程中的意识形态问题具有一种敏锐的意识。其实,巴赫金在其《拉伯雷和他的世界》中,给我们指出了一个

---

① [美]克拉克等:《米哈伊尔·巴赫金》,语冰译,中国人民大学出版社2000年版,第254页。
② [英]托尼·本尼特:《文化与社会》,王杰等译,广西师范大学出版社2007年版,第4页。
③ 同上。

可能的方向,他认为拉伯雷在显现着民间幽默世界的"怪诞现实主义"的艺术变形中,瓦解了中世纪的主流意识形态。

第二节 审美变形:马克思主义对形式主义的超越

一 马克思主义美学的基本问题:审美变形

审美变形是现代美学研究的一个重要问题。但自康德以来,在康德的理论框架内,审美变形被看作形式问题,它的根源和实质基本上只能从心理学的角度去说明,即便是从语言学的角度,如罗兰·巴尔特也将语言的神秘化作为一种合理的和必然的社会现象加以接受。然而审美变形不仅仅是一个形式方面的问题,关涉所谓风格和技巧等个人性领域,同时也是具有丰富社会性内涵的文化问题。在马克思主义美学看来,研究审美变形问题的根本意义,在于思考被遮蔽着的现实社会关系怎样在审美变形中得以显现。马克思在对拉萨尔的悲剧和"希勒式"的批评中,提出了"历史的—美学的"批评标准。在《政治经济学批判》导言中,他对希腊艺术的永恒魅力的论述试图进入审美幻象的深层分析——从审美幻象与日常生活的关系来看,只有在日常生活的流动性和不断发展变化的条件下,审美幻象的永恒性才是可能成立的。然而,审美幻象与日常生活关系复杂多变,充满了分裂、对立和冲突——"一种是人们借以意识到这个冲突并力求把它克服的那些法律的、政治的、宗教的、艺术的或哲学的。简言之,意识形态的形式"[1]。"就是赋予自己的思想以普遍性的形式,把它们描绘成唯一合理的,有普遍意义的思想。"[2] 在马克思看来,语言习惯、日常生活规

---

[1] 中共中央马克思恩格斯列宁斯大林著作编译局编:《马克思恩格斯选集》第2卷,人民出版社1995年版,第33页。

[2] 同上书,第100页。

则及情感交流的既有模式都属于支配性意识形态的范畴,而经过支配性意识形态的诸种现实运作,现实生活中的冲突却被导向了某种想象性的和谐之中。①意识形态作为艺术的母胎、作品所"反映"的基本对象,经过审美变形,意识形态材料被激活,获得了特殊的表达。马克思的启示在于:一方面,美和艺术被历史地生产和再生产出来,而"变形"是保证这种生产和再生产的必要幻象和中介;另一方面,因为意识形态的关系,艺术通过审美变形可以使人们有可能看到这种被遮蔽的现实生活关系。审美变形如何实现艺术作品与日常生活的关联呢?

在生活世界中,人的生活首先表现为它的欲望及其实现。欲望不仅表现为一种状态,也即欲望的渴求和满足,同时也表现为一种意向行为,并以身体的、心理的和社会的等不同形态表现出来。人的身体不仅表现为肉体,而且是有感觉、意识和语言的,人感觉到、意识到自己的身体并且说出自己的身体。由于语言,身体既是自然的,又是文化的,一方面是现实给予的,另一方面是被话语建构的。身体的欲望及其实现完成了从自然到文化亦即人化的过程。用弗洛伊德的话说,为了表现的需要,被抑制的意念使用了一些被禁止的、有意识的和有社会意义的象征,因此被压抑的性动机基本上得到了升华。艺术家尽管陷入了幻觉,不能像其他人一样应付现实,实际上却具有运用他的虚无缥缈的幻想世界铸成真实成就的手段。艺术家把自己最私下的愿望和幻想当作已满足的要求给予描绘,并且把它们改头换面变为艺术。②在拉康看来,弗洛伊德从一开始就将无意识规定"带到了象征法则的这个决定作用的中心去"。拉康把能指放在所指之上,且能指与所指没有一个固定的一一对应的简单关系,语言的意义必须在能指链的滑动中回溯性地产生,在一个意义的缝合点上产生。正因为能指永不能确定地指向某个所指,或者说能指永不能使意义穷尽,使得欲望永在能指和能指之间,在隐喻性和转喻性的能指之间暗含着,欲望因此随着能指的流动而流动。拉康是要将无意识与象征性语言连接起来,无意识不再

---

① 参见王杰《审美幻象研究》,广西师范大学出版社1995年版,第131页。
② [美]斯佩克特:《弗洛伊德的美学》,高建平译,四川人民出版社2006年版,第164—165页。

第四章
审美现代性与形式问题：马克思主义与形式主义

与本能、原欲和本我相关，而与大写他者相关，即在象征域中，无意识像语言一样被组织起来。欲望必须通过某种外在的媒介和对象才能得以表达，这也就是说，欲望的实现是以异化为条件的。

对于马克思主义美学的现代性问题的研究，问题的关键或许就在于进一步探讨这种对象化机制的复杂性及其物质基础。在《1844年经济学哲学手稿》中马克思谈到了欲望和审美需要的关系，在谈到人与动物的区分时，提出了"人也是按照美的规律来建造"的理论。美的规律强调了主体和客体方面的统一性关系。但对主体的对象性关系提出了更高的要求，要求美的规律表达"历史的必然要求"。从理论上说，在个体与现实生活世界的矛盾中，欲望的表达机制有两种可能达到个体的自由状态：一是个体摒除欲望的丰富性，通过纯化内在世界和价值要求，把个体与世界的丰富性纯化为个体与审美理想的关系，但这很容易滑向欲望的极端表现形式，即生理性快感的满足。二是个体在自身和外在压力的合力下，在外在对象的无限可能性中，通过创造力把个体的幻想与外在的现实结合，创造出实在的、具有内在生理的对象，通过这个对象中介实现欲望与现实的结合。对于个体来说，审美幻象是主体联系客观存在的外在世界的纽带，如果没有现实生活世界的制约，审美幻象则没有意义。在人类社会发展的不同阶段，意识形态作为个体幻象的媒介和"通用货币"，成为协调不同个体之间欲望冲突的必然手段，意识形态一直是审美幻象保持凝视性的前提条件。这意味着，内在的尺度不能局限于心理学的视野，而所谓对象化则表明：人的本质属性包含着其能动与受动方面，不同的欲望要求获得统一性的基础，而这种统一性在历史过程中有其具体实现的机制。对审美变形的研究而言，关键的问题在于说明欲望（审美需要）通过幻象与现实生活关联的方式。

二 审美变形：艺术作为日常生活事件

雅克·马凯在谈到西方艺术的形成时，将其区分为两种艺术：有意制造的艺术（art by destination）和通过变形产生的艺术（art by metamorphosis)。在他看来,艺术通过变形而产生是近年来才产生的现象,这与西方 200 多年的博物馆建制有着紧密的联系。与此相伴的是,它与有意制造的艺术一样,不可避免地被置入"被观看"(to be look at)的西方视觉主义等级秩序之中。① 用阿尔都塞的话说,意识形态无处不在,艺术在意识形态的凝视中。阿尔都塞首先区分了科学、艺术与意识形态,"意识形态是个体与其真实存在条件的想象性关系的一种'表征'……人们在意识形态中向'自己表述'的并不是他们的真实存在条件,他们的真实世界,最重要的,是在那里得到表征的他们与那些存在条件的关系"②。"意识形态整体用其必然的想象性的扭曲所表征的不是现存的生产关系和源自他们的关系,而是个体与生产关系的(想象性的)关系及源自这种关系的关系。意识形态所表征的,因而不是统治个体存在的真实的关系系统,而是那些个体与他们生活于其中的真实关系的想象性关系。"③ 随之而来的悖论是:个体因为意识形态的询唤而成为带着镣铐跳舞的主体,那么主体的启蒙是如何可能的?如果主体通过"科学的认识"获得了启蒙,那么艺术和审美的意义何在?

阿尔都塞自己对艺术与意识形态的关系的认识是清晰却反复的。在《保卫马克思》中,他声称意识形态不论表现为宗教、政治、伦理、法律或艺术,都在加工自己的对象,即人的意识。在《一封论艺术的信》中,他又声称:"艺术和意识形态之间的关系问题,是一个很复杂、很困难的问题。然而,我能告诉你我们研究工作的一些方向。我并不把真正的艺术列入意识形态之中,虽然艺术与意识形态有很特殊的关系。"④ 在紧随此信之后的《抽象画家勒莫尼尼》一文中,他的观点又发生了某些变化,"同包括生产工具和认识,甚至同全部科学在内的任何其他物体一样,一件艺术能够成为意识形态的一个成分,就是说,它能够被放到构成意识形态、

---

① 向丽:《审美人类学视野中的"变形"问题研究》,载《马克思主义美学研究》第 10 辑,中央编译出版社 2007 年版,第 202 页。
② 齐泽克编:《图绘意识形态》,方杰译,南京大学出版社 2002 年版,第 161—163 页。
③ 同上书,第 163 页。
④ 转引自陆梅林编著《西方马克思主义美学文选》,漓江出版社 1988 年版,第 520 页。

第四章
审美现代性与形式问题：马克思主义与形式主义

以想象的关系反映……不考虑它和意识形态之间的特殊关系，即它的直接的和不可避免的意识形态效果，就不可能按它的特殊的关系存在来思考艺术作品"①。在《意识形态与意识形态国家机器》中，他再次认为文学艺术属于意识形态国家机器，发挥着维护或动摇既定的社会秩序的意识形态功能。

阿尔都塞对于艺术与意识形态之间的关系的认识不断反复，其原因在于：意识形态没有历史，无处不在，艺术何以避开意识形态？在布尔迪厄看来，艺术品价值的生产者不是艺术家，而是作为信仰空间的生产场……作品科学不仅应考虑作品在物质方面的直接生产者，还要考虑一整套因素和制度。② 阿尔都塞的解决方式是：决裂与重建。艺术与科学的对象和目的相同，都在于解释意识形态的虚幻性作用，"像任何知识一样，艺术的知识也必须先跟意识形态自发性的语言决裂并且建立一套科学概念来代替它。必须意识到只有这样跟意识形态决裂才有可能来着手构筑艺术认识的大厦"③。然而，艺术不能像科学那样提供对意识形态的认识，只能提供对某种意识形态的感觉或感受。艺术的批判和启蒙的建构，应当依赖于审美和艺术本身具有的形象性、情感性、想象性、生活性、直接性甚至是无意识性，因此它通常以变形的、让人觉醒的方式"看到""觉察到"和"感觉到"意识形态的欺骗性和局限性。阿尔都塞认为，马克思主义的总体观是一种结构因果观，基于此，他从艺术的结构性效果思考对"艺术的认识"而不是"艺术的意识形态"。《皮克罗剧团、贝尔多拉西和布莱希特》是阿尔都塞的第一次尝试，他运用典型的"症候阅读"，深入剧本的潜在结构，从《我们的米兰》中读出了一种潜在的、不对称的、离心的结构，而这种离心的结构使观众从麻木与停滞中惊醒，揭露了统治他们的日常意识形态。在这出观众与演员共同演出的剧目中，"剧本把主角连同主角的意识及这种意识的虚假辩证法统统消

---

① 转引自陆梅林编著《西方马克思主义美学文选》，漓江出版社1988年版，第538页。
② 参见［法］布尔迪厄《艺术的法则》，刘晖译，中央编译局出版社2001年版，第276—277页。
③ 转引自陆梅林编著《西方马克思主义美学文选》，漓江出版社1988年版，第523页。

灭了"①。马歇雷深化了"离心"的意义，认为作品永远是离心的，只有含义的不断冲突与歧义而没有中心要素，但作品的意义正在于这些含义之间的歧义和不一致。

　　阿尔都塞思考艺术的意义基于一个重要的区分：一般艺术和真正的艺术。而二者的区分则基于艺术的结构性陌生化效果。但对托尼·本尼特来说，尽管阿尔都塞把文学和艺术看成认识的其他形式的一种生产性变形过程，但这个过程本身是不能被概念化的，也就是说，阿尔都塞只是以一种抽象的变形方式来计算艺术作品的政治效果。而这种抽象性的变形方式，在与形式主义的比较中看得更加清楚。② 对阿尔都塞和形式主义来说，他们都把文学艺术看成对认识的一种变形实践，这种实践决定了我们对日常习惯性感知的效果。对形式主义而言，已然的文学规则和对此文学规则的背离是探讨陌生化效果的途径，对阿尔都塞所强调的形式而言，文本所表现的意识形态是对文学手法的抵制和反抗。对二者而言，文学提供了三重结构的观看：首先，文学通过变形给已经习惯的形式提供了新的感受；其次，文学文本摒弃了我们遵循惯常的方式所获得的世界的真实，并为我们提供了对世界的新的感知；最后，文学自身显现为"文学性"与"意识形态性"分离和张力变形的产品。对形式主义而言，艺术规律和艺术变形的效果并不是意识形态的政治结果，但对阿尔都塞而言，艺术的形式是由意识形态的建筑结构所决定的，它在整个社会过程中扮演着一个客观的政治角色。形式主义探讨并区分了文本效果、文学文本中的诸多变形关系等基本观念。一个文本是否具有变形的陌生化效果，不仅依赖于它自身的形式特征，而且依赖于因由这些形式特征而形成的文本在已有的文学领域中的相互关系。因此，文学艺术不是一个事物或者本性，而是一种关系和效果，这种关系和效果在不同的文学系统中，在变化了的历史关系中，依据不同的途径，经由不同的文本而实现。尽管形式主义仍然是一种抽象的形式，但是相对于阿尔都

---

① [法] 路易·阿尔都塞：《保卫马克思》，顾良译，商务印书馆2006年版，第139—140页。
② Tony Bennett: *Formalism and Marxism*, Methuen, Co. Ltd. 1979, 128.

第四章
审美现代性与形式问题：马克思主义与形式主义

塞基于变形的文学效果和认识的非文学效果来区分真正的艺术和一般艺术，要历史性得多。从写作的历史和文本间相互关系的不同系统来看，相同的文本可以在这条红线的两边滑动，而阿尔都塞在文学艺术和意识形态的结构中设定了一个永恒的认识论的鸿沟，因此其缺乏思考文本作用和效果可变性的能力。[1]

怎样才能弥补阿尔都塞意识形态理论所缺乏的理解文本效果的可变性呢？当我们说艺术是重要的，这意味着什么呢？它也许意味着艺术在政治上和意识形态上重要：艺术具有社会和政治的使命，不管我们称之为公平、自由、反抗、颠覆、平等、民族，还是阶级。同样，它也可能意味着艺术是一个"事件"。在利奥塔看来，艺术作品的特殊性在于其作为"事件"的功能，也就是说，艺术的存在并没有被纳入文化和艺术传统之中，而是表现出某种不依照现存的艺术规则和标准而发挥作用的新颖性。一件艺术作品之所以能成为"事件"，是因为它成功地开启了关于艺术、自我和世界的新的维度，也可以说是一个新的景观和观点。他认为，艺术作品的新颖性中应该有一些前无古人的东西，正是这些促使人们再次体验、重新思考和反复咀嚼世所公认的含义、规范、观点、表达和经验。艺术和生活及现实并未分离，但是与此同时，艺术和英伽登所描述的观照所产生的形而上学真理也不存在联系。因此，只有在呈现为艺术作品的过程中，也只有在没有被艺术或者文化的制度自动地赋予"价值"时，作品才能称为艺术作品。当艺术作品成为博物馆陈列品和收藏品中的组成部分时，它也就丧失了其特殊的、突出的立场。而事件这个范畴，在巴丢的运用中，"指称一个时代（一个新的历法、新的历史秩序）的开始或者不可言说的零：'事件不是从这个世界（不管其方式如何理想），而是从与其他无关的、独立的、分裂的关联中才拥有自己无穷的储备、无言（或者难以辨别）的富余'"[2]。

---

[1] Tony Bennett: *Formalism and Marxism*, Methuen, Co. Ltd. 1979, 130.
[2] [斯洛文尼亚] 阿列西·艾尔雅维奇：《当代生活与艺术之死》，周正兵译，《学术月刊》2006 年第 2 期。

第三节　20世纪中国文学理论的崎岖路：
　　　　形式与意识形态

把艺术理解为日常生活事件，事件的意义在于其与其之前的事件所形成的关系。这不仅继承了马克思在历史中探讨艺术的本性的提问方式，丰富了阿尔都塞及伊格尔顿代表的后阿尔都塞的艺术与意识形态的思考，更重要的是，将艺术放在艺术的发展史中，将艺术的变形思考作为事件的艺术所关联的历史、政治与文化，从新的维度思考了真理、艺术、历史和政治的关系。我们将从作为生活事件的艺术出发，思考马克思主义与20世纪中国文学的复杂关系。李泽厚用"启蒙与救亡的双重变奏"对中国追求现代性的斗争主题做了总结，在他看来，文化及文化革命与马克思主义批判资本主义现代性、建构现代性不同选择的目标是紧密相连的。我们将从"形式"这一特定视角出发，思考20世纪中国文学及文学理论所显示的审美现代性，思考马克思主义与20世纪中国文学理论的相互关系。以时间为线，将20世纪划分为三段，分别是1949年之前，1949年至1978年，以及1978年之后。

一　探索与建设（1949年之前）：从白话文到民族形式

从20世纪初期至1949年，语言是中国文学创作及中国文学理论思考的核心问题。文学是语言的艺术，语言的变化在很大程度上决定了中国现代文学的形式发展，而五四初期的语言革命对现代文学形式的产生和发展有着决定性的意义。本部分从语言这一最基本的形式问题切入，根据语言作为事件及其作为"事件"所关联的政治、历史与文学的功能方面，思考20世纪中国文学所显现的基本特征，以及这些特征所显现的文艺在中国现代化过程中的重要意义。

第四章
审美现代性与形式问题：马克思主义与形式主义

毋庸置疑，五四语言革命是以白话文取代文言文的语言形式上的革命，更是一场深刻的审美和艺术上的革命。在胡适看来，这场建基于语言形式革命的文学革命的目标就是建设"国语文学"，而胡适评价文学文本的美与丑、好与坏的唯一标准也就是看其是否运用白话文。他认为，白话文固然不一定产生好的文学，但是文言文一定产生不了好的文学。胡适之所以"陷入形式主义的谬误"，是因为西方的语言以分析见长，而中国的文言文则以感悟为本，在简约的寥寥数语中，暗藏了事物整体的玄机，却无法用分析和语言表达得一清二楚。文言文的含混模糊加上"滥调套语"，使得胡适以白话文为价值尺度来衡量一切文本的高下与优劣。普实克认为，中国旧诗的基本方法是从现实中选取一些富有强烈感情而且往往能表现主要本质的现象，用它们来创造某种意境，而不是对某一特定的现象或状态进行准确的描述。在他看来，中国旧文学在旧的诗歌和散文中使用的方法是综合性的，而现代诗歌和散文使用的方法则是分析性的。国语作为语言形式的事件，具有与文言文不同的语言体验和审美经验：五四文学革命使得白话文在一定程度上融汇了西方语言的精密性，因此使得文学描绘显示了作者和描绘对象的个性化。与其说人使用语言，不如说语言是人的本性，语言使人成为人自身。如果说，五四语言革命中形成的国语显现了五四时代中国人特有的生存状态和生活世界，那么我们首先需要认识到这种国语究竟是怎样的一种语言。傅斯年说，"现在使用的白话，异常干枯，异常的贫"，"不久这条缺陷，须得随时造词。所造的，多半是现代生活里边的事物，这事物差不多全是西洋出产；因而我们造这词的方法，不得不随西洋语言的习惯，用西洋人表示的意味"。[1] 周作人也强调，"狭义的民众的言语我觉得也绝不够用，绝不能适切地表现现代人的情思；我们所要的是一种国语，以白话（即口语）为基础，加入古文（词及成语，并不是成段的文章）方言及外来语，组织适宜，且有论理之精密与艺术之美"[2]。从根本上来说，国语既不同于中国古代的白话，也不同于当时的民间口

---

[1] 傅斯年：《怎样做白话文》，《新潮》1919 年第 1 卷第 2 号，第 179 页。
[2] 周作人：《理想的国语》，《国语周刊》1925 年第 13 期。

语，它在语言的思想层面深受西方语言的影响。李欧梵认为，"在'五四'文学中形成的'国语'是一种口语、欧化句法和古代典故的混合物"，在语言工具层面上，古代汉语与现代汉语并没有根本差异，两者之间的根本差别存在于语言作为思想的层面上。在思想的层面上，现代汉语既继承了古代汉语的思想，也从民间口语吸收了养分，并大量吸收、接受、改用西方的术语、概念、范畴和话语方式，西方语言以其新的思想思维侵入了白话，从而使作为"国语"的白话在思想的性质上发生了根本性变化。[①] 国语作为语言形式的事件，在文言传统和西方语言系统的张力中，表现为与古代汉语相疏离而与西方语言具有亲和性。现代汉语在深层的意义上决定了中国现代文化的现代性，也决定了中国现代文学的现代性。

"我们在这里制造白话文……更负了借思想改造语言，借语言改造思想的责任。我们又晓得思想依靠语言犹之乎语言依靠思想，要运用精密深邃的思想，不得不先运用精遂深密的语言"[②]，"有了新工具，我们方才谈得到新思想和新精神等等其他方面"[③]。如果说语言显现了人的存在的方式，那么对中国的文化历史而言，五四语言革命的通俗化和西化使中国人开始了对于新思想的思考和追求，这种追求显现为文学思想的革命。中国长期的言文分离是"上智"的"君子"鄙薄"下愚"的"小人"的结果，似乎老百姓一旦读书识字就是对文人特权的一种剥夺。五四语言革命讲求言文合一，"正是要用质朴的文章，去铲除阶级制度里的野蛮款式；正要用老实的文章，去表明文章是人人会作的"，推崇一种与贵族文学相反的"为平民的、非一般特殊阶级的人的"平民文学。但这种"平民文学""并非要想将人类的思想趣味，竭力按下，同平民一样，乃是想将平民的生活提高……凡是先知或引路人的话，本非全数的人尽能懂得，所以平民的文学，现在也不必个个'田夫野老'都可领会"。鲁迅也赞成"我们所要求的美术品，是表记中国民族知能最高点的标本"。五四语言的革命，让人们在语言上能够取得一种经验，这种经验为人们所

---

① 参见高玉《重审"五四"白话文学理论》，《学术月刊》2005年第1期。
② 傅斯年：《怎样做白话文》，《新潮》1919年第1卷2号，第180页。
③ 胡适：《胡适文集》第1卷，北京大学出版社1988年版，第156页。

第四章
审美现代性与形式问题：马克思主义与形式主义

接受，这种革命震撼或改变人们，使人们能够对生存和历史进行思考。作为新的语言形式的"国语"，在此意义上敞开了五四时代中国人的政治与历史的关联。

然而，现代白话文运动的影响已经远远超越了"五四"这一特定的历史时间，作为事件的白话文运动，其结果与过程不仅表现了过程与结果的一致，更充斥着过程与结果的断裂。在以语言作为最直接的外在形式的艺术探索中，中国20世纪前50年的艺术实践和文学理论充满了争执、斗争和融合，显示了形式与政治和历史的深刻复杂关系，这种实践和思考已经远远超出俄国形式主义对形式限于文艺思考的樊篱，显示了20世纪中国文艺的特殊经验。

现代白话文运动追求"有什么话，就说什么话；话怎么说，就怎么说"，然而在具体的文学创作中，国语与文学的艺术性相遇的首要问题便是：白话文如何才更能显示艺术性。在中国文学史上，白话文学自古就存在，但真正表现中国艺术精神和民族文学水平的主要还是文言文学。特别是对于那些饱读古代经籍、能熟练运用文言、对中国古代文化有着深厚感情的人来说，文言的美妙不可言。语言变得精确细致是否更接近审美本性呢？周作人在谈论俞平伯的散文时，针对小品文这种文学形式提出了具体的文学语言要求："我想必需涩味与简单味，这才耐读，所以他的文词还得变化一点。以口语为基本，再加上欧化语古文、方言等分子，杂糅调和，适宜或吝啬地安排起来，有知识与趣味的两重的统制，才可以造出雅致的俗语文来。"[1] 语言的艺术之美，在对诗歌的论争当中表现得更为明显。李金发以西化的语法和句式，怪异的修辞方式，加上文白夹杂的汉语词汇，创造了一种陌生化的诗歌语言效果。"在白话新体诗获得了巩固的立足点以后，它是无所顾虑地有意接通我国诗的长期传统，来利用年深日久经过体裁不断变化而传下来的遗产。"[2] "换句话说，怎样才能够利用我们手头现有的贫乏、粗糙、未经洗练的工具——因为传统的工具我们是不

---

[1] 俞平伯：《燕知草·跋》，开明出版社1994年版。
[2] 卞之琳：《戴望舒诗集·序》。

愿,也许因为不能,全盘接受的了——辟出了一个新颖的,却要和他们同样和谐,同样不朽的天地?因为目前的问题,据我的私见,已不是新旧诗的问题,而是中国今日或明日底试底问题,是怎样才能够承继这几千年的光荣历史,怎样才能够无愧色去接受这无尽藏的宝库的问题。"① "要不是我们的文学内容太简单太浅薄了,便是这文字内容将因而趋于简单和浅薄。"② 显然,在语言革命中,现代白话文始终将自身置于文言文的语言传统中,换言之,文言文始终是白话文的他者,尽管这个他者既是对手也是朋友。为此,李健吾提出:"在我们这时代,出乎文学,入乎政治,出乎政治,入乎文学,早已不足为奇。奇的是文学变成一种工具,一种发泄,一种口号,单单忘掉了它自己。"

形式与内容的关系是马克思主义美学中的重要内容,在20世纪三四十年代的中国文学和文学批评中,这种关系更具体地表现为文艺与政治、文艺的大众化问题。在1938年3月27日的《新华日报》中《全国文艺界抗敌协会成立大会》的社论说:"文艺更应该是人民大众的日常生活的一部分……文艺的修养也必须成为每一个大众的所有——因此文艺的大众化应该是全国文艺界抗敌协会的最主要的任务。"在此历史语境中,新文学几乎无暇思考有关文学形式方面的问题,内容就是一切,是否具有战斗性、革命性就是文学的生命。在此背景下,李健吾却在其文学批评里再三强调:文学的内容与形式虽二犹一,而其中的形式更为重要,它是文学之所以成为文学的根本因素,形式的外在体现是"语言",而语言是文学的第一块敲门砖,是一个作家风格的体现,语言的运用是作家才华的表现。在语言的层面,他非常重视比喻方法的运用,"比喻是决定美丽的一个有力的成分",在重视文学形式的同时也反对形式的刻意。他指出,"比喻不能挤榨……这要心灵绵密,观察丝丝入扣"。李健吾的文学形式理论与实践在一切为了抗战服务的年代里有着特殊的意义。在20世纪30年代前期,由于出版商能够迎合读者阅读需求大量出版"左"倾刊物,鼓励作家在文

---

① 梁宗岱:《论诗》。
② 梁宗岱:《文坛往哪里去》。

第四章
审美现代性与形式问题：马克思主义与形式主义

学中表达政治，在政治热情不受抑制的状态下，"左"倾作家不仅在作品里书写阶级斗争等社会政治题材，而且在表达手法上也以表达的痛快和畅达为目的，突出对政治倾向性的表现。20世纪30年代中后期，出版环境的变化使直接表达政治的作品很难面世，为了能让作品发表，"左"翼作家不得不改变直抒胸臆的表达方式，而学会"间接""含蓄"地表达，概念化、直语性的议论通过象征或寄托等方式表达出来，其"言论不自由，不如来说梦""以古喻今""以洋喻今"，或以"文简而旨微"为指向。对"深度"和"含蓄"的追求增强了文学的美感，含蓄化的幽默成为文字上的流行。"左"翼作家中后期实践，客观上印证了李健吾的形式和文学独立性的重要意义，借文学技巧的艺术化掩盖了文学的政治性。[①]

在20世纪30年代"大众语"的讨论中，鲁迅由白话转移到文学的语言自觉表现得很鲜明，他显然也拥护大众化，认为应该将文字交给一切人。但在欧化问题上，鲁迅却表示了迥异于当时一般"左"翼作家（包括他的挚友瞿秋白在内）的见解。在一片反对欧化的声浪中，他明确指出："精密的所谓欧化语文，仍应支持，因为讲话倘要精密，中国原有的语法是不够的，而中国的大众语文，也绝不会永久含糊下去。""欧化文法侵入中国白话中的大原因，并非因为好奇，乃是为了必要。"鲁迅是把大众能看懂、学会语言文字，与培养中国大众严密的思维方式联系起来的。鲁迅在反欧化中的语言自觉，使得他的很多作品具有寓言和隐喻的特征。对其美学比较著名的批评，是杰姆逊用寓言理论对鲁迅进行的解读。杰姆逊在鲁迅的作品中发现了一种文化革命的迫切感，亟须改变人们精神上的自卑和精神胜利法，或葛兰西意义上的"贱民"。可以肯定的是，作为一个马克思主义者，鲁迅赞成文化革命。[②] 然而，鲁迅对革命及革命和文学关系的态度是暧昧的。他所面临的问题非常复杂，包括了文化革命和革命文化的关系，或文化批判和文化宣传的关系。这种对政治斗争与日俱增的激烈

[①] 参见李玮《从直语到曲笔——论30年代出版走向与左翼文学形式的审美变化》，《中国现代文学研究丛刊》2008年第5期。

[②] 参见刘康《马克思主义与美学》，北京大学出版社2012年版，第59页。

敏感度，让他在"大众语"潮流中，坚持了体现严密思维语言的杂感文创作。[①]

然而，大众语言的实践也在进行中，在"大众语"问题的讨论中，真正的大众语，应该"说得出，听得懂，写得顺手，看得明白"，左联一方面强调必须用工人农民听得懂及接近的语言文字，另一方面强调作品的体裁也以简单明了、容易让工农大众接受为原则，因此报告文学、大众朗诵诗这些文学体裁在20世纪30年代就萌发了。为了发挥文学的战斗力量，作家们不得不尽可能地去使用活生生的民众语言，不得不向民众学习语言。抗战中后期，句法简单与语言朴素，已经成为时代风格的主要特征。就连卞之琳先生的《慰劳信集》、何其芳先生的诗，也都表现了这种倾向。

1931年，瞿秋白对五四传统的欧化思想进行了毁灭性的抨击，他无情地揭露了五四知识分子的左右逢源，说他们操着"杂种"或"骡子"的语言，使用古代文人雅士的文学语言与欧化习惯用语混杂的"新中国文"，这让他们远离社会现实和普通百姓。他认为，在中国现代文化和文学运动的第三阶段（1927年以后），在"左"翼作家转向马克思主义后，依然没有摆脱欧化的困境，在对马克思主义进行阶级分析时，瞿秋白将理论的中心转移到了知识分子的性情和精神上，强调知识分子的自我教育或意识形态的自我改造，强调需要建立无产阶级大众文学和艺术应该具有民族性。毛泽东首次在《中国共产党在民族战争中的地位》中论述了马克思主义中国化，即通过"民族形式"这一中介的问题，民族形式概括了革命领导权的范畴，把文化的、审美的、形式的变革当成基本范式。在1940—1942年的关于整风运动的一系列讲话中，关于艺术和美学最为典范的文章就是《在延安文艺座谈会上的讲话》。在毛泽东看来，所谓的广大小资产阶级的群众是个模糊不清的范畴，他们是可以被教育的，并能够转化为完成革命的前提条件，因此文化革命和民族形式的目的都是意识形态的、领导权的：从复制和传播符号、形象、革命再现的意义上说就是意识形态；从构

---

① 刘康：《马克思主义与美学》，北京大学出版社2012年版，第66页。

成日常生活和文化机构的日常实践意义上说就是领导权。① 毛泽东从审美接受和审美交流的角度，分析了观众需要及观众对作家的影响，描绘了审美生产—再生产—接受的理论轮廓，而审美生产、再生产和接受的相互作用与民族形式密切相关。他认为，文学艺术必须为广大人民群众服务，因此为了教育农民，作家和艺术家必须学习老百姓的语言和壁报、壁画、民歌、民间故事等原始形式。这种学习具有双向性：知识分子从小资产阶级转变为无产阶级的立场；同时，他们从五四遗产中继承而来的非大众的、外来的形式演化为农民的民族大众的形式。为了让他们的作品受群众欢迎，知识分子有必要通过学习农民群众的生活方式、语言和说话方式来改造和转变他们的思想和立场。由此，民族形式进行普及不仅是审美创造的过程，也是政治、意识形态和道德转变的过程。②

毛泽东对审美生产过程的思考揭示了形式与政治的关联。他极其强调，先有艺术和生活的"自然形式"，后有艺术再生产，而不是强调现实的直接反映。他通过单个作家的思想来强调形式的中介作用，提出作为观念形态的文艺作品，都是一定的社会生活在人类头脑中的反映的产物。革命的文艺，则是人民生活在革命作家头脑中反映的产物。人民生活中本来存在文学艺术原料的矿藏，这是自然形态的东西，是粗糙的东西，但也是最生动、最丰富、最基本的东西。毛泽东认为，把艺术作品并非现实生活简单、透明的再现，也不是对现实生活的模仿，相反，它是符号转码的复杂过程，将以前的文本形式（大众艺术和日常生活符码的自然粗糙形式）经过审美提炼和润饰，再文本化为另一种意识形态、文本形式。③

综观中国 20 世纪 50 年代之前的文学和文学理论实践，从中国现代汉语的诞生和演变来看，形式问题已经远远地超过了语言的范畴，作为事件，语言、形式同政治和历史具有了复杂的关系。

---

① 参见刘康《马克思主义与美学》，北京大学出版社 2012 年版，第 106 页。
② 同上。
③ 同上书，第 110 页。

二 初创与偏离（1949—1978年）：形象思维与政治

1949年7月2日，全国第一次文代会开幕，这次会议明确提出了文艺工作要以毛泽东1942年的《在延安文艺座谈会上的讲话》为指导，这种带有国家意识形态的举措，使得新中国成立后到"文革"前的17年，文学理论研究以对马克思主义文艺理论和毛泽东文艺思想的学习、宣传和研究作为重点，而在学习、宣传和研究上，又以学习和宣传作为主要理论活动方式。在这期间，中国文化领域的所有运动和争论中，1957年到1964年有关美学的论争最值得关注。论争主要涉及了马克思主义文化理论的基本问题，诸如主体性、实践和意识形态等。这场论争的实质可以理解为"中国马克思主义美学者寻找着一种建立在非西方的、社会主义历史经验之上的不同建设性方案。最重要的是，这种重建可以被理解为试图在社会主义的后革命社会中重新设置文化空间，并为之重寻领域的过程。毛泽东和朱光潜等人对正统的领导权问题的态度迥异不同"[1]。梳理20世纪50年代中国文学理论的形成，可以看到4个或隐或显的理论来源：其一，中共从根据地带来的、以《在延安文艺座谈会上的讲话》为代表的文艺思想；其二，在一切向苏联学习中被引进或发展的苏联文学理论；其三，始终在五四新文化运动中作为暗流的他者而存在的古代文艺思想，以及除苏联之外的西方文艺思想，这些思想都直接或间接地影响了20世纪五六十年代的文艺大争论。这场大争论在文学理论领域集中表现为对"形象思维"的讨论。

早在20世纪30年代，形象思维就传入了中国，在"左"翼内部1931年11月20日出版的《北斗》杂志上，刊载了由何丹仁翻译的《创作方法论》，提到了形象思维这一概念。1932年，胡秋原编著的《唯物史观艺术论》提到普列汉诺夫从别林斯基那里引用形象思维的观点。1935年，郑振铎和傅东华邀请欧阳山为他们编写的《文学百题》一书写"形象的思索"的条目；1940年，胡风在《论现实主义之路》一书后记中，曾要求作家用

---

[1] 刘康：《马克思主义与美学》，北京大学出版社2012年版，第135页。

第四章
审美现代性与形式问题：马克思主义与形式主义

形象的思维，但不是先有概念再"化"成形象，而是在可感的形象的状态上去把握人生、把握世界。在左翼之外，朱光潜在《文艺心理学》一书中，以形象的直觉作为核心概念建构美学。①

但是应该在一个更加特别的背景中理解这场讨论中的"形象思维"，这个背景即是20世纪50年代的美学大讨论，而这场发生在1956—1964年的美学大讨论本身，也应该被置于建立社会主义领导权和经济现代化的复杂过程的语境中理解。1954年，胡风在其有关中国文化领域的著名报告中，指出了文化的危险。他认为，"五把理论刀子"压抑了不同的声音，将艺术风格和形式同质化："完美无缺的共产主义世界观"是艺术创造的条件；"工农兵的生活"是审美再现的唯一理论源泉，排斥生活的其他方面；"思想改造"是艺术创造的前提条件；相对于国际革命的文艺，过去的民族形式占据独特的优先地位；最后"主题先行"，党决定和规定艺术创造和文化作品。在这种文化领导权的背景下，朱光潜的一篇自我批判、揭露自己"唯心主义美学"的文章——《我的文艺思想的反动性》引发了这场讨论。朱光潜认为，克罗齐把"康德的理论推到了更反动的极端，来替资产阶级没落时期的形式主义的艺术做辩护"。他认为，克罗齐的符号表现理论提出了逻辑和直觉概念，具有语言学导向，把克罗齐的审美经验理解为超然的、自主的、纯粹想象的过程。克罗齐强调审美经验的表现和心理维度，强调情感纯粹表现的修辞方式，这似乎暗合了现代西方和中国古典美学。他认为，自己与克罗齐的最大分歧在于后者具有形式主义倾向，整体上将审美判断与认知、道德的政治活动相分离。而他自己则认为美不仅在物，亦不仅在心，它在心与物的关系上面，它是心借物的形象来表现情趣。尽管在1956年朱光潜认为自己持有"资产阶级唯心主义"的观点，但是他继续声称自己关于美的概念基本是正确的，因为"要解决美学问题，必须达到主观与客观的统一"。主客体关系对于现代美学的意义，在于它包含了现代性的张力。"毛泽东的文化干部把客观性规定为社会主义现实主义的审美原则，而把主观性贬低为资产阶级、唯心主义概念。尽

---

① 参见高建平《形象思维的发展、终结与变容》，《社会科学战线》2010年第1期。

管毛泽东试图让群众进行民主参与，但是文化机构和意识形态国家机器中已经呈现了等级制度。这种文化制度和意识形态国家机器粗糙地制造了政治的权宜，让文化臣服于政治。毛泽东不但忘却了主观与客观关系概念的模糊性，还忽略了革命实践中主体形态的复杂性。也就是说，毛泽东强调通过思想改造来培育革命意识，但是他对个体心理的复杂性所知甚少，或者根本就没什么兴趣。其实个体心理才是个体意识与社会决定因素进行博弈的领域。"[1] 朱光潜的主客观统一思想的提出，激发了人们对主体范畴问题的思考，进一步把文艺和美学当成一个独立的领域去检验。在对艺术的认知上，他认为审美经验主要来自创造性的、充满想象的艺术品和文学作品，所以美学研究应该以艺术和文学的属性为中心。由于艺术和文学是意识形态的形式，所以审美经验从本质上说是意识形态的，受社会条件客观性制约。朱光潜试图恢复马克思主义的意识形态和艺术概念，用反对"机械唯物主义"或"形而上学思维"等隐语来反对毛泽东的意识形态，期待建立一个可以同阶级斗争相适应的建设性的文化空间。在这种语境中，作为美学大讨论的另一个重要话题——"形象思维"，由于它讨论了文学艺术创作中的思维状况，并且试图确立艺术与哲学和政治宣传的不同，与实际的文学艺术的创造保持密切的关系，从而成为对美的本质讨论的重要补充。

艾青发表于1956年的《诗论》对文学形象创造的论述相当精彩，他说写诗是一个艰苦的创造过程，诗人用感觉的钢锤去敲剥生活对象，使自己的感情燃烧，以情感之火去熔化对象，铸造诗句。形象是文学的开端，诗歌的特性是用形象理解世界，用形象解说世界，意象、象征、联想、想象则是形象化的手段。这是新中国成立后较早的对形象思维的论述。而蒋孔阳则在《论文学艺术的特征》中提出文学的意识形态倾向必须通过艺术形象表现出来。在他看来，形象思维是通过形象的方式，在个别的具体的具有特征的事件和人物中，揭示现实生活的本质规律。形象思维不仅收集和占有大量的感性材料，而且熟悉任何人的生活，从而创造出典型来。李泽厚在1959年发表的《试论形象思维》中阐明：在形象思维中，个体化与本

---

[1] 刘康：《马克思主义与美学》，北京大学出版社2012年版，第153页。

第四章
审美现代性与形式问题：马克思主义与形式主义

质化同时进行，是完全不可分割的统一的一个过程的两方面，在这个过程中，永远伴随着美感感情态度。在 20 世纪 60 年代，朱光潜就扩展了中介与符号化的问题，明确区分了审美经验中的"物"（物甲）和"物像"（物乙）。物甲是与人类无关的自然客体，而物乙是受社会和意识形态决定与调和的人类感知。

并非所有人都对形象思维持类似观点，在反对形象思维的文章中，毛星认为这个词是不科学的。思维是大脑的一种认识活动，离不开概念、判断和推理，不能只是一堆形象。其中更著名的是郑季翘的《文艺领域里必须坚持马克思主义的认识论——对形象思维的批判》。文章认为，用形象来思维的说法，违反了从感性到理性、从特殊到一般、从形象到抽象的规律，认为不用抽象不用概念不依逻辑的所谓"形象思维"是根本不存在的。作者创作的思维过程是：表象（事物的直接映像）—概念（思想）—表象（新创造的形象）。在第一阶段是认识真理，需要抽象思维；第二阶段是显示真理，需要想象。文章一开始，就批评道："每当某些文艺工作者拒绝党的领导、向党进攻的时候，他们就搬出形象思维来，宣称：党不应该干涉文艺创作，因为党委是运用逻辑思维的，而他们这些特殊人物却是用形象来思维的……所谓形象思维论，不是别的，正是一个反马克思主义的认识论体系，正是现代修正主义文艺思潮的一个认识论基础。""这篇文章生逢其时，迎合了当时的种种机缘。'文革'期间的种种文学理论，都能够从这种理论中找到根据：第一，可以允许'主题先行'，先行的主题是概念、判断和推理。第二，要有'三突出'，按照概念找到最需要突出的人物，找到英雄人物，进而找到主要英雄人物。第三，要试验'三结合'式的创作，即领导出思想、群众出生活、艺术家出技巧，两阶段的第一阶段可以由领导、革命家、政治上正确的人或者那些能够进行'认识'并达到一定的'认识'高度的人来完成，第二阶段才交给作家艺术家们去做。"[①]

用现代语言学的观念来看，在形象思维的争论中，关于形象能否思维

---

① 高建平：《形象思维的发展、终结与变容》，《社会科学战线》2010 年第 1 期。

的讨论，实质是关于我们对生活中的种种认知，是否必须用话语将它们表达出来才能存在的问题。人们需要艺术，而艺术家以他们特有的方式认识生活世界，艺术作品的欣赏者从作品中获得审美快感，获得知识。艺术作品显然不是经验的直接显现，它需要艺术家们运用擅长的媒介将自身的审美感受客观化、固态化。艺术家运用他们的媒介进行思维，媒介就是他们的符号，他们就是通过符号去认识世界。在新中国文化建设的背景下，从对文艺中的形象思维的讨论可以看到，再现问题成为中国文化政治中的关键问题。对再现问题的思考其实质表现为用想象的思维或以形象来思考，这意味着寻找新的形式，让文艺从非想象的政治套话的束缚中解脱出来。在20世纪80年代末的文化反思中，再现问题再度成为核心问题，随着毛泽东写给陈毅的多次提及"形象思维"的私人书信的出现，涌现了大量的形象思维的文章。在20世纪五六十年代形象思维大讨论中并未发言的朱光潜虽已年过八十，却积极地投身于80年代的论争，在他的《西方美学史》结论部分，认为形象思维是解开美学问题的关键，以这样的方式表达自己改造西方思想尤其是中国马克思主义美学思想的意图。这些讨论构成了"文革"后第一个理论热潮。

三　反思与重建（1978年至今）：形式和本体论之争

20世纪80年代中期的文学经历了一些形式和语言的变化。用批评家李陀的话来说，这些变化完全是"文化崩溃""语言革命"，让"毛泽东话语"几近颠覆。但是这种以"反映论"为代表的"文学与政治"思想的衰落并没有想象中那么简单。第四次文代会指明了新时期文艺建设的任务：要求塑造出反映、实践"现代化"这一时代精神的"典型形象"——"社会主义新人"，指出："我们的文艺，应当在描写和培养社会主义新人方面付出更大的努力，取得更丰硕的成果。要塑造四个现代化建设的创业者，表现他们那种有革命理想和科学态度，有高尚情操和创造能力，有宽阔眼界和求实精神的崭新面貌，要通过这些新人的形象，来激发广大群众的社会主义积极性，推动他们从事四个现代化建设的历史性创造活力。"然而，

第四章
审美现代性与形式问题：马克思主义与形式主义

伴随着历史的变动，中国文学的实际则是"朦胧诗"的出现和余华、残雪、格非和苏童等充满自我指涉、自我反省和体验的文学实践，这些实践无不通过新语言的探索，创造了离间和陌生化的审美效果。"从1984年开始的先锋派小说是一个历史标记，这种标记的文学性与其说在于'文化寻根'或者现代意识，不如说在于文学形式的本体性演化。"① 而"反映论"等旧有的文学理论缺乏形式分析的途径，远不能抓住这些新文学的形式创新。"不管先行的文艺理论体系讲了多少文艺的外部规律，讲了多少文艺的内部规律，但我们仍然不知道什么叫内部规律。因而，我们不知道什么叫艺术。"②

新时期对文学形式的认知直接关乎文学本体论的论争。《文学评论》1985年第4期推出"我的文学观"专栏，被认为是"文学本体论"讨论的肇始。鲁枢元虽然没有直接回答文学的本体是什么，但是肯定了心理世界为文学本体之所在。孙绍振则提出，即使坚持反映论也不能离开本体论的研究，把本体论作为一条自觉的思路，对打开艺术形象这个美丽迷宫可能是有益的。《文学评论》自1987年第2期推出"当代中国文艺理论新建设"专栏，聚焦于文学本体论问题，掀起了文学本体论热潮。把文学作品视为独立存在意义的本体，提出文学研究应该"向内转"的口号，是对既有的政治意识形态批评的挑战，表明一种文艺研究去政治化的姿态。20世纪80年代中期，中国文艺理论界紧随创作和批评的"文体热"，致力于建构新的文体理论。文体的构成包含两个主要方面：外在形式——语言体式；内在形式——内在结构、思维模式和总体风格。③ 文学本体论的思考和讨论表明文艺理论界发生了一场包括两项内容的文体变革，"一项是在很大程度上改变了文学批评的语言符号系统，开辟了新的概念范畴体系；另一项是改变基本的思维格式。这种思维格式包括思维结构、思维方式和批评的

---

① 李劼：《试论文学形式的本体意味——文学语言初探》，《上海文学》1987年第3期。
② 彭富春等：《文艺本体论与人类本体》，《当代文艺思潮》1987年第1期。
③ 参见黄平《"文本"与"人"的歧途——"新批评"与八十年代的"文学本体论"》，《当代文坛》2007年第5期。

基本思路。这是更重要的变革"①。形式本体论正是文学本体论问题的深入,刘再复在《文学研究的思维空间的开拓》一文中的话则表现出了这种强大的代表性和号召力:"我们过去的文学研究,主要侧重于外部规律,即文学与经济基础及上层建筑中其他意识形态之间的关系,例如文学与政治的关系,文学与社会生活的关系,作家的世界观与创造方法等,近年来研究的重心已转移到内部规律,即研究文学本身的审美特点,文学内部各要素的相互联系,文学各门类自身的结构方式和运动规律,等等,总之是要回复到自身。"② 刘再复要求回归文本在当时的历史背景下具有挑战和开创的意义,然而文学本身的审美特点等同于文学内部要素的相互联系,文学各门类自身的结构方式和运动规律则充满了俄国形式主义的意味。从作品自身的形象、形式、技巧和结构分析文本的观念,经由 20 世纪 80 年代新批评文论在中国的译介和研究而发展壮大。"英美'新批评'派的文学本体论是中国文学理论最近几年来出现的文学本体论的来源之一,国内的文学本体论的呼唤者也自觉地向'新批评'派寻觅理论武器。"③ "作为批评家,他们要推动艺术变革,而推动艺术变革的最大潜台词是社会/历史变革,这是流动在他们血液中的'使命意识'。"④

  作品本体论确立后,作品形式本体论取代了对作品本体论的讨论。这种思潮进一步思考文学本体之于作品的某种因素,将文学文本归结为作品的具体形式因素。1985—1987 年间,理论家积极而自觉地从通过文学的结构形态、叙事视角、时空意识、语言构造、艺术模式及各种叙事方式去思考文学文体和形式的关系。李劼在《试论文学形式的本体意味》中明确地提出:"所谓文学,在其本体意义上,首先是文学语言的创造,然后才可能带来其他别的什么。由于文学语言之于文学的这种本质性,形式结构的构成也就具有了本体性的意义。""文学形式由于它的文学语言性质而在作

---

① 刘再复:《论八十年代文学批评的文体革命》,《文学评论》1989 年第 1 期。
② 刘再复:《文学研究的思维空间的开拓》,《读书》1987 年第 2 期。
③ 熊元义:《论"新批评"的文学本体论》,《社会科学家》1991 年第 5 期。
④ 程文超:《对"需要修补的世界"的独特言说》,《文学评论》1993 年第 5 期。

品中产生了自身的意味。"① 这意味着，语言是文学的本体，文学研究只有首先回到形式结构、回到语言，才能抓住根本。唐跃和谭学纯对语言的性质做了进一步的补充，认为语言有工具和物质材料两种功能，对于文学来说，语言不是工具而是物质材料，语言的文学功能不在于作为载体的传达，而在于作为本体的表现。因为文学语言消失在文学作品之中，便在文学创作中获得了本体的位置。《艺术广角》1993年第2期集中推出了陶东风、张法等人关于"文艺学研究的语言论转向"的一组文章，推动了语言本体论的深入。其中，陶东风认为：倘若从"语言学转向"的角度去重新思考"文学是语言的艺术"这一命题，将会发现"这一命题蕴含了对几乎全部传统文学理论观念与文学研究方法的潜在颠覆和消解力量。语言涵盖了文学活动的所有方面"②。但问题也许并不在于语言自身，而在于语言是如何显现的。俞建章、叶舒宪的《符号：语言与艺术》从符号学的角度，在历时性描述中揭示了语言和艺术异质而同构的共时性特点，描述了艺术语言的关系，指出语言脱胎于艺术，认为语言符号中有艺术符号的痕迹，语言和艺术的本质属性之一是生成性，生成即变形，即动态建构，语言的表层结构由深层结构派生而来；艺术也存在转换生成的同构映射，存在由深层到表层的转换过程；然而语言和艺术在结构形态上又是异质的。赵毅衡在《文学符号学》中认为，诗学就是对文学的总的哲学观照，是理论符号学而不是描述符号学；文学就是由于符号的自指性而使能指优势加强到一定程度的文本；文学性就是由于符号自指性而获得的能指优势。文学本身包含着符号体系的转换问题：文学是语言符号被转换为美学符号，是表达符号被转换为写作符号，是传达性符号被转换为自反性符号，是初始符号体系被转换为二度符号体系。这些关于文学语言的研究已经不再是对西方理论的生吞活剥，而是有自己的理论探索。

在语言本体论兴起的同时，形式本体论也引发了探讨。但此形式显然区别于内容与形式关系的形式。陈国锋解释说，内容包含在形式之中，不

---

① 李劼：《试论文学形式的本体意味——文学语言初探》，《上海文学》1987年第3期。
② 陶东风：《也谈"文学是语言的艺术"——简论文学的所谓"真实性"》，《文艺广角》1993年第2期。

曾有过任何没有任何内容的形式,强调"必须注重形式的研究,必须返归艺术本体论的内在性探讨即注重形式美学"。他特别区分了此种形式与形式主义的差别,指出:"此种对形式的注重绝不是那种弃内容于不顾,无视内容与形式相关联的形式主义。"俞兆平推崇顾城作品中的形式意味,认为它展示出人和宇宙易汇的力的变化式样,它唤起感受得到这种形式意味的人的审美情感,从而进入寻觅终极形式本体的纯粹境界。在他看来,所谓文学本体就是这个纯粹的形式。更有激进者如吴亮则认为:"艺术就是那个叫形式的事物的另一个名称,它纯粹就是形式,绝非是'有意味'的形式,一旦人们开始谈论某种形式的'意味',他们就把问题引渡到了形式之外,也就是引渡到了艺术之外。"[1] 形式本体论颠倒了传统文学理论中内容与形式的关系,但某些对形式的崇拜甚至较"新批评"有过之而无不及。

随着对形式研究的发展,文学理论中出现了建基于结构主义符号学的叙事学研究。叙事学首先是一门关于叙事形式的学问,也就是说,叙事学所要研究的,主要不是"叙述什么",即叙事内容;而是"怎样叙述",即叙事形式。而叙事学所研究的叙事形式又包括叙事方式、叙事视角及叙事技巧等,以及决定人们选择如此叙事方式、角度和技巧的思维方式、思维模式等深层机制,即叙事的内形式。[2] 孟悦、季红真的《叙事方式:形式化了的小说审美特征》注意到了小说的叙事方式对于小说的审美特性及文化深度的影响。"叙事方式"是她们借鉴叙事学所创立的一个概念:"在各种小说中,又存在着各式各样的叙事人、各种叙事角度、各种演述方式和叙事语调。它们以各种关系形式完成小说情节的组织功能、实现认识方面的内涵意义。""作家—基本视角—心理个性,这是先于艺术创作的稳定层次,但对小说的情节组织具有决定作用,我们称它为深隐层次;叙事人—叙事视角—叙事语调,这是一个直接体现为小说情节叙事形式的层次,它具有更多艺术选择自由,我们称它为表现层次。表现层次与深隐层次具有

---

[1] 吴良:《文学的,非文学的》,《文学角》1988年第1期。
[2] 参见张婷婷《形式本体论:新时期文艺的价值取向》,《理论战线》2001年第2期。

第四章
审美现代性与形式问题：马克思主义与形式主义

对应关系，但各自的功能不同。深隐层次把现实世界转化为主体的经验世界；而表现层次则把经验世界转化为艺术世界。"① 在孟悦的叙事方式中，我们可以清楚地看到艺术与现实生活世界，可以看到这种叙事学与传统社会—历史批评的根本差异。类似的研究在南帆的《小说艺术模式的革命》、陈平原的《中国现代小说叙事模式的转变》中可以看到。尤其在陈平原看来："主张小说叙事模式在文学发展中的某种独立性，并不等于把它看成是一个封闭系统，否认其无时无刻不受到社会生活冲击……而是从小说叙事模式转变中探求文化背景变迁的某种折射，或者说探求小说叙事模式中的某些变化着的'意识形态要素'。"②

"回溯当年的'本体论论争'，颇为耐人寻味的是，'本体论'的终结，并不是因为'反映论'的打压，而是自身逻辑演进的必然结果——'本体论'指向'主体论'。如当时评论者的概括，'刘再复《论文学主体性》的推出，吸引了人们的注意力，文学本体论的呼唤突然失去噪音，消歇下来'。"③ 刘再复观点的实质是辩证地恢复创造性主体和文学自身，也就是说回归主体性、回归文本。就刘再复的理论来说，拒绝主体性存在的中国社会政治现实是不真实的，真实的是审美存在主体已经在总体上被异化，必须通过文艺来重建。对艺术本体论的反思，开始于20世纪八九十年代。王一川在《修辞论美学》中认为，以往的认识论美学"往往着内容而牺牲形式，为着思想而丢掉语言"；语言论美学"在执着于形式、语言或模型方面时，易于遗忘更根本的、为认识论美学所擅长的历史视界"；感性论美学又往往忽视语言论美学所惯用的模型化或系统化立场。于是他提倡将三者融合，使三股压力形成一股更大的合力："要求把认识论美学的内容分析和历史视界、感性论美学的个体体验崇尚、语言论美学的语言中心立场和模型化主张这三者综合起来，互相倚重和补缺，以便建立一种新的

---

① 孟悦等：《叙事方式——形式化了的小说审美特性》，《上海文学》1985年第10期。
② 陈平原：《中国小说叙事模式的转变》，上海人民出版社1988年版，第3页。
③ 黄平：《"文本"与"人"的歧途——"新批评"与八十年代的"文学本体论"》，《当代文坛》2007年第5期。

美学。"① 在西方形式主义文论影响下的中国形式批评,尽管"我们的文学理论往往不注意这个问题,几十年来关于形象思维的讨论从一个极端摆到另一个极端就是证明。而且我们始终着重在创作论上讨论文学特征,不像新批评派那样从文学作品本身出发讨论文学特征";但是总体路径上可以看到中国式形式批评并没有像西方形式批评执着于能指的狂欢,相反,仍然在文学形式与意义、现实生活世界、作者之间建立起复杂的关系。"中国批评家既无法把作家也无法把中国历史从文本里砍去,他们重视形式分析,却不可能把文本作为孤立的'客体'。"②

我们从审美现代性出发,审视了马克思主义文论和美学中最基本的问题——审美意识形态的现代作用,从而思考艺术、美与人的生存和人的生活世界的复杂关系。在我们看来,文学和艺术是一个事件,是生活世界的发生,艺术世界中的变形其本性就是生活关系的发生和新关系的生成。这种发生首先是一种同自身的告别,正是与自身的分离,才有可能让文艺同自身的传统相区分;这种发生也是一种新自我的生成,正是这种生成,使得文艺成为新文艺,开启新世界。回顾中国20世纪文学批评对于形式问题的思考,我们看到一个有意思的现象:一个世纪以来,中国文学、美学试图在追求所谓的文学和艺术的本性,在对审美形式与政治关系的一次次反叛中又一次次地证明所谓审美的本性,在艺术作为日常生活事件的意义上,审美的本性也许正在于其祛魅的意识形态神话。只是这种发生已经远远超越了简单的艺术与政治的关系。

---

① 王一川:《修辞论美学》,东北师范大学出版社1997年版,第78页。
② 程文超:《对"需要修补的世界"的独特言说——八十年代批评中现代主义话语回顾》,《文学评论》1993年第5期。

第五章

历史悲剧与革命寓言：马克思主义与悲剧观念

"悲剧"作为马克思主义理论中的一个重要范畴，对20世纪中国的思想和理论同样起着重要的影响作用。在对悲剧观念的认识上，马克思另辟蹊径，以历史唯物主义为立足点，从人类历史发展的辩证高度，将悲剧从亚里士多德的本体论意义上的悲剧形式，成功地转换为社会和历史中的悲剧性观念，从而揭示了悲剧的客观根源。20世纪的中国现实充满着悲剧性色彩，希望能在悲剧中寻找到唤醒国民、改造社会的作用力，马克思主义的悲剧理论很快成了那一时期的重要理论源泉。在整个继承和发展过程中，中国理论界经历了寻找、确立、误读、纠偏及本土化建设等阶段，努力阐发具有中国特色的悲剧观念和悲剧问题，展现悲剧介入现实的强大阐释力。

第一节　悲剧与革命[①]：马克思主义悲剧理论的发展与贡献

西方悲剧理论在黑格尔之后发展为两条研究路径：一是在布拉德利的影响下主要继承了黑格尔的唯心主义倾向，从悲剧主人公的内心冲突来揭示悲剧性，叔本华、尼采从人的内部机制来寻找悲剧的根源也并未跳出这个研究框架；二是马克思将黑格尔的伦理力量的冲突置于更为广阔的社会历史框架中，并且替换为社会和历史的术语，形成了一种革命的历史悲剧学说。悲剧与革命成了后来马克思主义悲剧理论的发展线索和内在理路，梳理马克思主义悲剧理论的发展脉络对于理解马克思主义悲剧理论的复杂性和内在演变的一致性具有非常重要的作用。

一　悲剧与革命意识的萌芽：马克思恩格斯的悲剧理论

马克思恩格斯继承了黑格尔所说的"悲剧中存在着不可避免的冲突"及"悲剧的本质就在于冲突性"的观点，但他们并不赞同黑格尔对悲剧冲突唯心主义的处理方式，而是把社会意识的根本原因归结为社会存在，因此他们认为真正构成悲剧冲突的力量不是什么伦理的、观念的精神力量，而是现实存在的社会力量，一定历史时期的观念作为上层建筑的意识形态归根结底是一定现实的社会力量的表现，最终是一定阶级利益的反映。社会矛盾冲突的发展本质上不是精神意识的发展，而是现实力量的冲突和消长，是社会生产力发展的外在显现。历史不是设定的，而是具体的真实斗

[①] 尽管马克思恩格斯并没有明确地提出"革命悲剧"一说，而且有很多论述讲的也并不是美学意义上的悲剧，但苏联国家艺术出版社1957年出版的《马克思恩格斯论艺术》将马克思恩格斯有关悲剧的论述辑录在一起，并将之命名为"革命悲剧问题"，这无疑非常准确地抓住了他们悲剧思想的核心。另外，马克思在阅读黑格尔的门徒费舍尔的巨著《美学》时，对其中的"革命是悲剧的最好主题"这句话极为赞赏，还把它特意摘录了下来。这一句话也无疑是对他们悲剧理念核心的最好概括。

第五章
历史悲剧与革命寓言：马克思主义与悲剧观念

争活动的人的历史。从阶级分析的观点出发，他们认为真正的极端是不可调和的，它们在本质上也是互相对立的。由于黑格尔将其悲剧理论建立在唯心主义的哲学基础上，将悲剧冲突的根源解释为某种纯粹形而上的精神运动，忽视了社会现实中的矛盾冲突才是产生悲剧冲突的真正根源，因而也就看不到形成悲剧冲突的社会阶级基础。马克思恩格斯继承并改造了黑格尔的悲剧理论，将精神历史的客观性改造为社会和历史的发展规律，将黑格尔对精神发展的论述改造为社会发展的论述。因此，他们主要从社会和历史的客观力量及历史的必然发展规律来寻找悲剧冲突发生的根本缘由，将冲突的原因概括为新旧秩序和力量的冲突。马克思恩格斯第一次从历史和现实生活的角度揭示了悲剧的根源和本质，从而奠定了悲剧观念的唯物主义基础。

马克思主义的悲剧观正如他们其他的文艺观一样，没有专门做著述，而是散见于其著作中偶尔智慧火花的流露，主要见于《黑格尔法哲学批判导言》《1859年马克思致费迪南·拉萨尔的一封信》《1859年恩格斯致费迪南·拉萨尔的一封信》《路易·波拿巴的雾月十八日》这几篇文章中。

早在《黑格尔法哲学批判导言》中，马克思在评判当时的德国政治现实时就已经这样说过："当旧制度本身还相信而且也应当相信自己的合理性的时候，它的历史是悲剧性的。当旧制度作为现存的世界制度同新生的世界进行斗争的时候，旧制度犯的就不是个人的谬误，而是世界性的历史谬误。因而旧制度的灭亡是悲剧性的。"[1] 这里已经包含了马克思主义历史悲剧的理论雏形。马克思在这里所要揭示的是：旧制度还存在合理性表明自身还存在历史价值，旧制度的消亡则意味着某种价值的毁灭。到《路易·波拿巴的雾月十八日》时，马克思已经清楚地表述存在两种悲剧，"黑格尔在某个地方说过，一切伟大的世界历史事变和人物，可以说都出现两次，他忘记补充一点：第一次是作为悲剧出现，第二次是作为笑剧出现"[2]。黑格尔虽然指出了一切伟大的世界历史事变和人物，可以说都出现

---

[1] 中共中央马克思恩格斯列宁斯大林著作编译局编：《马克思恩格斯选集》第1卷，人民出版社1972年版，第5页。

[2] 同上书，第603页。

两次,可惜他没有对这两种悲剧的属性进行区分。而马克思准确地区分了这两种悲剧的属性:一种是悲剧,另一种是笑剧。当然,这里的"悲剧"一词并不等同于我们所说的悲剧,而是马克思通过历史性的分析得出的物质性客观属性。新生事物和新生力量在历史上的悲剧性命运体现的是一种悲剧,即马克思所说的革命的悲剧;而旧制度旧事物片面地相信自己存在的合理性而硬要违背整个社会发展的历史规律来支撑和维护自己的行为,体现的是另一种悲剧属性,即笑剧。马克思所要指出的是,这种笑剧同样包含着悲剧性,是"带着眼泪的笑",笑过之后同样给人以反思。马克思揭示历史发展规律的客观性及不可抗拒性,同时从悲剧性的角度对真正的革命进行了廓清。马克思说:"人们自己创造自己的历史,但是他们并不是随心所欲地创造,并不是在他们自己选定的条件下创造,而是在直接碰到的、既定的、从过去承继下来的条件下创造。一切已死的先辈们的传统,像梦魇一样纠缠着活人的头脑。当人们好像刚好在忙于改造自己和周围的事物并创造前所未闻的事物时,恰好在这种革命危机时代,他们战战兢兢地请出亡灵来给他们以帮助,借用它们的名字、战斗口号和衣服,以便穿着这种久受崇敬的服装,用这种借来的语言,演出世界历史的新场面。例如,路德换上了使徒保罗的服装,1789—1814年的革命依次穿上了罗马共和国和罗马帝国的服装,而1848年的革命就只知道时而勉强模仿1789年,时而又模仿1793—1795年的革命传统。"[①] 这一段话非常清楚地揭示:这种如同1848年的革命仅仅是对过去革命的模仿性行为,并不是真正的革命。真正的革命应该是从未来找寻到现实的颠覆性力量,譬如19世纪的革命,它不是从过去,而是从未来汲取自己的诗情。"在这些革命中,使死人复生是为了赞美新的斗争,而不是为了勉强模仿旧的斗争;是为了提高想象中的某一任务的意义,而不是为了回避在现实中解决这个任务;是为了再度找到革命的精神,而不是为了让革命的幽灵重新游荡起来。"[②]

马克思主义悲剧观的正式提出是在马克思、恩格斯分别致拉萨尔的信

[①] 中共中央马克思恩格斯列宁斯大林著作编译局编:《马克思恩格斯选集》第1卷,人民出版社1972年版,第603页。

[②] 同上书,第605页。

中。拉萨尔的悲剧作品《济金根》是在1848年德国革命由于资产阶级的背叛而失败,许多革命者结合1525年的革命运动来总结教训的历史背景下创作出来的。在这部作品中,拉萨尔试图通过借古喻今的手法,从而达到美化资产阶级革命的目的。拉萨尔认为,济金根作为悲剧英雄,他的失败在于他自身所犯的策略上的错误,如在对待与农民问题时所表现出的优柔寡断,对贵族利用而又戒备,从而导致了济金根的悲剧。马克思和恩格斯从阶级立场出发,分别揭示了16世纪初德国末代骑士济金根悲剧的社会阶级根源。他们认为,任何悲剧冲突都是特定历史条件下社会矛盾的反映,悲剧主人公性格上、行为上的某种弱点或过失是构成悲剧冲突的直接原因,但起决定作用的只能是某种客观的社会因素。所以,济金根领导这场反对诸侯割据的骑士起义,要想获得成功,首先必须和广大的农民、城市中的革命分子和改革运动中的理论家结成广泛的同盟。这是由农民的历史作用和当时德国社会各个阶级之间的力量对比状况所决定的,是一种历史的必然。然而,由于济金根自身阶级地位的性质又决定了他不可能与农民联盟,因而他的斗争必定是不成功的。拉萨尔抹杀了这位骑士起义领袖失败的深刻社会阶级根源,而把他的失败仅仅归结为起义领袖个人的内在原因,这种做法是错误的,也是极具危害性的。马克思提出的批评意见是:"济金根的覆灭不是由于他的狡诈。他的覆灭是因为他作为骑士和作为'垂死阶级'的代表起来反对现存制度,或者说得更确切些,反对现存制度的新形式。"[①] 恩格斯则指出:"我觉得,由于您把农民运动放到了次要的地位,所以您在一个方面对贵族的国民运动作了不正确的描写,同时也就忽视了济金根命运中的真正悲剧的因素。据我看来……悲剧的因素正在于:同农民结成联盟这个基本条件是不可能的,因此贵族的政策必然是无足轻重的,当贵族想取得国民运动的领导权时,国民大众即农民,就起来反对他们的领导,于是他们就不可避免地要垮台。……但这样一来马上就产生了这样一个悲剧性的矛盾:一方面是坚决反对过解放农民的贵族,另

[①] 中共中央马克思恩格斯列宁斯大林著作编译局编:《马克思恩格斯选集》第4卷,人民出版社1972年版,第339—340页。

一方面是农民,而这两个人却被置于这两方面之间。在我看来,这就构成了历史的必然要求和这个要求的实际上不可能实现之间的悲剧性的冲突。"[1] 马克思和恩格斯从阶级分析的观点出发,对济金根的悲剧进行考察,并对济金根的悲剧性命运进行了科学的分析,从而使得我们对济金根悲剧的认识从偶然变成必然。马克思和恩格斯揭示济金根命运中真正的悲剧因素是:济金根作为"垂死阶级"骑士的代表来反对现存制度,是以旧的阶级来反对新的阶级,因而不可能得到国民大众的支持,这就决定了他的斗争不可能不以失败告终。如果站在旧阶级的立场来看待他们的历史命运,旧的事物在历史发展中已经逐渐丧失了它的合理性而必须退出历史舞台,它确实同样具有悲剧性,但它绝不是革命的悲剧性。马克思已经明显地区别了两种悲剧:旧制度旧事物的悲剧和新事物新制度的悲剧。拉萨尔的错误在于他模糊了两种悲剧的界限,并把旧阶级退出历史舞台的悲剧看成革命的悲剧,因此在理论上是错误的。马克思和恩格斯的悲剧观念建立在现实必然性和历史必然性的辩证基础上,认为悲剧的内容是现实生活中的矛盾和冲突。社会总是向前发展,这是历史不可逆转的趋势,在社会向前发展的过程中,新旧力量的矛盾和冲突也是不可避免的,互相冲突的力量因自身性质的规定而必须采取行动并将其进行到底,悲剧也就在所难免。

马克思、恩格斯的悲剧理论还以唯物主义史观对现实的革命进行了无产阶级式的分析和厘清。马克思认为,二月革命的胜利并非真正的胜利;而六月革命的失败也并非真正的失败。二月革命胜利的根本原因在于它是工人与资产阶级共同进行的革命,但这种革命并不是真正的无产阶级革命,而是资产阶级革命,它最终建立的是资产阶级共和国,所以从无产阶级的角度来看这场革命,这并不是一场胜利的无产阶级革命;而六月革命的失败反而有着重要的历史意义:"只有六月失败才造成了所有那些使法国能够担起欧洲革命首倡作用的条件。只有浸过六月起义者的鲜血之后,

---

[1] 中共中央马克思恩格斯列宁斯大林著作编译局编:《马克思恩格斯选集》第4卷,人民出版社1972年版,第346页。

第五章
历史悲剧与革命寓言：马克思主义与悲剧观念

三色旗才变成了欧洲革命的旗帜——红旗！于是我们高呼：革命死了，革命万岁！"[①] 所以，一切理论都是建立在失败基础上的理论。六月革命虽然失败了，但是如果六月革命可以使无产阶级对自己的阶级属性和革命方向有一个清楚的认识，那么失败也就具有了意义："工人们只能用可怕的六月失败做代价来换得这个胜利。"[②] 这个胜利指的正是无产阶级最终对历史发展规律的认清，并最终发展成真正革命的政党。这个胜利正是在失败中换取的，是在失败与胜利之间升腾起来的绝望与希望。

马克思、恩格斯的悲剧理论从历史唯物主义的哲学立场出发，从人类历史发展的客观规律中揭示悲剧冲突的历史根由和历史必然性。由于马克思、恩格斯从社会历史发展的必然规律来看待悲剧冲突，将悲剧冲突的根源视为新旧秩序和新旧力量的必然冲突，"于是，古希腊悲剧被看成是原始社会形态与新的社会秩序之间冲突的实际体现。文艺复兴时期的悲剧则被看成是垂死的封建主义与新兴的个人主义之间冲突的体现。在悲剧的问题中，受到肯定的不是黑格尔意义上的永恒正义，而是由一系列重大社会变迁构成的一般历史运动。并不是所有这种类型的冲突都会导致悲剧。只有当每一方都觉得自己必须采取行动，而且都不愿意妥协的时候，悲剧才发生"[③] 马克思、恩格斯的悲剧观念，使得以往悲剧理论产生了质的飞跃，从而使悲剧跳离了作为哲学观念的形式，而与历史现实和日常生活结合起来，同时也使悲剧观念有了坚实的唯物主义基础。

二 巴洛克寓言和革命的种子：本雅明的悲剧理论

本雅明是个天生有着忧郁气质的理论家。由于他所生活的时代与马克思、恩格斯截然不同，所以在对历史发展规律必然性问题的认识上与马克思、恩格斯所持的乐观态度不同，本雅明是一个地地道道的反历史主义目

[①] 中共中央马克思恩格斯列宁斯大林著作编译局编：《马克思恩格斯选集》第1卷，人民出版社1972年版，第418页。
[②] 同上。
[③] [英]雷蒙·威廉斯：《现代悲剧》，丁尔苏译，译林出版社2007年版，第26页。

的论者。对于本雅明来说，历史总是获胜者的历史，已有的历史解读其实都只是在现实的、占统治地位的意识形态与权力关系之中进行的，通过统治者主导的意识形态使社会综合，趋于统一。本雅明尤其反对在普遍性意义上的连续性和历史的同一，因为这种连续性可以赋予历史及历史中的压迫、统治以必然性和必要性，这种必然性和必要性由于看不到历史的变化，而仅停留于幻象的整一性和总体性。本雅明区分了概念与理念。概念是反映对象的本质属性而形成的心理意念和抽象符号。在认识过程中，人类逐渐从感性认识上升到理性认识，于是就把所感知事物之间的共同本质特点抽离出来，加以概括，形成概念。而理念却是与经验世界紧密结合，提炼不出来的东西，作为历史发展的真理内容紧紧附着于整个历史的过程中。所以这种幻象的整一性和总体性并不是历史的真理内容，而是人为抽离的结果，必须打破这种整一幻象性局面，以使人们认清社会的异化、堕落和不公正，从而激起人们的革命诉求。

那么，如何打破这种整一幻象局面，唤醒被压迫者的革命意识呢？本雅明认为，历史发展存在两种方向相反的力量，认识是始终向前发展的，向前的发展势头总是倾向于将历史弥合成一种幻象性的统一，如果大家都受这种动力的牵制，很难获得对这种统一局面的分裂和勘破；而弥赛亚动力的方向是与历史发展的方向背道而驰的，它与历史发展前进动力相逆，并以单子结构从这种历史的连续性中挣脱出来。如果说统治者的历史已经被意识形态化成必要的历史连续性，但被压迫者的历史却是一个非连续性的历史，体现着历史中最真实的传统。因此，本雅明一生都在寻找失败与革命斗争的记忆，着重表现被压迫者、社会边缘人物及他们有关历史苦难的记忆，如德国的悲悼剧所强调的那样，完全致力于世俗状况的绝望无助。本雅明认为，只有这种在命运自身反省的基础上而升发出来的救赎理念，才是从世俗世界内部生发出来的自觉要求，而非从外部对世界提出的救赎计划。因此，革命就是时时刻刻寻找并利用伴随着我们的每个革命契机来确立自己的地位。本雅明式的革命理念在其对暴力的批判中可见一斑。

在我们目前对历史的认识中，暴力也许是推动历史发展的外在契机和

第五章
历史悲剧与革命寓言：马克思主义与悲剧观念

动力。本雅明却无意于以无阶级社会为目的，在正义和公正的名义下通过革命暴力的手段来解除社会的种种压迫和不平，而是追求一种历史自身发展的内在规律，即遵循自然法则，以历史各种因素的合力和达成的协议来获得历史的变幻和非暴力性发展。暴力首先存在于手段王国，而不是目的王国。但在现实中暴力总是被解释为在特定情况下为了达到正义目的抑或非正义目的而必须实施的手段。正义目的赋予暴力手段以合法性。这种正义却是本雅明批判的，并要致力于探讨构成暴力的目的的正当性问题。他区分了自然法与实证法对暴力的不同态度。自然法试图以目的的正义证明手段的正当性，而实证法却通过证实手段的正当性来保证目的的正义性。同时还批判自然法中对正义性暴力和非正义性暴力的区分，如果历史正在继续，我们如何确定手段的属性，何为正当手段？何又为非正当手段？如果文明的前景允许使用纯粹的协议手段，那么非暴力协议就有可能实现。礼貌、同情、息事宁人、信任，以及诸如此类的一切，都是这种纯粹手段的主观先决条件。阶级斗争中呈现的两种性质的罢工：一种是为了加强国家权力的罢工，国家不会丧失其力量，权力在特权阶层之间转移，这种罢工是暴力的，因为它仅仅引起对劳动条件的外部修改，在历史进程中仍然保持着与之相匹配的连续性。这种革命在本雅明看来只不过是一种伪革命，并没有改变历史连续性的延伸方向。而另一种是为了摧毁国家权力，开启历史新纪元的罢工，这种罢工从历史的连续性中挣脱出来，带给人们认识上以非连续性的反思维度。我们称之为纯粹的手段，也即本雅明意义上的神的暴力。它作为迹象和征兆，体现为人类最无瑕疵和至高无上的暴力，展现人类对牺牲接受的心甘情愿。

正是在这样的哲学认识基础上，本雅明将批判的矛头指向了马克思的革命概念。马克思认为革命是"世界历史的火车头"，本雅明却认为"但或许，情况恰好相反"。马克思认为，通过一系列阶级斗争，人类在历史发展的过程中可以实现无阶级社会。然而，正如本雅明所指出的，由于无阶级社会不被设想为历史发展的终点，所以"革命情景"总是拒绝抵达。那么，这样的革命仍然是胜利者历史的延续。本雅明建议我们把革命理解成为历史火车的"急刹车"，人们有意识地静待"革命条件"的成熟，并利用和聚焦每一刻的政治契机。本雅明所理解的"革命时机"的降临是，只有在被定义为以一种全新的解决方式来解决一个全新问题时，它才成为革命的历史契机。因此，"必须把真诚的弥赛亚的脸还给无阶级社会的概念，而且，无可否认，必须在深化普罗阶级自己革命政治的旨趣中，恢复这副面容"。在这里，"真诚的弥赛亚的脸"其实指的就是受压迫者的苦难体验，也是整个人类历史一直伴随着的最真实的人类体验。本雅明认为，历史唯物主义史家的任务，是用苦难的记忆来把握住世世代代受压迫被剥削阶级的悲惨过去，即"被奴役的先人的形象"[1]，其目的并不只是使自己"幸福"，更重要的是以此历史来滋养无产阶级，滋养他们的仇恨和牺牲意志，以完成革命和解放，并终结受奴役的命运。所以，革命不是历史的延续，而是历史的中断。无阶级社会不是历史过程的最终目标，而是它经常失败，并最终使过去延续至今的历史终止。

当然，本雅明还进一步揭示了神的暴力在历史视线中的狭隘性。暴力正当性的强调极有可能将苦难视为正当，而忽视追忆历史中的受难者。在本雅明看来，历史的暴力与苦难都必然切入历史进程之中，"任何对马克思主义社会公正承诺的反思，都不会忽视在制度化现实进程名义下的苦难"[2]。我们应该完整而辩证地认识到这些。对苦难的重新强调及苦难体验对阶级革命意识的滋养使本雅明对悲剧的研究有了别一番视域和结论。

于是，在对悲剧的理解和认识中，本雅明首先要做的就是抬高悲剧苦难的位置。在悲剧中，对苦难的严重忽视可以追溯到黑格尔。黑格尔只是将悲剧作为理念，通过故事中的尖锐对峙来完美演绎他所理解的悲剧性。此后，悲剧理论家都集中于对悲剧性冲突的关注而忽视构成冲突的本质原因，即苦难的存在。本雅明希望摒弃对苦难和死亡认识上的形而上学成分，运用寓言式的批评方法，将苦难和死亡客观地展现出来，重新为悲剧中的死亡、牺牲、苦难、邪恶等重要范畴释义，并在反思与被救赎的生活领域最终建立联结。弗莱切评价道："除瓦尔特·本雅明以外，居然没有

---

[1] [德] 瓦尔特·本雅明：《历史哲学论纲》，载陈永国等编《本雅明文选》，中国社会科学出版社1999年版，第410页。

[2] [加拿大] 弗莱切：《记忆的承诺》，田明译，华东师范大学出版社2009年版，第13页。

第五章
历史悲剧与革命寓言：马克思主义与悲剧观念

一个学者涉及自由未来与苦难记忆——一种既不能履行承诺又不能使承诺制度化的暴力——的关系。"[①]

根据本雅明的文学批评方法论观念，艺术作品都是由物质内容和真理内容构成的，而艺术批评就在于阐明作品的真理内容。本雅明认为，作品不是静止的，而是在历史中经历自我消解的过程。随着时间的推移，其物质内容变得越来越不重要，而真理内容则愈益明显。物质内容和真理内容的表面统一瓦解了，这使得艺术批评有可能探寻作品的内在秘密，也就是揭示神话与摆脱神话的斗争之间的关系。本雅明又强调，只有寓言式的批评才能揭示作品中的真理内容。本雅明将寓言看作一种优于象征的、超越时代的审美形式，是一种绝对普遍的表达方式，这与本雅明具有犹太神论的救世主义神秘性的历史观相关。在本雅明看来，历史是一个不断衰落的过程，所以我们只能用修辞和形象表达抽象概念，观察当下世界。在以往的批评中，批评家往往为了能够将自己主观的意念强加给文本，而将文本客体的自在存在有意识地忽略掉。寓言就在于它可以不遵从以往的意识形态，并对作品重新进行释义。这种释义是对艺术作品本身的认识，也就是艺术本身的自我判断，而不是批评家人为地从外部赋予它的纯粹主观性。因此，寓言式的艺术批评并不是批评家对作品加以判断，而是艺术本身在进行自我判断，批评家只是依据作品所隐含的理念并将之呈现出来。正是在对艺术批评这样认识的基础上，本雅明对悲剧中的死亡和牺牲、苦难和邪恶进行重新释义，力图揭示悲剧中所隐含的各种真理性内容。

不同于古希腊悲剧将人物的死亡与意识形态紧密结合，从而以牺牲的意义大大地冲淡死亡的痛苦与悲伤，德国悲剧是把悲剧人物的苦难、绝望和死亡客观地展现出来，作为表征理念的一个个单子结构，等待着批评家重新释义。所以本雅明以德国悲苦剧而不是以古希腊悲剧作为研究的对象。他认为，古希腊悲剧只关乎悲剧英雄的善及其崇高美德，忽略了在人的身上所根深蒂固的自然性弱点，崇高和美德也许是总体象征性方面。而德国悲剧的重点转向了世俗世界邪恶的产生和普遍性，这其实是一种存在

[①] ［加拿大］弗莱切：《记忆的承诺》，田明译，华东师范大学出版社 2009 年版，第 14 页。

于人体内部而又无法超越的自然力。如果说崇高与善是促进历史发展的动力，那么邪恶则是阻止历史的另一种力量。正是这样两种相逆的力量构成历史发展。在悲悼剧中，暴君身上所体现的正是统治者的权力与其统治能力之间的对立，在更高的人类名义的层面上，我们可以清楚地认识到作用于历史的两种力量——神性与人性的冲突。本雅明所要强调的是，古希腊悲剧与德国悲剧存在内在的联系。古希腊悲剧中将人的怜悯和恐惧分裂开来体验，我们因为恶棍的死而产生恐惧，又由于英雄的死而产生怜悯。但在悲悼剧中，这两点通过君王这个悲剧人物形象同时展现出来。所以古希腊悲剧强调的冲突，是有缺陷的悲剧英雄与神的对抗及其献祭式的牺牲。通过英雄的受难和牺牲表明，悲剧英雄在伦理道德上可以超越万能的神。巴洛克悲剧核心的戏剧冲突集中体现在君主身上，是在暴君身上同时体现权威的绝对性，以及暴君在人性上不可超越的弱点。在人类名义的层面上，也就体现了殉难者的苦难精神。巴洛克悲剧主要分为两种：令人恐惧的暴君戏和令人同情的殉难者戏。从意识形态的角度看，二者是互补的，暴君和受难者是君王本质的两个极端表现。暴君、魔鬼或犹太人在舞台上都表现出最深重的邪恶和罪孽，除了卑鄙的阴谋计划外不允许他们解释或展开或展示任何别的什么。这种在表达方式上的隐而不显注定了这些事件的非总体性特征，而强调事件本身的自在性，同时，事件的决定性动机也需要人们根据戏剧中各个事物的相互联系和相互涉义把它阐释出来。

对事件悲剧性的关注使得本雅明致力于深掘死亡的深层力量，重新阐释死亡的真理意义。古代悲剧中的死亡是一个沉默的地带，悲剧英雄的表达方式也只是沉默，所以它们在漫长的历史过程中并没有获得正确的解读。本雅明揭示，在古希腊悲剧中，悲剧性的死亡意味着献祭式的牺牲。在尘世的生活中，每一个人都难逃死亡的命运。从亚里士多德开始，悲剧性强调的是最终以死亡的结局对悲剧人物的过失进行惩罚。但本雅明却将死亡视为赎罪而不是惩罚。从神学观念出发，每个人都是犯有原罪的，而尘世中的生活过程其实就是向上帝赎罪的过程。英雄式的死亡代表了对人"自然的"尘世生活的休止与超越。只有坚信尘世生活是悲惨的、亵渎神灵的和无意义的英雄，才会在为了民族共同体，在面对它所臣服的自然力

第五章
历史悲剧与革命寓言：马克思主义与悲剧观念

和非理性主义时，战胜自身的人性弱点，献身于神秘的诸神，使尘世中的众生由此获得救赎。这是一种主动寻求死亡的姿态。在死亡中，悲剧英雄的生命才能获得新的形式和意义，所以死亡对他不是意味着生命的终结，而是悲剧理念的展开。这种对悲剧性死亡的阐释就有了革命牺牲的意味。本雅明继续阐释道："悲剧诗是以牺牲的理念为基础的。但就其受害者即英雄来说，悲剧式的牺牲不同于任何其他的牺牲，既是第一次牺牲也是最后一次牺牲。之所以最后一次，是因为这是一种向神的赎罪式牺牲，神主持一种古老的公正；之所以第一次，是因为这是一种再现性行为，它显示了民族生活的许多新方面。这些牺牲不同于旧的以生命履行的义务，就在于它们并不回指上苍的要求，而指英雄本人的生活——这些牺牲毁灭了他，因为它们与个人的意志并不相符，而只有益于尚未诞生的民族社区的生活。"① 从人类历史的整个发展进程来看，悲剧的出现总是表征着新旧事物的更替，社会变革时期的到来。旧事物的毁灭总是伴随着旧的价值的终结，新事物在历史中的第一次出现正如马克思指出的，是以悲剧的形式出现的，然而正是通过悲剧的形式，一种最终非定型的理性被含糊地带入社会结构中。在现代悲剧中，最后一次牺牲指的是对旧的社会政治权力、文明束缚作偿还牺牲；第一次牺牲指的是，紧随着悲剧性而来的，是社会生活新的一页的翻开和启动，个体的生存也有了真实的改变。

如果对牺牲的解读只是停留于这一层面，还是不足以揭示死亡和苦难的完整意义。在本雅明看来，这种悲剧性结构只有在寓言的结构中展开才能获得正确的解读。本雅明认为悲剧性死亡结构中还包含反抗意识情节的产生，悲剧的崇高并不体现于死亡的崇高，有时体现于反抗的崇高，死亡并非总是呈现主动姿态，在死亡的对抗中也可以激起反抗情节的产生，并带来价值上的颠倒。能够认识到这一点非常重要，这也是后来的现代悲剧理论努力阐释的方向。伊格尔顿从悲剧与现代自由方面阐述其内在关系，认为死亡是一个意义模糊的地带，就自然死亡而言，悲剧主人公无论怎么

---

① ［德］瓦尔特·本雅明：《德国悲剧的起源》，陈永国译，文化艺术出版社 2001 年版，第 78 页。

反抗，最终也免不了走向死亡的宿命，这体现了必然性的胜利。尽管悲剧的命运是注定的，但面对着死亡的悲剧主人公并不是被动等待的，相反越是加倍地增加我们的悲惨境况，我们就越是能够激发出征服它的欲望。因此，我们在悲剧中真正追求的，是透过必然性和命运显示出人类自身的超越性及对自由的无限渴望。这种通过悲剧性的困境最终激发起的反抗和对自由的渴望，正是历史转机的真正希望，伊格尔顿将它归为替罪羊式的牺牲。

如果说在悲剧中，死亡本身包含着力量的反转及人类反抗意识的产生，那么延伸到各种艺术中，不幸、罪恶、阴暗、忧郁也就都蕴含着一种反讽的力量，都是可以获救的革命契机。本雅明以其敏锐的洞察力揭示出：巴洛克悲悼剧实际上就是一种寓言，君主的暴虐是寓言，绝对的邪恶也是寓言。巴洛克悲悼剧之所以值得阐述，就是因为"它从一开始就是以寓言的精神作为废墟、作为碎片而构思的"。寓言使得人们撇开有机体的假象，从这些碎片状的废墟中寻找历史的真正意义和总体意义，从而把人类从堕落中拯救出来。本雅明的悲剧理论的最大贡献在于他从悲剧中援引出后现代社会中所蕴含的革命性潜在力量，并把它们揭示出来。本雅明的悲剧理论开启了马克思主义悲剧理论在现代社会语境下的新的开拓和发展，对于此后威廉斯、伊格尔顿的悲剧理论形成具有重要的理论奠定作用。

三 悲剧的意识形态化和悲剧革命：威廉斯的悲剧理论

威廉斯撰写《现代悲剧》是有感而发的。威廉斯一直生活在战火纷飞的年代，威廉斯说："就在我撰写此书的时刻，英国的军事力量正在镇压南阿拉伯半岛'持不同政见的部落居民'。"① 两次世界大战，核武器无休止的竞争，人们对之漠然的态度，消极反战主义思潮，民族解放和社会变革的斗争被强国以多数票赞成的名义暴力镇压下去，并被悲哀地冠以"局

---

① ［英］雷蒙·威廉斯：《现代悲剧》，丁尔苏译，译林出版社 2007 年版，第 71 页。

第五章
历史悲剧与革命寓言：马克思主义与悲剧观念

部骚乱"乃至"灌木林火战争"之名，因为我们的革命就是不惜以一切他人的代价来避免战争。朝鲜、苏伊士、刚果、古巴、越南及我们自身的危机还在继续，这样痛心疾首的种种事情怎能不让我们产生一种普遍的悲剧感？然而，社会普遍流行的是"悲剧的死亡论"，认为悲剧在当今社会中已经不再存在，"战争、革命、贫困和饥饿，人被视为物体而照单杀戮、迫害与折磨，许许多多当代人的殉难，无论这些事实离我们多近并且不断引起注意，我们没有在悲剧的含义上为之感动。"① 人们根本无法清醒地认识到我们现在这种异化了的革命形式，以及我们为这种异化的革命而盲目献身的悲剧性本质。即便是英雄人物式的壮举，也可能从这一方面看是牺牲，而从另一方面看却只不过是在目标推进过程中的替罪羊。面对这些现实困境，威廉斯感到研究现代悲剧迫在眉睫，需要从理论上对当前的革命进行准确把握，并揭示这种革命深刻的悲剧性，从而阻止这个悲剧性的行动构造世界。

威廉斯首先揭示了在悲剧传统中悲剧与意识形态结合起来并最终被意识形态化的过程。威廉斯揭示，当现代人们"不断地尝试将古希腊的悲剧哲学系统化，并把它作为绝对的东西加以传播"② 时，悲剧便开始在意识形态的层面上运用了。其实，古希腊悲剧走向世俗化的过程也就是悲剧不断褪去宗教性质并不断被意识形态化的过程，而在此过程中出现的一个关键因素在于理性道德的日趋强调。古希腊文化形成于理性主义兴起之前，因而其文化特点在于一种神话的本质，由诸多信仰形成一个网络，从而形成一个严密的情感结构。然而，现代人对其解释并非回到古希腊的现实语境，而是想当然地抽离出一个普遍的必然性，并将它置于人类的意志力之上，将苦难与道德过失联系起来，从而要求悲剧行动体现某种道德架构。由于18世纪普遍流行抽象的人性论，以前人们较少意识到道德和社会规范对这一联系的制约，这些规范事实上是特殊的历史现象，现在却被当成了绝对的东西。"新的资产阶级道德重点发生在规范的概念之内。它添加的

---

① [英]雷蒙·威廉斯：《现代悲剧》，丁尔苏译，译林出版社2007年版，第54页。
② 同上书，第8页。

内容是对赎罪的信仰，而不是有尊严的忍受。从这个意义说，过失一旦被证明，变化就成为可能。按照这一观点，悲剧表现的是过错所导致的苦难，和来自美德的幸福。凡是不这样做的悲剧都必须改写，甚至重写，以达到越来越多人所说的'诗学正义'之要求。也就是说，坏人将遭难，好人会幸福；或者像中世纪所强调的那样，坏人在世上过得很糟，而好人会发达。悲剧的道德动力就是实现这种因果关系。如果观众看到善恶因果关系的示范，他们会受到触动而好好生活。在悲剧行动之中，戏剧人物自身也会有同样的认识和改变。所以说，悲剧灾难要么感动观众而使他们获得道德认识和决心；要么可以由于良心发现而被彻底避免。"[1] "在这一传统中，对苦难的反应必定是赎罪，而对邪恶的反应则是忏悔和行善。然而，由于受到一种具体成败观的限制，人们对道德的强调变成仅仅是教条，甚至连忏悔和赎罪也带有适应的性质。如此一来，一种原来非常传统的道德观变成了一种意识形态，它被强加于经验之上，以遮掩更加难以接受的对实际生活的认识。把这种结构叫作'诗学正义'具有讽刺意味，它恰恰表明了这一意识形态的特征。"[2] 革命也成了一种新的意识形态，以至人们通常认为，革命是对各种力量之间重要冲突的解决，人有能力改变自身的处境，并结束苦难。这使得在革命年代充斥着各种暴力和苦难，通过对历史时期的重新命名而具有了合理性，因为它们早晚都会在历史新的篇章中成为过去。

这个问题在雅斯贝尔斯那里得到了回应。雅斯贝尔斯指出，在纳粹时期，悲剧成了一种伪悲剧知识，"那些除了决心之外一无所有的人"，雅斯贝尔斯提醒我们，"他们坚定有力地保证，不假思索地服从，毫不质疑地蛮干——而事实上，他们陷入粗浅狭隘的幻觉里了"。他们的幻觉是"一种狂野而迫不及待地采取行动的智力低下的激情，表现出人类消极被动地成为自己本能冲动的奴隶"。而这本身就是一种悲剧。悲剧意识形态化的极端例子出现在希特勒和戈林时代。在他们看来，悲剧总是少数显贵人物

---

[1] ［英］雷蒙·威廉斯：《现代悲剧》，丁尔苏译，译林出版社2007年版，第22页。
[2] 同上。

第五章
历史悲剧与革命寓言：马克思主义与悲剧观念

的殊荣与特权，所有其他的人平凡普通的痛苦现实，都被因超拔提升而障眼蔽目的心灵当作不屑一顾的东西被无足轻重地抹掉。而悲剧也成了纳粹手中煽动民情的一种工具。

威廉斯指出，自法国大革命之后，悲剧的行动和历史的行动被联系起来并获得了新的解释之后，悲剧观念便可以被理解为对一个正在自觉经历变动的文化所作出的不同反应。为此，威廉斯明确地提出了革命的文化性定义。"就其最深刻的意义而言，悲剧行动不是肯定无序状况，而是无序状况带来的经验、认识及其解决。这一行动在我们时代很普遍，而它的名称就是革命。"[①] 革命不能仅仅被看作建构和解放，对革命的最终检验在于社会活动的模式及其深层的人际关系和情感结构的变化。威廉斯主张从悲剧的角度来理解革命。威廉斯说："如何看待当今的革命社会不仅非常重要，而且可能决定了我们全部的思想。""过去，我们看不到悲剧是社会危机；现在，我们通常看不到社会危机是悲剧。"[②] 目前，社会既有的两种革命悲剧意识形态的基本形式是：一种是古老的悲剧教训：人无法改变自己的环境，只能徒劳地用鲜血染红世界；另一种是当代人的直觉反应：试图凭借理性掌控社会命运的努力已经失败，或者说，至少因为我们无法回避的非理性，以及传统形式之崩溃所立刻带来的暴力和残酷而大打折扣。[③]威廉斯认为这两种观点都是否定革命的，都体现了现实与理论的脱节，是一种静态的革命意识的革命。第一种观点只是单一地看待这种结果的徒劳，将悲剧的结果作为悲剧的全部意义，而没有看到悲剧的意义其实在于人的行动及人的行动给社会带来的经验和认识上的变化；第二种观点虽然将人的行动看作悲剧的意义，但是他们只看到革命行动所带来的无序和邪恶，只看到革命行动的结果，而简单地否定革命的意义，没有将革命看成一个完整的行动：它应该"不仅包括邪恶，而且包括那些与邪恶斗争的人们；它不仅有危机，而且有危机释放出来的能量及我们从中学到的精

[①] ［英］雷蒙·威廉斯：《现代悲剧》，丁尔苏译，译林出版社2007年版，第75页。
[②] 同上书，第65页。
[③] 同上书，第66页。

神"①。革命在结束一种异化的过程中总是会产生新的异化,这种无序状态的周而复始决定了革命悲剧的必然性。威廉斯肯定了革命必然性和长期性。只要这个社会"实质上无法在不改变现有基本人际关系的前提下吸纳它的所有成员(整个人类),那么这个社会就是需要革命的社会"②,但是革命行动的过程又是悲剧性的。威廉斯的贡献在于指出革命的目的和手段所存在的潜在悲剧性,并最终带来无序和混乱,给日常生活中的人们造成痛苦,而我们只有从悲剧性的角度去认识革命,革命才能够持之以恒。

正是在这样的悲剧观念基础上,威廉斯首先揭示了社会主义革命的悲剧性。这个问题在革命观念的发展中始终是一个无声地带,乌托邦主义和革命浪漫主义都掩盖或稀释了这一事实。威廉斯指出,按照马克思的革命思想,政治革命应该是普通人的革命。其革命的目标是取消劳动,并在消灭阶级的同时消灭一切阶级统治。然而,"拯救全人类"的思想由于带有解决与秩序的终极色彩,从实践的观点来看,它在现实世界中是不可能实现的,是一种革命的乌托邦。当我们将这个目标的虚幻性奉为普遍真理,并孜孜不倦地去实践它时,我们的不屈不挠反而成了自己最为内在的敌人。因此,当我们为了普遍人性而进行革命时,我们就会发现我们自己已经被置于解放人的悖论中:因为我们革命的对象既不是上帝或无生命的物体,也不是简单的社会制度和形式,而是其他的人。革命的结果必然是有一部分人被剥夺了人性,这与我们进行革命的初衷不一致。从共同人性的角度来看,我们的革命必然也会给别人带来痛苦。例如:我们同样会像处置一件物体一样处置暴君,对他进行以牙还牙的报复,但我们却将这种革命行动与人的解放联系在一起,这本身就是一个不折不扣的悲剧性错觉。社会主义革命的悲剧性体现的正是革命理论对革命经验的忽视及革命目的与革命手段之间的悲剧性冲突。

威廉斯还揭示当前资产阶级革命中的悲剧性。资产阶级革命的悲剧性体现在两点:一是单方面地否定革命。资产阶级在获得权益之后,便默许

---

① [英]雷蒙·威廉斯:《现代悲剧》,丁尔苏译,译林出版社2007年版,第75页。
② 同上书,第68页。

第五章
历史悲剧与革命寓言：马克思主义与悲剧观念

社会的无序状况，期待受残酷剥削和极度贫困的人们能够随遇而安，不要进行革命。而一旦他们的特权和利益受到威胁，他们便以暴力镇压，并且称自己的革命只是为了防卫，是出于人类和平的需要，是"只许州官放火，不许百姓点灯"的革命霸权。二是欺骗性。利用劳苦大众的苦难，打着绝对自由的旗帜，将他们的苦难作为进行反革命加工和交易的原材料，劳苦大众的牺牲在反革命者虚伪的承诺中被悲剧性地置换成了政治的替罪羊。由于缺乏理论的提升，他们看不到资产阶级革命的虚伪性，而威廉斯站在底层人民的立场，揭露出资产阶级革命中人民大众作为政治替罪羊的悲剧必然性。威廉斯认为，这样的革命结果只能导致革命目标被抽象化，真实的"现在"被这种抽象化的革命目标所掩盖。它的视角必定是悲剧性的。我们必须将革命看成一个完整的行动，认识到结束发生异化的努力也可能产生出新的自身的异化，革命中的我们也会不自觉地成为别人的敌人，从而以最痛苦的方式肯定了极度无序的存在。只有从革命与悲剧的关系，我们才能看到和正确理解革命悲剧的必然性，认识到革命的悲剧性行动不是为了"肯定无序状况，而是无序状况带来的经验、认识及其解决"[1]。

认识到革命的悲剧性，这还只是认识到现实生活中斗争持续不断的起点。威廉斯还从牺牲的意义角度切入悲剧的核心地带，从而从悲剧与革命的角度来阐明悲剧中死亡的符号性意义，深入地探讨现代社会中所谓的牺牲和革命中牺牲的差别。威廉斯悲哀地发现，进入现代社会后，悲剧中最原始、最简单的牺牲形式"一个人被夺去生命，从而使整个群体能够生存或生活得更加充实"这一点几乎被抛弃。鉴于不同时代有不同的情感结构，威廉斯分析了不同悲剧形式中所包含的不同的悲剧经验：从英雄到受害者、从社会悲剧到个人悲剧。尽管悲剧所强调的悲剧性的毁灭和死亡程序仍然在上演，但人们对待死亡的态度却变得更加复杂化。自由主义悲剧主要体现为自我与社会、人的欲望与社会限制、个人冲动与绝对障碍之间的悲剧性张力。自由主义个体有着远大的理想以及将之付诸实践的冲动，

---

[1] [英]雷蒙·威廉斯：《现代悲剧》，丁尔苏译，译林出版社2007年版，第75页。

但由于他是将远大的理想建立在绝对性的基础上，追求一种绝对的自由和个性化表现，过分依赖个人英雄式的拯救或形而上的解决途径，因而这种脱离现实世界和人际关系的个体化策略必然导致悲剧性人物的孤独性困境与隔绝，致使其理想在现实中得不到实现，实现自我的努力总是被推向崩溃的悲剧性结局。自由主义悲剧是以死亡的姿态表征着抗争的意义：如果我连保持自我这么简单的要求都做不到，生活的意义只能转向名誉和死亡。于是，"一种新的意识就这样形成了：受害者活着找不到出路，但可以努力通过死亡来肯定他已经失去的身份和失落的意志"[1]。但是这种死亡能不能视为革命中的牺牲呢？威廉斯认为，这种死亡姿态表达的不是抗争，而是悲剧性妥协。这里的悲剧主人公的毁灭是一种受害而不是从受难中激起的抗争。威廉斯清楚地意识到悲剧中的牺牲在运用中被逐渐地模糊，意义含混不清，从而显示出阐释的复杂性和梳理的必要性。

威廉斯强调："事实上，关于牺牲的判断是根据它的原因和结果而做出的。"[2] 只有通过回到事件及该事件发生的历史语境中，我们才能真正把握到牺牲的内涵和意义。我们在看待牺牲时，应该着重分析导致悲剧主人公死亡的原因和效果。正如亚里士多德强调悲剧作为"整个行动"，牺牲也应该从完整的经验层面来阐释。

第一，从个人角度来看，我们应该分析悲剧主人公是自愿死亡还是被迫死亡。一般来说，牺牲是一种自愿死亡，其结果是为了保证一个理想的实现或某种共同历史的颠覆。在我们现在生活的时代，对牺牲理解的偏离就在于将烈士阐释为一种防卫性的、面对压力的死亡。由于信仰不同，参战各方都可以将自己一方战士的死亡辩解为防卫性的，那么任何一方战士的死亡都可以归结为"牺牲"，这样将最终导致对生命牺牲的消极看待：不再将牺牲当成一次心甘情愿的行为，将悲剧主人公当成一个受害者而不是一个殉道者进行悼念。威廉斯指出，当牺牲行为被当作受害行为而被消极对待时，我们往往用另一个名称"替罪羊"来概括它。真正的牺牲与同

---

[1] [英]雷蒙·威廉斯：《现代悲剧》，丁尔苏译，译林出版社2007年版，第98页。
[2] 同上书，第157页。

第五章
历史悲剧与革命寓言：马克思主义与悲剧观念

情无关。牺牲在谋取人类幸福生活方面是必不可少的环节，因此，从牺牲的角度来看待烈士的死亡，我们涌起的只有崇敬而不是同情。

第二，从社会对其死亡的反应效果来看，我们应分析死亡所导致的是悲剧效果还是喜剧或闹剧效果。在一些被视为牺牲模式的自愿死亡事件中，往往存在一种反讽性的效果：悲剧主人公为了撕开社会结构秩序的一角，甘愿以自己的死亡来为革命拉开序幕。这时悲剧主人公的死亡同样是一次心甘情愿的死亡事件，然而这样的行动发生之后，我们的整体生活根本未得到积极的复兴；相反，却得到了我们的普遍罪恶感，这样的自愿性死亡是断然不能被视为牺牲的。首先，这种牺牲观是对烈士宁死不愿放弃信仰的痛苦选择过程的削弱，同时也表现出对普遍大众力量的轻视和脱离，表现出这种牺牲的形而上的态度。这种牺牲模式的前提是把人类分成了不清醒的大多数和清醒的极少数，故而威廉斯讽刺性地揭示其不可避免的精英主义立场。死亡成了悲剧主人公一厢情愿的事情，而不清醒的大众仍然要享受这悲剧性的人生。如果死亡根本产生不了任何有益的社会效果，死亡还有何意义呢？威廉斯反复强调的是，悲剧不在于死亡，而在于生命；不是为了改变秩序，而是为了新的生命。

站在革命的立场上，威廉斯的悲剧理论紧紧抓住革命与悲剧的联系，并揭示了革命目的和革命手段之间潜在的悲剧性，揭示了共产主义的乌托邦性质和社会主义革命的暴力性和血腥性，为正确认识社会主义革命提供了理论依据；同时也指出，只有从革命与悲剧的关系出发，我们才能看到和正确理解革命悲剧的必然性，革命才能够持之以恒。

革命与悲剧是一个极其复杂的命题，将革命与悲剧联系在一起体现了马克思主义悲剧理论的独特思考和大胆尝试，这对后来许多悲剧观念和悲剧特征的转向和形成具有重要作用。所有的思想和意识都不可能僵化不变，在新的情感结构和悲剧经验的基础上，有些观念和思维方式已经包含着革命种子的形成。能不能辨别这些种子，让人们获得共同的认识和经验，这正是马克思主义悲剧理论当下正努力的方向。还是威廉斯说得好："我们这个时代的复杂性是人所共知的。使革命受阻的反而是革命者政权的僵化和粗暴，许多革命者因而变得冷漠。然而，也正因为他们的斗争，革命者的后代才有了新的生活和新的情感。他们把革命看成日常生活的一部分，并以人的声音对死亡和苦难作出回应。"[1] 而从情感结构和悲剧经验的角度来重新审视 20 世纪中国的革命时代和悲剧理论的形成与发展，我想一定也会得到意想不到的收获。

第二节　中国马克思主义悲剧理论的接受和发展

齐泽克说："理论总是在失败的实践基础上的理论。"[2] 这道出了悲剧在现代理论建构上的重要意义。20 世纪初，中国正处于最痛苦、最富悲剧意识、最具革命性、最具艰难抉择的历史时期。英国历史学家霍布斯鲍姆将 19 世纪和 20 世纪称为"革命的年代"和"极端的年代"，而在中国，20 世纪无疑才是真正意义上的"革命的年代"。由于革命的拯救和思想启蒙的需要，中国思想界第一次将理论的焦点凝结在悲剧的身上，悲剧与革命的主题也总是或隐或显地体现于 20 世纪中国理论思想史对悲剧理论的各种尝试和探讨中。

一　20 世纪中国的现代性革命和悲剧观念

西方很多学者否定中国悲剧观念的存在，认为中国人舒缓、宁静的面孔仍然与西方人紧张而富有自我意识的表情形成对照。雅斯贝尔斯认为，在中国的文明里，"所有的痛苦、不幸和罪恶都只是暂时的、毫无必要出现的扰乱。世界的运行没有恐怖、拒绝或辩护——没有控诉，只有哀叹。人们不会因绝望而精神分裂：他安详宁静地忍受折磨，甚至对死亡也毫无惊惧；没有无望的郁结，没有阴郁的受挫感，一切都基本上是明朗、美好

---

[1] [英]雷蒙·威廉斯：《现代悲剧》，丁尔苏译，译林出版社 2007 年版，第 211 页。
[2] 转引自[斯洛文尼亚]阿列西·艾尔雅维奇《美学的革命》，《马克思主义美学研究》2010 年第 1 期。

第五章
历史悲剧与革命寓言：马克思主义与悲剧观念

和真实的。在这一文明中，恐惧与战栗固然也是经验的一部分，并且在它就跟在那些已经觉悟到悲剧意识的文明一样地司空见惯。"[①] 他把这种对待悲剧的态度归结为悲剧前知识，并认为这种知识将世界固有的矛盾冲突掩饰在和谐宁静的纱幔之下，因而不可能过渡到他所倡导的悲剧知识阶段。然而，这只是西方中心主义论以西方悲剧理论和精神对中国悲剧观念的他者观照。作为一种独立的民族文化，中国必定会形成自己独特的悲剧观念。

首先，中国形成悲剧观念的哲学基础和思想基础与西方是截然不同的。西方文化、哲学的思考模式是以人为中心，在主客二元对立的基础上建立起来的。主体要认识客体，就必须把自己放到客体之外。而如果认识的对象是整个世界，包括人自己，那就必须超越于整个世界之外。因而在西方思想中很容易形成这样的认识：一方面人是有限的，人的认识能力及其对自身命运的把握也是有限的；但另一方面人又可以不断地突破自己的本性，超越有限而走向无限。在主客对立的认识立场下，西方哲学家预设了一个无限光明、神圣永恒的彼岸世界，人的不幸就在于主体与客体、有限与无限、此岸与彼岸之间存在不可逾越的鸿沟，上帝不可超越。这种冲突与分裂正是西方悲剧理论和悲剧精神的根源所在。在不可避免的悲剧毁灭中，人类被迫正视自身的有限性，同时又要表现人在面临死亡、价值毁灭等悲惨的命运时所作出的抗争与超越精神，体现人的价值崇高与尊严："人的伟大在于人类把他的种种可能性推展到极限，并会明知故犯地被它们摧毁。"[②] 这就非常容易滋生出人的自我超越性，以及面对自我有限性而迸发出的超越性悲剧意识。

而中国的思想界中没有二元对立，也没有超脱于现实世界的宗教信仰，所以很难滋生出像西方那样的自我超越性。但是，中国人有没有自己的超越性精神呢？答案是肯定的，中华民族同样有着自己在灾难面前的解决方式和超越性精神，我们称它为后悲剧精神。中国的思维模式和思想观

[①] ［德］雅斯贝尔斯：《悲剧的超越》，亦春译，工人出版社1988年版，第13页。
[②] 同上书，第45页。

念的影响因素主要在伦理，中国的悲剧观念具有一种强烈的宿命色彩。佛教的生死轮回说为悲剧观念的形成提供了宗教意义上的价值参照。佛教讲究三生，人生包含过去、现在、未来三世。人的苦难是命定的。现世的苦难也许是上辈子的罪孽引起的报应，唯有通过此生的苦练修行，从而净化前世的罪恶。因此，中国悲剧的观念体现为通过"苦难的历程"而达到灵魂的净化和救赎。正因为是将苦难看成对自己前世罪孽的赎清，为自己下世的幸福开辟尘缘，因此，在遭受苦难及如何超越苦难的态度上，中国的悲剧文学与西方是截然不同的。既然上天似乎有一种力量，它掌管着对人世的责罚，奉行善有善报、恶有恶报的原则，因此大家都相信罪恶的人终会有报应，个人的苦难也是个人曾有的罪孽所应得的报应。中国伦理思想中最重要的是"知命乐天"的思想。因为知命，所以乐天，既然苦难无法回避，不如快乐地享受，采取对人生的痛苦感和悲剧感的消解方式，表现出一种"不以苦乐为意的英雄主义"（朱光潜语）。所以，我们要理解中国式的悲剧精神，必须在过去、现在、未来三世中看待，才能看出其超越性精神。而且中国人对待苦难的态度有如伊格尔顿所强调的那样：正视和径自穿越其本质，然后从另一头的某个地方出来。中国人在苦难面前表现出坚韧的正视和径自穿越的态度，它不是站在苦难的对立面，而是正视和置身于苦难中，从而超越苦难。

另外，由古希腊悲剧所援引出来的那种悲剧性的崇高和超越性的悲剧精神也在随着历史的演变而演变。进入现代社会之后，随着尼采"上帝死了"的振臂一呼，西方产生悲剧价值的基础也为之倒塌，理性的上帝死了，人的精神苦痛更加沉重。信仰失落，价值虚空，人成了一个孤独、漂泊的存在。这就形成了与传统不同的现代悲剧观念："如果说传统悲剧意识是以人类的自信为基础的，那么现代悲剧意识则是以人类的自卑为基础的。"[1] 19世纪以前的古典悲剧总是与崇高联系在一起的。英雄人物为了实现人类理想，在悲壮中走向毁灭和失败，而透过英雄人物的毁灭和失败，我们却可以获得振奋和力量；现代社会中的人们却不再相信人类是世界的

---

[1] 尹鸿：《悲剧意识与悲剧艺术》，安徽教育出版社1992年版，第192页。

第五章
历史悲剧与革命寓言：马克思主义与悲剧观念

中心，凭着人类的主体意志去开拓、创造、成就一切他所希望成就的东西，在这种背景下，西方悲剧理论中不仅产生了"悲剧死亡论"及各种为捍卫悲剧的理论，更有了对东方文化语境中所倡导的那种更强调同情、坚忍、幽默等的悲剧精神的逐渐认同和关注。雅斯贝尔斯认为，真正的悲剧意识远不只是痛苦和死亡、流逝和绝灭的沉思默想，而在于人的行动，在于他面对必定要毁灭他的悲剧困境时所采取的行动。但是，行动并不一定体现在积极方面，相反有时消极的行动同样会带来令人震惊的效果。雅斯贝尔斯自己也鲜明地指出："即便在对神祇和命运的无望抗争中抵抗至死，也是超越的一种举动。"① 中国的悲剧观念和悲剧精神的特征正在于：它以自己的坚忍坚持到最后，以至他在至死不渝中最终发现自己的潜在可能性。中国式的悲剧精神正在于向人们告诫并让人深刻地认识到人的潜在可能：不管发生什么，他都能够坚持到底。这也正是后来拉康所极力推崇的悲剧性态度：坚持自己的欲望。人的尊严和伟大就在于人可以在任何变动下，都勇敢而坚定；只要他活着，就可以重建自己。进入20世纪，随着现代社会价值体系的坍塌，曾经的那种超越性的悲剧精神已经难以为继。西方理论家费尽心思重寻现代社会发展的精神动力，却不知西方以往所否认的中国的悲剧观念中，其实早已包含了他们所苦苦追寻的现代悲剧精神，而现代性本身就是一种悲剧性的境遇，充满着悲剧性的内在张力。西美尔揭示了人类在现代文化和情感危机中的冲突和悲剧。在西美尔眼中，文化是由生命与形式构成的整体存在，是内在精神与外在形式的融合。在前现代社会，文化的内在精神与外在形式处于水乳交融的和谐状态，但随着现代社会的出现，这种和谐状态逐渐被打破，工具理性开始操纵主体，它使生命外在的物质文化得以高扬，并对其内在的精神文化构成极大威胁。"现代人真正缺乏文化的原因在于，客观文化内容在明确性与明智性方面跟主观文化极不相称，主观文化对客观文化感到陌生，感到勉强，对它的进步速度感到无能为力。"② 戈德曼则揭示了现代社会价值体系的倒塌带给

---

① ［德］雅斯贝尔斯：《悲剧的超越》，亦春译，工人出版社1988年版，第25页。
② ［德］齐美尔：《桥与门》，涯鸿等译，上海三联书店1991年版，第95—96页。

人类生存意义的悲剧。由于理性主义空间的建立，它取消了两个密切联系的概念，即共同体和宇宙的，而用"有理性的个人"和"无限的空间"来代替。可是人不仅是类的产物，他更是一个独立的个体，而这个独立的个体一旦缺少指导现代技术并使之为真正的人类共同体目的服务的道德力量，就有可能产生人们几乎难以想象的后果，人类将陷入一种揪着自己的头发说要离开地球的悲剧性困境。现代性不仅包括有关进步的宏大叙事，还包括关于僵局、矛盾、自取灭亡的寓言之阴暗面。悲剧与现代性有着非常重要的联系，从悲剧的角度来阐释现代性已经成为正确理解现代社会的重要维度。人的价值体系和文化体系都被割裂和撕碎，弥合的努力与现实的不可能最终成为现代人最悲壮的悲剧行动。

20世纪的中国同样遭遇着自己的现代性悲剧困境。中国的现代性情况比西方要复杂得多，它不像美国，只需要通过一次独立战争就可以建立起一个崭新的社会制度，因此其悲剧性也比西方深刻复杂得多，它不仅面临着与西方社会相类似的悲剧性困境，同时还有自己特殊的困境。中国是一个有着悠久历史文化传统的国家。在历史的演进中，传统的功能是两方面的，既是贯穿于民族文化中的精神原性，又由于其历史惰性而成了社会进步的巨大阻力。所以，我们的文化总是拖曳着古旧庞大的传统走向工业文明，历史的每一次进程都是挟裹着对悠久而丰赡的传统文化的剥离和进化。当西方的一些事物和观念涌入中国的语境中时，它们自然就会与中国自身的传统文化产生一系列复杂的交碰和撞击，也由于中国传统文化结构和心理的根深蒂固，在漫长的中华历史进程中始终被作为中华民族传统的主流文化影响和操纵着人们的思维方式和生活方式，所以它的退出必定是一个悲剧性的历史过程，深受这种传统思想影响的许多中国人在走向现代性的同时，必然会自觉或不自觉地捍卫这种民族的文化传统，构成他们最深刻的悲剧意识。

20世纪初的中国是一个刚刚脱胎于封建制度的国家，对天命的认同以及奴性心理根深蒂固，阿Q式的自我安慰的精神疗法盛行，因而极其缺乏西方国家所倡导的自我主体性。所以中国要想进行改天换地的革命，借助世界的现代发展直接跃入现代性进程，将有着更为艰难而漫长的过

第五章
历史悲剧与革命寓言：马克思主义与悲剧观念

程。西方的革命总是新兴阶级对旧有传统的彻底推翻，是历史新篇章的彻底改写；而中国以往的革命只是一般意义上的改朝换代，是历史的同义反复，国家和社会的性质根本没有改变。因此，中国历史上的革命对老百姓并没有造成深刻的影响，拥护和投身于革命的主体性和积极性过于贫弱。这从中国"革命"一词内涵的演变上也可以看出。中国有关"革命"的概念在产生和形成过程中的内涵与西方的"革命"不同，它更强调一种对天命的遵循，带有更多的宿命色彩。"革命"一词，最早见于《易经》："天地革而四时成，汤、武革命，顺乎天而应乎人，革之时义大矣！"《易经》所陈述的是成汤灭夏而建立商朝，武王灭商而建立周朝的历史，但这里的"革命"隐含着一个意义："革命"就像自然四时运行，是"顺乎天而应乎人"，即顺乎天命的结果，因而也就得到了民众的拥戴。许慎《说文解字》中对"革命"的解释是："兽皮治去毛曰革"，即"革"指的是脱离、剧变和死亡之义；而"命"则意味着生命、命运、天命等。两字合成是"收回（天）命"。汉代的儒学注释者将"革命"的含义改成了"改变天命，改革天命"，从而削弱了这个词本身所包含的暴力和战争意味，并更多地强调其道德因素。之后，"革命"一词在古汉语中主要指一种顺应天命的"变革"。不过到五四革命前，"革命"逐渐演变为"暴力冲突"的命名。梁启超在戊戌变法失败后流亡日本，发现日本人已将中国古代概念"革命"与英语中的 revolution 结合起来。其后，这个意义上的"革命"一词就在中国思想界流行开来，甚至出现了许多带有"革命"字号的文章和刊物，比如邹容的《革命军》，孙中山也一度将其领导的政党称为"革命党"。"革命"一词至此已基本上与西方语境同义。虽然在语义上中国的"革命"一词已与西方相似，但革命的时机、实践性的主体如何从奴性中挣脱出来，从而开展改天换地的革命行动等，还有待思想和文化上艰难的启蒙。总之，20世纪的中国历史本身充满着时代的悲剧性，而不同悲剧观念的形成与现代性悲剧的遭遇，酝酿并铸造了20世纪中国不同的悲剧理论。

二 在碰撞中选择：20世纪初鲁迅、朱光潜的悲剧理论

20世纪初，出于对社会、人生的关注，有着社会良知和历史使命感的文化倡导者们几乎无人不感受到时代的悲剧性色彩，也无一不在谈论着悲剧。西方悲剧理论在这个时期自然被介绍进来。可以说，近现代中国是在争论、比较、碰撞和选择中接受了西方悲剧理论。中国在引进悲剧时具有极强的现实目的性和指向性。面对着风雨飘摇、黑暗如磐的旧中国，近代中国引进和接受西方文化的首要目的是启蒙。究其原因，借用冰心的话说，主要是想"借着'消极的文学'，去做'积极的事业'"①。悲剧及其理论在介绍到中国的历史过程中与现实中国的苦难一拍即合，并被赋予了浓重的现实功利色彩。与西方人常常在美学、哲学层面看待悲剧不同，近代中国学者并不注意悲剧作为一种文艺形式所独具的美学本质和艺术特性，而是极为推崇其强烈感染力，对人的同情和怜悯情感的激发，以及反映苦难现实、改造人生的社会作用。所以他们更强调悲剧中的悲剧性的效果，以"悲"来震撼人心，从而唤醒国民精神。而在对西方悲剧理论引进的整个过程中，从起先选择叔本华和尼采的悲剧理论，到马克思主义悲剧理论最终确定；从20世纪初对悲剧、对革命主体的唤醒和启蒙，发展到20世纪三四十年代对悲剧与革命行动的潜在关系的摸索，鲜明地呈现出中国理论界对马克思主义悲剧理论的接受和影响及现代悲剧观念的演变轨迹。

尽管王国维并不是一个马克思主义者，但由于王国维是近代从西方引进悲剧观念的第一位中国学者，所以在这里我们不得不提一提他。王国维的悲剧观主要受叔本华的影响，认为中国古典悲剧的"大团圆"模式不符合西方悲剧模式，他效仿叔本华从人性、意志与欲望等方面去寻求悲剧的根源，认为悲剧精神就在于拒绝生活之欲而走向解脱之途，这在某种意义上已经显示了中国悲剧观念从古典形态向近代形态的深刻转换。但王国维是在狭隘封闭的个体框架里来探讨悲剧的可能，他把悲剧变成一种与社会

---

① 冰心：《我做小说何曾悲观呢?》，《晨报》第324号，1919年11月11日。

第五章
历史悲剧与革命寓言：马克思主义与悲剧观念

毫不相干的个人命运的不幸，因而没有把握悲剧的真正意义。这也决定了他不能真正找到悲剧发生之原因，更不能从悲剧中读解出改造社会现实的革命力量。

其后，鲁迅的悲剧观念才真正触及悲剧的实质或核心要素。可以说，鲁迅的悲剧理论是在马克思主义历史悲剧的框架中进行的，体现的是历史悲剧和社会悲剧。鲁迅在青年时代就开始倡导悲剧，引导人们去思索产生痛苦与不幸的社会原因。所以在对悲剧的强调过程中，他主要侧重于悲剧的毁灭之可能产生效果，强调的是如何辩证地看待毁灭及毁灭的最终效果。鲁迅对悲剧的定义体现于《再论雷峰塔的倒掉》一文中，在对国人凡事总求圆满的"十景病"的批判中正式提出了他关于悲剧的社会性思考："悲剧将人生的有价值的东西毁灭给人看。"鲁迅认为这种"十景病"的源头是深谙世故、不做明目张胆的破坏、主张十全停滞生活的孔丘先生。虽然平静的生活状态与中国农业社会的传统是合拍的，但与当时激进的革命运动是相悖的。可以说，这个定义虽然简明扼要，但内涵极其复杂有力。

首先，这个定义强调了悲剧的现实基础是"人生"社会，并以之作为前提。在鲁迅之前，悲剧总是被置于个体框架中来理解个人命运之不幸。中国是一个高度伦理化的国家，受角色意识与道德意识的影响，人们对由死亡本能引发的个体生命的悲剧意识反应比较强烈，而对由与秩序的抗争引发的社会性悲剧意识反应则相对淡薄。五四时期，生命欲望的扩张与伦理秩序中自由价值的实现使得社会性悲剧意识在现代思想的裹挟下浮出历史地表。悲剧不再是个体之不幸，而是经由个体之不幸折射出的社会秩序之混乱和不公正。鲁迅对悲剧的认识并不停留于对悲剧表面事件或悲剧人物的认识，而是从更大的群体范围内看到了悲剧的积极效果，把悲剧的最终目标与战斗、改革联系起来。作为美学范畴的悲剧，它与日常生活中的悲惨、悲哀、悲伤不是一回事，人的悲惨遭遇之所以构成艺术悲剧，乃在于个人之悲惨命运与社会之命运不公息息相关。鲁迅第一次从悲剧性与社会的角度对现代悲剧做了很好的规定和调整。

其次，悲剧的表现对象是在人身上所体现的"有价值"。从价值定性出发来定位悲剧的表现对象，这是鲁迅的深刻之处。古典悲剧认为悲剧的最大价值在于表现悲剧人物身上所体现的悲剧精神及带给我们的崇高效果，并对悲剧人物进行了严格的区分；马克思恩格斯悲剧理论不再局限于人物，从人类历史辩证发展的角度来展示悲剧冲突中新旧力量的重新分配和矛盾。旧事物已经不再符合历史发展趋势，由于历史合理性的丧失而必然要退出历史。但旧事物的悲剧不是马克思所强调的革命悲剧，正是因为历史价值性的丧失，故其毁灭不再是真正意义上的悲剧；只有符合历史发展规律的新生事物和新生力量，因为具有历史价值的合理性，所以在它力量还比较脆弱，无法实现自我的历史位置而最终毁灭时，反而显示出真正意义上的悲剧性。很明显，鲁迅的悲剧定义与马克思主义悲剧观有相通之处，即他们都把悲剧看成有价值的事物的毁灭。但马克思只强调历史的价值性，而鲁迅对价值的强调可能更在于普遍意义上的人性价值。

从人性价值的角度，无论是"好人""伟人"还是"小人物"的痛苦或毁灭，其悲剧性都在于他们身上显示的"有价值的东西"遭到了毁灭。鲁迅对悲剧的认识无形中暗含了西方现代社会悲剧主角从英雄人物向日常生活中最底层人物的转换，展现的并不仅仅是他们的悲剧命运，更是他们在悲剧的命运面前所激发出来的执着、超越和坚定的后悲剧精神。在西方马克思主义悲剧传统中，本雅明揭示了社会的边缘人物，如流浪者对整个城市和社会所具备的革命性潜在力量；伊格尔顿甚至将悲剧中的替罪羊机制与马克思主义的阶级分析理论联系起来，认为替罪羊式的人物就在于其历史的边缘位置，作为一个被迫丧失主体性并且成为废物或虚无的人，其革命的反抗性也是极为彻底的。正是因为这样，这种了无生气、被放弃的人物成了社会整体性的一个否定性符号，被伊格尔顿视为创造性的征兆。而鲁迅在这里同样向我们展示，中国革命主体及主体性的建构就在于这些底层人物的社会位置，悲剧就在于帮助他们辨认自己的革命性潜能。鲁迅所揭示的悲剧是更为深层的悲剧。在鲁迅笔下，祥林嫂只是想做稳奴隶，阿Q也只是想靠力气吃饭，但是这些最起码的要求都不能得以实现。祥林嫂死了，祥林嫂的悲剧性就体现在她在死亡面前都未能明白她到底做错了什么；闰土在不知不觉的辛苦生活中便被剥夺了一切。鲁迅所要揭示的是，在当时的这个制度中，你越是遵从这个制度，你的悲剧性就越强烈。

第五章
历史悲剧与革命寓言：马克思主义与悲剧观念

这恰恰道破了人们所忽略的不幸和死亡的秘密，使人们从麻木中获得震惊的效果。

最后，悲剧的目的在于把有价值的东西"毁灭"给人看。鲁迅将悲剧的价值定位在"毁灭给人看"，其意在强调一种"过程"——一种有价值的东西被毁灭的过程。鲁迅强调的悲剧性并不仅仅停留于悲剧事件的结束，而是延伸到接受者的效果上。这就要求悲剧艺术不再停留于对不幸遭遇、悲惨结局的描绘，而要发掘出人生有价值的东西，并真实地将这种有价值的东西的毁灭过程一步一步展开"给人看"。对国民性的反思和深刻揭露，是鲁迅悲剧理论最有特色、最具价值的地方。鲁迅不仅揭示了毁灭悲剧人物的各种社会统治力量，更深刻地揭示了这种毁灭力量还源于被毁灭者自身精神上的愚钝和惰性，因而唤醒国民的革命意识才是悲剧所承担的首要任务。鲁迅将毁灭的过程展现给人看的真实意图并不仅仅在于激起观众的悲哀与感伤，而是强调破坏中的建设。他说："悲壮滑稽，却都是十景病的仇敌，因为都有破坏性。"而且进一步指出这种破坏不是"只能留下一片瓦砾，与建设无关"的"寇盗式的破坏"或"奴才式的破坏"，而是"革新的破坏"，甚至直接呼吁："我们要革新的破坏者！"呼唤一种"卢梭式的疯子"破坏才能有创造现实的革命精神。鲁迅从个人身上找到社会悲剧的根本原因所在，这是马克思恩格斯悲剧观所欠缺的，同时又与西方现代悲剧不同。西方现代悲剧从人性的角度，高扬个体的自由欲望与其在现代社会的悲剧性境遇之间的悲剧性冲突，形成了个体与社会的对立关系而割裂了个人与社会的联系。鲁迅故意将悲剧性事件的叙述节奏放慢，将事件的残酷性慢慢展开，从而激起观众对悲剧性事件的反应，在欲哭无泪、痛定思痛的悲剧性效果中反思悲剧发生的真正根源，最终唤醒国民意识。这也正应了威廉斯在《现代悲剧》中所强调的，悲剧的意义并不在于事件本身，而在于事件所引起的反应。

鲁迅以他的尖锐和深刻第一次撕开了中国制度和社会秩序中的悲剧真理内容，与本雅明的悲剧理论存在极大的互文阐释空间，值得我们进一步思考和研究。鲁迅最早接受的是尼采的美学思想，但并没有被笼罩在尼采的思想阴影里，而是从尼采的唯心主义的泥淖中超越出来，并时时以国家和社会的重担为己任,将悲剧与革命主体的建构联系起来。同时,鲁迅把尼采的"超人"变成了社会的叛逆者和对抗者,使个人与社会的命运有了更为直接的意义联系。

如果说 20 世纪 20 年代鲁迅侧重于悲剧的社会功用,从悲剧中辩证地看到了毁灭的效果和社会意义,作为纯粹学者身份的朱光潜则更多地拘泥于对悲剧自身美学效果的理论分析。朱光潜的悲剧思想主要体现在他的博士论文《悲剧心理学》中,并对悲剧进行了卓有成效的探索,是中国学者在接受西方各种悲剧理论的基础上,试图以其为参照来阐述他对中国悲剧文学模式和悲剧精神的思考。朱光潜主要研究悲剧中的快感和美感问题,与同时代的文艺家主要重视悲剧的社会政治功用有明显差别。在这篇论文的开头中,朱光潜说:"我们将努力填补我们认为存在于美学当今的一大空白。我们将明确悲剧的美与其他形式的美,尤其是崇高美之间的关系和区别。"[①] 运用心理学美学的方法来研究欣赏者对悲剧的心理反应,即悲剧快感问题,这是朱光潜悲剧理论关注的主要问题。

首先,朱光潜非常强调悲剧中的苦难因素。"悲剧表现的主要是主人公的苦难。例如,在《俄狄浦斯王》一剧中……是俄狄浦斯突然明白自己犯过错,是越卡斯塔之死及俄狄浦斯自己弄瞎双眼去四处流浪……通常给一般人以强烈快感的,主要就是悲剧中这'受难'的方面。"同时他严厉批评黑格尔对悲剧人物苦难的忽视:"黑格尔既然完全忽略悲剧中的苦难,自然也就完全不谈忍受苦难的情形。"[②] 在黑格尔的悲剧理论中,黑格尔彻底排斥了命运的神秘性,同时也完全忽略了悲剧世界中的人的苦难,不谈悲剧人物忍受苦难的情形,以及在苦难中挣扎的意义,这样就抽掉了悲剧的精髓。朱光潜称赞叔本华:"黑格尔很少谈论悲剧中的受难。然而叔本华却把这一点变成重要因素。只有表现大不幸才是重要的。"甚至认为"叔本华也许比黑格尔更接近真理。……强调悲剧中的受难,就填补了黑格尔留下来的一个空白"[③]。在朱光潜看来,悲剧中的痛苦和灾难是一种审

[①] 朱光潜:《悲剧心理学》,人民文学出版社 1983 年版,第 5 页。
[②] 同上书,第 121 页。
[③] 同上书,第 140 页。

第五章
历史悲剧与革命寓言：马克思主义与悲剧观念

美经验，绝不能与现实生活中的痛苦和灾难等现实经验混为一谈，"因为时间和空间的遥远性，悲剧人物、情境和情节的不寻常性质，艺术程式和技巧，强烈的抒情意味，超自然的气氛，最后还有非现实而具暗示性的舞台演出技巧，都使悲剧与现实之间隔着一段'距离'"①。因此，实际生活中的确有许多痛苦和灾难，它们或者是悲惨的，或者是可怕的，却很少是最严格意义上的"悲剧"，其原因就在于它们没有"距离化"，没有通过艺术的媒介"过滤"。朱光潜所强调的苦难并不停留于个人意义上，而是在苦难的层面上与整个人类命运的息息相关："一个人一旦遇到极大的不幸，就不会再以自我为中心，他会去沉思整个人类的苦难，而认为自己的不幸遭遇不过是普遍的痛苦中一个特殊的例子，他会觉得整个人类都注定了要受苦，他自己不过是落进那无边无际的苦海中去的又一滴水而已。整个宇宙的道德秩序似乎出了毛病，他天性中要求完美和幸福的愿望使他对此深感惋惜。……如果我们感觉不到这种东西，那么无疑就失去了最基本的悲剧精神。"② 朱光潜在这里已经把握到了悲剧中苦难的积极意义，它不仅是对生活苦难和社会阴暗的控诉，而且是激发人物悲剧精神产生的重要条件。

其次，朱光潜也谈到了他对悲剧中的崇高性的理解。朱光潜首先指出："颇为奇怪的是，也许除了博克之外，他们都没有想到悲剧与崇高的美是密切相关的。例如，叔本华和黑格尔都详细讨论过悲剧，也讨论过崇高，却没有论证它们之间的关系和区别。其他论者依照康德的榜样，对悲剧根本未作任何论述。"③ 从审美的角度，朱光潜强调悲剧的效果在于激起观众的崇高感："观赏一部伟大悲剧就好像观看一场大风暴。我们先是感到面对某种压倒一切的力量那种恐惧，然后那令人畏惧的力量却又把我们带到一个新的高度，在那里我们体会到平时在现实生活中很少能体会到的活力。简言之，悲剧在征服我们和使我们生畏之后，又会使我们振奋鼓舞。在悲剧观赏之中，随着感到人的渺小之后，会突然有一种自我扩张

---

① 朱光潜：《悲剧心理学》，人民文学出版社1983年版，第39页。
② 同上书，第79页。
③ 同上书，第4页。

感,在一阵恐惧之后,会有惊奇和赞叹的感情。英雄气魄却只是令人鼓舞而不会首先使人感到一阵恐惧。因此,恐惧是悲剧感中一个必不可少的成分。"① 悲剧让我们产生既恐惧又具有鼓舞的效果。悲剧的崇高性首先应体现为地位的崇高:"被轻蔑的爱情的惨痛和悔恨的痛苦,在一个农夫和在一个帝王都是一样的动人。这当然都对,但是也不可否认,人物的地位越高,随之而来的沉沦也更惨,结果就更具悲剧性。一位显赫的亲王突然遭到灾祸,常常会连带使国家人民遭殃,这是描写一个普通人的痛苦的故事无法比拟的。"② 此外,他认为悲剧性的崇高并不取决于人的善恶,而在于他的激情和意志中所蕴含的可怕力量。所以,即使邪恶之人,只要他们在邪恶当中表现出一种超乎我们之上的强烈的生命力,那么也能在我们心中激起一定程度的崇敬和赞美。而善良的人,如果只是怯懦和屈从,同样不能使他成为悲剧人物。最后,朱光潜对悲剧中怜悯与崇高的关系做了总结:"悲剧感是崇高感的一种形式。但是这两者又并不是同时并存的:悲剧感总是崇高感,但崇高感并不一定是悲剧感。那么,使悲剧感区别于其他形式崇高感的独特属性又是什么呢?就是怜悯的感情……作为一种美的形式,可以说崇高恰恰是怜悯的对立面。悲剧的奇迹就在于它能够将这两个对立面结合在一起。"③ 在此,我们认为,朱光潜对崇高的理解仅仅是在西方悲剧理论基础上的综合,但他能够将邪恶的崇高性强调出来,可见他对西方悲剧理论的现代性转向抓得很准确。在西方现代悲剧理论演变中,从本雅明对现代邪恶力量的发现和阐释开始,以及后来的威廉斯、伊格尔顿都对现代邪恶进行了辩证性探讨,伊格尔顿甚至对邪恶进行了好坏区分,并指出好的邪恶其实是文明社会进步过程中一个必不可少的因素,在一种对立冲突的关系中会转换成更为积极的一面。但朱光潜将悲剧中怜悯与崇高的关系简单地放置在一种绝对对立的关系中来看待,并没有作出恰当的理解。朱光潜对悲剧人物身上所体现的崇高性崇高美的理解,并没有放置在社会的层面来理解,而是把悲剧作为一种纯粹的审美活动来看待。

---

① 朱光潜:《悲剧心理学》,人民文学出版社 1983 年版,第 84 页。
② 同上书,第 88 页。
③ 同上书,第 92 页。

第五章
历史悲剧与革命寓言：马克思主义与悲剧观念

由于朱光潜过于强调悲剧的非功利性，必然导致重视精神力量甚于社会实践的唯心主义倾向。

最后，朱光潜阐释了悲剧崇高性产生的根源在于反抗："悲剧全在于对灾难的反抗……对悲剧来说，紧要的不仅是巨大的痛苦，而且是对待痛苦的方式。没有对灾难的反抗，也就没有悲剧。引起我们快感的不是灾难，而是反抗。"① 悲剧正是描写悲剧英雄甚至在被可怕的灾难毁灭的情况下，仍然能保持自己的活力与尊严，这正是人之价值和意义的重要体现。所以，悲剧不仅表现受难，还应表现反抗，悲剧表现的是受难与反抗，以及在这两种力量中所产生的张力和冲突。反抗也应该分为积极的反抗和消极的反抗。消极的反抗也可以被视为反抗的一种，如果人在灾难面前没有退缩，表现出他的坚忍，坚持到最后，事情就会在意外中转变，这同样会带来崇高的效果。在文中，朱光潜对这种消极反抗的崇高效果也有过这样的表述："人非到遭逢大悲痛和大灾难的时候，不会显露自己的内心深处，而一旦到了那种时刻，他心灵的伟大就随痛苦而增长，他会变得比平常伟大得多。"② 人始终是一个朝向未来的未完成时，只有当灾难作为人的对立面来临之时，人才能激发出让我们自己都无法想象的潜能。可惜的是，朱光潜并没有认识到这种悲剧精神实际上正是后现代文化语境中所强调的后悲剧精神，更没有意识到这种后悲剧精神其实就存在于中华民族生生不息的历史伟力中。他简单地批评中国对伟大悲剧的缺乏，认为中国悲剧这种没有大悲痛和大灾难的结尾，等于没有悲剧。令朱光潜没有想到的是，20世纪的中国正值如火如荼的革命时期，如何在中国语境基础上探讨和思考悲剧，尤其是如何在马克思主义悲剧理论框架中探讨悲剧和革命的主题，已成为那个时代的主要思想潮流。不过，从理论的完整形态来看，朱光潜以其庞杂的西学理论背景，以一位纯粹学者的角度，对悲剧作出了应有的学术性综合和理解，这对当时将悲剧限于社会功用、过于功利性的理论认知构成一种纠偏和补充，体现了中国学者应有的一个视域。可惜的是，朱

---

① 朱光潜：《悲剧心理学》，人民文学出版社1983年版，第206页。
② 同上书，第207页。

光潜这部在 1933 年就已出版的《悲剧心理学》，直到 1982 年才被翻译成中文，因而在 20 世纪初西方悲剧理论引进中国的过程中并没有形成重要影响和推进。

三 马克思主义悲剧理论的现代发展：宗白华、蔡仪、蒋孔阳的悲剧理论

钱理群等人在论述 20 世纪 30 年代中国文学时，认为其显著特征有三：一是"五四"所开启的有相对思想自由的氛围消失了，文学思潮随着整个社会的变革而变得空前政治化；二是无产阶级革命文学运动推进了马克思主义文艺理论的传播和初步的运用，并在相当程度上决定着此后二三十年间文坛的面貌；三是在左翼文学兴发的同时，自由主义作家的文学及其他多种倾向文学彼此颉颃，共同丰富着 30 年代的文学创作。这一概括同样适合于 30 年代中国的整个思想理论方面。20 世纪 30 年代，大革命的失败使中国革命暂时处于低潮，但此时马克思主义的传播却出现了一个高潮。新启蒙运动发起者陈伯达指出："大革命失败后，许多先进分子在理论上重新武装自己。经过革命的再生，九一八事变和华北的几次事变，每次都给其理论以新的充实，新的武装。新哲学同样也在这艰苦的历程中，确立了自足坚固的阵地。新哲学（新唯物论）在中国到处都已成为不可抵抗的力量。这点就是新哲学的敌对者也是公开承认的。"马克思主义经典如《资本论》第一卷、《反杜林论》《政治经济学批判》《唯物主义与经验批判主义》等著作在 20 世纪 30 年代被大量翻译引进，而无产阶级革命文学运动的兴起，也推进了马克思主义文艺理论在中国的传播与初步运用。马克思主义悲剧理论也就随着马克思主义在中国的广泛传播逐渐为人们所了解、接受。据李衍柱《马克思主义文艺理论在中国》（山东文艺出版社 1990 年版）一书的整理，1935 年 11 月，《文艺群众》第 2 期发表了易卓译的《马克思、恩格斯致拉萨尔的信》；1939 年 11 月，桂林读书生活出版社出版了欧阳凡海编译的《马恩科学的文学论》，内收二信；1940 年 6 月，延安鲁迅艺术文学院出版了曹葆华、天蓝译，周扬编校的《马克思、恩格斯、列

第五章
历史悲剧与革命寓言：马克思主义与悲剧观念

宁论艺术》，亦收二信。中国研究学者在前期的选择碰撞中最终确定了马克思主义悲剧理论作为思想主导，形成了这一时期主要在马克思主义悲剧框架中理解悲剧的理论局面。宗白华、蔡仪的悲剧观念可以视为这一时期的代表，而其后的蒋孔阳的悲剧理论亦可视为这一悲剧传统的延续。

在《悲剧的与幽默的人生态度》一文中，宗白华是在一个比较的框架里来谈悲剧及悲剧文学存在的必要性和重要性。在他看来，人类社会的科学、法律、习惯等，都具有将矛盾淡化，将一个创新的宇宙表征为有秩序、有法律、有礼教的大结构和总体性的危险，其危险性就在于让人们在和平秩序保障的误认和虚幻中，忘记宇宙的神秘、生命的奇迹、心灵内部的诡幻及冲突的存在。而文学、艺术、哲学却让我们从平凡安逸的生活形式中重新认识并观察到生活内部的深沉冲突，发现人生底蕴中的悲剧性本色。关于这方面的认识似乎与本雅明的悲剧理念有着异曲同工之妙。本雅明是这样表述的："科学家依据世界在理念领域的分布来安排世界，将其从内部分成各个概念。……而艺术家则与哲学家分担表征的任务。"[①] 本雅明进一步深刻地指出，艺术、伦理、美学等范畴由于归纳推理的不充分性，而通过表征的方式隐喻地表现世界的本质，成了理念世界断裂结构里的丰碑。通过比较，我们完全可以说，中国的悲剧理论在深度和见识上同样闪耀着这些理论家的睿智和光芒。宗白华指出以下两点。

第一，人生的本质在于悲剧性。由于理想与事实之间存在永久性的冲突，所以人生的本质就在于悲剧性。这种意识似乎具有叔本华式的悲剧意味。但宗白华接着指出，悲剧文学不仅使人们从平凡安逸的生活形式中重新识察到生活内部的深沉冲突，而且肯定了一种超越个人生命的价值而挣扎奋斗的人性精神。这是宗白华的悲剧观念中更具价值的东西。

第二，悲剧性的价值在于显露出人生与世界的"深度"。这个"深度"体现了生命的真正价值在于超越性。正如席勒所指出，生命不是人生最高的价值。在悲剧中，我们发现了超越生命价值的真实性，因为人类曾愿牺牲生命、血肉及幸福，以证明它们的真实存在。正是在这种悲剧性的牺牲

---

① ［德］瓦尔特·本雅明：《德国悲剧的起源》，陈永国译，文化艺术出版社2001年版，第6页。

中，人类自己的价值提升了，在这种悲剧的毁灭中，人类显露出价值上的"意义"。

宗白华在对悲剧的理解中重新提出了悲剧中的重要因素——超越性精神，而不再将眼光停留于对生活中苦难的艺术表现和揭示，这一点对现代中国悲剧观念，以及对超越性精神的理解有了极大的推进，更是对鲁迅的"将有价值的东西毁灭给人看"的有益补充。在鲁迅语焉不详的地方，宗白华进行了进一步的阐发。宗白华非常强调处于困境中的人对人生的重新发现和突转，正是在这个意义上，陷于困境中挣扎的人对于人类社会的前进意义具有了牺牲的意味。亚里士多德在论及决定悲剧的性质与构成的要素时指出，"悲剧中的两个最能打动人心的成分是属于情节的部分，即突转和发现"，"突转"是"指行动的发展从一个方向转至相反的方向"，而"突转"的过程中伴随着从未有过的"发现"：既有对人类精神潜能的发现，也有对悲剧人物牺牲意味的发现。这个"发现"正是悲剧的精髓所在。宗白华在谈论对悲剧的理解时，将悲剧观念的重点带向了突转和发现的环节、悲剧人物身上所具备的牺牲意义，具有非常重要的转向和启示意义。

蔡仪的悲剧思想主要体现在他的代表性著作《新美学》中。在《新美学》中，蔡仪首先指出，戏剧是完全表现社会冲突的美，悲剧则是表现"社会的必然和必然的冲突的美"①。所谓"社会的必然和必然的冲突"，是就冲突的社会事物而言，即它们的冲突在其发展的过程中是必然要发生的，不可避免的。冲突意味着两种相反的社会力量，一方是正的力量，另一方是负的力量，它们之间的冲突是必然的、不能避免的，所以冲突的消解，要么是这两种相反的社会的力一齐灭亡，要么只是正的社会的力的灭亡。在他看来，负的社会的力的胜利，也有其共存在的必然性；而正的社会力的灭亡，则是由于在当前它的必然性尚小于负的社会的力的必然性，所以不免走向灭亡，但它的前途是必然的。"人们对它的必然的前途的期望，随它的灭亡而受挫折，所以是可悲的。"② 很明显，蔡仪继承了马克

---

① 蔡仪：《新美学》，群益书店1947年版，第275页。
② 同上书，第276页。

第五章
历史悲剧与革命寓言：马克思主义与悲剧观念

思、恩格斯对黑格尔的冲突理论的社会改造，并在历史的语境中对新旧力量作了鲜明的正负处理，坚持了悲剧的必然性及冲突的必然性观点，在一定程度上拓展了中国现代悲剧观念的视野。但他将悲剧的发生原因仅仅限定为社会正负力量的冲突，极端地夸大了社会冲突对悲剧所造成的结果。同时，蔡仪还将社会力的冲突概括为人与人之间的冲突。这本来是一个很好的视角，但在他过于夸大悲剧的社会性的基础上，他所指的"人"已不是自然的人，而是社会的人，既可以是社会的力的体现者，也可以是社会的必然的力的体现者。这一点可以从蔡仪对人们历来对悲剧所作的三种划分进行深入分析。历史上一般将以古希腊悲剧为代表的中世纪悲剧及近世以来的悲剧分别划分为"命运悲剧""性格悲剧"和"社会悲剧"，蔡仪却认为归根结底，"悲剧的真正的根源是在于社会"[1]，是社会矛盾冲突的结果，只不过人们到近代才对社会的悲剧作了特别的指出。他把《俄狄浦斯王》和《哈姆·雷特》分别放入他的社会必然性框架中进行分析。在他看来，所谓命运其实不过是古代人假以支配人们的一种神秘的必然力量，只是那里的人对社会必然认识上的无知。事实上无所谓命运，只有自然和社会的必然；而性格归根结底是由社会条件所决定的，所以在本质上是社会的人群关系的反映，受阶级意识形态的影响。他甚至认为，"倘若不明示性格的悲剧后面的社会的悲剧，悲剧的意义便要暧昧"。而社会悲剧的出现和它对悲剧的社会根源的强调，"是悲剧的进展的一个标志"[2]。因此，蔡仪认为，《俄狄浦斯王》中的悲剧其实就是"象征着由'杂婚制'到进步的婚姻制的社会蜕变过程中的冲突"[3]；而《哈姆·雷特》中的悲剧反映的正是当时的英国正要抬头的资产阶级社会秩序与已在动摇之中的封建制度之间的关系和冲突。通过蔡仪的诠释，以往的"命运悲剧""性格悲剧"最终都归结为社会悲剧的变体，悲剧完全成了反映社会、认识社会的一种艺术工具。

前面我们说过，中国理论界在 20 世纪 30 年代确立马克思主义悲剧理

---

[1] 蔡仪：《新美学》，群益书店 1947 年版，第 276 页。
[2] 同上书，第 279 页。
[3] 同上书，第 277 页。

论的经典地位的同时，也注定了理论视域上的狭隘。这种狭隘发展到蔡仪这里已经变成一种极端，甚至将所有的悲剧都归结为社会的悲剧，强调一切真正的悲剧在本质上都是社会悲剧。这使得国内所形成的悲剧概念，不仅缺乏科学严密性，还带上了强烈的社会性和政治性，悲剧的本质和独特的艺术特点反而被遮蔽。同时，这又必然导致对悲剧人物的主体性的忽视和认识的不足，造成悲剧人物的观念化、抽象化。这种认识对正在摸索中发展的中国现代悲剧观念构成了严重误导，使文学艺术成为时代精神的传声筒，同时也为新中国成立后所进行的"社会主义有无悲剧"争论埋下了伏笔。

蒋孔阳先生的《美学新论》（1993年）作为宗白华、蔡仪悲剧思想的延伸，仍然在马克思主义悲剧理论框架中对悲剧问题作出了更具普遍性的解释。蒋孔阳首先区分了悲剧与悲剧性、悲剧与哭。悲剧作为一种戏剧艺术形式，主要表现人生的悲哀与痛苦，即悲剧性。然而，悲剧性这一审美的范畴，虽然来自悲剧，却又不限于悲剧。同时，悲剧性虽然经常与哭联系在一起，却没有必然的联系。令我们哭的，并不是悲剧。同时，我们在整个历史过程中对悲剧性的理解又是不一样的。古希腊悲剧观主要建立在宿命论的基础上，认为人生的悲哀和痛苦，是由神所支配的，是一种无可逃避的命运；文艺复兴以后的悲剧产生的原因在于，由于人的觉醒和个性的解放，人由神的世界回到了人的世界，人自身的性格成了描写的主要对象，因此，人物性格的缺点，是一种性格的悲剧。20世纪，自然科学和社会科学高度发展，人不仅不再受命运的捉弄，而且似乎也解除了人际的种种矛盾。这个时期的悲剧性主要体现在人的自由本性与这种本质力量得不到实现和发展而且受到阻碍和摧残，甚至造成毁灭的悲剧。他说："根据马克思和恩格斯的观点，我们认为在社会历史关系中所形成的人的本质力量，总是希望自由地得到实现和发展，但由于种种原因，这种本质力量不仅得不到实现和发展，而且受到阻碍和摧残，以致遭到毁灭，造成悲剧。"① 一方面是人的本质力量不受束缚，自由发展的要求，另一方面社会中的个体不可能无限发展而要受到社会、人群等方面的限制。其实，悲剧

---

① 蒋孔阳：《美学新论》，人民文学出版社2006年版，第432页。

第五章
历史悲剧与革命寓言：马克思主义与悲剧观念

在人类生命中是基本的，不可避免的。每当意识超越了能力，悲剧便会产生，特别是当对主要欲念的意识超过了满足它的能力的时候。难以遏制的欲望，对无法减轻的人类痛苦的慰藉——这些都不能从人类生存中剔除。随着人类力量的增长，旧有的欲望被满足了，而意识也随之相应地甚至更迅速地扩展，于是又有新欲望和新悲剧出现。所以，"悲剧可以说是发生在意识超出了能力的虚空地带"[1]。很明显，蒋孔阳的悲剧理论阐释出了现代悲剧的复杂性和形态的转移。中国理论界在1985年的"方法论"热过后，将西方的各种理论全面引进，文化霸权、自由、欲望等新名词不断涌入。蒋孔阳的悲剧理论触及现代悲剧发生的最根本原因，并以自己的理解诠释了悲剧发生之永恒性。所以，蒋孔阳的悲剧理论无形中构成对蔡仪悲剧思想的有力批判和反驳，区分了悲剧、悲剧性和悲剧情感的差异性。

蒋孔阳先生还对西方以往的悲剧理论家及其思想进行了客观的评价。历史时代不同，对抗的社会力量不同，冲突的性质不同，因而悲剧性就会有不同的表现，但亚里士多德、黑格尔、叔本华和尼采及其他一些西方美学家，都对悲剧性这一审美范畴提出了自己的说法。他们共同的缺点是从抽象的观念来理解悲剧性，而没有从人与现实的复杂关系中，从客观的社会历史力量对人所造成的威胁和摧残中，来探讨悲剧的产生和发展。马克思和恩格斯的悲剧理论高于他们的地方就在于分析和论证了悲剧所产生的社会历史原因，并指出悲剧发生的本质在于"历史的必然要求和这个要求在实际上不可能实现之间的悲剧性的冲突"，从而为悲剧性的美学奠定了历史唯物主义的基础。马克思和恩格斯的贡献还在于他们提出了"两种悲剧"的观点。一是新生的社会力量为了争取美好的未来所进行的斗争。由于"历史的必然要求"尚未成熟，"实际上不可能实现"，因此导致失败和毁灭的新事物、新制度的悲剧。二是当旧制度作为现存的世界制度同新生的世界进行斗争的时候，旧制度犯的就不是个人的谬误，而是世界性的历史谬误。因而旧制度的灭亡也是悲剧性的。

造成悲剧的因素体现在多个方面：首先是美的毁灭。悲剧人物多是英

---

[1] ［德］雅斯贝尔斯：《悲剧的超越》，亦春译，工人出版社1988年版，第15页。

雄、正面人物，或者至少是有价值的人，比一般人较好的人。他们本身是美的化身，是人的本质力量的对象化。他们的毁灭说明了美的毁灭。这一点只是对鲁迅的"有价值"从美的属性上重新进行规定。其次，悲剧主人公的死亡或毁灭，既具有历史社会的必然性，也具有性格的坚强性。这就对马恩的历史必然性作了补充，并糅进了黑格尔悲剧理论的合理成分。蒋孔阳先生同样认为中国古代悲剧中"大团圆"的结局大大地冲淡了其悲剧性，如果有真正的悲剧，那就只有《红楼梦》一部。此外，他还对中国古代悲剧缺失的原因进行了分析：一是宗法社会的小农经济所面临的重大矛盾和斗争、冒险和意想不到的灾难相对要少；二是我国民族的审美心态主要受儒家和道家的影响，不利于悲剧的发展；三是西方悲剧中的牺牲与宗教的奉献精神有很大的联系。蒋孔阳就中国由于受佛教的影响及对宿命论的推崇，不容易导致悲剧性的反抗和斗争方面，第一次在理论上对中国的西方悲剧精神缺失的原因进行了探讨。蒋孔阳对现代悲剧的特征及其永恒性的探讨最终让我们知道，在现代社会，人对自由的本质要求与现实总是格格不入，这使得它在实践和追逐的过程中总是充满悲剧性的色彩。所以，人类的悲剧性是永远的，悲剧精神是人类为理想而斗争的悲壮过程所不可或缺的。拉康认为，人类最大的悲剧就是无法直面到实在界，但是借助悲剧，我们至少可以从侧面瞥见："悲剧能够惊人地透视所有实际存在和发生的人情物事；在它沉默的顶点，悲剧暗示出并实现了人类的最高可能性。"①

四 回归本体论的悲剧理论：20世纪80年代后的悲剧理论

也许正是因为中国学术界对"悲剧"接受的狭隘视野，对马克思主义悲剧理论产生的背景也未作细致分析，对整个西方悲剧的理论背景和发展脉络更是缺乏完整的认识，所以对西方悲剧理论的另一脉络——叔本华一派，将悲剧发生的深层原因归于人性的复杂方面并进行探讨似乎是置若罔

---

① ［德］雅斯贝尔斯：《悲剧的超越》，亦春译，工人出版社1988年版，第6页。

第五章
历史悲剧与革命寓言：马克思主义与悲剧观念

闻了，对后来西方马克思主义悲剧理论对马克思的继承和转向也缺乏明确认识。自从葛兰西提出"文化霸权"之后，悲剧与革命的联系和发展更是体现于社会文化心理和意识形态的建构方面，"革命"指的更多的是文化革命和美学革命。在中国，由于对"革命"理解的误区，简单地将"革命"等同于社会的暴力革命，因此，在经历了中国新民主主义革命的胜利及新中国的成立之后，沉浸并狂欢于新中国的诞生和新制度的成立，根本无暇也不想去沉思悲剧问题。其中一派想当然地认为随着新中国的成立，社会主义制度给人们开辟了到达理想境界的道路，悲剧也就解放了。悲剧如果只是指社会悲剧，那么新中国的成立也就意味着产生悲剧的社会基础已经不复存在。另一派则发出了反对的声音。他们认为，社会主义制度的不完善、人民内部矛盾，以及正确的方针政策和具体执行之间的偏差，都会导致悲剧的重新发生等。这就导致了国内几次关于社会主义有无悲剧的大讨论。争议使得中国理论界最终将矛头指向了马克思主义悲剧理论的有效性和适用性问题。曾庆元清楚地认识到这一点，并指出恩格斯的论断既不是对悲剧下定义，不能涵盖所有的悲剧作品，也不能成为结构悲剧的唯一原则。马克思恩格斯所强调的"革命悲剧"只是无产阶级革命时代的文学，它不是悲剧的一般形式，而是悲剧的特殊形式。社会主义有无悲剧命题的讨论深刻地暴露了被社会主义胜利冲昏了头脑的人们的唯心主义特点。新中国成立后，正是缺少了悲剧的维度，才导致了后来"大跃进""文化大革命"等悲剧性命运。然而，正如雅斯贝尔斯所说，一个人的失败经验，可能引导他重建人格和深层生活，一个国家亦如此。我们将这些悲剧性经验凝结起来，好好地反思过去，才能更好地展望未来。

当然，争议总是会将一些模糊的新观念带入。讨论的意义还在于，确立了社会主义的悲剧概念，悲剧艺术在社会主义中国重新取得了合法地位，同时也标志着一种思想观念的转变与开放。以此为发端，人们对悲剧的认识和研究不再片面地执着于社会批判、政治分析，而是在重新解读马克思主义经典作家的悲剧理论基础上，由单一转向了多元，走向了对悲剧艺术的独特魅力和理论的多方探讨。

进入20世纪80年代中期以后，随着改革开放的推进，文化交流的频繁,文艺理论批评界兴起了"新方法热",整个文艺界呈现出多元发展的态势。在应接不暇的热闹中,关于悲剧的讨论虽然趋于沉寂,但中国式的悲剧研究却在沉寂中进入了一个全面深化期。这一时期,20世纪二三十年代时关于中国有没有悲剧的问题探讨已经退隐成了问题的背景,更多的是对中国悲剧现实的自我思考,以及对悲剧意识和悲剧精神在中国问题域中的自我提炼和概括。在新中国成立后,整个社会经历了"大跃进"运动、"文化大革命"等历史上的重要悲剧性事件,人们对悲剧的认识自然上升到哲理层面。悲剧性原因已经被概括为人的欲望的超前性与社会现实的不可能实现,因此重归于对作为哲学观念的悲剧的本体论思考,体现了中国现代悲剧的主要特征和发展趋势。这一时期,许多青年学者对悲剧的独特思考和哲理性反思凝结成理论喧闹的局面:有对西方悲剧的系统介绍或专门研究的,如朱克玲《悲剧与喜剧》(1985年)、程孟辉《西方悲剧学说史》(1994年)、任生名《西方现代悲剧论稿》(1998年)、周春生《悲剧精神与欧洲思想文化史论》(1999年)等;有从文化层面来研究悲剧意识、悲剧精神的,如张法《中国文化与悲剧意识》(1989年)、赵凯《人类与悲剧意识》(1989年)、邱紫华《悲剧精神与民族意识》(1990年)、尹鸿《悲剧意识与悲剧艺术》(1992年)等;还有以西方悲剧为比照研究中国古典悲情戏、现代悲剧并对悲剧进行心理学、美学研究的,如杨建文《中国古典悲剧史》(1994年)、仵荣本《悲剧美学》(1994年)、熊元义《回到中国悲剧》(1998年)等。在多角度的交流互动研究中,悲剧已经慢慢褪去了它在中国人面前的模糊面纱,清晰地呈现了悲剧的真理内容。值得一提的是,对中国悲剧观念的形成及悲剧精神也有了自觉的认识和理论上的辩护,他们自觉地从中国传统的资源中寻找中国悲剧观念和精神的独特性,用以建构具有中国特色的悲剧观念和问题域。

张法先生首先对中国究竟从严格的意义上说有没有悲剧意识进行质疑,认为这个提问的前提就是以西方的悲剧意识为标准来衡量其他民族的悲剧意识,将西方悲剧意识中心化了。事实上,对于痛苦和死亡的思考,不同的文化甚至同一文化在不同的时期都会因为社会环境和生存环境的不同而产生独特的"悲剧意识"。威廉斯的"情感结构"充分体现了文化和

第五章
历史悲剧与革命寓言：马克思主义与悲剧观念

社会关系对主体形成的复杂性过程和结构中介。因此，张法提出，我们应该超越这个标准，建立一个更高层次的标准。这个标准具有更广泛的适用性，既可以使中国悲剧意识成立，又无损于西方悲剧意识已形成并概括的特征，这个更高的层次就是人类的悲剧意识。悲剧意识的概念是一个比悲剧艺术和悲剧性具有更大包容性的概念。张法指出，悲剧意识是由相反相成的两极所组成的，既包括苦难的经验，又包括人类在面对悲剧困境时所升华出来的悲剧精神。悲剧意识把人类、文化的困境暴露出来。同时，悲剧意识又把人类、文化的困境从形式上和情感上弥合起来。[1] 如果说对人类困境的暴露意味着是对人类的一种挑战，那么这种弥合的努力就意味着对挑战的应战。[2] 如果说西方悲剧意识偏于暴露困境，那么中国的悲剧意识则重在弥合困境。重要的是，我们应该从中西文化的性质差异和悲剧意识对文化应起的作用来认识悲剧形态的差异。西方在肯定、否定、否定之否定中发展的文化性质注定了其悲剧毁灭过程中的进取性悲剧精神，而中国稳定、中和的气质更显现为柔性、韧性。在中国悲剧中，虽也有暴露文化困境及质询的怀疑态度，但更多地强调对这种询问和怀疑的弥合。张法不以西方悲剧内涵作为唯一的标准，从儒家与中国悲剧意识、中国天道观与悲剧意识、家国同构、天人合一与中国悲剧意识的多义性、天人关系与中国悲剧意识的核心精神、集体的主体性与中国悲剧意识的基调等框架铺开了对中国悲剧意识的形成和特征的研究，第一次形成了对悲剧研究做本体论思考的开放性思维模式。

邱紫华的《悲剧精神与民族意识》是中国学者站在每个民族都具有自己的民族文化特色的基础上对各个民族的悲剧文化进行分析的结果。他概括出中国传统悲剧艺术的美学特征和模式。

第一，中国悲剧作品中的冲突性质大多以伦理的善与恶的方式构成；冲突的尖锐性不明显、冲突双方力量对比悬殊。在中国悲剧作品中，只有一方面具有这种性质，这就是代表邪恶的势力；而冲突的另

---

[1] 参见张法《中国文化与悲剧意识》，中国人民大学出版社1989年版，第6页。
[2] 同上书，第9页。

一方却不具备这种性质,这就是代表弱小的、善的力量。所以悲剧往往呈现以强凌弱、以恶欺善的局面。这种强弱悬殊的冲突很难产生尖锐的冲撞,因为构不成势均力敌的局面。所以在冲突中,悲剧人物难以迸发出超常的激情和超常的抗争行为。因此,悲剧情绪少有崇高而多是伤痛、悲哀之情。

第二,"恶"势力不像西方文学中那样汪洋恣肆,往往以"伪善"的正义面孔出现,这样在行动上必然不可能剑拔弩张,反倒是温情脉脉或道貌岸然,这就大大地弱化了冲突的尖锐性。并且,"恶"对"善"的否定,更多地在于扭曲对方、规范对方、压迫对方,并不是主要地从肉体上消灭对方。

第三,由于悲剧冲突是善恶冲突,因此决定了悲剧人物往往是弱小的人物,是被动承受冲突,所以极易引起人们怜悯与同情的情绪;此外,由于是被动承受冲突,因此在冲突中往往处于无所适从、无所选择、无路可走的"两难"境遇之中而导致苦难与毁灭。由此,决定了悲剧人物处于被环境逼迫的"两难"境地的悲剧较多;而积极主动挑起矛盾,从而陷入"行为动机与行为结果完全悖反"的境遇中的悲剧较少。

第四,中国悲剧作品中的主体是传统伦理造就的人,是善的化身,所以在行动中往往表现出"为他"而陷入苦难与毁灭之中,这决定了中国悲剧的英雄性较突出,悲剧性显得不强烈。中国悲剧作品在人物选择上由于更多地看重英雄性而造成悲剧性不强烈的特点。

第五,中国悲剧作品的结局往往以大团圆方式淡化了悲剧性,削弱了人物的悲剧精神。邱紫华概括了几种大团圆的方式:象征性的解脱型、鬼魂复仇型、乞求外力干预而造成和解型。这些大团圆结局与民族精神的淡化特点相吻合。这种审美趣味直到清中叶才有所改变,五四运动后才显现出真正的悲剧精神。

第六,中国悲剧作品的上述几个特点决定了其美感的基本特点,这就是很少惊心动魄、大起大落的激越之情。它以怨而不怒、哀而不伤、内心缠绵悱恻的平静美浸染欣赏者的心理情绪。邱紫华认为,中国传统悲剧的

第五章
历史悲剧与革命寓言：马克思主义与悲剧观念

这种特点正是民族农业文化型的审美心境在悲剧性领域的表现。①

邱紫华站在民族文化特色的相对立场来分析各自的悲剧文化，这种研究方法是值得提倡的。可惜的是，邱紫华在进入这种研究之前已经束缚于西方的悲剧原则和标准，他只是在西方悲剧标准的范畴下，通过分析各个民族的文化特色，从而肯定或否定各个民族是否具有这种西方式的悲剧文化。他的研究更为非西方悲剧缺乏论提供佐证。熊元义先生对于邱紫华仍然以西方悲剧美学标准来判断中国传统悲剧的做法毫不留情地进行了批判："邱紫华的这种把握是他对美学悲剧性的认识的必然结果。邱紫华提出，悲剧性是指生命过程中的不幸、苦难、毁灭。某一事件是否是悲剧性事件，除判定冲突性质、人物的悲剧性特点外，无论如何要看结局是否具有悲剧性。而中国传统悲剧的大团圆方式，显示了民族悲剧精神的淡化。所谓以精神的、理想的、虚幻的、人为干预而和解的方式来结束悲剧，正说明现实中不能提供企图超越的条件，这种结局的大团圆方式正好表现了中华民族思想意识中的'阿Q'式思维方式存在的普遍性。"② 此外，熊元义还尖锐地指出这是一种历史的后退，说明他提出的美学悲剧性仍然没有摆脱西方悲剧观念的束缚，而他对西方悲剧的认识也是不准确的。③

总之，20世纪中国的悲剧理论和悲剧观念还是以西方的悲剧模式作为主要参照，来测量中国的悲剧观念是否符合西方的悲剧理论，只是简单地移植和运用，没有真正达到自觉的创造性转换，建构起自己的悲剧理论，没有考虑到西方现代悲剧理论自身的转换语境及其嬗变。威廉斯早就提醒我们，悲剧文学传统与悲剧体验都是塑造文学悲剧力量的重要元素。在中国悲剧观念的形成过程中，既有对西方悲剧理论的继承，也要结合中国的文化传统、悲剧语境和现代性体验。另外，西方理论特点在20世纪之后在研究方法上已经从本质主义转向了非本质主义，对于一个概念不必去深究其本质性的要义，后来的语境都会给这个定义注入新的内容。因此，维特根斯坦提出了对概念的最好界定应采用"家族相似"的方法，本雅明则提

---

① 参见邱紫华《悲剧精神与民族意识》，华中师范大学出版社2000年版，第346—353页。
② 熊元义：《中国悲剧引论》，解放军文艺出版社2007年版，第17页。
③ 同上书，第18页。

出了"星丛"理论,这些新术语和新理论的提出对于我们理解中国式的悲剧观念具有重要启示。当然,也正是在这个意义上,我们说,真正的悲剧理论应该建立在对悲剧的更为开放的理解和阐释之上,有来自西方的,也有来自东方的,并以其不同的理解在相互碰撞中补充并增益、丰富其内涵。

第三节 从象征到寓言:20世纪中国悲剧经验和文学表达

自从马克思主义的悲剧理论跳离出亚里士多德和黑格尔的悲剧传统和悲剧结构后,对人物悲剧性的分析转向了对事件悲剧性的分析。本雅明非常强调悲剧中事件的中心作用,如果死者表明某种事件的停止,且被暴力抑制在过去,那么另一种相逆的暴力则可能使事件再次发生。如果苦难的内容以其自然的形态出现,目击者则将被冲垮,因为他将参与其中。本雅明因而非常强调对事件的凝视态度,它可以让事件从历史的连续性中挣脱出来,并让我们瞥见社会历史的真理内容。他说:"每当思维在一个充满张力的构型中突然停止,这一构型就会受到冲击,通过这样的冲击,构型就会结晶为一个单子。历史唯物主义者只有在一个历史问题以单子的形式出现的时候才去研究它。他从这一结构中看出了弥赛亚式的事件停止的迹象——换句话说,他看出了为受压迫的过去而斗争的革命机会。"[1] 因此,"事件"既包含了行动和结果,也包含了在"做"和"创造"过程中所携带的模糊的新的历史征兆。对事件的悲剧性强调最终导致了两种研究路径:一是探寻事件背后的政治原因和社会原因,将事件的发生与社会层面结合起来;二是直面事件本身,让事件从历史的连续性中挣脱出来,并从事件的寓言性征兆中构筑历史发展的方向和希望。这两种研究路径表现在文学修辞上就是象征与寓言。

---

[1] 陈永国等编:《本雅明文选》,中国社会科学出版社1999年版,第413—414页。

第五章
历史悲剧与革命寓言：马克思主义与悲剧观念

一 从象征到寓言：20世纪中国悲剧观念及其文学表达方式的嬗变

伊格尔顿曾经很肯定地说："悲剧最常见的背景似乎是'一种重要文化出现实质性衰弱和转变之前的时期'。一种传统的秩序依然能起作用，但逐渐与新兴的价值观、关系、情感结构产生矛盾。"① 20世纪对于灾难深重的中国是一个历史变革与文化转型的重要时期，人文精神和历史精神之间的矛盾与冲突，新旧价值体系与精神结构之间的断裂、摩擦、冲突、抗衡，都造成了现代文学中各种悲剧叙事的产生，在表达方式上则体现了从象征到寓言的嬗变。

早在古希腊时期，人们不能正确地掌握和理解智慧的教义和神圣的事物，于是智者通过用普通人愿意听的韵诗和寓言来指涉背后所寄寓的含义，这是最先对象征修辞的肯定。"象征"一词在希腊语中是指"一块木板分成两半，双方各执其一，以保证相互款待"的信物，后来引申为事物与观念或符号之间的对应指涉关系。在象征的表现手法中，由于事物与形象具有异质同构的特征，其符号指涉关系比较确定，意义表达也就具有明晰而一致的特点。因此，在象征修辞巨大的吸纳结构中，一切异质的、非连续性的东西都被吸纳到一个整体寓意的框架中，鲜明地指向背后的总体性概念。正是在象征的意义上，波德莱尔说："世界是一个不可分割的整体。""我们的世界只是一部象形文字的字典。"然而进入现代社会后，技术的迅猛发展使社会分工越来越细，传统社会中人与物之间的总体性关系及其和谐状态被打破，人们开始在对立和分裂的关系中看待世界，能指和所指分离。寓言的字面义和寓指义之间的非对应性，恰好可以视为现代社会的不确定性和差异性特征的隐喻。在这种情况下，仅靠象征已无法表现文本和世界、语言和事实之间的复杂和分裂，寓言很好地弥补了这一点。本雅明深刻地指出，寓言是"我们这个时代的得天独厚的思想方式"，"寓

---

① ［英］特里·伊格尔顿：《甜蜜的暴力——悲剧的观念》，方杰、言宸译，南京大学出版社2007年版，第152页。

言在思想之中—如废墟在物体之中"。① 20 世纪西方文学的重要特征，就是在思想表达上实现了从象征到寓言的转换和嬗变。

在中国，五四时期作家的苦难意识和政治革命意识空前高涨，其原因还在于达尔文进化论的传入。1898 年，严复翻译并出版了《天演论》。《天演论》所传达出的"物竞天择，适者生存"的理念，于民族危亡的特殊历史时刻，将国人长期信奉的倒退史观和循环史观，转变到了变革发展的轨道上。国人终于认清了中国在今日世界中所处的位置及其贫弱之因，如再不进行革新图变，奋发图强，中国将在世界上无立锥之地。进化论很快在政治层面上获得普遍的认同和接受，并与对国人进行思想启蒙方面联系起来，启迪国人以全新方式观察世界和自身，从而对近现代中国的历史进程产生了极为深远的影响。在文学形式上，他们就自觉利用悲剧文学以揭露社会之黑暗和苦难，通过悲剧中的深刻感染力和震撼力，达到改造国民的目的；在意识形态上，自觉地导向社会革命和政治革命，揭示苦难发生之根本原因，矛头直指整个社会。悲剧与革命这个马克思主义悲剧理论的经典话题在中国第一次出现了联结，悲剧也成为国人改造的最佳阐释工具。当然，中国现代作家的悲剧观念，既是受西方悲剧理论与悲剧文学的启迪而激发，也是作家们身处特殊历史情境与文化语境中的真实体验和思想表达，体现了中国知识界引进悲剧概念和悲剧意识之后在悲剧表达上的特殊视角和理解方式。不管是鲁迅从国家民族层面上以悲剧形式来造成对民族文化心理的审视，还是郁达夫在个体层面上以个体对生命存在的悲剧性体验来反思个体生存与社会关系的相互影响，他们在表达的意蕴层面都指向对社会的批判和对国民意识的唤醒，呈现着鲜明的总体性特征。

20 世纪 30 年代，随着马克思主义经典位置的确立，悲剧表达更是与政治象征性紧密结合。"左"翼作家和理论家利用悲剧意识与革命文学相结合的特征，热情地呼唤革命。五四时期在思想上非常难得地萌生了个人主义思想，在 20 世纪 30 年代却遭到辛辣的嘲讽和抹杀。左翼革命文学家

---

① ［德］瓦尔特·本雅明：《德国悲剧的起源》，陈永国译，文化艺术出版社 2001 年版，第 146 页。

第五章
历史悲剧与革命寓言：马克思主义与悲剧观念

蒋光慈认为，"现代革命的倾向，就是要打破一个以个人主义为中心的社会制度，而创造一个比较光明的，平等的，以集体为中心的社会制度"，而既然客观的"革命的倾向是如此"，那么"在思想界方面，个人主义的理论也就很显然地消沉了"。[①] 在强大的集体性革命话语的表征和演绎中，对悲剧的理解只限于马克思主义历史悲剧的框架内，悲剧的产生源于社会政治的黑暗，悲剧的消除完全系于政治革命。因此，这一时期的所有的悲剧性表达和思考都指向一种政治总体性，文学甚至成为一种政治性的传声筒。

中国文学特征呈现出从象征到寓言的转换，首先表现在 20 世纪 80 年代的阐释领域，其主要原因在于西方寓言理论的传入。本雅明寓言批评理论、德曼的寓言阅读理论，以及詹姆逊的民族寓言理论都对这种转向起到了关键作用。本雅明首先批判了象征追求物质和现实的一致性，这其实导致了象征系统中对时间概念的无视。艺术作品都是由物质内容和真理内容构成的。但作品不是静止的，而是在历史中经历自我消解的过程。随着时间的推移，其物质内容变得越来越不重要，而真理内容就愈益明显。当物质内容和真理内容的表面统一被瓦解后，只有寓言的碎片化结构才能揭示潜藏于历史底部的"真理内容"。

那么，寓言到底是一种什么样的修辞呢？《西方文学术语辞典》中认为，寓言（allegory）是一种叙述文体。作为一种文学体裁样式，它指在一部作品中寄寓着双重含义，一是主要的或表层的含义，二是第二位的或深层的含义。"寓言是一种叙事，它的行为者和行为，有时包括背景经过作家刻意的创作，其目的不但使它们本身有意义，而且更重要的是要揭示出一种相关的第二层面的人物、事物、概念或事件。"[②] 本雅明在与象征进行比较之后，系统地梳理出寓言的特征。

第一，破碎性。在本雅明看来，浪漫主义的破碎性甚至反讽其实都是寓言的变体。巴洛克寓言家对作品进行不断的拆解与建构，从而不断获得

[①] 蒋光慈：《蒋光慈文集》第 4 卷，上海文艺出版社 1988 年版，第 166 页。
[②] Abrams M. H.：*A Glossary of Literary Terms*，Holt, Rinehart and Winston, Inc, 1957, 4.

新的意义。所以寓言指涉的对象是碎片，这些碎片化对象可以从历史的总体性叙事结构中剥离出来，成为真实地表述当下现实的单子。

第二，多义性。寓言不同于象征，象征图像与被象征之间的关系明确、稳定，并趋于意义的单一性。而寓言与对象之间的关系是多义的、不确定的，并且可以相互替代。所以寓言的基本特点在于其含混和多义性。

第三，忧郁。寓言是面对现代废墟而陷于震惊的人们的一种言说方式，因而具有强烈的时代悲怆感和哀悼感。寓言不再以神圣之光来弥合人与自然的分裂，而是将这分裂以客观真实完整地展示在世人面前。

受本雅明启发，德曼转向对文本寓言的关注，要求建立一种寓言式阅读；詹姆逊的民族寓言理论则从真实意指的层面上指出第三世界文本在文化表达层面上寓言化的特征，以及第三世界文学总是以民族寓言作为其存在形式的特点。现代寓言对超乎个人感觉和判断之外的价值和意义表示质疑，他们认为既不存在意义的中心，也不存在历史的连续性，其寓言性文本以含混、多义、忧郁和震惊的效果成为20世纪文学表达的另一种新形式。

悲剧形态从古典悲剧、巴洛克悲剧到现代悲剧，其实质区别就在于从神到人到个人。个人与现代社会的关系是分析理解现代悲剧的基础。也就是说，现代悲剧越来越深入一个根本问题：真正危及现代人个体生存真实性的究竟是什么？现代人生存的真实状况究竟如何？现代人个体生存的真实性究竟何在？而本雅明告诉我们，如果要真正揭示现代生存的真实状况，只能以寓言的批评视角，才能将实在内容的虚幻假象一次次地剥离，然后，作品中沉淀的不可言说的真理内容才能显现出来，从而完成解构。在这一时期，《论小说写实化建构中的寓言介入》《红楼梦——作为"寓言"文本的读解》《兼及1990年代现实主义的命运》《怀念狼的寓言化写作》《废墟中的眺望——〈男人的一半是女人〉寓言批评》《寓言——阿来〈尘埃落定〉的寓意》《现代化的一个寓言——王安忆作品上种红菱下种藕析》等对现代作家作品的重新阐释，都是对文本的寓言化解读的尝试。同时，在书写表达上，也有意识地从个体角度阐释对世界的理解，展现客观世界的碎片化意象，将更深层的寓意裹蕴在文本结构中。

二 悲剧与政治象征：20世纪现代文学悲剧性表达范式之一

综观20世纪的现代文学，为了完成政治上的思想解放，现代作家往往表现出鲜明的急功近利特征，运用大量意象来指涉背后的政治意蕴。其中最典型的有夜、家、路等象征意象。有人甚至这样概括道："作家相对集中于'家''夜''路'三种日常社会生活自然环境中常见的象征物的描写，就是对中国现代社会革命整个过程的形象化展开。"① 下面通过对夜、家、路等意象的内涵分析，以窥见中国20世纪初文坛在文学表达上的集体象征性特点。

1. 夜的意象

20世纪30年代是中国最黑暗最苦痛也是最革命的时期，孕育了大量有关"夜"的象征文学。且不说早期鲁迅的《狂人日记》《药》《长明灯》等，都涉及对"夜"的描写，30年代的小说以"夜"直接命名的就有很多，如叶绍钧的《夜》、茅盾的《子夜》、巴金的《寒夜》、丁玲的《夜》等，"夜"在现代小说家笔下已不是一个一般的表达时间概念的词，而是蕴含着多重象征意义的意象存在。

首先，"夜"的意象用以表征当下现实的黑暗与沉重。叶圣陶的短篇小说《夜》实际描写的是革命者在反革命政变中被杀害的现实，"夜"是白色恐怖的象征。巴金的《寒夜》让人联想到那一时代"寒夜"般的整体状况。夜本来就是黑暗沉重的，加上"寒"字的强调，显得寒冷而落败。

其次，"夜"是曙光来临前的过渡地带，具有明暗交替的过渡性特征。正如悲剧境遇是为了考验人的意志，夜同样是考验我们意志的环境，提供与现实对抗的可能。沉重的夜是激起人们反抗的外在动因。在有了反抗和革命的意识之后，黎明的到来便不远了。因而"黑夜"正是现代作家寄托希望的隐在。茅盾的《子夜》就是对"黑夜逝去是黎明"的象征寄托。芦焚在《谷之夜》结尾写道："我巴望着天亮。"丁玲在《夜》中写道："天

---

① 石立干：《现代小说政治象征功能浅论》，《名作欣赏》2006年第12期。

渐渐地亮了。""亮"正是现代小说家对"夜"所指涉的另一个世界的憧憬和希望，也是"夜"意象的背后目标指向。

最后，夜将人与喧闹隔绝，内在的自我渐渐浮出心理并与现实中迷惘的我进行对话，为迷惘的我提供了思想反射的镜像。夜因此成了一个发现真实自我的时间镜像，甚至成为一个真实自我的象征符号。它为我们提供了认清自我、社会和未来的可能。所以说，我们总是看着黑夜，并在黑暗中摸索前行的道路。

2. 家的意象

中国社会是一个以血缘关系为基础的社会关系合成，家族观念一贯根深蒂固。古代的"礼治文化"为人们规定了一整套思想行为模式和道德价值标准，并确立家族关系的基础性和重要性：家是整个社会关系建构的基础，每个社会个体都隶属于自身背后的庞大家族关系。在这些家族关系中，父子、兄弟、夫妻等是基本的人伦关系，同时还包括婆媳、叔嫂、堂兄弟、堂姐妹等姻亲关系。为了维持家族的秩序和稳定，又确定了这些人伦关系的主次结构，并开始植入等级秩序和统治关系，家于是成了整个社会关系的缩影，是巩固整个社会政治、经济、文化、宗教的基础，家与国被置于同等重要的位置。正如历史学家周谷城先生所说的那样："宗法制于天然的血统关系中，利用'尊祖'的情绪，培植'敬宗'的习惯。倘继祖之宗，被诸支庶所敬，则是无形之中，收了统治的效用；这于建立社会次序，何等重要。"[1] 因而表现在文学艺术作品中，家不仅是一种家族关系，更是一个有着丰富内涵的政治历史文化意象。

正因为家对于传统中国的特殊意义和对政治符号的浓缩，在五四文化运动的形势下，"家"自然被作为他们准备推翻的封建文化和礼教的重要象征物，作为封建社会关系的载体而被赋予了新的象征意义，寄寓着作家们对封建制度、个体自由、民族前途和国家危难的深刻反思。现代小说中的"家"主要从两个方面的描写支撑起"家"的象征艺术构架：一是把"家"作为一个专制的王国、礼教的堡垒、牢笼的象征，突出其黑暗性和

---

[1] 周谷城：《中国通史（上）》，上海人民出版社1981年版，第72页。

第五章
历史悲剧与革命寓言：马克思主义与悲剧观念

吃人性，比如鲁迅的《狂人日记》，从而唤醒国民意识；二是通过人物的死亡或离家出走的叙述描写来暗示"家"的统治秩序的解体，从而象征封建家族制度的崩溃解体。比如在巴金的《家》中，通过整体结构形象的塑造，尤其是高老太爷的死与觉慧的出走，从行为层面来象征封建家族制度和封建礼教的彻底崩溃。

3. 路的意象

在传统文化中，"路"作为象征性意象，用以隐喻某些抽象的观念，已深深刻进人们的心灵深处，成为一种集体无意识。屈原首先开辟了路的意象，"路漫漫其修远兮，吾将上下而求索"；李白《行路难》中的"行路难，行路难！多歧路，今安在"已让我们体会到路之艰辛。五四时期正是现代中国面临抉择的重要时期，也是一个让自觉的现代知识分子面临时代的变幻和危机，在思想的十字路口徘徊和彷徨的时代。那个时代的知识分子面临着各种"路"的选择，自觉地探寻着自我的生存之路、民族的觉醒之路、国家的振兴之路和人类的进步之路，体现他们对中国社会前途、革命道路及人生价值等问题的思考。因此，五四时期"路"的象征意蕴主要是在政治层面上来运用，是五四时期最典型的一个政治意象。而鲁迅对"路"的意象运用表现突出，具有纵深的历史感和现代性特点，同时也更具哲理之深邃和悲剧感。

在鲁迅笔下，无论是过客脚下永无止境的生命之路，还是娜拉、子君们梦醒之后苦苦摸索的生存之路，抑或是《故乡》中最为著名的那条从无到有的希望之路等，不仅具有丰富的美学内蕴和审美价值，而且表现出作为现代知识分子的鲁迅对历史、时代及整个人类社会进步与出路的期待与探寻，具有深刻的生命哲学意义和文化意义。在《过客》中，那名匆匆的过客就是这样一个明知前面没有路，但仍然要于绝望中反抗，化绝望为动力："我一路走，从我还能记得的时候起，我就在这么走，我单记得走了许多路，现在来到这里了。我接着就要走向那边去。即便是当老翁告诉他前方是坟，已无路可走，过客仍执着地表示要往前走，不能停下，说是有声音常在前面催促我，叫唤我，使我息不下。我就在这么走，要走到一个地方去,这地方就在前方。"尽管明知"前方,是坟",但他仍无所畏惧地向"坟"前行,如果注定是毁灭,那么我仍旧要反抗这种绝望,以一种"以悲观作不悲观,以无可为而为之"的战斗精神,来反抗绝望,"绝望之为虚妄,正与希望相同"。也只有这样,价值的尊严才能扭转。所以,"路"的意象在鲁迅笔下,是一种目标的延伸,希望的寄寓,只要路在延伸,希望就不会被泯灭。所以,鲁迅告诉我们的是:"地上本没有路,走的人多了,也便成了路。"

当然,现代文学中还包含着各种意象及集体的符号性表征。凭着背后强大的象征性修辞系统,这些意象最终都明确地指向一个整体结构和意义的总体性。因此,20世纪初中国文学不断地强化社会的苦难和悲剧性体验,其统一指向是对革命意识的唤醒。然而,对悲剧文学的象征性表达所导致的后果是悲剧被严重意识形态化。正如威廉斯所说:"将任何意义与死亡联系在一起,都会赋予它某种强烈的感情色彩。这有时能够淹没在其范围之内的其他经验。死亡是普遍存在的,那些与之相连的意义作为它的影子也很快获得普遍性。其他对人生的解读及对苦难和无序状况的诠释,都会被它巨大而清晰的信念所同化。""这种认识论为依然对抗的经验世界提供了虚幻的——也就仅仅是概念性的——和解。"① 而读者在对这种悲剧文学的阅读过程中,也就会被严重意识形态化。"我们反复遭遇一种被下意识和习性强化了的特殊世界观",我们就会认为悲剧不是一种偶然与个别现象,而是必然事件。在被特殊世界观强化之后,读者必然会对社会价值资源的优劣重新认识。悲剧叙事便将日常生活中散漫、无章、偶然性的死亡与毁灭纳入一个固定的意义谱系与价值结构之中,使之获取意义,有所指向。而"在寓言的世界里,时间是其最早的构成性因素,寓言符号及其意义之间的关系并不由某种教条训诫来规定……(在寓言中)我们所拥有的仅仅是符号与符号之间的关系,其中,符号所指涉的意义已变得无足轻重,但是在符号与符号之间的关系中同样必然存在着一种构成性的时间

---

① [美]理查德·沃林:《瓦尔特·本雅明:救赎美学》,吴勇立等译,江苏人民出版社 2008 年版,第 102 页。

第五章
历史悲剧与革命寓言：马克思主义与悲剧观念

性因素；它之所以是必然的，是因为只要有寓言，那么寓言符号所指的就必然是它前面那个符号，寓言符号所建构的意义仅仅存在于对前一个它永远不能与之达成融合的符号的重复之中，因为前一个符号的本质便在于其（时间上的）先在性"①。象征是对同一性或同一化可能的预设，而寓言则是在时间中构成意义的方法，指明其与自身起源的某种裂隙，并在时间的差异中确立了自己的语言，因而"寓言"的符号与指涉、表象与存在之间不可能完美合一。寓言式的表征总是会带来某些剩余，从而防止自我滋生出与非我融为一体的幻想。鲁迅的《狂人日记》在象征层面上指向吃人的整个中国社会现实的同时，其自身文字的修辞意义已然被解构。茅盾的《子夜》也在解释统一的目标下丧失了其更丰富的文字表达上的魅力。而在此基础上培养出来的革命意识形态，由于不是从人们的内心深处自发地生长起来的，而是由先进知识分子总结出来并从外对他们进行灌输的，所以有可能变成文学家的一厢情愿和自我想象，这种革命并非彻底的革命。在新中国，当政治层面上的解放已然完成，大家狂欢于社会主义悲剧不再发生的同时，却为什么还时时感觉到悲剧性的体验仍然伴随着自己？象征性修辞已无法再阐释现代社会中更为深层的悲剧性存在和体验，寓言将成为继象征之后的更好替代。

三 悲剧与民族寓言：20世纪现代文学悲剧性表达范式之二

黑格尔对奴隶主与奴隶的关系所作的分析可以视为揭示寓言与象征这两种文化逻辑区别的最有效的分析。黑格尔认为，"独立的意识的真理乃是奴隶的意识"②，这体现着主奴的辩证关系。黑格尔指出，当自我意识中有一个自我意识和它对立时，它就会走到它自身之外。一方面它丧失了它自身，因为它发现它自身是另外一个东西；另一方面，它因而扬弃了那另外的东西，因为它也看出对方没有真实的存在，反而在对方中看见它自己

---

① Paul de Man: *Blindness and Insight*, Minnesota University Press, 1997, 207.
② [德]黑格尔：《精神现象学（上）》，贺麟等译，商务印书馆1996年版，第129页。

本身。① 也就是说，虽然主人通过生死斗争把奴隶置于自己的权力统治之中，使奴隶丧失自我存在的独立性，但主人因此成为自为存在的意识，必须通过奴隶间接地与物发生关系，因而只能依赖另一个意识与自己结合，才能成为一个独立的存在；而把对物的独立性一面让给奴隶，结果出现了奴隶行动才是真正主人行动的历史反讽。于是，经过长期的劳动过程，奴隶发现实际上自己才是真正的主人，只有自己的劳动才能陶冶事物，让主人生存下去。詹姆逊的民族寓言理论的逻辑起点正是建立在黑格尔的主奴辩证关系的基础上。他指出，在世界文化格局中，我们自以为是世界主宰的美国人正处在与奴隶主相同的位置上，然而在象征意义上形成的上层奴隶主的观点其实是我们认识上的残缺和幻象。寓言才能揭开或揭露梦魇般的现实，戳穿我们对日常生活和生存的一般幻想或理想化，描述历史的真实存在状态和真实情况。詹姆逊深刻地指出，第三世界的文本天生具有寓言性质。第三世界的文本总是将个人命运包容在大众文化之中，因而总是以政治寓言或民族寓言的形式来表现集体经验。"第三世界的文本，甚至那些看起来好像是关于个人和利比多趋力的文本，总是以民族寓言的形式来投射一种政治：关于个人命运的故事包含着第三世界的大众文化和社会受到冲击的寓言。""所有第三世界的文本均带有寓言性和特殊性：我们应该把这些文本当作民族寓言来阅读，特别当它们的形式是从占主导地位的西方表达形式的机制——例如小说——上发展起来的。"② 詹明信提出这种寓言化过程的最佳例子是鲁迅的《狂人日记》。

《狂人日记》是鲁迅的重要代表作。以往中国批评家对此作品的评析主要是在"象征"的阐释模式中，从意义的整全性和明确性出发来分析文本"吃人"所隐含的深意。无论是早期关于"礼教"或"仁义道德"吃人的解释，还是薛毅、钱理群关于"吃人"指向民族集体无意识的开创性解读，都没有跳出在象征修辞框架中的解读模式。詹明信却揭示了文本意义指向的寓言结构。在分析之前，詹明信非常慎重地指出，对第

---

① [德] 黑格尔：《精神现象学（上）》，贺麟等译，商务印书馆1996年版，第123页。
② [美] 詹明信：《晚期资本主义的文化逻辑》，张旭东等译，生活·读书·新知三联书店2013年版，第428页。

第五章
历史悲剧与革命寓言：马克思主义与悲剧观念

三世界文本故事的分析，"我们必须重新思考我们对叙事中的象征意义的习以为常的理解（例如我们通常把性欲和政治对等起来）"①。而寓言的容纳力是能够引起一连串性质截然不同的意义和信息。在寓言结构中，詹明信重新解读了鲁迅的《狂人日记》《药》及《阿Q正传》。在鲁迅的《狂人日记》中，鲁迅集中展现"吃人"两个字眼，其意在揭示"吃人"与国家寓意上的共振：如果吃人主义是"寓意"的，那么，这种"寓意"比文本字面上的意思更为有力和确切。在中国语境中，"吃"本身就是一个包含多重寓意的词：可以说一个人"吃"了一惊，"吃"了一吓。认识到这一点，我们就能更好地理解鲁迅运用的"吃"的行为和内涵，其实就是在戏剧化地再现整个中国社会的现状。詹明信进一步提出，吃人是一个社会和历史的梦魇，是历史本身掌握的对生活的恐惧。而鲁迅的《药》同样反映了中国传统文化中难以言喻和富有剥削性的虚伪一面；在《阿Q正传》中，寓言式的中国既是阿Q，善于运用自我开解的精神技巧，将中国的任人欺辱状态从精神胜利法中自我解脱出来；同时也是那些喜欢戏弄和欺压阿Q的懒汉和恶霸，在等级社会中无情地镇压和吞噬弱者。这样在不同的意义上，我们才能完整地体会到在鲁迅笔下所辛辣嘲讽的旧中国形象及其文本的表达力量。因此，虽然在分析意蕴方面，詹明信并没有超出中国批评家所指出的内涵，但他的整个分析过程却给人极大的启发作用。朱羽终于开始意识到在象征层面上解读鲁迅作品的不足，尝试着从文本内部来追踪鲁迅寓言写作的踪迹。他说："不同于已有阐释偏重于外在历史结论穿透鲁迅的文本，笔者关心的是鲁迅的'写作'与'革命'的内在联系——即'革命'在文本肌理之中的出现。换句话说，笔者感兴趣的是编织在文学形式内部的'革命'，而非作为思想、历史现实的'革命'。"②他认为，"寓言"是一种关联着中国革命具体展开的存在状态，因而涉及某种独特的时间性，从而可以展露出鲁迅

---

① ［美］詹明信：《晚期资本主义的文化逻辑》，张旭东等译，生活·读书·新知三联书店2013年版，第432页。
② 朱羽：《革命、寓言与历史意识——论作为现代文学"起源"的〈狂人日记〉》，《杭州师范大学学报》2011年第5期。

颇为特殊的历史意识。而且，这种寓言式批评不仅可以穿透文本来求得寓意，更能叩问鲁迅写作本身所呈现的寓言状态——尤其是悉心观照小说的表层形式。

中国文学在表达模式上的转换并不仅仅表现为对过去作品在寓言结构中的重新阐释，还表现为对历史现实的寓言化写作和表达。如果说张炜习惯于通过刻画知识分子的悲剧性命运来反思整个中国历史的悲剧性，莫言则擅长通过刻画历史活动中农民的悲剧性命运来反思中国传统文化和深层历史文化心理的悲剧性。在描写历史悲剧的同时，莫言声称自己"发现了历史的荒诞性和历史的寓言性"[①]。莫言认同弗洛伊德所言，认为人类历史的发展进步过程其实是对人类本性和生命力的压抑的过程，即他自己所提出的"种的退化"过程。随着人类社会的不断富裕，人类自身旺盛的生命力却在不断地衰退，而这种历史作用力正是本雅明所强调的与社会发展方向相逆的一种力量。如何辩证地去理解这种历史作用力，本雅明式的问题和救赎方式在莫言的作品中鲜明地凸显了出来："人类正在用自身的努力，消除着人类的某些优良的素质。"因此莫言认为历史事件只不过是小说家把历史进行寓言化和预言化的材料，他在自己的小说（尤其是长篇小说）中也总是有意识地把历史中国寓言化。在西方视野下的传统中国是什么样子？按照马克思和马克斯·韦伯的理论，传统中国作为早熟的婴儿，很早就停止了发育，从明代以后，中国社会就长期停滞不前，再没有取得大的发展。这是一个亟须开化的传统中国形象。莫言在作品中并非展现一幅真实的历史画卷或者挖掘历史的另一面，而是对家族（民族）原生本性的呼唤，以探求家族（民族）从现代困境挣脱出来的救赎方式。例如：《丰乳肥臀》整部小说就是一个巨大的寓言结构，上官金童就是近代中国孱弱的寓言化；其寓意指向"古老的传统只有引进外来文化的因子，才有可能形成'杂种优势'，摆脱阴盛阳衰的颓势"，但又不能丢弃本民族自身的东西；于是在"国民内在灵魂、特别是男人的灵魂中，往往有一个上官金童，一个永远长不大的婴儿，在渴

[①] 莫言：《小说的气味》，当代世界出版社2003年版，第45—189页。

第五章
历史悲剧与革命寓言：马克思主义与悲剧观念

望着母亲的拥抱和安抚，在向往着不负责任的'自由'和解脱"①。《红高粱家族》的结尾中这样写道：

> 我痛恨杂种高粱。
>
> 在杂种高粱的包围中，我感到失望。
>
> 可怜的、孱弱的、猜忌的、偏执的、被毒酒迷幻灵魂的孩子，你到墨水河里去浸泡三天三夜——记住，一天也不能多，一天也不能少，洗净了你的肉体和灵魂，你就回到你世界里去。在白马山之阳，墨水河之阴，还有一株纯种的红高粱，你要不惜努力找到它。你高举着它去闯荡你的荆棘丛生、虎狼横行的世界，它是你的护身符，也是我们家族的光荣的图腾和我们高密东北乡传统精神的象征。②

英美评论家认为这是一段难破解的密码，这是因为他们没有结合中国的历史，把第三世界的文本当成"民族寓言"来思考。如果在寓言化的结构中进行理解，我们不难看出：这里面的"杂种高粱"和"纯种红高粱"其实都是莫言对我们民族的深刻忧思的寓言化描写，"杂种高粱"是中国现代化的形成结果，然而在中国现代化的过程中，"纯种红高粱"作为我们民族的图腾和高密东北乡传统精神的象征，却在我们的世界里早已不存在。这种深度只能成全在读者的"身份阅读"中。而曾经喧嚣一时、毁誉参半的《狼图腾》同样不会是一部单纯的小说，而是一部现代寓言："它沿袭着传统的表现手段，却在寓意中浓缩了'文明'以来直到21世纪初一些最重要的问题：文明的成长与冲突，人与自然与自身的关系，环境、生态、信仰乃至人类生存的极限问题"；"这是一本揭痛与示痛的书：带着与痛而生的野蛮、粗粝和血污，向往文明却终究难得文明，追求自由却最终不得自由，热爱自然却始终背弃乃至丢失了自

---

① 邓晓芒：《灵魂之旅——九十年代文学的生存境界》，湖北人民出版社1998年版。
② 莫言：《红高粱家族》，上海文艺出版社2005年版。

然"①，体现了作家对中国现代性和现代化过程的深刻反省和质疑。

寓言所具有的符号和指涉意义之间的分裂性特征可以使它打破象征同一性和统一性的幻象性，深入文本内部运作关系，从而实现对社会、政治等虚假意识的解构。正是在文化寓言的层面上，马尔库塞揭示了西方世界意识形态的统一性对单向度人的形塑，阿多诺由此提出了否定的辩证法，布莱希特提出了史诗剧的新文体，要求保持人的理性以拒绝被悲剧中的意识形态所吸纳。后现代主义文化其实就是一种寓言性的文化策略，社会的历史演进只有在寓言结构中来理解，才能实现对历史的真实把握。正如伊格尔顿所深刻指出的，或许人类的整个发展历程本身就是一个巨大的寓言结构："人类最初是一个统一体，随后发生异化，接着采取革命性的补救措施，最终在共产主义领域中实现自我恢复。难道还有什么能比这样浩大非凡的世界历史情节更具寓意吗？"②而"关于历史的一切，从一开始就不适时宜的、悲哀的、不成功的一切，都在那面容上——或在骷髅头上表现出来"③。所以，批评特别是寓言式批评显得格外重要，应该"尽量让文本——无论批评还是作品——处于自我澄明的本原状态"④，以便在生活的层面上还原"问题"本身。寓言可以说已经成为现代社会最有效的艺术形式，是否定救赎世界和人性的有力方式。寓言式表达，以及在寓言结构中解读，这都是最贴近作家问题本原的方式，同时也标志着我们对悲剧表达形式及对悲剧观念的理解已经迈出了大大的一步。

---

① 李小江：《〈狼图腾〉是一部"后"时代寓言》，《中国图书评论》2009年第1期。
② [英]特里·伊格尔顿：《瓦尔特·本雅明或走向革命批评》，郭国良等译，译林出版社2005年版，第83页。
③ 陈永国等编：《本雅明文选》，中国社会科学出版社1999年版，第122页。
④ 李小江：《〈狼图腾〉是一部"后"时代寓言》，《中国图书评论》2009年第1期。

下 篇

文学形式的多重意义

第六章

从文学反映论到文学生产论：文学典型及其典型化理论

文学反映论、文学生产论和典型理论是马克思主义文论当中三种重要的理论形态，其中，文学反映论长期以来是苏联和我国马克思主义文论的基础理论；而文学生产论则是西方马克思主义文论的重要形态之一。反映论和生产论都是从本质论的角度对文学现象的解释，虽然它们都属于马克思主义文论，但由于其哲学基础和关注的方向各有侧重，相互之间存在较大的差异，反映论主要以恩格斯—列宁的唯物主义认识论哲学为基础，强调文学的社会意识属性，因而一般被认为是认识论的文学本质观；而生产论则以马克思的实践哲学为基础，强调文学的社会实践属性，因而一般被认为是实践论的文学本质观。自20世纪80年代，我国的文学反映论获得了突破性的发展；同时，受西方马克思主义文论影响，兴起文学生产论理论探索的热潮，并且反映论和生产论产生过一定程度的论争。但正如马克思主义哲学是一个不可分割的整体，反映论与生产论虽然存在差异，但其理论基础却是辩证统一的，并且在具体内容上是相互交叉的。

第一节　文学反映论的内涵及其发展历程

文学反映论和文学生产论侧重于对文学本质的解释，而典型理论则是从方法论的角度解释文学现象。自马克思和恩格斯提出典型概念以来，典型就与现实主义的创作和批评方法紧密联系在一起，因此，典型化理论作为一种文学方法论，与文学反映论有着内在的联系，即典型被理解为文学反映现实生活的最根本的方法。文学反映论与文学意识形态论是一个整体，意识形态论是反映论在社会结构层面上的具体化和深化，但又不能将二者等同或以意识形态论取代反映论，因为一方面意识形态论并未完全涵盖反映论所涉及的文学本质问题，另一方面意识形态论还与文学生产论有着密切的关系。

一　文学反映论的理论基础

文学反映论的哲学基础是经由马克思、恩格斯，在列宁那里得到成熟的辩证唯物主义认识论。"反映"概念在黑格尔那里就已经获得了哲学上的特殊规定，①他将"反映"与"反思"联系起来，指出它是一种"间接"的现象。因此，反映"除了具有'映'的层面，还具有'思'层面，它需要对社会生活映像的思考、选择、揭示和挖掘"②。

马克思和恩格斯继承了黑格尔对"反映"概念的哲学规定，恩格斯和列宁使用这一概念较多，据学者考证，恩格斯使用这一概念较多的是《反杜林论》，共出现 28 次，在列宁的《黑格尔〈逻辑学〉一书摘要》中出现

---

① 参见［德］黑格尔《小逻辑》，商务印书馆 1980 年版，第 242 页。
② 董学文主编：《马克思主义文论教程》，广西师范大学出版社 2002 年版，第 105 页。

25次，在《唯物主义和经验批判主义》中也多次出现。[①] 但马克思、恩格斯的"反映"概念与黑格尔又有根本的不同，马克思认为，作为反映内容的观念"是移入人的头脑并在人的头脑中改造过的物质的东西"。马克思主义的"反映"概念是建立在唯物辩证法基础之上的。

真正建立起马克思主义的哲学反映论，并将这一理论运用于文学研究，产生广泛影响的是列宁，可以说，苏联乃至我国传统的文学反映论，都是从列宁的反映论思想中发展而来的。列宁将"反映"这一概念确立为马克思主义认识论的核心概念，以辩证唯物主义对这一概念进行解释。在《唯物主义和经验批判主义》等著作中，列宁始终强调物质第一性、意识第二性的唯物主义原则，但他所强调的是一种能动的反映论："智慧（人的）对待个别事物，对个别事物的摹写（＝概念），不是简单的、直接的、照镜子那样死板的动作，而是复杂的、二重化的、曲折的、有可能使幻想脱离生活的活动。"[②] 因此，列宁的哲学反映论是一种科学的认识论，它揭示了认识的一般规律和过程，即一切认识都是从实践当中的感觉开始，经过知觉、联想、想象等，最终到达理性认识。

虽然列宁没有专门的美学论著，但在其阐述反映论的哲学论著中涉及大量的美学和文学问题，并且撰写了论托尔斯泰的系列文章。在这些论述中，从马克思主义反映论的角度对文学的属性做了科学的研究，对于马克思主义文艺学中文学反映论的形成产生了决定性的影响。列宁认为，文学是对现实的能动反映，这一命题有两个层面的含义：一是文学作品是作家通过对外在事物、客观的社会生活观察之后才创作出来的；二是这种反映是能动的，文学能够对现实生活的规律性、因果性和必然性作出相对正确的反映。我们可以说列宁为文学反映论的真正建立打下了坚固的理论基础，却不能说列宁建立了系统文学反映论，因为显然，列宁对文学与现实生活关系的论述，与他对一般社会意识与社会存在关系的观点并无根本的区别，并没有对文学的特殊本质进行界说。真正的马克思主义的文学反映

---

① 参见何志钧等《马克思主义文艺学——从经典到当代》，中国文联出版社2007年版，第45页。
② 列宁：《列宁全集》第17卷，人民出版社1988年版，第421页。

论是在苏联及我国马克思主义文艺学不断发展的过程中逐渐形成的。

二 中国文学反映论的发展历程

马克思主义在 19 世纪末 20 世纪初传入中国,开始时主要通过留欧及留日学生从欧、日传入,直到俄国"十月革命"之后,特别是 20 世纪 30 年代之后,苏联逐渐成为我国马克思主义理论的主要来源,苏联官方的文艺理论思想长期对我国文艺理论产生重要影响。

最初,马克思主义只是被当作西方众多社会民主主义理论的一种,但它最终成为我国主流的文艺理论形态,这有着深刻的社会根源和历史必然性。首先,近代以来,随着我国社会结构的变化,文学观念也随之改变,特别是辛亥革命的不彻底性反而促进了现代文学观念的自觉。这主要表现在,社会的急剧变革使关注现实、思考现实成为新文学最重要的主题,在此情况下,文学与现实社会的关系自然也就成为文学观念的核心问题。其次,中国社会的现代化实质上就是融入西方的现代化进程,向西方学习就成为包括文学在内的各领域的共同目标,然而并非任何西方理论都适合中国的社会现实,可以说,马克思主义是在与当时广为流传的形形色色的各种理论的争论中证明自身最具真理性,并且更适合中国的国情,才被全面接受的。

"反映"概念最早译自日文,在中文中的使用起初并不具有完整的哲学意义。"反映论"的思想是随着马克思主义理论在中国的传播而逐渐被接受的,有学者考证,"反映"概念初次出现在我国学者著作中的时间,大概是 1919 年下半年。[①] 李大钊在《我的马克思主义观》中说:"Thierry、Mignet 及 Guizot 辈继起,袭桑西门氏的见解,谓一时代的理想、教义、宪法等,毕竟不外当时经济情形的反映。"[②]

"反映"概念传入中国之后,很快被文艺理论界接受,并逐渐成为文

---

① 参见何志钧等《马克思主义文艺学——从经典到当代》,中国文联出版社 2007 年版,第 48 页。
② 李大钊:《我的马克思主义观》,《新青年》1919 年第 6 卷第 5 号。

第六章
从文学反映论到文学生产论：文学典型及其典型化理论

艺理论界最重要的观念之一。"反映"概念运用于文学理论和批评当中，最早更多地受到俄国文论家别林斯基、车尔尼雪夫斯基等人的影响，侧重于强调文学对现实生活的反映和指引，并非真正的辩证唯物主义的反映论，其中尤以"文学研究会"的文学观念有代表性。

文学研究会的代表人物茅盾（沈雁冰）在20世纪二三十年代的文学批评中已经确立了"文学是现实的反映"的文学本质观，比如他认为："人们怎样生活，社会怎样情形，文学就把那种种反映出来。譬如人生是个杯子，文学就是杯子在镜子里的影子。"[①] 这是一种较为直接的、机械的反映论，还没有认识到"反映"的间接性对现实生活本质与规律的把握。同时，文学研究会还有一个口号，即"为人生而艺术"，这也是茅盾等人文学反映论的另一个方面，他认为，文学不只反映现实生活的现象，更要干预生活，指引生活："文艺不是镜子，而是斧头；不应该只限于反映，而应该创造的！"[②]

可见，这一时期我国学者对文学反映论的理解还比较肤浅，在反映的对象、过程、结果等方面还没有明确的规定，"当时的'反映'含义与'体现'极为接近，说文学是时代的反映其实就是说文学是时代精神的体现"[③]。但我国学者对文学反映论的接受，对于现代文学理论的发展还是有着十分重要的意义的。一方面，反映论是我国传统文论中比较薄弱的方面，反映论的传入和广泛传播在很大程度上改变了人们对文学本质和功能的理解，文学与现实生活具有紧密关系，逐渐成为主流的文学观念；另一方面，此时传入我国的反映论不同于西方传统的"模仿说"和"镜子说"，而属于西方现代文论的一部分，它在中国的传播和发展，既与中国社会的现代化进程相符合，也对我国现代文学理论研究范式的建立和发展起到了重要的推动作用。

20世纪30年代开始，我国学者对马克思主义文学反映论的理解逐渐

[①] 沈雁冰：《文学与人生》，参见郑振铎《中国新文学大系·文学论争集》，良友图书公司1935年版，第150页。
[②] 何志钧等：《马克思主义文艺学——从经典到当代》，中国文联出版社2007年版，第49页。
[③] 鲁迅：《鲁迅全集》第7卷，人民文学出版社1973年版，第105页。

成熟，同时，苏联化的马克思主义文艺理论逐渐成为我国文艺理论界的主流话语。"从20世纪20年代末开始，在中国文论界基本上都是以马克思主义者为骨干的'左翼'居于主导地位的。而在'左翼'之中，基本上是经过俄苏的政治家和理论家诠释过的、成为苏联官方意识形态的马克思主义为主导的。"① 这种转变表现在两个方面，一是"创造社"和"太阳社"诸成员，以及后来周扬等"左联"领导人运用马克思主义文艺学原理对五四文学传统的批评，二是鲁迅、茅盾、胡风等继承五四传统的文艺理论家对马克思主义文艺理论的学习和运用。

有论者指出，20世纪"20年代末以前，文艺'反映'是强调'真实'反映的；20年代末的革命文学运动一直到40年代初延安文艺座谈会的召开，'真实'反映表现出渐为'正确'反映所取代的趋向；1942年延安文艺座谈会以后，'正确'反映取得优势，其后被反复强化、扭曲，一直到70年代末、80年代初，才又出现了理解上的新变化"②。这一概括虽然将"真实"与"正确"完全对立起来，有偏颇之处，但基本上是符合史实的，20世纪20年代末"创造社""太阳社"与鲁迅等人的确就马克思主义的文学原理展开过激烈的争论。到30年代，由于国际、国内社会环境的变化，中共党组织直接介入了意识形态领域，压制了马克思主义文学理论界内部的争论，成立了"左联"，"左联"当中既有以鲁迅为代表的"非正统"的马克思主义文艺思想，也有正统的苏联文艺思想，这种观点的代表人物就是周扬。

周扬一方面深受别林斯基、车尔尼雪夫斯基等俄国文论家的影响，另一方面又自觉地坚持苏联官方文艺意识形态的立场。他对马克思主义的文学反映论的理解已经有了相当的深度，同时他又将文学反映功能与阶级性统一起来，认为能够"最大限度地反映和认识客观的真理"或者说能够"最大限度地发挥文学的真实性"的，就只有"站在历史发展的最前线的

---

① 李青春：《在审美与意识形态之间——中国当代文学理论研究反思》，北京大学出版社2006年版，第149页。

② 何志钧等：《马克思主义文艺学——从经典到当代》，中国文联出版社2007年版，第56页。

第六章
从文学反映论到文学生产论：文学典型及其典型化理论

阶级"。① 这就把文学反映的真实性与文学的意识形态立场强行统一起来，实质上掩盖了文学反映的复杂性。

但 20 世纪 40 年代之前，这种"正统"的反映观尚未取得绝对的主导地位，鲁迅、胡风等人的文学反映观同样具有重要影响。1928 年至 1929 年，鲁迅翻译了布哈林、卢那察尔斯基、普列汉诺夫等的马克思主义文艺学著作。自此，他在文学批评中已经自觉地运用马克思主义的文艺学原理。他在《文学与政治的歧途》一文中说："我以为文艺大概由于现在生活的感受，亲身所感到的，便影印到文艺中去。"② 鲁迅在这里使用的"影印"这一概念，与"反映"基本上是同义的，但鲁迅在肯定文学与政治关系的同时，更注重文艺的特殊本质，包括"内容的充实和技巧的上达"，以及强调主体感受在反映客观生活方面的作用，这种主体作用与正统的"反映论"强调主体的能动性也不完全一致，因为它更强调"体验和感受乃是文学家与生活发生联系的中介与纽带，没有这个中介和纽带，社会生活就不会内化为文学家的内在心理经验，就不会成为浸润了文学家情感的文学素材，也就无法升华为文学作品"③。

这种对主体"情感""体验"的重视，应当说是更辩证地解释了文学反映的本质属性。后来胡风提出"主观战斗精神"的问题，强调创作主体的地位和作用，很大程度上是受了鲁迅的影响。胡风也坚持马克思主义反映论的立场，但他所坚持的反映论与以周扬为代表的"正统的"反映论有明显区别，即将"真实性"与作家的主观作用结合起来："文艺作品表现的东西须得是作家从生活中提炼出来，和作家的主观活动起了化合作用以后的结果。"④ 胡风对"反映论"的理解并非完全正确，但作为"正统"的马克思主义文艺观的一种补充、延续五四文艺思想的一种传统，其价值是不可忽视的。但 20 世纪 40 年代后这一传统丧失了主流文艺观念的地位，

---

① 周起应：《文学的真实性》，《现代》1933 年 5 月 1 日第 3 卷第 1 期。
② 鲁迅：《鲁迅全集》第 7 卷，人民文学出版社 1973 年版，第 105 页。
③ 李青春：《在审美与意识形态之间——中国当代文学理论研究反思》，北京大学出版社 2006 年版，第 140 页。
④ 胡风：《胡风评论集》上册，人民文学出版社 1984 年版，第 300 页。

到50年代，由于"胡风事件"的爆发，这一传统便终止了。

20世纪三四十年代，苏联化的马克思主义文艺理论影响越来越大，既有现实的理由，也有深层的原因。一方面，由于社会结构、文化传统等方面的原因，对中国现代化进程最有借鉴意义的不是西方列强，而是日本和俄国，日本的模式在辛亥革命中已被否定，而苏联则呈现出新的发展气象，因此走苏联的道路成为重要的思想倾向；另一方面，中国共产党在革命斗争中逐渐壮大，并且意识形态成为革命斗争的重要领域，苏联较为成熟的马克思主义文艺理论自然成为我党文艺工作的主导思想。但当时"左翼"文学理论界很多学者存在以苏联官方文艺理论为经典，乃至为真理的倾向，这对我国马克思主义文学理论的独立发展产生了不良影响。因为首先，苏联的文学理论在俄苏文学实践的基础上形成了严整的理论体系，但这一体系与我国的文学实践并不完全相符，完全照搬这套理论显然不利于我国现代文论自身的发展；其次，苏联文论虽然取得了伟大的成就，但也存在严重的缺陷，尤其当时对苏联文论的输入也并不全面，得到广泛传播的主要是渗透了其官方意识形态的理论著作，这就更不利于我国学者独立进行马克思主义文论的理论探索。

总之，经过马克思主义经典作家及苏联文论著作的输入，以及我国的马克思主义文论家的不断研究和论争，到20世纪三四十年代，我国文学理论界对文学反映论已经有了比较成熟、深入的理解。文学反映的对象是社会生活，文学反映具有能动性和主体性，文学反映的特殊方式是通过"形象"，这些方面后来被研究者们反复提及，它们奠定了"反映"概念意义的基础，"反映"的基本意义这时已经大致定型了。[①] 至此，文学反映论的哲学基础已经被确立起来，而文学反映的特殊属性中，各重要的文艺理论家对"形象思维"和主体的情感因素等也有所涉及；而文学与政治的关系，或者文学的意识形态属性，则得到了突出的强调。可以说，文学反映论是我国现代文论建立和发展过程中第一个形成成熟的理论架构，拥有相

---

① 参见何志钧等《马克思主义文艺学——从经典到当代》，中国文联出版社2007年版，第55页。

当规模的研究队伍,并对文学实践乃至社会生活产生重要影响的理论体系。此后,我国学者一方面继续深入研究马克思主义经典作家及苏联的文学反映论,另一方面也在此基础上进行独立的理论探索,进一步推动中国马克思主义文学反映论理论体系的独立发展。以下,本书将从这三个方面对文学反映论的进一步发展进行分析。

1. 文学反映论与"形象思维"论

如上文所述,早在 20 世纪 30 年代,我国文艺理论界已经认识到文学反映论包含着"以形象反映现实"的理论内涵,如王秋萤在《文学概论》中指出:"用活的具体形象来表现那现实的反映,这是文学艺术的最重要的特质。"① 但此时尚未涉及"形象"如何达到对"本质"的认识这一深层问题,对这个问题的研究是从"形象思维"论开始的。

"形象思维"概念最初是由俄国文艺理论家别林斯基提出的,他认为:"既然诗歌不是什么别的东西,而是寓于形象的思维,所以一个民族的诗歌也就是民族的意识。"② 将形象与思维联系在一起,其意义就在于强调文学的认识功能,将文学认识的功能等同于科学的认识功能。如普列汉诺夫指出:"艺术家用形象来表现自己的思想,而政论家则借助逻辑的推论来证明自己的思想。"③

20 世纪 30 年代,随着俄苏文艺思想的传入,我国学者开始关注"形象思维"概念,1931 年 11 月 20 日出版的《北斗》杂志("左联"机关刊物)上,刊载了由何丹仁翻译的法捷耶夫的《创作方法论》,提到"形象思维"的概念。此外,胡秋原编著的《唯物史观艺术论》、周立波的《形象的思维》等都阐释了这个概念。蔡仪在 1942 年出版的《新艺术论》中提出"具体的概念"这一概念,他认为:"艺术的认识则是主要地利用概念的具体性而构成一个比较更能反映客观现实的本质的必然的诸属性或特征

---

① 王秋萤:《文学概论》,实业印书馆 1943 年版,第 8 页。
② 中国社会科学院外国文学研究所编:《外国理论家、作家论形象思维》,中国社会科学出版社 1979 年版,第 55 页。
③ [俄]普列汉诺夫:《艺术与社会生活》,参见《普列汉诺夫美学论文集》,曹葆华译,人民出版社 1983 年版,第 836 页。

的形象。"[①] 此时对"形象思维"的探讨还只是个别的,并没有形成广泛的、深入的研究,到 50 年代之后,关于"形象思维"的研究才广泛地开展起来。

20 世纪 50 年代,苏联一批文学理论教材被译介进来,尤其是季莫菲耶夫的《文学原理》最具影响力,其中对"形象"问题作了详细论述;同时,布罗夫对"形象思维"概念作了批评,引起了对"形象思维"问题的一场讨论。[②] 在我国,周扬等官方理论家开始时对"形象思维"基本上持肯定的态度。1956 年,在作协第二次理事会扩大会上,周扬强调了形象思维的重要性,此后至 20 世纪 60 年代前期,我国的文艺理论界随之也展开关于"形象思维"的论争,有 20 篇专题论文谈论形象思维问题,22 篇论文涉及这一问题,9 本文艺理论教科书、8 本文艺理论著作、两本语言学著作对形象思维做了论述。[③] 发表意见者中较为重要的有霍松林、蒋孔阳、李泽厚等人。如霍松林认为,"形象思维"与"逻辑思维"一样,要对感觉材料做"去粗取精、去伪存真、由此及彼、由表及里的改造制作功夫"[④],这就几乎将形象思维与逻辑思维等同起来。当时,以群、蔡仪、蒋孔阳等人的文艺理论专著和教科书等也采用了形象思维的说法。

关于"形象思维"的讨论,基本上都是围绕形象思维与逻辑思维的关系展开的,在坚持形象思维具有与逻辑思维同样的认识功能的前提下,讨论二者的相通之处和区别。但在"形象""逻辑""思维"这些术语的理论背景之中,"形象思维"这一概念本身包含着内在的矛盾,因此当时也有不少学者如毛星等,对这一概念提出了异议。特别是郑季翘认为,"形象思维"概念违反了从感性到理性,从特殊到一般,从形象到抽象的规律;"不用抽象、不要概念、不依逻辑的所谓'形象思维'是根本不存在的",对"形象思维"论进行了严厉的批判,导致这一讨论终结。[⑤]

---

① 蔡仪:《蔡仪文集》第 1 卷,中国文联出版公司 2002 年版,第 40 页。
② 参见彭克巽《苏联文艺学学派》,北京大学出版社 1999 年版,第 13—14 页。
③ 参见孟繁华《中国 20 世纪文艺学学术史》,中国社会科学出版社 2007 年版,第 172 页。
④ 钱中文等编:《新中国文论 60 年》,知识产权出版社 2010 年版,第 66 页。
⑤ 参见高建平《"形象思维"的发展、终结与变容》,《社会科学战线》2010 年第 1 期。

第六章
从文学反映论到文学生产论：文学典型及其典型化理论

关于"形象思维"的讨论在"文革"之后才被重提，此次讨论是由1978年第1期《诗刊》杂志刊登毛泽东1965年致陈毅的信引发的。这封信中多次提到"形象思维"概念："诗要用形象思维，不能如散文那样直说，所以比、兴两法是不能不用的。"[①] 因此，"形象思维"讨论迅速展开，并产生了巨大影响。当时在很短时间内出现了大量关于这一问题的资料性著作，其中最有影响力的是中国社会科学院编的《外国理论家、作家论形象思维》。同时，朱光潜、蔡仪、李泽厚等重要的理论家发表了一大批讨论"形象思维"的文章，发挥了20世纪五六十年代讨论中的观点，其中，李泽厚的观点较具有代表性。

李泽厚在20世纪五六十年代关于形象思维的讨论中就发表了一系列论形象思维的文章，在这些文章中，他既不同意形象思维与逻辑思维相并列的说法，也不同意简单否定这一理论，认为在"形象思维"中，"个性化与本质化"同时进行，是"完全不可分割的统一的一个过程的两方面"。当时多数学者按照字面的意义，将"形象思维"归属为思维的一种方式，不可避免地使"形象思维"与逻辑思维混淆起来。而李泽厚对二者的本质区别显然是清楚的，他所理解的形象思维事实上已经不像其他学者理解的那样，是一种与逻辑思维并列的思维方式，只是当时没有明确地分析"形象思维"这一概念本身的内在矛盾。另外值得注意的是，他指出，在"个性化与本质化"过程中，"永远伴随着美感感情态度"[②]，已经涉及文学反映与审美的关系问题。

而李泽厚于1980年发表《形象思维再续谈》一文，认为"'形象思维并非思维'。……在西文中，'想象'（imagination）就比'形象思维'一词更流行，两者指的本是同一件事，同一个对象，只是所突出的方面、因素不同罢了，并不如有的同志所认为它们是不同的两种东西"[③]。这时他就明确指出了形象思维更接近于想象，而与逻辑思维完全不同，所谓的"形象思维"以形象的方式出现，显然应属于感知、想象等感性直观的意识方

---

① 毛泽东：《给陈毅同志谈诗的一封信》，《诗刊》1978年第1期。
② 李泽厚：《试论形象思维》，《文学评论》1959年第2期。
③ 李泽厚：《形象思维再续谈》，《文学评论》1980年第3期。

式，而不属于通过抽象概念出现的"思维"的意识方式。

应该说，李泽厚在哲学的层面上厘清了"形象思维"概念内在的矛盾，因为在西方认识论哲学传统当中，"思维"本身就是与抽象概念、逻辑联系在一起的，而形象则是与感性联系在一起的，感性与理性相对立，所以"形象思维"的概念在此前提下是不成立的。但这并非意味着"形象思维"概念没有任何基础，有论者指出：它契合了文学艺术创作的经验，从而得到了许多人的认同。但是，对西方古典哲学的学习和对感性与理性二分的理论模式接受，又使他们产生了对这种观点的质疑。[①] 以形象反映现实生活是文学的重要特性，并且文学也的确不只是反映直观的、表层的社会现象，而是能够把握到深层次的意蕴，但用"思维"概念来解释文学的这一反映功能有着明显的局限性，所以在李泽厚的文章发表之后，"形象思维"大讨论开始退潮。

20世纪50年代之后我国学者关于形象思维的两次大讨论，虽然也受到苏联的一定影响，但主要还是针对自身的文学理论建设和文学实践展开的，即在完成了文学反映论的基本理论架构的建设之后，文学的特殊规律和特殊本质规定自然成为文学理论深入探讨的首要课题。虽然这两次讨论并没有形成有重要意义的理论成果，但一方面，讨论本身意味着多数学者意识到形象是文学不可或缺的要素之一，对文学本质的理解得到进一步丰富和深化；另一方面，由讨论所引发的对相关问题的研究，厘清了形象与概念、文学与科学等的相互关系，对于此后文学理论研究范式的端正也有一定作用。

2. 文学反映论与意识形态论

在我国马克思主义文艺学的历次争论当中，文学反映论与意识形态论并没有得到明确的区分，这是导致争论往往不得要领的原因之一。如前所述，文学反映论是一种认识论框架内的文学本质论；而意识形态理论虽与反映论有着密不可分的关系，却不能简单地等同于反映论，文学与政治的

[①] 参见钱中文等编《中国20世纪文艺学学术史》第三部，中国社会科学出版社2007年版，第70页。

第六章
从文学反映论到文学生产论：文学典型及其典型化理论

关系更适合于在意识形态论的层面进行讨论。

一般认为，意识形态是一个与科学认识相对的概念，是对特定的经济基础、政治制度等的反映，是特定社会制度之下统治阶级利益的反映，并且是以带有"普遍性"的思想观念的面貌出现。辩证唯物主义的反映论是对一般认识过程和规律的研究；而意识形态论则是在经济基础与上层建筑的辩证关系中，对"更高的、悬浮于空中的"社会意识的研究。因此，从历史唯物主义的角度说，意识形态论是反映论逻辑发展的结果，但它不能等同于或取代反映论。

将文学反映论与意识形态论混淆，不可避免地导致了两种偏颇的倾向，一是强调文学反映现实的客观性或者"真实性"，排斥其倾向性；二是过分强调文学的政治属性，使文学成为政治的附庸，这就形成了文学反映的"真实性"与政治正确性之间的矛盾。事实上，这一矛盾的出现，本身就体现了对文学反映论，特别是意识形态论一定程度的歪曲。意识形态论是反映论的逻辑发展，并不与之相矛盾，但苏联和我国部分学者强调文学的意识形态属性，实质是片面强调文学的政治功能而非认识功能，这并不完全符合马克思主义意识形态论。

20世纪40年代之前的历次文学观念的争论是从不同层面上展开的，如鲁迅对梁实秋"人性论"的批判，以及鲁迅、周扬、冯雪峰等对胡秋原、苏汶"第三种人"论的批判，涉及的是阶级性与人性论的问题，这是意识形态层面的争论，体现了对文学反映的意识形态属性的不同看法；而周扬与胡风关于文学反映正确性与真实性的争论则构成了反映论与意识形态论的矛盾。

我们认为，以意识形态的正确性压倒文学反映的真实性固然不妥，但只强调真实性而忽视文学的意识形态性也是片面的。真实性与正确性是在两个层面上对文学的规定，前者是指文学作为一种意识形态应当真实地，并且深刻地反映现实社会各方面的矛盾；而后者则要求进步的作家以正确的世界观和价值观指导自己对生活的观察、判断及创作，进而影响读者，两者并非必然对立的。

随着我国马克思主义文论的发展，我国学者对文学意识形态属性也具有了比较全面的理解,如冯雪峰认为:"意识形态反映着繁复的阶级矛盾的社会物质生活,却不是简单的直线的反映……文艺就是要在具体而复杂的实际生活及更为复杂的意识形态之深刻的矛盾斗争中,从事着具体的反映和推动的工作,以尽其政治的、阶级的战斗任务。"[1] 这就比较辩证地理解了文学的意识形态属性与意识形态功能的关系。

然而,从 20 世纪 40 年代,文学反映论的研究开始被文学政治属性的研究压制,反映论虽仍然作为文学本质属性之一得到承认,但已经失去了作为文学最根本属性的地位,而让位于文学的"工具性"。这一趋势在周扬等人的观点中已有所体现,而真正确立起我国马克思主义文艺学传统,为马克思主义文艺学中国化奠定基础的则是毛泽东文艺思想。

1942 年 5 月,毛泽东发表《在延安文艺座谈会上的讲话》,《在延安文艺座谈会上的讲话》的文艺思想肯定了现实生活"是一切文学艺术的取之不尽、用之不竭的唯一源泉",但是更为强调的是"文艺为工农兵服务""文艺服从政治"等问题,毛泽东指出:"在现在世界上,一切文化或文学艺术都是属于一定的阶级,属于一定的政治路线的。为艺术的艺术,和政治并行或互相独立的艺术,实际上是不存在的。"[2] 这一观点也受到了列宁的影响,列宁指出,文学事业"应当成为整个无产阶级事业的一部分,成为由整个工人阶级的整个觉悟的先锋队所开动的一部巨大的社会民主主义机器的'齿轮和螺丝钉'。……成为社会主义民主党有组织的、有计划的、统一的党的工作的一个组成部分"[3]。文学的政治功能问题明显已经压倒了文学反映现实的问题。

客观地说,过于强调文学的政治功能,对于文学本质研究而言是片面的,但这一理论倾向在当时有其社会基础。20 世纪 40 年代,我国既面临着严峻的民族危机又面临着严重的社会危机,救亡图存和社会革命是当时核心的社会问题。并且几十年的革命实践已经证明,只有中国共产党才能肩负起这一历史使命,因此毛泽东从党的立场出发提出的文艺思想是有针

---

[1] 冯雪峰:《论民主革命的文艺运动》,作家书屋 1947 年版,第 54 页。
[2] 毛泽东:《毛泽东选集》第 3 卷,人民出版社 1991 年版,第 865 页。
[3] 列宁:《列宁选集》第 1 卷,人民出版社 1995 年版,第 663 页。

第六章
从文学反映论到文学生产论：文学典型及其典型化理论

对性的，在一定程度上也是合理的。然而问题在于，一方面，这一理论过于强调文学的政治功能而忽视了其作为一种独立的社会现象自身的特性和规律，对于文学理论的长期发展有一定的抑制作用；另一方面，当新民主主义革命取得胜利，中国进入社会主义阶段之后，由于各方面的原因，这一理论倾向不仅没有根据社会现实做适当的调整，反而更加强调政治的主导性和文学的从属性，因而使我国马克思主义文艺理论长时期陷入误区。

新中国成立之后的文艺理论，一方面是全面向苏联文艺理论学习，另一方面是毛泽东文艺思想的进一步阐释和深化，因此讨论的重点基本都在意识形态层面。这一时期，季莫菲耶夫等人的文学原理类著作已经译介进来，但对我国文艺学产生更直接影响的却是其弟子毕达可夫的《文艺学引论》，这一方面是因为1954年毕达可夫到北京大学进行了为期一年半的文艺理论研究班教学，更重要的是，他的文学观念比季莫菲耶夫更强调意识形态功能、"认识教育作用和社会改造作用"[①]，更强调文学的阶级斗争作用："自从阶级产生以后，文学便从来不是阶级斗争的冷漠的旁观者。但是文学和艺术基本上是朝两个敌对倾向发展的，这两种倾向反映两个对立阶级或两个敌对阶级阵营的利益。"[②] 因而它与毛泽东文艺思想更为贴近，更能得到官方意识形态的认同。

20世纪50年代中期关于"现实主义"和"人道主义"的讨论中，秦兆阳对"社会主义现实主义"创作方法的批评，实际上已经涉及对文学与政治关系的反思；巴人、钱谷融等人重新提出"人性"问题，是在马克思主义理论的基础上对文学的意识形态属性的有益反思。但他们的观点都受到了不合理的批判，到"文革"时期，"文学工具论"事实上已经取代了"文学反映论"的主流文艺本质观念的地位。

我们认为，文学的政治功能问题并非没有理论上的意义，恩格斯在为马克思的《路易·波拿巴的雾月十八日》写的第三版序言中指出："一切历史上的斗争，无论是在政治、宗教、哲学的领域中进行的，还是在其他

---

① [苏联]毕达可夫：《文艺学引论》，高等教育出版社1958年版，第194页。
② 同上书，第411页。

意识形态领域中进行的,实际上只是或多或少明显地表现了各社会阶级的斗争。"但这只是肯定文学能够反映政治和阶级斗争问题,并非认定文学一定要服务于或服从于特定的政治力量和阶级利益。

更应该注意的是,工具论不仅是对文艺反映论的背离,也是对马克思主义意识形态理论的背离。意识形态论关注文学与政治、经济的关系,其方向是分析和批判阶级社会当中掩藏在主流意识形态背后的经济状况和政治状况;而工具论则是片面强调文学的政治功能。有学者指出:"意识形态的功能要求与文艺学中的'意识形态本性论'并不是一回事。前者要求的是文艺对政治的从属与服务,不认为它是一个具有特殊性的独立领域;而后者则把文学作为一门社会科学,'研究文学作为一种意识形态的特点'的学科。"① 文学的政治功能问题的确是马克思主义文论,特别是意识形态论的题中应有之义,但它不应该是意识形态论的主要问题,更不应该以此问题遮蔽其他更重要的问题。然而,我国马克思主义文论在文学的意识形态属性研究上,在很长一段时期内,恰恰对这一问题没有清楚的认识。

直到"文革"结束之后,文学与政治的关系才得到反思,文学反映论才得到一定程度的恢复。1978 年,《辽宁日报》开辟"关于文学真实性的讨论"专栏,掀起"写真实"问题大讨论,主要就"写本质"与"写真实"的关系进行了争论。这里的"写本质"其实就是指要求文学反映社会历史规律乃至阶级性等意识形态属性。"人性论"再次得到大规模讨论,朱光潜、黄药眠、钱谷融、钱中文等人都重新提出"人性"和"人道主义"问题,重新树立起高尔基"文学是人学"的命题,这对在意识形态层面上纠正新中国成立 30 年来文艺理论界的"左"倾现象有着重要的意义。周扬在 1979 年四次文代会上的讲话中指出:"文艺是社会生活的反映,它把生活的整体作为自己的对象。……作家任何时候都应当深入生活,忠实于生活,写他自己所熟悉的、有兴趣的、感受最深的、经过深思熟虑的东西。……正是在这个意义上,文艺的真实性与政治性

---

① 钱中文等编:《中国 20 世纪文艺学学术史》第三部,中国社会科学出版社 2007 年版,第 57 页。

是统一的。"① 可以看出，此时文艺理论界通过反思已较为客观地厘清了文学与政治的关系。

客观地说，虽然我国学者在 20 世纪 40 年代就已经对文学的意识形态属性有了相当深度的认识，但总体而言始终存在以文学的政治功能取代其意识形态属性的倾向，尤其是新中国成立之后，由于受到苏联文论的影响和对毛泽东文艺思想的片面理解，这一倾向畸形发展，严重影响了我国学者对文学意识形态属性的全面理解。直到新时期之后，理论界一方面重新梳理马克思主义经典作家关于意识形态的论述，另一方面也受到西方马克思主义文论的影响，才开始反思这一重要的理论问题，并取得了丰富的成果。意识形态论在马克思主义文学理论中占有十分重要的地位，西方马克思主义学者对文学的意识形态属性的研究也取得了丰富的成果，值得我们学习借鉴。我们认为，当前我国的马克思主义文论在意识形态研究方面，既应认真反思长期以来对这一理论的种种误解，重新考察马克思主义经典作家的相关论述，也应广泛借鉴西方马克思主义意识形态理论的合理之处，切合我国文学发展实际，进行扎实的理论建设和创新，这对于我国马克思主义文论的发展具有重要意义。

3. 审美反映论与审美意识形态论

文学反映论经过文学与意识形态关系的讨论、文学与形象关系的讨论等，获得了极大的丰富和深化。到了新时期，文学与审美的关系特别受到理论界的重视，许多学者力图在坚持马克思主义反映论和意识形态理论原则的基础上融合审美论的观点，所取得的重要理论成果就是"审美意识形态"论的提出。

新时期伊始，对文学的情感性和审美特性的强调，是因为长期以来我国文艺理论片面强调文学的认识功能和政治功能，忽视了文学的情感性。新时期我国的改革开放，首先是在经济、政治领域引起重大的变化，这一变化当然在文学等意识形态领域有所体现，主要体现在对个体价值的重新肯定，而情感则是个体价值的重要内容。因此，新时期前期，文艺理论界

---

① 周扬：《周扬集》，中国社会科学出版社 2000 年版，第 222 页。

矫枉过正地对审美问题给予了特别的重视，"力求以审美取向为核心来重新建构和整合文学理论"①，这种对审美取向的重视，当然对传统的反映论文学观念产生了冲击，但也推动了文学反映论的进一步发展。如李泽厚在其产生巨大影响的美学著作中特别强调了文学的情感特性，他指出文学是"一种强大的审美感染力量。审美包含认识——理解成分或因素，但决不能归结于等同于认识"②。蒋孔阳也指出："艺术的本质和美的本质，基本上是一致的。……美是艺术的基本属性。不美的'艺术'不能成为真正的艺术。"③ 这一时期学界对情感和审美的重视，已经开始超出文学的范围，向美学问题的讨论发展。

但我们认为，审美情感是从价值论的角度对文学本质的规定，价值论与反映论的二元对立有着很长的历史，在不同时期有着不同的表现形式，如表现论与再现论的对立等。不论是"意识形态"论还是"形象思维"论，仍在反映论的范围之内，而价值论则是与反映论相对的一种理论。关于文学本质的价值论与反映论的争论，在新中国成立之前的历次文艺论争当中已以各种面貌出现过，如果单纯强调一种理论，并不能超越二者的二元对立。因此，一批坚持反映论立场的学者"认识到，仅仅把文学看成是社会生活的一般反映是不够的，这种看法只是在认识论的层面给文学定位，不能说明文学的特殊性"④。在充分吸收审美论的基础上，试图将文学的审美特性与反映功能结合起来，到 20 世纪 80 年代中期，产生了"审美反映论"和"审美意识形态论"。

另外，我国审美意识形态论的提出，在一定程度上也受到苏联相关研究的影响，苏联文艺研究中曾出现以波斯彼洛夫为代表的"意识形态本性论"和以布罗夫为代表的"审美本性论"的对立，布罗夫强调"不仅艺术形式，而且艺术的全部实质，都应该肯定是审美的"⑤。波斯彼洛夫则认为

---

① 钱中文等编：《新中国文论 60 年》，知识产权出版社 2010 年版，第 46 页。
② 李泽厚：《形象思维再续谈》，《文学评论》1980 年第 3 期。
③ 蒋孔阳：《美和美的创造》，江苏人民出版社 1981 年版，第 52 页。
④ 钱中文等编：《新中国文论 60 年》，知识产权出版社 2010 年版，第 35 页。
⑤ [苏联] 阿·布罗夫：《艺术的审美实质》，高叔眉等译，上海译文出版社 1985 年版，第 218 页。

第六章
从文学反映论到文学生产论：文学典型及其典型化理论

"美在艺术作品中的产生和存在，是与作品内容在意识形态上正确的倾向性，与作品内容在认识上的客观性不可分的"①。钱中文、童庆炳等先生都承认受到过布洛夫的影响。

"审美反映论"或"审美意识形态论"的代表人物有童庆炳、钱中文、王元骧等，钱中文认为审美反映的结构是由"心理层面，感性认识层面，语言、符号、形式层面和实践功能层面"等组成。他提出"作为语言艺术的文学的特性既非单纯的意识形态性，也非单纯的审美"，因此"文学是审美意识形态"。所谓的审美意识形态，是"以感情为中心，但它是感情和思想认识的结合；它是……审美意识的形态"②。王元骧在《反映论原理与文学本质问题》等文章中，从反映的心理内容、反映的心理机制等各方面阐述了文学的审美反映本质，在《文学原理》中，他分析了文学反映现实生活的三个层面的中介，即社会心理、艺术家的审美心理和艺术语言与艺术形式，形成了比较系统的审美反映论。从认识论与审美性统一出发，他提出，"文学是反映生活的一种特殊的思想意识形态"。而这种意识形态"是通过作家的审美感受来反映社会生活的，是作家审美意识的物化形态"。童庆炳按照审美反映的"独特的对象、内容和形式"展开对文学"审美反映"论的论证。在《文学理论教程》中，他将审美意识形态论进一步深化，从"文学的一般意识形态性质""文学的审美意识形态性质""文学是显现在话语含蕴中的审美意识形态"三个层面阐述文学的审美意识形态本质，基本形成了系统的审美意识形态理论。

审美意识形态论产生了广泛而重要的影响，据统计，目前国内重要的20多部"文学理论"教材都采用了文学审美反映论或文学审美意识形态论。③ 审美意识形态论最重要的理论意义在于，它不仅是意识形态论的进一步发展，而且是两种不同的文学本质观念的结合，"在某种程度上也是对肇始于20世纪初我国现代文艺理论意识形态论和审美论两脉的扬弃与重

---

① [苏联]格·尼·波斯彼洛夫：《论美与艺术》，刘宾雁译，上海译文出版社1981年版，第61页。
② 钱中文：《论文学观念的系统性特征》，《文艺研究》1987年第6期。
③ 参见钱中文等编《新中国文论60年》，知识产权出版社2010年版，第37页。

建"①,是"把马克思艺术本质的两个方面的观点,即美学观点和史学观点,意识形态论和艺术掌握世界论完整地结合的理论创造"②。

但审美意识形态论有一个显著问题,即"审美反映"与"审美意识形态"这两个概念没有得到明确区分,持此论者大都认为"审美反映"论与"审美意识形态"论是一致的,其区别主要在于前者从马克思主义存在与意识关系的角度提出,后者从马克思主义社会经济基础与上层建筑的关系角度提出。直到现在,"审美反映"论和"审美意识形态"论这两个观点并存甚至相互为用。③ 但也有论者认为:审美反映论还是偏重于在认识论的框架内来把握文艺的本质,而对文艺的意识形态属性这一涵盖面更广的性质则未予重视,因而人们力图从一种更为宏观的视角考察文艺现象,推进对文艺本质的理解和认识。④

我们认为,从理论基础上说,审美反映论建立在哲学反映论的基础上,而审美意识形态论则建立在马克思主义意识形态理论的基础上,二者有联系,但也有重要的区别。所以这两个概念是不能简单等同的,从审美反映论到审美意识形态论应该有本质性的理论区别。如果将二者区分开来,单就审美反映论而言,它的确是对文学反映论的一个重要推进,因为文学反映论是一种认识论意义上的文学本质观,过于强调文学的认识功能;而审美性也是文学本质不可缺少的一个方面,单纯从反映论的角度界定文学本质是偏颇的,将"审美"与"反映"结合起来具有重要的理论意义。但是,美毕竟是一种情感行为的对象,具有价值属性,审美与反映有着本质的区别,而"审美反映论"的论者或者偏于将审美理解为反映的特殊形式,或者偏于将反映理解为审美的特殊形式,并未真正解决二者的关系;此外,"审美反映论"还倾向于将"反映"这一哲学层面的概念转化为心理学的概念,结合皮亚杰的认知心理学理论和其他一些审美心理学理

---

① 朱立元:《马克思主义文艺理论中国化研究》,经济科学出版社 2009 年版,第 130 页。
② 冯宪光:《意识形态的流转》,《社会科学研究》2007 年第 1 期。
③ 参见钱中文等编《新中国文论 60 年》,知识产权出版社 2010 年版,第 36—37 页。
④ 参见朱立元《马克思主义文艺理论中国化研究》,经济科学出版社 2009 年版,第 119 页。

论研究审美反映问题,[①] 这一方面是对文学反映论的具体化,但也有偏离马克思主义哲学反映论的危险。

但事实上,审美意识形态论者并没有真正区分"审美反映"与"审美意识形态"这两个概念,因而审美意识形态论并没有超越审美反映论,也没有彻底解决审美与意识形态的真正融合问题;并且由于"审美意识形态"逐渐取代"审美反映"成为这一学说的主要概念,这就带来了更严重的问题。因此,从20世纪90年代后期开始,不断有学者对审美意识形态论进行反思乃至批判,主要表现为对其审美中心主义倾向的批评,以及对"审美意识形态"概念本身合理性的批评等。我们认为,审美意识形态论着力要解决的是文学的审美属性和意识形态属性的统一问题,但就其具体论点来看,它并没有真正解决这一问题。

首先,审美意识形态论将"审美"作为文学本质属性的核心要素,其所理解的审美基本上是康德意义上的美感体验,这就导致了一个矛盾,即作为内在的美感体验的"审美"如何能够限定作为一种社会现象的"意识形态"。我们认为,如果将"审美"理解为一种意识行为的特殊类型,即审美意识对审美对象的感知、感受乃至构造的过程,那么这个意义上的"审美意识形态"概念是有问题的,因为意识形态论是在社会结构的层面讨论文学现象,而审美论则是在心理结构的层面讨论文学现象,要将二者结合起来,就涉及社会结构对个体心理结构的渗透,进而对审美意识的影响问题,但这显然不符合审美意识形态论论者对二者关系的理解。

其次,就"审美意识形态"这一核心术语而言,"审美"是"意识形态"的限定词,也就是说,审美意识形态论仍然将文学界定为一种特殊的意识形态,应该在意识形态论的理论框架内探讨文学的特殊本质,所谓"审美意识形态"应该是一般意识形态的本质属性在文学领域中的进一步规定。然而审美意识形态论的代表学者更侧重于对文学审美属性的强调,反而对其意识形态属性没有进行深入揭示。事实上,我国的马克思主义文

[①] 参见卢政《走向建构论——新时期马克思主义文艺学体系论证研究》,齐鲁书社2006年版,第209—211页。

论在发展过程中，恰恰在文学的意识形态属性方面存在严重的认识误区，在新时期之前长期将意识形态属性等同于政治功能，而新时期之后则又有排斥文学意识形态属性的倾向。审美意识形态论没有将研究重点放在意识形态概念的厘清上，这不能不说是它的一大欠缺。

最后，将审美理解为文学的核心本质，是否符合马克思主义的意识形态理论呢？在对审美意识形态论的批判当中，"审美中心主义"的批评是其中重要的观点。虽然审美意识形态论的代表作家对此进行了反驳，并且的确试图将文学的审美属性与意识形态属性加以结合，然而我们认为，以审美来统领文学的意识形态等诸多属性，将文学的本质归结到审美上，是值得商榷的。文学作为一种掌握世界的特殊方式，不论其意义还是功能，都不是简单的审美所能涵盖的。

综上所述，我国的文学反映论从形成到建立起主流文艺本质观的地位，再到进一步的发展，经历了曲折的过程，在我国学者不断努力之下，推动了我国文学反映论的独立发展，取得了重要的理论成果。当前，文学反映论仍然是我国主流的马克思主义文艺理论，具有极其重要的理论意义，这是因为：一方面，将文学视为对现实世界的反映或者再现，是文学理论史上最为重要的文学本质观之一，而马克思主义的反映论无疑比以往任何理论更科学地阐释了文学的这一本质属性；另一方面，文学反映论具有极强的自我发展和完善的潜能，从俄国到我国，文学反映论的内涵不断丰富，理论架构越来越完善，并且在我国众多学者的努力下，这一理论仍在继续着自我完善和发展。

同时我们也应当看到，文学反映论有着重要局限，比如文学的认识功能与意识形态属性、形象和审美的关系尚未得到彻底的厘清；而文学反映论的理论局限从根本上说，尚未真正区分文学反映与科学认识的本质区别。一方面，它从认识论的角度对文学本质的理解往往难以充分兼容文学其他方面的本质属性，从而导致与现实的文学经验相脱离；另一方面，文学反映与科学认识的区别，不只在于反映方式，其反映的内容也不同于一般意义上的"知识"，而是有独特的、唯有文学才能反映出来的意义。当然我们并不否认文学能够在"知识"的层面上反映现实，但这并不是最根本的属性，只有深入研究文学反映独特的方式和对象才能真正推进这一理论的发展。

第二节　典型及典型化理论的内涵及其发展过程

如果说文学反映论是 20 世纪我国主流的文学本质观，那么"典型及典型化理论"就是主流的文学创作与批评的方法论，它建立在反映论的基础之上，被认为是文学通过形象反映现实生活的一种特定方式。因此，典型理论与文学反映论有内在的逻辑关系，二者共同构成马克思主义文艺学的主体理论形态。

典型与现实主义文学有着不可分割的关系。马克思和恩格斯在讨论典型问题时主要针对的是现实主义叙事文学的传统，"在马克思主义文艺理论体系中，典型与现实主义是一个不可分割的整体。马克思主义创始人所谈论的典型，是对现实主义创作的最高要求，马克思主义创始人所谈论的现实主义，是创造典型的主要创作方法"[1]。

"典型"是指能够反映社会生活普遍性的具体的文学形象："就所涉及的内容来看，马恩的典型理论主要表现为三点：其一，典型是共性与个性相统一的艺术观；其二，典型环境与典型人物相统一的创作原则；其三，按照'美的规律'塑造共产主义新人。"[2] 可见，典型概念中包含着两个层面的关系，一是个别的文学形象与其所反映的一般社会规律之间的关系；二是典型人物与典型环境之间的关系，"一方面，典型环境是典型人物存在的基础……再则，典型人物是典型环境的核心和灵魂"[3]。

综上所述，我们可以从三个层面来界定"典型"概念的内涵：第一，

---

[1] 季水河：《回顾与前瞻——论新中国马克思主义文艺理论研究及其未来走向》，中国社会科学出版社 2009 年版，第 71 页。
[2] 何志钧等：《马克思主义文艺学——从经典到当代》，中国文联出版社 2007 年版，第 104 页。
[3] 同上书，第 107—108 页。

典型是建立在文学反映论基础上的现实主义叙事类文学的基础方法；第二，典型通过具体可感的形象反映普遍的社会本质和规律；第三，典型是人物形象与环境刻画的统一。此外，典型概念与意识形态也有密切关系。

典型理论还包括"典型化"的问题，即如何来塑造典型形象的问题，较有代表性的看法是，首先按社会阶层等政治、经济背景将人们分类，再通过观察和分析大量的不同阶层的人物样本，提炼出他们有代表性的性格特征，最后将这些特征集中到一个艺术形象当中。

一 "典型"问题的理论背景

"典型"主要是恩格斯在文学批评当中提出的重要概念，马克思、恩格斯在一系列著作，特别是恩格斯的几封通信中对典型概念有比较全面和深入的探讨。

传统的典型理论倾向于从个别性与一般性的统一的角度阐释典型概念，个别性与一般性的辩证统一，在黑格尔那里已经受到了相当的关注。但是，黑格尔所谓的"个别性"与"一般性"是从他的客观唯心主义哲学出发的，与马克思主义的典型理论有着根本性的区别。

在论证典型概念时，恩格斯指出："每个人都是典型，但同时又是一定的单个人，正如老黑格尔所说的，是一个'这个'，而且应当是如此。"[1]但作为"这个"的典型形象所反映出的并非黑格尔意义上的绝对精神，而是客观的社会发展规律，因此作为"这个"的典型形象就绝不是仅凭着自己的行为和性格特征来反映"一般性"，而是必然要处于特定的社会环境当中，是一个具体社会环境中的具体的人。因此，恩格斯提出的典型概念不仅包括典型人物，还包括典型环境，是二者的辩证统一。

恩格斯在《致玛·哈克奈斯》的信中说："据我看来，现实主义的意思是，除细节的真实外，还要真实地再现典型环境中的典型人物。"[2] 首

---

[1] 中共中央马克思恩格斯列宁斯大林著作编译局编：《马克思恩格斯选集》第4卷，人民出版社1972年版，第453页。

[2] 同上书，第462页。

第六章
从文学反映论到文学生产论：文学典型及其典型化理论

先，恩格斯提出了典型与现实主义的紧密关系，其次，他提出了典型概念包括"典型环境"和"典型人物"两个要素，典型的艺术形象总是处于典型环境当中的形象。环境之所以是典型形象不可缺少的一部分，是因为人物的行动、思想和情感是由其所处的社会环境规定和推动的，这样才能体现出它的必然性，也只有能够揭示出环境和人物的必然关系的艺术形象才能称为典型。

典型理论在俄国和其后的苏联文艺理论中得到进一步发展，特别是典型与政治倾向性被联系起来。1934年全苏第一次作家代表大会上，最初由斯大林提出的"社会主义现实主义"的创作原则被写入《苏联作家协会章程》，成为苏联法定的文学创作方法，它规定："艺术描写的真实性和历史具体性必须与用社会主义精神从思想上改造和教育劳动人民的任务结合起来。"也就是说，现实主义文学不仅要反映现实生活的本质规律，还要以社会主义的意识形态来教化群众；它还强调社会主义文学要塑造理想化的英雄典型，日丹诺夫指出："苏联文学应当善于表现出我们的英雄，应当善于展望到我们的明天。"① 这就从内容上规定了现实主义文学典型塑造的范围和方向。

马克思和恩格斯在对拉萨尔、卡尔·倍克等人的批评中的确强调过应着重塑造"新人"的问题，但是这一问题的提出是因为当时无产阶级革命的历史潮流应当反映在文学当中，只有塑造出这样的典型形象，才能真正反映出历史的发展。这是从典型的内在要求出发对现实主义文学提出的要求。而"社会主义现实主义"则是外在地对文学创作的僵化的要求，对苏联乃至我国的社会主义文学创作都产生了不良的影响。

在具体的典型创造方法这一问题上，高尔基的观点产生了重要影响，他说："假如一个作家能从二十个到五十个，以至于几百个小商人、官吏、工人的每个人身上，抽出他们最特征的阶级特点、性癖、趣味、动作、信仰和谈风等，把这些东西抽取出来，再把它们综合在一个小商人、官吏、

---

① [苏]日丹诺夫：《在第一次全苏作家代表大会上的讲演》，载《苏联文学艺术问题》，曹靖华等译，人民文学出版社1953年版，第27页。

工人身上——那么，这个作家靠了这种手法就创造出'典型'来——而这才是艺术。"[1] 我们可以看出，高尔基的典型化过程是一个抽象化和具体化同时进行的过程，作家通过观察生活，通过广泛地积累素材来创造艺术形象，这是文学常识；但这中间是否必然经过一个"抽象"的阶段，则是值得商榷的。然而，这一"典型化"的方法实际上长期影响了苏联和我国的文学创作。

二 中国典型理论的发展历程

我国文学理论界对典型理论的引进和对文学反映论的引进是同步的，在20世纪40年代，我国学者就比较全面而深入地掌握了这一理论并进行了有价值的探索。但50年代之后，由于各方面的原因，典型理论研究进入了误区，主要体现在关于典型性与阶级性关系的争论上，对典型的理解逐渐狭隘化。新时期之后，虽然理论界对典型理论进行了有益的反思和积极的发展，但由于典型理论与现实主义文学有着密不可分的关系，随着当代文学潮流的发展变化，这一理论也面临着严重的困境。

1. 典型理论的接受与发展

典型理论是经由俄国和苏联进入我国文艺理论界的。1921年，鲁迅在《译了〈工人绥惠略夫〉之后》一文中最先引进了"典型""典型人物"等概念。虽然鲁迅没有专门对此概念加以阐释，但从语境来看，他基本上涉及典型的个别性与一般性的关系。[2] 其后，鲁迅在一系列文艺批评文章中涉及典型问题，形成了比较成熟的典型观，并且提出了"杂取种种人，合成一个人"的典型化方法。

20世纪20年代后期，围绕着"阿Q"这一人物形象，茅盾、成仿吾、郑振铎、钱杏邨等人展开讨论，不仅运用到了典型性格、典型人物等概念，而且涉及典型的时代性、典型性格的统一性问题。如茅盾强调了"阿

---

[1] 林焕平编：《高尔基论文学》，广西人民出版社1980年版，第38页。
[2] 参见鲁迅《鲁迅全集》第10卷，人民文学出版社1981年版，第167页。

Q"形象的普遍代表性；成仿吾则在批评《阿Q正传》时再一次使用了"典型人物"概念，分析了"阿Q"这一典型形象；钱杏邨提出了典型的时代性问题；而郑振铎则分析了典型性格的统一性问题。[①]

对典型理论的大规模引进是在20世纪30年代之后，而译介有关典型的理论文章出力较大的是瞿秋白。20世纪30年代初，恩格斯关于文艺的几封通信在苏联《文学遗产》上首次发表，瞿秋白当即编译，先后刊载在《读书杂志》和《译文》上，引起了人们的普遍关注。如前文所述，这几篇通信是恩格斯论述典型概念的主要文献资料，瞿秋白的翻译，对我国文艺理论界深入理解典型理论有重要的意义。此后，胡风等人又做了不少翻译工作，关于典型的文献资料得以丰富。

关于典型理论的首次系统、深入的讨论发生在20世纪30年代中后期胡风与周扬之间，他们直接涉及典型人物的普遍性与特殊性及二者的关系、典型人物的创造方法等问题。胡风在《什么是"典型"和"类型"》一文中分析了典型的基本含义：一是它包含普遍和特殊两个因素；二是它是特定社会群体所有个体中抽取出的共同特征，包含着必然性；典型要反映特定历史时代的社会关系；典型具有历史发展的特点。他对典型的理解已比较深入，但对普遍与特殊、典型与社会现实之间的辩证关系的理解还不算准确。

而周扬在《现实主义试论》一文中就批评了胡风的片面性，指出："典型不是模特儿的摹绘，不是空想的影子，而是作者用丰富的想象力把实际上已经存在或正在萌芽的某一社会群共同的性格，综合、夸大，给予最具体真实的表现的东西。"[②] 在《典型与个性》一文中，他进一步阐述了典型人物的普遍性与个别性的统一："这种个人的多样性并不和社会的共同性相排斥，社会的共同性正通过各个个体而显现出来。一个典型应当同时是一个活生生的个体。"[③] 应该说，周扬对马克思主义典型理论的理解更为深入和准确，而胡风则有自身的理解，他一方面强调想象与直观对典型

[①] 参见李衍柱《马克思主义典型学说史纲》，高等教育出版社2003年版，第266—271页。
[②] 周扬：《现实主义试论》，《文学》第6卷第1号，1936年1月，第89页。
[③] 周扬：《典型与个性》，《文学》第6卷第4号，1936年4月，第519页。

创造的意义，另一方面也肯定了分析和认识在艺术创造中的功能。后来，胡风将这种融合了认知与体验的方法称为"艺术概括"，认为理性和认知只有融入情感并和他的个性成为不可分的东西时才有意义。①

周扬与胡风关于典型理论的不同观点，在一定程度上代表了我国典型理论研究的两种不同倾向，一是强调典型的阶级性和政治功能，这是延续了苏联典型理论的立场；二是强调典型塑造过程中主体情感因素的作用，乃至拓展典型的内涵与外延（这一点后文详述），这是延续了五四文学传统的立场。当然，由于政治环境的影响，前一种观点长期占据主流的地位，但在不同时期，还是有很多学者不断提出典型与主体情感的关系问题，这是我国学者对典型理论丰富与深化所做的重要贡献。

20世纪40年代之后，蔡仪、邵荃麟、周行等学者都研究了典型环境在典型塑造中的重要作用，对典型理论已经形成了较为全面的认识。蔡仪的文艺思想较为集中地体现了这一时期我国理论家对典型问题的认识所达到的深度。蔡仪在《新艺术论》和《新美学》等著作中全面阐述了典型理论，一方面，他对马克思主义的典型理论的基本内涵已经有了比较全面和准确的理解，例如，对于典型是个别性与一般性辩证统一的强调，对于典型人物与典型环境的辩证统一的强调等；另一方面，蔡仪的典型研究已经不仅限于对经典的典型理论的重复，而是有了更进一步的发展。

蔡仪对典型理论的发展主要表现在两个方面。

其一，将典型概念上升为美学的核心概念。如上文所述，马克思、恩格斯提出的典型概念主要是针对现实主义叙事类文学的创作方法而言的，但在蔡仪这里，典型已不再仅仅是一种创作方法问题，而是与美的本质、"美的规律"联系在一起，明确提出"美的就是典型的，典型的就是美的"。难能可贵的是，他将典型理论与马克思在《1844年经济学哲学手稿》中提出的人按照"美的规律"创造的观点结合起来，将美的规律理解为以个别性表现普遍性，从而合逻辑地将典型概念转化为美学的核心概念。

其二，将典型概念的外延大大拓展，不再仅限于文学作品中的人物形

----
① 胡风：《胡风评论集》上册，人民文学出版社1984年版，第349页。

象和环境形象,而是从文学典型与自然典型的辩证关系的角度来理解典型,也就是说,典型不只是文学内部的问题,文学典型只是对现实的典型事物的反映,现实事物本身也存在典型。这显然是对典型概念的一种拓展,并且是将典型性理解为客观事物的一种本质属性。

蔡仪对典型理论的拓展显然存在明显的问题,"美的就是典型的"与黑格尔"美是理念的感性显现"这一论断是一脉相承的,并不完全符合马克思主义的美学观;而将典型性拓展到文学之外的、客观的自然和社会事物上,在某种程度上也混淆了文学现象与一般自然、社会现象的区别。但他的美学观念的确进一步丰富了我国理论界的典型研究,具有重要的意义。总之,通过经典理论的输入和讨论,到 20 世纪 40 年代,我国学者对典型理论的认识已经达到了比较全面和深入的程度。

2. 新中国成立后关于典型与阶级性关系的争论

新中国成立之后,我国文艺理论全面向苏联学习,20 世纪 50 年代中期展开的典型问题大讨论就是在此背景下开始的。1952 年,马林柯夫在苏联党代会上指出,"典型是党性在现实主义艺术中表现的基本范围。典型问题任何时候都是一个政治性问题"[1]。此后,苏联学界围绕典型问题展开了长期讨论,对我国的典型理论产生了重要影响。1956 年 3 月,"《文艺报》首先发表了周若予译、曹葆华校的苏联《共产党人》杂志专论《关于文学艺术中的典型问题》,成了这场讨论的前奏"[2]。在此前后,《新建设》1955 年 3 月发表马赛也夫的《论艺术中典型化》,《学习译丛》1956 年第 8 期发表维·谢尔宾娜的《典型与个性》;而 1956 年《文艺报》开设了"关于典型问题的讨论"专栏,刊登了一批学者的文章,开启了关于典型问题的重要讨论。

此次讨论的焦点就在于典型性与阶级性的关系。主要观点有偏于将典型性与本质性、普遍性联系起来的张光年的"典型即本质"说、巴人的

---

[1] [苏联]马林柯夫:《在第 19 次党代表大会上关于联共(布)中央工作的总结报告》,人民出版社 1952 年版,第 71 页。

[2] 谷熊:《略述关于典型人物的几个问题》,《文学评论》1963 年第 4 期。

"代表说",偏于将典型性与个性联系起来的王愚、李幼苏等的"典型即个性"说等,其中何其芳、蔡仪等对典型及典型的阶级性问题的理解比较辩证,对将典型性简单理解为阶级性的观点做了合理批判。但当时主流的观点仍是强调典型的阶级性。如谷熊认为:"典型必须概括一定阶级的性格特征……塑造典型就必须把为一定阶级所共有的某些性格特征集中概括起来,再经过艺术的想象夸张,使这些阶级的性格特征更突出、更鲜明、更强烈。"① 在这一时期,我国学者对"典型化"和"典型环境"问题也做了一定程度的探讨,深化了对典型理论的认识。

然而,文艺理论研究中政治化、教条化的倾向越来越严重,"文革"时期提出的所谓"三突出"的原则,只是对典型理论的庸俗化和教条化,已经偏离了真正的典型理论。恩格斯曾经明确指出:"作者的见解越隐蔽,对艺术作品来说就越好。"② 典型的意识形态属性并不完全等同于阶级性,更不意味着创造典型必须遵循某些外在的政治教条,作为一种文学创作和批评方法,典型是通过其对社会现实反映的深刻性而非说教来塑造的,因而越是在创作中强调政治观念,反而越会偏离典型。

与此相关,在1953年文代会上,周扬指出,英雄人物的塑造要突出表现他的光辉品质,忽略不重要的缺点,使他成为群众所向往的理想人物。③ 这种观点明显受到了同时期苏联的影响,"社会主义现实主义"的方法论原则被完全接收过来,成为我国文艺理论的官方意识形态。由于苏联政治环境和中苏关系的变化,1960年周扬在第三次文代会上提出"革命的浪漫主义与现实主义相结合"这一源自毛泽东的文艺思想,从此"两结合"取代"社会主义现实主义"成为我国官方的文艺意识形态。但"社会主义现实主义"本身就蕴含着理想主义的因素,与"两结合"本就有相通之处,所以这一时期的典型理论研究事实上仍然是处在苏联影响之下的。

我们认为,一方面典型性与阶级性当然有着密切的关系,特别是在阶

---

① 谷熊:《论典型的共性和阶级性的关系》,《文史哲》1965年第2期。
② 中共中央马克思恩格斯列宁斯大林著作编译局编:《马克思恩格斯选集》第4卷,人民出版社1972年版,第462页。
③ 参见周扬《为创造更多的优秀的文学艺术作品而奋斗》,《人民文学》1953年第11期。

级社会的环境中，在阶级斗争对社会生活产生重大影响的形势下，人的阶级属性当然应该在文学的典型形象身上得到反映。但是，这一时期的主流观点明显存在以阶级性压倒所有其他性格特征，乃至取代典型性的倾向，以及将典型的"共性"和"个性"分裂开来的倾向，这对我国典型理论的发展产生了十分不良的影响。

3. 新时期典型理论的进一步发展与面临的困境

新时期典型理论再次受到理论界的关注，此次典型问题的大讨论开始于对长期以来教条化的文艺理论的反思，因此首先表现为对典型的共性等于阶级性观点的批驳，乃至对典型等于共性与个性相统一的"统一论"的质疑。如蒋孔阳就表示过：

> 把典型理解为个别性与一般性的统一，或者共性与个性的统一……存在着一些不足之处：(1) 任何事物都是共性与个性的统一，如果把典型也只是看成共性与个性的统一，势必忽视典型的艺术特征。(2) 它把共性与个性看成是两个对立的东西，因而容易造成共性自共性、个性自个性的错误看法。事实上，在艺术形象中二者是密切不可分的。(3) 容易把共性与个性，特别是共性抽象化。共性一经抽象化之后，就容易变成形而上学的东西，如把共性等同于阶级性、社会本质等等之类。①

第二种倾向是对典型的个性特征的强调，由于长期以来对艺术形象个性特征的漠视，这一时期部分学者对典型的个性特征做了矫枉过正的强调，如姚雪垠在 20 世纪 70 年代末直接提出"个性出典型"的论断，② 此外，薛瑞生、刘建国、毛星等学者也强调了个性化问题。

第三种倾向是受到西方马克思主义学者关于典型问题研究的影响，新时期许多学者开始突破长期以来对典型的传统理解，从"中介论"的角度

---

① 蒋孔阳：《形象与典型》，百花文艺出版社 1980 年版，第 192—193 页。
② 参见姚雪垠《关于典型问题的一封信》，《北京文艺》1979 年第 5 期。

发展了典型理论。如陆学明认为，典型既不是个别也不是普遍，而是位于两者之间的"特殊"层上；杨曾宪将典型界定为以特殊形象形态存在的具有审美认识功能的艺术中介。此外，陆贵山、沈仁康、何新、马玉田等学者也主张使用"特殊"这一介于个别和普遍之间又不同于两者的范畴认识典型。[①] 用"中介"或者"特殊"这一哲学范畴来界定文学典型，就典型理论的发展历程来说是一种创新，但这仍然是从哲学中借用过来的概念，特殊概念的引入对于个别性与一般性的辩证关系及典型理论的发展究竟有多少意义，还是值得商榷的。

与这种倾向相对应，也有学者从具体的文学批评的角度来理解典型，如林兴宅通过对"阿Q"形象细致深入的分析，丰富了典型形象的内涵；栾昌大也认为典型研究"不是要求对典型进行什么是个性、什么是共性的剖析，而是要求从整体上把握典型性格的特殊性……不是要求作家对生活中的人物进行综合概括，让个别来表示一般，而是要求捕捉具有独特特征的性格，加以艺术处理，整个创作过程是从个别到个别"[②]。

新时期典型理论研究虽然取得了很大进展，但也面临着一个新的问题，那就是当代文学呈现出的崭新面貌。由于受到西方现代主义文学的影响，新时期的文学创作在风格和类型上呈现多元化发展态势，传统的现实主义文学已经不再占有主流文学类型的地位，这就对典型理论提出了严峻的挑战，要求它必须突破传统的理论框架，以符合文学实践发展的趋势。这种理论突破主要体现在三个方面：一是刘再复对人物性格的研究；二是从"价值论"的角度对典型概念的拓展；三是试图将典型理论与我国传统文论的某些思想相结合。

在新时期，对典型形象问题作出深入探索并产生重大影响的是刘再复提出的"二重性格组合论"。但刘再复不是在传统的典型理论的基础上，而是跳出这一理论框架，直接从对文学形象的分析入手，深入探讨了典型形象的复杂性并具体分析了其内在结构和机制。

---

① 参见叶纪彬《评典型"中介论"》，《辽宁师范大学学报》1994年第4期。
② 栾昌大：《文学典型研究的新发展》，辽宁大学出版社1986年版，第23页。

第六章
从文学反映论到文学生产论：文学典型及其典型化理论

刘再复认为，典型的人物形象不是只突出人物某一方面特性的"扁平人物"，而是揭示人物性格内在矛盾的"圆形人物"，具有更高价值的人物形象必然是复杂的，并且是处在内在矛盾之中的，而这种复杂性和矛盾性的根源在于人物性格的深层结构当中存在正反两极，这对矛盾的相互作用造成了人物性格的丰富性。应该强调的是，刘再复提出人物性格的"两极"，其重点不是在"二重"，而是在"组合"，即强调人物形象的多重层次和发展变化，并非双重性格的简单重叠。①

应该说"二重性格组合论"达到了一定的理论深度，它从人物性格的多层次性和动态的发展变化两个维度上丰富了传统典型理论。但刘再复的理论出发点是以"主体论"取代"反映论"，对于典型理论来说，这就颠覆了其理论基础，并且他所理解的人物性格与传统的现实主义文学呈现的鲜明的人物性格有很大不同。一方面，由于强调人物性格的多层次性和变动性，他所指的人物形象是一种"模糊形象"，实际上是对传统的典型形象的一种解构。另一方面，他过于强调人物性格的内在结构而忽略了人物与环境的辩证关系，将社会、历史的人还原为在善与恶、灵与欲……的矛盾关系中的人，反而使人物形象抽象化了。

典型理论的另一个重要发展是"价值论"的提出。事实上，自从典型理论传入我国，一直有学者提出典型与主体情感的关系问题，典型理论与抒情文学、浪漫文学的关系问题等，这在一定程度上是受到我国古典文学传统和文论传统的影响。早在20世纪40年代，学者林焕平就针对我国以抒情见长的文学传统提出，对典型的运用和理解不应过于狭隘，不应将典型理论局限在叙事文学之中，典型应将情感和抒情文学也包括进来，"一、题材和情感上的典型性问题；二、诗歌和散文上的典型性问题"②。这一时期还产生了许多富有创造性的概念，如"典型情感""典型意境"等。20世纪60年代，"两结合"口号的提出，事实上预设了典型理论也能够适用于浪漫主义文学，但当时并没有太多学者就此问题进行研究，因为典型与

---

① 参见刘再复《论人物性格的二重组合原理》，《文学评论》1984年第3期。
② 林焕平：《典型论——文艺批评论之一》，《文艺春秋》1947年第1期。

现实主义的必然联系已经成为理论界的常识，如狄其骢认为：“因为典型创造要求典型环境中的典型性格。浪漫主义的形象都是特殊性格，并常常活动在特殊环境中，所以不能创造典型。”[①]

新时期，随着情感论和审美论的兴起，越来越多的学者尝试从审美和情感的角度拓展典型理论的内涵，使其能够适应新时代文学的发展。这一方面表现为以价值论取代反映论作为典型的理论基础，如陈伟在"审美体验论"中提出典型的本质不在于是否在客体上反映了"一般"和"共性"，而在于它是否在客体特征上体现了艺术家独特的、符合历史规律的审美体验。[②] 这种观点与传统的典型理论已经大相径庭，完全是从不同的角度来界定典型概念。另一方面表现为对典型概念内容的拓展，传统的典型理论主要包括典型人物和典型环境两个因素，因此主要适用于现实主义叙事文学，而随着西方现代派文学的传入及我国现代派文学的兴起，传统的典型理论在解释力上就显现了其不足，有的学者尝试拓展典型理论的逻辑框架，提出新的典型概念补充典型理论的不足。如吴亮扩充典型的含义，认为在典型性格、人物之外，完全可以补充上典型情绪、典型体验、典型心理和典型观念，"典型完全是某种典型观念、典型情绪感受、典型体验或典型心理"[③]，从而使典型有可能适用于非现实主义的文学。

第四种倾向是将典型理论与我国传统文论结合起来，以传统文论的思想改造典型理论，以实现这一理论的彻底中国化。如童庆炳以中国古典诗学中"传神写照"匡正典型创造中对理性、对分析的过分依赖和偏重。[④]

这种对情感、审美因素的注重，一是受到新时期以来文化思潮、文学思潮的影响，二是受到我国传统文学、文论的影响，具有一定的合理性，但这种倾向并不是典型理论自身的逻辑发展的结果。所谓的"典型情感""典型心理"，虽然仍然挂着"典型"名字，然而与典型概念的基本内涵已经有很大差距，甚至毫无关系，而是基于非反映论的理论基础，对某些

---

① 狄其骢：《关于典型问题的讨论综述》，《文史哲》1963年第4期。
② 参见陈伟《文学典型的美学性质》，《上海师范大学学报》1987年第2期。
③ 吴亮：《"典型"的历史变迁》，《当代文艺思潮》1983年第4期。
④ 参见童庆炳《略谈"典型"与"传神写照"》，《浙江社会科学》2002年第3期。

"非典型"的文学现象的概括。因此,虽然很多学者是从推动典型理论发展的角度出发提出新的观点和概念,但事实上这种理论基础的转换意味着典型理论已经走向了自己的反面,典型理论发展到这里,已经是对这一理论的逻辑基础的解构。因此,20世纪90年代中后期,出现了否定典型理论的声音也就是自然而然的事情了。总之,新时期的典型理论研究从深度和广度上都有很大进展,同时也正因为这种深度和广度上的拓展,典型理论本身逐渐显露出其局限性,遭遇了严重的困境。

我们认为,典型理论的确存在局限性,一方面,它是针对现实主义叙事文学提出的理论,对于非现实主义及非叙事类的文学缺乏足够的解释力,这一点在当代多元化的文学创作背景下尤为明显,如"典型人物"与"典型环境"两大要素就不能适应丰富的文学现象,即便在叙事类文学当中,鲜明的性格特征和对社会历史的批判反思也已经不是必然的追求;另一方面,典型概念所含的"个别"与"一般"的辩证关系,只能说是从一个层面揭示了文学的本质特性,但从我国的古典文学到西方浪漫主义、现代主义和后现代主义文学,丰富多彩的文学传统并非都能从这一关系的角度进行理解。

但是我们不能因此就完全否定它的理论意义,首先,在特定的时代背景和文学传统之下,典型理论的科学性和解释力,以及对文学创作的指导作用是毋庸置疑的;其次,正如现实主义文学传统仍然具有强大的生命力,并影响和渗透在不同的文学风格之中,典型理论对于当代多元的文学创作与批评仍然具有一定程度上的指导意义。我们认为,典型理论要保持重要的理论价值,必须面对多元化的文学发展状况,更重要的是其理论基础需要根本性的发展。

第三节 文学生产论的内涵及其发展历程

文学生产论建立在马克思主义实践哲学及政治经济学的基础上,是一种偏于实践论的文学本质观。文学生产论的出发点,是将文学视为一种

"生产劳动",也就是人类实践活动的一种方式,马克思"把人类社会生产分成物质生产、人口生产和精神生产三大基本部类,并把哲学、科学、艺术等纳入精神生产的系统,认为艺术是一种特殊的精神生产"[1]。

马克思恩格斯从两个层面上理解包括文学生产在内的精神生产。

首先,文学生产与物质生产既有联系又有区别。精神生产建立在物质生产基础之上,一方面文学生产在物质生产发展的过程中产生,另一方面它自身的发展受到物质生产发展状况的制约,更重要的是,马克思主义所理解的实践(生产劳动)本就是人的本质力量的实现,而"艺术生产也意味着艺术活动也是一种实践,是人的本质力量的对象化,是人类自我达成、自我提升的有效手段"[2]。此外,文学生产与物质生产的方式有着相通性。一方面,文学生产与手工艺生产相似,是一项技术性的工作,"艺术像其他形式的生产一样,依赖某些生产技术——某些绘画、出版、演出等方面的技术"[3]。另一方面,就像物质生产要产生物化的产品一样,"一切艺术和科学的产品、书籍、绘画、雕塑等只要它们表现为物,就都包括在这些物质产品中"[4]。但文学生产与物质生产又有着根本的不同,一是表现在二者基础性地位的不同,物质生产始终是处在第一位的;二是表现在其生产的方式、其对象和产品的存在形式不同;三是文学也形成了自己的传统,有着自身的发展规律,它的发展并不完全取决于一定时代的物质条件,有时与物质生产的发展状况并不匹配。

其次,马克思既将生产理解为人的实践活动,又将其理解为一种社会经济活动,这两者是统一的。在人类社会当中,生产作为一种经济活动,总是处在一定经济关系和经济规律的支配之下,是从生产到消费不断循环的过程。因而文学生产论也是关于文学生产及其与文学消费的关系的理论。需要指出的是,文学的生产与消费与文学创作和欣赏基本上是同一个

---

[1] 朱立元:《马克思主义文艺理论中国化研究》,经济科学出版社 2009 年版,第 326 页。
[2] 同上书,第 329 页。
[3] 中共中央马克思恩格斯列宁斯大林著作编译局编:《马克思恩格斯全集》第 26 卷,人民出版社 1975 年版,第 165 页。
[4] 同上。

过程，但二者的含义却不尽相同，"二者意味着两种不同的考察角度……就具体实现过程看，二者也不尽相同"①。实践哲学与政治经济学是内在统一的，因此从生产与消费的关系来考察文学现象，并非是对文学本质的一种偏离，而是将文学视为一种社会实践活动的必然的逻辑发展结果。

此外，文学生产同意识形态有着密切的关系，有学者将文学生产理解为意识形态的生产："'艺术生产论'应理解为从生产的角度谈意识形态，'意识形态论'应理解为从意识形态的视角谈精神生产和艺术生产。……'意识形态论'规定着艺术的基本性质，'艺术生产论'只不过是'意识形态论'的运作和实践。"②文学生产的确带有意识形态属性，但是，将文学生产等同于意识形态论的运作和实践，应该说是值得商榷的，有学者指出："艺术生产，无疑在生产着意识形态，是对意识形态的运作和实践。但是，艺术生产又无疑在对抗着意识形态，是对意识形态的瓦解与颠覆。"③

综上所述，文学生产论包含着三个层面的含义。首先，文学生产论将文学视为一种实践活动，这种实践以物质生产为基础，二者之间既有相通之处，又有所区别，这种区别就是文学生产的特殊本质所在；其次，文学生产论将文学视为一种经济活动，是在生产与消费的相互作用之中进行的，文学生产受到消费的影响，同时也影响着消费；最后，文学生产论与文学反映论也有一定关系，文学生产具有一定的意识形态属性。

一 文学生产论的理论基础

马克思恩格斯一方面深刻指出，物质生产活动是人的本质力量的实现和物化，是对自身本质的肯定，"正是在改造对象世界中，人才真正地证

---

① 朱立元：《马克思主义文艺理论中国化研究》，经济科学出版社 2009 年版，第 331 页。
② 陆贵山等：《马克思主义文艺论著选讲》，中国人民大学出版社 2003 年版，第 174 页。
③ 季水河：《回顾与前瞻——论新中国马克思主义文艺理论研究及其未来走向》，中国社会科学出版社 2009 年版，第 184 页。

明自己是类存在物。这种生产是人的能动的类生活"①,因此,物质生产活动是一种与艺术创造相类的自觉自由的活动。这种生产本身同样是对人自身的生产,马克思在《1844年经济学—哲学手稿》中指出,"生产不仅为主体生产对象,而且也为对象生产主体"。可见,物质生产本身就有着深刻的属人的性质,这正体现了物质生产与精神生产的辩证统一。与此相对应,精神生产以物质生产为基础,也具有物质属性。正如马克思指出的:

> 思想、观念、意识的生产最初是直接与人们的物质活动,与人们的物质交往,与现实生活的语言交织在一起的。……精神生产也是这样。人们是自己的观念、思想等等的生产者……他们受自己的生产力和与之相适应的交往的一定发展直到它的最遥远的形态——所制约。②

另一方面,马克思恩格斯也强调生产活动的社会属性,马克思在《〈政治经济学批判〉导言》中指出:"生产也不只是特殊的生产,而始终是一定的社会即社会的主体在或广或窄的由各生产部门组成的总体中活动着。"从劳动生产中产生的社会关系又必然反过来制约生产活动。具体来说,在生产劳动自身的辩证发展过程中出现了社会分工,进而建立起一定的社会经济关系乃至经济制度,随着商品经济的产生,生产劳动就被纳入从生产到消费,再到再生产的不断循环的经济活动当中,遵循一定的经济规律。马克思指出:生产直接是消费,消费直接是生产,生产中介着消费,同时消费也中介着生产。生产与消费每一方直接是它的对方,同时在二者之间存在一种媒介运动。文学生产同样要遵循一般的经济规律,即文学艺术不是像以往的美学、文学理论所认为的那样,是封闭在精神领域的

---

① 中共中央马克思恩格斯列宁斯大林著作编译局编:《马克思恩格斯全集》第42卷,人民出版社1979年版,第97页。
② 中共中央马克思恩格斯列宁斯大林著作编译局编:《马克思恩格斯全集》第1卷,人民出版社1972年版,第30页。

创造活动，而是处在一定的经济结构当中，处在生产、需求和消费的相互作用之中。

马克思和恩格斯并没有发表关于文学生产的专题论述，而是在不同的场合不同程度地涉及这一问题，因此他们关于文学生产的见解是多角度的。关于马克思何时首次提出"艺术生产"的概念，学界存在一定的争论，主流的意见是，马克思第一次明确使用"艺术生产"一词是在《〈政治经济学批判〉导言》中，但其思想萌芽是在《1844年经济学哲学手稿》中。在《1844年经济学哲学手稿》当中，马克思已经提及了艺术等社会意识形态也是社会生产的一种方式："宗教、家庭、国家、法、道德、科学、艺术等，都不过是生产的一些特殊的方式，并且受生产的普遍规律的支配。"但"艺术生产"还没有作为一个固定的概念出现，只是到了《〈政治经济学批判〉导言》当中，马克思明确提出了这一概念。此外，在《德意志意识形态》《共产党宣言》《〈政治经济学批判〉导言》等著作或文章中，马克思恩格斯还提到"精神生产""艺术生产""艺术劳动"及用"艺术方式加工""精神生产"等概念，分别涉及艺术生产从物质生产中萌生发展的历史过程、商业时代脑力劳动和艺术劳动变成交易的对象、"艺术生产"与物质生产发展具有不平衡关系、艺术生产与艺术消费间存在双向互动辩证关系等问题。

马克思恩格斯一方面肯定了文学艺术活动必然要受到一定社会条件和经济制度的制约："像拉斐尔这样的个人是否顺利地发展他的天才，这就完全取决于需要，而这种需要又取决于分工及由分工产生的人们所受教育的条件"，"和其他任何一个艺术家一样，拉斐尔也受到他以前的艺术所达到的技术成就、社会组织、与当地有交往的世界各国的分工等条件的制约"。[①] 同时也辩证地指出文学艺术本身与一般生产的区别，认为它们具有自身的特殊规律："政治、法律、哲学、宗教、文学、艺术等的发展是以经济发展为基础的。但是，它们又都互相影响并对经济基础发生作用。并

[①] 中共中央马克思恩格斯列宁斯大林著作编译局编：《马克思恩格斯选集》第3卷，人民出版社1972年版，第459页。

非只有经济状况才是原因,才是积极的,其余一切都不过是消极的结果。"①

马克思还重点分析了文学艺术与一般经济活动发展不平衡的现象,他在《〈政治经济学批判〉导言》中指出,艺术的"一定繁盛时期决不是同社会的一般发展成比例的。……当艺术生产一旦作为艺术生产出现,它们就再不能以哪种在世界史上划时代的、古典的形式创造出来;因此,在艺术本身的领域内,某些有重大意义的艺术形式只有在艺术发展的不发达阶段上才是可能的"。这就意味着马克思恩格斯已经意识到文学生产除了遵循一般的经济规律之外,还具有自身特殊的规律。

客观地说,他们所谈及的这些与艺术生产相关的观点是不系统的,其中涉及不同层面的诸多问题。马克思谈及的艺术生产的相关问题的确为文学生产论奠定了基础,但仍不能认为马克思恩格斯建立了系统的文学生产理论,因为他们主要是在讨论经济问题时涉及文学艺术生产的,并没有深入研究艺术生产的特殊本质。

20世纪早期,苏联"列夫派"文论家曾提倡过艺术生产理论,但并未成为文学理论的主流,继承了文学生产论的思想,并对我国文学理论产生重要影响的是西方马克思主义文论。西方马克思主义者分别从不同的角度发展了马克思恩格斯的艺术生产思想,如布莱希特的艺术生产思想,就建立在他对"生产劳动"的理解之上。布莱希特认为,"艺术将要从新的生产劳动中汲取娱乐,这种生产劳动能够大大改善我们的生计,这种生产劳动倘不受羁绊,可能是最大的娱乐"②。此外,布莱希特还认为,文学艺术生产与物质生产在机制上有着相通之处,即它也是一种技术性的,甚至是通过分工合作来完成的社会生产活动,因此他将剧场称为"实验工厂"③。

延续了布莱希特的思想,但产生更大影响的是本雅明。首先,本雅明

---

① 中共中央马克思恩格斯列宁斯大林著作编译局编:《马克思恩格斯选集》第4卷,人民出版社1972年版,第506页。
② [德]布莱希特:《布莱希特论戏剧》,丁扬忠等译,中国戏剧出版社1990年版,第13页。
③ 温恕:《布莱希特的史诗剧与陌生化理论》,《西南民族大学学报》2004年第2期。

第六章
从文学反映论到文学生产论：文学典型及其典型化理论

将文学艺术生产类比于物质生产，指出文学艺术的创作技巧就是文艺生产的生产力，甚至将工业技术纳入艺术技巧的范围中来，"技术复制达到了这样一个水准，它不仅能复制一切传世的艺术品，从而以其影响经受了最深刻的变化，而且它还在艺术处理方式中为自己获得了一席之地"①。应该说本雅明是十分有远见的，当前的数字技术等的确已经逐渐影响到文学艺术的创作方式。其次，由于文艺生产力的进步，文学艺术的美学特性也发生了深刻的改变，从手工时代的"光晕"效果转变为复制时代的"震惊"效果，"艺术作品的可机械复制性在世界上第一次把艺术品从它对礼仪的寄生中解放了出来。……艺术的整个社会功能就得到了改变。它不再建立在礼仪的根基上，而是建立在另一种实践上，即建立在政治的根基上"②。本雅明充分肯定了文学艺术生产力的发展所导致的文艺社会效应的变化，认为震惊效果能够促使主体惊醒起来，对现实持批判和审视的态度，从而实现文学艺术生产对社会变革的积极影响。③

阿尔都塞和马谢雷等则是从文学生产与意识形态的关系角度发展了文学生产论，这种观点建立在对"实践"的不同理解之上。阿尔都塞划分出社会实践的不同领域，包括生产实践、政治实践、意识形态实践和理论实践，将意识形态乃至科学认识活动都包括在实践范围之内。同时，他认为实践就是生产，即运用一定的生产资料把某种原料加工成产品的过程。④因而文学就区别于物质生产和科学研究，是对意识形态的再加工的生产活动。可以看出，阿尔都塞更关注意识形态的实践属性而非认识属性，"作为再现体系的意识形态之所以不同于科学，是因为在意识形态中，实践的和社会的职能压倒理论的职能（或认识的功能）"⑤，而意识形态的再生产是整个社会生产的必不可少的组成部分，因为"劳动力的再生产需要的

---

① ［德］瓦尔特·本雅明：《机械复制时代的艺术作品》，王才勇译，中国城市出版社 2002 年版，第 7 页。
② 同上书，第 17 页。
③ 参见王雄《论瓦尔特·本雅明的"艺术生产"理论》，《南京大学学报》1995 年第 4 期。
④ 参见［法］路易·阿尔都塞《保卫马克思》，顾良译，商务印书馆 1984 年版，第 139、156 页。
⑤ 同上书，第 201 页。

不仅是其技术的再生产,同时,还有劳动力对既有秩序规则的顺从的再生产,即工人对主导意识形态的能力的再生产,以便他们也将能够'用语言'固定统治阶级的统治"[①]。马谢雷则试图在阿尔多诺理论的基础上建立一套系统的文学批评理论,将文学完全看成一种加工、制作的过程,而非作家的创作过程,[②] 他所特别关注的不是文学本质等问题,而是文学加工意识形态的具体步骤,认为"在文学文本中,意识形态被从一种有意识的状态打碎、变换和消解……作品确实是由它与意识形态的关系设定的,但这种关系不是一种类比关系(例如不是一种复制),作品与意识形态总是或多或少地处于矛盾状态。作品既对立于意识形态又来源于意识形态"[③]。

以上西方马克思主义者主要是从文学的实践属性的角度来论述文学生产理论,对文学生产与消费等经济方面的关系研究则不够重视,伊格尔顿则综合了本雅明、阿尔多诺等人的观点,不仅深化了对文学实践属性和文学意识形态属性的研究,尤其是从雷蒙德·威廉斯的"文化与社会"理论出发,对文学的经济属性给予了关注,指出文学是"一种经济方面的实践,一类商品生产。……一种与其他形式并存和有关的社会、经济生产形式"[④]。

二 中国文学生产论的发展历程

新时期之前,我国马克思主义文艺理论主要受到苏联文论的影响,以反映论为主流的文学观念,同时由于政治环境的原因,阻滞了对西方马克思主义的研究,因此对文学生产论的研究是较为薄弱的。只是在 20 世纪 50 年代末期,曾就马克思物质生产与艺术生产发展不平衡规律是否过时发

[①] [斯洛文尼亚] 斯拉沃热·齐泽克等:《图绘意识形态》,方杰译,南京大学出版社 2002 年版,第 137 页。
[②] 参见王雄《试论彼埃尔·马谢雷的"文学生产理论"》,《外国文学评论》1994 年第 2 期。
[③] 转引自朱立元《马克思主义文艺理论中国化研究》,经济科学出版社 2009 年版,第 340 页。
[④] [英] 特里·伊格尔顿:《马克思主义与文学批评》,文宝译,人民出版社 1986 年版,第 66 页。

第六章
从文学反映论到文学生产论：文学典型及其典型化理论

生过一次小规模的讨论。此次讨论的参与者包括周来祥、张怀瑾、何国瑞、包忠文等，所讨论的主要议题包括：马克思的艺术生产与物质生产发展不平衡的说法，是一种普遍规律还是一种个别现象；这一规律在社会主义时期的文学现象中是否还适用；"不平衡"论在文学现象中的表现形态等问题。当时主流的观点认为，艺术生产与物质生产发展不平衡是一种普遍的文学发展规律；当时还就"不平衡"的表现形式进行了讨论，主流观点有"两型"说、"五型"说，甚至"十型"说。[1]

这一讨论在新时期还得到了延续和深化，所讨论的问题转化为这一"不平衡"规律的深层原因，如陈辽认为"文艺的发展，不仅受经济基础的制约，也还受政治、法律、哲学、道德、社会思潮等诸种因素的影响"。"文艺发展有自身的规律。"[2] 董学文认为：不平衡是由于"艺术生产的相对独立性。……主要是由'思想材料'的历史继承性和分工这种与人异己的对立的物质力量造成的"[3]。曾簇林认为，不平衡是由于"社会系统中作用于艺术的四个层次的作用力"造成的。[4]

关于这一问题的讨论当然是有其理论意义的，但还不能说是真正的文学生产论的研究，一方面它没有从文学本质的角度来探讨文学生产问题，另一方面它也没有涉及文学生产论其他的重要课题。真正从文学本质论的角度重视生产论的是朱光潜先生，在20世纪50年代末和60年代，他在《论美是客观与主观的统一》《生产劳动与人对世界的艺术掌握》等论文中指出，"把文艺看作一种生产劳动，这是马克思主义关于文艺的一个重要原则"，应该"拿生产劳动观点和意识形态观点结合着反映观点来看文艺"。[5] 到新时期，结合对马克思《1844年经济学哲学手稿》的研究，他继续提倡文学生产论，在《形象思维：从认识角度和实践角度来看》和《马克思的〈经济学—哲学手稿〉中的美学问题》等文章中，他指出："马

---

[1] 参见周来祥《马克思关于艺术生产与物质生产发展的不平衡规律是否适用于社会主义文学》，《文艺报》1959年第2期。
[2] 陈辽：《马克思恩格斯文艺思想初探》，四川人民出版社1983年版，第136—137页。
[3] 参见董学文《马克思与美学问题》，北京大学出版社1983年版，第148—149页。
[4] 曾簇林：《马克思恩格斯艺术哲学纲要》，湖南文艺出版社1997年版，第356页。
[5] 朱光潜：《论美是客观与主观的统一》，《哲学研究》1957年第4期。

思主义创始人分析文艺创造活动从来都不是单从认识角度出发,更重要的是从实践角度出发。""从实践观点出发,马克思主义创始人一向把文艺创作看做一种生产劳动。"①

文学生产论作为马克思主义文艺理论的重要内容,在我国长期不受重视,有其社会历史背景。一是对于我国的文学传统来说,文学生产论的理论方向较之反映论更为陌生,更不容易接受;更重要的是,文学生产论研究的重点是在商品经济的条件下文学活动的本质规律,而我国长期以来实行计划经济体制,特别是文学与经济活动是相互隔离的,因此我们虽然以马克思主义文论作为主流文学观念,却并没有深入研究其文学生产论。而改革开放之后,特别是随着市场经济体制逐渐发展完善,文学与经济的密切关系日益凸显,文学生产论自然就越来越受到重视。

在新时期,随着思想的解放和西方马克思主义文艺理论的传入,文学生产论逐渐得到我国文艺理论界的重视,并获得了迅速发展。1980年译介的《马克思主义与文学批评》一书,对西方马克思主义者的文学生产论做了介绍,产生了较大影响,到20世纪90年代之后开始了对西方马克思主义文学生产理论的大规模译介。

如上文所述,文学生产论主要从三个层面上来研究文学本质规律,一是从实践或者生产劳动的角度研究文学生产,涉及文学生产与一般物质生产的关系、文学生产的特殊规律与性质等问题,这是文学生产论的基础问题;二是从政治经济学的角度研究文学生产,将其纳入社会经济结构当中,涉及文学消费、文学的商品化和产业化等问题;三是从意识形态的角度研究文学生产,即将文学生产理解为意识形态的再生产过程,剖析文学生产机制背后的意识形态根源。以下从这三个方面对我国文学生产论的发展过程进行分析。

1. 文学生产论与精神生产

1983年,纪念马克思逝世一百年之际,兴起一次研究文学生产论的热

---

① 朱光潜:《西方美学史》,人民文学出版社2002年版,第670—671页。

潮，较重要的研究者有朱立元、董学文、郑涌、何国瑞等。其中，董学文的专著《马克思与美学问题》中专门对文学生产论进行了研究，不仅系统研究了马克思主义文学生产论的理论发展史和基本理论内涵，而且明确提出应建立以"艺术生产"概念为中心的艺术生产理论，自此，我国学者开始自觉地为建立系统的文学生产论而努力。到20世纪80年代末，出现了第一部系统阐述文学生产理论的专著——何国瑞的《艺术生产原理》，这是创建我国马克思主义文学生产论的第一项成果，虽然其对艺术生产的理解还不够深入，但仍具有重要的意义。同时，朱立元、冯宪光等人也在艺术生产论研究方面作出了重要贡献。

这一时期的文学生产论研究中，不少学者都具有一个明确的自身定位，即以"生产"作为当代马克思主义文学理论建设的核心概念或者说逻辑原点，不论他们对文学反映论持何种态度，这种主张客观上就是要动摇文学反映论的主体地位，而以文学生产论取代之。这种观点的代表就是董学文。

董学文在从《马克思与美学问题》到《文艺学当代形态论》等一系列著作中对文学生产论进行了全面的分析和阐释。他从马克思主义实践哲学的观点出发，分析了文学生产作为一种精神生产方式，与物质生产的共性与区别、它的独特规律及艺术生产力的问题。他认为，文学生产既根源于物质生产活动，又与其有本质的区别，它是通过物化的形式满足人们精神上的需求，从而达到"主观与客观在精神、感情和审美心灵上的联系"[①]。董学文特别重视文学生产力问题，他认为文学生产力既包括物质层面的因素也包括非物质层面的因素，前者包括文学媒介的发展变化，如电子技术和网络技术的发展对文学发展的影响等，后者则是指"艺术创造的技巧和经验、艺术的形式和规范，艺术产品与审美价值取向等，是构成艺术生产力的基本因素"[②]。物质层面，特别是非物质层面的技术进步都是文学生产力的发展，都会对文学的发展产生巨大的推动作用。

---

① 董学文：《走向当代形态的文艺学》，高等教育出版社1989年版，第107页。
② 董学文：《马克思主义文论教程》，广西师范大学出版社2002年版，第189页。

可见，董学文主要是依据马克思主义实践哲学和关于精神生产的相关论述进行文学生产论的研究，同时，他也在一定程度上受到西方马克思主义的影响，对文学的商品化、文学与意识形态的关系等问题做了相关研究，应该说比较全面地建立起了文学生产论的理论架构。但不论是马克思主义的经典作家还是西方马克思主义学者，都没有主张过建立以生产论为基础的理论体系，而董学文则认为文学生产理论是马克思主义文学理论和美学的一个极为重要的理论发现，并且是"马克思一贯的思想"。到 20 世纪 90 年代，他更在《文艺学当代形态论》中提出"建构当代形态文艺学"的问题，再次明确提出以"生产"为逻辑起点建构当代的马克思主义文艺学，"从建设有中国特色马克思主义文艺学'当代形态'的目标出发，我们认为，把'逻辑起点'确定为'生产'似乎更贴近马克思主义文艺学说的体系精神"①。他还对以"生产"为基础的文艺学体系做了基本的构想："选择'生产'为逻辑起点，并把马克思主义还原为'经济学—哲学—文艺学'结构，可以集中组织起以'艺术生产—艺术作品—艺术消费'三一式流程为骨架的新模式。这个体系形态吻合马克思的一贯思路，与当代世界文艺学所形成的'作家—本文—读者'的整体模式变动也有历史性的对应关系和参照价值。"②

我们认为，从马克思主义实践哲学的角度出发，以文学生产为基础进行文学理论研究，具有重要的理论意义。文学反映论，尤其是典型理论，虽然与我国的文论传统具有比较大的差异，但毕竟或多或少还存在着某些关联性，并且反映论在西方也是由"模仿论"发展而来的，有其长久的历史渊源。而文学生产论在西方也是一个纯粹现代的文学理论，我国的文学生产论研究对于突破传统的文学本质观念，建立当代的文学理论体系有着重要意义。就我国的马克思主义文学理论研究而言，长期以来我们的理论视野中只有反映论和意识形态论，对于生产论这一马克思主义的重要理论未加重视，当然是一种重要的缺陷，意味着我们对马

---

① 董学文编：《文艺学当代形态论——"有中国特色马克思主义文艺学"研究》，北京大学出版社 1998 年版，第 5 页。
② 同上书，第 4—5 页。

克思主义文学理论认识得不够完整。但是，是否如董学文等人所主张的，应以生产为逻辑起点建立马克思主义文艺学的当代形态，从而取代以反映论为基础的传统形态，还是值得商榷的，反映论与生产论的关系涉及马克思主义文学理论的理论基础的统一性问题，应当加以深入研究。

2. 文学生产论与文学商品化问题

从20世纪90年代开始，我国文学生产论研究的主导取向发生了一定的调整，文学生产与文学消费问题、文化产业问题及大众文化问题逐渐成为这一研究领域的热点问题。这一变化一方面是因为受到西方马克思主义文化工业研究的影响，同时也有其社会基础和必然性。随着我国改革开放逐渐深入，市场经济获得发展，商品经济得到繁荣，整个经济和社会结构发生了深刻的变化，生产、消费等经济问题越来越呈现出其在社会发展中的重要性。特别是20世纪90年代之后，消费社会的形成及文化产业的兴起，使经济发展和民生等问题有了压倒意识形态问题的趋势，日益成为社会生活的中心话题。此一趋势反映到文学观念上，自然就会引起文学生产理论的进一步发展。同时，文学本身也越来越受到经济活动影响，出版、销售与文学消费逐渐被纳入市场经济体制，这些反过来也影响到文学创作过程。

对文学生产与文学消费的关系的研究，在20世纪80年代就已开始，1984年贾方洲首先发表《论文艺消费》的论文，1989年花建于沛出版《文艺消费学》，从社会学、经济学角度对文学进行了研究。董学文等人也在关于文学生产论的研究中对文学的商品属性进行过相关探讨。20世纪90年代之后，关于艺术生产与商品经济的关系、文学生产与文化产业的关系等的探讨逐渐兴起。1993年，《文艺报》召开了艺术生产研讨会，进而组织了艺术生产大讨论，产生了重要影响和一批理论成果，如李源潮的《社会主义文化艺术生产的理论与实践》、张来民的《作为商品的艺术》《走向艺术生产论》，等等，[1] 提出了在市场经济条件下文艺的"生产性""商品性"等问题。20世纪末期，越来越多的学者从文化生产乃至文化产业的角度研究文学问题。在这一领域的研究中，我国学者一方面受到西方马克思

---

[1] 参见李心峰《新时期艺术生产论及其理论意义》，《文艺理论与批评》2008年第5期。

主义学者的影响，另一方面更多地结合我国社会发展和文学发展的现状，尤其是文化产业勃兴的现实，从文化产业的角度研究文学，文学生产论的研究对象也转向了通俗文化领域。

文学的商品属性是其劳动产品属性的逻辑发展的结果，正如一般的劳动产品在特定的社会经济制度，特别是市场经济条件下会成为商品一样，文学也要进入商品流通的过程，成为被人们消费的商品。我们认为，对文学作为一种文化产品、商品及消费品的性质的研究，将文学生产论的研究范围扩大到整个社会的文化生活领域，深入当代社会文学生产、流通和消费的领域，并且将通俗文化引入文学理论的研究范围之内，都是有重要意义的。但文学的商品属性毕竟是建立在其产品属性之上的，并且文学生产比一般的生产劳动更直接地与人的精神需求相联系，其生产方式也有很大差别，文学产品作为商品的属性也不能与一般商品相混同。如果将文学生产、流通、消费的过程与一般商品生产、流通、消费的过程等同起来，就会忽略文学生产的特殊规律和性质，乃至抹杀文学的根本价值。

3. 文学生产论与意识形态生产

马克思在《德意志意识形态》中指出，一切精神生产都是意识形态性质的生产，因而文学生产与意识形态生产有着密不可分的关系。由于意识形态问题与文学反映论和文学生产论都有密切的联系，在文学生产与文学意识形态属性的关系这一问题上，不同学者产生了争论。

关于二者的关系，第一种意见认为二者是一致的，是文学本质规律不同层面的表达，"艺术意识形态的生产即艺术生产，意识形态论与生产论在内在逻辑上是一致的，皆反映了艺术的本质，是马克思揭示艺术现象的不同表述角度"[①]；第二种意见认为，二者之间是基础理论与派生理论的关系，即或以文学生产论为基础，认为意识形态论只是生产论的补充，或者相反；第三种意见则认为，文学生产论是意识形态论的深化和发展，"艺术生产从制作到文本，从传播到消费，实际上都是意识形态的生产。艺术生产论应是对意识形态论的深化和发展。应将意识形态巧妙地渗透到艺

---

① 王德颖：《艺术生产论与意识形态论》，《文艺研究》1991 年第 4 期。

第六章
从文学反映论到文学生产论：文学典型及其典型化理论

生产的各个环节中"①。

我们认为，意识形态的再生产的确是文学生产的重要内容之一，不论意识形态论是生产论的基础还是补充，都是把二者分隔开来看，并没有认清二者的关系。从文学生产论的角度来说，文学生产在特定的社会历史条件之下，必然带有意识形态生产的属性，意识形态不只体现在个体的世界观、价值观上，它有自身的一套运作机制，通过文学等各种文化产品的生产而实现不断的再生产。因此，意识形态生产问题是文学生产论不可忽视的主要问题之一，但也不能够以意识形态的再生产取代文学生产本身，文学生产论所涉及的一系列重要问题不是意识形态生产所能涵盖的，其理论基础也远远超出了意识形态论的范畴。

从意识形态论的角度来说，文学既具有认识功能，是对社会政治、经济、阶级状况的反映，同时也具有实践功能。文学创作和阅读的过程，也是某种意识形态生产与消费的过程，这种意识形态的生产与消费既可能对社会现实持肯定的态度，也可能持否定的态度，不论是哪种态度，这一过程本身都是对社会现实的干预，是一种"实践活动"。西方马克思主义文论中的意识形态理论，就特别强调文学的社会、文化批判和意识形态斗争等实践功能，而苏联和我国的马克思主义文论中，从列宁强调文学的"党性原则"到我国的"工具论"，在某种意义上也是强调文学的意识形态实践功能。只不过它不像西方马克思主义文论以文学为意识形态实践的主体，注重意识形态批判，而是强调文学对政治的从属地位，因此还不能说是真正的文学生产论，但意识形态兼具认识的和实践的两种功能是大部分人都认同的。因此意识形态论是马克思主义文学理论当中的一个关键环节，正因为意识形态问题关联到了文学反映论和文学生产论两大基本理论，并且在两种理论当中都占有相当重要的地位，所以，加强文学作为一种意识形态的再生产问题的研究，对于我们将反映论与生产论结合起来，具有重要的意义。

除以上三种角度之外，也有学者辩证地认识到文学生产具有自身的规

---

① 张来明：《走向艺术生产论》，《文艺报》1993年第9期。

律,强调文学生产与审美的关系,如谭好哲认为:"一方面艺术生产按照美的规律创造出文艺作品,满足艺术消费者的审美需要,不断地造成主体精神世界的丰满性;另一方面,这种需要的满足,又形成并提高了艺术消费者的审美能力和审美需要,反过来推动了艺术生产向更高更美的境界发展。"[1] 陆贵山等也认为:"艺术生产与消费的真正交流,艺术作为审美对象真正呈现给读者,作品在读者的接受过程中真正成为艺术作品,都凭借于艺术的审美特性与审美价值。"[2]

总之,新时期文学生产论研究的深度和广度都得到了极大的提升,既包括对文学生产论的理论来源的深入研究,也包括对文学生产论的内涵和理论地位的探讨,就后一个问题还存在一定争论,如关于"艺术生产"这一概念的内涵,就有"特指说"(艺术生产特指资本主义社会的艺术生产)、"唯物史观范畴说""多义说""意识形态生产说""物化说"等;关于这一理论的地位,则有"主干说"(艺术生产论是马克思主义文艺理论主干)、"超越说"(艺术生产论是对现有艺术观的超越)、"派生说"(艺术生产论是意识形态论的派生)、"并列说"(艺术生产论、意识形态论等是马克思从不同角度关注文学艺术的结果)、"逻辑整体说"(艺术生产论与意识形态等理论是一个逻辑整体,并无根本区别)等。如董学文等学者主张以文学生产论作为当代马克思主义文艺学的主体理论形态,与持文学反映论的学者产生了争论。

我们认为,文学生产论和文学反映论都是马克思主义文学理论的组成部分,它们分别从不同的角度对文学本质进行规定,相互之间是辩证统一的关系,只有相互结合起来才是对文学本质的全面概括。二者的统一性,建立在马克思主义哲学的辩证统一的基础之上,我们在论述当中使用了哲学反映论、实践哲学等不同的术语,但这只是马克思主义哲学的不同侧面,它们本身是一个整体,从马克思、恩格斯到列宁、毛泽东,都曾经论述过认识与实践的辩证统一关系。正如有学者指出的:

---

[1] 谭好哲:《文艺与意识形态》,山东大学出版社1997年版,第236页。
[2] 陆贵山等编:《马克思主义文艺学概论》,花山文艺出版社1999年版,第615页。

第六章
从文学反映论到文学生产论：文学典型及其典型化理论

能动反映说主要是从认识论、反映论的角度审视文艺，主要关注和强调文艺的认识、反映根源，马克思的意识形态论则主要是从社会生活的结构层次角度给文艺定位，强调它与哲学、宗教等同属于人类精神生活领域，一样受制于经济基础的物质生活。而艺术生产论则主要是从政治经济学角度审视文艺活动，强调文艺活动与物质生产、社会生产的内在关联。三者同中有异，异中有同，它们同以马克思主义的历史唯物主义和辩证唯物主义为其理论基石，同以文艺活动为其观照对象，都承认文艺活动的受动性和自身的特殊性。[1]

综上所述，文学生产论与文学反映论同是马克思主义文艺理论最重要的理论形态之一，具有重要的理论价值：首先，它从感性实践或生产劳动的角度揭示了文学现象的本质，这一视角是马克思主义区别于一切唯心主义和机械唯物主义的根本所在，使文学的本质与人的本质统一起来，并且使文学生产论与马克思主义实践美学内在统一起来，具有更为坚固的理论基础；其次，对我国以反映论为主的马克思主义文艺理论而言，文学生产论所揭示的文学的本质属性和规律在很大程度上恰是文学反映论所未曾涉及的，因此能够成为文学反映论的补充。

但这一理论同样有着深刻的局限性，一方面，文学生产论从生产劳动的角度理解文学现象，对具体的文学创作、欣赏和批评过程中的心理机制，文学作品的内在结构等问题的阐释仍不够深入；另一方面，文学生产论将文学现象纳入经济现象当中，这就隐含着一个重要的理论问题，即文学生产与一般生产的本质区别何在、文学规律与经济规律的本质区别何在。客观地说，当前的文学生产论对文学生产的特殊规律和本质的研究还不够充分。我们认为，在建设我国当代马克思主义文艺理论的过程当中，仍然需要坚持文学反映论的主体地位，同时它应与文学生产论相互补充，二者结合起来才能促进各自的进一步完善和发展，共同组成马克思主义文艺理论的完整形态。

---

[1] 朱立元：《马克思主义文艺理论中国化研究》，经济科学出版社 2009 年版，第 343—344 页。

第七章

中国经验与文艺美学

从总体上看，20世纪的中国文论和美学经历了一个由逐渐远离中国经验到回归中国经验的发展过程，而这一线索无疑与中国社会现实的脉动息息相关。19世纪末20世纪初，借清末教育改革和科举制废除的东风，一大批有着海外留学或新式学堂教育经历的学者成长起来，特别是一批激进的人文知识分子，在新知识体系和观念的影响下对传统文化展开了批判反思，并以文体革命、语言革命为手段，掀起了一场与传统决裂的新文化运动。在此之前，以梁启超、王国维为代表的美学家已经开始思考中国文论和美学的现代转型问题，无论是文艺的大众化、通俗化和现实化，还是中国艺术的悲剧与民族性问题，都是在西方思想启迪下试图帮助中国走向现代的审美启蒙努力。随着新文化运动的展开，更多具有海外背景的知识分子投身于文论和美学的现代化探索之中，如蔡元培、陈独秀、胡适、朱光潜、宗白华等，他们把西方文艺复兴和启蒙运动的思想观念作为中国文论和美学的希望，从而开启了中国美学发展的又一段独特的历程。

第一节 中国经验与中国文学理论的特殊性

一 20世纪中国美学的历史发展

19世纪末20世纪初的中国历史是一段风云激荡的记忆。戊戌变法、辛亥革命、清政府倒台、国民革命、五四运动……在中国向现代社会过渡转型的早期,我们看到的并不是一场类似圈地运动或工业革命式的,由经济基础和生产力发展导致的上层建筑的变革,而是在半殖民地半封建社会内忧外患的局势下,西方思潮涌入和民族危机意识觉醒带来的政治革命。换言之,在现代化的早期阶段,中国采取的是一种"迫不得已"的主动姿态。在这种变被动为主动的过程中,最鲜明的变化之一便是思想领域的除旧布新。

在20世纪20—40年代,世界风云的变幻及中国空前严峻的民族民主危机逐渐打断了美学梦的西方憧憬。我们知道,20世纪初的西方思想绝不是一片乐观积极,而是充满了怀疑、忧虑、悲观和绝望。上帝之死的宣判、虚无主义的降临、现象学和存在主义的萌兴,都意味着西方世界正走向斯宾格勒所预言的"没落",而两次世界大战则更是工具理性与资本主义逻辑发展到极致的恶果。在理论困境和现实灾难的打击下,中国的文论和美学也不再唯西方马首是瞻。与此同时,苏俄的成功革命宣告着一种新社会模式的诞生,它建立在马克思对于资本主义的科学诊断的基础上,无论是对当时的中国还是西方都具有巨大的启发意义。与之相应的马克思恩格斯的文论美学,以及俄国文论家普列汉诺夫、卢那查尔斯基等人的继承发展,成为中国美学家们的希望所在。李大钊、鲁迅、冯雪峰、胡风、瞿秋白等文艺理论家成为马克思主义文论的早期开拓者,代表着区别于西方的新兴美学和文艺模式。在此之后,具有革命领导者和文艺理论家双重身份的毛泽东,凭借其深刻的理论洞见力,把马克思主义的中国化推向了高峰。可以说,在 20 世纪 20—40 年代,一种新兴的美学和文论模式开始谋求在中国的主导地位,它以马克思主义理论为基础,并密切联系中国社会历史现实,以解决主要社会矛盾和实现文化革命为目标手段。它不是中国古典的、传统的,也不是西方古典的、现代的,而是马克思主义和中国现实相结合的产物。

20 世纪 50 年代到 80 年代初,随着社会主义中国的建立和发展,苏联模式的马克思主义文论和美学开始成为中国文艺理论的主流,与之相应的美学大讨论,以及美学、文学理论和文学史的教材建设均体现出鲜明的苏联马克思主义特点,以生产力生产关系、基础与上层建筑、阶级斗争论、艺术生产和反映论等为框架。可以说,这一时期的中国文论和美学是马克思主义中国化的进一步强化,但与之前紧密联系中国现实不同,此阶段的文论和美学更强调理论本身的先在性,一些固有的和机械的框架束缚了理论本身的鲜活,以致在某些方面与马克思主义的核心精神渐行渐远。20 世纪 80 年代以后,随着政治意识形态问题的淡化和思想的解放,西方文论重新进入了学界视野,加之此时中国亦开始面临现代化所带来的现代性问题,因此西方现代文论成为新的理论风向标。存在主义、现象学、阐释学、西方马克思主义、文化研究、新历史主义、性别批评等理论纷至沓来,令人目不暇接。原本的马克思主义的主导地位受到了巨大冲击,西方文论成为新的理论制高点。

实际上,西方理论所带来的启发和迷茫是并存的。我们追随西方的脚步始终难以逾越文化区隔的樊篱,其理论的有效性与其说是能够应对中国社会现实,倒不如说是一种具有文化霸权意味的学术资源,左右着学界的接受姿态。更重要的是,西方现代文论和美学的一个总体精神便是自反性的,以自我凝视、自我反思、自我批判为指向。因此,随着人们对西方文论的接受愈趋成熟,随着中国稳定发展带来的本土文化自觉意识的增强,在 20 世纪 90 年代末到 21 世纪初,一种回归传统、以中国传统文论和美学为主体重新确立文论版图的声音逐渐响起。人们发现在过去的 100 年间,中国传统文论和文化精神早已失去了应有的地位,文论的言说者在建设理论,以及与外界对话时始终处于文化不平等关系的弱势方,造成了身份的迷失和学术的失语。更重要的是,中国传统文论中蕴含的诸多智慧对于西方现代文论的困惑具有极为重要的启示价值。因此,传统文论的现代勃兴成为新的学术诉求。

可以看到,20世纪的一百年无论对于中国的社会现实还是文论和美学的探索,都是极不平凡的一百年。可以说,社会的凋敝对应着文论的求索与迷茫,而国家的强盛则带来了文论的自立与成熟。早期的斩断传统、面向西方,到马克思主义的主导,到后来的重新转向西方,以及最终回归传统的诉求,这条线索并不是简单的历时发展,而是在理论的并存和矛盾中体现出文化传统、理论方法与社会现实之间的复杂张力。在某种程度上,这条线索显示了一种轮回,又是一种螺旋的进步,但在它之上的每一个阶段却又是历史的必然,也提示我们必须还原到历史语境中去理解每一位理论家和每一种声音的意义与价值。

二 什么是"中国经验"

在简单追溯了20世纪的文论发展轨迹之后,我们需要探讨的第二个问题便是本章的一个关键概念——"中国经验"。到底什么是中国经验?在我看来,中国经验首先应该指文论和美学最能体现其文化身份的特殊之处。例如,从美学史的角度来说,西方自古希腊时代便把美作为一个核心范畴加以思考,从柏拉图、亚里士多德到奥古斯丁、阿奎那,无不把美作为感性体验的终极问题,并试图对其做形而上的哲学思考。而在中国,虽然自先秦时代起便有了关于美的言论,但"美"却始终没有被看作艺术体验中最重要的问题,道、气、象等范畴的重要性均高于美,或者说这些范畴才是中国语境中的"美"。此外,中国美学家们对于美的思考并不是形而上的哲学体系的一部分,而多呈现为具体的艺术品评和感悟。立象以尽意,得意而忘象,所以中国的美学文论更注重具体化、个案化,在对象中传达体悟,并且不注重理性思维和逻辑论辩。在此基础上确立的感性传统使中国文论和美学具有独一无二的"经验性",这也正是中国文论和美学的核心精神。象、气韵、风骨、滋味、神韵、意境等概念均强调审美主体的感性介入,以经验为门径通达一个主客统一、天地与我共生的完满宇宙。这些都是中国艺术和审美经验不同于西方的独特之处。归根结底,中国经验表征着中国人艺术和审美的获取方式和最终指向,是一种稳定的具有历史凝结性的文化情感结构,是中华民族生存经验和审美智慧的结晶。

然而我们也应该看到,以上所谓的中国经验实际上是不完整的,它的一个重要缺陷便是个人化和精英化。它所表征的仅仅是古代文化贵族的审美旨趣和艺术理想,且这一审美标准一旦被经典和先人所确立,便成为一种集体无意识的内在法则,既左右着后世文人知识分子的艺术书写和品鉴模式,更维护着封建文化秩序的稳定。它不仅压制和掩盖了民间大众的和少数民族的文艺审美经验,更在应对社会文化的发展变迁时,难以表现出自我批判和超越的立场。也正因为如此,在中国社会现代转型之初的文学革命中,新知识分子便提出了"推倒雕琢的阿谀的贵族文学,建设平易的抒情的国民文学;推倒陈腐的铺张的古典文学,建设新鲜的立诚的写实文学;推倒迂晦的艰涩的山林文学,建设明了的通俗的社会文学"[①]的口号。所以可以说,所谓"中国经验"应该首先指向中国古典美学和艺术的独特范畴及民族性特质,因为它们无疑是中国艺术和文化精神的结晶。其次应该更具包容性,将底层的、民间的、大众的艺术审美经验作为精英文论和美学之外的重要补充。最后,更应该兼具社会现实关怀,因为艺术和审美固然有着自身的内部法则,但同样应该与社会现实相对应,随着中国历史的发展而不断演进。在这个意义上,并非古典的才是中国经验,只要切实地与中国社会的现实相结合,古典的现代化或者外来的中国化都应该看作中国经验的一部分。

正是在此意义上,宗白华和周来祥两位先生的学术贡献进入了我们的考察视野。一般认为,宗白华美学的方法和立场都是中国的,确切地说是中国古典式的,而周来祥美学则更突出地代表了新时期中国古典美学的现

[①] 陈独秀:《文学革命论》,《新青年》1917年2月号。

代化。实际上，通过具体研究可以发现，宗白华美学之所以突出地代表了"中国经验"，不仅在于其古典性，还在于其现实性，也就是通过审美关系的转化使古典美学和艺术的理论资源更有效地应对中国社会现实。本土立场和现实关怀的结合使宗白华美学真正代表了中国美学的民族性之路。周来祥的和谐论美学是在20世纪80年代以后逐渐确立的，我们可以发现他的理论基点是中国的，但更注重在与西方理论的对比和参照中确立其美学的文化身份，并试图建构一种新的和谐论美学，为艺术终结、后现代艺术的裂变等问题寻求辩证统一的理想解答。此外更重要的是，两位先生与马克思主义理论的关系也十分具有代表性。从表面上看，宗白华与马克思主义的交集并不明显，但无论是他早期美学的现实关怀，还是新中国成立以后美学探索的转向，都体现出与马克思主义的内在关联。马克思关于人的审美自由的阐述及对审美关系的探讨，则为周来祥的和谐论美学体系的建构提供了最为重要的支撑。因此，虽然在整个20世纪对于中国文论和美学的发展历程而言，有诸多理论家可以作为中国经验和中国文学理论特殊性问题的代表，但我们始终认为宗白华和周来祥是最为典型的，前者代表了一种中国立场的坚守和现实关怀的融入，后者代表了新时期更具主体性的吸纳与建构，他们两人一同映衬出中国文论和美学在艰难探索中走向成熟的现代化之路。

第二节　宗白华的民族美学与中国美学

　　宗白华（1897—1986）无疑是20世纪中国文艺理论发展历程中十分独特的一位大师，也是中国美学在传统与现代、东方与西方之间探索的一面旗帜。他以个体审美经验为出发点，以各种艺术门类（绘画、戏曲、建筑、书法、诗歌、舞蹈等）为对象，试图在西方形而上哲学及世界观的启示下，重构中国传统艺术形态的美学和文化价值，并确立了以艺术意境论、生命美学、体验美学、节奏美学等为核心特质的美学范式。可以说，宗白华美学十分典型地凸显了中国经验与中国文学理论的特殊性，这一点已是学界的共识。例如：王德胜便指出宗白华是"最早从理论上从事中西比较研究的学者"，同时又认为宗白华的中西比较美学"始终根基于对中国文化、中国艺术精髓和意蕴的深度认识与发掘"[①]；我国台湾学者杨牧在《美学的散步》序文《宗白华的美学与歌德》中评价道："五十年来以短文连缀西方美学与中国传统文艺的还有朱光潜和钱锺书，甚至还有方东美，但朱光潜失之于浅，有时甚至流于俗，钱锺书为文不可不说是杰格拮据，特才使气，难以想与。方东美玄奥，不易落实。宗白华论中西异同，意趣妙出，恰到好处……"[②] 张法的评价更具代表性："宗白华型的比较美学代表了中国美学在走向世界化过程的一种最高的境界，因为只有具有根本文化差异的比较中，中西比较的对照中把握住中西文化内在精神的基础，一种既具有中国独特境界又具世界性意义的中国美学才会真正地产生出来。"[③] 可见宗白华美学在中西比较视野下所呈现的传统性和民族性特征是学界普遍认可的，这也是其在近年来饱受赞誉的主要原因。

事实上，在当代的文化语境下评估宗白华美学，人们更多地聚焦于其古典性特征，而这可能与我们的期待视野相关；当我们在具体的社会历史背景下，在与现实的互动关系中考察其理论，而不是把宗白华美学作为一个想象性的整体，便能够发现总体性评价所掩盖的其理论的丰富性和复杂性。通过历史的考察可以发现，宗白华美学的发展始终与中国社会现代化进程紧密相扣，他的美学虽然是中国传统和古典式的，却又始终保持与社会现实的互动关系。在此意义上，宗白华美学与马克思主义文学理论有着相通之处和对话的可能。可以说，宗白华美学的中国特性正是在同马克思主义文学理论保持共性却又彼此区隔的基础上确立起来的，宗白华美学作为一个特殊的参照系，从一个侧面记录了马克思主义文学理论在中国现代化过程中的发展和成熟过程。下面我们便在宗白华美学发展的历史进程中对此问题做深入考察。

---

① 王德胜：《宗白华评传》，商务印书馆 2001 年版，第 268 页。
② 杨牧：《〈美学的散步〉代序》，载秦贤次选编《美学的散步》，洪范书店 1981 年版。
③ 张法：《比较美学：中国与世界》，《江西社会科学》2006 年第 1 期。

一 20世纪20—30年代：民族美学的现代化

1. 世界美学的民族视野

宗白华的美学探索始于20世纪20年代前后，他于1920年赴德国法兰克福大学哲学系留学，后转至柏林大学学习美学与历史哲学，1925年回国。在留学之前，他的学术重心明显偏向西方，对于康德、叔本华、柏格森哲学及欧洲哲学整体发展问题都有所探究。在宗白华看来，西方学术化、科学化、实证化的方法正是东方文化最为缺乏的，此时他对中国文化自身的价值并不太感兴趣。在作于1919年的《为什么要爱国》[①]一文中，我们看不到宗白华对中国传统文化、民族艺术有多少特殊情感，他主张从革新未来的角度去爱国，把爱国作为一种先验情感来推动社会的创新与发展。他的《中国青年的奋斗生活与创造生活》一文谈及中国传统文化时也指出："中国精神文化发达甚早，周秦之际已造诣甚高，但进步太迟，已为欧西所超越。"可见宗白华在赴欧之前的确向往西方，对于中国传统文化并无太多好感。这种态度在他赴德国留学后的《自德见寄书》中也有所体现，而这一体现却也表明了宗白华立场的转变：

> 我以为中国将来的文化绝不是把欧美文化搬来了就成功。中国旧文化中实有伟大优美的，万不可消灭。譬如中国的画，在世界中独辟蹊径，比较西洋画，其价值不易论定，到欧后才觉得。所以有许多中国人，到欧美后，反而"顽固"了，我或者也是卷在此东西对流的潮流中，受了反流的影响了。但是我实在极尊崇西洋的学术艺术，不过不复敢藐视中国的文化罢了。[②]

[①] 宗白华：《为什么要爱国》，《时事新报·学灯》1919年10月23日。本书关于宗白华著作的引文，如不特殊注明，则均出于林同华主编《宗白华全集》，安徽教育出版社2008年版。为了更好地突出历时性线索，故引文标注了原刊名及刊载时间。

[②] 宗白华：《自德见寄书》，《时事新报·学灯》1921年2月11日。

赴德国之后，宗白华惊讶地发现，欧洲作为他理想中的文化学术圣地，却弥漫着一股消极和自我怀疑之风，以思想见长的德国人竟对中国传统文化情有独钟，这使他不得不更加客观地思考中西文化的关系问题。虽然宗白华仍然认为，"西洋的血脉和精神"对于当时中国社会文化的病体是必需的，几十年内仍是"以介绍西学为第一要务"，但他也开始主张中国以后的发展应该极力发挥"中国民族文化的'个性'"，而不是模仿西方。① 可以说，赴欧留学促成了宗白华的认识转向——从西方回归中国，而强调其特殊性和民族性则是为了丰富"世界美学"的整体建构。我们可以从他关于中西对比的许多文章中看到这一点，例如：

> 将来的世界美学自当不拘于一时一地的艺术表现，而综合全世界古今的艺术理想，融会贯通，求美学上最普遍的原理而不轻忽个性的特殊风格。因为美与美术的源泉是人类最深心灵与他的环境世界接触相感时的波动。各个美术有它特殊的宇宙观与人生情绪为最深基础。中国的艺术与美学理论也自有它伟大独立的精神意义。所以中国的画学对将来的世界美学自有它特殊重要的贡献。②

宗白华已经认识到，美学与具体的艺术和审美经验相关联，有着民族性差异，而这种个性和差异并不是简单地确证自己的存在或价值高下，而是丰富了世界整体的文化生态，从而能够为一种更加理想的美学学科提供依据，使中国和西方在应对自身文化困境时能够在差异、对比和交融中寻求到答案，其美学立场在确立之初便是客观的、开放的和科学的。

2. 为人生与为民众的美学

宗白华美学有一个核心主张，即"人生的艺术化"。需要指出的是，他所谓的"人生的艺术化"并不是唯美主义的人生观和艺术态度，相反，却是一种积极介入现实的具有实践精神的艺术人生观。在《青年烦闷的解

---

① 参见宗白华《自德见寄书》。
② 宗白华：《介绍两本关于中国画学的书并论中国的绘画》，《图书评论》第1卷第2期，1932年10月1日。

救法》① 一文中，宗白华提倡"唯美的眼光"的"艺术式的人生"，目的是回应当时青年面对旧学术旧思想被打破、新学术新思想尚未确立时的空虚和烦闷。他并不是主张在艺术和审美中消极避世，孤芳自赏，而是积极投入社会，在学习和工作中实现自我价值。在《新文学底源泉》中他提出，新文学创造的根本目标是"用深刻的艺术手段，写世界人生的真相"②。由此可见，"艺术的人生观"在宗白华看来是一种密切联系现实的美学理想，目的是在积极人生态度和艺术观念的指导下达到的审美主体的自我更新——也就是通过积极的艺术审美和生活实践，为现代中国创造富有希望的"新主体"。

宗白华的美学和艺术不仅旨在帮助知识青年重塑自我，还试图同社会民众的精神需要联系起来。在《新人生观问题的我见》③ 中，宗白华表达了对于平民生活状态的不满。他认为，当前中国社会的平民都过着"机械的，物质的，肉的生活"，在繁重苦难的现实生活之外并没有精神生活。平民没有精神需要，新文艺和文化运动也就没有了基础和土壤，因此必须积极推进和创造这种平民的需要，而他提出的方法便是树立科学的人生观和艺术的人生观。

可以看到，知识青年在宗白华看来是应当主动进行自我改造的主体，而平民大众则是需要被改造和被引导的对象，主体与对象凭借"艺术的人生观"联系起来，成为审美主体和审美对象的关系。这一点在宗白华举到自己的一个例子中得到了统一：

> 我有一次黄昏的时候，走到街头一家铁匠门首站着。看见那黑漆漆的茅店中，一堆火光耀耀，映着一个工作的铁匠，红光射在他半边的臂上、身上、面上，映衬着那后面一片的黑暗，非常鲜明。那铁匠举着他极健全丰满的腕臂，取了一个极适当协和的姿势，击着那透红的铁块，火光四射，我看着心里就想道：这不是一幅极好的荷兰画家

---

① 宗白华：《青年烦闷的解救法》，《解放与改造》第2卷第6期，1920年3月15日。
② 宗白华：《新文学底源泉》，《时事新报·学灯》1920年2月23日。
③ 宗白华：《新人生观问题的我见》，《时事新报·学灯》1920年4月19日。

的画稿？我心里充满了艺术的思想，站着看着，不忍走了。心中又渐渐地转想到人生问题，心想人生最健全最真实的快乐，就是一个有定的工作。我们得了它有一定的工作，然后才得身心泰然，从劳动中获得健全的乐趣，从工作中得人生的价值。社会中真实的支柱，也就是这班各尽所能的劳动家。将来社会的进化，还是靠这班真正工作的社会分子，决不是由于那些高等阶级的高等游民。我想到此，则是从人生问题，又转到社会问题了。①

作者"我"是一个审美者，而铁匠则是审美对象。铁匠的身体和劳动姿态，完美地展现了一幅艺术画面，从中作者完成了艺术、人生、社会等方面的想象。按照宗白华的主张，这种对于"外在经验"的审美能力取决于"内在经验"的丰富充实，而"内在经验"的扩充则需要以积极奋勇的行为"投身于生命的波浪，世界的潮流"，最终通达人生哲学层面，促进"人类人格上的进化"。这种艺术人生的理想虽然在审美关系和价值指向方面带有一定的精英主义色彩，但其基础却是现实的和实践的，审美主体和审美对象在实践关系中被整合为理想状态的"民众"，正如他谈及"新诗人人格"时提出的，诗人必须在自然中活动，同时又在社会中活动，以期写出"健全的、活泼的、代表人性、人民性的新诗"②。

可以说，宗白华的民族美学之"民"，在建构初期便不仅是一种区别于西方的文化类型，而是有着人生、民众、人民的内涵；它对外（西方）表现为一种文化身份的区分，对内（中国）则表现出新文化精神的整体建构。

3. 传统民族精神的现代价值

此外，宗白华的民族美学还希望通过对传统文化的回顾与发掘，寻找可以帮助现代中国应对现实、开创未来的有益元素。早在1919年，宗白华探讨中国新文化的创造问题时，便提倡从传统文化中找到适用于现代中国

---

① 宗白华：《怎样使我们生活丰富》，《时事新报·学灯》1920年3月21日。
② 宗白华：《新诗略谈》，《少年中国》第1卷第8期，1920年2月15日。

第七章
中国经验与文艺美学

的民族精神:"中国古文化中本有很精粹的,如周秦诸学者的大同主义(孔子)、平等主义(孟子)、自然主义(庄子)、兼爱主义(墨子),都极高尚伟大,不背现在的世界潮流的,大可以保存发扬的,但是,它们已经流风久歇,只深藏在残篇旧籍中间,并不真正存在在民族精神思想里了。"① 20世纪二三十年代的中国社会现实是众所周知的,宗白华不止一次地表达了对于社会现状及人民精神风貌的不满:"中国民族生命力已薄弱极了。中国近来历史的悲剧已演得无可再悲了。我们青年还不急速自己创造乐观的精神泉,以恢复我们民族生命力么?"②"我觉得中国民族现代所需要的是'复兴',不是'颓废'。是'建设',不是'悲观'。向来一个民族将兴时代和建设时代的文学,大半是乐观的,向前的。"③ 他十分羡慕德国人坚定乐观的民族精神和自信力:

> 经了欧洲的重创,和凡尔赛条约宰割的德意志,她却能本着她民族的"自信力"向着复兴之途迈进。最近的萨尔收复运动,就可表明她的民族自信力的伟大——然而这民族"自信力"——民族精神——的表现与发扬,却端赖于文学的熏陶。我国古时即有闻歌咏以觇国风的故事。因为文学是民族的表征,是一切社会活动留在纸上的影子。④

宗白华认为诗歌、小说、音乐、绘画、雕塑等艺术都可以左右民族思想,"能激发民族精神,也能使民族精神趋于消沉",因此他开始从传统艺术中寻找可以进入中国现代化进程的内容。唐人诗歌中的民族精神便是宗白华发现的一笔宝藏,他认为初唐和盛唐诗人作品中体现出悲壮慷慨的尚武精神和顽强的自信力与生命力,是民族精神的最理想代表,这是晚唐、清中叶以来"阴柔"的文坛风气不能比拟的。而阴柔的文学风气使民族精

---

① 宗白华:《中国青年的奋斗生活与精神生活》,《少年中国》第1卷第5期,1919年11月15日。
② 宗白华:《乐观的文学》,《时事新报·学灯》1922年10月2日。
③ 宗白华:《恋爱诗的问题》,《时事新报·学灯》1922年8月22日。
④ 宗白华:《唐人诗歌中所表现的民族精神》,《建国月刊》第12卷第13期,1935年3月。

神羸弱,"中国从姚姬传时代到林琴南时代,受尽了外人的侵略,在外交上恰也竭尽了柔弱的能事"。在此基础上,宗白华提出了"文学能转移民族的习性"的看法,从而为民族文学与美学赋予了鲜明的现实意义,激励今人创造一种富有民族精神的中国文学,以期对当时凋敝不堪的社会现实产生积极影响。正如胡继华的《宗白华——文化幽怀与审美象征》一书所言:"宗白华是从现代中国的历史变革和民族危机的紧急境况出发而展开他的美学沉思的,他的直接理论动机在于通过艺术、通过审美来'探本穷源',确立中国文化精神在现代世界的地位,振作我们的民族精神。这就是他对文化的关怀,就是他的探索对于中国现代文化建设的积极意义所在。"①

这种从传统中寻找和激活现代民族精神元素的实践,表明了宗白华美学在建构初期便不仅具有学术上指向"世界美学"的开放性视野,还具有鲜明的"民族美学"的现实关怀。更重要的是,它表明"民族文化"在宗白华看来并不是应整体认可或者抛弃的铁板一块,而是有着丰富多样的内容,其价值是在与社会现实的具体关系中不断被发掘和变化的。这种现实指向使宗白华立足于中国文化身份之上的民族美学代表了一种具有中国特色的现代化之维——以西方理念为入口,却以中国经验为出路,目的并不是重复古典贵族式的林泉高致之美,而是在西方科学方法和价值理念的关照下,使其更具有世界性、时代性和现实性,其特征是总体性基础上的实践的文化哲学,而不是个体性基础上的想象的审美乌托邦。

经过以上3个方面的梳理可以看到,宗白华的民族美学自建立之初便是一种在比较视野下积极介入现实的美学,他的初始立场是学术性的,同时又有着改造人民主体、建构民众美学、振作民族精神的价值指向,这使其与马克思主义文艺理论具有了内在的一致性。20世纪二三十年代是马克思主义在中国初步发展的阶段,鲁迅、胡风、冯雪峰、瞿秋白等理论家已开始积极推进马克思主义文艺理论著作的翻译和思想传播工作,此时中国的马克思主义文艺理论虽未稳固定型,但已经呈现出相对一致

---

① 胡继华:《宗白华——文化幽怀与审美象征》,文津出版社2005年版,第295页。

的问题意识,而其核心便是文艺与现实、文艺与大众、文艺与社会革命的关系问题。我们虽然看不到宗白华美学与马克思主义文论的明显关联,但从其民族美学的内涵来看,却可以发现与马克思主义美学十分契合的精神特征。

二 20世纪40年代:民族美学的现代性转向

宗白华美学发展的第二个阶段是20世纪40年代,确切地说应该是从1937年到1949年这段时间。在此期间,中国社会的民族危机达到了顶峰,日本侵华战争和国共内战成为最大的历史背景,而宗白华的美学也因为社会现实的变化而发展,呈现出了紧扣时代脉搏的新风貌,并在对于民族文化的危亡和复兴问题的思考中走向成熟。

1. 抗战背景下的民族美学:从现代化到现代性的转变

1937年,日本侵华战争爆发,中华民族面临亡国灭种的空前危机,宗白华也开始了更具针对性的美学与文化抵抗。如前所述,在20世纪20年代赴欧留学前后,宗白华尝试的是一种学术化、客观化的以世界美学的民族个性为出发点的美学,而随着第二次世界大战的爆发,宗白华美学的民族性则被注入了更强烈的中国本位情结和战斗精神。在抵抗日本入侵的战争中,他有感于战士"一寸山河一寸血"的伟大牺牲,号召《学灯》"擎起时代的火炬",投入"抗战建国文化复兴的大业"之中:

> 我们应该恢复汉唐的伟大,使我们的文化照耀世界。
> 我们的文化是精神的,同时是非常现实的;是刚毅的,同时是慈祥的;是有力的,同时是美的。汉代的书法,唐代的雕刻,表现了这个。
> ……
> 尼采所理想的文化是阿波罗(美与智慧)与狄阿里索斯(生命的狂热)两种精神的结合。这种的文化只是希腊和中国曾经有过。
> ……

> 我们为什么不应该爱我们的祖国？我们为什么不建立一个自己精神自己理想的国家！[1]

在1919年的《为什么要爱国？》[2]一文中，宗白华对于中国传统文化尚并无好感，认为中国现在的文化"消沉幼稚——不可爱"，中国的遗留古物"外国也有——没什么特别"。但时过境迁，随着认识的加深及社会危机的引发，宗白华对于中国传统文化的态度发生了彻底的转变。这不仅是受爱国主义的情感驱使，更是因为他目睹了西方列强自私和侵略的本性，科学技术理性蔓延产生了世界性的负面影响，西方现代文化精神暴露出巨大缺陷之后，最终确立的文化和情感的民族转向。在《〈学灯〉擎起时代的火炬》中他写道："全世界的强国都充满了伟大的自私……敌人暴露了敌人的兽性，而我们的卫国将士却显示了人间的神性。"[3] 此时，斯宾格勒和马克思的理论也启发了宗白华，使他意识到西方由盛转衰的必然性，"斯宾格勒又从那陪伴人类发展的技术来诊断这文明的生理阶段。马克思从技术生产关系的发展，解剖近代资本主义社会的内在矛盾及必然的崩坏，斯宾格勒却是从文化心灵的诊断预知它的悲壮的命运"[4]。

可见，宗白华已经能够从现代性的角度审视西方文化的悲剧问题，并将其作为中国文化和美学发展的参照。宗白华认为技术本是一种科学能力，问题出在技术的掌控者——西方人本身，是西方现代人的哲学观出了问题："近代西洋人把握科学权力的秘密（最近如原子能的秘密），征服了自然，征服了科学落后的民族，但不肯体会人类全体共同生活的旋律美，不肯'参天地，赞化育'，提携全世界的生命，演奏壮丽的交响音乐，感谢造化宣示给我们的创化机密，而以厮杀之声暴露人性的丑恶，西洋精神又要往哪里去？"[5] 他能够比较客观地看待技术的作用，并且试图运用文化

---

[1] 宗白华：《〈学灯〉擎起时代的火炬》，《时事新报·学灯》1938年6月5日。
[2] 宗白华：《为什么要爱国》，《时事新报·学灯》1919年10月23日。
[3] 宗白华：《〈学灯〉擎起时代的火炬》，《时事新报·学灯》1938年6月5日。
[4] 宗白华：《〈文艺倾向性〉等编辑后语》，《时事新报·学灯》1938年8月7日。
[5] 宗白华：《中国文化的美丽精神往哪里去》，转引自林同华主编《宗白华全集》第2卷，安徽教育出版社2008年版，第400页。

哲学和艺术的价值理性来规约工具理性的负面影响,这与马克斯·韦伯和马尔库塞等人的批判理论有相通之处,但宗白华的观点在当时因技术落后而饱受欺侮的中国更显得难能可贵。他主张既不能过于依赖技术和西方思想,更不能对技术持悲观态度,而应求助于文化的中西交流与互相启发,在世界因西方的技术理性而陷入黑暗迷茫的时候,东方文化和哲学智慧应该散发出启示的光芒。

可以看到,在中国抗日战争和第二次世界大战的契机下,在学术探索和理性思考逐渐深入的基础上,宗白华的民族美学产生了重要的转向:此前是一种推动中国走向现代的价值建构,而此后却开始在现代性的维度思考中国美学对于世界的意义。此前的民族美学旨在帮助落后的中国赶上西方,而此后的民族美学则表现出博大的胸襟和超前的视野,思考中国美学的返照作用和积极影响。在此意义上,一种以中国经验为本体的美学才真正地确立起来。

2. 思考的核心:探究"民族性"问题

技术的运用应该被施以哲学智慧的引导,这是宗白华技术观的核心。西方的技术理性在力量和征服方面已经证明了其强大,它作为一种外向型的主客二元对立逻辑,在主体内修、圆满交流、通达和谐方面却先天不足;而中国民族则"很早发现了宇宙旋律及生命节奏的秘密,以和平的音乐的心境爱护现实,美化现实"[①],这一民族特性虽使中国弃置了科学技术征服自然的权力,在生存竞争激烈的现代世界饱受欺凌,却能为西方面临的困境提供启示。因此,从哲学美学层面思考中国文化的"民族性",在中西对比中凸显其特征,成为宗白华美学在现代性转向时首先需要回答的问题。

这一问题同样应当从艺术入手,宗白华很早以前便提出艺术的本质是民族性的表达:"艺术的起源并不是理性知识构造,乃是一个民族精神或

---

① 宗白华:《中国文化的美丽精神往哪里去》,参见林同华主编《宗白华全集》第二卷,安徽教育出版社 2008 年版,第 400 页。

天才的自然冲动的创作。他处处表现民族性或个性。"① 他在《谈朗诵诗》的编后语中引用了郭本道关于中西民族在文艺方面特殊性的观点来探讨民族性：

> 郭先生说："中国民族性是'诗'的，西洋民族性是'音乐'的。诗是内向的，蕴藉的，温柔敦厚的，回旋婉转，悒郁多愁。音乐是向外发扬的，淋漓慷慨，情感舒畅，雄壮而欢乐的。"②

郭本道把中国民族性归纳为内向的、回旋婉转的"诗"，以形象的比喻呈现出民族审美文化的类型特征，具有深刻的合理性。宗白华十分认同这一观点，并补充道："所以中国'音乐'也近于'诗'，倾向个人的独奏。月下吹箫，是音乐的抒情小品。西洋的诗却近于音乐，欢喜长篇大奏，繁弦促节，沉郁顿挫，以交响乐为理想。"③ 宗白华的补充，进一步分析了东西方不同文化艺术类型所达到的社会效果：中国的诗性文艺倾向个体的审美自足，而西方的音乐文艺则强调集体性。他认为两者都有合理性，最理想的状态是将两者融合为"诗歌音乐"，使一种个体自足的理想审美范式为民众所接受，在审美交流中产生集体的、社会的效果。唐代便是这种民族性发挥理想社会效果的典范："中国唐代文明最近于近代西洋，生活力丰满，情感畅发，民间诗歌音乐兴趣普遍，诗人的名作，民众多能传唱。"④ 在宗白华看来，中华民族的诗性若像唐代一般健康充实，则必然会得到民众的喜爱，其生命力势必旺盛；而自宋代以后，这种民族诗性实际上衰微了，诗人失去了民众，民众也没有了诗，原本将社会融合为一体的艺术真正成为纯粹个人的、士大夫的"诗"，此后我们民族的诗性已经不再了。

宗白华对于"民族性"的思考——把"诗"作为中华民族艺术观、生

---

① 宗白华：《美学与艺术略谈》，《时事新报·学灯》1920年3月10日。
② 宗白华：《〈谈朗诵诗〉等编辑后语》，《时事新报·学灯》1939年1月15日。
③ 同上。
④ 同上。

命观、社会观、宇宙观的核心,特别是把盛唐气象作为诗歌精神和民族性的典范,这种古典主义的艺术理想与尼采有相通之处。尼采认为古希腊诗歌作为酒神精神的体现,强调的是审美交流、审美认同的集体情感作用,而现代诗人的抒情诗则是纯粹的个人创作。在尼采看来,酒神洪流是一个民族生命力的最高表现,而民歌作为日神与酒神的融合,其多产的时期都是"受到酒神洪流最强烈的刺激,我们始终把酒神洪流看作民歌的深层基础和先决条件"①。把尼采的这些观点与宗白华对"诗"与"民族性"的思考相对比,可以发现很多相似之处。可以说,宗白华对于中华民族"诗性"问题的思考,既强调个体自足的表征着生命旋律的内在审美机制,同时又强调能实现集体交流和精神认同的外在审美机制,或者说在他看来,只有最为完满地实现了内在层面的审美表达,才能确保外在的审美交流的实现。这一原则成为宗白华在中国传统文化艺术中寻找和阐释"民族性"的依据,它旨在重塑一种内美的、健康充实的、富有活力的现代民族精神,不仅为中国民族文化发展壮大、走出现实困境提供支撑,同时也能为西方技术理性的自我救赎提供启发。

3. 民族美学之不足:悲剧的缺席

20世纪三四十年代的中国和世界都处于战争的劫难之中,这实际上是西方现代社会发展的负面结果。告别了两希传统的西方现代文化,展示出上帝死后人的绝对自由和绝对孤独的荒原景象,世界在资本主义工业社会逻辑的支配下,沦为争夺、占有、贪婪、暴虐的渊薮,西方文化何去何从成为思想界深刻反思的问题;以中国为代表的东方文化则展示出截然不同的存在和表达方式,一种平和的、由主体自足的"内美"而实现"旋律""远出"的、沟通主客与自然万物并且通达宇宙的诗性文化。但这种文化却因为对科学和理性的轻视而令近现代中国落后于西方。由于技术上落后于西方,我们的文化难免在苦难的现实中陷入自卑和怯懦,本应为西方现代社会提供启示的中国文化精神正日渐式微。宏观看来,世界范围的东西文化图景展示出一种悲剧性的错位与悖论。对于中国文化而言,如何走出

---

① [德]尼采:《悲剧的诞生》,周国平译,生活·读书·新知三联书店1986年版,第22页。

这种悖论，如何重建和保持自己民族文化的核心精神，使其对于中国和西方都能焕发出光彩，这是许多美学家都在思考的问题。当宗白华以尼采为启发，试图令民族文化中的"酒神洪流"重新照进现实的时候，意味着他对于中国文化精神的问题已经有了深入的思考：中国文化在现代社会早已失掉了民族生命力、自信力和凝聚力，这一问题自盛唐以后便开始显现，在艺术层面表现为"诗"性的个人化和民族激情的消退，在美学层面则表现为"悲剧"的缺失。只有复活民族文化的精神和勇气，以伟大的悲剧精神应对苦难的社会现实，才能回答中国文化的美丽精神何去何从的问题。

我们发现一个有趣的现象：在 20 世纪 40 年代前后，宗白华对于西方思想的引介，不再以德国学术方法和民族精神为重点，而是多次提到英国、法国、俄国和古希腊的悲剧精神，特别是莎士比亚的悲剧艺术成为宗白华十分关注的对象。这一方面与中国社会的悲剧现实有关，另一方面也是宗白华对民族文化的哲学美学思考的一种探索。早在 1937 年宗白华便发文探讨莎士比亚的艺术特征，他认为莎士比亚对悲剧情境的营造是十分成功的，对莎士比亚而言，戏剧与人生是同一的，"他从戏剧里体会到那些人生的伟大的紧张的悲壮的场面，而他又从实际人生的体验、观察、分析，给予他自己的创作丰富的深刻的生命。"① 1938 年，国立戏剧学校先后在南京演出了莎士比亚的《威尼斯商人》《奥赛罗》等名剧，宗白华十分赞赏地说："我们在遍体伤痍之中不要丧失了精神的倔强和努力。"② 他继而提出将在《学灯》开两次专页介绍莎士比亚，因为"中国对于莎士比亚的研究和介绍实在太少了"③。在接下来的一期《时事新报·学灯》中，宗白华撰写了《我所爱于莎士比亚的》一文，提出古希腊悲剧的真正主角是"神谕"和"命运"，人物的个性价值和力量极为薄弱，而莎士比亚悲剧则是从人物性格与行动中自然地发展出来的，莎翁戏剧从这真切的自然中"生出风韵，生出诗"，"像朵朵细花撒遍在沉痛动人的生命悲剧上"。④

---

① 宗白华：《莎士比亚的艺术》，《戏剧时代》第 1 卷第 3 期，1937 年 8 月 1 日。
② 宗白华：《关于〈奥赛罗〉的演出》，《时事新报·学灯》1938 年 6 月 26 日。
③ 同上。
④ 宗白华：《我所爱于莎士比亚的》，《时事新报·学灯》1938 年 7 月 3 日。

宗白华并不满足于对莎士比亚悲剧艺术的引介,他的真正着眼点还是重建中国民族的悲剧精神。他发现中国传统文化中礼乐秩序与和谐之美一直占据主导,而"西洋文艺自希腊以来所富有的'悲剧精神',在中国艺术里,却得不到充分发挥,且往往被拒绝和躲闪。人性由剧烈的内心矛盾才能发掘出的深度,往往被浓挚的和谐愿望所淹没"①,因此,只有从民族艺术中发现悲剧、复活悲剧,才是中华民族渡过苦难和脱胎换骨的希望所在。这便需要以现代悲剧的视角阐释和弥补我们的文化精神。他赞美夏完淳是一个最纯洁可爱的"有至性的人","有天神似的纯洁,却富有最高度的人间热情"②;他发现屈原文学作品中的鬼神世界也代表了一种伟大的悲剧性:"神话的世界虽是神秘的,荒诞的,但也寄托着古代人深沉的宇宙意识、自然情绪和对于人生赤裸的强烈的体验。进化的都市人丧失了这些神话,同时也丧失了这世界和人生的深度意识,而过着浅薄的表面生活。"③ 魏晋时代更是宗白华眼中的民族精神宝库,因为这段时期与宗白华所处的时代相似,同样是中国历史上政治混乱社会黑暗的时代,用宗白华的话说即"中国人生活里点缀着最多的悲剧,富于命运的罗曼史的一个时期",但同时也是"精神史上极自由、极解放,最富于智慧、最浓于热情的一个时代。因此,也是最富有艺术精神的一个时代"。④ 在魏晋时代的艺术精神中,宗白华发现了个性自由和美的强健精神与社会现实之间的巨大张力,这种张力使个体情怀对于时代悲剧的抗争,书写为一种自由充实和饱含生命气韵的艺术精神。晋人品藻、山水画、书法、舞蹈、敦煌雕塑与壁画等艺术无不体现着这种伟大而崇高的悲剧之美,这些艺术也构成了宗白华美学体系中最为核心的研究对象,并推动着他的民族美学走向深化与成熟。

　　国家不幸诗家幸,社会动荡与民族危亡没有令宗白华面对中国文化的焦虑无所适从,反而更加坚定了他发掘传统以继往开来的信念。在悲剧

---

① 宗白华:《艺术与中国社会》,《学识》第1卷第12期,1947年10月。
② 宗白华:《〈三百年前一位青年抗战的民族文艺家〉等编辑后语》,《时事新报·学灯》1938年6月12日。
③ 宗白华:《〈屈赋中的鬼神〉编辑后语》,《时事新报·学灯》1939年12月26日。
④ 宗白华:《论〈世说新语〉和晋人的美》,《星期评论》1941年第10期。

性、民族性、现代性等问题的启示下，宗白华的学术探索收获了累累硕果，《论〈世说新语〉和晋人的美》《中国艺术意境之诞生》《论文艺的空灵与充实》《中国诗画中所表现的空间意识》等代表性文章都是在此时期（20世纪40年代）完成的，也正是这些论著构成了其以中国文艺经验为核心的民族美学体系。

宗白华以浪漫主义的审美情怀观照民族艺术，是为了通过艺术意境的哲学空间拓展和审美交流，应对中国乃至西方共同面临的现代性问题。他钟情于古典不是为了逃避现实而是为了拥抱现实，不是强调个体性的审美自律而是民族性的审美交流与抵抗，从这个意义上说，宗白华美学不同于一般浪漫主义美学家的古典情结，而是更近于马克思主义视野下的审美现代性思索：在社会现代化进程日渐暴露出偏狭与畸变之时，古典艺术（古希腊艺术）的永恒魅力更多地在于现代性——其意义根源在于古典艺术审美者的现实经验和现实关系。[①] 当然，立场的一致并不等于美学实践方法的一致，毛泽东的《在延安文艺座谈会上的讲话》作为当时中国马克思主义文艺理论的代表，提倡用民族化、大众化、典型化的美学风格表现中国社会现实矛盾，这是革命家的深刻洞见。而宗白华的美学理想虽然也以民族精神熔铸和民众教化为目的，却带有学者特有的精英理想色彩。前者更具社会实效性，而后者则更具文化深刻性；前者是对于中国走向现代化的推进，而后者则是中国面临现代性的守望，我们只有把两者结合起来做整体思考，才能更加深刻地理解中华民族在社会文化转型过程中的艰难探索与宝贵经验。

三 20世纪50—80年代：从民族美学到中国美学

1949年新中国成立是中华民族现代化进程中的里程碑事件，其历史意义无须多言。中国共产党领导的民族民主革命获得胜利后，作为其理论武

[①] 关于马克思主义理论视野下的审美现代性问题，可参见王杰《马克思主义与现代美学问题》（人民文学出版社2000年版）中的《审美现代性：马克思主义的提问方式与当代文学实践》一文。

器的马克思主义也成为新中国文化思想界的主导，人们开始深入研究马克思主义理论本身，并用马克思主义理论方法思考问题。中国的马克思主义文艺理论从早期的鲁迅、瞿秋白、胡风、冯雪峰等文艺理论家的探索，到毛泽东联系中国革命的成功实践，已经具有了比较成熟的经验基础。新中国成立后，在苏联的影响下，学术界接触的不仅是普列汉诺夫、卢那察尔斯基、托洛茨基，更有列宁、斯大林的文艺理论，特别是后两者被奉为苏联模式马克思主义的圭臬。在新时代背景和理论话语领导权的影响下，中国文艺理论的整体风貌也发生了变化。

1951年，宗白华发表在南京大学校刊上的一篇小文回顾了他们这代知识分子与中国革命的关系：

> 在三十年前的五四运动时代，我们凭着小资产阶级知识分子的满腔热血和满脑子幻想，希望创造一个新的中国，新的文化；而中国共产党却用马列主义的哲学跟中国民族的具体情况结合起来。由于正确的领导，壮烈的牺牲，三十年的奋斗实践，把五千年腐朽的封建中国彻底改造成为一个强大的独立的自由的新中国了。我们生活在这个空前伟大的史诗的边缘上，没有能够实际参加，这是何等惭愧的事！[①]

他虽然自言"没有能够实际参加"这段民族革命历史，但通过前文的回顾我们发现，宗白华美学的民族性正是在对于中国社会现实关怀的基础上建构起来的，可以说，他的民族美学充分担负了一个爱国知识分子的社会责任。其最大的遗憾可能就是没有与"马列主义的哲学"走得更近。这段自述也为我们呈现了宗白华美学与马克思主义的关系：在中国民族民主革命时期，有着共同的现实关怀和美学问题意识，但在哲学观和理论方法层面却并无交集。自20世纪50年代起，宗白华开始从马克思主义理论角度重新审视和思考哲学史问题，并随着时代和理论语境的变化而将自己美学的"民族"特征革新为"中国"特征。

[①] 宗白华：《从一首诗想起》，《南大生活》1951年7月1日。

1. 哲学史和思想史研究

宗白华自 1925 年留学归来后便在东南大学（国立中央大学前身）哲学系任教，随着抗战爆发，中央大学迁至重庆。1945 年抗战胜利后宗白华返回南京继续任教，并于 1952 年调往北京大学哲学系。在这里有必要先说一下 1952 年的"院系大调整"。在新中国成立之初，为了更好地服务于社会主义现代化的经济建设，教育部模仿苏联教育模式，于 1952 年开展了高校"院系大调整"：许多综合性大学被拆分，教育重心集中于工程建设、重工业和科学技术等方面。人文社会科学因为"无用"甚至"反动"而遭到轻视，许多文史院系被合并或撤销（如社会学专业便遭灭顶之灾），一些政治系、法律系教授不得不转投美术系、外语系甚至图书馆工作。此外，高校教职工和大学生都要参加"过关"和"洗澡"的思想改造运动，以便肃清封建、买办、法西斯思想，批判资产阶级思想，真正接受苏联理念。[①]可见，1952 年的"院系大调整"不仅关乎教育体制的变化，更关乎中国社会文化结构和知识分子思想结构的变化。这种思想结构的变化或许是强加的，也可能是在当时如火如荼的新中国建设热情下，知识分子乐于接受的。在院系大调整中，宗白华也从南京大学调往北京大学哲学系（当时全国所有大学的哲学系都合并到北大），并开始了一段新的学术旅程。

在 1946—1952 年的这段时间里，宗白华完成了几部手稿的写作，即《西洋哲学史》《中国哲学史提纲》《中国近代思想史提纲》，在某种意义上这几部手稿也是他思想改造的成果。在《西洋哲学史》中，宗白华大量引用马克思、恩格斯、列宁的论著，以唯物辩证法的历史原则和实践认识论的逻辑原则为出发点，以哲学的两大阵营——唯物论与唯心论的长期斗争为角度，对西方古代哲学、中世纪哲学、近代哲学展开了梳理和批判。对于唯物辩证法的发展历程，宗白华借鉴了马克思的观点，指出它走向成熟的两个阶段："第一是古代希腊自然生长的唯物论，及近代英法的形而上学的唯物论，并费尔巴哈的唯物论。第二是德国的古典哲学，尤其黑格尔

---

① 关于新中国高校院系大调整的详细情况，可参见李响《1952 年院系大调整：教授"洗澡"大学洗牌》，《文史参考》2012 年 6 月（上）。

手中完成的辩证法的唯心论。"① 他又指出唯物论的成熟更得益于与唯心论的斗争和吸纳，而唯心论作为一种错误的哲学，其根源在于把认识的诸特征、方面和界限绝对地夸大了，从而"成为一种离开物质和自然而神化了的绝对"，因此他认为"唯心论意味着僧侣主义"，"一切唯心论，都是宗教的党羽，宗教的哲学拥护者"。② 同时，宗白华十分认同列宁的观点，强调不能把唯心论当作"完全虚伪的意识形态"，它同唯物论一样都是对客观世界的认识，都是社会关系的产物，是"被社会、历史制约了的意识形态"。可以发现，宗白华的《西洋哲学史》基本上是以马克思主义的唯物辩证法为基础的，同时他也十分注重强调历史上每种哲学观点的合理意义和价值。换言之，他试图在保持马克思主义原则的前提下比较客观和科学地呈现出西方哲学的发展历史——在宗白华看来，哲学并不是能够判定纯然正确或错误的科学，而是有阶级、有党派的，这也是马克思的一个观点。因此他在自己这段话下面加了着重号：

> 每个哲学的科学性或非科学性，和该科学所代表的社会要素的历史进步性或反动性之间，有着必然的照应关系。③

哲学代表了当时的社会关系，今天看来的落后哲学在曾经的历史关系中则可能是积极进步的，因此每一种哲学的历史价值都不容忽视。我们似乎可以从中看到宗白华的哲学史研究在学术与政治立场之间的游移策略：用马克思的观点来制衡马克思主义理论，以尽可能将哲学史作为一种"知识"而呈现其本来面貌。正如他在《中国哲学史提纲》手稿封面上所引用的马克思的原话："我是在执行一种历史的公道，要使每一个人得到他所应得的。"④《中国哲学史纲》同样是在马克思主义的唯物史原则和哲学的阶级性、党派性原则的总体思路下写成的。

---

① 宗白华：《西洋哲学史》，载林同华主编《宗白华全集》第 2 卷，安徽教育出版社 2008 年版，第 487 页。
② 同上书，第 491 页。
③ 同上书，第 497 页。
④ 林同华主编：《宗白华全集》第 2 卷，安徽教育出版社 2008 年版，第 721 页。

《近代思想史提纲》应为宗白华在北京大学或中国人民大学上课的讲稿，系统地介绍了马克思主义产生的历史条件、马克思主义的科学社会主义理论、资本主义衰落期的资产阶级思想、鸦片战争后中国思想界的发展、马克思主义思想的发展——列宁与斯大林、马列主义在中国的传播发展等内容。[①] 在"马列主义在中国的传播发展"章节中，宗白华回顾了李大钊、陈独秀、孙中山、鲁迅、毛泽东等人对于马克思主义理论的探索和贡献，最后以对毛泽东思想的高度评价作为结尾，是比较早地对马克思主义中国化过程的历史梳理，也代表了宗白华对中国马克思主义理论发展过程认识的系统化。

宗白华在1952年完成的《西洋哲学史》《中国哲学史提纲》《中国近代思想史提纲》等手稿，标志着他真正开始从思想观念和学术方法上接近马克思主义理论。这种接近虽然带有当时历史语境下特有的政治意识形态色彩，同时也是相对理性客观的，但他更多地将马克思主义放在哲学史和思想史的范畴中探讨，在理论的科学性和党派性的张力下前行，而并没有把马克思主义理论运用于其美学研究实践中。

2. 对康德哲学美学的阐释

宗白华于1914—1918年在德国人办的青岛大学学习德文，这为他研究德国哲学和后来赴德留学奠定了基础。回顾宗白华早年的哲学主张，可发现他最推崇康德的唯心主义哲学。早在1919年，宗白华便在《北京晨报》发文探讨康德哲学，他指出以休谟、孔德、斯宾塞等为代表的经验主义和实证主义哲学均源于康德。康德哲学如今虽已远去，但其精深却是其他唯心唯物哲学所难以企及的：

> 康德哲学，实汇两派之精义，以建立其最高唯心之理，体大思精，包罗万象。唯物、实证两派，实含摄其中。存其真义，去其偏

[①] 参见宗白华《近代思想史提纲》，载林同华主编《宗白华全集》第3卷，安徽教育出版社2008年版，第6页。

执,破收并行,以成康德,证据坚确,千古不易之唯心哲学。①

我们知道,在20世纪初的中国,科学主义和实证主义是影响巨大的西方思潮,宗白华也深受此影响,主张学术应该以科学实证的态度解决问题。而康德早年曾从事自然科学研究,为其哲学的实证性奠定了基础。在宗白华看来,康德哲学是采纳唯物和唯心之长建构起来的哲学,一种以科学和实证为基础的唯心哲学,体现了人类认识世界和思辨能力的精深境界,因此是最具合理性的。康德区分了两种心相,一种是"形而下心相",也就是我们对于事物的经验感知;另一种是"形而上心相",指物质世界之本质存在。我们感知到的"现象界"是形而下的心相,我们也能够用"思想推度"来得知事物于现象界之背后的"物自体"的存在。这一按照科学方法推出的"物自体"存在于时空中,但时间和空间却是唯心范畴。因此,在康德看来,无论是形而上的物本体还是形而下的现象界,本质都是唯心的,最终统一于"宇宙"的形而上心相中。宗白华认为康德唯心观超越既往唯心哲学的高明之处,在于一方面承认了物质世界的客观性,另一方面又承认主观世界的客观性,并在更高级的形而上层面将两者统一起来,这就使自己的唯心哲学具有了唯物的基础:"康德哲学则以外界物象与内界心同一真实无妄,同一生灭无常,然以理推求,心物皆非宇宙实相,皆是唯心假象所见,取自内心外物之心,假名为形而上心,然行上心之有无,皆不可说。以有无名言,但可用于形而下器界中。至于形上之真,则不可说也。"②康德对世界事物区分了形而下实相和形而上虚相的不同存在,并将两者的无限接近和统一作为宇宙间不可言说的形而上之真。在宗白华看来,这种对于客观世界的认识论有着佛法的精深和奥妙。

康德"近于佛法"的哲学观令宗白华深感其妙,并将其作为自己美学的基础。宗白华接受了康德的真善美的划分、知情意的划分、审美自律、

---

① 宗白华:《康德唯心哲学大意》,载林同华主编《宗白华全集》第2卷,安徽教育出版社2008年版,第11页。
② 同上书,第13页。

纯粹直观、审美无利害、形式主义等观点，并试图将审美和艺术作为改造社会和创造艺术人生的理想，通过感性与理性的结合为中国社会现实找到出路。宗白华美学和艺术研究在具体方法上侧重从对象形式出发，从审美的经验和实证出发，但在经验和实证的基础上又指向更高级的抽象精神和形而上特质，从而在审美活动中形成艺术特有的"价值结构"：

一、形式的价值，就主观感受而言，即"美的价值"。

二、抽象的价值，就客观而言，为"真的价值"，就主观感受而言，为"生命的价值"（生命意趣之丰富与扩大）。

三、启示的价值，启示宇宙人生之最深的意义与境界，就主观感受而言，为"心灵的价值"，心灵深度的感动，有异于生命的刺激。①

以形式的价值和抽象的价值为基础，而以启示的价值为终极目标，在宗白华看来，这种价值结构的逐层实现是合目的与合规律的，正如其在《论中西画法的渊源与基础》中所言："每一个伟大的时代，伟大的文化，都欲在实用生活之余裕，或在社会的重要典礼，以庄严的建筑、崇高的音乐、闳丽的舞蹈，表达这生命的高潮、一代精神的最深节奏。建筑形体的抽象结构、音乐的节奏与和谐、舞蹈的线纹姿势，乃最能表现吾人深心的情调与律动。"② 可见，宗白华对艺术的研究及中西文化的比较，都立足于价值结构的基础上，试图在艺术的形而上层面通达宇宙和人生之真，并以此激活其民族价值和社会现实价值，这一点在他早年的美学和艺术理想中得到了突出的体现，我们也能从中发现康德美学的鲜明印记。

在新中国成立以后的五六十年代，德国古典美学和哲学因为同马克思主义有着内在关联，因此受到了充分重视。此时的宗白华不仅翻译完成了《判断力批判》，还在马克思主义理论立场上对于康德美学的偏颇之处展开

---

① 宗白华：《略谈艺术的"价值结构"》，载林同华主编《宗白华全集》第2卷，安徽教育出版社2008年版，第69—70页。

② 宗白华：《论中西画法的渊源与基础》，载林同华主编《宗白华全集》第2卷，安徽教育出版社2008年版，第99页。

了批判反思，写成了《康德美学思想评述》。该文从美学史发展背景上肯定了康德美学的卓越贡献，肯定了康德美学的丰富性、深刻性和复杂性，同时又从早年对康德的主观唯心论的接受立场转向了批判立场，指出了康德美学的内在矛盾和不合理之处。宗白华认为，康德美学最突出的问题是审美超功利性容易陷入形式主义的泥潭，而形式主义则更导致远离现实生活的虚空，从而使美学变成一种极度贫乏的主观活动。康德为了弥补这一点，又把依附的美作为更高价值的理想。实际上，康德难以调和审美的自由性和功利性的内在矛盾，在宗白华看来，将两种美（"自由美"和"附庸美"）区分开来本身便是自相矛盾的。最后宗白华的结论是：

> 康德本想把"美"从生活的实践中孤立起来研究，这是形而上学的方法。但现实生活的体验提出了辩证思考的要求。只有唯物辩证法才能全面地、科学地解决美的与艺术的问题。①

宗白华在唯物辩证法的基础上，一方面肯定了康德美学形而上的贡献，另一方面又从康德所陷入的矛盾中看到了康德所背弃的现实生活体验的重要意义。宗白华对康德美学的批判反思也表明他的美学立场的调整，在他看来，审美自律不等于审美孤立，由此通达的审美自由和主体内省也是虚空无益的。相反，审美自律必须以现实生活为基础，以实践活动为手段。经过这样由形而上至形而下的转换，现实生活和实践便不再仅作为手段，而成为目的，从而为"散步美学"和回归民族艺术的丰富经验提供学理支撑。可以说在新中国成立以前，宗白华试图把美学和艺术的形而上升华与人生、民族和宇宙的深层规律相联系，实现其人生和社会价值，而新中国成立后则反转了这一过程，这既是时代背景所致，也是理论的更新所致，与宗白华对康德美学的接受与超越有着潜在关联。

我们也必须看到，康德哲学美学对宗白华的影响是根深蒂固的，这一影响始终并未消除。例如，宗白华虽然没有积极投入20世纪50年代的美

---

① 宗白华：《康德美学思想评述》，载林同华主编《宗白华全集》第3卷，安徽教育出版社2008年版，第371页。

学大讨论，却在《新建设》上发文提出了与持"主观说"的高尔太不同的观点，认为对于一朵花的美的判断是肯定了它具有美的特性，和它具有红的颜色一样，"是对于一个客观事物的判断，并不是对于我的主观感觉或主观感情的判断。这判断表白了一个客观存在的事实"①。宗白华还举了古典艺术的例子，认为其永恒魅力同样源于"客观地存在着的美"。在《美从何处寻》中他也强调美"对于你的心，你的'美感'是客观的对象和存在"②。可见，宗白华主张美的"客观说"，首先肯定美作为一种形式规律和客观属性的存在，有了形式的诱发才能有审美的愉悦，而不应无视其客观性直接进入主观层面。从这一美学立场中也能看到康德的影子。

3. 中国美学特殊性的认识

新中国成立以后，中华民族的民族民主危机问题得到了解决，理论方面则以马克思主义为基础建立起正统的文艺理论观，在这种新的局面下，宗白华以中国经验为核心的美学体系也发生了新变化。可以说，在新中国成立以前宗白华的美学具有明显的民族焦虑意识和现实紧迫感，而在新中国成立后则更多了一种从容自信的国家与民族身份意识。宗白华已经能够在马克思主义理论的指导下，在"现代中国"这一曾经的民族美学目标的现实语境下，思考中国美学在社会主义现代化建设中的作用。可以说，此时的宗白华似乎又回到了其学术起步时期的世界性视野和学术立场，但新的环境和宗白华自身经历与理论的充实，使他在新时期对于中国美学特殊性问题有了更多的思考和阐发。

首先，中国美学表现方式的独特性。宗白华认为中国美学有着特殊的艺术表现方式，他引用荀子的"不全不粹不足以谓之美"加以阐发，认为"艺术既要极丰富地全面地表现生活和自然，又要提炼地去粗取精，提高、集中，更典型、更具普遍性地表现生活和自然"③。这实际上是马克思主义视野下的现实主义原则和典型化风格的结合，但宗白华没有被这一模式所

---

① 宗白华：《读〈论美〉后一些疑问》，《新建设》1957年第3期。
② 宗白华：《美从何处寻》，《新建设》1957年第6期。
③ 宗白华：《中国艺术表现里的虚和实》，《文艺报》1961年第5期。

局限，而是认为中国艺术的独特表现方式——虚与实的结合，是"中国艺术传统中的现实主义的创作方法，不是自然主义的，也不是形式主义的"①。我们知道中国艺术与西方有一个很大的不同，即西方艺术强调模仿和再现，而中国艺术则更侧重表现，在具体形式上西方以写实为重，希腊雕塑和古典绘画及诗歌都强调真实模仿的重要性；而中国艺术则并不以照搬实物为能事，而是在立象以尽意和想象性审美空间的拓展方面有更多追求。这种艺术表现方式如果按照西方理论，是不能界定为现实主义的，但宗白华借用王渔洋神韵说中谈龙的例子，说明"艺术的表现正在于一鳞一爪具有象征力量，使全体宛然存在，不削弱全体丰满的内容，把它们概括在一鳞一爪里。提高了，集中了，一粒沙里看见一个世界"②。宗白华认为这种中国艺术特有的虚实相生的艺术表现方式，在绘画艺术、诗歌、舞蹈、建筑中都有着丰富的体现，其核心便是"生动的气韵"。因此可以说，宗白华把"气韵生动"看作中国艺术传统中特有的现实主义表现方式，可以称作"民族现实主义"："中国传统艺术很早就突破了自然主义和形式主义的片面性，创造了民族的独特的现实主义的表达形式，使真和美、内容和形式高度地统一起来。"③ 宗白华的"民族现实主义"是将马克思主义文论的美学原则同中国美学理论特殊性相结合的典范，既可以避免对现实主义的机械理解，也可以避免现实主义对于艺术形式和形象美的忽视，同时更为中国传统艺术的独特性扩展了空间。

其次，中国美学存在形态的独特性。中国现代美学从王国维起，便开始追逐西方的脚步，许多美学家都是在西方理论的启示下重新审视中国传统的，宗白华早年也是此方面的实践者。随着学界对于美学和文化问题思考的深入，比较视野的拓宽，人们发现重要的问题并不是中国古代有没有美学，而是中西方不同的文化类型决定了美学在各自国家不同的存在形态。宗白华与汤用彤关于中国美学的对话，便强调了中国美学在存在方式上的独特性。宗白华提出，美学在西方是大哲学家思想体系中的一部分，

---

① 宗白华：《中国艺术表现里的虚和实》，《文艺报》1961年第5期。
② 同上。
③ 同上。

属于哲学史的内容，可以说是"哲学家的美学"；而在中国，美学却纷杂地散布于各种艺术经验和艺术实践中，"中国古代的文论、画论、乐论里，有丰富的美学思想的资料，一些文人笔记和艺人的心得，虽则片言只语，也偶然可以发现精神的美学见解"①。中国美学来源于艺术实践，反过来又成为艺术的最高宗旨（如气韵生动）。因此，研究中国美学应该有更加宽广的视野，从实践出发，从个案出发，从经验出发。宗白华的艺术研究遍及书法、建筑、雕塑、音乐、舞蹈、戏剧、诗歌、绘画等不同门类，试图在这些门类的艺术实践中寻找到相通性，也体现出了他对于中国美学存在方式的深刻认识。除了在各种艺术的古代文献资料中寻找美学成果之外，宗白华还特别重视考古和出土文物器具带给我们的启发，并且强调应"把哲学、文学著作和工艺、美术品联系起来研究"，主张一种实证的和以日常社会生活为基础的美学人类学研究，实现形而上之"道"与形而下之"器"的融通。在他看来，这种结合是必要的，"一方面是因为古代劳动人民创造工艺品时不单表现了高度技巧，而且表现了他们的艺术构思和美的理想。像马克思所说，他们是按照美的规律来创造的；另一方面是因为古代哲学家的思想，无论在表面上看来是多么虚幻（如庄子），但严格讲起来都是对当时现实社会、对当时的实际的工艺品、美术品的批评"②。我们能从中看到宗白华将马克思主义美学的立场和方法同中国文艺美学实践相结合的有益尝试。

最后，中国美学表达方式的独特性。"表达方式"不同于前面说到的表现方式，表现方式侧重直观的、外在的、形式方面的特点，而表达方式更侧重想象的、内在的、本质的特点。中国美学的表达方式一直是宗白华关注的问题，他试图将古代哲学的"道"与中国艺术特有的经验和体悟传统结合起来，从生命美学的角度解释这一问题。早在《中国艺术意境之诞生》中，宗白华便把"中国心灵的幽情壮采"描述为"'生命本身'体悟'道'的节奏"，艺术赋予道"形象和生命"，道赋予艺术"深度和灵魂"，

---

① 宗白华、汤用彤：《漫话中国美学》，《光明日报》1961年8月19日。
② 宗白华：《中国美学史中重要问题的初步探索》，《文艺论丛》1979年第6辑。

因此，有生命的艺术即是道，它植根于活跃的、至动而有韵律的心灵，"唯道集虚，体用不二，这构成中国人的生命情调和艺术意境的实相"①。宗白华把"道"的显现看作心灵在艺术中的舞动所体现的宇宙旋律及生命节奏。这一过程实际上涉及两方面因素，一是作为审美对象的艺术本身必要的形式因素，二是在这一因素的诱发下审美主体所能达到的审美体验，这两方面因素的融合方式便是中国美学的表达方式。宗白华关于意境的解说提出了这个问题，但并未很好地解决。在新中国成立后，随着学术思考的成熟，他关于中国美学的表达方式的思考也有了更合理的答案。在《中国艺术表现里的虚和实》《中国书法里的美学思想》《中国古代的音乐寓言与音乐思想》中，宗白华反复强调了"气韵生动"的概念，我们知道这一概念取自画论，代表着古代哲学的核心概念"气"对于艺术生命激活的根本作用。在宗白华看来，任何理想的艺术形态都应该是有血有肉有骨骼的生命形象，应该以气韵生动为目标，因此"舞"在宗白华看来是一切艺术之精魂。"生动"即是有生命的，这首先是对艺术品审美特质的描述，而"气韵"则不仅在审美客体方面，还需要审美主体的充分参与，需要审美者生命体验与艺术对象生命节奏的融合。可以说，"气韵生动"这一概念便是中国美学的表达方式的实现中介，而这一表达方式的效果则是气韵和节奏所实现的"远神"，一种从文化类型上不同于西方的中国式表达：

> 中国古代舞女塑造了这一形象，由傅毅替我们传达下来。它的高超美妙，比起希腊人塑造的女神像来，具有她们的高贵，却比她们更活泼，更华美，更有远神。
>
> 欧阳修说："闲和严静，趣远之心难形。"晋人就主张艺术意境里要有"远神"。陶渊明说："心远地自偏。"这类高逸的境界，我们已在东汉的舞女身上和她的舞姿里见到。庄子的理想人物：藐姑射神人，绰约若处子，肌肤若冰雪，也体现在元朝倪云林的山水竹石里面。这舞女的神思意态也和魏晋人钟王的书法息息相通。……这是我

---

① 宗白华：《中国艺术意境之诞生》，《哲学评论》第 8 卷第 5 期，1944 年 1 月。

们的优良传统,就像希腊的神像雕塑永远是欧洲艺术不可企及的范本那样。

这种由"气韵生动"诱发的审美主客体生命共舞、体悟大道的"远神",便是中国艺术审美最核心的表达方式,在宗白华看来,这是领悟宇宙里的"无声之乐",也就是宇宙里最深微的结构形式。

通过以上三个方面的回顾可以发现,在 20 世纪 50—70 年代,社会历史和理论语境的变化促使宗白华美学开始吸收马克思主义理论,这种吸收是比较有限的,却又是十分深刻的。宗白华能够运用马克思主义的辩证唯物主义观、艺术上的现实主义和典型化、实践论等原则,重新思考哲学和美学问题,但其审美理想中的康德主义色彩仍然存在。这两方面的矛盾和张力,作用在他对于中国美学特殊性问题的阐发中却又是好事,使其能够从文化精英立场出发,对于中国美学"形而上层"和"形式层"有着深刻理解,最大限度地还原中国古典艺术作为高雅文化的精神内涵,充分理解其建构与传承的内在一致性和文化类型的稳定性;此外,还使他能够充分重视考古文物、工艺品、社会历史、日常生活等维度的美学问题,从而能够更加多角度地充实和完善对于中国美学特殊性的理解。可以说,正是经过了马克思主义理论的启发和思虑,宗白华美学作为现代中国美学的成功典型,才被最终建立起来。

四 新期待视野下的接受与重估

宗白华于 1986 年去世,其美学研究在 20 世纪 80 年代以后也并无新见。因此,20 世纪 80 年代以来我们对于宗白华美学的思考应当从主体建构角度转向学界的接受问题。客观地说,宗白华在 20 世纪 50—80 年代的中国美学和文艺理论界显得相对寂寥:他并未积极参与 50 年代的美学大讨论,也并未与新中国占据主导位置的马克思主义文论靠得太近,此外,他的著述较少也限制了人们的了解和接受,这些因素使宗白华如闲云野鹤般处在文艺理论风潮的边缘。据李泽厚回忆,第一届全国美学大会没有邀请宗白华参加,甚至连一个位置都没给他留。① 《美学散步》于 1981 年出版且很快销售一空,但宗白华特有的体验式、杂谈式的美学方法和中国古典情怀并未引起太大的学术反响,宗白华美学依旧平淡地存在,恰如其"散步"之名。1986 年,美学权威朱光潜的去世可谓"美学长空北斗星沉"的轰动事件,相比之下,同年宗白华的去世则略显悄然。因此,宗白华美学的实际影响在相当长的时期内显得十分有限。

自 20 世纪 80 年代中后期到 90 年代,沉寂已久的宗白华美学得到了学界越来越多的重视,关于宗白华美学的单篇论文和研究专著相继问世,如《宗白华美学思想初探》(邹士方、王德胜著,《文艺研究》1984 年第 4 期)、《宗白华美学思想研究》(林同华著,辽宁人民出版社 1987 年版)、《朱光潜宗白华论》(邹士方、王德胜著,香港新闻出版社 1987 年版)等。1994 年《宗白华全集》的出版更加推动了宗白华美学研究的发展,人们得以接触宗白华著述的全貌,从而更加完整地认知其美学理念和方法体系,也愈加认识到其不容忽视的重要价值。季羡林在推荐此书参加第二届国家图书奖评选时写道:"《全集》出版后,一些读者反映,宗白华先生的美学思想应当重新研究,宗先生在中国美学史的地位要重新评定。"② 1996 年,由北大哲学系主办的宗白华、朱光潜诞辰 100 周年国际研讨会召开,借此契机,叶朗撰文《从朱光潜"接着讲"——纪念朱光潜、宗白华诞辰一百周年》③,开始把宗白华作为"中国现代美学的另一位代表人物",与朱光潜并提。在这篇文章中,叶朗把朱光潜、宗白华作为中国美学的现代发展中寻求中西融合的两位推进者,论述了各自的理论贡献和特质。有趣的是,该文以反思朱光潜美学为主线,分析了 20 世纪 50 年代以来学界对朱光潜的批评,认为朱光潜美学站在西方古典美学的基础上,并未超越"主客二分"的模式。而宗白华的美学思想则立足于中国古代"天人合一"的生命哲学,这一点正是中国古典美学与现代西方美学的相通之处。该文号

---

① 参见李泽厚《当下中国还是需要启蒙》,《新京报》2010 年 11 月 23 日。
② 燕婵:《为美学大师出书——安徽教育出版社美学图书一瞥》,《中华读书报》2012 年 1 月 16 日。
③ 叶朗:《从朱光潜"接着讲"》,《北京大学学报》1997 年第 5 期。

召重新回到朱光潜美学,从他的贡献"接着讲",而宗白华则成为文中的一个重要参照,似乎在提示我们接下来的方向。这次研讨会的论文集由叶朗主编成书,名为"美学的双峰——朱光潜、宗白华与中国现代美学",自此,宗白华的美学大师地位得到了更加普遍的认可。

20世纪90年代至今,宗白华美学研究已经成为一个十分稳定的学术增长点,学界对其理论体系的探究不断推进,其地位和价值也得到了更高的评价,甚至有一枝独秀之势。章启群的《重估宗白华——构建现代中国美学体系的一个范式》一文便将宗白华作为中国现代美学体系的范式和里程碑:

> 如果说在20世纪,中国青年们从阅读朱光潜的书进入美学之门,那么在21世纪,让我们从阅读宗白华的思想为起步,来建立真正的中国美学体系吧![1]

这一评价与叶朗的"接着讲"相似,提醒我们一位被埋没了近半个世纪的美学大师应当焕发的光彩。时至今日,我们应当如何看待宗白华的被埋没和重新被发现呢?或许问题并不仅在于宗白华美学是否真正构成了独树一帜的"中国美学体系",还在于这一体系对于中国美学界的主流视野而言是否"能够"被发现和"愿意"被接受;宗白华美学所代表的中国文学理论的特殊性,不仅是自身凸显的方法和立场问题,还是一个外部的接受与期待视野问题。

对于此问题,张法、张颐武、王一川三位学者提出的一个重要概念——中华性[2],可以为我们提供启发。他们认为,20世纪90年代以来,随着中国国内外政治经济和文化格局的变化,现代性的知识类型已经不能满足新时期学术和文化的要求,中国文化复兴的潮流推动了以"中华性"为特征的知识类型和话语权力要求的出现。"中华性"包含三点要旨:第一,"与现代性坚持发展的单一性不同,中华性注重发展标准的综合性。

---

[1] 章启群:《重估宗白华——构建现代中国美学体系的一个范式》,《文学评论》2002年第4期。
[2] 参见张法等《从现代性到中华性:新知识型的探寻》,《文艺争鸣》1994年第2期。

它尊重人类的一般标准和尺度,但更重视在人类的一般标准和尺度上的具体而特殊的文化创新"。第二,"与现代性预想的让中国完全化为西方、融入西方而达到普遍的人类性不同……中国在未来的发展中将以突出中华性的方式来为人类性服务"。第三,"中华性具有一种容纳万有的胸怀,它严肃地直面各种现实问题,开放地探索最优发展道路"。我们可以把三位学者阐述的"中华性"的要旨概括为:强调在开放宽广的视野下(突破古今、中外之界限),以现实关怀为出发点,建构一种以中国民族文化为基础的现代学术话语模式,为当代世界提供独特多元的文化参照和启发。我们可以发现,这种"中华性"设想虽是当代学术知识型的特征,但它实际上早已是以宗白华为代表的一批五四知识分子努力的方向。我们在本章第一部分曾谈到宗白华1921年《自德见寄书》透出的"世界美学的民族视野"的理想,后来宗白华也始终以现实关怀和中国美学的特殊性为原则,这些都十分契合"中华性"的要旨。可以说,"中华性"始终是宗白华中国美学、民族美学的努力方向,也正是"中华性"知识型话语场域的最终确立,决定了学界对于宗白华美学的评估态度由冷落变为热烈推崇。

通过以上追溯,我们为宗白华美学画出了一个由起点到终点的圆,这个圆形当然不是简单地循环,而是随着现实语境和理论发展,在螺旋上升中完成回环与构建。宗白华美学与马克思主义理论的关系是一个引人深思的问题。在20世纪20—40年代,两者在理论上并无交集,但对于中国社会现实的关怀和为民族、为人生、为大众的立场却是相通的。在20世纪50—70年代,宗白华美学受到马克思主义的影响相对有限却又十分深刻,既限制了他在当时学界的影响,又启发他推进和完善了中国美学的体系建构。20世纪80年代以来,马克思主义开始摆脱苏联模式的影响,一种更加多元、开放及契合中国国情的马克思主义理论视野逐渐浮现,此时,宗白华美学也得到了重估与重视。宗白华美学深受康德美学影响,而康德关于审美自由、审美自律的主张又是马克思《1844年经济学—哲学手稿》中美学思想的基础。宗白华在20世纪60年代曾校对《1844年经济学—哲学手稿》,后来又翻译了汉斯·考赫的《马克思主义与美学》一书中的"'人的本质力量的对象化'与艺术""理解审美的客观性的钥匙"两部分内容。

这些理论内容，也参与了宗白华美学的民族性与中国性的构型过程，使宗白华美学一方面带有康德式的形而上色彩，另一方面又转向实证和实践；一方面思索中国美学在表达形态上的根本特质，另一方面又回归美学和文化的物质基础。宗白华的美学是矛盾的，而这种矛盾却在他带有浪漫主义古典情怀的散步和体验式的生命美学中得到了解决，在与马克思主义理论的若即若离中凸显了中国经验与中国文学理论特殊性。

第三节　周来祥的和谐论美学

阎国忠先生在《美学百年》总序中指出："中国需要美学，而且百年来已建构和发展了自己的美学。从王国维的以'境界'为核心概念的美学，到宗白华、朱光潜、吕荧等以美感态度或美感经验为核心概念的美学，蔡仪的以典型为核心概念的美学，到李泽厚、蒋孔阳等的以'实践'为基础概念的美学，再到周来祥的以'和谐'为核心概念的美学及另一些人主张'生命'或'存在'为基础概念的美学，中国美学至少已形成了六七种模式，且各有其独特的贡献。"[①] 周来祥的和谐论美学以古代的素朴和谐美、近代的崇高美、现代辩证的和谐美为主线，以中西比较美学为两翼建构起了独具特色的和谐自由论美学理论体系。"究竟什么是美呢？我认为美是和谐，是人和自然、主体和客体、感性和理性、实践活动的合目的性和客观世界的规律性的和谐统一。"[②] 在周来祥看来，和谐包含着紧密相连的五层内涵：一是形式的和谐。人、物、艺术品，其外在因素的大小、比例、质地及其组合的均衡和谐（形式美）。二是内容和谐。即主观与客观、心与物、情感与理智的和谐（内容美）。三是内容与形式的和谐统一。内容的和谐要求着形式的和谐，并制约着内容和形式之间的和谐统一（现

---

① 阎国忠：《美学百年》，《中华读书报》1999 年 10 月 13 日。
② 周来祥：《美学问题论稿》，陕西人民出版社 1984 年版，第 30 页。

实美，特别是艺术美的主要要求）。四是审美对象和审美主体之间的和谐。和谐的对象规定着审美主体，而只有和谐的审美主体，才可能观照美的对象，这种主客体的浑然统一，成为人们追求的一种最高境界。五是上述所说的和谐取决于人与自然、个体与社会和谐自由的关系，这种和谐自由的关系又集中体现在完美的全面和谐发展的人身上。周先生的和谐美学蕴含着深刻的人文关怀，在他的理解中，只有全面和谐发展的人，才能创造和谐的对象，也才能观照和谐的美。所以，和谐为美，归根结底以塑造全面和谐发展的新人为最高理想。

一 和谐论美学的中国古代美学思想渊源

周来祥教授认为，和谐是事物存在的根本，"事物无不从和谐统一开始，统一经过分化、差异、矛盾对立的相反相成、互补运动、协调有序的运动，再达到新的和谐。事物在和谐中诞生，在和谐中运动，和谐贯穿于事物发生发展的全过程。正因为和谐是普遍存在的，正因为和谐存在于一切事物自始至终运动的全过程，和谐才是万事万物发生、发展的根本动力，才是事物存在的内在根据。"[①] 他指出，和谐是绝对的，"从宏观世界到微观世界，从广袤的大自然到五彩的人类社会，和谐都是普遍的、必然的。万事万物不能离开和谐而存在，假若失去了均衡、有序、和谐、统一，星球之间就会运行无序，相互碰撞而毁灭，人类社会也会因动乱不已而衰亡，思维就会片面、无序，甚至混乱、颠倒，不可理喻。在新的时代、新的现实、新的语境下，我们同样可以说：没有和谐，就没有世界；没有和谐，就没有真；没有和谐，就没有善；没有和谐，就没有美"[②]。

"中国古典美学由于以和谐为美，强调把杂多的或对立的元素组成一个均衡、稳定、有序的和谐整体，因而排除和反对一切不和谐、不均衡、不稳定、无序的组合方式。"[③] 早在《尚书·尧典》中就有"八音克谐"

[①] 周来祥：《三论美是和谐》，山东大学出版社2007年版，第51页。
[②] 同上书，第47页。
[③] 周来祥：《再论美是和谐》，广西师范大学出版社1996年版，第288页。

"人神以和"的思想。孔子倡导一种"乐而不淫,哀而不伤"的审美理想,即是说快乐的时候不要过分纵情,悲哀的时候不要过分悲伤,要注意平衡和谐。中国古代还流行"温柔敦厚"的诗教和乐教传统。在周来祥教授看来,儒、道、佛三家是和谐自由论美学思想的重要来源,儒、道、佛的美学观念和审美理想,也是构成中华审美文化的基本元素和基本内容。儒家的社会美,偏于向善,以善为美,主张"美善相乐",艺术上强调社会伦理政治功能的功利主义,是一种偏于伦理的美学,偏于社会、政治的美学;道家偏于求真,以体道、合道为美,艺术上尚"无为",追求超功利的审美特性,是一种偏于自然的美学,偏于哲学的美学;佛家特别是禅宗以悟道为美,是一种偏于信仰的美学,偏于宗教的美学,是一种超尘脱俗的艺术。儒家的规范、法度,道家的无为、自由,释家的尚心、主静,三者相互渗透、相互交流,共同形成美学与艺术的无目的而又合目的的自由境界,成为和谐自由论美学思想的直接来源。

在"美是和谐"学说的基础上,周来祥教授进一步区分了古代素朴的和谐美、近代对立的崇高美和现代辩证和谐美这三种美的历史形态,创立了三大美的学说。在他看来,审美、艺术建立在科学认识和伦理实践的基础上,随着人类认识和实践活动的发展,人与现实的审美关系也会呈现出不同的历史形态,便必然产生不同的和谐结构和和谐水平。在古代,由于受不够发达的生产力水平和自然田园生活的限制,人与现实尚未分裂,人与现实的审美关系也处在朴素的、低级的层次上。因此,古代的艺术作品常呈现出平衡、对称、稳定、有序的形态,这种形态适合于古代人单纯而脆弱的审美能力,但是由于缺乏深刻的理性内容和必要的情感张力,因而只是一种表面的浅层次的和谐美。近代以后,由于生产力水平的提高和工业社会的出现,人与现实之间出现了深刻的裂痕,人与现实的审美关系也进入一个新的层次。于是,在艺术作品中,艺术家不是去调和理想与现实、表现与再现、情感与理智的关系,而是强调其对立和冲突的一面,所以近代艺术作品出现了崇高,这是对古代和谐美的破坏,但是也为在一个更高层次上实现由素朴的浅层次的和谐上升到深层次的辩证和谐奠定了重要基础。在周来祥教授的论述中,"美是和谐"这一命题实现了逻辑与历史的统一。

在此基础上，他把三大美学的理论应用于对文学艺术的研究，把艺术划分为古代和谐美艺术、近代对立的崇高型艺术（包括现实主义经自然主义向超级写实主义，浪漫主义经具象表现主义向抽象表现主义的两极化发展，以及由丑艺术向荒诞艺术，由"现代主义"艺术向"后现代主义"艺术的极端化裂变）和现代辩证和谐艺术三大历史类型的学说。在他看来，无论是在中国还是在西方，古代文艺中占统治地位的既不是偏重客体的现实主义，也不是偏重主体的浪漫主义，而是主客体未经分化的素朴的"古典主义"。这种混沌未分的古典主义既取决于农业社会自然经济中人与自然的和谐，也取决于由原始血缘关系和宗法制度而导致的个人与社会的统一。它追求的既不是客体的"真"，也不是主体的"善"，而是一种表现与再现、理想与现实、情感与理智未经裂变的"素朴和谐美"。而近代的对立崇高型艺术，如现实主义或浪漫主义，都是工业社会的历史产物，它们既取决于由工业生产力和商品经济而导致的人与自然的分裂对峙，也取决于由资产阶级和无产阶级的两极分化而导致的裂变和对立，它们或追求客体的"真"，或追求主体的"善"，都打破了"素朴的和谐"，追求"对立的崇高"。在周来祥教授看来，真正意义上的现代艺术应该建立在生产能力高度发展、剥削制度消除的社会基础上，既扬弃了近代艺术的片面性，也超越了古代艺术的素朴水平。

二　和谐自由论美学的马克思主义学理来源

除了中国古代美学思想外，周来祥教授的和谐论美学还有一个重要来源，那就是马克思主义美学。诚如他自己所言："我的美是和谐自由关系的说法，正是从马克思《1844年经济学—哲学手稿》得到启发的。我所说的和谐为美，既不同于中国和西方古典和谐美的思想，也不同于我国美学界当前关于美的本质的四派意见。这种和谐自由的关系说有两个重要的特点，一是在美的本源上主张主客体的客观关系说，二是在美的本质特征上主张关系的和谐自由说。"①

马克思在《1844年经济学哲学手稿》中指出:"动物和自己的生命活动是直接同一的。动物不把自己同自己的生命活动区别开来。它就是自己的生命活动。人则使自己的生命活动变成自己意志的和自己意识的对象。他具有有意识的生命活动。这不是人与之直接融为一体的那种规定性。有意识的生命活动把人同动物的生命活动直接区别开来。正是由于这一点,人才是类存在物。或者说,正因为人是类存在物,他才是有意识的存在物,就是说,他自己的生活对他来说是对象。仅仅由于这一点,他的活动才是自由的活动。"② 在马克思的理解中,物质生产劳动既是一种主体的对象化活动,又是人与自然之间的物质交换过程,不但包含着主体的人,还包含着客体的自然,这两者互相作用。在自然界面前,动物只是本能地被动适应,而人的劳动却是自由自觉的。马克思的劳动实践观,既是对黑格尔精神劳动的超越,又是对费尔巴哈直观活动观念的克服。"通过实践改造对象世界,改造无机界,人证明自己是有意识的类存在物,就是说是这样一种存在物,它把类看作自己的本质,或者说把自身看作类存在物。"③虽然马克思在这里依然使用了"类"这一概念,但是由于马克思同时把劳动看成人的本质,因此马克思所说的"类"具有了与费尔巴哈明显不同的社会性特征。在劳动中,人不仅与自然界发生关系,还要与人发生关系,因此,人必然生活在由人所组成的以劳动为基础的社会实践中。

在马克思看来,"正是在改造对象世界中,人才真正地证明自己是类存在物。这种生产是人的能动的类生活。通过这种生产,自然界才表现为他的作品和他的现实。因此,劳动的对象是人类生活的对象化:人不仅像在意识中那样在精神上使自己二重化,而且能动地、现实地使自己二重化,从而在他所创造的世界中直观自身"④。历史上以往的美学研究,不是把"美"归因为纯粹的客观自然界,就是将"美"还原为人的主观内心世

---

① 周来祥:《再论美是和谐》,广西师范大学出版社1996年版,第192页。
② 马克思:《1844年经济学哲学手稿》,人民出版社2000年版,第57页。
③ 同上。
④ 同上。

界。而马克思则从劳动的对象化和创造的角度论述美和美感的诞生及美的规律问题，这就将人的劳动实践的本质与美的本质的探讨联系起来了。"人对自身的关系只有通过他对他人的关系，才成为对他来说是对象性的、现实的关系。"[1] 正因为人是类的存在物，在本质上是自由自觉的，所以才能在社会实践中克服片面性和机械性来创造美。

周来祥教授根据《1844年经济学哲学手稿》中关于"对象怎样变成对象就要取决于对象的性质与对象性质相适应的（人的）本质的性质；因为正是根据这二者之间的关系的具体（特定）性质才可以作出特殊的具体的肯定方式"的思想，认为，要把握美的本质，不能仅从主体入手，也不能仅从客体入手，而必须从主客体之间所形成的特定关系入手。在他看来，人类在长期的实践中，与对象世界之间已经建立起了三种主要的关系。在认识活动中，人类主体以"理智"为前提，去把握客观世界的规律性（真）；在实践活动中，人类主体以"意志"为前提，去实现主体世界的目的性（善）；在审美活动中，人类主体以"情感"为前提，去寻求主观世界合目的性与客观世界合规律性的统一（美）。从发生学的角度看，由于人与现实的审美关系是建立在认识关系和实践关系之上的，因而可以说社会实践是美的根源。从现象学的角度来看，由于对象的真、善、美是相对于主体的知、情、意而言的，所以不能仅从对象的性质或仅从审美主体来判定美的本质，而必须在主客体之间所形成的具体的、历史的、特定的关系中把握美的本质。在周来祥教授看来，广义的"人化自然"既是认识对象，又是实践对象，还是审美对象。这只是客观世界之所以成为人的对象的一般规定，还不是美的特质的具体规定。只有相对于人类主体"理智""意志""情感"等具体的态度、方式和能力，它才可能使呈现为"真""善""美"的不同对象。认识活动受制于客观规律，实践活动受制于主观目的，都有其片面性，是不自由的。审美活动，一方面暗合于客观规律，另一方面又在无目的性中符合目的性，因而是最和谐、最自由的。

自然的人化只是美的本质的最一般的规定，不是美的现象形态，也不

---

[1] 马克思：《1844年经济学哲学手稿》，人民出版社2000年版，第57页。

是美的特殊本质的彻底解决。他在《论美是和谐》中指出:"人在实践中一方面使自然人化,一方面使人对象化,现实生成着人与自然的对象性关系,但这种关系只是人与自然的一般自由关系和美的本质的最一般规定,还不是美和审美关系的特殊的质的规定性。自然的人化只是审美及其他各种关系共同的自由本质,探讨美和审美特性还必须以此为出发点,进一步更为具体更为深入地研究。目前我国美学界已找到了这个起点,这是一个重大的成果,但从这个起点予以进一步还不够,因而还未能真正地解决美的特质问题。"① 在周来祥教授的理解中,现实的具体的审美对象与审美主体是同时出现的,没有相应的审美主体的态度、能力、感受方式,美的现象形态就不可能现实地生成。他的学说,既同自然说、主客观统一说有分歧,也与美的客观性和社会性统一学说有区别,从而在马克思辩证唯物主义和历史唯物主义的基础上建立起别具一格的"和谐自由的审美关系"说。

三 和谐论美学的历史贡献与局限反思

在《美学文选》中,周来祥总结说:"和谐乃宇宙、人间之大法,之根本原理和运动规律,不可谓不大矣。和谐为美的理论,在中国日益为人们所认同。人们出版了不少美学论著,已形成了一个很有生命力的新学派,被称之为'和谐美学'及'和谐美学学派'。"② 在马克思主义理论的基础上,周来祥教授总结发展了中国古代的"中和"之美的传统思想,吸收了当时主观派、客观派、主客观统一派、社会性与客观性统一派的有益成分,建构起独具特色的"和谐自由论美学"体系。周来祥教授自己曾指出,和谐美学"既是具有中国特色的又是符合马克思主义的,既能领起美学研究潮流的又能解决美学实际问题的"③。"和谐美学理论以'美是自由'为基本命题,为美学的元范畴,把和谐为美的观念,把和谐的审美理想,

---

① 周来祥:《论美是和谐》,贵州人民出版社1984年版,第127页。
② 周来祥:《周来祥美学文选(上)》,广西师范大学出版社1998年版,第3页。
③ 周来祥:《周来祥美学文选(下)》,广西师范大学出版社1998年版,第194页。

作为核心价值取向,贯穿于哲学美学、文艺美学、中西比较美学、中国美学史、西方美学史、中华审美文化史等美学的各个分支学科,形成了'吾道一以贯之'的美学学科大系统,形成了和谐美学的大体系,因而它对弘扬和谐价值观念,建设社会主义和谐文化,对推动人与人、人与社会的和谐合作,推动人与自然的和谐发展,对培育全面和谐发展的现代人,都有其独特的作用和价值。"[①] 在当代,和谐自由论美学有着重要价值与意义,加强和谐美学建设,弘扬中华文化的和谐精神,对于克服西方人感性与理性的分裂,促进人的全面和谐发展,转变人对自然的征服、摧残的敌对状态,促进人与自然的和谐发展,消解人与人的对立、人与社会的对抗,促进人与人、人与社会的和谐,都具有迫切的重要意义。

但是,正因为和谐自由论美学追求一种体系的完备和自洽,在显示出巨大的包容性和阐释效力的同时,也暴露出缺陷与弱点。正如有的研究者指出:"周来祥用马克思的唯物论改造黑格尔的辩证法,是合乎历史发展规律的,但由于他像黑格尔一样追求体系的完美,排斥偶然现象,最终陷入体系的僵局,从而造成周来祥未能将辩证法真正落实,将唯物论坚持到底。"[②] 社会和历史的发展并不像某些唯心主义哲学家所预期的那样,只是简单的递进过程,而往往是一个充满曲折、偶然的复杂历史过程。同样,艺术和美学的发展,与经济基础并不是简单的亦步亦趋的关系,虽然有自身的规律,但是同样具有大量个别性和偶然性。任何一种美学理论,都不能忽视现实的感性经验与实践去盲目追求浅层次的体系完备。和谐美学最大的、先天的局限和误区就在于目的论和决定论。"这种局限主要体现在和谐美学体系的三段论与封闭性上:从古典和谐美经近代崇高发展到现代辩证和谐,采用的是黑格尔正、反、合的三段论,其最终理想与目的是现代的辩证和谐,辩证和谐是终极目的,事先被周来祥内在地设定。"[③]

---

① 周来祥:《三论美是和谐》,山东大学出版社2007年版,第519页。
② 陈炎:《和谐美学体系的由来与得失》,《学术月刊》2002年第9期。
③ 刘继平:《和谐自由论美学思想研究》,人民出版社2010年版,第228页。

第八章

审美经验的本质与文学形式的多重意义

美学在中国的传播，慢慢浸入了中国的日常生活和文化实践，烙印上了地方性色彩，凸显出审美活动实践的中国语境。在看待中国现当代美学家的美学思想时，离不开中国特有的政治实践语境与文化思想的关联，很多美学问题都与此关系密切，需要从这里找到合法性。美学见证了中国步入现代社会的基本历程，中国当代美学的形成就是在古典社会向现代社会转型的过程中慢慢完成的，它的形态与西方美学关联性更强一些，而与中国古典美学的关联相对弱一些。这个特点在朱光潜和蒋孔阳两位美学家那里是非常明显的。两位美学家都引介西方美学思想，让其介入中国当代的社会实践语境中，并且随着中国的实践话语而不断地改变自己的思想，以便更加切入现实语境，从而完成美学的实践指向。其中，发源于欧洲的马克思主义思想的介入也与此相关，马克思主义思想对美学的介入直接从思想渊源和方法论上满足了二位美学家与中国语境相统一的思想动向，从而增强了审美实践性的作用。从审美经验的角度，对人的审美解放的关注就是一个非常重要的主题，也是理解和阐释二者美学思想的一条核心线索。

第八章
审美经验的本质与文学形式的多重意义

第一节　审美经验与美学实践

在 20 世纪的中国文艺理论发展史上，马克思主义的理论资源具有重要意义。马克思主义文艺理论契合了中国的现实语境，促进了审美实践性在中国的发展。中国当代美学和文艺理论的发展都与美学的实践性具有重要关联。当代中国众多美学家，都在这个理论前提下，从各个角度完善和发展了马克思主义文艺理论。朱光潜和蒋孔阳两位美学家也在马克思主义美学实践的基础上，引入西方美学理论资源，在对审美经验和审美形式理论的探讨中，形成了有价值的美学观念。二者参与了新中国马克思主义美学和文艺理论的建设，其突出点也就是在审美经验的美学实践中丰富了马克思主义文艺理论，从而对中国当代文艺理论和美学思想产生了深刻影响。

一　审美的实践性

随着中国封建社会的崩塌，现代社会形态在 20 世纪初期就已经开始在中国萌发、展开。现代社会的典型特征之一就是社会分工的形成，以此为基础，知识界也形成了原先没有的各类学科。美学和文艺理论作为源于西方的学科知识体系，也随着中国现代化进程进入中国，并且逐渐成为中国具有重要地位的学科门类。与西方不同，美学和文艺理论在中国具有特殊的地位，承担了一些与自身不相称的价值。因此，从 20 世纪初期到 80 年代，美学和文艺理论界发生了几次大的讨论，似乎有席卷人文学科、主宰人的思想的趋势。美学热给中国的学术带来了许多体验，拓展了国人的视野，反映了思想界的动向和国内学术思想的基本状态。

美学进入中国，并不是作为一门简单的学科引介的，其根源也在于中国的现实状况，伴随着中国本身的思想文化运动。李泽厚先生在《中国现代思想史论》中指出，中国知识界是在"启蒙与救亡双重变奏"下经历了自身的变化和改变。近百年来，中国经历了内弱外侮，启发民智、救亡图存成为时代主题，中国现代的思想文化都带上了这个时代特点。"启蒙的目标，文化的改造，传统的扔弃，仍是为了国家、民族，仍是为了改变中国的政局和社会的面貌。"[①] 美学引入中国也在这个主题的行进路线上。王国维对叔本华和康德美学思想的引介，倡导"境界"说，突出了超功利的审美本质；蔡元培的"以美育代宗教"，提倡审美教育的重要作用；朱光潜提倡艺术化人生、以审美来改造人生的思想。梁启超所主张的"把情感教育放在第一位"的高扬人性的美育思想具有鲜明的启蒙意义，并且得到陶曾佑、徐念慈、康有为等人的响应，表达了启蒙时代人们的共同愿望。这些最早引入美学的思想家的观点都建立在反封建、启蒙、改造文化的基础上。无论是王国维、梁启超、蔡元培，还是早期的鲁迅，都无一例外地倡导美育，投身于美学实践来达到反封建、实现民主启蒙的目的。尤其值得肯定的是，蔡元培把美育提到国家教育方针的高度并确立下来，而且身体力行地推行美育实践。蔡元培在北京大学主持工作时，校园里音乐、书法、画法等研究会雨后春笋般涌现，各种美学讲座和各项美育活动蓬勃开展，直接推动了上海、杭州等地的美学活动，使得美育实践风行全国。美学的中国历程，很明显地显示出中国经验的实际状况，也就是说，一切要围绕中国问题，介入中国现实。在这条路线上，紧接着就是马克思主义思想资源的介入了。

马克思主义最早进入中国，是由于1898年上海广学会出版《泰西民法志》，专门介绍了马克思、恩格斯。1906年，朱执信节译了《共产党宣言》，发表在《民报》上。在十月革命的成功推动下，1919年李大钊在《新青年》创办马克思主义专号，随后"文学革命"开始广泛传播开来。李大钊、陈独秀、蒋光慈、恽代英等理论家，把马克思主义和新文学运动结合起来，阐述了文学与革命、文学与阶级等问题，开始引入了马克思主义文艺理论观点，革新了文学观念和文学形式。其后，无产阶级"革命文学"的论争，左翼文艺运动的展开，进一步奠定了马克思主义文艺理论的

---

① 李泽厚：《中国思想史论》，安徽文艺出版社1999年版，第828页。

地位。最终，经过毛泽东等共产党理论家的弘扬和政权自身的意识形态的确立，成为 20 世纪中国最为重要的理论资源。由此，马克思主义文艺理论在中国为中国的知识分子所接受、传播、信仰，并作为实践的指导思想来理解和运用。

"中国知识分子对于思想与价值压倒一切的关注可能是 20 世纪头 20 年，尤其是在 1920 年前后新文化运动时期的情况……到 20 年代中期，当中国政治走向一条社会革命的道路时，社会问题在中国人的意识中已经居于显著地位。"① 马克思主义美学步入中国，也是在这个整体语境中，自然而然地进行的。从文化理论的角度寻找民族和国家衰败的原因，自然会放眼全球，寻找一切有益的资源来武装自己的头脑，从而审视中国的具体问题。马克思主义作为西方社会政治实践的重要理论指导，而且成功地在俄国实现了政治承诺，因此中国的先进知识分子必然会被这种理论形态所吸引，从多个角度把它引入中国，以此来解决中国的问题。因此，马克思主义理论介入中国的现实实践，并不是突然而来的，它是在中国现实问题的发展中，自然而然地进入了中国知识界的思想语境中。马克思主义美学作为马克思主义理论的基本构成部分，它的主导意向和主体部分是一致的。因此，理解马克思主义美学与中国当代美学的发展情况，中国语境中的审美实践性是不可或缺的，这也与马克思主义美学在新中国成立后的发展趋向是一脉相承的。

二 意识形态政治实践与马克思主义美学转向

"没有哪一种哲学或理论，能在现代世界史上留下如此深重的影响有如马克思主义；它在俄国和中国占据统治地位已数十年，从根本上影响、决定和支配了十几亿人和好几代人的命运，并从而影响了整个人类的历史进程。"② 新中国成立后，马克思主义经过毛泽东思想的过滤，成为中国不

---

① [美] 阿里夫·德里克：《革命与历史》，翁贺凯译，江苏人民出版社 2005 年版，第 13 页。
② 李泽厚：《马克思主义在中国》，生活·读书·新知三联书店 1988 年版，第 1 页。

可或缺的指导思想。马克思主义在中国的影响主要是从两个方面来建构的：一个是作为一种意识形态的形式，另一个是作为一种政治实践的形式。通过这样两个方面，马克思主义从精神领域和社会领域确立了领导地位。而马克思主义美学和文艺理论也是从这个方面来进行的。朱光潜和蒋孔阳关于审美经验理论和形式的建构都是在这个语境中进行的。因此要理解二人的美学思想，必须首先清楚这个大的背景。

新中国成立后，新生政权面临着确立新的意识形态的重任。这个新的意识形态就是马克思主义的意识形态，确立马克思主义思想的统治地位。在一系列的运动和讨论中，批判了非马克思主义的意识形态，最终确立了一种思想的主导地位。文艺指导思想的确立也是在这个主题下进行的。由此，新中国成立初期对俞平伯、胡适的资产阶级唯心思想的清理，对"胡风反革命集团"的肃反，对电影《武训传》的批判，都是借助一个政治运动的形式来确立马克思主义文艺理论的地位。而"美学大讨论"却与前者略有不同，它是在"百家争鸣，百花齐放"的方针指导下进行的政治实践，体现了某种程度上的学术自由性。在这场讨论中，马克思主义文艺理论的很多问题得到辨析，许多新人开始崭露头角。朱光潜先生与马克思主义美学发生了关联，实现了学术转向，开拓出新的美学思想。蒋孔阳也开始展现出马克思主义美学的独特思考方式，形成自己的思想基础。

20世纪50年代的美学大讨论始于1956年，是以《文艺报》为核心进行的。实际上，早在新中国成立初期就初现端倪了。1949年10月25日的《文艺报》第1卷第3期，发表了读者来信，提到朱光潜的《文艺心理学》提出的"距离说"和"移情说"，认为审美经验与实用态度无关。而这些与新中国成立后倡导的"文艺批评的政治标准第一、艺术标准第二"不相容，因而感到了困惑。针对问题，蔡仪、黄药眠等人都在《文艺报》撰文批判了朱光潜的美学思想。朱光潜也在《文艺报》发表《关于美感问题》，对自己的观点进行了批判，同时又有所保留。直到1956年由《文艺报》牵头组织了一大批理论家对朱光潜的美学思想进行批判，朱光潜才开始转变自己的美学认识，学习马克思主义的经典著作，开始重新组织自己的美学思想。可以说，从20世纪50年代中期，朱光潜先生就开始走向马克思主义美学的道路,一直到"文革"后,进一步完善了自己的马克思主义美学理论体系。正是在新中国的意识形态的政治实践基础上,朱光潜完成了学术转向。

蒋孔阳先生也在美学大讨论中,开始发展和形成自己的美学观点。他认为,"审美对象的现实,或者作为主体的人的审美能力,都是社会历史的产物,都是人们在劳动实践的过程中,客观地形成起来的"[①]。与其他美学四大派不同,从劳动实践的角度探析美的本质,经过"文革"后的发展,形成了以实践为基础、以创造为核心的实践论美学。蒋孔阳的美学可以说是马克思主义美学在中国的发展。而且,蒋孔阳还从马克思主义的角度,吸收西方美学资源,参与了中国当代马克思主义文艺理论的探讨,对文学形式等诸多问题形成了自己的观点,从而直接影响了中国当代美学和文艺理论的基本形态。

总之,在新中国意识形态的政治实践中,朱光潜完成了美学思想的马克思主义转换,但他并不是和自己以前的美学断裂,而是在马克思主义基础上走向了一种新的理解,形成一种哲学美学形态。而蒋孔阳建构自己的美学思想也是在中国语境中完成的,并且随着中国对马克思主义的理解而进展。他们的马克思主义美学带有鲜明的时代特色,也对中国马克思主义美学和文艺理论建设具有重要的贡献。

三 朱光潜、蒋孔阳对中国当代马克思主义文艺理论发展的意义

朱光潜和蒋孔阳两位美学前辈对于中国当代马克思主义美学和文艺理论的发展都作出了杰出的贡献。从马克思主义美学论争,到实践美学的建立,二者的学术经历伴随了新中国马克思主义美学的发展历程。因此,我们可以从马克思主义美学发展与二者的关系,探讨一下二者对中国当代美学发展的重要意义。

首先,引入西方美学资源,丰富发展了中国马克思主义美学。朱光潜

[①] 蒋孔阳:《蒋孔阳美学艺术论集》,江西人民出版社1988年版,第80—81页。

和蒋孔阳先生都是当代中国引入西方美学的大家。朱光潜先生从民国时期就开始把西方的美学引入中国。他早期的《文艺心理学》《变态心理学》《悲剧心理学》等著作就开始向国内介绍克罗齐、康德、弗洛伊德等人的美学和文艺理论思想。新中国成立后,为了解决新中国的西方美学教学资料匮乏的问题,他从20世纪60年代就着手编写了《西方美学史》,详细地向国内介绍了自古希腊到20世纪初期的西方美学一些主要人物和代表性思想。而且,朱光潜还翻译了与《西方美学史》相匹配的一些西方美学家的理论著作,如柏拉图、黑格尔、歌德、维科等人的理论著作。朱光潜介绍西方美学的一个整体原则就是阐述美学家的基本思想后,运用马克思主义理论对其加以评论,指出他们的贡献和缺陷。蒋孔阳先生也在引入西方美学方面作出了杰出贡献。他的代表性著作《德国古典美学》详细阐释了德国经典美学家康德、席勒、费希特、谢林、歌德、黑格尔等人的美学思想,从社会阶级、思想渊源等多个方面探析了德国古典美学的生成,并从马克思主义的立场出发,评析了德国古典美学的唯心主义倾向和其历史贡献。

其次,运用马克思主义基本理论建构和完善中国式马克思主义美学和文艺理论。"众所周知,马克思、恩格斯并没有给人们留下一部完整体系的文艺学、美学著作,他们关于文艺理论和美学的观点,散见于不同时期的经济学、政治学和哲学论著中,表现出片段、零散的一面,以至被有些学者称之为断简残篇。"[①] 正是因为缺乏经典的马克思主义美学论著,所以后人才能在马克思主义基本原理的基础上进行马克思主义美学建构。在西方马克思主义美学的建构之外,我们看到了中国当代美学的另外一幅马克思主义美学面貌。朱光潜和蒋孔阳就是中国式马克思主义美学的代表人物。新中国成立以来,朱光潜开始接受马克思主义,而对自己以前的美学思想进行了认真清理,开始了马克思主义美学的建构历程。他认真地阅读了马克思主义经典著作,从反映论、意识形态论,再到实践论,朱光潜先生以自己的方式,理解和阐释马克思主义美学思想,从而直接建构了中国

---

① 王杰:《马克思主义文艺理论》,高等教育出版社2011年版,第2页。

马克思主义美学的形态。蒋孔阳也坚持运用马克思主义方法进行美学建构。从早期的美是客观性与社会性的统一，到以实践论为基础的创造论美学的创立，都是进行美学的马克思主义建构。如《美学新论》对美的本质的探析，就是以马克思主义的基本理论和方法，分析了柏拉图、亚里士多德、贺拉斯、奥古斯丁、达·芬奇、布瓦洛、博克、夏夫兹博里、康德、费希纳、克莱夫·贝尔等人的理论，介绍了美与愉快、美与理念、美与关系、美与生活、美与距离等学说后，把握每一种美的学说的历史渊源和发展历程，对每种观点的合理性和有效性进行分析，体现出历史性反思的眼光。

最后，审美经验的开拓与人的解放。审美经验是针对主体的人而言的，研究审美活动的主体的经验形态不可或缺。这就需要从多个方面对此加以阐释。在西方审美心理学的基础上，马克思主义对人的理解和阐释恰好给中国当代美学对于审美经验的阐释提供了一把钥匙，可以重新打量西方关于审美经验的理论观点。对于审美经验的研究，二人也并不是只在学术内部自言自语的，都伴随着对审美与人生的关系的探析，让审美参与人生的实践。朱光潜早年主要研究人的审美心理，以康德、克罗齐美学来阐释审美经验问题，以此提出了艺术化人生的问题。在接受马克思主义之后，以马克思主义关于人的自由自觉的本质、异化理论和实践理论为基础，提出了消除异化，实现人的本质力量的全面发展，让人成为审美的人。蒋孔阳也重视对审美经验的研究。他阐释了审美经验的历史生成，以及审美经验的构成因素和特征，论证了审美教育对于人的精神改变的重要作用。审美经验对人的作用的立足点还是在马克思主义那里，蒋孔阳的"美在创造中""人是世界的美""美是自由的形象""美是人的本质力量的对象化"等论述，很明显是以人作为审美的核心，以审美来获得人的自由。

总之，朱光潜和蒋孔阳两位先生浸润中西美学传统，贯穿当代美学发展史，都是归依马克思主义理论，发展了他们的美学思想。虽然站在当代美学发展的立场来看，他们的具体美学观点有一些落于时代之后，有一些这样那样的缺陷；但是就具体的历史语境来看，他们对中国当代马克思主义美学作出的贡献是不可磨灭的。

第二节　朱光潜：审美经验的多重阐释与人生审美化的追求

朱光潜是中国现当代当之无愧的美学大师。他参与了中国现当代美学发展的绝大部分问题的构建。从20世纪初引入西方审美心理学，到五六十年代的美学大讨论，再到改革开放后的西方美学的译介，都有朱光潜先生的影子。他的著作《文艺心理学》《谈美》《变态心理学》《悲剧心理学》《诗论》《谈文学》《克罗齐哲学述评》《谈美书简》《西方美学史》等，对中国的文艺理论和美学的发展产生了重大影响。在某种意义上，可以说朱光潜开启了中国审美心理学的大门。朱光潜的美学思想来源于西方的美学和哲学思潮，尤其是康德、克罗齐的直觉说，布洛的距离说，费肖尔、利普斯、谷鲁斯、浮龙·李的移情说，弗洛伊德学说，叔本华和尼采的思想。在此基础上，朱光潜先生综合了各种学说，并把其运用到对审美经验的阐释上，形成了系统的美学思想。新中国成立后，在面临新的意识形态语境和众多质疑的情况下，他又积极地学习马克思主义，更新自己的学术资源，从而完善其美学思想。本节从以下三个方面阐释朱光潜先生的美学思想。

一　审美经验的系统阐释

19世纪末到20世纪初，西方审美心理学获得了极大的发展。而当时的中国美学界只是引入了一些传统美学。这些研究成果特别需要引入当时一片空白的中国美学界。朱光潜先生是引入西方审美心理学的先行者。他系统地研究了西方各派心理学，并把其引入美学问题的研究，写作了《文艺心理学》《悲剧心理学》等。审美心理学的引入，给我们分析审美经验提供了工具，形成了系统分析模式。

第八章
审美经验的本质与文学形式的多重意义

"美学是从哲学分支出来的，以往的美学家大半心中先存在一种哲学系统，以它为根据，演绎出一些美学原理来。本书所采的是另一种方法。它丢开一切哲学的成见，把文艺创作和欣赏当作心理的事实去研究，从事实中归纳出一些可适用的文艺批评原理。"① 朱光潜先生是从文学到心理学，再到美学，最后走向了独有的美学思想建构。这样一个过程是朱光潜在对西方美学历程思考的基础上进行的。西方美学从本体论到认识论，再到语言论这样一个发展过程，朱光潜先生经历了前两个过程。本体论到认识论的美学是在哲学的体系中完成的。在近代心理学发展起来之后，审美问题的追问也发生了改变，不再是"什么是美""怎样认识美"，而是"审美经验中，我们的心理活动如何"。这也就是研究审美经验的问题。朱光潜先生研究美学就是直接抓住了审美经验这个美学的核心问题。他认为，美学的核心就是审美经验，由此应该探寻文艺创作和欣赏的心理活动，以及审美活动对人的作用等。可以说，审美经验的问题，是朱光潜美学思想的中心问题。他从艺术直觉、心理距离、移情、审美经验与快感的区别等方面，全面解析了审美经验问题。

朱光潜认为，审美经验首先就是直觉的经验，研究审美心理就应该从直觉开始研究。他综合借鉴了克罗齐等人的直觉理论，逐渐形成并不断完善自己的直觉理论。在《文艺心理学》《谈美书简》《悲剧心理学》等著作中，朱光潜详细阐释了自己的直觉理论。首先，他从克罗齐理论出发来阐释艺术直觉问题。《文艺心理学》的第一章，他区分了直觉和名理两种知识形态，指出了直觉的对象、直觉与其他事物的区别，及直觉的心理状态等方面。直觉的对象就是形象，审美经验就是"形象的直觉"。"形象是直觉的对象，属于物；直觉是心知物的活动，属于我。在审美经验中心，所以接物者只是直觉，物所以呈现于心者只是形象。"② 对审美经验对象的确定，就直接呈现出审美直觉的特点。以形象为对象，艺术直觉必然与其他心理功能区分开。朱光潜先生以对一棵梅花的三种态度为例，科学的态度

---

① 朱光潜：《朱光潜美学文集》第一卷，上海文艺出版社1982年版，第3页。
② 同上书，第13页。

关注梅花的实质、成因、效用、价值,实用的态度关注梅花的效用、价值。而艺术直觉的态度则与前两种态度不同,"物之所以呈现于心者是它的形象本身,而不是与它有关系的事项,如实质、成因、效用、价值等等意义"[①]。也就是说,艺术直觉造就的是审美经验,它是一种特殊的心理功能,与知觉、概念等没有关系。这种审美经验也形成特殊的心理状态。这就是"审美经验是一种极端的聚精会神的心理状态。全部精神都聚会在一个对象上面,所以该意象就成为一个独立自主的世界"[②]。审美经验就是凝神的境界。在这种境界中物我两忘,物我统一。当然,这个形象也不是天生不变的,它是随着观赏者性格和情趣而得到的。

这段时期,朱光潜对于克罗齐的直觉理论还是非常认同的。他按照克罗齐的理论来理解和阐释艺术直觉,以致他意识不到自己与克罗齐有什么不同。后来他才反思自己的观点,提出了与克罗齐的差异。在《悲剧心理学》中,朱光潜对于克罗齐的学说提出了质疑。他指出,克罗齐的观点尽管在逻辑上很严密,但是有其内在的弱点。这就是,克罗齐从抽象的意义上来处理艺术直觉,把艺术直觉与生活的联系完全隔离开来,也排斥了理解等因素在审美体验中的作用。在《文艺心理学》的第十一章《克罗齐美学的批评》中,他提到了自己以前受到康德、克罗齐形式美学的束缚,认为审美经验是形象直觉,体验的是一个不涉他物的意象,所以排斥了抽象的思考、联想、道德观念等之外的事物,开始纠正克罗齐学派的形式主义分析方法,把审美经验重新与现实生活联系起来。为此,他写作了《文艺与道德》《审美经验与联想》等章节来阐释这个问题。由此可见,朱光潜先生关于艺术直觉的理论是不断发展的,从对克罗齐艺术直觉理论的追随,逐步过渡到形成自己的理论观点。他把克罗齐孤立的艺术直觉,变成了一个包含各种心理要素,重新回归生活经验的相对完整的艺术直觉理论。

心理距离学说作为一个重要的审美心理学的观点,也在朱光潜先生的

---

① 朱光潜:《朱光潜美学文集》第一卷,上海文艺出版社1982年版,第13页。
② 同上书,第16页。

第八章
审美经验的本质与文学形式的多重意义

审美经验的阐释中加入了有益成分。他认为心理距离是审美经验的基本特征，可以以此来区分审美经验与快感。朱光潜先生主要吸收的是布洛的心理距离学说，以此来阐释审美经验。朱光潜在《文艺心理学》中谈到了心理距离学说的几个观点：以审美的态度观察事物，把其摆在实用范围之外去看，不为忧患休戚的念头干扰，事物就成了仅仅玩赏的对象。审美态度就是保持与实际生活，与利害得失的态度。但是审美态度本身也有积极与消极两个方面，这就是超脱与孤立。审美态度是与自我紧密相关的，这个方面与科学态度形成了差异。当然，在审美经验中，心理距离还存在一个"距离的矛盾"。这就是要超脱生活，但是又不能完全脱离生活。审美活动关键是要把这个矛盾安排妥当，达到不即不离。在《悲剧心理学》中，他对心理距离进行了深入的阐释。心理距离不过是对审美对象和生活关系的一种比喻。它可以指空间距离、时间距离，也可以指利害关系的距离。这种解释进一步扩大了距离说的内涵。朱光潜先生认为，心理距离说与直觉说一样，强调的都是"无所为而为地观赏形象"。但是，心理距离说却确立了一个基本的标准。这个标准为形式与内容，现实主义与理想主义等争论的问题提出了一个解决准则。心理距离说认为艺术不能完全脱离人生，与人生隔绝，带有几分理想性。将心理距离说与艺术直觉相比较，他注意到了具体经验各部分之间的联系，看到了产生和维持审美经验的条件。直觉说把审美经验完全脱离出来，夸大了审美经验的纯粹性和独立性，这样就忽略了审美经验产生的复杂条件。朱光潜先生还把距离说用于悲剧的分析。由于戏剧是通过真人来表达的，有写实的倾向，容易丧失距离感，使观众的体验混淆于现实生活。而且，观众还会对演员的演技提出批判。这种批判的态度与审美的超然是格格不入的。在戏剧艺术中，悲剧是最严肃的艺术，最容易唤起观众的道德感和个人情感，更难保持距离，这就需要以"距离化"的手法来弥补。时空的遥远，人物情节的超常性，艺术技巧的运用和程式化，抒情成分和超自然的氛围、舞台布景等手法把悲剧艺术化恐怖为惊奇，化凡俗为壮丽。

移情作用也与审美经验有着直接联系，在朱光潜先生那里也得到了足够的重视。他审视了西方美学"移情说"的基本观点，认为各家说法纷乱，并且有些相互矛盾，因此从自己的理解对其加工改造，构造了自己的移情理论。他对移情理论做了以下的阐释。首先，移情实际上有一种投射作用。也就是说，移情就是把自我的知觉和情感投射到物体身上，从而使得物具有人的特性。这种外射作用的基础在于人具有"设身处地""推己及物"的心理本领。每个人都会体验到自己在某种境遇中的知觉、情感等心理活动，以此经验为基础来理解他人在同样境遇中的心理活动。情感投射作用在很多情况下都有，但是审美活动的移情却具有自己的特点。审美的移情作用不是单向的，而是双向的、物我统一的。其次，移情对于艺术活动具有重要作用。朱光潜先生从艺术活动自身出发，指出了移情的重要作用。在艺术创作中，很多作家都表现出移情的现象，波德莱尔、福楼拜等人都有将自己的情感移注于他人或物体的体验。从文艺的角度看，移情借助语言推动了文学的发展，语言也借助移情获得了丰富。同样，在艺术欣赏中也存在移情现象。书法、绘画、雕塑等艺术的欣赏，人们都从自身出发，把自己的情趣投射到对象上去，从而获得丰富的心理体验。再次，朱光潜先生讨论了移情现象产生的原因。他是借助分析里普斯的理论来探讨的。里普斯以希腊的"多利克"石柱为例分析了移情。他指出，人们欣赏这种耸立飞腾的石柱的时候会呈现一种出力抵抗、不甘屈服的状态。为什么出现这种状态，里普斯认为，因为欣赏的时候，人们看到的不是实物，而是其"空间意象"，从而产生"类似联想"。这种联想能激发出人们记忆中的类似经验，转移到对象的体验中。当然，移情并不等于联想，移情既要引起联想，唤起记忆中的情感，还要表现那个情感。最后，朱光潜还对移情作用与审美经验的关系做了区分。"移情作用与物我同一虽然常与审美经验相伴，却不是审美经验本身，也不是审美经验的必要条件。"[①]

审美经验与生理快感的差异是一个常识性的美学问题，但是从理论上加以说明却有些困难。朱光潜先生就这个问题也发表了自己的看法。他首先分析批判了美学史上一些重要的观点。他批判了英国学者罗斯金把审美经验和生理快感完全等同起来的观点。对于享乐主义美学家贝恩和亚伦简

---

① 朱光潜：《文艺心理学》，安徽教育出版社1996年版，第54页。

单地把审美经验和生理快感的差异加以绝对化的观点；以及盛行于德国、美国的实验美学通过把艺术零散化，用来测量观赏者，得出简单结论的做法，朱光潜也是反对的。他认为，实验美学忽视了审美经验属于心理活动的这个基本方面。在总结前人对此研究的基础上，朱光潜先生提出了自己的观点。审美经验与生理快感又是相区分的。主要有三点：其一，审美经验与实用没有直接联系，而生理快感则始于实用的满足。口渴喝水，饥饿吃饭，这些活动都基于需要的满足，而与形象观赏没有任何关系。因此，审美经验是与形象的观赏紧密联系在一起的。其二，审美经验是人的性格的反照，人的情趣与物的情趣交流融合，既是被动的也是主动的。而生理快感则是受外在刺激而生的，是被动的。其三，生理快感能被主体意识到，而审美经验则是不能为主体所意识到的。审美经验所获得的愉悦当时并没有被觉察到，而是在事后才回味出来。

在总结了与审美经验相关的一些基本理论后。朱光潜先生又从整体上对审美经验的历程进行了分析。他把审美经验作为一个过程，把审美经验分为审美经验前、审美经验中和审美经验后三个阶段，从而使得一些基本的心理要素形成了一个完整的体系。

总之，朱光潜先生以康德—克罗齐派的直觉论为基础，构架了阐释审美经验。其后，他还运用心理距离说、移情说、内模仿说等理论资源来补充完善其理论。从直觉开始，逐渐推及观念、情感、联想等人的心理要素，进一步扩大了审美经验的范围，形成了系统的审美经验理论。

二 反映论、意识形态论和实践论

朱光潜先生早期的美学思想隶属于西方现代美学体系，以审美心理学为核心的体系。1949年后，随着新中国的成立，马克思主义理论在中国一统天下，西方美学在中国这片大地上逐渐失去了立足空间。朱光潜先生原有的美学体系就与新中国的学术格局格格不入。因此，20世纪50年代前几年，他在学术上沉寂了一段时间。在1955年批判胡风的浪潮中，朱光潜先生才开始站在中国的现实语境中反思自己的学术。他写了《剥去胡风的伪装看他的主观唯心论的真相》，在批判胡风的唯心主义的同时，也对自己的思想进行了清理，反思了自己思想的唯心主义倾向。1956年在《我的文艺思想的反动性》中，他把矛头直接指向了自己，分析了自己走向主观唯心主义的道路，指出自己以前的思想是建立在主观唯心主义的基础上的，与封建文艺思想、欧美哲学美学有着千丝万缕的联系，有反社会、反人民、反对现实主义的倾向，是非常错误的。他从马克思主义反映论的角度对以前的直觉论思想进行了反思，实现了一次学术的大转折，开始从主观唯心主义走向马克思主义美学。朱光潜先生的马克思主义美学主要经历了反映论、意识形态论和实践论三个阶段。这三个阶段都反映了他学习和理解马克思主义的历程。

反映论是朱光潜在20世纪中期美学大讨论初期的观点。众多学者对于朱光潜先生的批判，以及朱光潜对这些批判的回应，使他逐渐深化了自己的马克思主义立场。他认为，马克思主义的文艺观有两个基本问题：文艺如何反映社会经济基础，如何为经济基础服务。而他自己以前的思想接受了克罗齐的唯心主义思想，忽视了文艺的经济基础问题，是在自我的圈子里打转。艺术的重要特性是社会性，源于人民群众的社会生活，帮助人们认识和改变生活。因此，单纯地用艺术无功利、为艺术而艺术等形式主义的观点来理解审美和艺术活动是错误的。此时，朱光潜已经从直觉论的观点走向了反映论，实现了马克思主义美学的转变。

随着讨论的进一步深化，朱光潜先生又进一步深化了自己的美学观点。他认为，美学研究应该坚持反映论，但仅依靠反映论是不够的，还应该坚持意识形态的研究。美和审美经验不单纯是自然现象而更具有社会性。由此，朱光潜先生在美学论战中找到了自己的立场：意识形态论。从文艺是一种意识形态或上层建筑的理论，他指出反映论肯定了物质的客观存在和对意识的决定作用，为美学打下了唯物主义基础，但是反映论还不足以解决美学的基本问题。因为反映论主要涉及科学的反映，而没有涉及艺术的反映，二者是有区分的。从反映论的角度看，艺术反映有两个阶段，一个是感觉阶段，另一个是审美体验阶段。第一个阶段是认识阶段，是审美的基础；第二个阶段则是意识形态对客观现实的反映，需要运用意

第八章
审美经验的本质与文学形式的多重意义

识形态理论加以分析。因此,朱光潜自觉地把自己的美学立场调整到意识形态理论的分析上。以此为基础,他重新分析了美学的基本问题。首先,他把物和物的形象区分开。物只是美的条件,物的形象的美才是美学上的美。这样,美就成为社会与自然的统一,主观与客观的统一。物的形象经过了人的形象思维,本身包含了人的因素,如生活经验、文化修养、思想情感等,也就是包含了意识形态的因素。可以说,意识形态原则的提出,标志着朱光潜与蔡仪、李泽厚等其他论战者形成了鲜明的差异。也就是说,到底是把美归结为意识形态还是归结为客观实在,这是他们之间的重要差异。

为了进一步论证美的意识形态属性,朱光潜先生深入研究了马克思主义经典作家的论著,从中寻找立论的资源。他注意到马克思关于艺术是精神生产、恩格斯关于艺术起源于劳动和毛泽东关于生活是艺术的源泉、考德威尔的论美等论述,并将其吸收到自己的理论体系中,接受了艺术是社会意识形态和艺术是生产劳动的马克思主义基本观点。1960年,朱光潜写作了《生产劳动与人对世界的艺术掌握——马克思主义美学的实践观点》,直接提出了马克思主义美学的实践观,指出"实践观点是马克思主义以前没有的,是马克思主义特有的"[1]。马克思主义实践观是美学史翻天覆地的变革,可以纠正美学史上片面的、机械性的缺点。20世纪80年代后,朱光潜继续发展了这种观点。他选译了《1844年经济学—哲学手稿》,对人的本质力量的对象化、艺术掌握、异化劳动、艺术起源、美的规律等问题进行了分析论证,进一步完善了马克思主义美学的实践观。可以说,朱光潜先生是实践观美学的最早提出者。在这个方面比其他几个人都早一些。可以看出他的学术前瞻性。

从整体上看,朱光潜先生的马克思主义美学的进路是在新的现实条件下不得不做的一种调整。从西方近代美学转向马克思主义美学,也体现出他对自己学术道路的一种反思。在面对马克思主义理论资源介入美学理论的研究中,朱光潜也发挥出自己的创造力,直接从马克思主义经典著作入

---

[1] 朱光潜:《朱光潜美学文集》第三卷,上海文艺出版社1982年版,第282页。

手,对流行的马克思主义理论进行了分析,从而不断地完善自己的学术观点。从反映论到意识形态论再到实践论,朱光潜先生形成了相对合理的马克思主义美学体系。这在当时中国马克思主义美学的研究中是独一无二的,具有重要价值,对当代美学的发展也产生了重要影响。

三 人生审美化的追求

朱光潜认为,社会的改造必须从改造人入手。中国社会之所以会如此之糟,不全是制度的问题,大半根源于人心太坏。国人的质料太差,学问、品格、才力,件件都经不起衡量。要把中国社会变好,先需要把人的质料搞好;而要把人的质料搞好必须从怡情养性开始,使人于饱食暖衣和高官厚禄之外,有更为高尚和纯洁的追求。朱光潜这里说的就是审美教育的问题。朱光潜指出,中国的希望在于青年,因此美育重点在于青年。但是,现时代的青年的精神不足以担当改造中国的重任,原因在于青年人普遍存在的病态心理:压迫感、寂寞感和空虚感。这些病态心理使得不少青年感到彷徨、踌躇、不知所措、烦闷空虚,失去明辨是非的能力,以世故为智慧,视腐浊为人情之常。如何救治这些青年人,关键在于教育,特别是美育。审美教育是一种观世法的教育。青年树立正确的观世法尤其重要。不仅要懂得从实用眼光,而且要从审美眼光看待世界与自己,不会把世界看成纯粹的物质世界,而把自己当作自然世界的奴隶,使自己超脱出来,开拓出一份理想的境地,从而扫除压迫感、寂寞感和空虚感。审美教育关涉一个民族的兴衰,民族兴旺必然艺术和审美也发达,因此,普及美育,培养审美的人,具有重要的意义。

"教育的功用就在顺应人类求知、想好、爱美的天性,使一个人在这三方面得到最大限度的调和的发展,以达到完美的生活。"[①] 世间事物有真、善、美三种不同的价值,对应于人类知、情、意三种心理活动。求知、想好、爱美是人的天性,对三者的需要发自人的本性,三者都具备,

---

[①] 朱光潜:《朱光潜美学文集》第二卷,上海文艺出版社1982年版,第503页。

第八章
审美经验的本质与文学形式的多重意义

人生才完美。教育的目的就是启发人性中固有的求知、想好、爱美的本能，使其尽性。教育分为智育、德育、美育三个方面也适应了人类的本性。三者本来是同等重要的，但是长期以来重视智育、德育，而美育的实践和理论研究方面被忽视是经常的。美育在宗教家和哲学家那里尤其被忽略。如哲学家柏拉图认为诗是说谎的，迎合的是人的卑劣情感，受诗的熏陶，人就会失去理智变成情感的奴隶，所以柏拉图要把诗人驱逐出"理想国"。中世纪的基督徒把艺术看作一种罪孽。卢梭把文艺看作人的朴素本性的腐化剂。"这些哲学家和宗教家的根本错误在于认定情感是恶的，理性是善的，人要能以理性镇压感性，才达到至善。"[1] 这种观念的错误之处就在于压抑和摧残一部分人的天性，造成畸形发展的不健康状态。"理想的教育是让天性中所有潜力都得到尽量发挥，所有的本能都得到平均调和发展，以造成一个全人。"[2] 也就是说，人的各部分天性得到了全面发展。审美教育与德育和智育并不矛盾。它是一种情感教育，是颐养性情，使人的本性、情感和眼界得到解放，使生活艺术化、人生艺术化。

审美最重要的功用就是人生的艺术化。朱光潜先生指出，艺术是人生整体最光华绚烂的一部分。艺术与人生是一体的，艺术是情趣的表现，而情趣的根源则在于人生。没有人生便无所谓艺术，没有艺术也无所谓人生。艺术和审美能给人以解放和自由。

首先，对本能冲动和情感有一种解放的功能。朱光潜先生从弗洛伊德的学说中解读了这个问题。人类生来就具有许多本能冲动和附带情感，本能是人的自然倾向，需要活动和发泄。但是在实际生活中，它们经常彼此冲突，还与文明社会的道德、法律、宗教、习俗发生矛盾。因此，一般人都会把这些本能冲动和情感压抑下去。但是，被压抑下去并不是消失了，而是沉潜到无意识心理中，凝结成情结。这些本能冲动和情感在文艺中可以实现，因为文艺是想象世界，不受现实世界的束缚，"在想象世界中，欲望可以用'望梅止渴'的方式得到满足。文艺还把带有野蛮性的本能冲

---

[1] 朱光潜：《朱光潜美学文集》第二卷，上海文艺出版社1982年版，第504页。
[2] 同上书，第505页。

动和情感提到一个较高尚的境界去活动。……这些快感都起于本能冲动和情感在想象世界中得到解放。……文艺确有解放情感的功用，而解放情感对于心理健康也确有极大的裨益"①。

其次，眼界的解放。"审美经验并无深文奥义，它只是在人生世相中见出某一时某一境特别新鲜有趣而加以流连玩味，或者把它描写出来。"但是，为什么我们对很多新鲜有趣的事物视而不见、听而不闻？因为"我们每个人都有所囿，有所蔽，许多东西都不能见，所见到的天地是非常狭小的，陈腐的，枯燥的。诗人和艺术家所以超过我们一般人就在于情感比较真挚、感觉比较锐敏，观察比较深刻，想象比较丰富"。② 艺术给我们打开了以前所忽视、所不了解的世界，使我们的眼界逐渐放大，人生世相逐渐丰富庄严。眼界的解放对我们人生具有重要意义，它给我们提供了生命力量，使我们觉得人生有价值、值得活下去。"审美教育不是替有闲阶级增加一件奢侈，而是使人在丰富华严的世界中随处吸收支持生命和推展生命的活力。"③ 审美给我们增加了生存的活力，开拓了人生的境界。

最后，自然限制的解放。自然受因果规律制约，社会由历史铸就，人是受到遗传和环境的多重制约的。由此可见，人在自然中是极不自由的。"人可以说是受两重奴隶，第一服从自然的限制，其次要受自己欲望的驱使。以无穷欲望处有限自然，人便觉得处处不如意、不自由，烦闷苦恼都由此起。"④ 但是，人与其他动物不同，他可以在精神世界获得超越。在想象的艺术世界中，人可以跳出自然的圈套而征服自然，在想象中创造出合理慰藉情感的世界。因此，审美世界对人来说极为重要。"审美活动是人在有限中所挣扎得来的无限，在奴属中所挣扎得来的自由。在服从自然限制而汲汲于饮食男女的寻求时，认识自然的奴隶；在超脱自然限制而创造欣赏艺术境界时，人是主宰，换句话说就是上帝。多受些美感教育，就是多学会如何从自然限制中解放出来，由奴隶变为上帝，充分感觉到人的尊

---

① 朱光潜：《朱光潜美学文集》第二卷，上海文艺出版社 1982 年版，第 508 页。
② 同上书，第 509 页。
③ 同上书，第 510 页。
④ 同上书，第 505 页。

第八章
审美经验的本质与文学形式的多重意义

严。"在审美活动中，人类解放了自己，获得了自由和自主性，也获得了生存的尊严。[①]

艺术化人生最为重要的是让人们具有一种观世法。与科学观世法不同，审美的观世法以超越的方式去看待世界，把世界当作一首诗、一幅画、一场戏剧去看待，而不是去斤斤计较功利得失，也不会为欲望所制，会懂得吸纳自然界壮丽之气与幽深玄妙之趣，就会洞彻世间悲欢离合之情，从而排除心灵中的苦闷烦躁。然后，让人们学会如何消遣。消遣即是娱乐，是人们发泄精力的一种途径。消遣是人们生活的一个构成部分，与国家风尚、民族性格和个人素养有着密切关系。人们具有的很多消遣方式具有颓废性。艺术是改变人们消遣方式的重要方式，它通过提高人们的创造力与欣赏力，使人的消遣方式有益于身心健康，从而提高民族的生命力。最后，艺术化的人生还会使人们提高情感质量，增进同情心和社会交往。人们有进行交流的内在心理需要，这促使人们发展语言和艺术。艺术与语言一样，都是源于心灵沟通的需要。生活的艺术化就是要人与人情感思想交流沟通，使小我成为大我，或则小我融入大我，使得人群成为一体。

新中国成立后，朱光潜细读了《资本论》《关于费尔巴哈的提纲》和《1844年经济学—哲学手稿》等马克思主义经典著作，并且选译了后两部著作片段，从这两部书中寻求到新的理论资源，批判了以前的关于人的观点。朱光潜指出，马克思把人看作全面的、整体的存在。作为一个整体的人不是先验的、既定的，而是在历史中逐渐完成的，与人类生命相伴随。人在改造自然的过程中，也改造了自己。只有通过实践活动，人才可能最后占有自己的全部本质力量，实现人的丰富性。实践活动发展确证了人的本质力量，体现出有意识的、自由自觉的本质。正是由于这种本质，人能够按照任何物种的尺度进行生产，并随时随地能用内在固有的尺度衡量对象。"人也按照美的规律来建造。"[②] 也就是说，实践活动遵循的最基本的

[①] 参见朱光潜《朱光潜美学文集》第二卷，上海文艺出版社1982年版，第511页。
[②] 马克思：《马克思恩格斯论文学艺术》，人民文学出版社2002年版，第122页。

规律是美的规律。因此，人的本质的确证和法则都是以美的规律为基础的。换言之，就人类自身发展而言，实践活动最终是要塑造审美的人。

审美的人的完成并不是一蹴而就的，而是有一个发展的过程。但是，在现有的社会条件下，人是不可能全面占有自己的本质的。"在私有制之下，一切财富都是由劳动者生产出来的，而劳动者却不但被剥夺去他的生产资料、生活资料和劳动产品，而且还被剥夺去他作为社会人的'本质力量'或固有才能，沦为机器零件，沦为商品，过着非人的生活。马克思把这种情况叫作异化。"[①] "异化所涉及的方面很多，包括共产主义远景、经济学、哲学、科学、宗教和文艺等，特别涉及美学的是马克思所提的'美的规律'，马克思对这些方面的问题结合'异化'与私有制提出一些意义重大的看法。"[②] 从美学的角度看，人的肉体和精神的感觉被异化，人的本质变得绝对的贫乏。资本主义与审美活动是敌对的。"因此，私有财产的扬弃，是人的一切感觉和特性无论在主体上还是在客体上都变成人的。"[③] 在朱光潜看来，马克思主义在全面理解人的基础上，指出了人的实践活动与人的审美塑造的问题。人按照美的规律来塑造自然，也按照美的规律来塑造自己。而美的规律则是和"异化"相敌对的。因此，审美的人的追求，不单纯是一个个人改造的问题，它是和社会的改造息息相关的。只有改造了社会，消除了私有制，实现了共产主义，审美的人才能全面实现。可见，朱光潜塑造的审美的人，这个主题已经扩展到社会改造的大主题上了，视野非常开阔。

朱光潜所设计的这条审美解放之路，虽然随着思想资源的改变而发生了变化，但是始终没有脱离具体的中国现实情况。一个是看到人心败坏导致中国社会如此糟糕，所以需要审美修养才能改造人，从而改造社会。另一个是从马克思主义实践活动的角度提出，改造好社会才能发展出全面丰富的人，创造审美的人。两条思路虽然有些差异，但目标是一致的，都指向了中国的现实。可以说，正是朱光潜的这种面向现实的精神，使得追求

---

① 朱光潜：《谈美书简》，安徽教育出版社1989年版，第258页。
② 同上书，第412页。
③ 马克思：《马克思恩格斯论文学艺术》，人民文学出版社2002年版，第216页。

审美化生存成为他的必然选择。这个思想对于当代中国来说仍然具有重要意义。朱光潜提倡的人生艺术化、人生审美化，对于反思我们的生存状态具有极为重要的意义。面对自然、社会等多重束缚，尤其是现代性社会给人的生存造成的机械化、物化、碎片化，艺术化生存正是一剂良药，给我们的人生以另一种活法，另一种色彩，让生命能够具有更多意义。

第三节 蒋孔阳：美的创造与文学形式的多重意义

蒋孔阳是新中国成立后成长起来的美学大家。从新中国成立后的第一次美学大讨论，到实践美学的兴盛，再到对西方美学的引入，他的学术经历伴随着中国当代美学的发展历程。新中国成立后的大部分美学活动都有蒋先生留下的痕迹。20世纪中国文学理论的发展，蒋先生也作出了自己独特的贡献。他较早在新中国开设文学理论课程（1952年），参加编撰文学理论教材。他对美的本质、形象思维、典型与典型化等具体的文艺理论问题都发表了自己的见解，形成了独特的理论观点和体系。蒋孔阳先生这些成果的取得与20世纪中国马克思主义文艺理论发展是息息相关的。他是从马克思主义的视角构造了自己的理论体系。因此，从马克思主义的角度来探讨蒋孔阳先生的文艺理论思想是一种非常适合的途径，能对他的思想形成全面理解。

一 美与审美经验的独特阐释

"美"是一个引人注目的、流连忘返的词汇，又是一个令人沉思求索、到处求解的难解之谜。翻开古典美学史，我们发现它充满了对美的解析探索。无数哲人的智慧之果交织成一幅灿烂的、多彩的锦缎。但是，分析美学之后，尤其是后现代美学思潮的到来，直接打破了关于美的本质的探讨，美的问题似乎成为一个没有价值的问题，被悬置起来。无疑，美的问题被打入冷宫，并不意味着这个问题失去了探索意义，只不过需要新的探索方式和思路。虽然在西方语境中，美的本质问题已经衰落，成为一个没有人探索的问题。但是，在中国的特殊语境中，"美是什么"却是美学界一个重要问题，引起了中国美学界长达四分之一世纪的探讨。

蒋孔阳先生也是探讨美是什么的大军中的一员，对这个千古难题进行了理论探索。也正是在新中国成立后第一次美学热关于美的本质的探讨中，他崭露头角。在《美学新论》中，蒋孔阳先生指出："美学研究的根本问题就是美。"[1] 对于美的问题，他没有走概念演绎的路子，因为那样做思辨性太强，只会在概念中兜圈子，难以解决问题；他也没有走归纳现象的路子，因为美的现象错综复杂，一般的归纳是无法全面的。他走的是自己独特的阐释问题的第三条路，即吸收众家之长，从审美关系入手，从现实生活出发，在审美主体与审美对象这两个方面的相互关系中，进行了美的本质探讨。蒋孔阳先生的这个观点来自马克思主义美学。在《美学新论》中，他指出："美学研究的逻辑起点既不是客观的物质世界或精神世界，更不是主观的心意状态，而是社会化的人的审美实践活动。"[2]

审美关系是审美活动中主客体之间的关系，直接关系到审美活动能否构成。蒋孔阳先生对审美关系也有自己的理解。首先他指出，审美关系离不开审美客体的形象。因为，任何事物既可以从概念上又可以从形象上来认识。概念是本质属性，是抽象的；形象则是形体相貌，是具体的。审美关系，就是建立在人对于对象的感性形式的把握上。"离开了形象，就没有美。"[3] 因此蒋孔阳提出，作为美的一个最基本的规定，美是具体的形象，美存在于感性世界之中。这个规定强调了美的客观属性，指出了审美关系的重要一端是审美客体的属性。但是具体的形象并非都美，美还由其他的性质规定。"美的东西，都是它的客观属性中有某种能够引起我们爱

---

[1] 蒋孔阳：《美学新论》，人民文学出版社1993年版，第55页。
[2] 同上书，第490页。
[3] 蒋孔阳：《美和美的创造》，江苏人民出版社1981年版，第43页。

慕和喜悦的感情的东西。"① 这就把审美关系中的审美主体的因素凸显出来。因此，蒋孔阳理解的审美活动就把审美关系中的主体与客体综合起来了，从而提出审美关系就是主客体之间所建立起来的一种情感关系。那么，具体形象缘何能引起人们的审美情感？蒋孔阳引入了马克思主义劳动说的观点，他指出："在每一种生产活动中，除了创造使用的价值之外，还同时实现了自己的目的，得到了精神上的满足。由于这种精神上的满足所带来的快感，就构成了审美经验的客观基础。""应该把美看成一个开放的系统，不仅由多方面的原因与契机所形成，而且在主体和客体交互作用的过程中，处于永恒的变化和创造中。美的特点就是恒新恒异的创造。"②审美经验的构成是在劳动创造中，主体和客体的相互作用，主体的观念在客体中实现了，从而引起的精神愉悦。也就是说，审美经验是在主客体相互作用中诞生的，在审美关系中出现的。

从审美关系的角度看，美的本质的探讨既要看到美具有自然属性，更要看到美是一种社会现象。蒋孔阳在《论美是一种社会现象》一文中说道："美是一种客观存在的社会现象。这一种现象，它既不是物本身的自然属性，也不是个人意识的产物，而是人类社会生活的属性，它和人类社会生活一道产生。由于人类社会生活是客观的，所以美也是客观的。"这也是从马克思主义的辩证唯物主义与历史唯物主义得出来的结论。这个社会性和客观性来源于人类社会生活。这个社会生活造就的美与人的本质力量的对象化有着密切关系。"在自然界、社会生活和艺术作品中，存在各种各样的形象。能不能说都是美的呢？当然能。而是比较起来，不美的形象要比美的形象多得多。这是为什么呢？这就因为美除了上面所说的形象性、感染性和社会性这些特点之外，还必须具备一个最为根本的特点，那就是马克思所说的'人的本质力量的对象化'。"③ 马克思的《1844年经济学—哲学手稿》提出的这个观点正是对美的本质探讨的理论出发点。探讨美离不开主客体相互作用的实践活动。这个实践活动就是人的创造性活

---

① 蒋孔阳：《美和美的创造》，江苏人民出版社1981年版，第44页。
② 蒋孔阳：《美学新论》，人民文学出版社1993年版，第136页。
③ 同上书，第46页。

动。人的实践活动之所以能创造美，根源于掌握了美的规律，按照美的规律创造就构成了美的形象。所以，蒋孔阳先生关于美的本质的几个界定是统一在"人的本质力量的对象化"这个实践观念上的。

审美经验问题的探讨也是源于实践的观念上的。"美感则是这一本质力量得到对象化或者自由显现之后，我们对它的感受、体验、观照、欣赏和评价，以及由此而在内心生活中所引起的满足感、愉悦感和幸福感，外物的形式符合了内心的结构之后所产生的和谐感，暂时摆脱了物质的束缚后精神上所得到的自由感。"① 审美经验诞生于人类的社会实践中，也就是在人的本质力量对象化的时候，观照和欣赏到自我的创造，从而获得精神和心理的满足。蒋孔阳从纵横两个方面论述了审美经验的诞生。从纵向来看，审美经验诞生于人类工具的制造和使用之时。在制造和使用工具的实践活动中，形成了审美经验。从横向看，具备了审美能力、审美环境、审美心理、审美态度等方面，审美经验才能构成。

审美经验还具有自己的生理基础和心理基础。审美经验的生理基础就是感觉器官。蒋孔阳研究了人的感觉与动物的差别。人的感觉并不在于能力比动物强，人的感觉在于社会实践活动形成的精神性和社会性，所以人的感觉有自由性、积极性、创造性等特性。作为审美生理基础的感觉器官的形成根源还在于人类的实践活动。五官的感觉是以往全部世界历史的产物。"感觉器官虽然是美感的生理基础，但后天的学习和训练，却是使我们的感觉器官变得灵敏、变得有高度的审美能力的重要因素。"② 审美经验的心理功能，研究的是感情在"心物感应"的过程中，不同的层次和不同的表现。感受与直觉、知觉与表象、记忆和联想、想象和幻想、理解、通感等方面就是感情的多层次体现。因此，审美经验的心理功能，不是单一的，而是多样的。我们应该从多方面来研究。

我们看到，无论是对美的本质的阐释，还是对审美经验的理解，蒋孔阳都没有离开过马克思主义的基本理论和方法。对美的产生和审美经验构

---

① 蒋孔阳：《美学新论》，人民文学出版社1993年版，第251页。
② 同上书，第277页。

成的研究，蒋孔阳一直围绕着马克思主义的实践观念，从主体、客体、主客体关系等多个角度阐释这些美学基本观念，从而形成了自己的特色。虽然由于时代关系，蒋孔阳的美学思想在今天看来还是有很大局限性的，但是这并不能影响他在中国当代美学史上的地位。他是中国当代马克思主义美学的代表人物。

二 文学形象理论

形象论是文学艺术研究的基本问题和基本内容。早在1956年，蒋孔阳就开始系统地阐述形象思维的特点及其与逻辑思维的关系，以致"文革"期间，这成为批判他的缘由。蒋孔阳站在马克思主义的立场上，长期进行形象理论研究，形成了系统的理论。他的文学形象理论主要由以下观点构成。

1. 形象论

"文学是一种特殊的社会意识形态，它是通过形象来反映现实的，它的特殊性就在于它的形象性。"[1] 在蒋孔阳看来，作为社会意识形态的一种形式，文学与其他意识形态的区别就在于它的形象性，它是借助形象来反映生活的。这是蒋孔阳从马克思主义上层建筑理论的角度给文学做的一个定位，文学的特性就是形象性。因此，文学的形象与形象性的问题是文艺学研究的核心问题，也是一个中心任务。

形象论首先注意到"人"，并把人作为其主要的研究对象。"生活在社会中的人及其生活本身"是文学的主要对象，自然需要一种独特的意识形态去加以认识和反映。文学研究抓住这个对象，也就抓住了文学艺术的本质。文学艺术的一切都离不开这个"人"。但是，与自然科学和社会科学不同，文学艺术反映人及其生活有自己的特色。人是被作为活生生的整体反映着，描述的是个别的、具体的、富有情感的人。蒋孔阳反映论的角度把形象论的立足点放到了对人的关注上，区分开了文学艺术反映方式与其

---

[1] 蒋孔阳：《形象与典型》，百花文艺出版社1980年版，第1页。

他反映方式的差异。

接着，蒋孔阳提出了文学形象的基本特点。关于文学形象特点问题的研究，经历了一个不断深入的发展过程。在1957年出版的《论文学艺术的特征》一书中，他把艺术形象的特点归纳为真实性、具体性、完整性、典型性、感染性五个方面。他并没有做形式与内容之分。而在《形象与形象思维》中，则在形式和内容方面做了详细的区分，从形式和内容两个方面指出了文学形象的特点，显示出其研究的发展。形式上，文学形象具有个别性、具体性、生动性、丰富性和完整性，而内容上具有真实性、典型性、倾向性、感染性等。虽然是从形式和内容两个方面来阐述的，但是蒋孔阳并没有把二者截然相分。在分析了艺术形象形式与内容的特点之后，蒋孔阳指出："不仅形式的各个特点是统一的，内容的各个特点是统一的，而且形式与内容也是统一的。"也就是说，这些特性在形象上并不是独立的，而是融合到一起的，从而构成一个完整的形象。

蒋孔阳先生的形象理论研究始终坚持马克思主义的系统原则，总体把握研究对象的方法论。他从艺术形象与现实生活这一关系总体出发，对艺术形象的内容、创作主体、艺术作品与艺术欣赏的相互关系等，进行了多角度、多层次的形象理论阐释。这些方面都显示出蒋孔阳形象理论的马克思主义特色。

2. 形象思维论

与形象相对应的是形象思维，蒋孔阳也详细阐释了形象思维。蒋先生说："正是塑造艺术形象的特殊需要，决定了形象思维的产生和形成。如果说，生活的特点决定了形象的特点，那么，形象的特点也就决定了形象思维的特点。"[1] 为了塑造形象必然形成形象思维，因此研究形象思维就具有了重要作用。形象的特点也决定了形象思维的特点。那么，形象思维有什么特点？蒋孔阳指出，第一，形象思维具有具体性、生动性特点。形象思维认识和反映生活是通过具体、生动的形象形式来实现的。艺术形象的塑造虽然具有逻辑顺序，但是它并不需要抽象思维，而是始终伴随着具体

---

[1] 蒋孔阳：《形象与典型》，百花文艺出版社1980年版，第38页。

生动的形象。因此,形象思维的第一个特点就是具象性。第二,形象思维具有个性化和性格化的特点。个性化与性格化的形象也是形象思维的结果。生活中的事物都具有特点,主体准确而又生动地掌握对象的个性特点,将之生动地描绘出来。因此,这些个性化的形象也反映在主体头脑中,形成个性特点的思维内容。从艺术家的角度看,艺术构思总是带有个性色彩和风格特征。有多少艺术家,就有多少构思方式。而且同一个艺术家,也绝不会以同一个方式来构思不同的作品和人物。第三,形象思维须富有新意,具有新颖性。蒋孔阳指出:"经过艺术家的观测和描写,整个现实世界都呈现出新意来。富有新意,是艺术的生命。"形象思维的新意不是别的,正是被发现、被突出了的"真"。不真实的东西,不可能新。新使生活中那些被人忽视的,或是难以表达出的情景获得了艺术呈现。它们经过艺术家独特反映后,就会立刻使人们对生活产生新的认识、发生新的兴趣。蒋孔阳指出,生活本身永远是新的,永远是创造的,因此,按照生活本身的形式来进行构思的形象思维,也就永远是新的,永远是创造的。第四,形象思维具有复杂性和丰富性。生活本身的复杂性和丰富性是决定性因素。这就要求形象思维要反映现象与本质的复杂关系,要充分地体现出现象与本质的关系的多样性。"形象思维不仅看到现象,而且通过现象看到本质。而这本质又不是赤裸裸的本质,而是显现为丰富多彩的现象的本质","正是形象思维的这一特点,使得文学艺术既具深刻的思想内容,而又具有丰富多彩的形式"。[①] 第五,形象思维的感染性与倾向性。所谓的倾向性,是指形象思维具有一定的思想倾向。这种倾向决定着作者为什么选取生活中的这些方面,而不是那些方面;为什么这样写,而不那样写。而感染性则是指作者对形象内容,总是伴随着一定的情感。"倾向性与感染性是密切地统一在一起的,是作者构思过程中主观态度的两种表现。他的思想倾向,决定了他的情感态度,而他的情感态度,又强烈地影响着他的思想倾向"[②]。形象思维的这个特点也就使文学形象思想性与情感

[①] 蒋孔阳:《形象与典型》,百花文艺出版社 1980 年版,第 50 页。
[②] 同上书,第 51 页。

性获得完美统一。

从以上论述中可以看出，形象论是蒋孔阳文学艺术研究的核心问题。他从主体的形象思维到客体形象的角度详细阐释了形象理论，形成了富有特色的理论体系。他对于形象理论的概括还是符合艺术实践实际情况的。这种方法直接同艺术的形象理论、典型理论、创作理论、欣赏理论等联系起来，从艺术论上系统地把握反映、构思、表现、欣赏这一艺术实践的全过程。蒋孔阳采用的基本方法就是马克思主义的反映论和综合论，从形象与生活的关系、本质与现象的关系等多个角度对形象进行了阐释，形成了独特的马克思主义文艺观念。

三 典型论

典型理论是文艺理论的重要问题。国内的典型理论研究，大多套用哲学中个别与一般的关系理论，认为典型是个别性与一般性或共性与个性的统一。应该说，这种规定是没有错的，从一般意义上讲，典型包含了这些特征。但是，这种看法过于笼统和宽泛，更不适用于对文学典型的论证。因此，典型理论的研究有必要进一步深入和完善。

1. 典型的理解

蒋孔阳也对这个问题进行过详尽研究。在《谈谈阿Q的典型性问题》《典型、典型化、典型环境》《典型问题与文艺创作》等文章中，就详细探讨了文学典型问题，形成了与众不同的文学典型论。他从马克思主义的基本理论出发，把典型与生活发展的逻辑过程联系起来，从典型人物与特定生活过程凝缩的典型环境的相互关系中研究典型，具有独特理论内涵。

首先，他认为，把典型理解为个别性与一般性的统一，或者共性与个性的统一，就哲学上看是没有错的，但也存在三点明显的缺陷："（1）任何事物都是共性与个性的统一，如果把典型也只是看成共性与个性的统一，势必忽视典型的艺术特点。（2）它把共性与个性看成是两个对立的东西，因而容易造成共性自共性、个性自个性的错误看法。事实上，在艺术形象中二者是密不可分的。(3) 容易把共性与个性，特别是共性抽象化。"① 很明显，蒋孔阳明确指出了学术界流行的研究方法的局限性，指出了艺术典型具有自身特性，需要重新加以规定。由此，他提出自己的见解，认为最好按照文艺本身的特殊规律，把典型理解为通过生活本身发展的逻辑过程来反映生活中某些特殊方面的本质和规律的艺术形象。所谓逻辑过程，就是生活中众多现象间的相互联系。生活中的东西虽然都是个性化的，但却绝不是孤立的，个性一经孤立，就会绝对化，成为恩格斯所说的"恶劣的个性化"。因此，塑造典型的时候就应该把它放在生活的整个发展过程中去，在这种发展变化的生活网络结构中，体现着生活的逻辑、规律。从错综复杂的生活网络结构中去把握个性，体现出蒋孔阳与众不同的典型观。

个性是典型的重要特征，那么如何去理解个性？蒋孔阳指出："典型人物应当以'鲜明的个性描写'作为前提。""文革"之后，在国内关于典型理论的研究中，已经不再以共性去忽视或否定典型的个性特征了。但是过多强调个性间的差异，而对于个性的联系，则普遍重视不够。离开联系去讲个性，个性就成了偶然，也就失去了与共性统一的自身依据。在理论上，就难免导致把典型的共性研究与个性研究割裂开来，从而影响创作实践的共性与个性关系的理解。蒋先生对于个性联系的重视，抓住了个性与共性统一的中介。共性，就体现在这种联系中。这种从相互联系中把握个性、展示生活发展的逻辑联系的观点，是一种系统的观点。蒋孔阳对于个性的理解，抓住了个性之间的联系，并将其作为理解个性、个性与共性关系的中介，具有独特个性色彩，体现了他与众不同的视角。

既然个性是典型的重要内容，那么如何理解典型个性塑造，这就需要从生活的整个发展过程的角度加以阐释。对此，蒋孔阳指出："在塑造典型的时候，就应当把它放到生活的整个发展过程中去，让它发生千丝万缕的联系。这时，生活发展的历史潮流和广阔背景就会给典型的艺术形象，不断地注射进丰满的时代和社会的内容，从而使典型虽然是个性化的，但

---

① 蒋孔阳：《形象与典型》，百花文艺出版社1980年版，第193页。

回响着时代的声音,反映社会生活某些方面的本质和规律。"① 典型与生活发展过程联系起来,就给典型注入了时代和社会的内容,典型的个性化就显现出来,而且也反映出社会生活的本质和规律。一粒沙子蕴含着一个世界。典型的一般性不是直接体现于个性行动中,而是体现于个性行为与环境的相互作用中。这是蒋孔阳的一个重要观点,一直贯穿在他的典型理论中。

对于共性与个性的关系,蒋孔阳也提出了自己的看法。他提出了共性个性化的观点。"艺术形象是个性化的,因此作为艺术形象的典型,它的内容和形式,它所反映的一切,包括人物的性格、题材和主题,作者所要表现的思想感情等,都应当是个性化的。共性既然是构成典型的一个重要方面,当然也必须是个性化的。"② 蒋孔阳分析了果戈理《死魂灵》中的几个地主形象:泼留希金、马尼罗夫及罗士特莱夫。这些人都是地主阶级的典型,具有地主阶级的阶级性。但是,这种作为共性的阶级性,在这几个不同的地主身上却并不相同,具有充分的个性色彩。有的吝啬成性,有的文质彬彬,有的泼皮无赖。共同的阶级性并没有损害人物的个性色彩,显示出共性个性化的重要性。共性与个性的关系通过共性个性化观点的分析,为二者的统一找到了中介范畴,从而显示出蒋孔阳与众不同的典型论思想。

蒋孔阳先生的典型论思想还体现在对于典型的艺术形象特征的强调上。"典型就是典型的艺术形象。凡是艺术形象所应当具备的性质和特点,它都具备。它不同于一般的艺术形象的,首先,是它比一般的艺术形象具有更高的艺术成就,更能满足读者审美的要求。其次,它能把现实生活中某些方面的本质和规律,集中地概括到艺术形象中,从而启发读者更深刻地认识生活的真理,并激发他们去为这一真理而斗争。"③ 典型首先是艺术形象,这种看法就避免了单纯从共性与个性的关系去理解典型,而忽视了典型本身就是典型形象的真正内涵,从而把典型抽象化。总之,蒋孔阳先

---

① 蒋孔阳:《形象与典型》,百花文艺出版社1980年版,第193页。
② 同上书,第191页。
③ 同上书,第186页。

生的典型论思想具有自己的思路和特点，在当代文学理论建构中具有重要价值。

2. 典型化

与典型紧密相关的另一个概念是典型化。对于典型化，蒋孔阳也进行了系统阐述。他指出："'典型化'，也就是要把现实生活中本来不典型或不太典型的东西，运用形象思维，按照文学艺术的特殊规律，进行艺术的加工和改造，使之变成典型的艺术形象。"[1] 也就是说，典型化就是塑造典型形象。因此，典型化的手法就值得研究了。蒋孔阳指出，典型化的主要手法是通过个性化、概括化、个性化与概括化的统一三种方式来达到的。个性化与概括化的统一，谈的是前二者之间的关系，没有必要加以展开。因此，我们主要探讨前两种手法。

关于个性化，蒋孔阳指出，个性化是典型化的基础，要典型化，首先必须个性化。个性化对于典型的塑造具有重要意义。个性化使艺术形象表现出个别性、具体性和生动性的特点。因此，"必须始终扣住个别；从个别开始，以个别告终"。典型必须始终通过个别的形式来进行典型化。个别是个性的存在形式，没有个别就无所谓个性。但是，个别与个性必须区分开。个别不都是个性。"个性不仅是个别的，不同于他人的，而且是独立的、自立的，用黑格尔的话来说，是'自由的个别性'。"[2] 那么，这个"独立的、自立的""自由的个别性"怎么来理解？个别性体现的个性是独特的，又具有本质的深度。它产生于人物独特的生活经历，又体现出生活本身发展的逻辑中的必然性。由此可见，个别是偏重于个性化的形式，而个性是偏重于个性化的内容。蒋孔阳是从形式与内容、本质与现象方面来规定个性化的。

关于概括化。典型化还有概括化的一个方面。对于概括化，蒋孔阳指出：要注意，一要与科学的抽象化相区别，二要与分散化对立。概括化虽然像抽象化一样，都是在揭示生活本质，但是二者还是有区别的。抽象化

---

[1] 蒋孔阳：《形象与典型》，百花文艺出版社1980年版，第162页。
[2] 同上书，第89页。

从个别中得出一般的概念；而概括化却不离开具体对象，是把对象中具有本质特征的，能说明某种本质的东西，某些具有特征的生活现象和细节，集中起来，概括出来。概括化是个性的概括表现，它是共性的形象化。形象性和本质性就是概括化的两个方面。概括化要反对分散化的山头主义。文学艺术的概括化是对于生活中本来是分散的东西，根据作者的创作意图和对生活的本质理解，把它们集中起来，汇集起来，加以综合，从而重新创作出一个新的艺术形象。

3. 典型环境

典型人物与典型环境的关系也是典型论一个不可或缺的方面。蒋孔阳也就这个问题进行了探讨。他指出，"典型环境是具有独特个性特点的典型人物所生活于其中的具体环境，与整个时代社会背景相互辩证地统一在一起，从而能够反映出时代社会某些方面共同的本质规律"。很明显，他所说的典型环境还是与社会生活的整体相联系，指出了典型环境反映的社会生活的本质规律，因此典型人物的塑造必须在社会生活中进行。塑造典型环境就具有重要意义。"塑造人物的形象，必须把他放到社会关系中去写。社会关系，正是环绕着这些人物并促使他们行动的环境。……它所描写的社会关系，就不可能是所有的社会关系，而只能是环绕着它所描写的人物并以人物为中心所展开的社会关系。这种以人物为中心所形成的社会关系，就是每个人的独特的环境。"[①] 蒋孔阳的典型环境有几个方面需要注意。典型环境是典型人物生活的具体环境，要从人物与环境的相互关系中把握典型环境。具体环境与整个社会背景是辩证统一的。典型环境必须是具体环境与社会背景辩证统一的环境。与社会背景相联系的作品环境，能够反映出社会某些本质规律。

总之，蒋孔阳先生的典型理论具有自己的特点，是对于典型系统的、开放式的研究。他没有采用密闭式研究方法，而是把它放到它所得以存在的关系体系中去，从它与环境相互作用的过程中，对典型进行动态的、开放式的研究，从大量的作品研究中揭示典型的一般性与个性的关系。典型

---

① 蒋孔阳：《形象与典型》，百花文艺出版社1980年版，第173页。

环境是人物具体环境、作品环境和时代背景的辩证统一。这种研究来源于马克思主义的理论基础,从作品及所反映的整个时代生活来认识典型,并从复杂的生活联系中去揭示典型特征。这些都显示出蒋孔阳先生独特的理论研究思想。

四 走向马克思主义的人类学美学

晚年的蒋孔阳进一步发展了自己的马克思主义文艺理论。他从马克思主义美学研究的角度,倡导"人类学美学或美学人类学"。他也注意到了文化人类学的实证性特征和美学结合的迫切意义。他说道:"在美学研究上,定义式的研究多,释义式的研究少,理论性的推演较强,考证性的研究较弱。这种状况,使美学给人一种颇不实在的感觉。"[①] 这种情况,就要求人类学的研究方法的介入。当然,蒋孔阳先生所谓的人类学美学还主要属于马克思主义人类学美学的体系,从人类学的视角关注美学问题,从而对马克思主义美学的许多问题提出新的理解和解释。

蒋孔阳指出,马克思主义人类学是马克思主义美学的基础和根据。他主要从以下几个角度分析马克思主义的人类学美学。

其一,可以从人类学的角度对审美经验问题加以研究。他指出:"人类学在西方已相当发达,这一学科在我国也开始逐渐步入正轨,所以,在审美经验问题的研究上,结合人类学特别是文化人类学的成果,应该说是很有前景的,这方面的研究工作迫切需要健全起来。"审美经验问题也就是审美经验问题,在很长一段时间缺乏人类学的研究,因此结合文化人类学的研究成果加以阐释是紧迫的,也是很有前景的。我们看到,近些年来一些新的研究成果就展现出这方面的特点,显示出不同的阐释模式。

其二,审美关系问题是马克思主义人类学美学不可或缺的关注点。"审美关系的发生和发展、人的本质、人的本质力量的对象化、美的创造等问题,都与马克思主义人类学密切相关,在一定程度上,甚至可以说,

---

① 蒋孔阳、郑元者:《关于马克思主义人类学美学的思考》,《文艺理论研究》1997年第2期。

马克思主义人类学是马克思主义美学的基础和根据。"审美关系是蒋孔阳美学的立足点，它关涉审美主客体的基本立场，是分析美学基本问题的出发点。这些问题都可以从马克思主义的人类学出发，从而获得更加全面的解释。

其三，发掘马克思主义美学自身的人类学资源。"人类学在马克思恩格斯的时代刚刚起步，人类学美学在当时也还没有成为一门独立的学科。到了 20 世纪 20 年代，意大利的马克思主义者就开始关注马克思主义和人类学的关系问题。60 年代，在西方学术界诞生了多种形式的马克思主义人类学学派或思潮。1972 年，美国著名人类学家劳伦斯·克拉德率先编纂出版了马克思晚年的《人类学笔记》中的四个核心笔记，我国于 1985 年出版了《马克思恩格斯全集》第 45 卷，选辑了马克思晚年五个《人类学笔记》中的四个，引起学术界的关注。但这个时候，国内的几大美学流派，其核心观点基本上已经定局。所以，马克思主义经典作家的人类学美学思想还没来得及充分吸收。虽然马克思恩格斯很早就关注人类学问题，并开始运用人类学的观点来分析各种问题，当然也包括美学问题，但马克思晚年的人类学美学思想，的确还需要研究再研究。这方面的工作做好了，对中国特色的马克思主义美学思想体系的建设是很有帮助的。"马克思主义包含了丰富的人类学美学资源，尤其是晚年的马克思思想更是如此，但是国内学术界很长一段时间没有重视马克思主义美学的这个维度。随着新资料的发掘和视野的开阔，对马克思主义人类学美学资源的深入研究必然是当代美学的一个重要方向。

其四，人类学美学体现了马克思主义美学的美学理想。"从根本上说，马克思主义的美学理想，就是追求人的全面发展。包括人类学美学在内的马克思主义美学不仅有一套完整的思想体系，而且从人的审美关系和审美实践活动出发，追求人的全面发展和全面解放，这是一个常新的逻辑起点。"蒋孔阳充分重视马克思主义人类学美学的思想体系，把其与马克思主义的整体体系联系起来，肯定了人类学美学的逻辑起点也是立足在马克思主义的理想上——这就是人的全面发展。马克思主义的人类学美学必然立足于这个理想上，从而使其具有了历史必然性。

总之，蒋孔阳充分认识到马克思主义人类学美学的重要性，并且把其与之前的美学研究联系起来，从而使其成为贯穿其美学思想的一条隐在的线索。对马克思主义人类学资源和研究方法的注意，也是蒋孔阳先生文艺理论思想的进一步发展，显示出其敏锐的学术眼光。但是，我们也看到，蒋孔阳虽然意识到马克思主义人类学美学的重要性，但是他并没有充分研究马克思等经典思想家的人类学资源。这也给我们留下了一些遗憾。

第九章

审美意识形态及其理论论争

关于文学艺术、审美与意识形态之间关系问题的探讨，是中西方马克思主义文艺学和美学的重要组成部分。中国的"文学审美意识形态论"是百年来马克思主义美学和文艺理论中国化的曲折历程中产生的标志性成果之一，它产生于美学论争之中，又一路伴随着争论走到新世纪。围绕文学审美意识形态论而展开的这场论争历时长，参与者众，所争论的都是文艺学的基本问题，提出的理论主张也是纷繁复杂，对当前的文学理论和美学研究产生了很大的冲击，甚至可以说它将在一定程度上改变文艺学科的面貌。因此，对这次论争加以整理、分析和总结，拨开杂芜，披沙沥金，是一项紧迫而又重要的工作。而要把这项工作做好，一个前提就是正确理解和评价文学审美意识形态论。"文学是一种审美意识形态"的理论主张产生于 20 世纪 80 年代特定的社会文化背景之中，是在整个文学界和文学理论界关注审美和文学自律，浪漫主义美学原则盛行的语境中形成的，只有回到这个语境，才能正确理解文学审美意识形态论的理论内涵和局限性，对它的学理价值和历史意义作出客观评价，用客观冷静的态度分析它所遭受的质疑，从中发现理论的生长点，对它在当前的危机之下将何去何从作出预测，在此基础上推动马克思主义文艺理论往纵深方向发展。

第一节　从审美转向看文学审美意识形态论

从 20 世纪初开始，随着马克思主义进入中国，在美学和文学理论领域也开始了曲折复杂的马克思主义中国化的进程。中国的马克思主义文艺理论从一开始就与社会启蒙和政治革命的现实状况紧密地结合在一起，表现出强烈的干预现实的精神。文学与政治和意识形态的关系问题一直是中国马克思主义文艺理论的核心问题，形成了强大的文艺意识形态学说，影响深远。文学审美意识形态论就是在这个理论渊源中，在新时期的社会文化转型背景中，一代学者进行理论反思从而形成的一种新的理论形态。

一　审美转向语境中文学审美意识形态论的形成

自五四始，长达半个世纪的时间里，由于政治革命在社会生活中占据主导地位，文学基本上被视为一种工具，服务于理性启蒙的需要，服务于救亡的需要，服务于阶级革命的需要，服务于政治宣传的需要。这种功利主义的文学观把文学变为政治的附庸，即使谈到文学的特性，谈到艺术性，也只是为了使它能更好地发挥工具的作用。

20 世纪 70 年代末，随着政治革命语境的终结和经济建设时代的到来，人们迎来了思想大解放的时期。文学界和美学界开始重视文学的独立性，主张文学必须从政治的束缚中解放出来，回到文学本身、回到审美成为整个 80 年代的最大冲动。解放感性、呼唤人的主体性、确立文学的自律性成了这个时期的中心任务。在文艺生产的领域，"伤痕文学""反思文学"和"改革文学"等现实主义文学勇于揭露现实生活问题、表达老百姓的真实心声；先锋文学则致力于形式实验、破除成规和枷锁、描写人性和非理性,成为具有精英主义倾向的"纯文学";通俗文学也因为释放感性、满足了人们的情感和想象需要而受到欢迎。

在学术界则兴起了"美学热",围绕美学的几个主题展开了多次讨论,形成了一整套关于审美经验的话语,对主体性的探讨,对审美感性的强调,对文艺独立性和文学"内部"规律的研究,使审美本身获得了前所未有的重要性,也使文学获得了一种非政治化的存在基础,文学的认识功能和政治工具功能让位给更普遍、更感性的审美功能。审美之维之所以成为实现文学艺术自律的轴承而被寄予厚望,是因为在这个时期,人们是根据康德影响下产生的浪漫主义美学原则,在"审美无功利"的观念中来理解美学或审美的,因此把文学的情感性、想象性和形式等审美因素与有明确目的性、阶级性的意识形态内容区分开来。

审美观念在文艺理论各个层面的扩张与渗透获得了巨大胜利,许多学者都把审美当作文学艺术的最根本属性,主张以审美为核心来构建文艺理论体系。如童庆炳教授提出了文学审美本质说。他说:"审美是文学整体性结构关系生成的新质。""审美虽不是作为文学结构中一种因素而存在,不可寻迹以求之,但它却是绝对文学的整体性的东西。……缺了它,文学就立即化为非文学。"[1] "文学的本质是审美的,那么,探讨文学的主视角也应该是审美学的。也就是说,通过审美学这一主视角把审美的东西看成是审美的,这就还文学以本来面目,这就有可能揭示出文学本身固有的规律。"[2] 可见,童庆炳是将审美论作为文学研究的出发点和方法论基础的。杜书瀛先生也提出以审美范畴为核心来建构文艺理论。他认为,虽然文学可以同时有多种性质,如认识的、情感的、政治的、道德的等,但是在这些多重性质中,却有一个相对稳定的因素,这就是"审美"。"文艺即是以审美为核心的多元性质的统一",因此,"只有以审美为核心,多元地检视文艺的性质和特点,才能建立起真正的文艺学"[3]。

文学审美意识形态论就是在这个审美转向的语境中,在审美论的基础

---

[1] 童庆炳:《文学的格式塔质和审美本质》,《批评家》1988年第1期。
[2] 童庆炳:《文学研究的主视角》,《批评家》1988年第2期。
[3] 杜书瀛:《文艺与审美及其他——关于文艺观念的一些思考》,《学习与探索》1987年第2期。

第九章
审美意识形态及其理论论争

上形成的。一般认为其提出者和代表者是钱中文、童庆炳和王元骧,不过在他们之前已经有学者提出这个概念。1982 年,孔智光在一篇文章中提出:"在我们看来,艺术的本质是审美的意识形态,是艺术家对客观现实生活的主观能动和审美反映,是对客观现实生活的再现与主观心理的表现的统一。"① 1983 年,周波分析"美学观点和历史观点是文学批评的客观标准"时提出:"文学是用语言塑造形象反映社会生活的社会意识形态,作为一般社会意识形态,它具有依存于社会历史的普遍规律;作为审美意识形态和形象性的艺术特点,它又具有审美(或艺术)的特殊规律。"② 江建文发表于 1984 年年初的两篇文章里都出现"文学作为一种审美意识形态"的说法。③

最早对审美意识形态进行系统论述的是钱中文先生。1982 年,他发表文章称:"文艺是一种具有审美特征的意识形态。"④ 1984 年,他明确提出文学"是一种审美的意识形态"⑤,认为文学具有双重属性,他说:"文学艺术固然是一种意识形态,但我认为这是一种审美的意识形态;文学艺术不仅是认识,而且也表现人们的感情、思想;审美的本性才是文学的根本特性,缺乏这种审美的本性,也就不足以言文学艺术,看来文学艺术是双重性的。"⑥ 1986 年,他在《最具体的和最主观的是最丰富的——论审美反映的创造性本质》一文中重申,"文学是一种审美的意识形态,其重要的特性就在于它的审美性和意识形态性"⑦。1987 年,他又较为全面地论述了审美意识形态的文学本质观,指出"要把审美的和哲学的方法结合在一起,来探讨文学的第一层次本质特征","这两种方法的结合,揭示了

---

① 孔智光:《试论艺术时空》,《文史哲》1982 年第 6 期。
② 周波:《试谈文学批评标准的客观性》,《山东师范大学学报》(人文社会科学版)1983 年第 6 期。
③ 参见江建文《要发掘生活中真正的美》,《学术论坛》1984 年第 1 期;江建文《列宁文艺批评思想略论》,《广西大学学报》(哲学社会科学版)1984 年第 1 期。
④ 钱中文:《论人性共同形态描写及其评价问题》,《文学评论》1982 年第 6 期。
⑤ 钱中文:《文艺理论的发展和方法更新的迫切性》,《文学评论》1984 年第 6 期。
⑥ 钱中文:《文学艺术中的"意识形态本性论"》,《文学评论》1984 年第 4 期。
⑦ 钱中文:《最具体的和最主观的是最丰富的——论审美反映的创造性本质》,《文艺理论研究》1986 年第 4 期。

文学的常态特征,使人看到作为语言艺术的文学的特性既非单纯的意识形态性,也非单纯的审美","文学作为审美的意识形态,以感情为中心,但它是感情和思想认识的结合;它是一种自由想象的虚构,但又具有特殊形态的多样的真实性;它是有目的的,但又具有不以实利为目的的无目的性;它具有社会性,但又是一种具有广泛的全人类性的审美意识的形态"。①

继钱中文之后,童庆炳、王元骧等学者从各自的角度肯定并论证了"审美意识形态"概念,共同完成了文学审美意识形态论的建构,并且把这一命题写入教材,对我国近三十年的文学理论研究和教学产生了无可争议的影响。1984年,童庆炳在其主编的《文学概论》教材中提出:"文学是社会生活的审美反映。"1989年,王元骧在《文学原理》中明确提出文学是一种审美意识形态,"这是在文学理论教材中第一次提出文学是审美意识形态"②。1992年,童庆炳主编的《文学理论教程》把审美意识形态作为对文学的本质规定,提出了文学审美意识形态论的经典表述:"文学既是无功利的,也是有功利的,文学既是形象的也是理性的,文学既是情感的也是认识的","文学既是审美的,又是意识形态的","文学具有审美意识形态的双重性质"。③ 这套教材很快在全国范围内推广,产生了很大影响,后来大多数文学理论教材也采用了这一理论主张,确立了其在回答文学本质问题方面的权威地位。2000年,童庆炳将"审美意识形态论"命名为"文艺学的第一原理"④。

如果仔细考察文学审美意识形态论的发生、发展和流变过程,可以发现,不同的学者在立论基础、具体观点和理论表述方面是存在差异甚至分歧的,但不管怎样,他们的基本理论主张是一致的,构成了文学审美意识形态论的要点。

---

① 钱中文:《文学观念的系统性特征——论文学是审美意识形态》,《文艺研究》1987年第6期。
② 王元骧:《我对"审美意识形态论"的理解》,《文艺研究》2006年第8期。
③ 童庆炳:《文学理论教程》,高等教育出版社1992年版,第65—71页。
④ 童庆炳:《审美意识形态论作为文艺学的第一原理》,《学术研究》2000年第1期。

二 文学审美意识形态论的要点

第一，文学的本质是多元的，审美意识形态是第一层次的本质规定。

提出文学审美意识形态论的学者并没有把审美意识形态当成文学的唯一本质，也并不认为文学只有一个本质。钱中文从一开始就提出，"文学观念确是一个多层次、多系统、多本质的现象"①，但审美意识形态是文学之所以为文学的"第一层次本质特征"。

童庆炳也认为我们可以从不同层面和不同角度来定义文学，但只有从社会结构这个层面，从上层建筑和社会意识形态这个层面，把文学的特性理解为审美意识形态，才能把文学与非文学区别开来。② 因此，他主编的《文艺理论教程》的研究思路是："从人类学的观念看，文学是人的活动；从哲学的观念看，文学是人的一种反映活动；从现代的经济学观念看，文学是一种艺术生产活动；从美学的社会学的观点看，文学是审美意识形态；从媒介和符号的观念看，文学是一种交往对话。这样，马克思主义就从人类学的、哲学的、经济学的、美学的、社会学的、媒介学的、符号学等多学科的视点来理解文学，从不同的角度描绘了文学的整体面貌。"③ 可见，他是把文学看成一个整体活动，运用了马克思主义的多重理论来考察文学，多角度、多层面地切入了文学的多级本质，力求全面而准确地揭示文学的性质。因此当有人指责他用一种本质主义编写教材时，他觉得这是不公正的。④

第二，意识形态性是文学的一般属性，审美性是文学的特殊属性。因此，这个本质规定的主要作用是把文学与其他意识形态形式区别开来，其直接的动因就是要把文学从服务于政治的位置解放出来。

审美意识形态论的主要目标是从审美的角度阐发文学的独特性和自主性。

---

① 钱中文：《文学原理发展论》，社会科学文献出版社 1989 年版，第 94 页。
② 参见童庆炳《审美意识形态论作为文艺学的第一原理》，《学术研究》2000 年第 1 期。
③ 童庆炳：《文学理论教程》（修订二版），高等教育出版社 2004 年版，第 20 页。
④ 参见童庆炳《反本质主义与当代文学理论建设》，《文艺争鸣》2009 年第 7 期。

将文学定义为意识形态，首先是文学在社会结构中的定位问题，它以经济基础与上层建筑二分、经济基础决定上层建筑的马克思主义哲学原理为依据。上层建筑包含两个部分，即政治上层建筑（实体性上层建筑）和思想上层建筑（观念上层建筑）。政治上层建筑是建立在一定经济基础之上的政治法律制度及其设施，它构成了社会的政治结构。思想上层建筑即社会意识形态，它是社会文化结构的重要组成部分。文学是一种精神活动，所以属于观念上层建筑，也就是意识形态。[①] 通过这个定位，文学与哲学、宗教、道德及其他艺术处在同一个平面上，在这个共同性基础上文学的特殊性体现为它是一种审美反映，是通过审美方式把握现实世界的，所以文学是一种审美意识形态，它具有双重属性，意识形态性为其一般属性，审美性为其特殊属性。[②]

因此，当有些学者超出这个定位框架，批评这个概念无法把文学与非文学区分开来，这就是一种苛责了。主张文学是审美意识形态，其实是在意识形态这个总的类中，强调文学的审美性或者感性特征，以便把它与其他意识形态形式区别开来，尤其是与政治拉开距离。童庆炳认为意识形态有两个特点：一是，意识形态都是具体的，而非抽象的，那种所谓无所不在的一般的意识形态是不存在的；二是，不同的意识形态有自己独特的内容和形式，并形成了各自独立的完整的思想领域，具有相对的独立性，没有"高低贵贱"之分，没有"老子"控制"儿子"的那种关系。审美意识形态在地位上和其他意识形态是平等的，不存在为谁服务的问题。[③] 由此可见，主张文学是一种审美意识形态，其理论动机就是要冲破极左思维的惯性和政治意识形态的樊篱，否定文艺政治工具论，给文学松绑，突出文学的审美性和自主性。

这样一来，尽管持论者不断强调意识形态因素与社会历史因素的重要

---

① 一般通过社会结构的树形图来对文学加以定位，参见童庆炳主编《文学理论教程》，高等教育出版社 1992 年版，第 74 页；以及 1998 年修订版，第 58 页。
② 除童庆炳主编的《文学理论教程》（第 65—71 页）外，同样的主张见诸钱中文《文学是审美意识形态》，钱中文《新理性精神文学论》，华中师范大学出版社 2000 年版，第 125—136 页；王元骧《文学原理》，浙江教育出版社 1989 年版，第 24—41 页。
③ 童庆炳：《审美意识形态论作为文艺学的第一原理》，《学术研究》2000 年第 1 期。

性，但实质上是向审美性严重倾斜，意识形态理论的阐释不可避免地成为其理论的薄弱环节，仅局限在认识论框架中界定意识形态概念，又因为急于与政治拉开距离，仅局限在非常狭隘的意义上界定政治概念。这在当时的历史背景下是很正常的事，但随着时间的推移、社会文化环境的转变，这种做法就越来越不适宜了。

第三，审美意识形态论与审美反映论是一致的。

在审美意识形态论出现之前，审美反映论已经为学界所接受，并被写进教材，如王朝闻主编的《美学概论》一书就认为："艺术是对现实的反映，是审美意识的表现，并且是一种集中化了的和物质形态化了的表现。"[1] 童庆炳在主张审美意识形态论之前就在其主编的《文学概论》（1984年）教材中提出，"文学是社会生活的审美反映"。钱中文在1986年也提出"审美反映论"，指出文学的反映是一种特殊的反映，是审美的反映，它比一般的反映拥有更多更丰富的主体能动性内涵。[2] 始终坚持"审美反映论"的王元骧也积极提倡"审美意识形态论"，认为文学是对社会生活的"审美反映"，强调意识形态论是对文学的"本质"规定，而非对文学的"本体"规定。"审美反映论"与"审美意识形态论"并没有区别，它们的内涵是相似的，目标是一致的，因此经常被并举，互相阐发，互相支持。可见，文学审美意识形态论仍然属于文学反映论的谱系之中，这一点与它在认识论框架中界定意识形态是一致的。尽管许多学者也强调审美意识形态论实践的一面，但这种实践是在"意识对存在的反作用"意义上说的，并没有从物质存在、生产这个角度看待文学艺术、审美和意识形态。

第四，以审美为核心。

文学审美意识形态论视意识形态为文学的类属，而且把它当成一个明白无误、确定无疑的事物，结果对它的任何深度思考和反思都被悬置了，以致持论者经常在行文中甚至在立论时忘记这个词。

---

[1] 王朝闻：《美学概论》，人民出版社1981年版，第115页。
[2] 参见钱中文《新理性精神文学论》，华中师范大学出版社2000年。

如钱中文就主张文学审美意识形态的逻辑起点不是"意识形态",而是"审美意识"。在写于1988年的《论文学形式的发生》一文中,他试图从发生学的角度阐释审美意识形态论。他认为,在原始初民那里是不存在文学的,只有说说唱唱、故事叙述等前文学现象,它们是原始初民审美意识的表现。之后,人在社会性不断加强的交往中,完善了自己的语言,产生了能够表情达意的文字,并通过文字、节奏记述了思想感情和传说故事,这时才完成了从审美意识向审美意识形式的过渡,产生了审美意识形态,也就是现代意义上的文学,即"以语言文字为载体的、积淀着人类生存底蕴的'有意味的形式'"①。这篇文章在21世纪理论论争的背景下被扩展为一篇长文——《论文学审美意识形态的逻辑起点及其历史生成》,明确提出审美意识形态"是审美意识的自然的历史生成"②。无独有偶,王元骧也曾经说过:"文学就其最根本的性质来说……是作家审美意识的物化形态,而又有自己特殊的反映对象、目的和方式。"③ 在这两个说法里,我们都看不到马克思主义意识形态概念所包含的基本内容,即意识形态总是与阶级统治结合在一起,服务于特定的阶级利益。

童庆炳则提出了审美溶解论,认为"现实的审美价值具有一种溶解和综合的特性","像有溶解力的水一样,可以把认识价值、道德价值、政治价值、宗教价值等都溶解于其中,综合于其中","如同盐溶于水,体匿性存,无痕有味"。④ 因此他指出,"审美意识形态"不是偏正结构的审美的意识形态,也不是审美和意识形态的简单相加,它本身是一个有机完整的理论形态。由于审美所具有的这种溶解力,审美意识形态在具有独立性的同时,也有巨大的溶解力,"一切政治的、道德的、教育的、宗教的、历史的甚至科学的内容都可以溶解于审美意识形态中"⑤。这个主张招致很多反对意见。任何比喻都是不完美的,但这个说法背后的确存在一种思维,

---

① 钱中文:《论文学形式的发生》,《文艺研究》1988年第4期。
② 钱中文:《论文学审美意识形态的逻辑起点及其历史生成》,《文学评论》2007年第1期。
③ 参见王元骧《文学原理》,广西师范大学出版社2002年。
④ 童庆炳:《新时期文学审美特征论及其意义》,《文学评论》2006年第1期。
⑤ 童庆炳:《怎样理解文学是"审美意识形态"》,《中国大学教学》2004年第1期。

就是对文学审美性的极端推崇。

因此，尽管从字面上看，"文学是审美意识形态"的主张似乎是承继"文学是意识形态"而来的，但事实上，它恰恰是要规避后者在"文革"期间演化出文学政治工具论所带来的诸多恶劣影响，在实质上是解构了后者。童庆炳在回顾1990年编写《文学理论教程》的社会环境时说，文学是"显现在话语含蕴中的审美意识形态"，这个定义可以理解为邓小平在1980年提出的"文艺不从属于政治，但也不能脱离政治"的一种学术表达，同时也是一代学人在"文革"结束后提出的新论，这是一个兼顾文学自身审美特性和文学意识形态性的理论，大体上符合那个时代语境的历史要求，也可以为当时多数人所接受。"这个定义是当时的历史环境所允许走到的最远方。"[1] 这是肺腑之言，也是当时的真实情况，可见文学审美意识形态论的历史维度是相当清晰的。换句话说，如果当时的政治环境更宽松一些，这些学者可能会往推崇文学的审美性、弱化文学与意识形态的关系这个方向走得更远。

三 文学审美意识形态论的价值与局限性

文学审美意识形态论是适应20世纪80年代中国进入社会主义建设时期，社会转型带来了文艺实践的改变，以及文学观念革新这个大变化而出现的一次理论创新，是马克思主义中国化的一项重要成果，体现了鲜明的时代性，具有很大的理论价值和现实意义。

首先，文学审美意识形态论最大的贡献是突破了极左思维的束缚和政治意识形态的樊篱，在文学研究中重新引入审美的维度，以文学审美特征为基点进行自觉的理论建构，使文艺意识形态理论出现了新的面貌。它一方面改变了过去的马克思主义文艺理论忽视文学审美特性、只突出文学的认识功能的状况，使文学研究更加关注文学艺术的情感性和审美形式；另一方面突出了文学的自律性和独特性，否定文艺政治工具论，给文学松

---

[1] 童庆炳：《反本质主义与当代文学理论建设》，《文艺争鸣》2009年第7期。

绑，在很大程度上消除了文学研究领域中机械唯物论和庸俗社会学的影响，解放了艺术的生产力，推动了文学与艺术的现实发展。

其次，作为一种文学基础理论，文学审美意识形态论对文学本质特征的认识和把握是比较全面和系统的，较之其他单一化的文学观念更具有理论概括力，因此它能得到普遍的接受。

最后，审美意识形态论在思维上是辩证的。在方法论上强调哲学方法与美学方法的统一，在理论内涵上试图将文学的社会历史因素和意识形态因素与审美性加以融合，在研究视角方面则强调认识论与价值论的结合，在文学的外部研究与内部研究之间寻找结合点和平衡点。另外，它也体现了美学观点与历史观点的统一。正如冯宪光教授所说："如果全面研究马克思关于艺术本质的论述，就会发现这些论述有两个基本点，审美的观点和意识形态的观点，也就是说是既从美学观点，又从史学观点来提出问题，进行思考的，不能只在意识形态层面上界定文学的本质。从马克思主义的美学观点和史学观点来分析文学本质，至少有审美和意识形态两个基本点。"[①] 尽管文学审美意识形态论因为在浪漫主义美学框架中理解审美，又在认识论框架中理解意识形态，并未解决理论基础的内在统一问题，因此在美学与历史如何统一的问题上无法进行深入阐释，但是这个思路整体上是正确的，指出了马克思主义文艺理论深化的方向，也作出了努力。

时代性既是文学审美意识形态论的价值所在，又使之不可避免地带有历史局限性，在时移事变的今天陷入了理论和现实双重困境之中。

文学审美意识形态论的理论困境在于它关于"审美"的理论基础和关于"意识形态"的方法论前提实质上处于对立状态。文学审美意识形态论主要根据西方浪漫主义美学的审美自律、审美无功利的观点来定义文学的审美性，这一点其实偏离马克思主义美学；在理解意识形态时又停留在认识论的基础上，忽视了西方马克思主义和后现代马克思主义对于意识形态理论的建设成果，对意识形态加以简单化处理，实质上是悬置了意识形态之于文学的本质性地位，使重心全落在审美性上。因此，反对者认为这是

---

① 冯宪光：《从意识形态论到审美意识形态论》，《湖南师范大学社会科学学报》2007年第1期。

将康德的美学思想与马克思主义意识形态概念的调和,是用康德的理论来歪曲马克思主义意识形态理论,甚至让审美溶解了意识形态,这些批评都是中肯的。

因此,文学审美意识形态论在概念和理论的整一性问题上就难以作出令人信服的论证。当"审美意识形态"概念遭到质疑时,文学审美意识形态论的持论者回应说,"审美意识形态"是一个整一的概念。不管这种愿望多么真诚,也不管这种辩护多么积极,从其具体观点来看,"审美意识形态"的确就是"审美"加"意识形态"。钱中文先生的说法是:"文学作为审美的意识形态,以感情为中心,但它是感情和思想认识的结合;它是一种自由想象的虚构,但具有特殊形态的多样的真实性;它是有目的的,但又具有不以实利为目的的无目的性;它具有社会性,但又是一种具有广泛的全人类性的审美意识的形态。"《文学理论教程》则把"审美意识形态"描述为文学"既是审美的也是意识形态的","既是无功利的也是功利的","既是形象的也是理性的","既是情感的也是认识的"。[①] 从这些措辞中可以看出,"审美意识形态"中的审美对应着无功利、形象、情感,而意识形态对应着功利、理性、认识,这里的思维模式仍然是二元对立的。

文学审美意识形态论强调文学的审美特性和独立性,使文学在一定程度上疏离了现实生活,这在当时的历史语境中是有积极意义的。并非如有些人所批评的那样,"纯审美"就是逃避现实困境、躲避社会责任。[②] 事实上,无论是在中国还是在西方的历史上,它都发挥过对抗主流意识形态、解放人性的积极作用。许多人都注意到"文革"之后的第一个十年(1977—1989年)是一个理性主义精神高蹈,尽管告别了之前的"革命",但仍然承继了五四的启蒙精神和精英主义的"审美现代性"时期。这也就是康德无功利的审美观大受欢迎的原因。审美转向推动了文学的独立,继而引发精神的自由和独立。如果说20世纪西方的"审美现代性"主要作为对"启蒙现代性"的批判而出现,正如法兰克福学派的理论实践所体现

[①] 参见童庆炳《文学理论教程》,高等教育出版社1992年版,第65—71页。
[②] 参见马建辉《中国传统与实际效果:理解文学意识形态论和审美意识形态论的两个视角》,参见李志宏主编《文艺意识形态学说论争集》,吉林大学出版社2006年版,第237页。

的，在这个时期的中国情况则很不一样，启蒙现代性与审美现代性是同步的。但是到了20世纪90年代末，随着商业文化和消费文化的形成及全球化的影响，审美与意识形态发生了越来越多的同谋关系，这种"审美现代性"的精英主义立场开始受到动摇，变得茫然失措。中国的文学理论和美学面临着在市场经济中如何面对审美与意识形态关系的问题。在笔者看来，这才是"文学审美意识形态论"的真正危机所在。

第二节 审美意识形态论争

在这场自新时期始日渐激烈并于近年来成为学术界一大热点的关于审美意识形态的论争中，学者们从理论主张、术语概念和方法论基础等方面对文学审美意识形态论展开了质疑和争论，这一方面是因为随着中国社会经济、政治和文化环境的发展变化，旧有理论多少有点捉襟见肘，其学理上的缺陷也显露出来；另一方面也是马克思主义中国化继续深入、中国的马克思主义文艺理论在反思中进一步发展的内在要求。论争把文学、审美与意识形态的关系问题重新摆在核心位置，要求人们既要坚持马克思主义的基本立场和方法论，又要从更新的理论视野、吸收更多的理论资源来思考和解决文学和美学领域中的基本问题。

一 审美意识形态论争的概况

批评和质疑文学审美意识形态论的声音出现于20世纪与21世纪之交，童庆炳在2000年写的一篇文章里就提到最近一些总结新时期20年来的文章。

> 往往把当时提出的"审美反映"论、"审美意识形态"论，仅仅看成是对"政治工具"论的"冲击"而已，似乎只是一种"权宜之

计"；时过境迁，现在已经失效，并不是什么理论建树。更有甚者，有的人把"文学反映"论、"审美意识形态"论说成是"审美"加"反映""审美"加"意识形态"的简单拼凑，说成是过时的"纯审美主义"等等。①

他认为这些说法是有失公正的，并没有真正理解审美意识形态论的真谛。因此，他在文中详细阐述了文学审美意识形态论的内涵，坚持这个概念的整一性，将"审美意识形态论"命名为"文艺学的第一原理"②。但是这一做法招致了更多的反对意见，不少学者开始撰文质疑这一提法及"审美意识形态论"的主张本身③，并最终在 2005 年到 2006 年间掀起一场声势浩大的论争，质疑者中以北京大学的董学文教授发文最多，声音最响。以他和他的学生为骨干的学术团队针对文学审美意识形态论展开的争鸣，将论争推向白热化。2006 年 4 月 7—8 日，"文艺意识形态学说学术研讨会"在北京大学举行，会议论文结集为《文艺意识形态学说论争集》出版，主要反映了质疑一方的态度和立场。他们从不同角度、不同方面对文学审美意识形态论进行批评，主张代之以文学审美意识形态说。2009 年，吉林大学出版社又出了《文艺意识形态学说论争集》第二册，收集了更多相关的文章，并对新时期以来的相关论文进行编目。

面对一片反对之声，钱中文先生撰写了长文《论文学审美意识形态的逻辑起点及其历史生成》进行反驳，重新强调审美意识形态论的逻辑起点不是意识形态，而是审美意识。童庆炳、王元骧、冯宪光等学者也纷纷著文回应，重申文学审美意识形态论的立场。这些学者的重要文章结集为《文学审美意识形态论》一书出版。2009 年 6 月，北京师范大学文艺学研究中心主办了"文学与审美意识形态"学术研讨会，与会者对文学审美意

---

① 童庆炳：《审美意识形态论作为文艺学的第一原理》，《学术研究》2000 年第 1 期。
② 同上。
③ 参见刘根生《对〈审美意识形态论的再认识〉一文的几点置疑》，《衡水师专学报》2002 年第 4 期；单小曦《文学的"审美意识形态论"质疑》，《文艺争鸣》2003 年第 1 期；陈吉猛《文学与审美意识形态——兼与童庆炳先生商榷》，《南华大学学报》2003 年第 4 期；周忠厚《关于审美意识形态的几点思考》，《河北师范大学学报》（哲学社会科学版）2003 年第 6 期。

识形态论进行了阐述和反思，肯定了审美意识形态概念的合法性，认为它是一种基本上切合马克思主义并符合我国文艺理论建设、能够被实践所检验、具有现实意义的理论，同时又是一种开放式的理论建构，在新的历史语境中会不断发展和完善。

论争还在继续，有更多不同学术背景的学者加入，使得这场学术论争在各个方面展开，既有对已有理论观点的扩充和深化，又产生了许多新的观点，也出现了一些超出正常学术争鸣的话语，同时也有不少学者在对这场论争加以梳理和阶段性总结。关于这场论争的实质，有学者认为，"论争尽管包含着由学术观点、学术思想的差异而引起的因素，但其深层潜藏着文化资本的角逐和话语权力的，明眼人是一看便知的"[①]。事实可能如此，但我们也应该看到，这场论争并不只有两个派别和两种声音，而是多家争鸣，整体上也是朝着澄清问题、深化理论的方向良性发展的。争鸣是理论生命力的体现，在争论中许多值得思考的问题浮出水面，许多学者和学生在这里面投注了真心、热情和精力，提出了不少创见，发现了不少理论的生长点，为深化马克思主义文艺意识形态理论作出不少努力和实际工作。

二　对文学审美意识形态论的批评

在这场论争中，众多学者围绕文学审美意识形态论展开了各种分析、质疑、商榷、维护与反思的工作，这方面的成果是显著的。尽管每个人切入问题的角度、立足的基础、运用的资源、分析的逻辑等方面都存在或大或小的差异，最后也并没有得出一致的结论，但论争还是说清楚了许多问题，有利于人们正确认识文学审美意识形态论的理论价值、历史贡献与局限性。在笔者看来，论争中对文学审美意识形态论以下三个方面缺陷的批评是基本上准确和正确的。

---

① 邢建昌：《关于文学"审美意识形态"论争的梳理和反思》，见董学文、李志宏主编《文艺意识形态学说论争集（2）》，吉林大学出版社 2009 年版，第 323 页。

第一,审美意识形态论用审美覆盖文学的所有本质,存在审美主义的问题。

董学文指出,文学的本质是一个系统,有多个向度和多种层级,"审美"只是其中的本质之一。[①] 陈吉猛则主张,审美意义对人的整体意义追求来说,只是一个部分,一个方面。审美意识形态论者的失误在于将文学的审美反映方式、自身的审美形式在价值上至上化。把"审美意识形态论"作为文艺学的第一原理,是将审美作为文学的终极和绝对本质,这将导致对文学的其他意识形态本质和文学的非意识形态本质的压抑和漠视。[②] 马驰认为,审美意识形态论在研究中,完全用美学淹没了文学,将文学美学化了。[③] 赞同文学意识形态论的陆贵山教授也反对文学审美意识形态论,他认为"具有综合作用的文学艺术的意识形态性和只侧重于表现感性因素的文学审美意识形态性是不一样的"[④],文学审美意识形态论在处理文学、审美和意识形态三者关系上是严重失衡的,那就是向审美倾斜,结果走向单一的审美本质论。而文学本质除审美本质外,还有社会历史本质和人文本质。把文学的本质只打在审美上,就会软化、淡化、溶解意识形态和意识形态的社会历史和人文因素,使文学意识形态本质论脱离社会历史和人民大众的现实生活。这种对马克思主义意识形态论的改写和重塑是有悖于马克思主义的根本宗旨和基本精神的。

第二,文学审美意识形态论并没有建构出一个整体的概念,在理论内涵上是矛盾的,在语法关系上是混乱的、存在歧义的。如张清明教授所说:

> "审美意识形态"这一命题是一个具有层次歧义的语言结构,其间的术语逻辑关系交叉,语法关系含混。"意识"既可与"审美"搭

[①] 参见董学文、马建辉《文学"审美意识形态论"献疑》,《文艺理论与批评》2006年第1期。
[②] 参见陈吉猛《文学与审美意识形态——兼与童庆炳先生商榷》,《南华大学学报》2003年第4期。
[③] 参见马驰《论文学的本质与意识形态》,《学术月刊》2006年第7期。
[④] 陆贵山:《文学·审美·意识形态》,参见李志宏主编《文艺意识形态学说论争集》,吉林大学出版社2006年版,第39页。

配成为美学专有名词"审美意识",也可与"形态"搭配成为哲学专有名词"意识形态",这种逻辑关系的不稳定性造成中心语和修饰语语法关系的不确定性,从而导致语义上的分歧与多义。如果视"形态"为该命题的中心语,那么"审美意识"就成了"形态"的修饰语,与此相应,这一命题就成了"审美意识/形态"的结构关系,从而可以被人们理解为"审美意识的形态"。同样,如果视"意识形态"为该命题的中心语,那么"审美"一词就成了该命题中的修饰成分,与之相应,这一命题就成了"审美/意识形态"的结构关系,从而可以被人们理解为"审美的意识形态"。[1]

他接着指出,文学审美意识形态论的倡导者对这一命题的理解是不一致的,钱中文说的是"审美意识的形态";王元骧说的是"审美的意识形态";而童庆炳强调"审美意识形态"既不是"审美的意识形态",也不是"审美"和"意识形态"的相加,而是一个整体,但在说明这两者如何整合时他自己也力不从心。笔者觉得,这个分析是很说到点子上的。尤其是当论争双方引入西方的审美意识形态理论时,情况就变得更加混乱了。不过因此就抛弃这个概念,那也是一种很粗暴的做法。概念总是大于词汇的,具有约定俗成的稳定性。文学审美意识形态论在概念上的问题源自其理论基础的分裂和理论内涵的二元对立,但这个概念所包含的"何为审美""何为意识形态""审美与意识形态的关系"诸多命题无论是在文学、美学研究还是在文化研究中都日益重要,我们要做的应该是找到一个坚实的理论基点把两者整合起来。当然,如果能找到另一个说法,既合情合理又能囊括这些理论点,那舍弃这个概念也未尝不可。但可以肯定的是,董学文等人所提出的"审美意识形态"是胜任不了的。

钱中文的《文学审美意识形态的逻辑起点及其历史生成》一文的确是富有革命性的理论建构,但笔者也不赞同张清明关于钱中文的审美意识形态论其实是一种特殊的"艺术(文学)形态论",可惜他的"苦心和

---

[1] 张清明:《审美意识形态:历史贡献与理论局限》,《湖南社会科学》2011年第5期。

这一命题的革命性为汉语语言的模糊性所累"的判断。钱先生的问题不是把"意识形态"概念抛开就可以解决的。他以审美意识为逻辑起点，目的是在此基础上把文学研究的哲学方法和美学方法、把文学的审美性和意识形态性统一起来，这才是他的良苦用心，也才是他的问题所在，因为立基于审美意识是无法实现这两者的统一的。作为马克思主义文艺学和美学的一个理论命题，审美意识形态的逻辑起点不应该是审美意识，而是意识形态，我们应该在马克思主义的意识形态理论这个基础和框架中讨论审美问题。

第三，审美意识形态的外延宽泛，不能用作文学的定义。

正如张清明所说，像意识形态一样，审美意识形态也是"一个总体性概念"，任何一种艺术类型都可以纳入"审美意识形态"名下。其实，审美意识形态的内涵也不是艺术所能包含得了的。早在2002年就有一篇署名鲜益的文章，指出：

> 审美意识形态的文学基本特征说带来的一个认识误区是，把审美这一人类丰富灵动的文化现象仅仅划归为文艺的专利。与此相关，长期以来人们之所以容易把这个概念简单化为审美与意识形态的组合叠加，恰恰是根源于从狭窄的文艺视角来认识它的缘故。①

很可惜这篇文章没引起注意，这样的真知灼见也就一直被掩埋。局限于文艺学科内，把审美意识形态用于界定文学的本质，其实是画地为牢，损害了这个理论范畴的生命力。王杰教授就主张应该在艺术生产的领域中，把审美意识形态看作与"审美关系"基本一致的概念，看作现实生活关系在审美层面上所发生的转换和变形，并且认为不应该把审美意识形态与艺术简单地等同或者对立起来。②

以上几点对审美意识形态论作出了比较准确的判断。但这场论争本身

---

① 鲜益：《审美意识形态的人类学阐释》，《四川教育学院学报》2002年第7期。
② 王杰：《略论民族艺术在当代文明冲突下的作用》，《山东大学学报》（哲学社会科学版）2003年第6期，第15页。

也是存在不少问题的,由于各种原因在一些问题上无法深入,也没办法形成真正的对话。下面我们将着重分析这些方面。

三 关键问题:文学是不是意识形态

以董学文为代表的一批学者先破后立,在反对文学审美意识形态说的基础上提出"文学是审美意识形式"的主张,这是他们在这场论争中一个积极的理论建树,其主要论据是马克思只提到过文学是一种意识形态形式,而没有说文学是一种意识形态;意识形态是不可分的,没有具体的意识形态,只有意识形态的具体表现形式。因此,董学文坚定地认为:

> 要求得"审美"性和"观念"性因素的融合机制,最好的办法是把"意识形态"概念换成"社会意识形式"概念,把"审美"性、"意识形态"性和其他相关特性,都作为一种特殊"社会意识形式"的属性。这样,既可能避开概念之间的龃龉和冲突,又能保持学理上的合理和谨严。①

后来,他与他的学生在多篇文章里提出"文学是可以具有意识形态性的审美社会意识形式"的观点。②

但是在笔者看来,这是个正确而无用的命题。他们扔向审美意识形态论的许多石头又弹回来砸在自己身上:这样的定义能把文学与非文学区分开来吗?说文学是"审美意识形式",如果把重心放在"审美"上,能避免审美主义或美学化吗?如果把重心放在"意识形式"上,这个定义有什么用?以"意识形式"取代"意识形态",最终得出的结论是"文学是可

---

① 董学文:《文学本质界说考论》,《北京大学学报》2005 年第 5 期。
② 参见董学文《文学是可以具有意识形态性的审美意识形式——兼析所谓"文艺学的第一原理"》,《广西师范大学学报》(哲学社会科学版)2006 年第 3 期;董学文《审美与意识形态之间——对"文学是审美意识形态"之反思》,《黑龙江社会科学》2006 年第 6 期;李志宏《意识形态不等同于观念上层建筑——"审美意识形态论"哲学根基分析》,载李志宏主编《文艺意识形态学说论争集》,吉林大学出版社 2006 年版。

第九章
审美意识形态及其理论论争

以具有意识形态性的审美意识形式",言下之意就是文学也是可以不具有意识形态性的,或者说有些文学体现意识形态,而有些则不体现,其结果就是取消了意识形态之于文学的本质性地位,势必进一步削弱文学的意识形态研究。在这种情况下,即使强调"具有意识形态性的作品在文艺发展中占据主导地位,代表着文艺方向,具有更重要的价值和意义"[1],从而主张文艺坚持社会主义方向,也是无济于事的,因为这是非常牵强的判断和主观的意愿。另外,它所引起的混乱也是有目共睹的,在这场论争之前很多人都在大致相同的意义上使用着"意识形态""意识形态形式""意识形式"等概念,很多现在支持文学"审美意识形式"说的人之前写的文章里一直在用"审美意识形态"的概念。

因此,要理解这个主张的本意,笔者认为关键之处在于抓住其背后的根本动力,这就是要否认文学与意识形态的必然联系。董学文早在20世纪80年代中期就已经有这样的想法。

1986年,以毛星《意识形态》一文的发表为标志,文艺理论界围绕文艺的意识形态性展开了一场激烈的争论,所针对的是一直以来把意识形态当作文艺的唯一本质和全面规定,又把意识形态当作政治和阶级斗争的做法。毛星认为,意识形态并不一定总是具有政治色彩,它是"纯精神性的",而文学艺术"不仅具有精神性,还具有物质性",因此他反对文艺意识形态论,认为长期以来我们把艺术错误地归结为意识形态的一种,因而大大缩小了艺术和艺术活动的意义和范围。[2] 这个观点启发了一些学者对文艺的意识形态本性论提出质疑,如栾昌大的《文艺意识形态本性说辨析》主张文艺既具有意识形态性,又具有超意识形态性。[3] 董学文也提出,文艺是意识形态和非意识形态的集合体。[4]

但即便在当时大多数学者也并不盲目否定文学的意识形态性,吴元迈

---

[1] 李志宏:《意识形态不等同于观念上层建筑——"审美意识形态论"哲学根基分析》,载《文艺意识形态学说论争集》,吉林大学出版社2006年版,第73页。
[2] 参见毛星《意识形态》,《文学评论》1986年第5期。
[3] 参见栾昌大《文艺意识形态本性说辨析》,《文艺争鸣》1988年第1期。
[4] 参见董学文《马克思主义文艺学当代形态论纲》,《文艺研究》1988年第2期。

就旗帜鲜明地指出:"文艺是意识形态,这是马克思主义关于文艺的重要命题,也是马克思主义文艺理论和其他一切文艺理论的重要分水岭"[①]。黄力之认为,意识形态论是马克思主义文艺理论的核心观念,能使文艺学核心观念与哲学核心观念合一并将"艺术生产论""不平衡关系""主体性""阶级性"等统一起来。[②]

针对栾昌大与董学文的观点,也有学者提出商榷。有学者就指出栾昌大、董学文仍以存在与意识的关系为逻辑起点,这就显示出其理论基础的不足:"从存在与意识的关系层面来看,说文艺既有意识形态性,又有非(或超)意识形态性,这是不合逻辑的。""所谓非意识形态性,就是从别的层面来看文艺所得到的认识。"既然所谓非意识形态性仍然是一种认识,那么把文学艺术的本质作意识形态与非意识形态的区分在逻辑上就存在一定的矛盾。[③]

由此可见,董学文在20世纪80年代主张文学中既有意识形态因素,也有非意识形态因素,其目的跟文学审美意识形态论是一致的,都是要让文学与意识形态,主要是政治意识形态,实质上也就是阶级斗争拉开距离,坚持文学的独特性。在当时那种特定的社会文化背景中,这样的主张是有其合理性和积极意义的,但今天再提这样的观点就显得不合时宜了,再对意识形态做这样片面的理解也是不当的,把意识形态等同于政治,把政治等同于阶级斗争的做法早已过时。

董学文认为,文学艺术是"意识形态与非意识形态的结合",因此"只有创立文学艺术的意识形态属性和非意识形态性相结合的理论体系,才能完成马克思主义文艺学当代形态的创建和建设"。"正视和承认文学艺术的非意识形态因素,也是马克思主义文艺观的题中应有之义。而忽略、排斥和反对非意识形态的研究,正是多年来文艺领域庸俗社会学、教条主义和形而上学观点在方法论的起点上失足和滑坡的地方。因此,我们说,

---

[①] 吴元迈:《关于文艺的非意识形态化》,《文艺争鸣》1987年第4期。
[②] 参见黄力之《体系框架中的意识形态性》,《文艺理论与批评》1991年第6期。
[③] 参见潘必新《意识形态与艺术的特征——兼与栾昌大、董学文同志商榷》,《文学评论》1990年第2期。

第九章
审美意识形态及其理论论争

承认不承认、坚持不坚持文学艺术的意识形态与非意识形态的结合,同样是个原则问题。"他接着提出:"我们只有在认知关系中打开非理性研究的层面,使对艺术现象的解释在理性的基础上达到与非理性因素的有机结合,只有这样,文艺学的面貌才会有一个新的起色。"① 这里的意愿是好的,但逻辑是混乱的,意识形态与非意识形态的因素分别对应理性与非理性,这有什么道理?

之前的文艺意识形态理论对文学发展产生了诸多负面影响,但要坚持马克思主义文艺理论的基本方向,我们要做的绝不是抛弃这一理论,而是立足于意识形态,深化意识形态理论。问题的症结之处在于许多人是在存在与意识的关系上理解意识形态的。但事实上,所谓意识形态概念,强调的是它由现实生活所决定,又与经济基础存在不平衡的发展关系,为经济基础提供支持。把文学定义为意识形态,就意味着我们必须从现实生活的矛盾和冲突来理解文学艺术。把文学是一种意识形态置换为文学是一种意识形式,这样的命题如何规定自己是唯物主义的?如伊格尔顿就直言,"像'意识'这类术语则是思想中唯心主义传统的残存物"②。

根据前面的分析我们可以看到,文学审美意识形态论事实上是偏重审美、弱化意识形态的,把文学的意识形态性当作理所当然的事,然后堂而皇之地把对意识形态的进一步思考悬置起来。因此可以说董学文等学者的批评其实是打了个擦边球,并不是真正的交锋,给人一种借题说事的感觉。但是歪打也有正着的时候,对文学是意识形态的质疑反倒引发许多学者进一步思考马克思的意识形态理论,积极吸收国外意识形态理论的最新研究成果和理论资源,并且结合中国当下的文学与文化现实,进行了许多有益的思考,对文学艺术的意识形态性与非(超)意识形态性的关系等问题进行了深入的探讨,为改变自 20 世纪 80 年代以来由于浪漫主义美学原则的冲击导致马克思主义文艺意识形态研究裹足不前的情况,重新回到坚持意识形态的道路上提供了契机。在笔者看来,这是这场论争最大的收

---

① 董学文:《马克思主义文艺学当代形态论纲》,《文艺研究》1988 年第 2 期。
② [英]特里·伊格尔顿:《话语与意识形态》,马驰、王朝元、麦永雄译,载《马克思主义美学研究》第 2 辑,广西师范大学出版社 1999 年版,第 363 页。

获,指出了一个应该加以大力推进的方向。

事实上,不管分歧有多大,论争双方在以下几个方面是一致的:第一,都在社会结构中对文学进行定位;第二,都将意识形态归属于意识范畴;第三,都认为文学的独特属性是审美,这一点无论是在"文学审美意识形态"还是"文学审美意识形式"的命题中都作为关键词出现;第四,都认为有些文学作品有意识形态因素,有些没有。譬如:钱中文就认为,文学意识形态是存在于社会结构中的,面对的是文学的整体,而且其表现也是分层次的,有的作品意识形态强一些,有的弱一些,有的甚至没有,但总体上都从属于审美意识形态。[①] 因此有学者就感到很困惑:

> 尽管文学艺术中也有非上层建筑、非意识形态的东西,但其主要的、占主导地位的、决定着文艺艺术的性质和方向的部分却是意识形态部分(这点文学理论界并没有异议和分歧,李志宏同志也认为"反映核心部位生活的,具有意识形态性的文学作品在整体文学中占据主要地位,主导着文学的性质和方向",没有意识形态性的只是反映边缘部位生活的作品),那么我们将文学艺术这种社会意识形式界定为社会意识形态又有什么不妥呢?[②]

这样一来,论争的核心就变成如何给文学下定义的问题了。

四 文学本质界定的难题

主张文学是一种审美意识形态也罢,是一种审美意识形式也罢,共同的思路都是在社会结构体系中定位文学。定位是没有问题的,但如果把这个体系静止化,认为每个层次都具有稳定的属性和特征,因此认为文学有一个不变的本质,这就有问题了。再者,马克思的社会结构理论也并没有

---

① 参见蒙丽静《"文学与审美意识形态"研讨会综述》,《文学评论》2009年第5期。
② 梁胜明:《关于文学艺术本质与特征问题的再探讨——与董学文、马建辉、李志宏等同志商榷》,载董学文、李志宏主编《文艺意识形态学说论争集》,吉林大学出版社2009年版,第55页。

第九章
审美意识形态及其理论论争

把文学艺术与其他意识形态形式区别开来，而是说明了它们的共同点——都受经济基础的决定，只不过它们与经济基础的距离不一样。至于这种不一样到底要到哪种程度才能够成为文学与其他意识形态形式的根本区别，是很难判定的。

因此，这里还是一种本质主义思维在发挥作用。李志宏在说明本性和属性不一样时打了一个比方，说："一盆清水，既往里放白色染料又往里放黑色染料。当黑色染料的比例大大超过白色染料从而成为'矛盾的主要方面'并'占据主导地位'时，就决定了这盆水的'性质'是'黑水'；反之就变成为'白水'。但是，这不等于说水的本性是黑色或白色，只能说水承载了更多的黑色或白色属性。"[①] 因此，只能说文学可以具有意识形态性，而不能说文学的本性是意识形态。这个比喻背后就是相信，文学有一个可以像清水一样透明的本质，所以他说"文学的形成缘自社会生活的分工领域，无论经济基础怎样变更，文学还是文学，本性不变"[②]。童庆炳也用过"盐水"的比方，思维是一样的。问题是，文学什么时候以"一盆清水"的状态存在过？由谁来决定文学中哪些因素可以被过滤掉？即使是俄国形式主义在一个很封闭的结构中孜孜追求的"文学性"这样的事物也不足以成为文学的本质，因为它几乎从一开始就逃逸到了文学之外，在实用性文字中也可以找到，并不为文学所专有，后来它甚至超越了语言文字，成为各种艺术和大众文化的审美诉求。

要根据定位来界定文学，笔者认为可以运用维特根斯坦家族相似的观点，在与文学关系最密切的艺术的系统中区别出文学与非文学。如果要在系统论中定义文学，也必须是一个动态的系统，艾布拉姆斯的"四要素"系统、丹托的"艺术界"理论能被普遍接受是有道理的。

大部分学者在关于文学的本质问题上还是存在一个共识的，就是文艺的本质不是单一的，而是多维、多向度、多层面的系统本质。同时，文艺本质的这些要素并非同样重要，其地位、意义和价值是随着文艺的发展和

[①] 李志宏：《新时期的文学意识形态问题研究》，载董学文、李志宏主编《文艺意识形态学说论争集（2）》，吉林大学出版社2009年版，第33页。

[②] 同上书，第32页。

时代的发展而变化的。这个思路是非常正确的，但问题是要由此出发，给文学下一个大而全的定义，无疑是很困难的。谁有自信给出一个古今通用、放之四海而皆准的完美定义呢？事物要么没有本质，要么有，但就算有也是潜在的，现象与本质总是存在差距。不管哪种情况，定义总是难的。所以在《反杜林论》里，恩格斯说：

> 定义对于科学来说是没有价值的，因为它们总是不充分的。唯一真实的定义是事物本身的发展，而这已不再是定义了。为了知道和指出什么是生命，我们必须研究生命的一切形式，并从它们的联系中加以阐述。可是对日常的运用来说，在所谓的定义中对最一般的同时也是最有特色的性质所做的简短解释，常常是有用的，甚至是必需的；只要不要求它表达比它所能表达的更多的东西。①

事实也是如此。给"文学""艺术""美""意识形态"等下定义都是很困难的，但在许多时候这并没有妨碍到我们使用它们、研究它们。但是定义还是必要的，因此，只要指导思想是正确的，不妨追求片面的深刻好了。事实上，下定义总是跟立场有关系的，如乔纳森·卡勒所说，定义文学的目的是推进批评方法。② 即使站在新批评立场上写作文学理论的韦勒克和沃伦也认为："文学的本质与文学的作用在任何顺理成章的论述中，都必定是相互关联的。……同样也可以这么说，物体的本质是由它的功用而定的：它作什么用，它就是什么。"③

因此，在唯物史观的视野中，从意识形态角度定义文学的本质是有价值的。过去很长一段时间里，由于政治革命的主导性，"文艺是意识形态"的命题被等同于"文艺为政治服务"，甚至被转换成"文艺是阶级斗争的工具"，这样一种简单化甚至粗暴的做法，一方面是受当时现实所限，是

---

① 中共中央马克思恩格斯列宁斯大林著作编译局编：《马克思恩格斯全集》第二十卷，人民出版社1971年版，第667页。
② 参见卡勒《文学理论》，李平译，辽宁教育出版社1998年版，第44页。
③ [美]韦勒克、沃伦：《文学理论》，刘象愚等译，生活·读书·新知三联书店1984年版，第18页。

有时代原因的,另一方面也是没有正确理解马克思丰富的意识形态理论并加以学理深化的结果。当下社会已经发生巨大的变化,我们对理论的掌握也在不断深入,怎么还能坚持这样一种错误的观念,并以此为据轻易抛弃马克思主义文艺理论的这一块基石呢?

反对把文学定义为意识形态的学者们经常指出,史前艺术和一些追求形式美的造型艺术作品不体现意识形态性,很多表达个人情感的文学作品也不能说成是意识形态。但是20世纪90年代初就已经有学者就这个问题作出很恰当的剖析,指出我们不能孤立地抓住某个或某几个非意识形态成分便否定文艺的意识形态本性,因为对文艺进行科学的分析是为了更好地从整体上认识它,正如彭立勋所强调的,探索文艺本质要注意各构成要素之间的内在联系,不能把"作品的某一构成要素从作品的内部联系中抽取和孤立起来,以证明文艺非意识形态",这种做法就像"用割下来的手去证明整个身体没有生命一样,在方法论上是陷入形而上学中去了"[1]。再者,原始社会时期产生的文学艺术没有意识形态性,事实也并非如此,因为在产生当时甚至后面很长时间里它们都还不是艺术,古希腊神话和《荷马史诗》对于古希腊人来说是事实,是历史;《诗经》中有很大部分是实用性的祭祀歌和史诗,是后人在一定的历史文化背景下,在特定的接受行为中回溯性地定义了这些事物,才把它们变成文学作品的。所以丹托才会说:"把某物看作是艺术需要某种眼睛无法看到的东西——一种艺术理论的氛围,一种艺术史知识:这就是艺术界。"[2] 后来,迪基又往"艺术界"概念里加入了社会制度的内容。文学艺术作品从生产到使用总是处在一定的社会关系中,总是反映一定社会存在条件下人们基于一定的利益取向而形成的生活方式、体验方式和观念及所结成的关系,在特定的关系和结构中被接受或消费,又总是反过来对这些生活方式和关系产生影响,甚至生成新的关系,既然如此,怎么会与意识形态无关呢?

---

[1] 彭立勋:《论文艺的意识形态性与审美性的关系》,《文艺研究》1991年第6期。
[2] Arthur C. Danto: "The Artworld", in Carolyn Korsmeyer, ed., *Aesthetics: The Big Questions*, Blackwell Publishers Ltd., 1998, 40.

论争双方的另外一个主要问题是，因为聚焦于文学是不是意识形态，结果对文学的审美属性反而没有多少新的批评和反思。这是很奇怪的事，因为恰恰是对审美作为文学的特殊属性的规定才是文学审美意识形态论的重心所在和主要贡献。而且论争双方关于审美的理解基本是一样的，它指的是感性、个人的情感、想象、虚构、形式等内涵，问题是怎么能认定这些内容就是康德所说的那种无功利的美呢？马克思明确说过：

> 在不同的占有制形式上，在社会生存条件上，耸立着由各种不同的表现独特的情感、幻想、思想方式和人生观构成的整个上层建筑。整个阶级在它的物质条件和相应的社会关系的基础上创造和构成这一切。通过传统和教育承受了这些情感和观点的个人，会以为这些情感和观点就是他的行为的真实动机和出发点。①

可见，所谓情感、幻想及各种各样自以为属于个人的观点都可能是意识形态的。没有立足于马克思的这个观点来思考审美的问题，是相当令人惋惜甚至痛惜的事。正如伊格尔顿所说，正是对审美问题进行马克思主义批判，西方现代美学才从康德美学转向马克思主义美学。②

现代主义和后现代艺术的发展事实也告诉我们，审美既非艺术的一切，艺术也并不必然具有审美的特点，审美与艺术的相遇是一个历史事件。审美并不必然成为文学艺术的本质属性，也并不必然具有正面价值，事实上它已经与意识形态结成越来越多的同谋关系。

综上所述，围绕"文学审美意识形态论"展开争论的双方都力求站在马克思主义的立场上，对文学与意识形态的关系这个重要的理论命题进行探索，对该命题在20世纪的中国所产生的影响进行整理和反思，为构建有

---

① 中共中央马克思恩格斯列宁斯大林著作编译局编：《马克思恩格斯选集》第一卷，人民出版社1995年版，第611页。
② 参见［英］特里·伊格尔顿《审美意识形态》，王杰等译，广西师范大学出版社2001年版，第十四章。

中国特色的马克思主义文艺理论做出了各自的贡献。同时，论争双方在以下几个方面是存在问题的：一是在认识论的框架中理解意识形态，弱化甚至否定了文学的意识形态性；二是在反映论的框架内对文学加以定位，把马克思唯物主义的社会结构体系静态化；三是对文学艺术的审美性缺乏反思，对审美与意识形态的关系问题讨论不够。问题的发现也意味着转机的出现，因为与此同时，也有不少学者看到了这些问题，开始在这些方面进行深入的思索和探讨，发现了不少理论的生长点，成为发展马克思主义文艺理论应该大力推进的方向。

第三节 审美意识形态的范式转型与马克思主义文艺理论的推进

对这场纷纷扰扰的论争加以梳理评析之后，我们可以看到，论争最有价值的方面是文学与意识形态的关系重新成为焦点问题，并且迫切要求我们在新的经济文化、文学艺术和理论语境中看待它，推陈出新。尽管"文学审美意识形态论"存在诸多缺陷，但轻易抛弃这一理论主张或者这个概念都是粗暴而且错误的做法，真正需要做的是推进审美意识形态作为一种理论范式的转型，规避文学本质论的局限性，使之成为美学和文化研究的一种批评范式，成为文学研究的一个基本视域，才能在坚持马克思主义立场和方法论基础上推进文艺理论的发展。

一 现代性反思与审美意识形态的范式转型

我们知道，马克思是在经济基础与上层建筑这个框架中提到文学艺术与意识形态的关系问题的，因此对文艺与经济基础关系的思考本来应该在文艺意识形态理论中有所体现，但中国的马克思主义文艺意识形态理论是在政治革命作为社会生活核心内容的语境下形成的，所以一直以来文艺与政治的关系才是它的主要问题。即便产生于 20 世纪 80 年代的文学审美意识形态论，其直接动力也是要借助审美使文学与政治拉开距离。但是，随着改革开放时代的到来和经济体制的转型，市场经济突飞猛进，自 20 世纪 90 年代之后市场成为社会发展的主导性力量，社会的市场化转型促使文学艺术市场化、大众化、消费化，商品交换的逻辑已经深刻地改变了人们的文学观念和文学实践，文艺与经济的关系问题就逐渐凸显出来，需要得到多方面、系统的探讨。这时，审美意识形态这个理论范式显示出新的生命力，它所包含的"审美"和"意识形态"等概念，以及审美与意识形态的关系问题都产生了新的含义。

在当前这场论争中，一个比较尴尬的问题就是如何利用西方的审美意识形态理论资源。审美意识形态论，在中国主要是一种文学理论，尤其与文学本质的界定密切结合在一起，而在西方，经过一个世纪的发展，已经成为一种比较具有系统性的美学和文化理论。但是这种学科界限是可以跨越的，西方马克思主义视域中的审美意识形态理论资源及其最新发展对于讨论中国的理论问题具有重要的借鉴和参考价值。

对审美与意识形态关系的思考，无论是在西方还是在中国，都是与对现代性的反思结合在一起的。20 世纪西方马克思主义理论在艺术与意识形态关系方面主要存在两种对立的观点，但它们所关注都是文学的形式、结构、文本及文学作为一种语言符号系统，因此詹姆逊和伊格尔顿都不约而同地将西方马克思主义的意识形态批评称为"形式的意识形态"（ideology of form）[1]。第一种观点以卢卡奇为代表，推重现实主义风格，认为艺术与意识形态是一种平行关系，卢卡奇的学生戈德曼从"发生学结构主义"的角度得出艺术与意识形态是同构关系的观点，对他的老师的主张加以深化。随着现代主义艺术的发展和成熟，许多马克思主义理论家受到布莱希特的启发，发现艺术的形式和技巧的革新可以产生间离效果，从而对意识形态发生疏远甚至背叛的作用，因此对艺术与意识形态的关系进行了重新

---

[1] ［美］詹姆逊：《政治无意识》，王逢振等译，中国社会科学出版社 1999 年版，第 86—87 页；Terry Eagleton：" Introduction Part I"，*Marxist Literary Theory：A Reader*，eds. Terry Eagleton & Drew Milne：Blackwell Publishers Ltd.，1996，11.

第九章
审美意识形态及其理论论争

思考。阿尔都塞指出，艺术是从意识形态之中诞生出来，沉浸于其中，但又通过一种"内部距离"或者说"离心的结构"与之分离开来[1]；马歇雷继承并发展了阿尔都塞的"离心结构"思想，从文学生产论出发论述了文学形式与文学语言所产生的背离意识形态的效果，艺术以意识形态为原料又背叛了意识形态。另外，法兰克福学派对现代主义文学艺术的研究，对大众文化的批判，从另一个方向上论证了文学与意识形态的背离关系。对于这一时期的西方马克思主义理论家来说，艺术背离意识形态的效果是通过审美的形式和特征来达到的，法兰克福学派的文化批判更是发展为一种"审美救赎论"，审美成为对抗异化的武器。与西方以审美现代性对抗、批判启蒙现代性不同，中国在80年代虽然出现了美学热，但这是一个秉承了五四以来的启蒙和理性精神的精英主义时期，"审美现代性"和"启蒙现代性"是一致的，在这个时期形成了中国特有的"文学是审美意识形态"的理论。但是与"西马"的理论主张有一点是相同的，就是"文学审美意识形态论"的诸多主张者同样将文学与意识形态拉开距离的实现寄托在文学的审美属性上，将文学的意识形态属性与审美属性对立起来。这一种观点在今天的中国文艺理论界仍然占据主流位置。从这个意义上说，中西方的审美意识形态理论是有交流和对话的基础的，因为它们都是从文学与意识形态关系或者说文学艺术中审美与意识形态关系的讨论中来的；而且无论是在中国还是在西方，这种研究范式随着对现代性进行反思的进一步深入及后现代冲击的加剧，已经逐渐显示出局限性。

20世纪60年代，欧美开始出现后现代转向，随着消费社会的形成，商品的逻辑渗透到社会生活的各个方面，因此詹姆逊把晚期资本主义社会称为资本主义的最纯粹和最彻底的形式。[2] 在这种情况下，审美出现泛化的趋势，审美领域与日常生活日渐重叠，实现了现代审美主义扩展

---

[1] 参见［法］路易·阿尔都塞《一封论艺术的信》，载陆梅林编《西方马克思主义美学文选》，漓江出版社1988年版，第520—521页。
[2] 参见［美］詹明信《晚期资本主义的文化逻辑》，载张旭东编，陈清侨等译，生活·读书·新知三联书店1997年版，第484页。

美学疆界至包含整个现实世界的宏愿，审美态度在生活中占据主导地位，成为人们的生活方式，但结果反倒加速了审美的贬值和沦落，使之与意识形态发生了更多的同谋关系。许多思想家已经意识到，审美已经不再具有救赎的能力，而是成为物化的形式。本雅明最早将"审美化"等同于物化，把法西斯主义定义为"政治审美化"，詹姆逊从后结构主义角度分析后现代审美文化如何为资本主义制度提供意识形态支持，指出："审美行为本身就是意识形态的，而审美或叙事形式的生产被看作自身独立的意识形态行为，其功能是为不可解决的社会矛盾发明想象的或形式的'解决办法'。"[1] 伊格尔顿的《审美意识形态》则是一个阐发了自近代英国经验主义美学至后现代主义美学中审美如何与意识形态发生关系的系统性研究，指出康德美学对新兴资产阶级的普遍分裂现象及相应的主体性给予概念化，并例证了这样的历史要求：提供一种意识形态"黏合剂"，把主体联合在现代资本主义民族国家的"抽象的、原子化的社会秩序之中"[2]。马尔库塞把反抗意识形态的特权赋予美；利奥塔则认为美是意识形态的，崇高才具有相反的政治价值；齐泽克却更进一步指出，在后现代语境下，崇高已经耗尽了能量，陷入资本主义商品交换的泥淖之中，成为资本主义运作的逻辑形式，后现代意识形态的客体表现出崇高的性质。

正是在这种背景下，"审美意识形态"更加具备了作为一个独立的理论范畴的价值和意义，因为它指的就是审美与意识形态互相遭遇、互相渗透，审美成为意识形态的控制形式，而意识形态具有了审美的维度，也就是说它同时涉及当下文化现实中审美的意识形态化和意识形态的审美化两个方面。今天审美意识形态的话题也在女性主义、生态主义、精神分析、后马克思主义甚至新历史主义中引起了关注，在政治、文学、音乐、建

---

[1] [美] 詹姆逊：《政治无意识：作为社会象征行为的叙事》，王逢振、陈永国译，中国社会科学出版社1999年版，第67—68页。

[2] [英] 特里·伊格尔顿：《审美意识形态》，王杰等译，广西师范大学出版社2001年版，第87页；根据英文原文有所改动。Terry Eagleton: *The Ideology of the Aesthetic*, Blackwell Publishers Ltd., 1990, 95—96.

筑、语言、种族、性别、身体与消费文化等各个领域，审美意识形态作为一种批评范式得到广泛应用，经久不衰。

虽然时间上落后一些，但中国的情况也是一样的，20世纪90年代之后，随着西方后现代思潮涌入，美学界开始对现代性的弊端进行一定程度的反思和批判。同时，后现代文化现象也在中国出现，在全球化的影响下形成了消费社会的雏形，随着消费主义的兴起，感性和感官享受成为消费意识形态的主要内容。同样奉行感性至上，20世纪90年代的文艺实践构成了对80年代追求审美至上和艺术独立性的极大讽刺。正如有的学者所说："人的感性存在脱离了政治意识形态控制之后，又成为资本控制的对象。"[①] 另外，日常生活审美化作为一个世界性现象，也在中国许多城市出现，并随着传媒的普及，影响了其他许多地区。我们从实际生活中获得了前所未有的丰富多彩的审美经验，甚至出现审美疲劳和各种审美病。在资本的扩张使我们的日常生活纳入市场的运作过程之后，审美经验的性质已经从根本上发生了变化。

在这种情况下，文学审美意识形态论的精英主义立场开始受到动摇，其危机体现在一波又一波渐趋激烈的论争之中。面对这种危机，从近几年学术界的论争中可以看出，主要的解决方法有三种，第一种是以"审美意识形式"概念取代"审美意识形态"概念，其结果恰恰是将马克思主义的意识形态批判置于无用之地；第二种是如钱中文先生所提出的，审美意识形态的逻辑起点是审美意识而不是意识形态，这种做法难免有偷换概念的嫌疑；第三种就是索性避开审美意识形态这个歧义百出、众口难调的概念，将审美意识形态问题转换为文学与意识形态的关系问题。在本书看来，这些做法事实上都回避了审美与意识形态在后现代文化中如何发生关系、结成何种关系这个我们当前最需要面对和加以应对的问题。因此，推动审美意识形态的范式转型，给这个概念注入新的理论内涵，使之成为一个具有现实解释力的范畴，是一项迫切的工作，无论是对于文学研究还是文化研究都具有重要意义。

---

① 周小仪：《唯美主义与消费文化》，北京大学出版社2002年版，第252页。

二 审美意识形态理论的批判性与建设性

西方马克思主义美学各流派对审美意识形态问题的研究，主要侧重审美与意识形态的共谋关系，强调审美意识形态与资本主义生产关系的内在一致性。因此，他们基本上都在否定的意义上使用"意识形态"概念，建构了一种批判性的审美意识形态论。批判有助于认清问题，找出症结所在。但如果止步于此，将会滋生怀疑主义和悲观主义的情绪，严重妨碍对症下药、治愈疾病的行动和积极性。任何一种批判性、破坏性的理论，如果不包含建设性的因素，总伴随着作茧自缚、徒劳无功的危险，就如清理出一块农田，如果不赶紧种上庄稼，那么等来的只会是再一次的杂草丛生。

在经典马克思主义视域之中，对资本主义和唯心主义的批判总是与实现社会主义或者共产主义的规划结合在一起的，同时，意识形态总是在与经济基础和社会政治制度的总体关系结构中被讨论。西方马克思主义的创建正在于发现了意识形态的重要性，意识形态开始摆脱依附性并作为一个独立的问题被讨论。意识形态概念逐渐拥有一种无所不包的能力，这既是它的巨大生命力的体现，同时也是笼罩着它的阴影。假如一切都是意识形态，意识形态概念也将失去效力。从这个角度看，审美意识形态理论也具有自身的局限性。无论是美、感性、情感，还是崇高、讽刺、否定和沉思，文学艺术和大众文化所产生的一切体验和经验都是可以怀疑的，都可能成为意识形态运作的方式和工具。但如果将此命题不加任何限定地放置于任何语境中，不仅不能为文学和文化的创造者和生产者所接受，欣赏者和消费者在面对艺术作品和接受审美文化时也将手足无措；更重要的是，它将阻止我们不顾一切地投入艺术中，去接受触动，产生同情和共鸣，为一个与自己不相干的世界和生活、为一群虚构的人而感动、欢乐、痛苦或者愤怒。在我们质问这样的体验真实与否、是属于我们自己的还是受引导的、被利用的之前，我们必须承认这是人类所具有的很神奇也很宝贵的能力；丧失了这样的感受力，不仅对于艺术是致命性的损失，而且对于个体和社会的存在也会造成巨大的灾难。理论总是有限的，总是或多或少会将其思考和研究的对象静止化，并与之保持一定距离；而无论是艺术欣赏，还是审美消费，它们更像生活的活生生的过程，有时需要投入其中去体验，有时需要抽身出来加以旁观，经过了这一段还会不断地回头看，它是动态的、复杂的，在这里会发生的情况也是复杂的、有多种可能性的，其中肯定不乏正面的积极的因素和价值。审美意识形态批判绝对不是无视甚至抹杀这些因素，而是要为这些因素的生长创造更好的条件和环境。认识到这一点，对于中国当代的美学和文化理论研究尤为重要。

西方的审美意识形态批判是跟欧美高度发达的以消费为主导的社会形态和文化形态有关的，审美意识形态批判总是同时与对后现代主义的反思结合在一起，表现了一种走出后现代的努力。但中国的情况是很复杂的，正如许多学者所指出的，当前中国的文化，不仅包含现代主义的因素、后现代主义的因素，而且有大量的前现代因素，中国的后现代主义并没有成为一种主导性的文化逻辑，而是各种因素呈现多层次叠合的特点，"现代性是一项未竟的事业"这个说法显然更加适用于描述中国这类第三世界国家的实际情形。这种情况无疑为中国的文化发展避开后现代虚无主义，坚持建设性的维度和未来的价值导向提供了契机和条件。

王杰教授就认为，与西马诸流派相比较，中国的马克思主义文艺理论家和美学家具有一个理论优势，他们在审美意识形态的问题上，更重视审美意识形态的建构，强调一定的审美意识形态对社会进步与历史发展的积极作用。其原因就在于社会主义文学生产方式的出现，而"在一种新的社会关系和审美关系中，意识形态可以而且应该发挥积极的建设性作用"[①]。他在多篇文章和《审美幻象研究》一书中阐述了他关于审美意识形态问题的主张，主要体现为以下三点。

第一，审美意识形态是"用审美的形式和话语表达主流意识形态或非主流意识形态的要求，或者说，是现实生活关系在审美维度上的存在形

---

① 王杰：《当代中国语境中的审美意识形态理论》，《文艺研究》2006年第8期。

式"①。因此也可以说,审美意识形态就是审美关系。这里的审美关系指的不只是主客体在审美活动中结成的关系,而是复杂的现实生活关系的审美转换和变形,具体来说,它是"由现实生产方式所规定或由一定意识形态所规范的情感模式,包括情感需要、情感表达和情感满足的一整套习俗或审美制度。在不同的生产方式、社会制度和文化传统的条件下,审美关系也互不相同"②。

第二,在把审美与现实生活对立起来的西方现代文化中,审美的乌托邦不具有现实的必然性,现实的审美意识形态又不具有伦理的合理性。而社会主义文学生产方式决定中国的文学艺术是以近百年来中国人民的现实生活和现实体验为基础,是来自现实并高于现实的,强调的是"为什么人"及"怎样为人民大众服务"的问题,主体是人民群众而不是现代工业社会中孤独的个体。因此,从毛泽东美学开始,中国的马克思主义美学着重探讨了审美意识形态在建设新的社会关系方面的积极作用,其基本问题是意识形态的特殊性和反作用性问题。在这种文化模式中,审美意识形态问题成为改造社会关系的范型和先导,"审美意识形态成为人民大众手中的精神武器,而且精神的力量能够转化为物质力量——因此,审美意识形态的最终目的是把握可以实现的未来"③。

第三,表征了社会主义生产方式要求的文学艺术,表现出来的是审美经验的完整性,体现出"余韵"的审美风格,既符合现实的要求,又符合美学规律的要求,指向的是人的全面自由发展的理想。④

由此可见,王杰教授不仅论证了审美意识形态的建设性,实际上以"审美意识形态"概念为核心,把马克思主义的意识形态论与中国的审美经验和审美关系的现实相结合,建构了一种区别于当前文学理论中的"审

---

① 王杰:《略论民族艺术在当代文明冲突下的作用》,《山东大学学报》(哲学社会科学版) 2003 年第 6 期,第 15 页。

② 王杰:《当代中国语境中的审美意识形态理论》,《文艺研究》2006 年第 8 期。

③ 王杰:《简论社会主义初级阶段文学生产方式》,《文艺研究》1999 年第 4 期;王杰:《审美现代性:马克思主义的提问方式与当代文学实践》,《文艺研究》2000 年第 4 期;王杰:《当代中国语境中的审美意识形态理论》,《文艺研究》2006 年第 8 期。

④ 参见王杰《审美幻象研究》,广西师范大学出版社 1995 年版。

美意识形态论"的马克思主义美学理论，是一项富有创新性和现实意义的理论工作。它给我们的启发是，要建设有中国特色的审美意识形态理论，就必须跳出浪漫主义美学原则的窠臼，在马克思主义意识形态理论的基础上深入考察审美与意识形态的关系问题；要摆脱狭隘的文学、美学观念的束缚，走向更广阔的大众文化和日常生活，对各种文化现象背后的复杂关系进行分析，拨开商业文化的泡沫和残渣，找到能代表中国文艺发展方向的新兴文化形式，提出能体现中国老百姓审美经验和审美关系的特点和生命力的理论模式。

20世纪90年代以来，大众文化逐渐成为中国的文化主流，成为与广大人民群众的生活密切相关的文化形态。与西方以商业文化和消费文化为主流的大众文化不同，中国当前的大众文化呈现出更加丰富多样的面貌，不仅有以都市新兴中产阶级为主体的消费文化、时尚文化，有以青年一代为主体的流行文化，还有贴近下层百姓日常生活的各种文化形式，如街舞和广场文化等。另外，少数民族文化艺术的复兴也不可忽视，各种文化形式在冲撞与交流中产生出许多富有生命力的新兴文化形式。随着经济和技术的发展，许多不发达地区和少数民族地区也开始了它们的现代化道路，并且贡献了大量的文化资源，商业文化和大众文化与这些文化形式相互结合，尽管不乏破坏、削弱其原生态力量的不良影响，但同时也起到积极的保护和扩大影响的作用。近年来对少数民族音乐的重视、保护和发展就是很好的例子，音乐、电影和电视等大众艺术也从中吸取了许多灵感。

物质生活的发展为精神需要的满足提供了条件，处在社会底层的广大群众也形成了自觉的文化意识和自身获得表达的需要，被大众所喜闻乐见的仍然是那些表现了他们的生存状况和体验、他们与现实生活的真实关系的作品。中国的大众文化、文学创作和文学、美学研究仍然有着强烈的平民意识和社会责任感。当"日常生活审美化"成为某些理论家的口号时，就会遭到"是谁的日常生活被审美化"的严厉驳斥，说明许多知识分子尽管在市场经济的大潮中仍然清醒地认识到中国的国情，把老百姓作为文化生活的重心。如果说启蒙时期的知识分子是要"替沉默的大多数"发声，那么20世纪90年代以来大众文化的发展说明，作为大多数的普通民众已经不仅仅满足于其他人的代表,而是要自己发声,要拥有自己的文化形式和文化生活。不管这里有多少浮夸的东西,这都是往前迈进了一大步。毕竟,只有先获得表达的权利和自由,才有表达真理的可能。

中国的文化研究为许多学者所诟病,但无法否认文化研究在当前的有效性。问题并不在于文化研究是一种超前的研究,改革开放之后中国的城市发展非常迅速,像北京、上海、广州等地方已经和国际大都市没什么两样,随着城市和商业发展而勃兴的消费文化也是不可抹杀的现象;随着电视和网络的普及,传媒对大多数群众的生活甚至边疆少数民族地区都产生了巨大的影响。中国的文化研究并不成熟,没有体现出理论的自主性和超越性,而是理论随着现象亦步亦趋。在借鉴西方的理论资源时,又表现得过于急功近利,忽视了中西方不同的语境问题。因此,促进审美意识形态的范式转型,使之成为一个对当下文化现实有解释力的范畴,把意识形态批判与价值引导结合起来,这是非常重要的。

三 审美意识形态视域中的文学研究

要深化文学研究中的审美意识形态理论,首先必须深化文学意识形态论,回到意识形态这个原点上,一方面,坚持意识形态的绝对视域;另一方面,要进一步清除过去对这个概念的机械化、简单化、庸俗化理解所产生的负面影响。我们知道,马克思是在基础与上层建筑的关系结构中提到意识形态,以及意识形态诸形式的。在《政治经济学批判》序言中,马克思写道:

> 人们在自己生活的社会生产中发生一定的、必然的、不以他们的意志为转移的关系,即同他们的物质生产力的一定发展阶段相适合的生产关系。这些生产关系的总和构成社会的经济结构,即有法律的和政治的上层建筑坚立其上并有一定的社会意识形式与之相适应的现实基础。物质生活的生产方式制约着整个社会生活、政治生活和精神生活的过程。不是人们的意识决定人们的存在,相反,是人们的社会存

在决定人们的意识。社会的物质生产力发展到一定阶段，便同它们一直在其中活动的现存生产关系或财产关系（这只是生产关系的法律用语）发生矛盾。于是这些关系便由生产力的发展形式变成生产力的桎梏。那时社会革命的时代就到来了。随着经济基础的变更，全部庞大的上层建筑也或慢或快地发生变革。在考察这些变革时，必须时刻把下面两者区别开来：一种是生产的经济条件方面所发生的物质的、可以用自然科学的精确性指明的变革，一种是人们借以意识到这个冲突并力求把它克服的那些法律的、政治的、宗教的、艺术的或哲学的，简言之，意识形态的形式。我们判断一个人不能以他对自己的看法为根据，同样，我们判断这样一个变革时代也不能以它的意识为根据，相反，这个意识必须从物质生活的矛盾中，从社会生产力和生产关系之间的现存冲突中去解释。无论哪一个社会形态，在它们所能容纳的全部生产力发挥出来以前，是决不会灭亡的；而新的更高的生产关系，在它存在的物质条件在旧社会的胎胞里成熟以前，是决不会出现的。①

关于这一段话，有几个问题是很重要的。

第一，马克思是把物质决定意识和经济基础决定上层建筑两个命题并举，以说明经济基础的物质性、上层建筑的精神性，但这两个命题一个是本体论问题，另一个是历史观问题。结果在后来的马克思主义理论，尤其是苏联的马克思主义理论发展中，更多的做法是把上层建筑、意识形态演绎成为一个实体性的领域。这也就是为什么中国学者会从社会结构体系中定位文学，把文学定义为意识形态或者意识形式。

但是基础/上层建筑模式不是一个区分物质与精神的问题，物质与非物质的区分也无助于我们定义上层建筑。在资本主义之后，随着经济日益占据社会生活主导地位，物质生产过程越来越多地扮演文化的角色，许多

---

① 中共中央马克思恩格斯列宁斯大林著作编译局编：《马克思恩格斯选集》第二卷，人民出版社 1995 年版，第 33 页。

原先属于精神性的领域出现了物质化的现象。事实上，我们也并不根据物质与非物质之分来区别基础与上层建筑，前者可以主要是一种精神活动，譬如艺术品的生产和消费；而后者也可以是一种物质性行为，譬如商品拜物教，它存在于人们的实际交换行为之中，甚至已经成为资本主义社会的客观物质结构，远非一种观念和意识，但它仍然是一种典型的意识形态。[①]意识形态也不仅仅是一种抽象的观念体系，而是更多地与人们的感性体验和情感世界结合起来。

在基础/上层建筑模式中的关键词是"决定"，基础发挥了决定作用，而上层建筑是被决定的。但是，正如伊格尔顿所说，"基础/上层建筑模式并非力图论争法律、文化、意识形态、国家及上层建筑的其他范畴不如财产关系实在或重要"[②]。因为关键并不在此，上层建筑可能和物质生产一样真实，一样重要，甚至是某些历史事件的主要原因，或者成为某个历史阶段的统治性力量，但它仍然受到基础的最终决定。这一点应该说是符合马克思本人的意思的。马克思在《资本论》中指出，"基础决定上层建筑"的命题不仅适用于物质利益占统治地位的当今世界，也适用于天主教占统治地位的中世纪及政治占统治地位的雅典和罗马，因为"中世纪不能靠天主教生活，古代世界不能靠政治生活。相反，这两个时代谋生的方式和方法表明，为什么在古代世界政治起着主要作用，而在中世纪天主教起着主要作用"[③]。同样，经济在现代起着主要作用，这也是由资本主义的生产方式和生产关系所决定的。经济基础最终决定哪种因素在一个社会中成为统治性的力量。

第二，经济基础发生变更，上层建筑必然跟着发生变革，但不一定是同步的，而是或快或慢的；在《政治经济学批判》导言中，马克思也提到

---

① 参见［英］特里·伊格尔顿《意识形态导论》一书对商品拜物教的分析。亦可参见齐泽克《意识形态的崇高客体》（季广茂译，中央编译出版社2002年版）一书，齐泽克认为商品拜物教是资本主义社会最重要的意识形态。

② ［英］特里·伊格尔顿：《再论基础和上层建筑》，张丽芬译，《马克思主义美学研究》（第5辑）2002年第00期，第459页。

③ 马克思：《资本论》第一卷，人民出版社2004年版，第100页。

了物质生产的发展同艺术发展的"不平衡关系"。①

第三,人们通过法律、政治、宗教、艺术等意识形态形式意识到社会生产力和生产关系之间的冲突并力求把它克服,这里关键的字眼是"借以意识到这个冲突并力求把它克服"。因此,经济基础决定上层建筑,而上层建筑为支持经济基础而必然存在。可见马克思强调的是上层建筑和意识形态的功能。就像英国马克思主义历史学家柯亨所说:"既然基础需要上层建筑,它就'创造'了一个。"②

因此,当我们在意识形态的视域里考察文学艺术时,首先是把文学艺术放在社会总体结构当中,考察文学艺术是如何在与社会经济、政治、宗教、道德还有科学等社会因素,以及已有的文化、审美观念和机制的复杂关系中生成它的意义和效果,它的各种组成要素、内容、形式、理性、情感、想象、虚构等都要放在这个复杂而动态的关系结构中进行考察。其次,文艺意识形态理论不仅强调文艺的认识性,还强调它的价值性和功能性。

正如王元骧先生所说:"意识形态……其核心是一个价值观的问题。它的功能就在于凝聚社会成员的力量,动员社会成员为实现一定社会的共同目标去进行奋斗。"③ 在社会主义生产方式和生产关系条件下,我们主要强调意识形态的建构性,它是符合历史规律的,是进步的,因此"强调文学的意识形态性,是为了保证文艺积极的社会干预意识和庄严的社会责任感,保证文艺活动进行社会精神文明建设功能的顺利实现,保证文艺对人性发展和社会进步的积极作用"④。但另一方面也要看到,当下我们正处在一个资本主义全球扩张的环境中,在经济上唯恐无法与资本主义全球化接

---

① 中共中央马克思恩格斯列宁斯大林著作编译局编:《马克思恩格斯选集》第二卷,人民出版社 1995 年版,第 27 页。

② G. A. Cohen: *Karl Marx's Theory of History: A Defence*, Clarendon Press, 2000, 233.

③ 王元骧:《我对"审美意识形态论"的理解》,载李志宏主编《文艺意识形态学说论争集》,吉林大学出版社 2006 年版,第 8 页。

④ 孙媛:《文艺的意识形态性——对马克思主义文艺理论的这一基本教学问题的两点思考》,载董学文、李志宏主编《文艺意识形态学说论争集 2》,吉林大学出版社 2009 年版,第 139 页。

轨,效率最大化的原则影响着从国家的政策体制到个人的日常生活安排,在这种情况下更加要坚持意识形态批判,透析审美关系背后资本和权力运作的机制,进行价值评判。

在审美意识形态的视域中研究文学,就是要着重探讨文学活动中审美与意识形态的关系,要拒绝把文学作品简单地划分出属于意识形态的社会内容和属于非意识形态的审美感性,要研究具有感性形式的意识形态和承担意识形态功能的审美因素的特点和效果。只有反抗、偏离或者假装反抗偏离实则迎合、支持意识形态的"纯审美",不存在不与意识形态发生任何关系的"纯审美"。在中国的文化模式和文学观念传统中,情况尤其如此。古代士人素有庙堂情结,五四时期面临国家民族存亡危机,知识分子有着更强烈的干预社会的责任感,新中国成立以来文学工作者受毛泽东《讲话》的影响至深。在这个强大的传统中,文学的审美性就不大可能是自律的,而是要积极介入现实生活,成为大众手中的武器,服务于社会发展和历史进步。

今天要在审美意识形态视域中研究文学,就决定了必须摆脱学科阈限,把文化研究的视角纳入其中,实现文学研究的文化转向。在各方面生活经验交互渗透的现代社会,狭隘的文学内部研究已经是不可能的事。文学总是在一个从生产到接受的系统中,在由各种力量组成的文化场域中动态生成,与权力的诸种形式发生关系。因此,正如有学者所说:"文化研究因为坚持把文学研究作为一项重要的研究实践,坚持考察文化的不同作用是如何影响并覆盖文学作品的,所以它能够把文学研究作为一种复杂的、相互关联的现象加以强化。"[1]

主张文学研究的文化转向,并不是要以文化研究取代文学研究,主要也不是要把文化现象纳入文艺研究的对象范围,"增容"和"越界"都不是它的重点。重点是要改变在封闭的文学文本中研究审美性或文学性的做法,转向形成文学审美性的种种复杂的社会文化因素和机制,研究现实关系如何在文学文本中实现审美转换,换句话说,研究围绕着文学文本生成

---

[1] [美]乔纳森·卡勒:《文学理论入门》,李平译,译林出版社2008年版,第50页。

第九章
审美意识形态及其理论论争

的审美关系。包括创造、生产、接受、消费等在内的整个文学活动本来就是在复杂纷纭的现实语境中进行的,离不开种种文化因素,尤其是意识形态的深刻影响,也对现实生活和人们产生影响。正如有些学者所指出的,"就文学与外部的关系而言,其关联性就更为复杂多变,政治的、经济的、哲学的、宗教的、社会风俗的等,无不与文学存在着各种各样的深层关联,如果对这些关联缺乏研究,就很难真正弄清文学史本身的问题"[①]。因此,文学研究的文化转向并不是文学社会学那样的外部研究。在这里,文学的外部研究和内部研究是叠合的。事实上,也只有在互文本、文本间性中才能抓住文学文本,才能找到文学文本的特殊性。

20世纪90年代,随着大众文化的兴起和日常生活审美化的出现,文学的创作和阅读受到了巨大冲击,给文学工作者和研究者带来了不小的压力和危机感,除了少数学者张开双臂欢迎日常生活审美化,主张以文化研究取代文学研究之外,更多的学者则看到文学边缘化、文学理论学科界限日渐崩溃的状况,感到既焦虑不安又无可奈何。但是随着视觉文化的进一步发展和图像时代的到来,21世纪的学者们倒是显得从容淡定,因为文学不仅没有消失,而且更加凸显了自身的特点和价值。如张杰教授就认为,现代技术化社会中普遍存在的由话语文化形式向形象文化形式的转变,其实质是审美韵味的丧失,虽然它带来的直接后果是传统的文学阅读带着几分无奈从现代社会审美文化的中心舞台淡出,但是也将重新发现语言赋予文学阅读的那种无可替代的审美意义的问题重新提了出来。[②] 李清良教授也认为,在图像化时代,作为语言文字艺术的文学其实承担着空前重大的使命,在图像化时代,文学的根本使命在于:通过更诗意地使用语言文字来捍卫语言文字的本性,从而捍卫人类所特有的具有创造性、否定性和超越性的生存方式,捍卫人类作为自由意志者的神性。[③]

一提到文化,许多人最先想到的是服饰、商场、广告、电影、电视等比较表层的大众文化现象,但事实上,这个概念最核心的部分是人们的生

---

① 左东岭:《文化转向、文学经验与文学关联性研究》,《外国文学评论》2011年第11期。
② 参见张杰《视觉文化时代文学阅读的审美意义》,《贵州社会科学》2008年第3期。
③ 参见李清良、吴颖妹《图像化时代:文学的使命与命运》,《理论与创作》2008年第3期。

活方式和创造性,正如历史文化学家冯天喻先生所说,文化的实质就是"人类化",是"人类价值观念在社会实践过程中的对象化,是人类创造的文化价值,经由符号这一介质在传播中的实现过程,而这种实现过程包括外在的文化产品的创制和人自身心智的塑造"。① 正是在同一个意义上,德国著名汉学家汉斯·迈耶在一篇访谈里言辞激烈地说,"资本主义从来就是毁灭文化","资本主义从来就只与利润结婚"②。伊格尔顿也说文化是一种"剩余物",它拥有超越物质基础的维度,从人类发展的长远来看,所有的一切是为文化而不是为经济。经济只是手段,成为文化的人才是目的,才是人类真正的天性。因此,"社会主义的任务就是要努力地创造各种物质条件,使人们从匮乏、长期劳作和压迫中解脱出来,使他们比现在在更大的程度上靠文化而生活"③。因此,在文化的语境中讨论文学,其实是强化了文学的价值维度和理想维度,并且更具有实际意义。

可见,"审美意识形态"作为一个理论范畴是有价值和生命力的,我们应该积极促进它的范式转型,使之走出文学本质界定的阈限,成为美学和文化研究的一种批评范式;要在借鉴西方审美意识形态理论资源的同时,把批判的视角与建设的视角结合起来,找到一条发展中国自己的马克思主义审美意识形态理论的道路,这对当前的文学研究、文化研究及文艺理论建设都具有重大的意义,对于推进美学和文论领域马克思主义中国化的进程,建构一种可以和国外马克思主义美学和文论交流、对话的中国马克思主义文艺理论至关重要。

---

① 冯天喻:《中国文化史断想》,华中理工大学出版社 1998 年版,第 19 页。
② 转引自黄力之《市场经济过程对意识形态理论的验证与纯审美论的幻灭》,载李志宏主编《文艺意识形态学说论争集》,吉林大学出版社 2006 年版,第 260 页。
③ [英]特里·伊格尔顿:《再论基础和上层建筑》,张丽芬译,《马克思主义美学研究》(第 5 辑)2002 年第 00 期,第 462 页。

第十章

从文学研究到文化研究

　　从20世纪80年代开始，中国当代美学与文学理论从文化研究中汲取了丰富的理论资源和思想资源，文化研究和文学研究的理论交汇和实践影响所产生的思想张力正在当下中国美学与文学理论研究中产生重要的影响，更对马克思主义文学理论建设提出了严肃的学理问题。但就学理逻辑而言，中国当代文学理论仍然没有形成那种完整的理论范式意义上的文化研究，中国当代文学理论与美学研究如何在文化多样性语境中避免单向接受的阐释困境，如何在马克思主义文艺理论的思想原则与文化立场上更深刻地呼应当代审美现实，强化理论对象化现实的能力，从而深化中国本土文化研究的理论与实践，这仍然是中国当代文学理论研究需要反思和批判的所在。

第一节　文化研究的本土接受与本土化反思

一　文化研究：从两种话语模式谈起

在中国当代文学理论发展中，文化研究已经是一种突出的发展趋向。从 20 世纪 80 年代开始，文化研究的崛起就对中国当代文学理论的方法观念产生了强大的冲击，并引发了文学研究的文化转向乃至文艺学的学科反思。文学理论的发展似乎无法避免势头正健的文化研究的冲击和挑战，文化研究的实践性品格和跨学科优势让文学理论研究发现了新的突围方向，文化研究的开放性旨趣和批判性精神也让文学理论研究增强了面向现实的勇气和力量。在当下，文化研究队伍不断扩大，文化研究的成果也不断丰富，文化研究的机构与平台不断发展，所以，在很多人的眼里，走向文化研究的文学理论已经成了一种当然的选择。

可以说，文化研究的进展与近三十年来中国当代文学理论的整体变革几乎是同步发生的，文化研究既是这一理论变革的结果与表征，同时又深刻地融入这一变革之中并起到了重要的推动作用。中国当代的文化研究既是西方文化研究理论与资源影响中国文学理论批评的结果，同时，更是中国当代文学理论在特殊历史文化境遇中出现的新现象、新趋势、新发展，体现了文学研究对当下审美文化发展的一种新的判断或描述。但这并非意味着当代文学理论研究中的文化研究已经是一种成熟、稳定的理论形态，从 20 世纪 80 年代中后期开始，最早介入文化研究的是一批从事文学理论与美学研究的学者，现在仍然以这一批学者为主，当年他们借助文学理论与美学研究的学科优势把文化研究的理论与方法引入中国，贡献是应该予以肯定的，但就文化研究来说，这既是优势更是短板，其中一个明显的问题是中国当代的文化研究存在两种话语模式，一是"西方文化研究在中国",二是"中国本土的文化研究理论与实践",这自然影响了中国本土的文化研究理论与方法的实现问题。

在中国当代文学理论研究中,文化研究的兴起毫无疑问是与西方文论的话语引进密切相关的。20世纪80年代,西方文论话语的引进是在中国文论面临一个深刻的历史与现实变化的时刻发生的,在文化研究开始引入中国的时候,中国文论已经经历了一个深刻的话语转型,但是,很多理论观念并没有得到深刻的消化,这时我们迎来了文化研究的高潮。如果说在20世纪80年代,中国文论还有可能通过深入的理论论争建立自己的话语体系及其问题框架,那么随着西方文论的整体引入及社会审美文化现实的深入发展,中国文论在把握自身的理论问题的过程中无疑失去了恰当的机会。也正是由于这个因素,从文化研究在中国当代文学理论研究中出现的那一天起,它就面临着深刻的本土化问题。

所谓"文化研究的本土化",即文化研究是以一种什么样的理论方式与理论形式融入中国文学理论研究的整体过程的问题,也是文化研究如何与中国文学研究的基本经验与基本问题相契合进而实现理论的现实性问题。当我们面对文化研究的本土化问题时,我们应该追问的是包括文化研究在内的西方文论的整体移植到底在多大程度上影响了中国当代文学理论研究的经验意识与问题意识。目前,文化研究正愈演愈烈,文学理论研究的现实性与时效性也在接受种种质疑。现在,无疑是第一种话语模式即"西方文化研究在中国"占了上风,"西方文化研究在中国"的话语模式与"中国本土的文化研究的理论与方法"没能达到一种理论上、逻辑上乃至现实上的合和之处,这两种话语模式在中国当代文学理论研究中仍然是"两张皮"式的割裂的。西方文化研究理论强大的话语优势及其中国学者的理论选择态度,也导致了中国本土的文化研究理论与方法的遮蔽与搁置。从理论范式与方法理念来看,中国当代的文化研究仍然没有摆脱学理化、学术化、学科化的弊病,甚至在很大程度上还是以西方文化研究的理论转述及其理论旅行为内容的。所以,文化研究在中国在很大程度上仍然是一种理论描述的对象而不是学理建构的内容。正是由于这些因素,当我们面对当代文化研究种种成绩的时候,应该注意到它也面临着深刻的本土化接受的困境。在这里，首先涉及的就是如何继承作为一种思想资源的文化研究的问题。我们不能说中国当代的文化研究还没有拥有这样的答案，但至少需要进行更深入的反思批判。反思如何继承作为一种思想资源的文化研究问题，也正是面向这样一个问题的过程。

二 如何继承作为一种思想资源的文化研究

继承作为一种思想资源的文化研究，就是要继承文化研究的经验，从知识论与方法论的层面上将经验研究与经验方法融入具体研究过程，并将经验作为阐释某些特定文化文本的方法与路径。在文化研究中，经验是一种理论的再生产，它意味着研究首先基于具体化的过程，其次才上升到学理化的原则。这也就要求我们不能仅仅满足于阐释性分析的理论模式，而要真正将文化研究的理论经验融入中国当下的历史语境与现实经验，在文化经验分析与文化个案分析中实现文化研究的方法精神。

在梳理总结文化研究谱系的过程中，学者们都采纳美国学者乔纳森·卡勒的说法，把文化研究的理论根源追溯到了 20 世纪 60 年代法国结构主义的代表罗兰·巴特和英国早期的文化研究，[1] 除此之外，还包括"法兰克福学派"的文化理论，它们都是文化研究的理论前身。从思想资源来看，罗兰·巴特最早的文化研究著作《神话集》（1957 年）与英国文化研究的早期理论著作如雷蒙·威廉斯的《文化与社会》（1961 年）、理查德·霍加特的《识字的用途》（1961 年）、"法兰克福学派"学者如霍克海默和阿多诺的《启蒙辩证法》，都不同程度地奠定了文化研究的理论基础。目前，中国学界对这三种理论资源的阐释分析已经非常充分，甚至造成了话语拥堵，关键是我们如何从中汲取有效的方法与精神。在这方面，其实更应该关注的是他们的那种"问题式"的思想资源。无论是罗兰·巴特还是雷蒙·威廉斯、霍加特及霍克海默、阿多诺，他们都重视大众文化的研究，大众文化研究孕育了他们的理论形式和范式。但是，对他们来说，大

---

[1] 参见 [美] 卡勒《文学理论》，李平译，辽宁教育出版社 1998 年版，第 45 页。

众文化不仅是研究对象,而且是一种"问题式"的文本经验,由此,他们所开创的文化研究其实也是一种"问题式"的研究,而不是"对象式"的研究。这种"问题式"的研究不仅仅在于他们对待大众文化的理论态度和选择,关键是能够从文化经验与文化分析走向理论范式的建构。美国学者丹尼斯·德沃金曾在他的《文化马克思主义在战后英国》中概括"英国文化研究"与"法兰克福学派"的区别:"法兰克福学派倾向于与工人阶级政治保持疏远,而与法兰克福学派不同,尤其是 20 世纪 20 年代以后,英国传统下的知识分子持续地与理论和实践之间的关系进行斗争。他们与工人阶级和激进运动之间从来没有无问题的联系,但是他们倾向于将知识分子的工作看成是以某种方式对那些运动做贡献。"[1] 所以,就"英国文化研究"来说,它是直接从工人阶级大众文化中生长出来的,大众文化是它生发性的根;"法兰克福学派"则是从大众文化的批判中得出理论范式的,大众文化是批判性的生长点。但是,我们可以看到,无论是理论范式的生成还是批判性的生长点,它们都是在继承中发展的,是在广泛地回应现实文化经验的过程中实现理论的现实性的,这其实就回答了如何继承文化研究的思想资源的问题,也就是说,横向地阐释分析他们的理论观念与观点其实只是一种简单的复述,能否回到那种"问题式"的语境中,实现理论的再生产,才是中国当代的文化研究需要认真思考的。

再说到"英国文化研究"与"法兰克福学派",他们的文化研究理论还有另外一方面值得我们重视,那就是他们的理论中都有文化遗产的成分,都是在对一种文学批评传统的继承中发展了理论的经验性,并实现了深刻的理论转向。这一点也值得中国当代的文化研究者认真思考。无论是"英国文化研究"还是"法兰克福学派",他们除了重视大众文化研究经验之外,更重视文学批评的传统,像雷蒙·威廉斯之于"利维斯主义"、阿多诺之于德国批评传统。在他们的理论中,文学批评的传统、文化经验的分析与理论建构的过程分别构成了文化研究的美学、文化与理论的内容。

---

[1] [美]丹尼斯·德沃金:《文化马克思主义在战后英国》,李凤丹译,人民出版社 2008 年版,第 133 页。

这也正像特纳曾经指出的，文化研究领域十分宽广、变化多端，它本身是一个具有批判性的领域，这个领域没有所谓的"正统"。①所以，尽管在人们的一般观念中，探讨文化研究无法抛开"英国传统"与"法兰克福学派"，但其实他们的理论并非铁板一块，文化研究是在多重的理论资源、理论谱系、理论观点的生发中发展出具体问题的，文化研究不仅是一种理论上的建构，而且是一种理论与经验交相融合的视野，理论层面上的建构是从经验中来的。这个过程是复杂的，经验研究与理论建构交相融合的过程不可能直接地在理论层面上发生，而是有着一种理论与经验及社会文化历史层面上的深层次的汇合。这个过程也不是一种理论上的自足的表现，而是理论与经验层面上的张力影响的结果，理论上提出的问题是文化经验与审美认识上的概括，它不是一种自上而下的纯粹思辨性的东西，而是文化经验与审美分析有效融入理智思考的过程。就中国当代的文化研究来说，继承作为一种思想资源的文化研究就是要把这种理智性的思考放到批评传统、文化经验的历史语境中去，不是为了分析其中的具体指向和观点，关键是强调文化经验与理论建构相互作用的过程与形式，从而走出那种"理论化"的文化研究和文化实践的困囿，在微观研究上强化文化研究的实践性，进而释放文化研究的理论重负，这正是中国当代的文化研究应该继承的思想资源。

三 文化研究与跨越文学理论范式问题

在文化研究刚刚引入中国的时候，学者们曾经担忧文化研究会取代文学研究。现在看来，这种担忧并不必要。因为文化研究影响的是文学研究的内在肌理问题，是文学研究如何进行下去的问题，而不是文学研究能否进行下去的问题，所以，所谓的"取代论"只不过是一种浅表层的假象。无论在西方还是在中国，文化研究都是首先发生在文学研究的内部，或者

---

① 参见［奥］格雷姆·特纳《英国文化研究导论》，唐维敏译，亚太图书出版社 2000 年版，第6页。

说文化研究是在文学研究的学术谱系上展开的,文化研究在学术传统上与文学研究本身就有着深刻的联系。特纳曾经明确提出,"文化研究起源于文学批评传统"①,美国文化理论家理查德·约翰生也认为,"在文化研究史上,最早出现的是文学批评"②。"英国文化研究"就是随着英国文学学科的学术发展而发展的,它与英国文学研究的学术迈进有很大的联系,"英国文化研究"的理论家大多经过了严格的职业化的文学训练,如理查德·霍加特、雷蒙·威廉斯、斯图亚特·霍尔、特里·伊格尔顿,在走上文化研究道路之前,他们的身份是文学理论家、文学批评家,甚至是作家。"法兰克福学派"的学者也是如此,霍克海默、阿多诺、本雅明等人都曾从事过严格意义上的文学研究,而且取得了很高的造诣。正是文学研究的学术训练和职业培养使这批文化理论家获得了深入社会文化文本所必备的经验。所以,尽管从中国当代文学研究的现实来看,文化研究对文学研究的观念产生了强大的冲击,但是否真的像人们所担忧的那样,文化研究会在理论范式的意义上取代文学研究,恐怕还不能妄下论断。从学理上看,文化研究与文学研究在根本上是方法和思想的交叉关系,文化研究的兴盛影响了文学研究的格局与走向,但在深刻的学理层面和学科层面上,文化研究并不具备跨越文学研究范式的内涵与追求,它是文学研究到了一个特殊的历史阶段而出现的历史转折。

这个转折也并非一成不变的。英国文化理论家特里·伊格尔顿在他的1983年的《文学理论:导论》中曾经提出,20世纪西方文论发展到后现代主义、女权主义阶段,其实都与20世纪政治与思想意识的现实有密切的关系。③伊格尔顿关于20世纪西方文论研究始终没脱离20世纪60年代以来的社会文化现实的视野,实际上这已经带有文学理论的文化研究的性质。但到了2003年,他在《理论之后》中又提出,文化理论的黄金时代已

---

① [奥]格雷姆·特纳:《英国文化研究导论》,唐维敏译,亚太图书出版社2000年版,第2页。
② [英]理查德·约翰生:《究竟什么是文化研究》,载罗钢、刘象愚主编《文化研究读本》,中国社会科学出版社2000年版,第3页。
③ 参见[英]特里·伊格尔顿《现象学,阐释学,接受理论——当代西方文艺理论》,江苏教育出版社2006年版,第147页。

经过去。① 文学研究的文化转向就是在伊格尔顿所论述的转折过程中发生的。但这个转折不是文化研究要取代文学研究，而是文学研究的理论形态与理论趋势发生了理论范式层面上的深刻变革。如今，30年过去了，文化研究其实也在经历转折。相比20世纪80年代以来文学研究的文化转向，文化研究面临的这个转折同样是在它自身的学科内部发生的。挑战来自文化研究的学科化趋势，在文化研究刚刚开始的时候，约翰生曾直言不讳地说："文化研究就发展的倾向来看必须是跨学科的。"② 特纳也曾经指出："文化研究不仅是某种跨学科的领域，也是许多问题关切点和不同方法交互汇流的领域。""如果有人将文化研究视为一种新的学科领域，或者将文化研究当作某种学科领域的排列组合，将会造成一种错误。"③ 但是，现在，文化研究已经有了专门的研究机构和研究课题，文化研究也有了学科化的规划，已经形成了一种准学科的形式，当初坚决寻求从学院、学科、制度、规范中独立出来的文化研究，现在又面临着被再度学院化、学科化、制度化的危机。从跨学科的动力发展而来的文化研究曾经给文学研究带来新的转折路径，如今文化研究重走学院化和学科化的路子，在这种情形下，文化研究要想跨越文学研究的理论范式其实也就成了一个不现实的话题。

文化研究难以跨越文学理论范式，还在于它的方法论内涵并非隐藏着那样一种追求。从方法论的角度看，文化研究就是文化个案批判，文化研究的理论就是文化研究的实践。这种方法论精神注重的是对具体的文化经验的理解和分析，并试图摆脱学院化、体制化和制度化约束，所以，它的方法论追求不是为了取代文学研究，而是深化拓展文学研究，也可以说，它仍然有文学研究的理想与期盼。只不过这种理想的实现采取不同的方式，跨学科、反学科、学科交叉、方法融合等都是文化研究的方法论原则，但在这些方法原则中，文学研究仍然是一个重要的内容。落实到具体

---

① 参见 Terry Eagleton：*AfterTheory*，Allen Lane，2004，1。
② [英] 理查德·约翰生：《究竟什么是文化研究》，载罗钢、刘象愚主编《文化研究读本》，中国社会科学出版社2000年版，第9页。
③ [奥] 格雷姆·特纳：《英国文化研究导论》，唐维敏译，亚太图书出版社2000年版，第4页。

的方法形式上,典型的如"英国文化研究"的"文化唯物主义"和"民族志"的方法,它们其实都包含着丰富的文学研究的因素。"文化唯物主义"重视文化与生活经验的关系,"民族志"方法则把来源于人类学的方法运用于工人阶级文化经验的分析,这两种方法都是从最基本的经验、个案出发,而不是从一定的理论体系和观念出发来考察文化个案、具体的文化经验在文化意识形成中的作用,这其实也正是文学研究的内容,它们在实现了文化研究的目的之后,更丰富了文学研究的内涵。在这个意义上,无论是文化研究,还是文学研究,都未必拥有一种永远不变的理论范式,像雷蒙·威廉斯、理查德·霍加特、托尼·本尼特等这些文化理论家,他们既在文化研究的理论与实践层面上研究工人阶级大众文化、通俗文化、青年亚文化,又在这个过程中从事文化研究的理论建构与实践探索,但他们也重视文学批评的传统,重视文化与文学的经验研究,他们也研究英国小说,也从事马克思主义文学批评。他们的文化研究其实是立足于文学研究的宏观传统。立足于这个传统其实就是立足于人文学科的整个基础,在这种情况下,文化研究跨越文学研究的边界,文化研究拓展文学研究的范围,也是在另一种意义上复活了文学研究的当代价值。所以说,无论文化研究是否存在跨越文学理论范式的问题,它最终都要面对价值维度的考量。

四 文化研究与中国当代文学理论的价值重构问题

文化研究是否能重构文学研究的价值,或者说文化研究的价值是什么,这是值得我们关注的问题。西方文化研究没有明确标榜价值论,但并不意味着不存在价值维度。这个价值维度就是理论面向现实的精神,就是理论研究融入现实经验,解决现实问题的实践主张,这也正是西方文化研究一直以来的理论目标与学理追求。拿"英国文化研究"来说,它既是雷蒙·威廉斯、E.P.汤普森、理查德·霍加特、斯图亚特·霍尔、特里·伊格尔顿、托尼·本尼特等20世纪英国文化理论家的阐释批评的理论研究的结晶,又是他们积极将理论的阐释批评应用于文化与审美领域的结果,是他们充分重视20世纪英国社会变革中的大众文化经验与审美意识形态现实，积极将文化研究与英国文学批评传统、审美文化精神、美学现实问题有效结合所展现出来的成就。从发生学的视野来看，"英国文化研究"的价值维度正在于经验研究与理论建构的双向催生作用。所以，当我们踟蹰于"西方文化研究在中国"的阐释路径之时，我们往往忽视了经验研究与理论建构之间的复杂关系和实践影响，理论上的转述固然容易，但如何实现经验研究与理论建构之间的有效联系就不是容易的事情了。这也就是说，仅仅在横向的理论转述意义上从事中国当代的文化研究，而忽视那种独特的文化传统、文学传统、美学传统、文化经验与文化研究在共生、互动、选择、借鉴乃至批判中所产生的理论张力，是难以奏效的。

在这方面，"法兰克福学派"给我们的是另一种启发。如果说，"英国文化研究"的价值维度在于将理论研究融入文化经验，他们认识到，理论不是生产与阐释，理论不是话语的使用，而是方法和思想，作为方法和思想的文化研究在融入文本经验与现实问题之中时，为理解当代文化生活提供了不同的方式，那么，"法兰克福学派"的文化研究的价值维度则在于"思辨哲学"的力量，它并非仅仅是哲学的思辨形式，而且它的思辨本身成了一种"哲学"，成了一种社会的、历史的、时代的精神表述，其本身是一种文化。美国学者安德鲁·芬伯格认为，"法兰克福学派"最根本的贡献是"特殊性优于普遍性"，因为在"法兰克福学派"的文化研究中，实在、生命和个人的特殊性价值比试图用"普遍性"的概念对它们的压制更重要。[1]"法兰克福学派"学者们发现了这一点，所以才深刻地批判大众文化的意识形态，才深刻地批判霸权。它带给我们的是比那种经验与文本分析更为深刻的批判意识。哈贝马斯说，对于"法兰克福学派"的文化研究来说，正是有了这样一种批判，"启蒙第一次具有了反思意识。而启蒙完成自我反思，依靠的就是它自己的产物——理论"[2]。中国当代的文化研

---

[1] 参见［美］安德鲁·芬伯格《技术批判理论》，韩连庆、曹观法译，北京大学出版社2005年版，第38页。

[2] ［德］于尔根·哈贝马斯：《现代性的哲学话语》，曹卫东译，译林出版社2004年版，第134页。

究其实并不缺乏经验立场，也具有充分的文本资源，但这种经验立场与文本资源如何与有效的理论建构方式结合起来，这是一个重要的问题；并且在这个过程中不能丧失批判立场，因为唯有批判，理论的原创性实践才能显现得更加充分。

美国学者劳伦斯·格罗斯伯格曾经批评道，文化研究"我们对它谈得越多，越不清楚自己在谈什么"[①]。在他看来，造成这种局面的原因主要有两方面，一方面是文化研究受到了稳定性、规范性的理论模式的影响；另一方面是文化研究融入更广阔的社会现实时仍然走向了阐释批评这一含混的方向，结果是文化研究一盘散沙，丝毫不能说明它的实践和努力能否深入现实文化经验。"法兰克福学派"学者霍克海默也提出："如果经验与理论相互矛盾，其中之一必须重新加以检查。"[②] 我们重提文化研究的价值维度也正是基于这样的立场。从学理的眼光来看，文化研究的出场体现了某种文学研究传统在一定历史现实中的裂变过程，同时，也在这个裂变中折射出了文学研究的当代选择。或如詹姆逊所言，"文化研究代表了一种愿望，探讨这种愿望也许最好从政治和社会角度入手，把它看作是一项促成'历史大联合'的事业，而不是理论化地将它视为某种新学科的规划图"[③]。无论是"英国文化研究"还是"法兰克福学派"，文化研究在理论形式上都表征了一种理论与现实审美经验交互影响的特性，这种特性其实也就是文化研究的价值所在。目前，中国当代的文化研究越来越多地受到了重视，也不断获得积极的评价，这是文化研究在当代思想文化格局中具有重要影响的表现。但就目前而言，文化研究展现出的众多缺憾仍然是我们要认真面对的问题。在中国当代文学理论研究中，文化研究能否走出"西方文化研究理论在中国"的话语模式，能否找到自己的文化传统与经验传统，进而确立自己的理论与方法，这是关键所在。换一个层次讲，中国当

---

① ［美］劳伦斯·格罗斯伯格：《文化研究的流通》，载罗钢、刘象愚主编《文化研究读本》，中国社会科学出版社2000年版，第66页。
② ［德］马克斯·霍克海默：《批判理论》，李小兵等译，重庆出版社1993年版，第181页。
③ ［美］弗雷德里克·詹姆逊：《快感：文化与政治》，王逢振等译，中国社会科学出版社1998年版，第399页。

代的文化研究要想避免理论与经验的割裂,走出"阐释西方的焦虑"与"原创的焦虑",实现中国本土文化研究的理论创构与价值重构就是一个绕不过的问题,在这里,深刻地面对"英国文化研究"那种"理论研究融入现实经验"与"法兰克福学派"那种思辨"哲学"的价值拷问,或许对我们有更重要的启发。

第二节　文化研究语境下中国当代文学理论的基本问题

一　文化研究语境与马克思主义文学理论的当代性

文化研究的进展与近三十年来中国当代文学理论的整体变革几乎是同步发生的,文化研究既是这一理论变革的结果与表征,同时又深刻地融入这一变革之中,并起到了重要的推动作用。文化研究是当代文学理论研究中突出的发展趋向,同时也是当代艺术生产的新变化、新趋势,中国当代文学理论研究已经无法回避文化研究的影响,中国当代马克思主义文学理论建设更需要对这一历史与现实语境作出呼应与判断,把握文化研究语境下中国当代文学理论发展的基本问题也正是中国马克思主义文学理论研究的当代性价值所在。

在文化研究语境中,中国当代文学理论发展面临着严重的话语转向的考验,甚至出现了某种危机的征兆,中国当代马克思主义文学理论要突破困境,走出危机,就不能不对种种学理上的分歧及现象上的困惑作出反思与判断。从这个角度而言,文化研究与马克思主义文艺理论的当代性既是一种同源语境中的思考,同时又是问题性的所在。

从研究征兆而言,在文化研究的推动下,中国当代文学理论也出现了理论波动,如"反本质主义"与"日常生活审美化"等,涉及了当代文艺学知识生产与知识建构中的一些核心问题,比如文艺学知识格局的陈陈相因、文艺学知识体系的凝固封闭、文艺学知识培养与传授机制的困境、文艺学研究方法的陈旧与失效等，很多学者提出了相关的思考，这种思考既展现了中国当代文艺学研究的本体论困惑，同时也体现了知识生产和知识建构格局与当代"文学性"问题的复杂性。学者们希望进一步将文艺学的知识生产和知识建构历史化、个性化与细节化，希望在当代文化生态与文化格局中拓展文学理论问题。在这方面，"反本质主义"与"日常生活审美化"所提出的问题有深刻的理论启发和思想启迪，对当代"文学性"问题的接受语境也有深刻的理论思考。但是，就现实而言，"反本质主义"与"日常生活审美化"仍然无法整体把握当代文学经验深层裂变的现实，这两种思考方式在文学经验层面上也存在一定的阐释"瓶颈"。当代文学经验的裂变是在媒介文化、视觉文化、消费文化导致传统文学研究的边界泛化与非经典化过程中造成的，"反本质主义"在扭转传统文艺学研究的本体论思维方式上有一定的冲击力，但在深入当代"文学性"接受事实空间的问题上还没有找到合适的途径，在把握当代文学经验裂变的具体过程中还没有展现让人信服的实践。

坚持"日常生活的审美化研究"的学者强调文学研究融入消费文化大背景，强调以文化研究"回归日常生活"，但以文化研究全然取代文艺学研究的策略也未必可取，以文化研究的眼光检视文艺学知识生产的缺陷也未必令人信服。"文化研究"作为一种学科形态和研究视野，关注既定社会的文化构成与文化裂变，重视社会文化系统中的新兴文化事物与文化主体，这些对传统的文学研究构成挑战与压力也在所难免，但这种压力是文化研究学科的学术研究辐射力的正当结果，无论是英国伯明翰学派，还是德国法兰克福学派，以及西方马克思主义学派，他们的文化研究都没有坚持取代文学研究。在文化研究的层面上，文学的本质特征、文学的发展规律、文学的语言特性、文学的批评原则等问题并非完全是一种理论的"虚构"。而经过了几十年的发展，中国当代文学理论研究早已形成了自己的集中的问题领域，文学本质特性、文学发展规律、文学语言特性、文学生产与文学消费、文学阅读与文学接受、文学批评与实践，这些文学理论问题随着时代的变化和文学经验的发展会体现出不同发展的方向，文学精神、文学与道德、文学与政治、文学与文化、文学与宗教、文学与艺术、文学与历史、文学与媒介等相关学科交流与渗透也使得文学理论问题研究有不断需解决的问题，笼统地以文化研究挑战与颠覆传统的文学研究并不能够对这些问题有根本性的深入探讨。

但是，其中所引出的当代文学理论研究中的"文学性"问题却应该引起关注。在当下，马克思主义文学理论研究的任务之一就是尊重中国当代的审美意识形态现实，重视这种当代文学理论在"文学性"问题上的深重变革与矛盾，这正是马克思主义文学理论当代性所要关注的内容。

首先，面对当代文学理论研究中的"文学性"问题，除了在思维方式、研究方法、知识生产与知识建构等方面有所深化之外，更应该具体面对当代文学理论研究中的"文学性"问题接受语境的变化。这个接受语境的变化就是当代文学经验中关于"文学性"的理解方式和接受方式的变化，在当代文化研究语境中，特别是伴随着经济全球化与文化全球化时代的到来，以娱乐和实用为中心的当代文学经验在"文学性"问题的理解上感官化和消费化的趋势日益明显，文学经验的感官化强调的是当代"文学性"理解上的非理性倾向，所谓"三还原"（感觉还原、意识还原、语言还原）、"三逃避"（逃避知识、逃避思想、逃避意义）、"三超越"（超越逻辑、超越语法、超越理性）、"不及物写作""下半身写作""美女作家""身体叙事""肉身冲动"等就是其集中的表现。文学经验的消费化则直接促使了消费文化的崛起和文学接受的娱乐倾向。市场和消费使文学变成了一种享受的东西，也使"文学性"变成了"娱乐至死"的载体。文学经验的感官化和消费化进一步在社会文化生态中制造了文学经验中的实用主义和媚俗主义，也损伤了传统"文学性"问题所包含的经典意识和精英意识。在这种变化面前，"非理性主义"带给当代文学理论"文学性"问题的不是思维方式与文学观念的解放，而是道德失范价值失衡的非理性冲动；中国当代消费文化缔造的也不一定是日常生活的"审美化"，很有可能是日常生活的"庸俗化"。

其次，马克思主义文学理论的当代性的核心问题是要对象化现实，这个现实是什么，就是文学的现实和文化的现实，是文化研究呈现出的复杂面向，以及在实践过程中所产生的各种问题，在这方面，当代文学理论研究仍然要加强反思判断的能力与素质，应该关注当代文学经验中"文学性"问题的现实趋向，特别是需要把握当前文化生产方式的特点，以强化文学理论把握现实文学经验的能力。在面对当代文学经验中"文学性"问题的变革时，很多研究者把这种情形归结为媒体变革与视觉转向中所产生的异质性文化因素的促发，因此出现了种种"媒介威胁论"和"视觉转向论"。这种看法是不全面的，因为虽然媒介文化有着极强的凝聚力和辐射力，媒介时代的来临，为各种异质文化因素的成长提供了可能，也为当代"文学性"问题的接受语境缔造了感官化和非理性化的审美变异的空间，但不影响包括文学经典在内的"文学性"问题仍然有深入人心的可能。而当代文化中的视觉转向问题也并非当代文学经验中"文学性"问题变革的唯一结论，而是当前文化生产方式发生复杂变化的体现，但在当前的文化生产方式中，在媒介与技术、视觉与图像面前，"文学性"问题仍然作为一种思想底色与文化原质起到重要的作用，因此，虽然当代文学理论中的"文学性"问题发生了重要的变革，但当代文艺学研究仍然具有严肃对待当代"文学性"问题的接受语境的能力，马克思主义文学理论研究也正需要强化这方面的理论能力。

最后，在文化研究语境中，当代马克思主义文学理论仍然需要加强理论建设，以发挥指导现实的功能。20世纪90年代以来，随着文学理论研究的深入及文化研究进程的推进，中国当代马克思主义文学理论研究与建设也有一定的发展，其中，中国当代审美意识形态理论是一个引起了较多关注的理论观念，它体现了中国当代文学理论家整合当代多种文论资源、重新进行理论建构的努力，其最大的理论价值是在突破了"文艺从属于政治"的思维方式的同时，在文艺学的理论观念、思想方法和思维模式方面有很大的进步，使文学理论话语基本上摆脱了长期以来制约理论观念深入和思想方法创新的工具理性，在思维方式上则打破了传统文学反映论的僵化观念，从而在理论研究过程中比较注重哲学基础与理论问题的思辨、文学理论建构与文学事实的变异、理论范式的演进与当代视野的融合等更深层次的问题。但是，中国当代审美意识形态理论研究仍然存在一定的不足，中国当代审美意识形态理论对具体的西方审美意识形态观念没有过多地引进，甚至对有明显类似理论观念的英国学者伊格尔顿的意识形态理论也没有涉及，而是体现了中国当代文艺学研究者基于中国特有审美文化观念的理论建构；中国当代审美意识形态理论在具体的研究中仍然存在"理念化"的趋向，理论建构与审美经验的分析仍然难以找到有效的融合途径，对多重理论资源的整合努力也暴露出了当代文艺学所面对的理论压力，其理论建构的努力引起了当代文论中的"反本质主义"的质疑，而对文学审美特性的重视则引起了文艺学"去政治化"的辩论。这说明审美意识形态理论若想成为当代文艺学知识生产和知识建构的合理甚至唯一形式，仍然要进行一定的理论突围。这个突围不仅是对国内学界质疑之声的呼应，更是中国当代马克思主义文学理论发展需要深度探索的问题。

二　征兆与幻象：文化研究与马克思主义文学理论研究的现代课题

20世纪后半期以来，随着文化研究语境的深入，中国当代美学与文学理论研究也进入"瓶颈"。理论话语研究的进一步深入遭到了有效性和共识性的挑战，理论、思潮、方法、思想、观念的争辩普遍缺乏深刻触及问题实质的求是精髓；对异域思潮的介绍、引进和移植忽略了与中国当代审美文化现实的有效磨合。这些弊病的存在影响了对一些问题的深入探讨，甚至让我们在长期的描述性研究中逐渐丧失了辨析问题真伪的能力。而另外，审美文化现实快速进入了一个极度感性化、肉身化和平面化的历史时段，种种"解构"的力量时时刻刻地在冲击着"无边的轻与重""永恒的生与死"等展示人类思想与个性的意义领域。深刻的片面、断裂的冲动、平滑的思想制造了文学研究的基础性和价值性危机。文学研究要突围，作为人文学术核心的文学理论研究要继续担当人类文化精神和生存理想的航标，就必须在理论话语的紧张和现实情境的混乱之中重塑现代品格和时代意识，在某种程度上，这也正是当代中国马克思主义文艺理论研究所要坚持的方向与目标。

就当下而言，在历史与现实、传统与现代、审美与存在的纠葛空间中

第十章
从文学研究到文化研究

探索建立现代马克思主义文艺理论研究的理论体系与问题意识是十分必要而迫切的。从这种意义上说,王杰先生的马克思主义文艺理论研究是一份可喜的成果。置身马克思主义美学与马克思主义文艺理论研究30年,王杰教授一如既往地致力于现代美学的理论发展与学术建设,在马克思主义美学、审美人类学、文化研究、英国马克思主义美学等研究领域取得了很多可喜的成果,同时,在一种深刻的理论建构意识的触动下,王杰教授努力为现代美学研究寻找理论拓展与体系完善的路向。综合来看,王杰教授的美学研究具体包括以下几个方面:一是美学基础理论与文艺美学的学科体系与理论形态研究;二是马克思主义美学与马克思主义文艺理论历史发展、知识传承与中国实践研究;三是西方马克思主义美学特别是英国马克思主义美学思想资源、文化传统与理论范式研究;四是文化研究与审美人类学理论与方法研究。王杰教授的这些研究方向有一种彼此呼应的理论关联,从他最早的学术专著《审美幻象研究》来看,对马克思主义意识形态理论的思想阐发和应用性研究构成了他的重要的理论基点。从学理层面而言,马克思的意识形态理论对美学研究最大的启发也是最有生发性的理论影响在于它对理论与现实关系的深刻阐释。王杰教授在他的美学研究中,敏锐而持久地抓住了这个理论基点,并在《审美幻象研究》中将对这个理论基点的理论考察进一步延伸到马克思主义的审美意识形态理论的现实应用中,从而形成了他的美学研究理论把握现实问题的方法特征;而他对马克思主义美学的历史与中国实践、对西方马克思主义美学研究的理论视野也基本从审美意识形态理论与审美幻象理论视界出发,其中着重关注的阿尔都塞学派的美学、精神分析美学、英国马克思主义美学,基本上延续了《审美幻象研究》的理论体系与方法观念,所以在王杰的理论研究中,由马克思主义美学基本问题引发的理论原点贯穿具体的研究过程。

在《审美幻象研究》中,他这样说道:"马克思主义美学以意识形态理论为基础,基本的理论问题是艺术与社会生活的关系问题,它的一个重要规定在于剖析审美对象的神秘化机制。"而"如果我们把审美幻象作为人们掌握世界的一种基本方式,作为个体与环境相互沟通、与群体相互交流的必要媒介;如果我们既注意这种媒介极为敏感,随时都会发生断裂的特征，又关注这种媒介的极大潜能和对文化异化的顽强抵抗力，那么，美学理论就又可能从'批判理论'发展为建设性的理论，也就有能力阐发审美变形的丰富可能性及在塑造价值规范方面的重要作用，从而系统地论证文学艺术在当代中国现代化过程中的积极作用。应该说，这也正符合马克思当年对理论的期望"[1]。王杰是在20世纪90年代提出这样一种理论设想的，经过了近二十年的发展，我们可以说，这样一种理论期望仍然是中国当代美学研究的核心命题。当然，我们在敬佩王杰教授敏锐深刻的理论视野之时，更应该尊重二十年来他在审美幻象研究中所取得的重要理论成果。审美幻象问题既是马克思主义审美意识形态理论中的一个重要的理论问题，包孕着重要的思想能量，同时又是包括马克思主义美学在内的美学研究介入现实审美问题的重要视角与中介模式；审美幻象既是审美意识形态的现实征兆，是广阔的社会文化语境中多重叠合的文化镜像在审美层面上的折射，更是意识形态对现实文化基础的反射性体验方式。可以说，只要有现实文化存在的领域，都存在审美幻象的征兆与形式；反过来，只要有意识形态、有人类思想文化存在的社会空间，都会有审美幻象的存在与体验。在这个意义上说，从学理层面上把握审美幻象问题的理论资源与实践方式，是我们深刻理解马克思思想精髓及现代影响的一种必要工作，同时也是我们从事学术研究所必须掌握的基础素养；而从现实层面全面剖析既定社会审美幻象的表达机制与交流机制，更是展现美学研究丰富性与生动性的重要方面。正是在这里，王杰选取了那种有针对性的理论研究，这个针对性就是一方面从哲学理解与理论把握层面突出理论研究的学理来源和特征，而另一方面时刻不忘把目光投向广阔的审美文化现实，在扎扎实实的学理探究之中关心社会审美文化语境中审美幻象问题和审美变形问题的展开方式，正是在这个起点上，王杰教授的审美幻象研究开启了马克思主义美学研究的现代课题。

在《审美幻象研究》中，王杰不仅精辟地向我们阐述了审美幻象问题的理论意义和思想包孕内涵，表明了审美幻象研究在现代人文学术研究中

---

[1] 王杰：《审美幻象研究》，广西师范大学出版社1995年版，第4页。

的价值,而且展现了他对这些问题的精当而深刻的理解与把握能力。这在后来的《马克思主义与现代美学问题》中有进一步的生发。《马克思主义与现代美学问题》关心的是现代审美文化发展历程中马克思主义美学的价值及其实现的问题,其中的一个核心问题就是后现代主义文化的崛起与马克思主义美学的表达机制问题。《马克思主义与现代美学问题》深刻地认识到了这个问题的重要性和迫切性,并在一种警醒式的意义上提出我们应该重视马克思主义美学与后现代主义美学的关联。一方面,作者提出:"对于当代学术研究而言,马克思的意义在于为我们提供了一个重要的理论坐标。"因此,我们要重视马克思的理论贡献,同时也要以马克思主义的理论资源来迎接后现代主义文化的挑战。另一方面,作者也提出:"在充满分裂和对抗性冲突的社会中,盗火者给现实秩序带来的危机恰恰是超越现实内在危机的一种希望。"[1]从美学的角度来看,这也正是审美幻象研究的应有之义。王杰教授的美学研究深深地触及了这个令人震撼的话题,同时又将这一论题引向深入,他通过审美幻象与审美变形机制的历史考察,深刻地阐述了现代审美文化视野中马克思主义美学的表达机制,他向我们表明,在现代文化条件下,人们情感表达的通道并不是随着现代科技的发展更顺畅,而是更加陷入窘境。在这种情形下,我们应该重视现代文化条件下审美感性的现实情形,并深入思考美学在充满对抗性冲突的社会中的批判与救赎的功能。"把理论视野从艺术的真实性问题转向审美幻象领域,是人文科学对现代社会生活丧失自信的一种表现;在我看来,这种理论转折是人类对自身命运仍具有信念的证明,也是对理想生活的更进一步的追求。正如对宗教偶像的亵渎和玷污曾经是对新生活的一种朦胧的追求一样,关于审美幻象及其变形机制的思考也是一种真理的追求。"[2]这既是王杰的审美幻象研究所刻苦追寻的理论境界,同时又是马克思主义对现代美学的重要启发,它预示了当代美学发展的一种不可或缺的理论路向,当代美学研究在某种程度上仍然是在一种深刻的危机条件下前行的,无论

---

[1] 王杰:《马克思主义与现代美学问题》,人民文学出版社2004年版,第60页。
[2] 同上书,第4页。

是在人们的现实审美关系中,还是在具体的艺术实践领域,审美幻象的表征形式都充满了矛盾性和特殊的复杂性,因此,审美幻象研究的根本意义,不仅在于说明意识形态表征的生理学和心理学基础,更在于深刻地剖析人类审美文化发展历程的"悲剧性"现实,当我们承认并深刻地面对这种"悲剧性"之时,我们处于美学的回归中。

在中国当代美学研究领域,王杰教授最先是以西方马克思主义美学研究获得广泛认可的,他的《审美幻象研究》最早显出了这方面的成绩,《马克思主义与现代美学问题》进一步将西方马克思主义美学研究推向深入,而他在英国马克思主义美学研究方面长期的集中探索更加显示了他在西方马克思主义美学研究方面的学术耐力与问题意识。从严格意义上看,英国马克思主义美学并非拥有一种天然的固定的理论形式与理论观念,但从马克思主义美学整体格局与理论现实来看,它的理论范式的特殊意义是不容忽视的。英国马克思主义美学积极吸收马克思主义的理论观念和哲学方法,充分重视社会变革进程中的大众文化经验与意识形态现实,形成了独特的文化唯物主义理论范式和审美意识形态批评观念。特别是20世纪以来,在英国马克思主义美学理论视野中,马克思主义的基础/上层建筑理论观念、文化唯物主义与文化分析方法、民族志分析模式、媒介与技术分析等方法模式得到了深入的拓展,这一方面是20世纪英国马克思主义美学将马克思主义引入文化研究实践所展现出来的理论成就,另一方面是雷蒙·威廉斯、特里·伊格尔顿、托尼·本尼特等文化理论家充分重视民族美学传统、大众文化经验、现实审美文化问题的结果,这也正是作为一种美学形态的马克思主义在当代社会发展中拥有生命力和思想启发性的重要表现。

从20世纪八九十年代开始,当西方马克思主义美学研究在中国远未形成明显的学术兴奋点的时候,王杰教授就敏锐地意识到了这一学术领域所包蕴的重大理论问题及对中国社会文化发展启示与意义。他在从事阿尔都塞学派理论研究时就非常集中地探讨了包括雷蒙·威廉斯、特里·伊格尔顿等在内的英国马克思主义美学理论。在《艺术与意识形态:阿尔都塞的美学思想》(1996年)、《阿尔都塞学派文学批评的视野及其局限》(1996

年)、《历史与价值的悖论——特里·伊格尔顿的美学理论》(1998年)等一系列论文中,王杰对阿尔都塞学派的思想方法与理论传承、英国马克思主义美学的理论范式与理论经验等问题有深入的研究。这些研究有深广的哲学视野、敏锐的思想触觉、集中的问题意识,现在看来仍然是西方马克思主义美学研究的重要成果。最近几年来,王杰教授更是把目光投向了托尼·本尼特、迈克·桑德斯等英国新锐马克思主义美学研究者,《漫长的革命:20世纪英国马克思主义文论的问题与理论立场》(2008年)、《托尼·本尼特的马克思主义美学研究》(2009年)都显出了鲜明的理论成绩。王杰教授对英国马克思主义美学的开拓性研究是值得我们认真对待的。在王杰的研究中,一个明显的特征就是充分重视英国马克思主义美学的理论观念的特殊语境及生成方式,特别注重从社会整体文化的角度描述英国马克思主义的发展历程、文化观念、文化理想、话语形式,因此对英国马克思主义美学的理论生成过程与存在形态有完整的考察。这对我们从不同的角度观察马克思主义新的发展趋向,同时更深入地把握作为一种美学形态的英国马克思主义的理论范式与特征,有重要的意义。最近几年来,学界对20世纪英国马克思主义美学的研究有明显的回潮态势,主要表现为由以往的注重威廉斯、伊格尔顿等单人的美学思想向整体把握20世纪英国马克思主义美学问题的研究态势转变,由对英国马克思主义美学中的基本问题的研究向其理论范式和美学格局的研究转变,由对英国马克思主义美学具体问题的研究向其整体发展线索与理论对话性及互动性研究转变。王杰的研究也有这方面的特征,在《漫长的革命:20世纪英国马克思主义文论的问题与理论立场》中,他从宏观着眼20世纪英国马克思主义美学的理论背景、基本问题和理论启发,对我们整体把握20世纪英国马克思主义美学的理论特征与趋向提供了重要的参考。

　　王杰教授重视英国马克思主义理论观念和哲学方法,充分关注英国马克思主义美学在社会变革进展中形成的理论问题,理论研究有明确的问题意识。王杰教授曾把英国马克思主义美学的问题概括为"审美意识形态与文化研究问题",具体说就是,"把审美问题和艺术问题作为意识形态领域的一个最重要的问题,在批判和剖析审美意识形态隐蔽作用的同时,积极思考在现代社会条件下，人们通过艺术和审美认识社会关系，获得启蒙意识的条件，以及对社会现实作出批判的能力和机制"。[①] 我们可以看到，这不但和他早期在审美幻象研究中所关心的问题一脉相承，而且已经将它引入了现实审美批判的具体过程。我们知道，20世纪英国马克思主义美学充分重视民族美学传统、大众文化经验、现实审美文化，王杰教授的研究正是在这个方面显示出他别具特色的理论研究的聚焦点。在《马克思主义与现代美学问题》等著作中，王杰教授吸收英国马克思主义美学的理论观念和哲学方法，充分重视大众文化经验的解析对审美问题研究的掘进作用，他对后现代主义文化的兴起与大众文化方向的逆转、后现代主义文化理念与美学内在精神的冲突，特别是后现代主义文化兴起过程中审美经验与大众文化欲望危机及其应对策略等方面问题有深入的思考，其中不排除他是从英国马克思主义美学研究中获得相应理论灵感和问题意识的。他对英国马克思主义美学研究所采取的理论态度不仅是理论资源和研究方法上的有效融通借鉴，而且更注重从具体文化实践的解析中寻找理解和探索理论问题的路径，正是在这个意义上，美学理论意义上的"表征性危机"在特殊的现实境遇中才形成了一种内在的文化批判方式。

最后，王杰教授的英国马克思主义美学研究注重域外理论范式的阐发与中国问题的相关性，他在具体的研究过程中时刻注意捕捉能有效融入中国问题与中国语境的理论读解方式，所以，在某种程度上，他的理论研究具有现实的活跃性特征。这种活跃性并非来自理论阐释本身的话语演练和理论注解，而是来自那种对理论与现实间的张力有深刻的体察而产生的直接理论感悟。王杰教授在英国曼彻斯特大学访学期间与特里·伊格尔顿、托尼·本尼特、迈克·桑德斯等英国马克思主义学者建立了良好的学术合作联系，在这期间，他对当代英国马克思主义美学家进行了多次的直接访谈——《我不是后马克思主义者，我是马克思主义者——特里·伊格尔顿访谈录》（2008年）、《"我的平台是整个世界"——特里·伊格尔顿访谈

[①] 王杰：《漫长的革命：20世纪英国马克思主义文论的问题与理论立场》，《湖北大学学报》2008年第1期。

录》(2008年)、《当代马克思主义问题——与迈克·桑德斯博士对话》(2009年)、《文化产业：艺术、技术和市场的契合——司各特·拉什访谈录》(2009年)，并且主持翻译了特里·伊格尔顿与托尼·本尼特两部重要的理论著作——《审美意识形态》与《托尼·本尼特——文化与社会》。在《中国马克思主义美学的基本问题与理论模式》《简论社会主义初级阶段文学生产方式》《当代中国语境中的审美意识形态理论》《审美现代性：马克思主义的提问方式与当代文学实践》等论著中，他的理论思考已经鲜明地融入了"中国问题"之中。

近年来，王杰教授把很大一部分精力放在了"审美人类学"上，致力于全球化条件下的"地方性审美经验"①研究。王杰教授及其率领的团队在这一领域的成果非常引人注目，发表的一些学术论著，如《审美人类学的学理基础与实践精神》《马克思的审美人类学思想》《列维-斯特劳斯与审美人类学》《审美人类学与马克思主义美学的当代发展》《美学研究的人类学转向与文学学科的文化实践》《审美幻象与审美人类学》等，展现出了鲜明的理论成绩。具体说来，包括以下几个方面。

首先，王杰教授及其所率领的审美人类学研究团队，对审美人类学的学理来源、理论方法、基本问题及美学意义做了深刻的阐释，从而在学科形态与理论观念的层面上极大地拓展了传统人类学、文学人类学的研究领域，在学科交叉与理论资源相互融通的过程中开启了审美人类学的崭新的研究领域并逐渐形成一定的研究规模。值得一提的是，王杰教授其实很早就介身于人类学研究，早在1987年的硕士论文《卡尔·马克思的神话理论——马克思的艺术人类学思想研究》中，他就充分关注艺术人类学研究这一重要的领域，经过多年的跋涉，王杰教授将人类学的实证方法、文学人类学的民族志传统、艺术人类学的比较研究观念与美学研究的经验传统和文化分析范式融合起来，在跨学科的理论视野中开拓并推动了审美人类

---

① "地方性审美经验"是王杰在审美人类学研究中提出的概念，他尝试将少数民族审美文化经验与审美认同问题结合起来，并强调在全球化语境中来自少数民族文化的审美经验的特殊性审美功能，用"地方性审美经验"概括和指称全球化语境下非西方主流文化及少数民族审美文化与经验在审美维度上的存在方式和存在形态。

学这一新颖的研究领域,并将之发展到一个崭新的阶段。王杰教授曾经强调:"审美人类学力图超越二元对立的西方美学、哲学体系,在宏阔的多元文化背景下,贴近人类审美感性活动,同时与具体文化情景相适应,使美学研究从想象性的精神活动变为作用于社会现实生活的实践活动。对马克思主义美学基本问题的继承使审美人类学与传统美学研究相区别,也使它不同于西方人类学界研究非西方文化中审美现象的美学人类学(the Anthropology of Aesthetics)和国内以探寻美和具体艺术样式的起源为主要内容的艺术人类学,从而体现出独特的学术理路。"[①] 实际上,这也正是他这几年辛苦耕耘所展现出的积极的研究成果。

其次,王杰及其研究团队的审美人类学研究基本完成了理论与方法层面的研究架构,形成了稳定的研究队伍和常态的研究机制,从而实现了规范性的研究理路及有保障的方法体系。王杰曾这样界定审美人类学的研究:"传统美学研究主要运用形而上抽象思辨的学术探求方式,而审美文化研究力图把哲学层面的美学研究向形而下具体层面靠拢。前者的抽象玄虚与后者导致美学的泛化已经引起学术界的警惕。相对而言,审美人类学更为强调规范化的人类学研究方法的采借,强调关注社会现实而不失学术研究的独立性,注重第一手资料的搜集,也要在资料积累到一定程度之后,努力探寻规律性认识。人类学经过一百多年的发展,形成的一整套学术理念和方法论体系,可为保证审美人类学研究方法的有效性、学术品格的纯正性、学术脉络的清晰度及学术生命力的持久性,提供学科理论及方法的有力支撑。"[②] 为了做到这一点,他曾带领他的课题组连续四年追踪研究"南宁国际民歌节",曾多次带队深入广西那坡县黑衣壮族聚居区从事田野调查,并且充分运用田野调查方法分析广西那坡县黑衣壮族的生活状况及其审美习俗,在学理研究与田野调查、生活方式与审美情感、传统文化与现代文明、族群习俗研究与审美资源考察等多重证据把握中开拓了审美人类学研究的崭新格局。

---

① 王杰等:《审美人类学的学理基础与实践精神》,《文学评论》2002 年第 4 期。
② 同上。

最后，王杰教授的审美人类学研究在全球化条件下中国少数民族艺术的表征危机、全球化语境下地方性审美经验的矛盾结构、中国现代化过程中乡村和城市审美经验的矛盾差异与现代表征等问题上，有着深入的理论阐释，既有宏观探索，又突出微观与个案研究，从而显出了审美人类学研究深广的文化情怀和现实意义，并以实际的行动将审美人类学研究的成果推向深入的审美实践。他的《审美人类学视野中的南宁国际民歌节》《地方性审美经验中的认同危机》《朴素而神圣的美——黑衣壮审美文化的审美人类学考察》等，从地方性审美经验的视角出发，既在学理层面上阐释了中国现代化过程中审美经验与文化习性的调适冲突与经验矛盾，又在充分实证的基础上深化了学理研究的成果。当这些具体的研究过程逐渐融入现代社会与文化变迁的大视野时，我们突然发现，传统人类学研究的基本命题正在美学的意义上发生重大的变化——以全面的方式理解人及人群的存在及变迁，除了那种宏观的主流视角之外，更需要"尊重文化差异，了解不同文化传统中美的理解和美的创造、欣赏方式，并从中提炼出有益当代社会发展的因素"[①]。现代文化发展中的审美现代性困惑及其面临的难题并非完全是理论上的，更有来自多元社会与文化群落的生存悖论与审美冲突。经过多年的理论探讨与实证研究，王杰教授及其所率领的研究团队在审美人类学研究中作出的成绩不但对这一学科甚至对整个美学研究的意义都是重大的，这除了体现了他一如既往的理论精神外，那种来自现实的审美感悟更是令人感动的。在他的研究中，我们可以读到这样的文字：

> 学术研究的灵感往往起源于现实生活中不经意的碰撞与摩擦。有两个生活中的意象给我以很大启发。在一次民族地区的采风活动中，我看到歌圩上当地少女身穿民族盛装手持尼龙折叠遮阳伞、脚蹬塑料雨鞋的形象。在该民族传统中，姑娘手持的花伞和绣花鞋不同的色彩和花纹代表着来自不同的村寨、身份和年龄段，并具有寻偶和婚配的

[①] 王杰等：《审美人类学的学理基础与实践精神》，《文学评论》2002年第4期。

文化意义。我惊讶地发现小伙子们仍可以根据尼龙伞和塑料鞋上不同的颜色和图案来选择追求的目标。现代工业文明的产品在发挥其实用功能的同时,也被使用者赋予原本未有的含义,整合进传统的文化象征体系中。另一个意象则是1999年我现场观看南宁国际民歌艺术节开幕式晚会,现代先进的灯光、音响、焰火,还有最"酷"的歌手与最朴野的民歌共同为观众创造出如梦似幻的狂欢气氛。但无论是歌手还是观众都未感觉到其中的不和谐,而最使我受到震动的,是民歌确实更动听了。①

在晚会结束回程的路上,我看到手机上显示有两个未接电话,打过去才知是我去弄文屯调查时住户东家大嫂打来的,她说在现场直播电视里看到我在镜头里转来转去,就给我打电话,这时我真切地感受到现代技术以及南宁国际民歌艺术节已经非常神奇地把古朴和原始的文化与时尚的现代文化结合起来,这种结合创造了美,但它所产生的文化震荡对大山里的黑衣壮族群会产生怎样的影响呢?演出到现在已经10天了,我一直在想,以道德严谨禁忌繁多而著称的黑衣壮少女们,在这场国际名模表演的时装秀演出中会感受和体验到什么东西,这些东西对大山里的黑衣壮姑娘会产生什么样的影响,这种影响在黑衣壮族群的社会和文化发展中又会起什么作用。这的确是一个值得研究的问题。②

早在1995年出版的《审美幻象研究》中,王杰先生就提出:"当代中国美学的出路决不在于理论屈从于现实,而在于它自身的彻底性和科学性。只有认识到这一点,我们才有权力重复马克思引用过的著名格言,把理论研究比喻为进入现实的入口处。"③ 我们完全可以把这种学术感悟作为他的一如既往的学理追求,正是这种坚持"理论面向现实"的提问方式,展现了他的美学研究的深刻的现实关怀。

---

① 王杰等:《审美人类学视野中的南宁国际民歌节》,《民族艺术》2002年第3期。
② 王杰:《地方性审美经验中的认同危机》,《文艺研究》2010年第9期。
③ 王杰:《审美幻象研究》,广西师范大学出版社1995年版,第4页。

三 文化多样性与马克思主义文学理论的当代语境

在当代文化条件下,马克思主义美学面临着文化多样化的语境,这是一个既涉及中国马克思主义美学的当代性,又关乎中国美学的当代立场与走向的理论问题。当代文化的多样性发展使中国马克思主义美学研究的历史条件与现实问题更加复杂,中国马克思主义美学如何在当下的历史情境与理论处境中找到属于自己的文化属性与审美立场,找到自己的理论根基,进而在呼应中国当代审美文化经验的基础上展现出理论的现实性,这既是中国马克思主义美学研究要承担的历史责任,同时又是理论研究者必须认真思考的问题。

在这样的问题意识的触发下,中国当代美学研究中的一些学者积极吸收美学研究的最新成果,扎根于中国审美与艺术实践之中,在深入把握中国马克思美学与文艺理论的当代语境的基础上,努力探索马克思主义美学与艺术理论呼应当代审美文化经验的有效方式,并强调在全球与地方、东方与西方、美学与文化的对话语境中探索基于"中国美学"理论与经验的学理形式与实践方式,所取得的丰硕理论成果是值得肯定的。中国社会科学院文学所高建平教授的美学研究即是这些理论研究成果中的重要代表。高建平教授从20世纪80年代就开始从事美学研究,在三十多年的美学研究历程中,高建平教授积极参与和构建中国美学理论经验与范式,特别是在中国美学与西方美学的对话中做了很多积极的工作,取得了很多值得关注的优秀成果,他的一系列著作,如《全球化与中国艺术》(山东教育出版社2009年版)、《全球与地方:比较视野下的美学与艺术》(北京大学出版社2009年版)、《美学与文化·东方与西方》(与王柯平合编,安徽教育出版社2006年版),以及大量的译著,如《超越美学》(诺埃尔·卡罗尔著,高建平译,商务印书馆2006年版)、《弗洛伊德的美学:艺术研究中的精神分析法》(斯佩克特著,高建平译,四川人民出版社2006年版)、《西方美学简史》(门罗·C.比厄斯利著,高建平译,北京大学出版社2006年版)、《先锋派理论》(彼得·比格尔著,高建平译,商务印书馆2002年版)、《艺术即经验》(约翰·杜威著,高建平译,商务印书馆2010年版),除了显示了他扎实的理论功底和深厚的理论学养及他所追求的学术理念和学问旨趣之外,更显示了他三十多年来在美学研究领域刻苦跋涉的学术足迹。可以说,中国美学研究三十年,高建平先生不仅仅是一个全程的亲历者,而且以他开阔的理论视野、独特的研究方法、现代的学术理念为中国美学的继往开来做出了重要的理论贡献。

高建平教授的美学研究涉猎广泛,博采众长,美学研究早已自成一格。近几年来,高建平教授致力于中国美学与文化多样性问题研究,深刻关注马克思主义美学的当代语境,并努力在一种发展的艺术观中探索马克思主义美学介入当代社会的意义与价值,在西方"后学"思潮崛起与文化多样性日益明显的形势下,他积极参与国际美学对话,以严谨扎实的理论态度、卓有成效的学理建构,强调树立走出"美学在中国"、建立"中国美学"的意识,他的美学研究不但具有深刻的当代意义,而且对中国马克思主义美学在当代文化多样性的历史语境中完善理论建构,实现理论对象化有重要的启发。从整体看,近几年来,高建平教授的美学研究主要集中在以下几个方面:一是在当代文化多样化语境中,如何走出"美学在中国"的理论预设,建立"中国美学"的理论意识,并集中关注当代文化多样化的语境中中国美学的理论建构出路问题及中国美学的理论立场问题;二是在文化多样化的历史背景中,积极探索如何建立一种来自世界各民族、各文化的美学对话的共同的美学,并着力解决这种共同的美学的理论基础及其实现的条件问题;三是强调发展的艺术观与马克思主义美学的当代意义问题,关注中国当代马克思主义美学有效融入社会历史文化条件的方式与价值问题,深入思考当代美学研究如何有效吸收马克思美学的理论资源和思想资源,并在现代性的视野及"美学的复兴"时代展现理论的生命力;四是在一种"共同的美学发展"视野中,展现中国美学的基本问题与研究经验,提出强化中国当代审美文化与艺术实践的学理批判,深入思考当代美学如何更加有效地介入中国当代文化与艺术的人文思想建设,如何呈现美学的人文价值与当代关怀;五是深刻关注中国美学研究在走出"美学在中国"的理论预设后,如何建立"中国美"的意识,如何在当代

第十章
从文学研究到文化研究

文化多样化的历史语境中通过中西美学对话，实现中国美学的现实发展，并积极思考在世界美学体系与世界美学研究格局中，中国美学的定位问题；六是努力探求文化多样性背后的美学依据，探索多元文化视野下中国美学的理论建构方式，提出在新的问题意识下革新"做"美学的方法与意识，并深入思考如何呈现中国美学研究的理论特征与影响。可以说，这些问题既是中国当代美学研究的前沿性问题，同时又是中国当代美学研究仍然没有很好解决的问题。受到历史条件与思想发展的影响，中国美学研究面临着多种理论与思想资源，在多种理论思想的影响下，中国美学无论是从理论形态上，还是从思想样式上，都面临着融汇整合进而现代转换的压力，这些理论问题已经集中地成为当代美学研究的沉重理论包袱。正是在这些理论问题的基础上，高建平教授认真思考当代文化多样性的历史语境中"中国美学"的定位与出路，并以一个跨时代学者的严谨的学理探索精神思考当代文化多样性语境中我们是否能有一个区别于"美学在中国"的具有现代意义的"中国美学"。如果说这是中国当代美学研究一直的努力方向，那么，高建平的研究正是以此找到了理论掘进的方向。

近年来，文化的全球化与文化的多样性问题是理论界不断讨论的热点问题。随着经济大潮的发展及世界范围内各国家、区域间的金融、贸易、交通和通信等方面交流合作的日益深化及信息传媒的日益快捷所带来的信息共享的方便，世界范围内人们的经济联系与往来日益密切，金融与资本合作日益深入，同时，人们在生活方式、文化消费及情感体验方面的趋同性越来越明显。社会的经济基础变化导致了审美文化交往的地理空间形式的巨大变化，在这种变化面前，有的研究者认为经济全球化时代来临了，认为经济的全球化也带来了文化的全球化；也有的研究者认为，尽管当前世界人们的经济、金融及通信等方面的经济交往不断深入，日常生活方式的趋同化越来越明显，但不同民族、不同传统、不同文化习得的人们之间审美与文化交往并没有走向一体化，不同国家、民族、地域乃至同一国家不同民族、区域间的审美交流的差异与多样性现实仍然存在，而且保护这种由文化多样性导致的地方审美文化经验间的差异更加重要。可以说，在当前的文化历史条件下，这两种截然不同的理论观念都存在合理的理论依据与现实根据,在社会与资本往来的经济社会中,经济全球化的现实可以说是人们有目共睹的,在信息传媒的巨大发展面前,"地球村"的说法也并非是夸大其词式的随意判断。而无论世界是在变大还是变小,无论人与人之间的地理距离是在拉长还是缩短,不同文化群落、文化区域中的审美交流的差异不但现实存在而且弥足珍贵。文化全球化和文化多样性都具有深刻的语境意义,在这样的语境中,中国文学与美学研究必须面对"中国与世界""自我与他者"的问题,更无法回避"古典与现代""审美与生活"的现代性困境,正是在这个意义上,文化全球化和文化多样性都是我们无法回避的问题。高建平的美学研究正是基于这样的视野与视角,在他看来,文化多样性的现实是由政治、经济、文化等多种因素促成的,是由于社会与经济领域的落差及文化资源与理论传统的差异决定的,他敏锐地认识到,"文化多样性是应对经济全球化的一个重要的提法"[1],"'文化多样性'的口号,虽然最早是美国以外的一些西方国家提出的,但对于广大第三世界国家也是有利的。特别是像中国这样一个有着自身悠久文化传统的国家,怎样在全球化的浪潮中保护自身文化传统的因子,在现代化的过程中,走自己的文化发展之路,这是一个重要的课题"[2]。

毋庸置疑,在文化多样性的语境中,中国美学面临着巨大的挑战,中国美学不仅需要找到中外文化对话的切合点,而且需要研究中国审美与艺术的实际,高建平将中国美学与艺术融入了全球化与文化多样性的立场之中,将文化全球化、文化多样性的问题与中国美学的立场与姿态联系起来,认为面对文化全球化与文化多样性语境,光有"和而不同"的文化立场还不足以充分展现中国当代美学与艺术精神的特征,也不能完全体现中国美学的独特地位,只有严肃对待中国美学的传统,使之获得现代的解读,为现代中国文化建设服务,这才是我们的文化建设自立于世界民族之林的根本,同时也是中国美学在全球化与文化多样性中展现自身理论立场与生命力的关键所在。他提出:"不存在一种共同的美学,但存在着一种

---

[1] 高建平:《全球化与中国艺术》,山东教育出版社2009年版,第5页。
[2] 高建平:《全球与地方:比较视野下的美学与艺术》,北京大学出版社2009年版,第5页。

共同的美学发展。这种发展,是建立在一种来自世界各民族、各文化的美学对话的基础之上的。我们发展各民族和各文化的美学,发展民族和文化间的美学对话,就是为这种共同的发展做出各自的贡献。"① 这不仅体现了严肃的学理批判和坚定的人文立场,而且就中国美学研究的经验来看,他在立足中国美学的当代文化语境的基础上对中国美学现实发展提出了一种可能性的理论选择。这种理论选择一方面回望传统,更主要的是关注中国的艺术实践与审美现实,正是在这个立场上,高建平的美学研究展现出了难能可贵的"接地性"。他认为:"中国美学的建设,不等于中国古代美学体系的整理。对于我们来说,更为重要的是面对当代审美和艺术的实践,解决我们今天在艺术中出现的问题。"② 就中国美学的历史来看,无论是古代美学资源的整理消化,还是中国现代以来美学发展经历的"三次热潮"③及从中国现代美学发生那一天开始就一直进行的对西方美学思想与资源的引进吸收,其实都存在一个没有解决的问题,那就是作为一种哲学思考的美学理论如何与中国文学艺术实践相结合,从而真正在学理上建构一种基于"中国美"意识的"中国美学"。在关于文化多样性的讨论中,高建平提出了这个深刻的理论问题,这当然不是老生常谈,而是在一个新的历史语境下展现出的及时的理论思考。他这样提出:"只有来自中国文学艺术的实际,能够为这种中国人日常生活中大量存在着的活动提供解释和指导的理论,才是真正的中国美学。"④ 就中国当代美学研究来说,这已经是一

---

① 高建平:《什么是中国美学》,载高建平、王柯平主编《美学与文化:东方与西方》,安徽教育出版社 2006 年版,第 41 页。

② 高建平:《文化多样性与中国美学的建构》,《学术月刊》2007 年第 5 期。

③ 高建平提出,这三次热潮分别称为"美学大讨论""美学热"和"美学的复兴"。"美学大讨论"指的是从 20 世纪 60 年代起开始的对美学的讨论,这一讨论一直延续到 20 世纪 70 年代初。随着"文革"的临近,这一讨论才逐渐让位给更为直接的政治和文学论争。"美学热"指的是从 1978 年起,以"形象思维"讨论为开端的美学热潮。这一热潮一直持续到 20 世纪 80 年代后期,其后就为社会、经济、文化等一些学科的研究所取代。"美学的复兴"指的是发生于 20 世纪末新的一轮美学热潮,美学的新新一轮发展,出现了众多新的话题,在学科内部也发生着深刻的变化。具体见高建平《"美学的复兴"与新的做美学的方式——兼论新中国 70 年美学的发展与未来》,《艺术百家》2009 年第 5 期。

④ 高建平:《什么是中国美学》,载高建平、王柯平主编《美学与文化:东方与西方》,安徽教育出版社 2006 年版,第 40 页。

种重要的理论发展了。

文化多样性不仅在语境层面上对中国美学的历史发展提出了严肃的理论挑战,同时,中国美学研究更是无法选择地融入了文化多样性的语境中。在某种程度上,文化多样性既是中国当代美学研究的历史条件,同时更是它的基本问题。就现实的情形而言,中国当代美学与艺术不仅仅是在现实的层面加入了文化多样性的进程,更是在艺术实践中重构着文化多样性的立场。认识到这样的问题,我们才能更深刻地理解中国美学研究的当代性立场。高建平的美学研究充分强调了文化多样性的语境,但并没有忽略文化主体性立场,在他看来,之所以强调文化多样性的历史语境,其根本原因还在于美学本身是属于时代的,"美学与艺术理论,是从属于它们的时代的,人们关于艺术本质和艺术定义的思考,也与它所属的时代联系在一起"[1]。从更大的范围来看,文化多样性的语境不仅对中国美学的理论建设与理论发展提出了挑战,同时也预示着中国美学发展的新的文化时代的来临,正是认识到了这样一份重要的理论责任,高建平先生才提出,在中国美学发展的这一新的时代语境面前,中国当前美学的发展之路,就是要从"美学在中国"向"中国美学"发展。

从"美学在中国"到"中国美学"[2]的理论探索与建构是高建平在当前文化多样性语境中从事美学研究的一个非常重要的理论立场,他不仅从中国当代美学的现实与格局中探索建立"中国美学"理论出路与设想,而且将这一观点扩大到一般美学的建构上,因此具有重要的理论启发意义。这个思想同时也是近几年来高建平教授集中思考的理论问题,凝聚着他对中国当代美学的整体格局与历史走向的基本判断,同时也是体现他的美学理论体系与逻辑立场的思想基点。在高建平看来,之所以提出从"美学在

---

[1] 高建平:《发展中的艺术观与马克思主义美学的当代意义》,《文学评论》2011年第3期。
[2] 高建平:《文化多样性与中国美学的建构》,《学术月刊》2007年第5期。高建平的这一观点最早出现在他的《什么是中国美学》一文中,该文提交给2002年在北京召开的"美学与文化:东方与西方"国际学术研讨会,并被收入由高建平和王柯平主编的《美学与文化·东方与西方》(安徽教育出版社2006年版)一书之中。后来,高建平根据这篇文章发展成一篇长篇论文 Chinese Aesthetics in the Context of Globalization, 发表在 *International Yearbook of Aesthetics*, Volume 8, 2004。

第十章
从文学研究到文化研究

中国"到"中国美学"的理论发展问题，是因为中国美学的发展历程展现出了学科内在的结构与特征。高建平提出，在中国美学发展历程中，对于中国美学的最初理解是"美学在中国"（Aesthetics in China），或更为确切地说是"西方美学在中国"（Western Aesthetics in China），从中国20世纪初的一批美学研究者开始，中国的美学研究一直受到西方美学的影响，但在早期的中国美学家学习西方时，难免有"西方出理论、中国出材料"之嫌，这种状况内在地影响了中国美学的思维逻辑与内在的理论发展路数，以致在中国美学的发展历程中，还没有形成一种建立中国美学的强烈意识，"'西方美学在中国'与'中国美学'是同义语"[①]。但是，中国美学还有一个更为重要的任务，那就是研究当代中国审美与艺术实际，并在这个过程中改变那种"美学在中国"的理论状态，真正建立"中国美学"的意识与理论，这种"中国美学"不再是古典意义的"中国美学"，而是现代"中国美"，"只有现代'中国美'，才是严格意义上的'中国美学'"[②]。

从学术背景上看，高建平教授本身具有非常优异的西方美学背景，在中国当代美学研究中，他是为数不多的对西方美学的整体发展过程有着系统把握的学者。同时，高建平教授也是对中国美学与艺术的现实与经验有着深刻体验与充分研究，[③] 正是因为对中西美学研究的历史与现实有着直接而深刻的体验，才使他对"中国美学"的理论建构具有难能可贵的自觉意识。这种自觉意识对中国当代美学研究不仅是一种个人之见，更主要的是，它切合了中国美学的历史化任务，同时，更深入地反思了中国美学研究的发展方向问题，文化多样性的现实让中国当代美学研究在多元的历史语境中显得更加复杂，在众声喧哗中，这份严肃的理论思考给我们的启发正在于让我们更加深入地面对现实。

那么，从"美学在中国"到"中国美学"的理论建构之路何在呢？高

---

① 高建平：《全球与地方：比较视野下的美学与艺术》，北京大学出版社2009年版，第21页。
② 同上书，第12页。
③ 高建平在瑞典乌普萨拉大学留学时曾用英文写成《中国艺术中的表现性动作》一书，这也是他的博士论文。参见张冰对高建平的访谈文章《建构现代形态的中国美学》，载高建平《全球与地方：比较视野下的美学与艺术》，北京大学出版社2009年版。

建平教授在这方面也展现出了积极的思考。他提出：第一，要改变做美学的方式。在他看来，美学这个学问我们曾将它想得很抽象、神秘、高不可攀，其实它是从一些很简单、很具体的问题开始的。他强调的是美学研究中的审美经验的地位，并以此反思"美学的复兴"的意义，"美学的复兴，并不只是说，我们曾经有过'美学热'，后来，美学变'冷'了，现在呼吁它再次变'热'。或者说，将'热'的标准定义为：美学书可以发行多少本，美学的新书有多少种，美学研究生投考人数有多少，美学课在大学里受欢迎的程度，如此等等。这一类数量的指标还只是外在的，相比之下，更重要的是做美学的方式发生变化"[①]。什么是新的"做"美学的方式呢？用新的方式做美学，就是要克服伪问题，美学家们要改变姿态。在他看来，思辨的美学家们赞美旁观，要凝神观照；分析的美学家们赞美间接性，只对批评的术语进行分析，而"今天的美学，需要的是一种'介入'的态度。美学要介入艺术的创作和欣赏，介入艺术的发展之中，介入城市、乡村的再造和环境的保护之中。所谓的日常生活审美化，就要从这里做起"[②]。第二，要面对文化多样性的语境。中国美学不仅需要反思和清理自己的文化和艺术传统，更需要在面对生动而真实的艺术世界与审美现实中展现自身的理论特色，在结合中国美学的历史与现实的过程中拓展当代美学格局，"美学要经过而不是拒绝文化研究。这种美学研究，是文化研究的哲学化，同时也为审美经验重新回到人们关注的中心位置提供了条件"[③]。第三，需要分析文化多样性背后的美学依据，在文化多样性的历史语境中重新探寻中国美学建构的理论路径和方式。高建平提出："在中国这样一个国家，任何外来的影响，都必须具有一个相当长的与中国的情况结合、在中国语境中发展的过程。有时，一个西方的思想在中国所起的作用，与在西方完全不同。一个在西方相当古典的思想，在中国却具有现代的意义；相反，一个在西方相当现代的思想，在中国却起着保守的作用。在一个全球化的时代，中国的美学发展走什么样的道路？我们要继续翻译

[①] 高建平：《"美学的复兴"与新的做美学的方式》，《艺术百家》2009 年第 5 期。
[②] 同上。
[③] 高建平：《发展中的艺术观与马克思主义美学的当代意义》，《文学评论》2011 年第 3 期。

西方美学著作,我们也要继续研究中国古代美学,特别注重在一个当代的世界美学的背景中研究,从而将中国传统引入当代世界美学的对话之中。但是,我们更重要的是,发展与中国的当代文学艺术发展状况相适应的中国当代美学。"① 中国美学的发展与西方美学显然有着不同的历史条件与现实境遇,消化、吸收西方美学资源是必要的,但更重要的还是创造与革新,这就需要我们认真面对"全球"与"地方"的关系,思考"为地方的地方"与"为全球的地方"的不同表达形式及其美学意义,很显然,在这方面,高建平的美学思想已经走在了前面。第四,通过世界美学交流与对话,走出"美学在中国",建立"中国美"的意识。这方面也是高建平近年来主要从事的美学工作之一。他不仅从学理层面积极探索如何在世界美学的对话中建构中国美学的学理内容,同时更以实际的美学交流工作寻求发展中国美学的契机。在他看来,"通过美学上的国际对话,我们一方面可能了解当代国际美学的新的成果,另一方面,也可以在一种对话的语境中重新省视我们自身的文化遗产,建设我们自己的具有当代性的理论。这种建设,对于国际美学的发展,也是有着重大的意义的"②。他说:"我们也可以建立一种普世性。相对于过去西方人建立的普世性,这是另一种普世性。普世性也可以是复数的。世界文化的多样性最终会由于国际文化的交流的日益普遍,越来越变得你中有我,我中有你,而成为世界文化的多元性。"③ 高建平正行进在这样一种建设的路途上,他的实践在某种程度上更加超出了学理建构的意义,而真正地融入那种"介入"的美学之中了。第五,他强调发展的艺术观与马克思主义美学的意义,重视马克思主义美学当代遗产,并以马克思主义美学的思想与立场呼应当代审美文化现实,从而展现出了深刻的当代立场。在他看来,19世纪中期和后期,马克思和恩格斯关于文学艺术的许多论述和通信,具有特别重要的意义:"这是一笔宝贵的财富,在当代美学走出康德,与杜威和其他一些当代西方美学对话的语境中,有着特殊的价值。艺术要批评生活,揭示历史规律,塑造理

---

① 高建平:《中国美学三十年》,《四川师范大学学报》2007年第5期。
② 高建平:《全球与地方:比较视野下的美学与艺术》,北京大学出版社2009年版,第12页。
③ 同上书,第13页。

想，表现典型环境中的典型人物，在商品拜物教的洪流中注入反异化的力量，这些思想尽管已经过了一百多年，仍使我们感到亲切和富有启发，成为当代美学建构的最重要的思想源泉。"[1] 他进而认为：

> 无论是消费社会和媒介科幻主义，都是发展中迷航的表现。对此，我认为还是应该回到马克思的思路：物质财富生产的发展，并不一定就有精神产品的生产与之直接对应；但是，物质财富生产所带来的社会变化需要精神产品的生产来对它进行相应的调整、制约和平衡。
>
> 艺术应该成为生活的解毒剂而不是迷幻药。当日常生活中到处都美之时，艺术所提供的，应该是力量和警示；当信息技术的发展造成了"媒介即艺术"的幻象时，还是要坚持文学是人学，艺术是人的艺术这些古老的观点；当消费驱动下奢华之风不止之时，艺术要展示，那不是品味！
>
> 这是一种介入的美学。美学家不能扮演书报检查官的角色，对艺术横加干预，而应该通过对话的方式对艺术评述；美学可以通过阐释艺术本质和定义的方式，给社会所需要的艺术提供支持；更重要的是，美学应回到一种批判的立场，在论争中使自身得到发展。经济在发展，社会在进步，人民在过上有尊严的生活的同时，也需要过上有品位的生活。这是当代美学的追求，这也是艺术的使命。[2]

与那些更具学院派特征的美学理论研究相比，高建平的美学研究更重视艺术实践的现实研究与中国美学的当代立场，或者，正如他所说，在当代文化语境中，我们的美学立场不该再将美学上的一种普遍真理与一国之具体文化特点相结合，而应该寻找被西方的美学实践所掩盖了的另一种普遍真理。我们不能说他已经为我们找到了一种明确的方向和途径，但这种理论探索与艺术实践无疑是重要的，这也正是全球化与文化多样性语境中

---

[1] 高建平：《发展中的艺术观与马克思主义美学的当代意义》，《文学评论》2011年第3期。
[2] 同上。

中国美学应该采取的立场,唯有如此,我们才有资格庆贺美学的一个新的黄金时代的来临。

第三节 文化研究与中国马克思主义文学理论的学术定位及其历史责任

一 "后"语境下中国当代文学理论范式的转变

"'后'语境"是一种较宽泛的说法,它一般指的是西方20世纪60年代以来在文化研究语境下兴起的"后现代主义""后殖民主义"等文化思潮所产生的语境特征,也被称为"后学"(post-ism)研究。作为一种语境特征(Context Characteristics),"后"具有如下的理论意味:其一,它不尽是一个历史时期的概念,不总是被理解为"现代"之"后"的某个时代或"后"于"现代"的某个时期;其二,它是一个超越时间上的持续性的一个范畴,既带有历时性,又带有共时性,历时性使它充满了历史意蕴,共时性使它充满了思想张力;其三,在共时性思想张力中,它体现为一种特有的思维方式、理论观念和研究方法,体现了质疑和反抗以往哲学传统基础上的整体理论范式的变革。从这些理论意味出发,"'后'语境"既包括传统"语境"概念的含义,又在哲学文化视野中超越了"语境"概念的语言关系特征,在整合与提炼"后现代主义""后殖民主义"等"后学"思潮观念的基础上表现为一种特有的理论、思维、观念和方法的话语环境。

从20世纪90年代开始,中国当代文学理论界经历了一个前所未有的"后学"理论研究热潮的高涨时期。但是,这种局面迅速地随着后现代主义文化理论在西方的衰落而归于平寂。从20世纪90年代末到21世纪来临的这几年,中国当代文学理论界对"后学"的热情也逐渐衰退。这种状况的形成大致有两方面的原因:一方面是作为一种异域思潮,"后学"在西方有一个自然而然的理论发展过程,当"后学"思潮在西方走向衰落之时,自然中国学界对它的引介和阐释也随之降温;另一方面,经过近三十年的大规模引介,中国文学理论界也需要一个逐步消化的过程,而且西方文化思潮与中国问题及中国语境的阐释间隔也需要中国文学理论界有一个较长的理论反思时期。

但是,理论的落潮并不意味着"后学"从此从中国理论研究的视野中消失,经过近三十年的理论译介和引入,"后学"理论仍然对中国文学理论的整体发展起着重大的影响作用,虽然在理论研究的焦点上中国学界不再大规模地把"后学"研究作为直接的正面内容,但"后学"思维与观念仍然影响着中国文学理论研究的格局和走向,由此形成了一个潜在的"'后'语境"也是自然的,因此,"后学"理论的落潮之时,也正是"'后'语境"的生成之时,其中对中国当代文学理论范式的影响也是明显的。首先,从文学研究观念与理论思维方式上看,"后学"思潮中的反本质主义、反对宏大叙事、反传统、多元化的立场对中国文学理论研究的理论观念和思维方式有深刻的影响,中国当代文学理论研究中的"反本质主义"问题就是其最集中的表现,它涉及了当代文艺学研究中的一些核心问题,比如文艺学知识格局的陈陈相因、文艺学知识体系的凝固封闭、文艺学知识培养与传授机制的困境、文艺学研究方法的陈旧与失效等,认为"各种关于'文学本质'的以元叙事或宏大叙事为特征的、非历史的本质主义思维方式严重地束缚了文艺学研究的自我反思能力与知识创新能力"[①]。这种观念其实既指向了中国当代文艺学研究的本体论困惑,同时也指向了文艺学研究的"'后'语境"问题。倡导"反本质主义文艺学"的研究者希望进一步将文艺学的知识生产和知识建构历史化、个性化与细节化,其中蕴含的正是在"'后'语境"下对文学理论研究观念和思维模式的深刻反思。在这种反思中,"'后'语境"下的文学理论研究观念,以及关于文学问题的具体实施过程的研究受到了较多的关注,如伊格尔顿在《当代西方文学理论》中对西方文学发展演变的研究,卡勒的《文学理论》

[①] 陶东风:《文学理论基本问题》,北京大学出版社2004年版,第1页。

对文学本质的分析,韦勒克、沃伦合著的《文学理论》在文学"内部研究"上的观念等,这些理论著作至今仍然对中国文学理论研究有理论参照作用。当代文艺学研究中的"反本质主义"问题的争论,体现了普遍化与本质化的知识生产和知识建构格局与当代文学理论研究具体问题之间的距离,展现了"'后'语境"下的理论启发,它所提出的问题至今为止仍然值得我们认真地去思考。

文学研究观念与理论思维方式的范式转型是一个复杂的过程,它不仅仅体现为主导性的文学理论思维模式的变化,更体现为对文学研究方法原则的重视与提升。中国当代文学理论研究在接受和借鉴后学"思潮"的过程中,也不可避免地接受了它的方法原则。从20世纪90年代以来的文学理论研究格局来看,方法层面的探索占了很大的比重,出版了《无边的挑战》(陈晓明著,时代文艺出版社1998年版)、《剩余的想象》(陈晓明著,华艺出版社1997年版)、《表意的焦虑》(陈晓明著,中央编译出版社2002年版)、《文化话语与意义踪迹》(王岳川著,四川人民出版社1997年版)、《后殖民与新历史主义文论》(王岳川著,山东教育出版社1999年版)、《通向本文之路》(王一川著,四川人民出版社1997年版)、《汉语形象与现代性情结》(王一川著,首都师范大学出版社2001年版)、《文学的维度》(南帆著,上海三联书店1998年版)、《隐蔽的成规》(南帆著,福建教育出版社1999年版)等一批注重西方文学批评理论方法研究的著作,以及《文艺学美学方法论》(胡经之、王岳川主编,北京大学出版社1994年版)、《文艺学与方法论》(冯毓云著,黑龙江教育出版社1998年版)、《文艺学方法通论》(赵宪章著,浙江大学出版社2006年版)、《批评美学》(徐岱著,学林出版社2003年版)等一批优秀的著作。这些著作有的直接研究文学方法问题,有的则在方法层面上弥补了中国传统文学研究方法的不足,同时也使中国文学批评理论范式在方法层面上拓展了研究视野,深化了文本研究的空间,它最主要的影响不仅仅是体现了关于文学问题的多元思考,而方法本身的力量更蕴含在文学理论范式变化的过程之中,从而在新的理论语境中展现了文学理论研究突破原有理论范式的努力。

批评实践形式和价值观念上的多元选择是"'后'语境"下中国文学

理论研究范式转型的又一个表征。在文学理论研究中,批评实践的价值判断问题向来是一个复杂而重要的问题,将价值论维度引入文学理论研究意味着文学研究具有理性选择和精神追求。但是,随着"后学"思潮的涌入,中国当代文学理论研究在价值探讨中面临着深入的挑战。一方面,后现代主义、解构主义等对现代主义一元论、永恒真理、绝对基础、纯粹理性、终极意义等价值观念的质疑影响了中国当代文学理论研究与批评实践的价值立场的选择;另一方面,在"后学"思潮的影响下,中国当下语境中价值批判问题也面临着自身文化发展的挑战,非理性写作、欲望叙事、身体写作、消费文化等种种感性形式影响着文学写作与文学研究的实际状况。在这种历史语境中,中国当代文学理论研究在价值评判的立场和方式上体现出了对"'后'语境"的呼应,在文学批评价值判断上走向了多元选择,这不仅仅体现了文学理论研究分散的价值立场,其根本性的理论诉求也体现了破除既定陈规、更新价值观念的愿望,更是反抗文学理论研究"体系情结"的一种方式。从这个意义上看,文学批评价值立场上的多元选择也是一种对"理论"的反叛方式,在这种反叛面前,中国当代文学理论研究对"'后'语境"也并非全部认同,更有在反思与批判立场上的价值重建的努力。钱中文先生提出,当代中国社会价值体系的崩溃、文学理论研究的滞后,并非是"后现代真经"所能解决的问题。[1] 王元骧先生认为,"后现代主义理论在西方社会虽然有一定积极意义,但一旦进入我国,由于文化语境的不同,它的意义也就发生了变化"[2]。曾繁仁先生也认为,近 30 年来,我们引进了西方文论,但"事实证明,只有从建构出发才能更有利地吸收,当然吸收也会有利于建构,两者相辅相成"[3]。这正说明了在"'后'语境"下,中国当代文学理论范式的转型将是一个长期复杂的过程,我们既不能忽略文学理论范式转型的客观情势与具体表征,也绝不能将"'后'语境"提升到理论建构的根本性层面上,毕竟,中国当代文学理论范式的转型仍然是中国文学理论内在发展的一部分。

---

[1] 钱中文:《文学理论反思与"前苏联体系"问题》,《文学评论》2005 年第 1 期。
[2] 王元骧:《文艺理论中的"文化主义"与"审美主义"》,《文艺研究》2005 年第 4 期。
[3] 曾繁仁:《新时期西方文论影响下的中国文艺学发展历程》,《文学评论》2007 年第 3 期。

早在后现代主义等"后学"思潮开始引入中国的时候,美国学者哈桑曾经建议:"中国可以通过了解西方国家所做的错事,避免现代化带来的破坏性影响。这样的话,中国实际上也是'后现代化'了。"① 而英国学者特里·伊格尔顿则针对中国后现代主义研究说:"也许对最新流行的无论什么东西抱有一点怀疑态度总是可取的:今天激动人心的真理是明天陈腐的教条。"② 对于"'后'语境"下的中国当代文学理论研究来说,这两种态度都是值得认真对待的。由于"后学"思潮的涌入,中国当代文学理论研究在理论范式上发生了重要的转型,这是新的学术资源对中国文论的客观影响,但是,这个转型并非是直接而简单地发生的,而是裹挟着不同理论传统间的矛盾与冲突、多重理论资源之间融合的压力与焦虑、不同理论话语之间趋同与求异的危机与挑战。从这个角度上看,在一个较长的时期内,系统整理和消化当代西方文论的新现象、新思潮、新发展、新趋势,并有效地与中国当代文学现实相联系,以增强中国文论的生命力,这仍然是中国当代文论研究的主要任务之一。在"后学"思潮涌入的情况下,中国当代文学理论研究并没有放弃理论自主性的理想与努力,也没有忽视中国当代文学与文化现实的具体情境,西方"后学"思潮在中国的"理论旅行"与"话语移植"使中国文论与西方文论日趋"接轨",并将中国文论置于多元化的"后现代"理论大联唱之中,在这个情势下,对西方"后学"思潮的接受并非是中国文论重建中心的策略与手段,有效借鉴西方"后学"思潮的合理因素进而走向理论的超越,这才是中国当代文学理论研究应该思考的问题。

二 审美现代性与中国当代文学理论建构

回望中国文学理论的发展历程我们可以发现,中国文论其实一直处于传统与现代的纠缠之中,中国自身的历史文化传统与文学发展现实历史地

---

① [美] 大卫·格里芬:《后现代精神》,王成兵译,中央编译出版社1998年版,第20页。
② [英] 特里·伊格尔顿:《后现代主义的幻象》,华明译,商务印书馆2000年版,第2页。

生成了中国文论的逻辑展开方式和理论建构形式，这使得百年文论一直以来保持了无法消弭的自主性特征。但是，由于特殊的历史情势，中国文论自从开启现代篇章以来，就无法彻底拒绝西方现代文化、哲学与美学问题模式与思想形式的吸引与挑战。20世纪80年代，当中国文论开始不断地融入西方文化思潮所凸显的理论问题之中时，中国文论在整体局面上更加表现出了复杂的现代性特征。因此，从"现代性"的立场出发，在传统与现代、中国与西方的双重视野中把握中国当代文学理论逻辑演变的进程，把握特殊文化语境下中国当代文学理论的形态特征，就成为理解中国当代文学理论的一个重要视角。

就当代中国文论的研究现实来看，现代性最初成为一个研究焦点与西方"后学"思潮的引入有直接的联系。从中国当代文学理论对"后学"的接受史来看，当我们对"后学"开始倾注热情的时候，也同时孕育了一个与"后学"思潮冲突与呼应的问题，即作为一个哲学和文化概念的"后现代性"与"现代性"的思想关联问题，因此，在中国当代文学理论研究中，"后学"思潮的接受研究也内在地包含了对"现代性"问题的思考。最先被中国理论界所接受的杰姆逊、利奥塔、丹尼尔·贝尔、本雅明、福柯、博德里亚等西方哲学家的理论中包含深刻的现代性思想，当他们开始被引入中国理论界的时候，他们的现代性思想也得到了深入的阐释。至于哈贝马斯这样的明显有现代性立场的哲学家，自然更是中国学界所关注的对象。但是，毕竟就基本精神来说，"现代性"的研究与整体"后学"思潮的基本理论趋向还有重大的区别。在哲学与文化的意义上，作为"后学"基本理论趋向的"后现代性"指的是"后学"思潮所内在地含有的为摆脱传统理性和宏大叙事模式而探寻的一种反传统、非理性、多元化、破碎性、解构性的思想趋向和精神特性，标志着颠覆现代社会以来的"总体性"与"宏大叙事"的能力与策略，因此，尽管我们还没有生活在后现代的社会氛围之中，"但是，我们已经能够瞥见那不同于现代制度所孕育出来的生活方式和社会组织形式的缕缕微光"[1]。

---

[1] [英]安东尼·吉登斯：《现代性的后果》，田禾译，译林出版社2000年版，第46页。

第十章
从文学研究到文化研究

"现代性"既与"后现代主义""后现代性"有一定的理论关联,也有它独特的问题特性,"现代性"标志着一种内在的分裂:即作为资本主义社会制度的建构性意味的现代性和作为资本主义社会持批判旨趣的批判的现代性。前者是理性的建构,后者则意味着文化的批判,而且更多地与感性和体验相联系,也就是齐格蒙·鲍曼所说的,现代性还包含关于美、纯洁和秩序的梦想,包含追求美丽、保持纯洁和追求秩序的过程。① 这也正是审美现代性的理论内涵,它强调的是从美学体验、艺术实践、审美精神、文化影响来理解现代性的意义。这两种现代性在资本主义社会发展过程中呈现为一种内在的张力,一种二律背反,一种脱节。如何解决这种二律背反,本身构成了现代性的内在问题,同时也预示着"后现代性"成为一个现代性的问题。

"现代性"的问题是中国当代文学理论无法回避的一个问题。之所以说它无法回避,是因为现代性与中国文论的内在发展是一个共生的问题。从现代性的立场和视野把握中国文论的发展轨迹,既是一种描述的方式和视角,同时又是中国文论问题领域中的一个重要的理论问题。当"失语症"的问题不断出现在文学理论研究中,当"'后'语境"不断影响文学理论的研究范式,当文学理论不断遇到本土化、民族化与全球化,当文学理论不断遇到文化研究的挑战而日益陷入危机,"现代性"既成了面向中国文论的"提问方式"又成了它的"问题之源"。作为一种"问题之源"的探讨,从当代中国文学理论研究眷顾现代性问题开始,中国文学理论界就没有停止过对"什么是现代性"的探究,因此,对"现代性"的文化根源、哲学精神、理论线索、基本倾向的研究占了当代文学理论中现代性研究的很大比重。在这种研究中,当代文学理论界除了积极地译介西方的现代性研究著作外,也更多地从"现代性"问题在西方思想文化界的促发因素,以及现代性思想的问题史和学术史视野上考量,尽可能在还原现代性的文化语境的过程中把握现代性的理论特性与哲学内涵。

---

① 参见〔英〕齐格蒙·鲍曼《后现代性及其缺憾》,郇建立、李静韬译,学林出版社2002年版,第2—4页。

如果说，在中国当代文学理论界，对作为一种"问题之源"的现代性的研究主要是在面对"现代性是什么"的问题，及其问题史引出的文化语境与历史发展脉络的思考，那么，对于作为一种"提问方式"的现代性的研究则更加直接和理性地对待现代性的立场与中国文论内在的历史生成和逻辑表达的关系问题。在这方面，中国当代文学理论研究表现出了拨开现代性的历史迷雾，重返中国文论基本问题与逻辑表达的直接性特征。中国当代文学理论研究首先认识到了现代性之于中国文论发展的理论关系，以及中国文论独特的现代性历程。钱中文先生在 20 世纪 90 年代率先撰文探讨中国文论的现代性问题，他着眼于百年中国文论的历史化进程，立足于当代中国文论的内在发展和外在影响，深入阐释了中国文论在自主性与现代性的内在勾连中的发展方向。他指出，现代性是一种被赋予历史具体性的现代意识精神，一种历史的指向。文学理论的现代性的要求主要表现在文学理论自身的科学化，使文学理论走向自身，走向自律，获得自主性；表现在文学理论走向开放、多元与对话；表现在促进文学的人文精神化，使文学理论适度地走向文化理论批评，获得新的改造。[1] 他提出了中国文论独特的现代性选择方式，那就是"我们面临着对文学理论现代性选择，同时我们也将被现代性所选择"[2]。中国文学理论现代性的生成，面对着强大的传统问题，似乎没有哪个国家的文论像我国那样，在传统问题上总是纠缠不清，在这个意义上，我们的现代性选择还得"在原有的文化、文学理论传统的基础上进行"[3]。最后，他指出了中国文论的现代性要求，那就是要求文学具有新的人文精神，在现代性的视野中探讨中国文学理论的现实发展，必须"重建新的人文精神，发扬我国原有人文精神的优秀传统，适度地吸取西方人文精神中的优秀成分，融合成既有利于个人自由进取，又使人际关系获得融洽发展的两者互为依存的新的精神；改善与完善人的心灵，重建人的精神家园，协调好人与社会、人与自然、人与人、人与科

---

[1] 参见钱中文《文学理论现代性问题》，《文学评论》1999 年第 2 期。
[2] 同上。
[3] 钱中文：《再谈文学理论现代性问题》，《文艺研究》1999 年第 3 期。

技的关系,使人逐步成为精神自由的人,全面解放的人"[①]。这是中国当代文学理论的现代性研究中较全面系统的研究,视野开阔,立论扎实,对中国文学理论的当代发展具有重要的指导意义。

文学理论研究中的现代性不仅表现在理论发展方向的把握上,还体现在具体从中国文学实践与文学生态语境中把握中国文学的现代性特征上,这是中国文学理论的现代性的内在要求,也是文学理论的现代性必然需要文学实践、文学史视野、文化发展过程的现代性佐证。文学理论的现代性研究必将最终直面中国文学理论的现代性道路与发展趋势,特别是在深入把握现代性思想精髓的基础上探索当代文学理论深入文学现实的能力和整体创新发展的道路,这既是文学理论的现代性研究的意义,同时也是它提出的问题。中国当代文学理论的现代性研究在这方面也作出了积极的呼应。钱中文先生通过深入总结中国文学理论的现代性历程,提出,在今天全球化愈益成为一种社会发展趋势的环境中,中国文学理论的建设面对着中国古代文学理论、西方古代文学理论,以及西方现代文学理论三种文化资源或者说三种传统的定位与选择,中国当代文学理论建设应该以现代文学理论中能经受住反思、批判的部分为基础,广泛吸收西方文学理论批评的长处,以它的科学精神、原创性与独创精神促进中国古代文学理论的现代转化,最大限度地激活其中最具生命力、可与当代审美意识融为一体的精华部分,结合当代文化的巨变,沟通中外古今、严肃文学与大众文学、文学与影视、网络文学,在跨学科的多种方法的运用中,建构中国当代文学理论批评话语。[②] 王杰立足于"中国当前社会主义文学生产方式的雏形已经形成并且不断发展"[③] 的现实,坚持从艺术与意识形态关系的新变化中探索中国文学理论的审美现代性要求和形态。李春青立足于中西文论不同的解释传统——以西方为代表的比较倾向于认知性解释的传统和以中国古代文论为代表的倾向于评价性解释的传统,以及在 20 世纪所遭受的困境,探索当代文学理论的生长点,认为当代文学理论绝不能将目光局限于

[①] 钱中文:《文化、文学中的现代性与后现代性问题》,《社会科学辑刊》2002 年第 1 期。
[②] 参见钱中文《文学理论:走向交往与对话》,《中国社会科学》2001 年第 1 期。
[③] 王杰:《马克思主义与现代美学问题》,人民文学出版社 2004 年版,第 219 页。

解释和评价文学现象本身,而应该关注与之相关的一切文化历史现象,将文学理论拓展为一种综合性的文化研究理论。① 这些理论研究最突出的意义是切实地提出了现代性视野中的中国问题,因此,它不仅仅是面向现代性理论问题的研究,更是面向问题本身的研究,正是在他们的启发下,中国当代文学理论的现代性问题具有了超越"'后'语境"的可能,中国当代文学理论研究在这方面也开始展现自身的问题意识与理论精神,这也预示着随着中国当代文学理论研究的深入发展,文学理论的现代性问题已经远远超出了文学理论研究内部的视野,而与更加广阔的社会文化语境联系了起来。在这种情形下,中国当代文学理论不仅仅是面对传统的文学对象的研究,而且更加面临着学科拓展与理论深化的难题。正像有的学者提出的那样,现代性既是一个可能一以贯之的视角,又是一种质疑和反思。② 在现代性的视野中,我们不仅应该思考"文学理论是什么",还要思考"文学理论究竟可以做什么",更要思考"文学理论将走向何方",如果我们将这些问题融于文学理论研究的问题之中,我们会发现,现代性给我们提供的不仅仅是一种视野与方法,中国当代文学理论拥有了现代性的立场,仍然需要深刻的理论建构的眼光。

三 理论发展与综合创新:文化研究与中国马克思主义文学理论的历史责任

中国马克思主义文学理论研究已经走过了一个多世纪的历史进程。回望这一进程,马克思主义文学理论在中国获得了深入的发展。在中国文学理论的现代视野中,马克思主义文学理论的重要性和关键地位日益突出,其理论影响和思想启发越来越重要。中国马克思主义文学理论是在中国现代社会思想文化发生重大变革的时代开始被"引入"中国的。由于独特的社会文化情势,自从马克思主义思想在中国开始传播的那一天起,它就充满了新潮、先锋与激进的色彩。今天,马克思主义文学理论在中国的发展

---

① 参见李春青《文学理论还能做什么?》,《北京师范大学学报》2003 年第 3 期。
② 参见陈晓明《现代性与中国当代文学转型》,云南人民出版社 2003 年版,第 3 页。

早已摆脱了理论创构的初期特征,开始显出实际有效的理论影响,理论影响也更加明显。这主要表现在以下几个方面:首先,从20世纪20年代,中国马克思主义文学理论开始发轫,近一个世纪以来,中国马克思主义文学理论逐渐摆脱"他论"思维,努力把马克思主义的思想与精神融入我们自己的文学理解与文学研究之中,展现出了理论范式转换的重要成绩。中国马克思主义文学理论是在中国现代社会思想文化发生重大变革的时代开始被"引入"中国的。从20世纪20年代马克思主义文学理论早期历程展现出一种"文学革命"的"形式化",到"左翼"时期的马克思主义文学理论的译介推广,20世纪40年代毛泽东的《在延安文艺座谈会上的讲话》发表后"文艺大众化"的理论飞跃,20世纪50年代的曲折发展,以及新时期以来的整体创新,可以说,到目前为止,中国马克思主义文学理论不再满足于"理论""主义""学说"的平面介绍,不再是对马克思主义的文本做有选择性的介绍和有实际问题针对性的评述,马克思主义文艺理论已经深入中国文学与文化现实发展的具体过程,并在文学与文化研究的发展中起到了不容忽视的理论导向与思想指引的作用,从而在接受方式与接收策略的基点上展现出了理论范式转换的重要成绩。其次,中国马克思主义文学理论具体的研究过程呈现出了一种综合研究的局面。马克思主义不再是平面地介入社会与政治问题的理论手段,而成了真正深入文学领域的精神力量与思想力量。马克思主义作为一种整体观念开始与中国当代文艺问题、文学实践相融合,马克思主义文学理论的理论建构、体系建设与观念影响、思想指导也已经落实到了文学研究的具体过程。特别是从20世纪80年代以来,在具体的文艺研究与审美研究领域,不再将马克思主义的理论学说和观念简单机械地套用到文学阐释过程,而是开始注意在文学与审美领域中真正践行马克思主义的思想精神与理论精神;不再将马克思主义的文艺思想孤立化、片面化、机械化和程式化,而注重在整体上将马克思主义理论观念融入中国语境与中国问题,走向马克思主义文学理论研究的问题领域。这意味着马克思主义文学理论在中国已经开始走出理论创构的初期阶段,理论范式已经显示出了实际效力,马克思主义理论观念已经作为一种整体精神契入中国审美文化现实并展现出明显的思想启发。最后,在当代，马克思主义思想观念在与中国当代文艺问题、文学实践相融合的过程中，中国马克思主义文学理论在理论研究与体系建设上也取得了重要的成绩。在文学与政治的关系、文学的人学观念与人性立场、典型化原则的梳理与接受、现实主义文学原则的理论探索、文学生产与文学消费研究等方面，马克思主义文学理论观念既发挥了重要的作用，同时也展现出了鲜明的理论建设的成绩。在文学主体性精神的探究、文艺学研究方法的开拓、人文精神的大讨论，以及审美意识形态研究、新理性文学理论、古代文学理论的现代转换、全球化问题、中国美学与文化多样性等重大学术问题的探索与辨析中，马克思主义文学理论所占的比重也是巨大的。这说明，马克思主义文学理论正在中国文学理论的知识生产与理论建构中发挥实质性的理论影响。

目前，中国马克思主义文学理论的研究已经由一元走向了多元，由封闭走向了开放，由单一走向了综合，马克思主义文学理论不但在中国发生了理论范式上的重要转型，而且在面向中国问题与中国语境过程中展现出了强劲的生命力。但是，我们也应该看到，在当前文学理论研究与发展中，马克思主义文学理论与其他文论资源一样处于一种多元化、多极化的文化生态和理论格局之中。这期间不仅充满了希冀、欣喜与理论收获的喜悦，同时也是一个孕育危机、提出问题、面临挑战的过程，而且"克服危机的过程与解决和回答现存的问题是同步的"[①]。马克思主义文学理论在中国的发展仍然裹挟着不同理论传统的矛盾与冲突、多种理论资源融合的压力与焦虑、不同理论话语趋同与求异的危机与挑战，马克思主义文学理论在中国的建设仍然面临着更加艰巨的任务。特别是从20世纪90年代以来，世界文学理论的大发展、当代西方各种文化思潮的不断涌现、种种思想裂变的冲击，以及中国当下社会文化与文学实践的复杂走向，给马克思主义文学理论建设增加了更大的压力。

首先，我们应该认识到，在当代文化发展格局中，马克思主义文学理论的发展不可能一帆风顺，马克思主义文艺理论更需要面对当代西方各种

[①] 李衍柱：《范式革命与文艺学转型》，《社会科学辑刊》2005年第2期。

文化思潮和理论思潮的影响与冲击，特别是20世纪60年代以来，在当代西方文化语境中形成的"后现代主义""后结构主义""女性主义""新历史主义""后殖民主义"等具有"后学"色彩的理论思潮对马克思主义文艺理论产生较大的冲击，马克思主义文学理论在中国的现实发展仍然面临着来自后现代主义文化思潮中其他思想文化压力。"后学"思潮本身代表了一种思维方式和理论观念的展开方式，当它与具体的理论问题相遇之后，它提供的不仅仅是一种社会背景和语言环境，它自身包含的思维方式和理论观念内在地融入了理论问题的研究过程之中。中国乃至世界文学理论中出现的"意识形态终结""文学理论的危机""反理论"的声音、"理论已死"的宣告，以及媒介时代来临的各种预言，都与当代"后学"思潮的理论渗透、影响甚至干扰有关。近20年来，中国当代文学理论研究在很多层面上都曾受后现代主义文化思潮的影响，"后学"思潮的方法、观念部分地被中国当代文学理论所接受、阐释和应用，并且导致了中国当代文学理论研究在整体知识生产和知识建构层面上的变革，甚至影响了文学发展的态势与走向。但由于社会历史语境、文化哲学传统、文学体验方式，以及文学研究方法的差异，"后学"思潮与中国文学的相遇过程不可避免地产生了多重的接受矛盾，甚至迄今为止仍然显示出理论融通与对话的困境，不可避免地在表达方式、理论体系、话语实践等诸多方面与中国文学理论话语产生"时空错位"。中国马克思主义文学理论研究既需要在学理层面上廓清后现代主义文化思潮的种种迷雾，同时也需要在中国文学理论研究的现实性上清理这种"时空错位"所造成的理论误读及其应用性偏差，正是在这个意义上，当代西方各种具有"后学"思潮特点的文学观念和理论观念对中国马克思主义文学理论的建设既构成了挑战也提供了契机。在这种情形下，中国马克思主义文学理论建设需要的不是粗暴强横的理论攻击和话语口角，也不是完全排斥性和唯我性的打击，需要的是冷静的学科反思和宽容的对话心态，需要更为客观地吸收当代西方文学理论的新现象、新思潮、新发展、新趋势，并有效地与中国当代文学现实相联系，在面向现实的过程中增强理论的生命力。这既是中国当代文艺学的当然选择，也是中国马克思主义文学理论的内在发展之途。

其次，中国马克思主义文学理论仍然需要在体系建设，以及理论范式的完善问题上有所作为，特别是在凝练自己的理论范式上取得重要的理论突破。就马克思主义文学理论的中国发展而言，是否形成完整系统的理论形态以及体系性的认识具有重要的意义，这是检视我们是否能够深入全面理解马克思主义思想精髓的一个重要方面。从20世纪的早期开始，由于马克思主义文学理论固有的"域外来源"的特征，以及中国的独特现实，马克思主义文学理论在中国的发展一直受到各种影响，中国马克思主义文学理论的体系建设仍然有待深化，而理论范式完善的任务则更加艰巨。我们说20世纪40年代毛泽东的《在延安文艺座谈会上的讲话》发表后，"文艺大众化"的理论形式曾经在很长时期成为中国马克思主义文学理论的理论形态，为自己的理论范式的提出创造了条件。[①] 整体来看，毛泽东的《在延安文艺座谈会上的讲话》在"文艺大众化"的理论观念中有效地熔铸了"文化领导权"观念而成为意识形态话语的有力表达形式，它并非完全由历史与政治语境所导致的，而是深刻地融入了理论与观念变革的内在发展动因，即理论观念与思想意识层面上的主观创构与理论范式转换因素，这标志着马克思主义文学理论在中国已经开始走出理论创构的初期阶段，理论范式已经显示出实际效力，这个理论范式就是在把马克思主义美学原则与中国的文学艺术实践相结合的过程中，在具体的革命实践中发展出了不同于欧洲马克思主义文艺理论的中国审美意识形态的理论模式。毛泽东的《在延安文艺座谈会上的讲话》在马克思主义理论中提出并解决了一个重要的理论问题，那就是如何将中国审美经验与马克思主义美学的理论原则

[①] 毛泽东的《在延安文艺座谈会上的讲话》从四个层面确立了中国马克思主义美学的理论范式，或者是为其准备了条件：(1)《在延安文艺座谈会上的讲话》总结和阐发了中国马克思主义美学的知识经验，就是总结和整合来自底层大众的知识经验。(2) 在《在延安文艺座谈会上的讲话》中，毛泽东从当时的社会现实与文艺实践出发，系统地提出了"文艺大众化"问题，表达了全新的理论观念和具有原创性的理论追求。(3) 在《在延安文艺座谈会上的讲话》中，马克思主义开始与中国特殊的"政治"相呼应，从而为中国无产阶级的"文化领导权"缔造了深刻的理论武器和斗争武器，而来自底层经验的"文艺大众化"方向则使中国马克思主义美学拥有"中国化"的理论形式。(4)"文艺大众化"的理论形式成为中国马克思主义美学的理论形态，构成了中国马克思主义美学对象化现实审美经验的有力方式。参见王杰、段吉方《60年来马克思主义文论在中国的范式转换及其基本问题》，《社会科学家》2011年第3期。

第十章
从文学研究到文化研究

结合起来,从而真实地表征出中国现代化进程中与社会主义目标相联系的情感和审美经验这一相对困难的理论要求。为此,毛泽东明确地提出了文化领导权的建立和巩固是马克思主义文艺理论中国化所面对的关键问题,并着力在理论上解决这一问题,这说明,马克思主义美学观念已经作为一种整体精神契入中国审美文化现实,同时深刻贯穿于中国文学知识经验与理论研究的过程。但从20世纪50年代以来,中国马克思主义美学在以后的发展中对《在延安文艺座谈会上的讲话》的理论阐发并没有更多地上升到理论范式的层面,而是更多地关注《在延安文艺座谈会上的讲话》的意识形态与政治方面的意义,在理论范式上的探讨比较弱,这自然影响了马克思主义理论范式的完善,导致中国马克思主义文学理论范式具有单一政治性特征,其知识谱系、话语方式与理论影响都不同程度地具有狭窄的一面。当代英国著名的马克思主义文艺理论家特里·伊格尔顿在他和德雷·米尔恩于1996年出版的《马克思主义文学理论读本》中,根据马克思主义文艺理论在各国的发展情况,将马克思主义文艺理论划分为四种模式:人类学模式、政治学模式、意识形态论模式,以及经济学模式。[①]特里·伊格尔顿提出,不同模式的马克思主义文艺理论是马克思主义在不同的历史条件下回答不同的现实问题所形成的。令人遗憾的是,中国马克思主义文艺理论的理论模式没有进入伊格尔顿的视野。这也提示我们注意,作为一种理论范式的马克思主义文学理论不是一种独断性、排斥性、唯一性的理论观念与思想形式,因此,我们不能再将马克思主义文艺观念绝对化和独白化,更应该强调在马克思主义与当代西方其他文艺观念的比较对话中找到马克思主义文学理论更合理有效的应用形式,同时也要在马克思主义和人类思想的多种资源的比较对话中以更加积极的方式从事马克思主义文学理论研究的系统工程,这同样是一个复杂、矛盾、充满各种思想交锋的过程,在某种程度上,它比马克思主义文学理论在中国的理论创构历程更加艰难。因为马克思主义文学理论范式的完善不仅仅意味着理论学说在选择

[①] Terry Eagleton, Drew Milne: *Marxist Literary Theory: A Reader*, Blackwell Publishers Ltd., 1996.

与接受中的单向传播，也不仅仅意味着理论形态的初期创构，而且意味着理论观念与思想精神的纵深发展，是一个关于马克思主义文学理念的综合变革的过程，同时也是作为一种思想指南与批判精神的马克思主义文学观念深刻贯穿于中国文学知识经验与理论研究过程的标志，因此，它必将引起接受方式与接受策略的自觉调整，以及思想观念与思维模式的深层变革，同时更是理论建构的逻辑起点。这既是中国马克思主义文学理论走向深入发展综合创新的过程，也是马克思主义文学理论研究的历史责任。

最后，在挑战与压力面前，特别是在文化研究与后现代语境下，中国的马克思主义文学理论研究需要进一步明确理论建构的原则与方向，同时更需要进一步增强实践性与批判性，实现理论的综合创新。这既是新的文化时代对马克思主义文学理论提出的理论任务，同时也是中国马克思主义文学理论的历史责任。在当下，虽然世界政治格局、文学发展，以及文化秩序已经发生了复杂的变化，马克思和恩格斯也已经去世多年，但不影响作为一种哲学体系和理论体系的马克思主义文艺理论仍然在当代西方这些文化思潮进入对话的过程中不断强化自身的理论能力。在与当代西方其他各种理论思潮的撞击、对话与交流中，马克思主义文艺理论展现出了更广阔的理论视野与更深刻的理论内涵，世界文学与文化的繁荣与世界文论的大发展也不断将马克思主义文艺理论的研究与建设引向深入，从而促使马克思主义文艺理论在面对当代文论发展格局时走向更深刻的理论建构，这又是马克思主义文艺理论在当代发展中的新收获，这也正说明了马克思主义文艺理论是一个随着时代的变迁在不断地变化和发展着的理论体系，是在深入的文艺实践的过程中不断深化理论观念和完善理论形态的，鲜明的时代性和突出的实践性构成了马克思主义文艺理论独特的精神品格。但我们也应该认识到，在当代文化发展格局中，中国马克思主义文艺理论的发展不可能一帆风顺。一个多世纪以来，中国马克思主义文艺理论的发展裹挟着不同理论传统的矛盾与冲突、多种理论资源融合的压力与焦虑，以及不同理论话语趋同与求异的危机与挑战。因此，我们不能笼统地认为只要我们坚持马克思主义的唯物史观，坚持马克思主义理论观念，马克思主义文学理论研究的成果就会不断扩大。在当代思想文化条件与社会文化语境

第十章
从文学研究到文化研究

中，马克思主义文学理论建设仍然面临着更大的挑战，在新的历史文化语境中，首先需要我们在当前社会现实演变与思想文化格局变换中对马克思主义文学理论的学术定位保持清醒的认识，在文化多样性面前对马克思主义文学理论的历史责任作出认真的探索。从历史的角度看，马克思主义文学理论引入中国也是经过了一段较长时间才得到系统整理与消化，马克思主义文学理论在中国经过了近一个世纪才逐渐形成目前的理论范式，这也提醒我们注意，马克思主义与中国问题、中国语境、中国文学的融合会通仍然是当前马克思主义文学理论研究的主要任务之一。此外，我们也要认识到，马克思主义文学理论在中国无论是从理论范式上还是从思想影响上，其接受通路都不是单一的，其阐释路径也是多维的。在一个较长的时期内，马克思主义文学理论在中国会与当代西方其他文化思潮处于大致相当的接受、传播格局中。而且，由于马克思主义文学理论引入中国较早，介入中国问题与中国语境的过程较深入、全面，自然人们对马克思主义文学理论的当代理解与当代阐释的方向与角度变化也最大，这对马克思主义文学理论在中国的发展既是有利的趋势也是阻力的根源。这就迫切需要中国马克思主义文学理论在与其他各种理论思潮的撞击、对话与交流中，更加表现出理论上的优势与效力。

在当下，马克思主义文学理论在中国的基本问题并没有改变，马克思主义文学理论仍然需要面对社会大众的生活经验与情感诉求，仍然需要在根本上呼应中国社会与中国文学的现实，并需要将之转化成内在的理论建构的内涵。在文化研究语境中，特别是在后现代主义文化思潮的复杂影响下，中国马克思主义文学理论研究没有将"建构"流于口号，而是充分体现出了理论范式转换的深刻影响，无论是经典马克思主义文学理论的整理与探析，还是西方马克思主义文学理论的理论探索，以及现代西方文学理论与美学理论的综合研究，都取得了卓有成效的理论实绩。在新的历史时期，马克思主义文学理论建设已经深入中国当代文学与文化现实的具体情境，也已经使马克思主义文学理论的学术地位更加突出，未来的发展之路，我们期望中国马克思主义文学理论研究能发出更强有力的声音。

后 记

山东大学文艺美学重点研究基地重大项目的结项成果《文化与社会：马克思主义与中国 20 世纪文学理论发展研究》即将由中国社会科学出版社出版，我感到十分高兴。

山东大学是我的母校，博士三年，我度过了一段激情飞扬，同时又潜心学术的美好时光。20 世纪 80 年代后期，山东大学优良的学术氛围以及安详平和的学风帮助我在美学研究上打下了坚实的基础。自山东大学文艺学美学研究基地成立起，我就担任这个研究中心的兼职研究员。2009 年 9 月，教育部人文社会科学重点研究基地重大项目"马克思主义与中国 20 世纪文学理论的发展研究"获得批准立项，我和马龙潜教授担任项目负责人。该项目为重大招标项目，研究目标十分明确。获得立项后，马龙潜教授忙于国家社科基金重大招标项目的研究，难以分身，因此这个项目主要由我展开相关研究，并提出了《文化与社会：马克思主义与中国 20 世纪文学理论发展研究》的写作提纲。

"文化与社会"相互关系的研究是英国马克思主义文学理论家雷蒙德·威廉斯开创的，其理论基础是建立在历史唯物主义理论基础上的文化唯物主义。这种文学研究的方法重视文学与审美经验和日常生活经验的复杂的有机联系，不同于以黑格尔主义和路易·阿尔都塞的"理论主义"为基本特点的美学和文学研究。在我看来，对于 20 世纪中国文学理论的研究而言，这种以文学、感觉结构、社会生活的改造之间的复杂关系作为研究对象的研究思路，也许应该引起中国学术界的更多重视。在承担这个项目之前，我与南京大学文学院部分博士生完成了托尼·本尼特的自选集《文化与社会》的翻译工作。托尼·本尼特是雷蒙德·威廉斯开创的文化唯物主义研究传统的当代传人，在当代文学和文化研究领域是个十分活跃的领军人物，他的许多思想和理论对我和我们团队的研究也产生了十分重要的影响。

  正当我跃跃欲试，准备好好写一本书的时候，我草率进入的工作岗位给我带来了巨大的麻烦，作为一个对上海完全不了解的"乡下人"，"魔都"里的名校院长的工作远远超过了我的预期和能力，我只好咬牙"爬雪山""过草地""四渡赤水""强渡大渡河"……在我人生和学术生涯中最为困难的这个时段里，南京大学文学院培养的博士和博士后们分担了研究工作的主体部分，几经努力，于2014年年底完成了《文化与社会：马克思主义与中国20世纪文学理论发展研究》全书的写作工作。2015年4月，教育部社会科学司颁发了结项证书。全书的写作分工如下。

  导　　论：王　杰（浙江大学）
  第一章：施立峻（上海交通大学）
  第二章：燕世超（汕头大学）
  第三章：张蕴艳（上海交通大学）
  第四章：张丽芬（华东理工大学）
  第五章：肖　琼（云南财经大学）
  第六章：高　波（山东工艺美术学院）
  第七章：曹成竹（山东大学）舒开智（黄冈师范学院）
  第八章：张良丛（哈尔滨师范大学）
  第九章：许娇娜（韩山师范学院）
  第十章：段吉方（华南师范大学）
  段吉方教授协助我完成项目研究的组织和最后统稿工作。

  我衷心感谢课题组的各位学者与我一道走过了这一段值得纪念的艰难历程，也非常感谢山东大学文艺美学研究中心的曾繁仁教授、谭好哲教授，中国人民大学的陆贵山教授，中国社会科学院文学研究所的高建平教授在项目研究过程中给予的关心、支持和帮助,没有大家的支持和帮助,这项研究计划也许已经夭折了。

《文艺研究》《文艺理论研究》《文艺理论与批评》《马克思主义美学研究》等期刊发表了这项研究的部分阶段性成果,在此特表诚挚的感谢!

本书的出版由津辉人文基金资助,我代表课题组全体成员对其致以崇高的敬意。

"雄关漫道真如铁,而今迈步从头越。"毛泽东在长征途中写下的诗句成为我当下心境的一个很好的表达。在《文化与社会:马克思主义与中国20世纪文学理论发展研究》通过结项评审后,我调入浙江大学传媒与国际文化学院工作,学术岗位是"求是"特聘教授,在美学学科点从事研究和教学工作。我想"求是"精神和学术传统与雷蒙德·威廉斯以及托尼·本尼特的学术研究理念和方法有许多的相似之处,而杭州的温润祥和,浙大的求是创新与千年古城的艺术氛围和文化厚土交相辉映,应该更适合一个"感性学"研究者、一个敏感的文化唯物主义者安居乐业。

最后,我要感谢我的硕士研究生导师林宝全教授。林宝全教授是我学术研究的启蒙导师,也是这部书稿一半作者的老师。林教授的正直、严谨,在学术上的坚定立场和不倦追求,始终是我学术生涯中的榜样和精神上的动力。2015年春末《文化与社会:马克思主义与中国20世纪文学理论发展研究》结项时,正值林宝全教授八十华诞,谨以这本小书献给林宝全教授,感谢他对我们的教诲、关爱以及无私帮助!

王 杰

2015年12月于浙江大学港湾家园